乡缙

XIANG JIN

程晖 著

百花洲文艺出版社

图书在版编目（CIP）数据

乡缙 / 程晖著 . -- 南昌：百花洲文艺出版社，
2023.8
ISBN 978-7-5500-5195-9

Ⅰ.①乡… Ⅱ.①程… Ⅲ.①长篇小说－中国－当代
Ⅳ.① I247.5

中国国家版本馆 CIP 数据核字 (2023) 第 109410 号

乡缙
程晖 著

出 版 人	陈　波
策划编辑	朱　强
责任编辑	王园园
书籍设计	黄敏俊
出版发行	百花洲文艺出版社
社　　址	南昌市红谷滩区世贸路898号博能中心Ⅰ期A座20楼
邮　　编	330038
经　　销	全国新华书店
印　　刷	江西千叶彩印有限公司
开　　本	710mm×1000mm 1/16　印张 25.75
版　　次	2023年8月第1版
印　　次	2023年8月第1次印刷
字　　数	420千字
书　　号	ISBN 978-7-5500-5195-9
定　　价	55.00元

版权所有　侵权必究
赣版权登字 05-2023-135
邮购联系 0791-86895108
网　　址 http://www.bhzwy.com

图书若有印装错误，影响阅读，可向承印厂联系调换。

目 录

第一章 换田 / 001
第二章 虚惊 / 017
第三章 丰收 / 036
第四章 陷害 / 057
第五章 上山 / 072
第六章 赈灾 / 094
第七章 自取 / 114
第八章 营救 / 129
第九章 砥柱 / 148
第十章 反省 / 166
第十一章 宝藏 / 179
第十二章 言和 / 202
第十三章 较量 / 222
第十四章 变节 / 239
第十五章 会战 / 262
第十六章 哑女 / 283
第十七章 功臣 / 302
第十八章 守陵 / 319
第十九章 同志 / 337
第二十章 殒身 / 356
第二十一章 归心 / 373
第二十二章 凤愿 / 395

第一章 换田

1930年7月27日清晨，闷热的高安大地笼罩在密密漫漫的雨丝里，后半夜响了几声雷，接着下起漫天大雨，但天气还是很沉闷，在屋檐下躲雨的一只黄狗吐着长长的舌头急促地呼吸着，门口那棵浓荫匝地的大樟树上的几只知了也停止了鼓噪。望着这不知何时才能停歇的大雨，谢炳坤心里从来没有过如此烦躁和恐惧。这天拂晓，大儿子谢天昊急匆匆派人从高安县城赶回龙湾老家报信，说共产党领导的红一军团已经进入县城了，接下来有往龙湾村方向移动的迹象。这个消息如同晴天霹雳，使谢炳坤有大祸临头的感觉，一整天在偌大的谢家宅院里走来走去，思虑到底该怎么办，天井上飘下的细细雨丝将他身上淋湿，他也全然不知晓。

谢炳坤生于清光绪六年，即1880年，农历庚辰年，生肖属龙，今年恰好五十岁，年过半百，按老辈人的说法，就该知天命、不折腾了，但是谢炳坤对振兴家业依然雄心勃勃。他从年少时就苦心经营，加之祖上也曾颇有基业，经过近三十年的奋力打拼，他在龙湾一带拥有了五百余亩良田沃土、一座四进的大宅子和数不尽的金银财宝，在高安县城、南昌省城也都有很多店铺产业。早在隋唐之前，龙湾谢府就从中原黄河流域迁来这里定居了，谢氏是龙湾一带乃至高安以西到上高最早的居民之一。这也是谢炳坤父子及其列祖列宗曾一向引以为荣的话题。但不可否认，在漫长的一千多年历史长河中，谢氏一族筚路蓝缕，以启山林，在龙湾开垦山林田地、修建庄园道路、发展地方经济、传承民俗文化，的确功不可没。而其历代先辈中，谢家也确实涌现出了不少成就斐然的人物。但谢家也有遗憾，就是历代子嗣不够兴旺，或外出做官、经商不回，再则历史上官府多次从江西移民外地，谢家都是首当其冲，所以在龙湾只有十几户人家，几十口人而已。

在这方圆几十里，谢炳坤最令人佩服的是对子女的培养，尤其是三个儿子，十里八乡都认为谢炳坤有远见卓识。谢炳坤有三子一女，分别是大儿子谢天昊、二儿子谢光赋、三儿子谢志航与小女儿谢金枝。相对其先祖算是子嗣繁盛，家里专门请了启蒙先生，教导三个儿子，一到年龄，早早就都送进省城南昌的学堂学习。至于女儿，谢炳坤倒认为女子无才便是德，所以把此刻还年幼的小女儿谢金枝留在身边，让她学学女红针黹，读读《女训》《女诫》之类。

  谢家的三个儿子在学堂里都很争气，毕业以后也都谋得了不错的职位：大儿子谢天昊毕业后回到高安，当上了县保安团的副团长，但还是长期在省城与本县之间往来活动，他也在省城成了家，毕竟两地离得并不太远，闲余也协助父亲理理一些业务；二儿子谢光赋毕业后考入江西省茶叶局，同样也能协助父兄；独有三儿子谢志航志存高远，深具报国情怀，经过层层选拔进入了国民党东北航空学校培训，成为国民党空军的一名飞行员，当然这里面也免不了谢炳坤的金钱打点。

  眼下听说红一军团的大部队马上就要到龙湾了，谢炳坤担心红军会抢夺家产，龙湾的这些穷光蛋会瓜分他的田地，同时他更担心妻女的安全。

  谢炳坤也知道，要想保住自己的性命，赶紧到省城去投奔宝贝儿子才是目前唯一的出路。但谢炳坤舍不得放弃自己几十年辛辛苦苦置下的万贯家产，金银细软光洋钞票他可以随身带走，但搬不走的水田旱地、房屋牲畜等，成了他的心病。想来思去，他觉得只能看看用什么法子将损失降至最低。

  他想起了龙湾的另一个大财主金贵田。谢炳坤早就知道，金贵田有一块祖传的玉佩，那是世上真正罕见的无价之宝。对这块玉佩，他垂涎已久。他还知道，一直恪守耕读传家的金贵田，对他的那几百亩膏腴水田也是艳羡已久。经过一番纠结，他决定忍痛割爱，在临走之前用自己家的部分水田去换取金贵田的那块玉佩，以便轻巧携往省城。

  谢炳坤个头不高，短发竖立、严重泛白，相貌无明显特色，但从一对酷似鹰眼的眼睛、脸上的几丝横肉、下巴上垂着短短的山羊胡，仍能看出此人是个狠角。他喜欢穿一身长袍马褂，锦缎布料，上靛下蓝，都是请省城知名裁缝量身定制的，一双老北京布鞋，虽说式样、颜色显老，但都是比较上乘的货色，一般百姓肯定是穿不起的。且头戴貂皮帽，腕戴大金表，手指上还套有玉扳指、金戒指，处处显露出他的身份。

  在去金府谈交易之前，谢炳坤在自己家跟婆了谢熊氏，还有老母亲谢李氏等人已有过一番对话，想听听她们的意见。谢熊氏十分舍不得丈夫拿家里这么多良田去换区区一块破石头，再说局面并不见得像丈夫说得这么严重，势力弱小的红军很快就会被打跑的，所以不大同意大谢头这么做，且一开始反应激烈，甚至还抬出婆婆来阻止丈夫。这可能也跟此时沉闷的天气有关。

谢熊氏闺名芙蓉，穿一身上淡黄色、下月白色高级绣花杭绸沃裙，上面绘着大朵的国色牡丹，头戴簪钗，耳垂翡翠，项为珠链，腕绕玉镯。虽小脚女人，三寸金莲，碎步蹒跚，徐娘半老，但风韵犹存，一对丹凤眼，两条柳叶眉，额前小刘海，鼻梁似瑶琼，人到中年仍面如满月，肤如凝脂，毫无皱纹，更无痣斑，显见年轻时定然是个大美女。她比谢炳坤小不了几岁，再过两年也有五十岁了。但家境优渥，精心保养，看起来还像个三四十岁的少妇。

谢炳坤素来是谢府绝对的老大，哪容得下婆子如此反对自己？这几乎是从未有过的事情。他有些后悔，这事就不该拿出来跟她们商榷。本来心里就很烦躁，说话口气也就没有那么好听了：

"这些田地、宅院不都是我挣来的吗？你做么子了？我换我的，管你么子事？"

谢熊氏自恃有老母亲谢李氏的支持，也把眼睛一横："大谢头，讲话莫这么难听，这里不是也有祖宗的基业吗？"

谢炳坤正要发作，老母亲谢李氏赶紧过来拉住了他。

谢李氏过去老是不满儿子的所作所为，总要跟他抬杠，不同意他做出的种种决定。不过，今天竟一改往日的态度，认为谢炳坤如此选择是明智的做法，站在儿子一边帮着劝儿媳：

"你就莫讲多了，让他去跟贵田谈吧！"

跟熊芙蓉一样，谢李氏娘家亦是同村的。她爹一小财主，有二十来亩水田旱地，当年与老谢家勉强算得上门当户对。但整个李氏家族里的人多数还是非常穷困。而且到她兄弟手上也基本破产了。她苍苍白发上拢着一只高发髻，满脸皱纹如千沟万壑，一双昏花老眼直勾勾地盯着人瞧，盘着两只小脚坐在正厅神龛下的主位上，不断抽着水烟。

赣式民居正厅的一种常见摆设，是立在中央位置的木雕神龛前条几上的座钟、花瓶和镜子。座式西洋钟摆在正中间，右边是一只景德镇白瓷花瓶，左边是一面亮堂的长方镜。钟的走针会发出"嘀嘀嗒嗒"的声音，瓶子、镜子谐音"平静"且都安静无声，故总体寓意就是"终生平静"。谢炳坤府上的正厅也是如此。

站在一旁的谢府管家二谢头，看见他们吵得这么厉害，也只好三缄其口，甚至谢熊氏用眼神求助，意思想请他帮帮腔，他也装作没有看见。他是谢炳坤的本房堂弟，大名谢耀群，中等身材，略高于大谢头，比谢炳坤小七岁，满脸满眼的阴恻，一向不爱开口，偶尔片言只语让人根本难测其底细。此人长得倒不太差，但左腮帮下一块铜钱大的黑痣让他多了几分丑陋。谢府上上下下的人，乃至全龙湾村的人，都叫他二谢头。不用说，大谢头就是谢炳坤本人了。二谢头一向在谢府还是能说上几句话的，只是今天情况特殊。

谢熊氏又冷静思忖了一番，心里对自己的想法也不完全赞同了。钱财乃身外之物，还是逃命要紧。她只好自言自语悄声嘀咕了几句，借故走开了，对丈夫的决定算是默认了。

谢府的主事人就这些了，三个儿子目前都不在龙湾，而小女谢金枝，谢炳坤只让她待在内院的闺楼上，家里的事情是轮不着她参与讨论的，况且她还不过是个孩子。

看着婆子怏怏而去，谢炳坤其实同样是心疼他的那些良田的，甚至比谁都更心疼，那可是他多年的心血啊！但既然做出了这个决定，而且此次老母亲又一反常态支持他，这计划应该是可行的。就算自己的主意错了，难道老母亲也会错么？那就赶紧动手吧，免得夜长梦多，切莫生变。趁红军到来之前，尽快把这场交易谈成，赶去南昌。

此刻，天空愈见昏暗，雷声隆隆，一场瓢泼大雨又要来临。谢炳坤带着二谢头，换上水鞋，戴起斗笠，冲出门去。他俩一出门，黄豆大的雨点便如急箭攒射似的砸了下来……

金贵田比谢炳坤只小一岁，生于清光绪七年即公元1881年，农历辛巳年，生肖属蛇，现四十九岁。金、谢二人虽然是一起穿开裆裤长大的发小，年幼时也常在一起玩儿，他俩的父亲曾经是非常要好的朋友，但从他俩的父亲病逝、自己主事时开始，彼此之间就只有阳奉阴违、明争暗斗。并没有什么真正的情谊。他俩之间的这些矛盾，跟谢、金两个家族许多年来的利益争夺有关，也跟他俩各自不同的性格有关。按理说他们一个属龙，一个属蛇即小龙，是相生相容互补的关系，他们却有如水火，势不两立。

龙湾人评价，相比于谢炳坤，金贵田要善良宽厚得多。金贵田二十岁时，就考取了大清的院试秀才。而龙湾金氏历代基本上是纯粹的种田人，到他却祖坟冒青烟了。相反，龙湾谢氏的祖上倒是出过几个士子，最大的做过明朝万历年间的五品吏科给事中。

只是老金不像别的读书人那样，他身上还有很多农家子弟的本色，除了姓金名贵田以外，也没有什么字号、别名，他说自己不想附庸风雅。已故老父金时彰当初给他取的这个名字"贵田"就挺好，似乎很土气，却最是能体现中国民众耕种传家的本色和他自己喜欢土地的个性。要不是光绪末年戊戌变法后大清取消科举、兴办学堂，金贵田没法再去京城赶考，以他的才能，弄个举人、进士什么的，在朝廷里谋个一官半职的也说不定呢！

由于高安县府有规定，有前清秀才资格的人不用交田赋，加之金贵田早年担任乡间私塾先生的酬劳不菲，还有给人修谱排辈取名、写对联制牌匾、看地方选日子、主持红白喜事等收入，经过几十载的精打细算，勤劳持家，在龙湾，金贵田的家产仅次于谢炳坤，也有一百多亩丰产的田地和由二三十间房屋组成内外二院豪宅。他还懂琴棋书画、诗词歌赋、天文地理、风水堪舆、儒佛道学、二十四史等，故而在父老乡亲中德高望重。当然，因为知书达理明事，讲究孔孟之道，金贵田的口碑要远远好过谢炳坤。

金贵田最大的一块心病是膝下无子，仅有金葳蕤、金潋滟两个女儿。直到大清国灭亡、进入民国以后，特别是新文化运动的兴起，金贵田受到国民政府新政策新风尚的影响，也慢慢接受了无子嗣承香火的现实，开始尽心竭力培养两个女儿。为让女儿们接受新思想的熏陶，他将她们均送进了高安城里的新式学堂求学。

金贵田府上被谢炳坤垂涎已久的那块祖传玉佩，据说属于叱咤风云的历史人物、明朝农民起义领袖"闯王"李自成的一名妃子，而且之前她还是大明皇宫里的一名宫女。

那是三百年前的明朝末期，金贵田的远祖辈正在离家乡龙湾一百多里外的九江修水县行商。在一个月黑人寂、雪花纷飞之夜，他出门倒尿盆，搭救了一个跟随大顺起义军败兵逃亡到修水、走投无路的李自成之妃。其时她饥寒交迫，昏倒在他家门口的薄雪地里。金贵田的这位远祖赶紧将奄奄一息的她抱进自己屋内，给她盖厚被，灌热水，喝姜汤，喂米饭，总算把她从鬼门关拉扯了回来。

此前不久，一代枭雄李自成在离修水不远、鄂湘赣三省交界的湖北九宫山里遭到当地武装杀害，所部全军覆没，妻妾、子女、散兵游勇四散逃命，慌不择路。这个妃子为了活下去，就委身给了救命恩人——金贵田的远祖辈，也就成了金贵田的远祖母，金贵田是她的第八代裔孙。

既然是大明皇宫的女子，自是貌美如花。能凭空捡到如此仙女般的美人儿为妻，金贵田的远祖父认为这属于天上掉金子的大好事，也是南、北宋之交"靖康耻"那年，从荒漠塞外随逃难大潮、康王赵构亡命渡江至此安身的龙湾金氏世代祖上积德修来的福分。已三十出头、因家贫至今尚未成婚的他当然高兴万分，算起来他比她还大七岁呢！为了让该女子能躲避明、清两军的追捕，他当即决定带她回高安老家隐居。

回到高安老家以后，隐姓埋名的李自成遗孀就跟金贵田的远祖父过上了清贫但安静的乡村生活，并为他生了好几个子女。要知道，这个李自成遗孀原本便出生在京城，打小就因长相妩媚秀丽、伶俐机敏而被家人送进皇宫当宫女，过去哪里过过这样的苦日子？只因明朝最后一任天子崇祯帝朱由检一直苦于日薄西山、大厦将倾的朝廷，宵衣旰食、朝乾夕惕，企图励精图治、扭转局势，成天忙得焦头烂额、茶饭不思，没有心思男欢女爱，对于宫中的这些年轻漂亮的女子，他根本无暇顾及。就连号称"秦淮八艳之首"的陈圆圆，被佞臣献于殿前，他都无意染指，让给了吴三桂，更遑论其他人？于是就让李自成捡了个大便宜，他先是打进吴三桂府得到了陈圆圆，又打进紫禁城得到了她，但最后得手的还是金贵田的远祖父。

这个李自成之妃也就是金贵田的远祖母，后来便慢慢习惯了南方乡村的清贫生活，随遇而安，知足常乐。由于金家太穷，加之他俩的认识、结合太不同寻常，所以当时也没举行什么像样的婚礼，就悄悄过门同房了。但金贵田的远祖父一开始就保证，待将来有条件了再来补办。他也并未食言，几年后在金贵田的远祖母满三十岁时，就将祝寿与成亲这两大喜事合二为一了，也算是双喜临门。而此时他们已是五个子女的父母。

而金贵田的远祖母来到龙湾以后，曾经赤贫的金氏，家境也开始否极泰来，不断好转，芝麻开花节节高。换句话说，金氏是她的福星，她也是金氏的福星。她的身体也挺好，命够长，从没有啥小病小恙的，直到快八十岁才去世，比她丈夫也就是金贵田的远祖父还多活了十来年。临终之前，她将自己当初从宫中带出的宝贝——一块玉佩交给她的长子，并要求他将该玉佩作为传家宝一代一代地传承下去。如今就传到了金贵田的手上了。

不过，在龙湾村也流行着一些传说，那就是金贵田的远祖父在把金贵田的远祖母带回龙湾时，其实她早已身怀六甲。也就是说，她肚子里的这个孩子可能并不是金贵田的远祖父的，也可能是崇祯帝的，也可能是李自成的，也可能是其他人的。但是还有人说，金贵田的远祖母生的第一个孩子是女娃；还有人说，金贵田的远祖母生的第一个儿子，在他还没长大时就被金贵田的远祖父狠心赶出了家门；还有人说，金贵田的远祖母生的第一个儿子，在金贵田的远祖父得到他母亲许可的前提下被过继给了别人；还有人说，金贵田的远祖母生的第一个儿子，长大成家后并无子嗣；还有人说，金贵田的远祖母生的第一个儿子，他的后裔很少，后来的金氏人绝大多数还是金贵田的远祖母后面所生的几个子女的后裔，也就完全是金贵田的远祖父的后裔。

面对这种种传闻，金氏族人向来不参与讨论，只付之一笑，认为太无聊。他们金氏人的血缘毋庸置疑，都是真正的金氏人。他们宁可不要皇族的高贵血脉，也要捍卫普通人家金氏的正嗣。

金贵田年轻时长得玉树临风、一表人才，堪称龙湾第一美男。就算如今人到中年了，还是儒雅潇洒、风度不凡，且头上没有什么皱纹和白发，似乎才四十出头的样子。平日里还爱穿唐装，既文质彬彬又年轻帅气，比矮小敦实、五官平平、爱穿深色长袍或黄袍马褂的谢炳坤自是好看多了。金贵田的两个女儿金葳蕤和金潋滟同样长得清丽窈窕、貌若天仙，身上该大的大该小的小、该凸的凸该凹的凹、该长的长该短的短、该白的白该黑的黑，金家一对"姊妹花"在整个高安都大有名气，许多人慕名远道前来，甚至还有登门提亲的，这应该都是那位姿容绝代的远祖母所赐。

不过，谢炳坤仗着府上有钱，抢在金贵田之前强娶了本村熊郎中的独生女、龙湾第一美女熊芙蓉。熊芙蓉生得姣好，身高比丈夫还高，谢家几个子女皆随母亲，这才改善了他这一脉的身高基因。

金贵田早就知道，谢炳坤觊觎他家这块玉佩已久，也知道谢炳坤一旦看上什么中意的东西，一定会想尽一切办法据为己有。平时金贵田对谢炳坤一向忌惮三分，能让则让，遇事尽量退避三舍。为了确保安全，金贵田把玉佩藏在一个谁也找不到的地方，连婆子与两个女儿都没告诉。但究竟能不能保住这玉佩，他心里也一直忐忑不安。

金府没有谢府那么多人。谢府包括管家、下人多达二十余口。金贵田父母双亡，除了他们夫妇、两个女儿，只有一个幺爹，他是金贵田的表舅，大贵田二十多岁，姓毛，小名狗生，至今孑然一身。多年来就帮着金府打理一些事务，身份其实兼了管家、用人于一身，但大家都把他当一家人看。幺爹老实本分、干活勤快，不过他额头上有一道被长发罩着的刀疤，它隐隐说明他昔日应该是有些经历的。

金贵田跟谢炳坤不一样，谢炳坤家大业大，长年在府上养着很多干活的，也就是帮长工的。金贵田只是在有活干时，才请左邻右舍、外地亲戚或专业的师傅来帮帮忙，也就是打短工的。

且说此刻，在暴风骤雨中突然响起的"砰砰砰"剧烈的敲门声，都盖过了声音已够大的风雨。金氏一家人十分惊讶怎么这时还会有人登门，幺爹迅即戴上斗笠走出去把门打开，将谢炳坤二人引进院来。

龙湾两大财主谢炳坤和金贵田，也算是老冤家。他们虽说从小一起长大，童年时还是好伙伴，但由于性格不合、观点不一，许多年了双方都很少往来，尽量避免正面接触。所以这次谢炳坤登门，金贵田知道他是来者不善。不过他们毕竟又是一个村的，抬头不见低头见。所以见他一进门，金贵田赶紧让婆子金江氏沏茶倒水，端椅让座，显得十分热情。

金江氏本名翠柳，虽无谢熊氏姿容华彩出色，倒也低眉顺目、端庄稳重，穿着也朴素洁净，典型的贤妻良母，平时不喜搬弄是非，遇事倒有主见，是那种相夫教子、居家过日子的女人。正所谓"贤妇令夫贵，恶妇令夫败"，金贵田对此心满意足。倒是那第一美女熊芙蓉，美则美矣，却俗艳风骚，铜臭味浓，跟她的男人也算是夫唱妇随，堪称绝配。金江氏的父亲江老倌是龙湾村独占鳌头的头号木匠，又是江氏的族长，育有二子五女。江氏是龙湾第一大姓氏，阖族团结，富有血性，加上金氏、李氏等人家，使谢炳坤对金贵田也有些忌惮。

谢炳坤进了金府门，来到前院正厅，擦拭掉雨水，金贵田忙给他让座，喝下几口金江氏送来的热茶后，他也不多啰唆，更没有几句寒暄，直接开门见山，提出想用自己的田地换取他们金府的宝贝，却没再说什么原因理由。

金贵田一开始自然感到有些突然。他本来就一直提防着谢炳坤早晚会想办法骗取甚至抢夺他的玉佩，没想到谢炳坤今天竟走上门来要用田地跟他交换，莫非太阳打西边出来了？他不知道谢炳坤葫芦里卖的到底是什么药，也不好探问谢炳坤的意图，只是虚与委蛇地跟他试探着：

"坤哥，你想怎么跟我换？"

"用我的一百亩良田。"

金贵田一听，心里更加惊愕。他虽然不懂自己的传家宝究竟能值多少钱，但一百亩水田确实能值很多钱的。他根本不敢相信自己的耳朵，尽量控制着内心的欢喜。既然留着这块玉佩就像拿着一个烫手的山芋，时刻担心他来攫夺，而现在他愿出这么高的价钱来做交易，倒不如顺势换给他算了，何乐不为？

但他又担心谢炳坤是骗自己，后面还会有什么陷阱，遂再问下去：

"坤哥，你敢莫是哄我的吧？虽然我这块玉佩是无价之宝，我们都舍不得交给别人，只想一代代传下去，但一百亩良田也是你的命根子，你们谢府的产业哟，你就舍得？"

"啰啰唆唆，婆婆妈妈。就说你愿意不愿意吧，我把田契都拿来了。"

谢炳坤对二谢头示意了一下。二谢头赶紧把手里的一只精致的小红豆杉木盒拿出来，摆在案桌上。打开小铜锁，取出一张发黄的牛皮纸，是谢府那一百亩水田的田契。这一百亩虽不是他最好的田，却也能旱涝保收，每年能打两三百石金灿灿的稻谷哟！

金贵田拿着田契看了看，果真是那一百亩水田的田契！看着看着，竟有些眼花手抖。那可是他无数次从那儿路过，无数次渴望拥有的水田！

金贵田假装狠狠心说："既然坤哥喜爱我家的这个东西，那我只好忍痛割爱了哟！"

他强压着从未有过的激动与兴奋，脸上表情始终保持着平静甚至仿佛有一丝难过，让自己婆子、幺参陪着谢炳坤、二谢头两人，自己则一个人迈着尽量镇定的步伐，沿走廊进入后院，从木梯上了阁楼，在一个密匣里翻了好一阵子才翻出他家的宝贝，带至前院，同样摆在案桌上。因为过了有一阵子，谢炳坤又不耐烦了，怪他拖拉。

当这只漂亮的小金丝楠木盒出现，在场的人眼睛都瞪直了，"哇"地喊出声来。箱子里的宝贝，自是更加珍贵和华美。金贵田启开暗扣，取出一件通红似火的丝帛手巾，好像故弄玄虚似的，慢慢打开一层又一层，众人性急地等着。最后当那块玉佩终于显身时，数个人几乎陷入窒息状态。在场的这些人，包括金江氏，都没见过这块玉佩的真面目，只听过传闻。就是金贵田本人，也仅打开见过一次。

这块玉佩洁白如雪，圆润如乳，清脆如银，玲珑剔透，不但被雕刻成精美、生动的圆形龙凤呈祥图案，而且体型也挺大，略小于成年人的巴掌。

谢炳坤一对犀利如刺的眼眸，始终目不转睛地瞪着金贵田一丝一毫的动作，唯恐他又临时变卦。他当即迅速把那块玉佩抢到手里，重新用丝帛手巾小心翼翼包好放入木盒，关闭暗扣，紧紧抱在胸前，好像怕它被风刮跑似的。要知道，不但这玉佩是无价之宝，光金丝楠木的盒子也值不少钱呢，比他的红豆杉木盒可贵重多了。古人不是还有"买椟还珠"的典故吗！

然后谢炳坤又叫二谢头将自己的田契与红豆杉木盒递到金贵田手里，嘴里说着：

"咱们成交了，你可不要反悔啊！"

趁着雨小一点了，他连金贵田留其吃饭也不搭理了，告辞的话也没有半句，金贵田送他出门也不懂回头客套，带着二谢头赶紧冒雨回家。

回到谢府，谢炳坤立刻吩咐全家人赶紧准备，将金银细软光洋与刚刚到手的这块宝贝都带上，还有随身换洗的衣服鞋帽、日常用品，女人的首饰、化妆品之类，尽量精简，装到他那辆一年前从上海花高价买回来的、在当时整个高安乃至全赣西地区都少有的美国产福特牌小轿车上。

暴雨过后的空气格外清爽凉快，整个天地像洗过一样明丽洁净，夜晚群星璀璨，视野清晰。天一落黑，谢炳坤只留下一个最忠诚的老用人看家，嘱咐他每天将大门紧闭，尽量不要开门和出门，其他下人打发回家。自己带着家人往省城进发。车子发动后，一家人依依不舍不断回头去看他们高高的府第——那座在整个高安首屈一指的大宅子，心中竟有生离死别的感觉。谢李氏则双手合十，在心里默默祈祷上苍、叩拜菩萨……

从初唐才子王勃在《滕王阁序》里所描述的"豫章故郡，洪都新府。星分翼轸，地接衡庐。襟三江而带五湖，控蛮荆而引瓯越"的江西省城南昌，渡过赣江以后，再穿过长埠镇、道教圣地西山万寿宫，经平直而宽阔的赣湘古官道一直往西，一路上都是一马平川、广袤无垠。而那高峻逶迤的山脉只在其遥远的北部，可望而不可即的数十里外。到了上高县境内，才有些明显变化，蜿蜒流淌、水清见底的赣江支流锦江盘旋在眼前。再过不到六十公里，便看见一座巍峨壮丽的大观楼，高高耸立在锦江北岸，这就是文明历史悠久达数千个春秋的高安古城。

锦江自西而来，折而东流，将高安城分为南、北二区，在南门即主城门之外有仁济石桥和浮桥将二区连成一体，北边即为县衙、驻军、庠序等机构，南边则多为贫民区、集市、墟场和手工业作坊区。

晋朝以前，高安就有了城池。唐武德年间，李大亮撒土筑城，并环以濠。之后又修造北城、南城，锦江从之前的护城河变成了城中间的内河。之后高安县城历朝历代皆有修缮扩建，但也有破坏损毁。高安的地理位置非常重要，自古乃兵家必争之地，特别是近现代以来的一百余年里，军阀混战，外敌入侵，战事频繁，兵荒马乱，使高安屡屡成为战争创伤的重灾区。

据有关文字材料记载，高安原是古三苗活动之地。春秋初期从属于吴国管辖。后越国灭掉吴国，高安从属于越国。战国时楚国灭掉越国后，高安又从属于楚国。秦王政二十四年，即公元前223年，秦国灭掉楚国后不久，高安从属于秦朝新设的九江郡。

大汉立国后不久，汉高祖刘邦改九江郡为淮南国，高安从属于淮南国豫章郡。汉高祖六年即公元前201年，高安始建县，取名建成，为豫章郡十八县之一，管辖范围包括今高安、上高、宜丰、万载四县全境和清江县（今樟树市）的一部分。西汉平帝元始四年即公元4年，建成县改名多聚县。东汉光武帝建武元年即公元25年，建成县旧名又被恢复。

唐高祖武德五年即公元622年，为避太子李建成名讳，此"建成"名又必须要更改。据《太平寰宇记》记载，因此县辖区"地形似高而安"，故将县名改为了高安。自此高安县名便一直延续至今，历史超越了一千四百年，这在全中国也是不多见的。同时在高安设置靖州，恢复望蔡、宜丰、阳乐三县，增设华阳县，连同高安，五县悉统于靖州。

1914年，江西全省被划为四道，高安隶属于庐陵道。1926年，庐陵道被废，高安直属江西省政府管辖。1932年，江西全省被划为十三个行政区，高安隶属于第一行政区。1935年，江西省被压缩为八个行政区，高安隶属于第二行政区。

1939年，江西全省又扩大为十一个行政区，高安仍属于第二行政区。1942年，江西全省又被压缩为九个行政区，高安改属第一行政区。20世纪二三十年代左右，中国共产党发动和领导劳苦大众，在江西掀起了轰轰烈烈的革命运动，其中最著名的有1922年9月的安源路矿工人大罢工、1927年8月的八一南昌起义、1927年9月的湘赣边秋收起义、1927年10月建立的井冈山革命根据地、1931年1月建立的中央苏区等。

1928年4月，由毛泽东率领中国工农革命军第一军第一师，与朱德、陈毅率领的南昌起义部队余部、湘南起义农民军，在湘赣边境罗霄山脉中段井冈山麓的宁冈县龙市镇（今属井冈山市）龙江书院胜利会师。随后，几支军事力量合编为中国工农革命军第四军，后改为中国工农红军第四军。1930年6月中旬，从井冈山南下、进入赣南闽西地区的红四军，在毛泽东的主持下，于闽赣边境汀州（今福建长汀）召开了红四军前委扩大会议，根据全国红军代表大会和全国苏区代表大会的精神，在红四军的基础上成立了中国工农红军第一军团，简称红一军团，也叫第一路军。朱德任总指挥，毛泽东任政治委员，朱云卿任参谋长，杨岳彬任政治部主任，一共有两万余人。

红一军团成立以后，在时任中共中央政治局常委李立三的"左"倾盲动主义错误路线的严重干扰之下，他们开始错误地向北进军，拟大举进攻江西省城南昌。在付出了沉重的代价后，红一军团总算攻占了沿途的赣中西地区吉安、清江、安义、奉新等重镇。与此同时，红一军团的一部分军队也进入了高安地区。

过了高安古城以后，再继续沿赣湘古官道往西行走十公里左右，便可看到在锦江的北岸，一条南北走向、自北向南注入锦江的小支流，被当地人唤作龙湾河，其河面明显比锦江狭窄很多，水流也要平缓很多，像是一条翠绿的带子，悠悠穿过一片丘峦起伏、阡陌纵横、郁郁葱葱的锦绣田园。龙湾河的源头，是被称为"八百洞天"的华林山。

这龙湾河看似流水潺潺、不急不缓，但在中间有一小段，其河床猝然下切数十米，悬崖峭壁，怪石嶙峋，湍流汹涌。河流的落差顿时加大，犹如瀑布垂挂、河坝倒塌，水的流速顷刻间加急数倍，水像是万马奔腾，从上游泻入一方半封闭的如铜墙铁壁般的幽潭，冒着翻滚的白沫，珠光四射，水花飞溅，疑是银河落九天。这潭深不见底，水碧绿碧绿的，寒气瘆人。泻入潭中的河水，快速兜转圈成漩涡状，好似有蛟龙深藏水底，当地人便习惯称它为龙潭。

　　当地传说，这泓素来无人探到水底的深潭，是和遥远的东海连在一起的。远古时期，有条害龙曾为祸民间，作恶多端，经常兴风作浪，搅得当地连下暴雨、大发洪水，将田地摧毁、村庄淹没，村民、牲畜、粮食、树木都被洪水冲走。后被海龙王知晓，将它擒拿并囚禁在此，以铁链牢牢拴住，从此便无法脱身作孽。但它仍狂躁难消、余威不减，时常发作咆哮，弄得潭水汹涌翻滚，如沸腾的开水似的，只是再也不能兴起洪水、为祸百姓矣。

　　就在这龙潭附近，有一片唤作龙湾的大村庄，也不知是河流因村子而得名，还是村子以河流而得名。龙湾村的背后，靠着一座不过几十米高的小山包——虎首山，山上有座小山神庙、几棵古树、几孔窨眼、一些旱土。眼前是平畴的稻田菜地，还有那平直宽阔、车水马龙的赣湘古官道，以及弯弯曲曲、缓缓流淌的龙湾河，最远处是崔嵬苍翠、有如屏障的华林山。龙湾的位置优越、交通便利，更兼田园秀美、水土肥沃，几乎从未有过大的洪旱灾害，长年风调雨顺，端的是风水宝地，为远近八乡的人所艳羡。

　　龙湾在高安算是一座罕见的大村落，人丁逾千口、房屋逾千间、村外水田旱地池塘几千亩，可谓气派非凡。自从这里最早的居民之一，即谢炳坤的祖先，在隋唐之前阖族从中原黄河流域迁来此定居，已有一千四五百年的悠久历史。除了谢炳坤的谢氏、金贵田的金氏外，还有江氏、李氏、熊氏、王氏、言氏、毛氏、周氏等。而谢、金两姓氏的人数并不算是最多，江、李、熊三姓氏才是主体，各有五六十户，占总人数三分之二以上。只是他们人数虽多，但除了江氏经济条件稍好点外，其他几家都是生活比较清贫的佃农或别的小户。诸家之间，多年来相互杂居共处、彼此通婚联姻，这血缘关系就更加复杂了。

　　龙湾村的院落规模浩大、特色鲜明，是典型的赣派民居。说起来，赣派民居与徽派民居都源于汉族客家民系的传统建筑，但两者之间仍有明显区别。尽管从历史上来说，赣派民居比徽派民居的年代更早，但后来相对衰落了。倒是龙湾村还保留着旧貌，建筑恢宏庄严、雄阔峥嵘、雕梁画栋、飞檐翘角，显得气度宏伟、精美绝伦。特别是谢炳坤家四进的大宅子，庭院深深、富丽堂皇；金贵田家两进的大宅子，典雅玲珑、书香十足。二者乃龙湾村建筑群里两大最突出的代表。

　　赣派民居的布局简洁整齐、风格朴实素雅，多为砖木土石结构，没有徽派民居那么华丽精致繁复，但是也没那么狭小幽黑曲折。其墙角、天井、栏杆、照壁、漏窗等用青石、红砂石或花岗岩裁割成的石条、石板筑就，且往往利用石料本身的自然纹理组合成图纹。外看多为长方形平面，用空半砖墙围合，清一色的青砖灰瓦，高峻的马头墙，半掩半露的双坡屋顶隐在重重叠叠的马头墙后面。马头墙造型丰富多样，翘首长空，既可防火又可防风。

从村落规划上说，赣派民居和徽派民居都受形势派风水文化的影响，开天门、闭地户、水口建筑等布局基本一致，都比较注意"天人合一"与环境融为一体的风水观。所不同的是，赣派民居一般将祠堂、戏台置于村落的地理中心位置，而徽派民居则将其作为水口建筑置于村口。若仅从这点来说，龙湾是有些像徽派民居了。

从建筑形式上说，两者的平面布局基本相同，"四水归堂"是常规设置。所不同的是赣派民居的"井"略微大些，赣派民居基本上都是一层，不过有些也有个小阁楼或未出阁闺女的绣楼，比如谢府、金府都是这样。而徽派民居一般都有两层，这与土地宽裕的赣抚平原和用地局促的徽州六邑地形地貌有关。赣派民居的外墙为青砖马头墙，而徽派民居一般都是白壁马面墙。徽派民居的白壁马头墙，规模明显要小于赣派民居的青砖马头墙。

龙湾村的格局基本上符合赣派乡间院落的风格，但也有一些自己的特色。比如说青砖灰瓦、马头墙、双坡屋顶、基本上一层、房间较大、布局严谨而简约、宅院多为长方形平面、门庭窗牖有所修饰、村口置水塘、院内置天井……这些都是差不多的。此外，各族的大小祠堂散落在村子诸地，各条或宽或窄的街巷的路面皆以青砖、麻石、瓦砾铺设，各家的房屋虽横七竖八但仍有条理，村里还分布着多口小水塘用于承接雨水、污水及防火，一所书院同时兼作私塾、佛道庵堂，几处七层或五层砖塔用于焚烧垃圾，几家小铺基本当街。

龙湾村口有一座清朝前期康熙年间修建的高大牌坊楼，虽朴素但也宏伟。牌楼材质均由精雕的大青石与细凿的老杉木制成。头顶正上方牌匾刻有四个魏碑体大字"旌表节孝"。楼柱共四根，统约高一丈半，皆一般大小，为圆形木柱。底座为半米高方形石墩，但未刻文人撰写的竖副楹联，亦无龙飞凤舞之类的浮雕或彩绘图案。楼面分为三门，中间一门宽，约为四米。两旁之门窄，各约两米。楼分为两层，上小下大，并盖有琉璃瓦，类似屋檐，目的是为牌匾遮挡雨水。琉璃瓦始为绿色，因年代久远，随风吹雨打日晒虫蚀，已褪色为近似黑色。

自牌楼进去，是一个面积达三四亩的半圆形池塘，弧形边在外侧，直径边靠庙墙。池塘平时用于养一些鱼龟虾蟹螺蚌鳅鳝，养鸭鹅，洗菜，洗衣及孩子们盛暑游泳。并建有两个分类的石阶埠头，即一个主要用于洗菜，一个主要用于洗衣。仅对岸一角有一小片水面，种了一些莲荷与水葫芦。塘水不算很深，最深处也就三四米而已，基本上不会溺死人。村里很多孩子就是先在这里学会了游泳，长大后离开家乡，在全国各地大江大河大湖甚至大海"中流击水"。每天都有大量活水，从龙湾河沿渠道汩汩灌入塘中，虽不是很清澈，不能饮用，但也不是很浑浊，洗菜洗衣都行。池塘四周，有杨柳婆娑、桃李缤纷，再远处还有一些樟树、椿树、桂树、银杏树、板栗树、枇杷树等，田陌潇霖，春明涨渌，秋晚醉醺，梨花院落，篱角黄昏，一派典型的江南家山风月风貌。

靠着池塘的高大建筑是全村人的社庙，外面是一片平阔的场坪，集土地庙、佛寺、道观、祠堂、戏台、会场、广场等多重身份于一身，村民们平时在这里游玩、祭祀、吃席、看戏、烧香拜佛、聚会商讨、办红白喜事、逢年过节耍龙舞狮等。社庙主殿修建于元末明初，迄今已有五百多年历史。它虽高约五丈宽逾五百米，梁硕柱巨，雄伟而精致，但系外涂桐油的百年杉木以榫卯结构及青石青砖建造，不使一颗铁钉，体现出古人高超的建筑技术。

社庙大门两旁的蓝字烫金楹联——龙盘虎踞称宝地，湾绕潭深聚真财——自是出于金贵田的手笔。村里各处还有各姓氏家族自己所建的多座宗祠，大姓江、李、熊三府的规模最大，其次是大户谢、金两府的。也有人丁过少、经济能力有限的姓氏就不建宗祠了，只在自家正厢房里设个列祖列宗的神位，上书"××堂"（自己的祖籍），中书"天地君亲师"之类。社庙旁还有一座更高的碉楼，既是瞭望台又是抗敌处，设有防御的垛口、射箭打枪放铳的小孔。

龙湾村里没有什么大的商业街衢与店面，只有几个小的中药铺、木匠铺、裁缝铺、剃头铺、铁匠铺、棉被铺、寿板铺、砖瓦窑等。村民要购买东西、办什么事，或销售自己的土特产，便要么进县城，反正不算太远；要么去几里外最近的一个圩集，每逢日子就趁清早赶圩。

谢府的四进大宅就靠近村口，与社庙仅数户之隔，外头虽然喧闹，墙外人来人往，府里事务也多，但内院里倒还安宁。金贵田的两进大宅就离得稍远点了——

当然因为同在一个村子，说远也就三四百米，在村子顶后头，曲径通幽处，基本每天都清静悠闲，每年就春种秋收、红白喜事、逢年过节那么小几段时间吵闹一些。两个宅子因主人的志趣不同而在风格、内涵上有一定差异，在体型规模、豪华程度上也大相径庭，但在结构布局、建筑材料上还是基本一致的。一般外院的房子都是给下人、来客们住。金府还在大门旁专辟一间机动房，留给乞丐、流浪者、迷路者、逃荒者、赶路的书生艺人、云游的和尚道士、办事的郎中侠士等人住，还管他们的三餐饭食。天井里打有水井、建有水池或摆有水缸。外院还有厨房、粮仓、杂物间、牲畜栏、牛马厩、厕所、澡堂等，外院一般都另辟有侧门，进菜蔬肉类、柴火木炭、出运垃圾等从这里走。再进去是主客厅兼餐厅、佛堂或祭祀室、贵宾卧室。再是主人的小客厅、卧室、书房或储藏间等。最后是长辈与未成年的孩子们（尤其是闺女）的活动房、卧室——当孩子们长大成家了，或搬出去另修造门户，或住外一进，父母则搬入，双方互换。

第二章 虚惊

就在谢炳坤匆匆离开龙湾老家的那天，1930年7月27日黎明，红一军团先头部队，几乎不费一枪一弹顺利进入了高安县城。他们早已得到情报，当时当地武装并未大批驻扎在主城区，而零星的游兵散勇早已逃之夭夭。军纪严明、秋毫无犯的红军，受到了高安人的夹道欢迎。一时间锣鼓喧咚、鞭炮噼啪，载歌载舞，喜气洋洋，好不热闹。由于高安地下党的多年有计划的宣传，加上这次亲眼所见，老百姓终于明白，红军真正是自己的队伍！

驻扎在高安县城一隅的县保安团，因昨夜喝酒吃肉划拳赌钱，很晚才醉醺醺入睡，直到日上三竿时才酣梦初醒。在获悉红军先头部队开进城内的消息以后，他们才慌忙来到城北的石桥头，仓促架起几挺机枪企图阻击红军的进攻。但缺乏训练的保安团，哪里抵挡得了训练有素的红军？在高安八角亭，红军将狼狈溃退的保安团团团围住，一场激烈的近距离枪战不到两小时就结束。保安团团长杨茂福和他的手下一百余人悉数被击毙，仅有谢炳坤的大儿子、保安团副团长谢天昊带领少数团丁从锦江里仓皇逃出了包围圈。

翌日清晨，红军又趁人们还在睡梦中时，乘胜摧毁了高安县的县衙，活捉了警察局局长及一众部下，并砸烂高安县监狱锈迹斑斑的铁栅栏门，解救了一百多名被捕同志和无辜群众。

由于长途跋山涉水、日夜行军打仗，红军战士已经疲惫不堪，眼见高安暂时还风平浪静，高安各界民众与进步士绅又很爱戴红军指战员，红军决定就在这里休整一段时间。

十天以后，为了援助在湘鄂边界身陷困境的红五军，红一军团停止原定北上攻打南昌的计划，准备挥师西进。红五军是彭德怀、滕代远等人于1928年7月在湘赣边界北段发动平江起义后建立的一支共产党部队，此年12月到井冈山并入毛泽东、朱德等人的红四军，1929年9月红五军重组，1930年6月并入红三军团，不久又以其第五纵队为基础扩编为红八军。所以这里说红五军，只是沿用过去的番号。

军队即将开拔，战斗又要打响了。当天上午，红一军团先头部队得到情报，获悉国民党新编第五师一个整编团，即将经高安往奉新与师部会合后转驻南昌。根据军团首长命令，决定歼灭这支敌军。红一军团先头部队一个团，在高安城外经六尺桥迅速到达伍桥附近，并在这两地中间的邹家岭到狮公脑一带对国民党军布下了天罗地网般的包围圈。天擦黑时分，夕阳西下，暮色苍茫之际，只见这支国民党部队果真稀里糊涂闯进了红军设定的水泄不通之网。当发现自己身陷敌阵后，国民党团长急忙命令部队朝伍桥后面龙城一带的山沟撤退。但还没等其收集队伍，红军就在四周发动了猛烈进攻，由于地形不熟，加之红军准备充分，国民党军迅速溃败，大部分士兵向红军缴械投降。但敌团长带领的约一个连的人马，逃到了狮公脑后面三公里的一个小山包上，依据有利地形殊死抵抗，红军先后两次冲锋才拿下山头，全歼敌军，但自己也付出了较大伤亡。此役消灭了国民党军一整个团，缴获了大量武器与弹药。

与红一军团在高安伍桥与六尺桥附近激战的这支部队，是国民党公秉藩的新编第五师的一个团，是一支地方部队，算是杂牌军，是根本不入蒋介石法眼的非嫡系部队，既不是黄埔系，也不是中央军。但该师的实力还算不俗，士兵的战斗意识也比较强。他们被红军团团包围，虽然仓促上阵，但并没有丧失抵抗意志，始终坚持作战，给红军造成了一定的伤亡。

公秉藩，字屏轩，陕西扶风人，国民党陆军中将。中央军校高等教育班第六期毕业。1930年任新编第五师师长。1938年任第三十四师师长。1941年5月在山西境内中条山战役中被日寇俘获，后投降日伪。抗战胜利后维持武昌治安，迎接国民党接收，后回西安闲居。1951年在西安被捕，判刑十年，1961年获特赦。后任陕西省政协委员。1982年以80岁高龄病逝。史书上称他"屡战屡败"，但也是"屡败屡战"。

1930年8月9日拂晓，红一军团先头部队的将士们，怀着高安人民对他们的深厚情意，恋恋不舍地离开了这座古城，继续转战湘赣边界各地。8月23日，红一军团和红三军团在湖南浏阳的永和大会师，组成中国工农红军第一方面军，简称红一方面军，朱德任总司令，毛泽东（后为周恩来）任总政治委员和总前委书记，彭德怀任副总司令，滕代远任副总政治委员，下辖第一、第三军团，一共三万余人。红一方面军的组成，对红军实现以游击战为主向以运动战为主的战略转变具有重要意义。

因战略调整，红军先头部队只是在高安县城及其附近作战及休整，并没有到过十公里外的龙湾。谢炳坤这次算是多虑了。

就在红一军团先头部队进入高安县城的那天夜里，谢炳坤慌不择路赶到了南昌。当时龙湾村民都已知晓红军马上就要打过来的消息，个个日夜惶恐不安。金贵田却一直留在自己府上，照常早睡早起、一日三餐，只是紧闭大门、深居简出，每天就是读书写字、吟诗作对、饮茶喝酒，有时还哼几句地方小调，如高安特色的采茶戏、打花鼓、道情之类。连一向沉静的金江氏这次也急得不知所措，想不到自己夫君还如此镇定，雷炸到头上还能喝下三碗稀粥。不过，天气炎热，艳阳高照，家人们待在院子里，汗流浃背，拍着蒲扇，喝着凉水，听金大先生摇头晃脑、哼哼唧唧地念诗唱曲，却也是一道奇特的风景。

谢炳坤早在几年前，就把三个儿子陆续送来南昌念书，并在南昌市中心东湖边百花洲买了一栋房子供儿子们住，自己顺便也来南昌经营一些生意。兄弟仨毕业后参加工作了也都还住在这儿，他与谢熊氏、老母亲谢李氏有空闲时也经常会过来小住几日。这边亦配有一辆汽车与一名司机、保姆与厨子等。厨子是谢熊氏娘家那边的叔父，兼管账务与采买事宜。

近些年来，谢炳坤其实已悄悄地把他的大部产业都陆陆续续迁到了省城南昌。龙湾那边每年不过是稻果茶蔬畜之类的种养与收成。谢炳坤野心勃勃地想干更大的事业，就是指在南昌这边，包括开当铺、茶店、粮店、投资地产、赌场、钱庄等，包括工商业、金融投资业等。

东湖在历史上原为赣江的一个河汊，后筑坝建成独立的内湖，是南昌市最大的城中湖。湖中有一小岛，荷花满湖，万柳成行，奇花异草盛开，故称"百花洲"。传说孔子七十二贤徒之一的澹台灭明，离开孔子后，曾经在百花洲畔结草为庐，传播儒学。唐代刺史韦丹在东湖筑堤，南宋通判丰有浚在此植柳成荫，隐士苏云卿在此灌园植蔬。明代戏剧家汤显祖曾登洲游湖并赋诗一首："茂林修竹美南洲，相国宗侯集胜游，大好年光与湖色，一尊风雨杏花楼。""晚明第一猛将"刘綎的"表忠祠"也矗立洲畔。清代蒋湘南曾撰百花洲铭，全文二百一十六字，将百花洲描绘得淋漓尽致：湖之大——"三湖错列，一涨汪洋"；湖之惠——"节之派之，阜民用康"；湖之境——"云依树幽，月印波显"；湖之乐——"钓游有憩，公宴有堂"。民国时期，这里辟为湖滨公园。周边有建德观、基督教堂、杏花楼、佑民寺、城隍庙等等。游园聚会、垂杨烟柳，堪为南昌佳胜之地。

湖岸曲折迂回、青草郁郁，湖面烟波浩渺、水天一色，树木掩映、百鸟翱翔，端的是气象万千、风光旖旎。湖南岸竹林深处、水湾所及，矗立着一栋栋西式与古典相结合的别墅、庭院，那都是达官贵人们的私宅，包括政要、骁将、富绅、名流等，显得十分高贵、幽静。

谢炳坤的这个新府是一栋貌似普通的两层小楼，大小十来间，也够一大家子住了。楼房前面有丈余高围墙圈成的一个小院落，可以停两辆汽车，也种了些花花草草，还有个小水池，池里有座小假山，还有个狼犬窝。后门出去一条卵石小径直通东湖，岸边时常泊着一艘小木舟，可划去湖中心游玩，还有一个观景平台暨后院坪，旁边是棵高大的百年古枞树，还栽有一排排丛竹。

谢炳坤一行赶到南昌时已有些晚，在省府茶叶局工作的二儿子谢光赋吃完夜饭后正准备睡觉，听见门铃声，便噔噔噔下楼开门让车进来，并吩咐保姆给他们沏茶水，厨子给他们弄吃的。

这天上午，谢天昊在高安被红军打败，带着少数几个兄弟侥幸逃出，一阵惶恐乱窜，待到了高安城外十数里后才敢歇脚。究竟是回龙湾的谢府，回南昌的谢府，还是静观高安城的情况，待红军离开方回去？这时他确实有些犹豫。

因此，谢天昊先是派了一名兄弟到龙湾给父母报信，说红军随时可能会抵达，让他们最好去南昌避避风头。再带着大家到附近一个乡公所暂行休息，不断派人化装进高安城打探消息。见红军在高安连获捷报，且一时没有离去之意，他只得在安排兄弟们各自回家后，自己半夜赶回了南昌的谢府。其时天快亮了，谢炳坤早已上床，被婆子叫醒，见到狼狈不堪的大儿子，听其讲述完全过程，心中默然，更加担心他在龙湾的一切。

在谢府父子先后到达南昌的第二日，尽管昨天晚上大家都睡得很晚，但由于担惊受怕、路途劳顿，众人都各怀心思，根本没法深睡，一大清早，还是都起床了。

昨天下午的一场大雨，使原本被称为"火炉"的南昌的盛暑燠热一扫而空，变得舒适多了，空气清新许多，街道也干净许多，天空是蔚蓝的，漂浮着几朵白云，还有悦耳动听的鸟鸣蛙叫。特别是泱泱阔阔、倒影如画的东湖，微风泛起涟漪，湖面碧波荡漾，低空中笼罩着一层薄雾，犹如蒙上白纱，云烟朦胧、虚无缥缈，仿佛蓬莱仙境。在这样的时候，纵使你此前情绪再糟糕，也会有短时间的神爽气朗、心旷神怡。

得益于历代祖宗养练，谢炳坤的家教还是很严格的。谢天昊兄妹们一起床、穿衣、叠被、倒便、如厕、漱口、洗脸、梳头、化妆——这整个流程要非常明快别拖沓，除非起得非常早。之后，就要一一到祖奶、父母的卧室门口道安，然后一道下楼去饭厅吃早餐，让长辈走在前面。小时候还要背诵《弟子规》《谢氏祖训》等书文里的若干段落，由长辈抽查。

早餐虽然简单，种类倒挺丰富，稀饭、豆浆、豆腐脑、油条、包子、咸菜、蔬菜、腐乳、米粉、荷包蛋等，有厨子、保姆自己做的，有上街买的，各有所爱，各取所需。

龙湾谢府在吃饭时一般是不允许晚辈讲话的，尤其是有客人在场时。不过因为昨天令人惊恐的经历，所以这个早餐，大家对昨天的事情再次展开了讲述与讨论。除了下人包括二谢头不能上桌，在座的一共六人：祖奶谢李氏、父亲谢炳坤、母亲谢熊氏、老大谢天昊、老二谢光赋、小妹谢金枝，仅老三谢志航缺席。

谢氏四兄妹的年龄约莫各差三岁，这年谢天昊二十四岁、谢光赋二十一岁、谢志航十八岁、谢金枝十五岁。虽然父亲谢炳坤长相差点，可母亲谢熊氏是大美人啊。所以谢氏四兄妹长得都不赖，身材也能到中等左右，甚至面相都比较接近，显然子女们在外表上继承母亲的基因更多些，尤其老大谢天昊相对长得最好，身高、身板、五官都属第一，典型的美男子，特别是那一对标准的"谢氏眼睛"，深陷半寸、凝注如鹰、直勾勾看人，则是源自父亲与祖奶了。相对来说，老大是壮实，老二是儒雅，老三是阳光，小妹是恬美。

谢天昊三年前就结婚了，妻子朱璇是南昌城里的大家闺秀，姿色平平，乃谢炳坤生意场上朋友的女儿，两位父亲私下就决定了他俩的婚姻，谢天昊自己很不满意。此女自小娇生惯养，任性乖张，从来不愿跟谢氏人在一起相处，都是一个人开小灶，谢氏人亦只好迁就她。她也一直待在南昌，且三天两头回娘家去住，从没去过高安和龙湾，嫌弃那边是偏远落后的乡下。这不，今天她干脆以怀孕身子不适为由，待在自己屋里不下楼了。

按照龙湾多数人的评价，从性格和为人来说，老大谢天昊最接近父亲谢炳坤，老二谢光赋则比较像母亲熊芙蓉，精明世故；老三谢志航因为比较小就离开了龙湾，在大城市里学习和工作，接受外面新鲜事物和三教九流各色人物多，性格开朗爽快，为人相对诚实；小妹谢金枝还年幼，但继承母亲姿容的美人坯子已初露端倪，目前看性格似乎柔弱，但内心倔强且自有主见。比如说，她小时候坚决反对给自己裹小脚，还早早把一头齐腰长发剪成齐耳短发。

老三谢志航的相貌性格为人，均大异于大哥、二哥，因此在龙湾及附近诸村，对此也有一个传闻，说是他娘谢熊氏轻佻放荡、不守妇道，谢志航是她与别的男人私通生的。甚至还有人说，那个男人就是金贵田。还有人说是二谢头，这更不可能了。二谢头长得尖嘴猴腮，谢志航跟他没有半点相似之处。为此，谢熊氏早年还被谢炳坤关在屋里狠狠笞揍过好几回，逼她说出真相。但谢熊氏死活不承认，一口咬定根本没这回事儿，后来就不了了之了。由于谢炳坤长年找不出谢熊氏有什么蛛丝马迹的异常，也不见那个所谓的男人露面，终于觉得是自己多疑冤枉婆子了。但不管如何，谢炳坤对谢志航与两个哥哥一视同仁，依然宠爱他——谁叫他在三兄弟当中最出色呢！不过父子之间多少有些隔阂，谢志航跟父亲没有两个哥哥跟父亲亲，打小就出外上学，平日也很少回家。

大家先是听谢天昊讲述昨日早晨被红军惊醒，与其展开激战的情形。说实话，谢天昊直到现在还心有余悸。自进入县保安团两年多以来，他还从未打过如此面临生死的大仗。当一阵阵枪炮声猛然响起，他从美梦中醒来，钻出被窝，还不知怎么回事，衣裤鞋帽都没穿戴齐整，就立即端枪投入战斗。

他说，那些红匪都戴着八角帽，帽子上面有枚通红闪光的五角星，穿着蓝灰色军服上衣，领口有两块红布，上面两个口袋，裤脚下有绑腿。当他们就在自己身边跑过时，第一次如此近距离接触他们，令他根本不敢直视这些魔鬼般的人。他们就像天兵天将一样神奇地出现，喊打喊杀，声如海啸，杀气腾腾。他们的腿下就像哪吒装了风火轮，像孙悟空会驾筋斗云，枪炮也像是长了眼睛。子弹从耳边尖叫而过，大炮在眼前轰然炸响，顿时火光熊熊。要不是自己跑得快，早就下地狱见了阎王爷。

谢天昊的描绘自是有些夸张，说得红军如何恐怖厉害，自己在强大的敌人面前如何顽强抵抗，如何冲锋陷阵，如何边打边撤，如何突出重围，特别是如何机智灵活，懂得跳进锦江，从水路潜身逃遁，这才捡了一条命，还救了几个弟兄云云。其实他心里也清楚，主要还是他的保安团战斗力太差了，军纪也糟糕，而这才是事实。所以说到后面，大家都不爱听他吹牛了。但不管怎么说，红军是很厉害的，高安地方军队抵挡不住，龙湾马上要遭殃了——这也是事实啊！

　　大家开始担心红军在"血洗"高安城以后，下一步就是要进攻自己的家乡龙湾了，顿时一个个议论纷纷。但说来说去还是一个意思，此次龙湾必然凶多吉少，在劫难逃。祖奶谢李氏不断捏着手里的菩提佛串念"南无阿弥陀佛"。

　　接下来的几天，老二谢光赋每日里照常去省府上班，老大谢天昊天天在外打探消息，谢炳坤也是三天两头往外跑，说是和朋友谈生意，因正担惊受怕，谢熊氏也就没有往别的方面想。另外几个待在府上大门不出二门不迈干等着。但由于南昌实在太热，晚上开风扇、用冰袋都不管用，谢炳坤就陪着母亲、婆子，带上小女，驱车爬上号称中国四大避暑胜地之一的庐山，在牯岭住了几天。庐山确实气温凉爽，但由于担心老家，大家玩得并不开心。特别是想到龙湾乡下，在这酷热的时节，要比南昌舒宜好几分，比这庐山也有过之而无不及，更是增添不悦之情。

　　直到过了整整十三天，谢天昊早早就从外面兜了一圈，匆匆地跑回来，兴高采烈地告诉大家，红军已经离开高安了，而且并没到过龙湾。也就是说龙湾无事，一场虚惊而已。谢天昊眉飞色舞，急着要赶回高安县保安团去。杨茂福团长死了，接下来团长一职非他莫属。这也是省警察厅陈厅长在电话里亲口对他说的。

　　自然，谢李氏、谢炳坤、谢熊氏也急着赶回龙湾去。龙湾无恙本是天大的好事，但谢炳坤想起"换田事件"，突然一阵心痛。全家人都是懊悔不迭，却又哑巴吃黄连——有苦难言。谢熊氏当着婆婆的面不好说什么，但在丈夫面前，她就以先见之明的口气批评起他来。要是按往常，谢炳坤不扇她几个大嘴巴才怪。但既然龙湾无事，没有什么大的损失，他就不怪她了，还乐呵呵地劝她。他决定回去后再找金贵田把水田换回来，对此谢熊氏表示并不乐观。谢炳坤横了婆子一眼，底气十足地说："那你就等着瞧吧！"

　　让谢炳坤有些舍不得马上离开南昌回龙湾的，是一个阖谢府人谁也不知道的秘密。那就是谢炳坤还在南昌另外购了套小房子，养着个被他赎身并包养的小女人。那是个叫作夜来红的风尘女子，是南昌城著名妓院"怡红馆"的几个头牌之一，长相倒不算非常好看，但情欲旺盛、体贴周到，每次迷得谢炳坤神魂颠倒，后来索性为她赎了身，给她买了个公寓，金屋藏娇起来。

除了敛财，谢炳坤将床笫之欢视为人生最大的爱好。所以尽管他偷偷地喝中药吃补品，如人参、燕窝、虫草、驴鞭、羊肾之类，一锅一锅炖、一把一把吃但还是有些未老先衰，两鬓生了白发且已开始秃顶。他只比金贵田大一岁，可看起来要大金贵田十岁还不止。不过这次到南昌，他借跟朋友谈生意、耍麻将为由，抽空去那边的"家"跟小女人歇了数宿，好好快活了几回，现在是该回龙湾了。

于是，几个人心急火燎地，速速收拾东西准备回龙湾。谢炳坤本想让小女谢金枝在南昌多待段时日，向二哥学一点采茶、辨茶、制茶、卖茶的知识，顺便叫二哥带着她跑一跑南昌的茶叶市场，多掌握一些这方面的销售资源，并照看一下谢府在南昌的茶店、当铺、粮行的生意。因为下一步谢炳坤想扩大茶园的面积，增加茶叶的业务。可谢金枝对这些并不是很感兴趣，只想回到龙湾去，谢炳坤就由着她了。

对这个最小的女儿金枝乖乖，谢炳坤一方面觉得女子无才便是德，没有过多地让她学习文化知识。另一方面父亲又毕竟是喜欢女儿的，女儿是父亲上辈子的情人这辈子的棉袄，更何况是中年得的幺女，所以谢炳坤还是很宠爱她，时时地地流露出对她的温情，这点令婆子谢熊氏和几个儿子有时都难免吃醋。

一行人先把谢天昊送到县城再回龙湾，谢炳坤吩咐他先去保安团报到后再赶紧回趟老家。之前父子俩已就"换田事件"通了气。谢天昊拍胸脯打包票说："爹，这事就包在我身上了！等我带一队兵回龙湾去，看他金贵田有几个胆，敢不把咱们的一百亩水田还给咱们！"

1930年8月6日，红一军团与国民党军新编第五师，在离高安城50余公里的伍桥与六尺桥附近，发生了激烈战斗，那里属于华林山东麓。虽然红一军团最终全歼敌军取得胜利，但是双方各有伤亡，红军方面亦有不少战士或牺牲或重伤或失踪。那几日天气晴朗，夜里月明星稀，野外还不算太热。是夜七八点时分，就在伍桥到龙湾偏南北方向的一条小路上，路旁是杂草丛生、树齐人高的小树林，踽踽艰难行走着一个人。近前一看，他穿着红军的军服，左腿瘸着，头上蒙着用于包扎的白布条，手里拄着一根用树枝随意做的拐杖。

这果真是红一军团里的一名战士。他是赣南瑞金人，名叫许志宏，时年二十岁。许志宏一年前在老家就参加了红军，正是在赫赫有名的朱毛麾下，后来随着部队到了长汀，今年春还光荣地加入了中国共产党。由于许志宏在几次战斗中作战勇敢，又颇有智谋，多次立功，不久便被提拔为排长。今日白天，在狮公脑战场伏击国民党军新编第五师时，他带领全排英勇杀敌。但是他自己也多处受伤，额头上被敌人的枪子儿蹭破了皮，顿时鲜血淋漓，只好马上退回营地。在卫生员对他进行了简单包扎后，他又上了一线。在部队对敌军扼守的小山头发起第二次冲锋时，他腿部中弹，鲜血更是淌了一地。由于作战已久，疲惫不堪，他猛然倒在了地上……

战友们均以为他牺牲了，加之他倒下的地方四周都叠躺着敌我双方的尸体，一时也难以辨认，所以并没发现昏迷的他。战斗结束后，红军打扫战场仍未注意到他。那时他连呻吟声都没有了，趴在死尸堆里，跟周围的死人一个样。简单包扎的额头曾一直不断流血，令他满脸血肉模糊，五官都看不清，大家连他到底是谁都认不出来。

直到所有的人都走了很久，天已快黑了，许志宏才在疼痛中苏醒过来。他用力推开压在自己身上与侧面的两具尸体，透过清寒的明月光，看到四周除了摞成一堆堆的尸体、被打烂打坏了的枪支，以及死寂的荒野、低矮的土丘、凌乱的草木外，没有一个活物。许志宏经历过大大小小的多次战斗，他知道应尽快撤出战场，去追赶战友们。他强忍着剧痛，以惊人的毅力，拖着残腿一步步挪到了大道边。他不知道这是哪里，该怎么走，就随便找了条不易被发觉、附近很可能还有农家的小路，慢慢前行。他打算一路随时向老百姓求助，边行听边找寻部队。

许志宏没法找到一支完好无损的枪，只得用树枝拄着，从西时尾走到戌时头。就在他准备从小路转入大道时，一幕令他非常厌恶的场景出现在了眼前。之前他就隐约听到似有女孩子挣扎求救的声音，这使他加快了步伐，中弹的瘸腿奇迹般飞奔起来。这时他终于看到，在不远的前方，道旁的灌木丛里，两个当兵的正拽着一个小姑娘，企图强奸。小姑娘惨叫的声音，在寂静的夜空，显得分外凄惨。许志宏的脑袋一下子从有些昏茫的状况下惊醒，愤怒之下他努力使自己镇静下来，他决定不顾自己安危解救这个姑娘，因为这种情形是他最痛恨的。一年多前在瑞金老家，他的青梅竹马、即将谈婚论嫁的情妹妹阿青被一个恶霸地痞糟蹋后，投河自尽。他怒火满腔，半夜闯进那人家里，对还在美梦中的恶霸连砍二十余刀，并一把火烧掉他的房子后，连夜逃出家乡，毅然投奔了红军。

这个眼看就要被人欺凌的小姑娘，正是龙湾金贵田的长女金葳蕤。可这么晚了，她怎么会一个人出现在这个地方呢？此事说来话长。金葳蕤当时正在高安城里的新式学堂念书，因为红军即将打进城来，兵荒马乱的，学堂就放了假，让学生们各回各家各找各妈。

金葳蕤大大的眼睛，清秀的眉毛，长长的睫毛，红红的小嘴巴，白皙的肌肤，乌黑发亮的长辫子，以及出自书香门第的秀外慧中的气质内涵，一袭合身的女生装，自是博得学堂里很多男孩子的热切追求。而她当时最心仪的，还是来自华林山下伍桥镇的同班同学高君凯。而高君凯亦早就看中她了。高君凯也是出自一乡绅大富人家，家境优裕，身材颀长、俊朗不凡，而且学习成绩很好，在班上数一数二，知识面又广，同样是女孩子家们背后热议和爱慕的对象。

当学堂宣布放假后，最开心的是高君凯。他知道自己机会来了，当场提议请金葳蕤去他家玩几天，两人相约明天去爬华林山、游八百洞天。金葳蕤稍微犹豫一下，便答应了。她打发比她两届的妹妹金潋滟跟顺路的几个女生一道回龙湾后，就同高君凯走另一条路出发了。葳蕤与潋滟姊妹俩只差一岁多，彼此相貌很像，双胞胎似的，所不同的是葳蕤更成熟、潋滟更清纯，性格上葳蕤更豪爽果决、更有巾帼之气，而潋滟更温存体贴但未免有些旧式小女孩的小毛病，出落得更加美艳夺目。

因为伍桥离县城也就十来公里的样子，两人便选择了步行。趁着天色未晚，他们边走边聊，步速很慢。高君凯的祖上当过知府，家学渊源，他喜欢看书，记忆力又好，过目不忘，脑瓜子灵醒，口才也佳，天文地理经史子集典故逸闻娓娓道来，说话又幽默风趣，逗得金葳蕤哈哈大笑，内心由衷地对他表示钦佩。就这样不知不觉夕阳落山了，天色昏黄起来。

趁着暮色的掩护，高君凯忽然停下，把金葳蕤搂过来紧紧拦腰抱住，低下头定定地瞧着她，一双手交换着到处乱摸乱捏，并强行亲吻着她。这不是高君凯的初吻，却是金葳蕤的初吻。金葳蕤刚开始有些拒绝，紧闭着嘴，但很快就愉快地接受了，把嘴张开任高君凯亲。只见高君凯先是温存、轻柔地吻了葳蕤的嘴唇约十数秒钟，接着他的湿热的舌头便明确、笔直地伸进葳蕤微闭的嘴巴里，在里面灵巧、快速而有节奏、有韵律地搅动，吮她的舌头，吸她的双唇，咬她的牙齿，接着又亲吻她的脸蛋、眼睛、眉睫、额头、耳垂、下巴、脖子、香肩……金葳蕤全身像触电一般，又像是在梦里似的。想不到男生女生接吻是这么甜蜜！高君凯也感到十分激动迷狂。因为是大热天，两人的衣服都穿得很薄，金葳蕤一对发育得非常好的鼓鼓而丰满滚烫的酥乳紧贴着他的胸膛，就像两只小白兔在蹦蹦跳跳，令他呼吸几近窒息，血脉偾张。

尽管天色变黑了，天气有些转凉，但两人因为兴奋投入，额头上渗出一颗颗米粒大的汗珠来。高君凯在金葳蕤耳畔呢喃般低声喊着："葳蕤，我爱你，我太爱你了，我爱死你了！你太美了，太可爱了！我早就想亲你，想跟你亲热了！我好几次做梦都在亲吻你呢！今天我可终于亲到你了！"金葳蕤则一声不吭，闭着眼睛，任他努力地各种动作着，自己则如羊羔驯服地全身心相与。这一年两人都满了十七岁，不管是生理还是心理都已完全成熟。

好在高君凯是大户人家出身，颇有教养，不愿做桑间濮上的猴急之举，在这荒芜乡野就与她草草欢合。他甜蜜地憧憬着："等会回到府里，好好洗了澡，我再好好跟葳蕤亲热。"看来跟女孩子做这种事，高君凯已不是第一次了。

就在他俩投入太深，未顾及周围的一切时，有两个陌生男子靠了上来。这两人肩上都扛着枪，原来是从狮公脑战场上逃亡的国民党军新编第五师的士兵。眼看己方要落败，他们怕死，就提前临阵脱逃了，四处乱窜，这时窜到了这里，已离伍桥镇特别是伍桥高氏宅院并不远了。

高君凯和金葳蕤搂抱在一起亲吻了许久，又浓又甜，舍不得分开。突然他俩耳畔响起两个基本上能听懂的北省方言的声音："他奶奶的，婆婆妈妈，怎么亲了这么久嘴巴还不脱裤子直接干呢？亲嘴能亲出什么名堂来？有么子好耍呢？能生娃不？"

"愣小子，你不干俺们爷们可干了。你快让开，让俺来！这么靓的妞，不干白不干！"

他俩顿时吓得差点寒毛倒竖，碰见了鬼似的，赶紧分开。一回头，看到两个各扛着一把"汉阳造"、痞里痞气的男人就站在七八米开外。这一幕令高君凯和金葳蕤怕得要命，他俩实在后悔自己投入太深毫无察觉，想必人家都早已走到身边看了很久了。金葳蕤害羞得恨不得地上能裂开条缝钻进去。

两个逃兵痞子把枪从肩上取下，平端在手，黑洞洞的枪口对着高君凯和金葳蕤，眼里满是淫邪，朝他俩冲了过来。

就在这时，已经全身发抖的高君凯撑不住了。他怕死，对方有枪，还是两个当兵的。他竟然掷了句"葳蕤，我去喊人来救你"，扔下金葳蕤孤身应对强敌，一个人跟兔子似的飞快地跑走了。

两个逃兵痞子哈哈狂笑着说："小妞，他走了。他去喊人了。"

眼瞅着这"心上人"，竟徒有一副好皮囊而已，是一个如此不济的软蛋尿包，金葳蕤真是悔恨自己眼瞎了看错了人。她既绝望又惶恐，哇哇大哭起来，并大声谩骂着这两个坏蛋，也企图用哭骂声唤来附近能拯救自己的人。但这条路她是第一次经过，这个地方她也是第一次来，并不熟悉，不知多远才有村庄住户，也不知此时道上是否还有行人。

两个逃兵痞子已经逮着了她，一左一右把她死死拽住，任她再怎么挣扎也无济于事。他们又用手把她的嘴死死捂住，让她再也哭骂不出声来，她乱咬乱啃也不放手。然后把她拽进路旁的丛林里，弄翻在地，用力扯掉她的裤子，想要霸王硬上弓，对她行伤天害理不轨之举。

金葳蕤又怕又恨，加之反抗哭骂多时已精疲力竭，想到自己很快就会被人奸污，此刻已差点昏死过去，根本动弹不得，任由两个逃兵痞子在她身上动作，其中一个逃兵痞子已经成功进入她的下体。看着月光下那殷红的处女血，先行用强的那个逃兵痞子一阵狂笑，喊道："老姚，没想到她还是个雏儿呢，今天俺俩赚大了！等老子先过过瘾，你再上！"

但就在此时，在旁边拽着金葳蕤那个逃兵痞子的头上，被一块大石头猛地砸中，当即脑浆迸裂、血如泉喷，连哼都没哼一声，轰然倒地而亡。那个先行用强的逃兵痞子还未察觉，没有扭头观望，继续快活地做"运动"，却没想到被一枪打中后背，同样呜呼哀哉了，真正变成了"风流鬼"。

不用说，来人就是许志宏。他蹑手蹑脚靠近他们，先是举起一块巨石砸死了其中一个兵痞，又把他们的枪杆夺到手里，打死了另一个。但他由于用力过猛，额上与腿上的伤口再次破裂，鲜血直流，他痛得"啊"了一声，栽倒在地，又昏迷了过去……

此时已经下半夜了，金葳蕤先自醒来。眼前的景象：两个兵痞和另一个不知何时来到的也是穿军服的陌生人。竟有三个男子都跟她一起横陈在这偏远的荒野里，她想了好久才明白过来。肯定是后面来的这个男人把两个兵痞消灭，救下了自己。但显然他早就受伤了，估计在跟两个兵痞搏斗时他也成了强弩之末，昏迷了过去。摸摸自己下体，她明白她已被侮辱，不再是干净女儿身了。连忙把血污拭干理清，把衣服穿戴整齐，立起身来。

但金葳蕤不像别的弱女子，面对这种处境非自尽不可。她不想死，她还要坚强地活下去，她还有很多事情要做。特别是这个突然出现救了自己的命，却把他本人弄伤的恩人，她得为他做些什么。金葳蕤外表看似柔弱，内心却十分强大。

还有，这么久高君凯都没出现，并未履行他的所谓喊人来救自己的诺言，就连两个兵痞都瞧不起他，算定了他是在撒谎。对这个厌包，她不再存任何希望，也不打算原谅他，就当他死了，或是从未认得他。以后是再也不见他的面，或见了也只当他是空气。

就着残月微光，金葳蕤细细辨认着恩人的军服，发现跟那两个兵痞的军服并不一样。突然她知道了，这位恩人可能正是跟国民党军作战的红军呢！而那两个兵痞就是国民党军了。也难怪，国民党军都不是好东西，国民党军就像那两个兵痞，国民党军里哪有恩人这样的好人呢？在高安县城的学堂里，由于受到进步老师的影响，金葳蕤对共产党领导的红军一直心怀好感，这次验证了自己的看法没有错。

眼看恩人一时半会不能醒来，金葳蕤决定先把他带回自己家再说。在此之前，她先用树枝杂草将两个兵痞的尸体遮盖了，又将他们的两把枪藏在离他们尸体比较远的地方。接着她一个人走了几里的山路，找到一家农户，说明自己的身份，又简要说了自己的遭遇。农户一听是金先生的千金，十分爽快答应了她的要求。这家农户的男主人，推着一辆当地用于干农活的独轮"鸡公车"，与她一道返回树林。临走时，金葳蕤又向女主人要了两件旧衣服。他们把许志宏抬上车，给他换上刚带来的衣服。农户推着"鸡公车"，金葳蕤小心翼翼地在旁边扶着，往龙湾家里而去。其间，许志宏在这一番番折腾之中，痛醒过几回，看他们推着自己缓慢前行实在太难，想起身自己走，但一起身又牵动伤口，昏迷了过去。

八月的南方夜晚，月色如洗，月光如练。山里已经没有了日间的燥热，周围是连绵不断的黑黝黝的小山丘，隐约辨得出在风中轻摆着的树梢。依稀可见几点星光忽闪忽灭，分不清是村舍的灯光，还是田间的萤火虫。农田里的青蛙潮涌似的鼓噪，草丛中蛐蛐尽情弹唱，给寂静凉爽的山里带来一丝热闹，也让金葳蕤少了许多恐惧。

好在这里离龙湾不过几公里，挨到快要天亮、雄鸡啼叫时，他们终于推着许志宏回到了金府大院。幺爹与金贵田开门一看，见满头汗涔涔的、满脸横一道竖一道尘土像花猫的、身上衣衫不整甚至污浊不堪的宝贝女儿，扶着一个昏迷不醒的陌生男子，大吃了一惊。他们谢过农户，把许志宏抬到前厢房。

跟对农户说的口径差不多，金葳蕤告诉父亲，这是她同学，请她去他家玩，在路上碰到溃逃的兵痞抢劫，为救她的性命而被其打伤。她并没说许志宏的真实身份是红军，也没说高君凯怕死逃跑、自己被兵痞祸害等情况。当然也没有说同学的名字，因为她也不知道。

既然是自己视若珍宝的长女的救命恩人，金贵田自然也没有想那么多，心中感激不已，赶紧找村里的郎中来为其诊治。由于许志宏的腿上还中了枪，金贵田又出了高价，派人悄悄去高安城请医生来家里给他做手术。同学反抗兵痞抢劫，被对方开了一枪，这理由倒还充分。金葳蕤尽管隐瞒了许志宏的红军身份，但还是叫大家对外不要说这事儿，以免产生没必要的麻烦。大家都满口答应，包括村里的郎中、从高安城请来的西医等。

而金葳蕤转身回到自己的房里，她烧了一大锅热水，盛了满满一木桶，把身上的衣服全部脱掉，一丝不挂地跳进水里，用香皂仔仔细细清洗着每一寸肌肤、每一个毛孔，也像是在对往事做彻底的告别，就当过去的这一切都未发生，人生再从头来过。但她也明白，这是不可能的，已经发生的就已经发生了，她不由自主地滴下了几颗晶莹的泪珠。她只想把这些都瞒住，任谁也不知道，自己也不再回忆它，擦干血，忍住泪，朝前走。

经过精心救护和金葳蕤的细心照料，许志宏在鬼门关走了一遭以后，总算活了过来。三天之后的清晨，当金葳蕤端着一碗母亲金江氏刚炖好的老母鸡党参黄芪汤准备去喂给他喝时，他呻吟了一声，睁开双眼，终于苏醒了。

"大哥，你醒了！"金葳蕤兴奋地喊了一句，不由得热泪盈眶。毕竟，他能活过来，这太不容易了！几天前的那场外科手术，他又流了多少血啊！城里的大夫说，他身上的血，只剩下了不到一半。他没死，算是创造了奇迹。

"这是在哪里？"许志宏半闭着双眼，辨认着四周。

"我家。"金葳蕤说。

许志宏渐渐想起来了。眼前这个姑娘，应该就是那晚他救的那个女学生。想必是他昏迷了，她把他带到了自己府上。他想起身，但全身虚弱无力。金葳蕤赶紧搀扶着他坐起来，给他把枕头垫高，让他半躺半坐着，然后继续喂他喝汤。

金葳蕤感激地说道："恩人，谢谢你的救命之恩，那天如果不是你，后果不知道会怎样。"

许志宏竭力挤出一丝笑容来："妹子，你不也救了我一命吗，我不也得感谢你！你还是叫我大哥吧！"

金葳蕤说："这不能相提并论。你救我命在前！归根结底还是你先拼死相救。"

许志宏又微笑着摇摇头："一样的。在那样的情况下，是谁都会挺身而出。"

许志宏还想说什么，金葳蕤竖起食指在自己嘴前比画了一下，意思是说隔墙有耳，小心外边有人偷听，让他不要多言，却说："大哥，你还没完全康复，没有力气，让我多喂你喝一些补汤，养好身子。我现在简单给你说明一下目前的情况吧，你听着就是。嘻嘻，对了，我还不知道你的名字呢。"

"我叫许志宏。"

"好的，我叫金葳蕤。"

两人自我介绍后，金葳蕤告诉他，那天夜里，他为搭救她，把两个兵痞子打死了，他自己也昏迷了。他现在还不能公开红军战士的身份，对外只能说是她的同学。

"大哥，我们学校老师曾经多次讲过你们红军的故事，所以我心里早就钦佩你们红军。以后，背着别人我还是叫你'大哥'，当着别人我就叫你志宏了。"

许志宏看着眼前这个叫金葳蕤的姑娘已经把一切都安排得妥妥的，遂微笑着一一点头表示同意。

金葳蕤芳心欢喜，粲然一笑，宛若仙子，令许志宏内心一阵悸动。他立即闭上眼睛，金葳蕤以为他身体不舒服，赶紧扶着他躺下休息。

接下来的数天，许志宏还是在金贵田家养伤，还是由金葳蕤照料。有时她妹妹金潋滟、母亲金江氏、父亲金贵田也会过来看看他，向他表示谢意。比起姐姐来，妹妹更是个大美女。许志宏很谦逊，一再回谢，说："我们是同学嘛，我俩在一起，我是男子汉，该出面保护葳蕤的。再说后来我受伤了，她把我拉回你们家，我的命也是你们一家救的。"

许志宏彬彬有礼、谦卑有度，加上又长得挺拔魁梧、英气逼人，很快就博得了金家人的好感，从表面看母亲金江氏甚至把他当准女婿看待了，大有"丈母娘看女婿，越看越有趣"之意。金贵田博学多闻，金江氏贤惠慈祥，金葳蕤善良聪慧，金潋滟天真无邪，幺爹朴实憨厚，许志宏也很喜欢这个家庭。况且，金府书香门第，财力雄厚，是自己一贫如洗的老家不能相提并论的。许志宏打离家参加革命以来，第一次感到有些自卑了。

只有闯荡江湖历经风雨多年、见多识广的过来人金贵田，对许志宏多少还是有些疑惑。此外，许志宏一口赣南方言。虽说加入红军部队一年多，行军闽西、赣南、赣中、赣西诸地，口音沾了些南腔北调，但与高安话还是差距很大。他只好说自己小时候在瑞金的阿婆家生活过多年，勉强搪塞过去。

再过几天，许志宏就可以试着下地活动了。金葳蕤便扶着他在自家的宅院里慢慢走走，陪金贵田喝喝茶、饮饮酒，看金贵田练练书法、唱唱戏文。

这天，金贵田起得较早，在院子里打了一套太极，一阵微风吹来，送来一阵沁人心脾的桂花香，他顿觉神清气爽。金贵田兴致大发，不禁大声吟哦起来：

"西园已负，林亭移酒，松泉荐茗。携手同归处，玉奴唤、绿窗春近。想骄骢、又踏西湖，二十四番花信……"

正搀扶着许志宏慢走的金葳蕤刚好经过，见父亲这么高兴，忍不住停下问了一句：

"爹，什么是二十四番花信？"

金贵田正吟在兴头，忽然被金葳蕤打断，不仅没有不快，反而兴致更高：

"哦，刚刚吟的是宋代词人吴文英的词，叫《水龙吟 用见山韵饯别》。二十四番花信是中国节气用语。"

"节气是不是指二十四节气？"许志宏也来了兴趣。他和金葳蕤干脆在金贵田对面的石凳上坐了下来。

"和二十四节气有些区别。花信风，是指应花期而来的风。这二十四番花信风，乃与节气对应。我们常言气候二字，气指的是一年二十四节气；候，便是气中的日程。根据农历节气，从小寒到谷雨，共八气，一百二十日。一气是十五天，一候是五天，每一气中含有三候。二十四番花信，指的是从小寒到谷雨这四个月。这四个月，共有八气二十四候。每一候中，都有一种花作为风信对应，昭示节令的推移与变化。"

"南朝宗懔《荆楚岁时记》：始梅花，终楝花，凡二十四番花信风。一年花信风梅花最先，楝花最后。到了谷雨前后，就百花盛开，万紫千红。楝花排在最后，表明楝花开罢，花事已了。"

"原来是这样。"金葳蕤觉得非常新鲜，"爹，那您把二十四番花信详细讲给我们听听。"

金贵田略略沉吟了一下，索性也坐到了他们俩对面，手里拿起刚刚冲泡的一壶茶，答道：

"农历十一月下旬到十二月上旬之间，为小寒降临之日。小寒三候：一候梅花，二候山茶，三候水仙；古人言梅花报春，就因为它是二十四番花信中的第一名。"

"那梅花报春是不是也叫梅花迎春？那……"金葳蕤性急地问。

"不是一回事，葳蕤，听你爹说，别打断。"许志宏对金葳蕤说。金葳蕤对许志宏做了个鬼脸。

金贵田没理他们，继续往下说：

"小寒之后是大寒，大寒第一候是瑞香，第二候是兰花，第三候是山矾；接下来是立春一令中的三候，第一候是迎春，第二候是樱桃，第三候是望春；立春之后是雨水，第一候是菜花，第二候是杏花，第三候是李花；尔后是惊蛰三候，分别是桃花、棠棣、蔷薇；惊蛰过了是春分，第一候是海棠，第二候是梨花，第三候是木兰；再说清明，一候桐花，二候麦花，三候柳花；最后一个节气谷雨的三候，分别是牡丹、荼䕷、楝花。过了楝花风信，节令就到了立夏。以立夏为起点的绿肥红瘦的夏季正式来临。"

"哦，原来有这么多说法！金叔真是博学！"许志宏感叹着，并试着站起来。

"关于这些花，人们还把它们编成了一首歌谣。叫'十二姐妹花'。"金贵田忙走过去按着许志宏的肩膀，意思让他坐着，回来喝了口茶，坐下后继续兴致盎然地说道：

正月梅花凌寒开，二月杏花满枝来。
三月桃花映绿水，四月蔷薇满篱台。
五月榴花红似火，六月荷花洒池台。

七月凤仙展奇葩，八月桂花遍地开。

九月菊花竞怒放，十月芙蓉千般态。

十一月水仙凌波开，十二月腊梅报春来。

"这歌谣编得好听，朗朗上口。"金葳蕤赞叹道。

许志宏非常佩服金贵田："金叔真乃大儒！"

"我其实远算不上大儒。不过长久以来，古代文人对百花之美确实是称赏不已，玩味吟咏之兴千年不减，因而便有了十二月花神之说……"金贵田又接着说。

"十二月花神？"金葳蕤好奇地问，又打断了金贵田的话。

"因为百花的玉容笑貌，为人们的生活平添了无数浪漫情趣。爱花惜花之人，自然也为百花创造许多动人的传说。历代文人墨客玩味和吟咏百花，弄出许多趣闻逸事来。所谓日日有花开，月月有花神，好事之人就造出十二个男女花神来……"

"花神还分男女？"金葳蕤、许志宏几乎异口同声地问。

金葳蕤白了许志宏一眼，问道："爹，您先说说女花神是怎么分的。"

"女花神相比男花神来说，更有传奇的意味：一月梅花花神江采萍，二月杏花花神杨玉环，三月桃花花神戈小娥，四月牡丹花神丽娟，五月石榴花神公孙氏，六月莲花花神西施，七月玉簪花花神李夫人，八月桂花花神绿珠，九月菊花花神梁红玉，十月芙蓉花神貂蝉，十一月山茶花花神王昭君，十二月水仙花神甄宓。这十二女花神……"

"男花神里是不是应该有陶渊明？"许志宏想起陶渊明的那首《归园田居》，忍不住问道。

金贵田赞赏地看了许志宏一眼："男花神里自然少不了独爱菊花的陶潜和以荷铭志的周濂溪，这两个可都是我们江西的翘楚。"

说到这里，金贵田原想去书房拿一本书出来，见这两位如此痴迷，就接着说了下去："一月兰花屈原，二月梅花林逋，三月桃花皮日休，四月牡丹欧阳修，五月芍药苏东坡，六月石榴江淹，七月荷花周濂溪，八月紫薇杨万里，九月桂花洪适，十月芙蓉范成大，十一月菊花陶潜，十二月水仙高似孙。"

听金贵田娓娓道来，金葳蕤、许志宏两人不知不觉陷入对古代那些才郎貌女的花神的想象中。

这时，金先生兴致大增，干脆站了起来，叫婆子拿来笔墨，在石桌上铺上宣纸，挥毫疾书：

> 兴来醉倒落花前，
> 天地即为衾枕；
> 机息坐忘磐石上，
> 古今尽属蜉蝣。

这出自明代文人陈继儒《小窗幽记》的诗句，表达了此刻金贵田无拘无束的心境。

许志宏只是小时候在私塾里读了不到一年的书，对诗词书画、经史子集不是很感兴趣。但听金贵田讲了半天，除了对金先生的钦佩，心里在默默想着：等打完仗，一定要到金先生这里来好好学学，做到饱读诗书，像金先生一样满腹经纶！

经过这几天的相处，金贵田对许志宏有了好感，小伙子不卑不亢，落落大方，一看就是一个很磊落很阳光的人。特别是许志宏的酒量很大，也喜欢喝点，这一点很对金先生的胃口。金贵田还隐隐发现，这小伙子肌肉发达、膂力过人，眼神尖锐、反应灵敏，是个当军人的料，但没法试他。

偶尔，清晨或傍晚，当村里乡民比较少时，金葳蕤会陪着许志宏到村后面的虎首山上看看。经过这些天的观察了解，许志宏发现，金葳蕤不但冰雪聪明、心性成熟，而且正直善良、是非分明。他在想，如果能把她发展为自己的同志，那该多好。他决定先考验金葳蕤一段时间，同时对她进行教育引导。

红军离开高安后，城里的学堂很快也复课了，金贵田先派人把金潋滟送回了学堂。但金葳蕤以照顾许志宏为由，继续留在家里。她是不想再见高君凯的面，她想高君凯肯定也不敢再见自己了。

第三章 丰收

已经日上三竿。阳光照在气宇轩昂的谢府大院的琉璃瓦上，反射出淡紫色的光芒。节令已到仲夏，广袤的赣抚平原已是暑气蒸人。虎首山还是那座虎首山，龙湾河还是那条龙湾河，龙湾村还是那个龙湾村。当谢炳坤领着母亲谢李氏、婆子谢熊氏、小女谢金枝、管家二谢头一行再次站在自己的谢府大院前时，他有种恍若隔世的感觉，虽然他们只是离开了不到二十天。谢炳坤在心底叹道："我谢某人又回来了！"

在南昌的十多天里，谢炳坤基本上是和夜来红厮混在一起，乐此不疲，乐不思蜀，为此就忽略了自家的婆子，回去后只好撒谎说是在跟朋友喝酒谈事。因为他在家里的绝对权威，自然什么也不用解释，家里人也不敢问什么，但他心里终究有些歉疚。回龙湾的头一个晚上，谢炳坤出于心里对婆子谢熊氏的亏欠，也是出于回到龙湾的兴奋，决定好好弥补熊芙蓉一回。在一段荤话调情后，熊芙蓉被调拨得十分亢奋，情不自禁秋波宛转。

正所谓："三十如狼，四十如虎，五十坐地能吸土。"谢芙蓉本来脸蛋就美，又不显老，且正是虎狼年纪。两人是和风细雨，犹如漫步田埂，轻车熟路一番云雨，双方均心满意足。

完事后，累得不行的谢炳坤马上就栽进枕头睡死了，不久便鼾声如雷。但芙蓉仍沉浸在刚才的兴奋中，一时无法平静，翻来覆去睡不着。遂起床小解、洗身。回头上床时她半启床头灯，诵了十来分钟的《心经》。芙蓉不算是虔诚的佛教徒，但受婆婆谢李氏的影响，有时也读佛经、吃斋饭、上寺庙烧香拜佛祷告。芙蓉刚过门那几年，两人常会因为性格处事不同等问题有些小冲突，但磨合多载，也竟基本达成一致，相安无事，有时还成了"同盟军"。

这时，她就听到谢炳坤讲梦话，口里念叨着不知是"阿蓉"还是"阿红"什么的名字。"阿蓉"自是她了，但这并不会引起她的激动，毕竟老夫老妻了，再说她也几乎从未听到他在梦里叫过自己。可若是"阿红"或别的什么呢？她起初有些气恼，虽说婆婆曾经劝过她，说男人哪个在外面不贪吃野味呢？丈夫有钱有势，外面应酬也多，又正当盛年、精力充沛，总会有几个狐狸精如蚁附膻。但她心里记着了这个"阿红"，也因此开始心里有些说不出的别扭。

谢氏夫妇的大床，是旧时在中国南北各地大户人家常见的牙床。因为最初有些牙床乃以珍稀的象牙来雕刻装饰，故名"象牙床"，简称"牙床"。床的四周有高大的六柱式床架和护栏，两边是门围子和榥子板，上方是楣板和毗卢帽，用丝绸料的粉红色罗帐合围着，床顶还有一块盖子，被称为"承尘"。中央是供人进出的椭圆形"月洞门"，不把帐帘掀开、挂上就看不到里面，整张床像座独立的房子一样。床架与床榻均由贵重、结实、熠耀的紫檀木制成，以小木做榫卯拼接成各式几何图样，被桐油漆得红通通、亮堂堂的，上面镂雕着花卉、水果、山水、鹊凤、蝙蝠、螭虎，以及八仙过海、四大民间故事中的人物，并镶嵌着彩色的西洋玻璃画和云龙花纹，吊着金帐钩、中国结、玉坠、流苏等，可谓繁缛多致、坚固结实、富丽堂皇，显得非常精美。牙床前方另设有拔步床、放鞋子的脚踏板，床的两头还置有一对漂亮的小柜子，柜子上是一盏当时还很稀罕的用家庭小型发电机供电的床头灯。附近摆着一只精美的大百宝箱及谢熊氏的梳妆台。

此刻，谢熊氏躺在大床的左侧，看着床架上雕着鹊凤的图案，听着旁边睡得像死猪一样男人的鼾声，不禁有些烦躁，生气地想，哪天得找个机会好好问问清楚，外面是不是有哪个狐狸精在勾着他。

谢炳坤是回到龙湾了，可有些事还没完。他外出这些天，谢府大院倒是没人进得来，院里的农具家具用品粮食菜肴牲畜一应无人敢动。但是据留守龙湾的老用人向他汇报说，外面的稻田、菜地、果林等，都程度不等地被人偷盗破坏。也不知是本村人干的，还是附近村的人干的。没想到，才出去没几天，就有这些个刁民来趁火打劫。这令谢炳坤极度恼火，准备过几天等谢天昊带保安团回来，立马查个水落石出，好好惩治一下这些刁民。

在谢炳坤的这三个儿子之中，大儿子谢天昊的性格品行和做事方式最像他。亦正因如此，从小到大，谢天昊都是谢炳坤的重点培养对象。在红军来到高安以前，年纪轻轻的谢天昊能从省城的中等学堂一毕业，就出任县保安团的副团长要职，除了他自己的努力以外，父亲谢炳坤不惜金钱为他托友求故、搭桥铺路也是一个重要原因。而此次红军入境与保安团作战，团长被打死后，谢天昊能马上回来顺利接任，也有谢炳坤投入的金钱与人脉在起作用。

田地里的那些小损失，对谢炳坤来说根本不算什么，但那些刁民敢在太岁头上动土，这事关他谢炳坤在方圆几十里的威信，必须要加倍让那些刁民偿还。不过他的当务之急不是这个，而是要回自己那换来金贵田玉佩的一百亩良田，把玉佩退还给金贵田。

谢炳坤心知肚明，双方生意自愿、交易公平，一旦达成再要换回来就很困难了。一则金贵田一直就盼望着得到他的这些田地，多年挖空心思都未得偿所愿，如今到手了哪里还舍得退回给他？二则金贵田的玉佩固然是块宝贝，但不能当吃，也不能当穿，说白了一块石头而已。想到这里，大谢头对自己"拿田换玉"的决定早已后悔不迭，搞得这些天他与母亲谢李氏在府里说话都没有往常的底气了，更让婆子谢熊氏的嗓门也高了许多，可世上有谁能像诸葛亮袁天罡刘伯温他们那样先知先觉呢。

金贵田毕竟是前清秀才，也算是高安名流，在方圆几十里都称得上德高望重，他教出来的好几个得意弟子已成了省里一些要害部门或地方各级府衙的高官。大谢头当然有些投鼠忌器，不敢同金贵田硬来。思来想去，他决定还是让谢天昊回龙湾跟金贵田动手。

回龙湾的翌日上午，谢炳坤带着二谢头又去金贵田的府上走了一趟，想试探一下他的口风。谢炳坤聪明一世糊涂一时，上次他急于离开龙湾去南昌，匆匆忙忙与金贵田谈好了交易条件，把玉佩夺到己手，把田契交给对方后就头也不回地走了，却不记得有件重要的事情尚未交代清楚，事后他还怪罪二谢头直到在去南昌的路上才提醒自己。那就是换给金贵田的这一百亩水田里的早稻即将成熟，穗子金黄一片，谷粒饱满喜人，该谁家去打，收获的粮食属于谁？一百亩田也能打五六百担谷子呢！如今一回来，马上就要双抢了，但整个龙湾都还没动。若金贵田抢先收割了，那他也无可奈何，但他仍想做一些努力。

没想到，金贵田比他想象的要仁厚得多，一听他说明来意，马上明确表示：

"坤哥，我所得到的只是这一百亩水田，至于早稻谷，既然是你栽种的，辛辛苦苦了好几个月，那我当然不能要啦。你让你的长工们去打，收成也归你！不过谷子早就成熟了,这两天得赶紧打哟!现在城里打仗也停了,正是搞双抢的好时机哟!打了早稻又得赶紧栽晚稻哟,我的那些田这两天也得请人去打哟!我还说呢,不知你去了哪里,迟迟不见回龙湾哟!要是你再不回来,我就自作主张让你的长工去打了,打得的谷子晒干后让他们收回你家的粮仓哟!当然,这一百亩田的早稻归你打,晚稻就得归我栽哟!"

谢炳坤以小人之心度君子之腹,却想不到金贵田这么好说话,竟一时愣住了,藏了一肚子打算应对他的话都咽着说不出来。跟在后面的二谢头则接连说了两句:

"那就多谢了。"

这种情况下,谢炳坤自然不好马上提及换回良田一事,心想改个日子再说吧,先且打了早稻。

谢炳坤准备打道回府,临走前,撂下一句意味深长的话来:

"金贵田,上年是我摆酒请客的,今年也该轮着你摆酒请客了吧!"

金贵田一时不知他这句无头无尾的话是什么意思。思忖半晌,总算明白过来,正要回答他,可谢炳坤主仆二人早已消失不见。

江翠柳嘟噜着嘴问道:"先生,这大谢头故弄玄虚的,他最后这句话是什么意思?"

金贵田哈哈大笑:

"他的意思是,去年冬上他五十摆了很隆重的祝寿酒,那我今年再过不到一个月也上五十了,也得破些费摆个祝寿酒嘛!这个倒不用他提醒,我肯定是要摆的嘛!"

原来,中国民间传统庆生,男要过上(即虚岁),女要过满(即实岁)。对于过寿请客,金贵田自不在话下,但他看着谢炳坤消失的背影,心里像照镜子一样明白。这老伙计此次登门,估计他主要的意图还是想把他的那一百亩水田要回去,却又不知怎么开口,所以吞吞吐吐的。嘿嘿,既然田已到了我手上,且是你自己主动提出要交换的,如今又想换回去,有那么便宜的事吗?但金贵田心里也明白,依谢炳坤的德性,肯定不会善罢甘休,将来不知还会采取什么非常手段来对付自己以达到目的。想到这里,他的眼里闪过一丝阴鸷。

再说还藏在金府养伤的许志宏,在谢炳坤、二谢头进门之前,已被葳蕤避匿起来了。因了谢炳坤这样的为人，加之他儿子又是保安团团长，还是千万别让谢炳坤知道许志宏为好。

几天之后，谢天昊带着他的保安团回过龙湾一次，但只是调查了他们谢府的稻田菜地果林茶园鱼塘被人偷盗破坏一案，倒也查出了几个偷鸡摸狗的小混混。谢炳坤自然不会放过他们，把他们全部关起来，有几个还被吊在树上惩罚。至于跟金贵田的事，谢炳坤因为尚未想清楚对付的法子，几次欲言又止，结果还是算了。而谢天昊也匆匆返回高安了。

走之前，谢天昊还来敲过金府的门。原来他与金葳蕤青梅竹马，对她依恋已久，想来找她续续旧情——虽然是他一厢情愿。听说她并不在府上，金贵田夫妇又讨厌他，不具体告诉他葳蕤的去向，只好作罢，怅惘而走。

接下来的好几天，是龙湾繁忙的双抢时节。说到双季稻，其在中国的栽种历史悠久，最早开始于秦汉时期的岭南地区。东汉杨孚《异物志》记载"稻，交趾稻夏专冬又熟，农者一岁再种"，这是岭南双季稻的最早记录。长江流域双季稻的最早记载则见于西晋，左思《吴都赋》里提到"国税再熟之稻"，吴都即现今江苏苏州。但是要说大规模、大面积种植双季稻，在中国还是很晚时候的事了，至少民国时期仍不多见。不过高安龙湾是片罕见的风水宝地，田野肥沃、水源充足、阳光普照、稻种优良，加之老百姓精耕细作，所以实行双季稻种植已有一百余年，早在清朝嘉庆年间就开始了。

照往常的时令规律，在立秋也就是这两天之前就得加紧完成打早稻、耕水田、栽晚稻的整个过程，可今年晚了十来天，一则去年是个寒冬，今年开春迟，再说农历日子也晚，早稻晚栽些，也就晚熟些；二则高安打仗，百姓担心受牵连，都在观望，不想也不敢下田割禾。过去不管打什么仗、走什么军队，都是雁过拔毛，百姓得给他们送很多粮食他们才肯罢休。今年可怪了，红军部队还真做到了秋毫无犯，打完仗就走人，除了在高安按市场价购买了适量的军粮外，没向百姓征收一粒米。在金府，当许志宏给大家说起此事，金贵田不由得心中一动，不知是猜测许志宏的真实来历，还是欣赏红军的所作所为。想必这二者因素皆有。

双抢是一年里农忙的最高峰。谢炳坤把府上那些打发回家的长工都叫了过来，还有院里其他干活的都用上。金贵田也请了几个短工，大家手脚麻利，不分昼夜，干得热火朝天、不亦乐乎，放水、割谷、脱谷、晒谷、车谷、收谷、进水、犁田、耙田、整田、施肥、扯秧、插秧……风风火火，抢时间，与时令赛跑。身体养得差不多了的许志宏，见大家都在忙碌，出身农家的他也闲不住，白天不好出门，就在金府院里与葳蕤一起帮些小忙，夜里也与短工、金先生一起出去田间干些活。金氏父女不让他出手，可他乐呵呵地要做，且眼见并无大碍，也就由着他了。

今年又是一个丰收年。看着谷壳金黄、颗粒饱满、堆积如山的稻子入仓，村民们个个脸上笑开了花。更不用说首富谢炳坤了，五百余亩良田，光早稻就打了约三千石金灿灿的谷子，碾出来就是白花花的大米，也就是白花花的银子啊！但是，看着自己那一百亩被金府精耕并栽种了晚稻的水田，他便心疼得要命，像是胸口被割掉了一块肉似的。

当村里几个大族，江、李、熊氏，特别是金高煦、江老倌两位寿星族长，还有金贵田一起来跟大谢头商议，按照惯例，大家一道凑些钱粮，办顿丰收宴，请场采茶戏时，他很是不乐意。本来他最有钱的，却只给了一些大米、菜蔬，钱却一分也没出。本来是办大喜事，众人自然也不好说什么，但大家背地里都揶揄他是"谢公鸡"。

摆在社庙里面厅堂与外面场坪上的丰收宴，近百个大小高低新旧不一的八仙桌，全村人男女老少济济一堂，座无虚席，鸦雀无声地听着几个主要人物——金高煦、江老倌、金贵田、谢炳坤，以及另外几个姓氏的族长，之乎者也地先后发言。然后，主司仪宣布开吃开喝。一盘盘冷蔬热菜端上桌，顿时人声鼎沸，猜拳声、喝酒声、谈笑声、吃菜喝汤声，以及小孩的笑闹声混在一起，展现出一幅全村共庆的景象。大家狼吞虎咽尝新米、吃佳肴、喝美酒。

这时，戏台上咿咿呀呀演唱着高安采茶戏的传统代表剧目《游湖》与《罗帕宝》，惹得观众一阵阵发笑、起哄、喝彩，把宴席的热闹气氛一次次推向高峰。

当一个个经典的唱段出现时，金贵田还一边用筷子敲着碗沿，一边抑扬顿挫地跟着低声哼道：

"好似寒天见火盆，阵阵热气暖人心，但看人间好人在，何须绝望太伤情，忘却的笑容又浮现，冷却的心意又回春……"

高安采茶戏系江西省四大地方戏剧之一，原本起源于高安当地的民间灯歌、灯彩、傩歌、傩舞，后受到赣南小调、浙江小调、高安锣鼓戏、高安木偶戏的一些影响，兼收并蓄，于民国初年基本形成体系。它在发展的过程中又受到了京剧的较多影响，采用了京剧以及民间吹打中的一部分锣鼓经，使起初欢快、戏谑、喜庆的风格多了些高亢、热烈、激越，在本偏阴性、柔性的戏中又加了些阳性、刚性，使内容更丰富，艺术味道更浓郁，戏更好听也更好看。

《游湖》叙述恶少陈文借游西湖之机调戏美丽、可爱的渔家女玲珑，不想反被机智、勇敢的玲珑戏弄的故事。《罗帕宝》说的是尚书之女陈赛金为其夫王举人赴考饯行，仆人姜雄伺机将罗帕宝偷去，王举人轻信流言，愤然休妻，身怀六甲的陈赛金忍辱负重，卖身为奴，在店主大姐的救助下将儿哺育成人。其子王锦龙长大后中试为官，出巡问案，惩处恶贼，痛挞顽父，为母雪耻申冤的故事。

与谢炳坤、其他族长和老者一道坐于上席的金贵田，看着四周大吃大喝的众父老乡亲、台上粉墨登场的生旦净末丑，心里暗暗想着，自己过寿请客的日子也快到了!

是的，晚稻秧一插好，双抢甫一结束，就是龙湾村"大先生"金贵田的五十岁寿宴了。

金贵田是龙湾唯一的前朝科考秀才，是第一文化名人，在当地地位崇高，乡民真心钦佩信任他、平时向他求教请他帮忙的大有人在。他又干过多年的私塾先生，学生数以千计，桃李满天下，他的寿宴、祝寿、欢聚、喝酒的人肯定熙攘不绝。但金贵田素来为人低调，不喜搞大排场，就没有到处发请柬，尽量控制规模和人数。纵然如此，也还是有十多桌，来了100多人，全部摆在比社庙规模小得多的金氏宗祠里。新任高安萧县长（前任县长因红军攻城临阵脱逃已被撤职）立身致辞，金贵田弯腰答谢；金姓的族长与龙湾第一寿星金高煦立身致辞，金贵田再弯腰答谢；龙湾第一大姓江姓的族长（金贵田的岳父）与高安县西边区头号木匠江老倌立身致辞，金贵田又弯腰答谢。最后，由金贵田本人宣布寿宴正式开始。

金氏宗祠在金府大院前边不远处，只隔了几栋房子。龙湾的金氏宗亲不过十来户人家，与龙湾谢氏差不多。金贵田不愿自己出来做宗族长，而是让年逾耄耋的本村最长寿者、他的堂祖父金高煦做宗族长。金高煦鹤发童颜、精神矍铄，在人堆里最是显眼。金氏宗祠乃一百余年前金贵田的高曾祖父牵头建造起来的，近些年来宗祠的整修管理、一应开支都是金贵田一人出的钱。

萧丰县长谱名萧恒宽，时年三十岁左右，是高安本土人氏，家在龙湾临乡上湖，也曾是金贵田在上湖私塾授课时的学生。当年萧恒宽家运不济，金贵田为他免了一年的学费，平时对他也是高看一眼，厚爱三分，所以萧恒宽视金贵田为恩师，对他尊敬有加。萧恒宽身穿灰色呢子料中山装、铮亮的大头皮鞋，一头黑发油光可鉴，戴着一副金丝眼镜，显得文质彬彬。在座男人中除了寿星金贵田本人以外，也就是他穿得最讲究了。

在座的人里，金贵田岳父、江氏宗族长江老倌，与熊芙蓉胞弟、熊氏宗族长熊二郎中，都是专吃手艺饭的，一个是龙湾最好的木匠，一个是龙湾最好的郎中，其神情说话都透着专业性。前者年逾七十，满头银发，跟金高煦一样矍铄抖擞，但深邃的眼眸老是半眯着，像是在用墨斗线测量木料是否笔直；后者年届四十，满身浓浓的中药味，一对犀利的眼睛，像是随时要把人看透，看任何人都好像对方有病，所以很多人都不敢和他对视。

但是，江老倌是典型的忠厚长者，自也有一族之长的威权，绝不信口开河，跟金高煦一样说话小心谨慎、慢条斯理；而熊二郎中却是个话痨，嘴巴不停，喜欢卖弄小聪明，不过也没什么脏话与难听话，不得罪人，听者不会不舒服，不会像他姐夫大谢头满嘴带刺且时冒粗野话。这不，他就一直在恭维金先生与萧县长二人，说他们如何形象好、学问好、口才好，菜如何美味、酒如何好喝云云，同时引经据典、饾饤辞藻……

面对如此大场合，谢炳坤搭不上话，也不想说太多，只管喝酒吃菜。

此次金贵田摆祝寿宴，比欢庆夏收的菜肴更为丰盛，以高安传统的"十大碗"为主：大盆牛脚、小炒黄牛肉、腐竹红烧肉、清炖华林鸡、干锅牛腩、红烧龙潭大鲤鱼、无水大盆鹅、白莲炖老鸭、黄焖黑山羊、伍桥苦槠豆腐等。主食有以黄连糯和黄连草本植物配制而成的黄连麻糍、润滑细嫩的太阳薯粉丝、老少皆喜欢的糯米饼，还有用湖田挂面制成的"猪婆片泥"。最后还有松脆爽口的高安"三糖"芝麻糖、花生糖、寸金糖作为点心。其中最为有名的高安腐竹，传承四百多年。高安腐竹以当地优质黄豆为原料，用传统工艺加工制作而成，外观光泽油亮，呈淡黄色，支条均匀，条内空心，口味纯正，甘淡而清香，久煮不糊。

立秋刚过，暑气锐消，气温明显降低，秋风飒飒，天高云淡，大雁南飞。尤其是乡下的傍晚与早晨，让人感觉凉飕飕的，衣服也都加穿了，之前不过是褂子短袍汗衫薄裤，现在要么外面加了秋衣秋裤，要么里面加了夹衣内裤。

今天的主角金贵田，一身笔挺崭新的黑色中山装，使得原本修眉星目、俊朗堂皇的他显得更加一表人才。刚才萧县长致辞还就此赞美了自己的恩师,令谢炳坤心中很不服气,偷偷哂笑他是"老来臭美"。这还别说,谢炳坤婆子熊芙蓉就常数落自己的丈夫,纵使他很有钱、衣服也名贵,但就是不会穿。不管何时何地,只要金贵田在场,风头总会胜过他,让他难免有"既生瑜,何生亮"之感。

金贵田素来偏爱采茶戏,而且还是这方面的专家,几个经典剧目里大段大段的戏文他都会背会唱。而且这高安采茶戏里的不少戏文,还是有些戏班主请金先生给修改或编写的。他还亲自给戏班主写过两个本子。但因为上次庆夏收宴唱的是采茶戏,这次就改唱花鼓戏了。

金氏宗祠外面,已经挤满了来听戏的乡亲。高安的花鼓戏又叫打花鼓,多讲本地故事、展地方风俗、塑真实人物、用土话俚语,跟采茶戏比更民间化,更接地气,更令乡民们喜欢。如果说采茶戏是大戏,那花鼓戏就是小调。

"嘭扑、嘭扑、嘭扑嘭扑嘭嘭嘭扑、嘭扑",当花鼓一打,台下的人就兴奋起来。且听这一段:

正月(那咯)里来哟,梨花白皑皑,郎哥托人来提亲,妹子乐开怀。
二月(那咯)里来哟,桃李迎春回,郎哥忙着要下田,一时冇空来。
三月(那咯)里来哟,油茶花儿开,郎哥托人把信寄,准备打油菜。
四月(那咯)里来哟,荷花香喷喷,郎哥养蜂被蜂蜇,疼煞妹子心。
五月(那咯)里来哟,栀子花儿白,扎好粽子煎好饼,端午哥会来。
六月(那咯)里来哟,禾花满垄扬,禾呀禾呀快快熟,妹子去帮场。
七月(那咯)里来哟,棘花一丛丛,七月七日夜悄悄,妹子泪蒙蒙。
八月(那咯)里来哟,桂花香气浓,月圆饼圆婚未圆,郎要下广东。
九月(那咯)里来哟,菊花遍地金,郎家来人捎喜讯,下月会迎亲。
十月(那咯)里来哟,茶花闹阳春,郎哥广东冇回家,莫不变心咯。
十一月(那咯)里来哟,无花无人采,郎哥送来嫁妆钱,下月花轿来。
十二月(那咯)里来哟,梅花斗风寒,大红喜烛当窗明,双双进洞房。
…………

一边是台上一男一女两演员对唱,一边是台下很多人跟着唱,还有挤在门外的乡亲也在应和,原来大家对戏文都很熟悉了。

说到喝酒,谢炳坤和金贵田平日都爱喝上几口,酒量也都不错,但因人而异,做派大不一样。谢炳坤喝的是"武酒"，毫无节制，来者不拒，所以常常搞得醉醺醺的，洋相百出；金贵田喝的是"文酒"，非常理性，细斟慢饮，始终清醒，从不会醉。这次情景依然。

且说谢炳坤一大杯一大杯地喝，依次敬了本桌的萧县长、金贵田、几位宗族长与长辈，又跑去各个桌子找别人喝——他这样也是为了多认识各类人等，增加人脉资源，或巩固老关系，这样来回互敬，很快就有醉意。趁着酒兴，红着脸儿，大着舌头，他凑向坐在旁边的金贵田，提出想要回水田，把玉佩还给金贵田，且晚稻打了也归金贵田。

金贵田知道他会跟自己说这些，自是想满口回绝，不愿搭理他。但当着这么多宾客乡亲，而且现场又很喜庆，老金不好当面同他闹翻，弄得大家都不愉快，便搪塞道：

"坤哥，你喝多了，这事以后再说。"

"贵田老弟，我没喝多，我和你说的都……都是……真……真的。"

"坤哥，今天是喝喜酒，大家高高兴兴，不提其他的事情好吗？"

"贵田老弟，你那玉佩不能……吃……吃，不能喝……喝的，我留着没……没用。"

金贵田不愿再搭理他，借口要到其他桌子敬酒走开了。谢炳坤只好悻悻作罢。看来他心里明白，佯装酩酊状而已。

这时，大家的话题又扯到了上回红军过高安，将所有地方武装打得丢盔弃甲的事，上任褟县长擅自逃走，省政府以治理不力、渎职之罪将其撤职，这才换了新的萧县长，此前他是在省城任职。众乡民都尊崇地向萧丰行礼敬酒，对他的到任表示恭喜并表达对他的殷切期望。金贵田对自己的得意弟子充满信心，站起来说：

"诸位贵宾、前辈、亲朋、乡党哟，萧县长博闻多识、才干卓越、经验丰富，且向来两袖清风、公正廉洁、兢兢业业，肯定是不会辜负我们大家的，这一点金某人可以保证哟。来来来，我们来祝贺他衣锦荣归，回到桑梓乡间之地出任父母官、县太爷。我提议，我们大家一起敬萧县长一杯。"

萧县长也站起来答谢道：

"多谢恩师的栽培和信任，多谢众位乡亲的抬爱和关心，鄙人才疏学浅，资质仅中人尔，担不得恩师那么高的评价。此次蒙党国省府长官的青睐，回到了自己家乡，回到了生我养我的这片热土上，那鄙人就将竭尽全力为父老乡亲们服务，丝毫不敢有所苟且和敷衍，以对得起天地，对得起党国，对得起父母，对得起恩师，对得起良心，对得起在座的所有人。欢迎各位随时监督鄙人的工作，随时来县府向鄙人给予指教、反映情况、揭露问题、提出建议，我将诚挚地恭候大家的到来。"

说完举起酒杯，面向恩师与寿星金贵田、县保安团团长之父与高安首富谢炳坤、几个宗族长与老者、在座的所有人谦恭地敬了一下后，一饮而尽。

"好！"所有人向他竖起大拇指，爆出雷鸣般的掌声。

金贵田感慨地说：

"不过也还别说，此次的这个什么'红军''黄军'的部队，跟过去的军人倒真是大不一样啊！过去哪支部队不是向我们要这要那、烧杀掳掠，不搜刮完捣烂光绝不善罢甘休，搞得村里鸡犬不宁、一片狼藉，村民哭爹喊娘、怨声载道的呢。可这支部队却啥也不要不拿，也不骚扰不搞破坏，就悄无声息地走了，不正是传说中的刘邦'秋毫无犯'的部队吗？《三国演义》里提到的'仁义之师'吗？"

谢炳坤气焰万丈，他可不管金贵田的学生在场，这学生还是刚走马上任的县令大人，马上铁青着脸不客气地打断了老金的话：

"贵田，你可千万莫这样说啊！红军可是共匪的部队，南京中央政府正在'围剿'他们。小心你有'赤化'倾向，当局来抓你去砍头！"

"哈哈，我可不怕！我怕啥？"金贵田朗声笑道，"我就是说说我个人的见闻和看法哟，哪有那么严重的，就是什么'赤化'了？"

对于他俩的聊天，萧丰县长不置可否，只是意味深长地看了他俩一眼。也许这样的敏感话题，他不好发表自己的意见。但他是堂堂的国民政府一县之长，态度、立场怎能如此暧昧？也许是恩师这么说了，他不好公然驳斥吧，或者又是有别的隐情。

乡村大办宴席，女眷小孩一般是不能参加的。跟上次庆夏收一样，这次金贵田祝大寿，金江氏、谢熊氏没去，金葳蕤、谢金枝也同样没去。这天上午，趁父亲去社庙喝酒看戏，祖奶、娘亲在自家府内佛堂做法事，谢金枝悄悄溜出门，去金府找金葳蕤玩去了。谢金枝比金葳蕤小两岁多、比金潋滟小几个月。但她不管两个家庭与两位父亲、母亲之间的龃龉隔阂，打孩提时起就与金葳蕤密切往来。两人性格接近，有共同语言，她一直把金葳蕤当姐姐看待，而刚好她自己也没有亲姐姐。这年谢金枝才十五岁，还是个单纯的小姑娘，又很少外出，很少跟陌生男子接触，啥也不懂，尤其不懂男女感情是何物。

好在那天许志宏不在金府，金葳蕤就放心地接待了谢金枝。金葳蕤的母亲江翠柳跟谢金枝的母亲熊芙蓉不一样，熊芙蓉明确反对她俩往来。

谢金枝一直就很羡慕葳蕤和潋滟姊妹俩能进城里的新式学堂念书，这也是上次其父谢炳坤让她留在南昌跟二哥熟习茶业、打理店铺令她非常反感，坚决不从，而宁愿回龙湾的原因。她不想这么早就走上社会，学做生意。其实她这些年待在龙湾谢府大院的小姐闺房里，除了其父要她做的那些旧时女子该掌握的本领以外，还半瞒半当着家人面读了不少有价值的书，除了古代的四书五经唐诗宋词古文观止明清小说，《增广贤文》《颜氏家训》《龙文鞭影》之类蒙书，她娘她奶的佛经佛书以外，金葳蕤还从学堂带回了一些新式小说、诗歌、散文、外国翻译著作，北京、上海的知名杂志甚至进步报刊来给她看。今天葳蕤又给了金枝一本鲁迅的书——《朝花夕拾》。

今天谢金枝与金葳蕤见面，她又表达了这个一贯的观点："金姐（因为她俩姓名同着一字，彼此觉得是天生的缘分，金葳蕤就叫谢金枝'金妹'，谢金枝就叫金葳蕤'金姐'），我还是很想像你那样，去学堂里好好念几年书。可我不知道我爹是否同意，所以还没敢跟他说呢。"

要是按往常，金葳蕤会掩饰不住对学堂生活、新式课本、多才教员、靓帅同窗的喜爱，给谢金枝绘声绘色地讲一讲发生在学堂里的精彩故事、奇人逸闻，并给她出谋划策如何在家里跟父母做斗争，争取去学堂念书。但是，由于有前些天她跟高君凯的失败的"爱情"及其导致她差点丧命的前车之鉴，今天她不再想说学堂如何如何好了，她自己都不愿回学堂了。

只见她眼里闪过一丝痛苦哀怨，叹了一口气，说道："学堂有什么好呢？我还羡慕你能一直待在龙湾哟！"

谢金枝很是惊讶："这是为什么？"

但看金葳蕤不想继续这个话题，她就没有再追问下去了。

天气没过去热了，太阳也没过去烈了，两人在征得金江氏同意后，手牵着手跑出门去，在村里的巷子社庙走了走，又到田间地头采野花，去龙潭的河边上嬉水，斯文有度地打闹了好一会。毕竟还是两个小姑娘嘛，一个年正韶华，一个烂漫少女，

"咯咯"地笑着，瞬间开心起来。

谢金枝还开玩笑地问道："金姐，你早晚会是我们谢府的嫂子，那你说说，你想嫁给我的哪个哥哥呢？"

金葳蕤当即脸颊潮红，假装愠怒道："谁说要进你们谢府门了？我哪个都不嫁！"

谢金枝嘟着小红嘴："这不可能，我也不允许！"

再玩了一会，快到午饭时分，两人就分手各自回府了。

许志宏的伤已经好得差不多了，他之所以还没离开金府，只是尚未决定下一步该怎么办，而且他知道金葳蕤也一定不会让他走。他偶尔会一个人出趟门，跑到高安城里去，试着寻找中共在高安的地下党组织，想跟自己的同志取得联系，并了解红军的动向。其实那个时候，他所在的红一军团已改名为红一方面军，从湘赣边界又打回到了赣南、闽西——也就是他的老家，并在毛泽东、朱德等人的带领下，连续击破了国民党大军的屡屡围攻，在瑞金建立了中华苏维埃中央政府。

这天在从高安城回龙湾的路上，许志宏忽然看见远处一个熟悉的身影，走近一看，竟是自己同一连队的战友黄河东。黄河东是连队党支部委员，还是许志宏所在党小组的小组长。战友相见，分外亲切，来不及说别的，两人紧紧地拥抱在一起。许志宏就像碰到久别的亲人，眼里流下激动的泪水。是啊，他觉得自己和部队已经分开太久了。

过了很久，两个人才坐在一座石桥的旁边，互相询问对方的情况。许志宏先把自己如何受伤，又如何被老百姓搭救养伤的事情一一告诉了黄河东。黄河东也介绍了自己的情况。原来，黄河东也是在那场战斗中负伤，正好他在高安有个远房亲戚，部队上把他安排在这个亲戚家养伤，并要求他伤好后留在高安坚持地下斗争。他现在的身份是瑞州中心小学的一名教员。

"这么说，你和高安的地下党联系上了？我这段时间一直在找他们。"许志宏激动地问。

黄河东点点头："现在斗争十分残酷，国民党在到处抓捕我们的同志，地下党的同志都分散在各地隐蔽。前段时间由于工作失误，我们的一个联络站暴露了，牺牲了三名同志。"

"我想去找部队，你有部队的消息吗？"

"部队现在也在不断地运动中，很难有固定的地点。"黄河东又把中央建立苏维埃政府，多次成功瓦解国民党的"围剿"（但第五次反"围剿"失败），中央可能要进行战略转移等大的形势向许志宏做了介绍。并要求许志宏暂时留在高安，待局势稍微稳定一点再去找部队。

转眼已近黄昏，两人约定今后的联系方式后，依依告别。

20世纪30年代前段的那几年，正是第二次国内革命战争时期国共两党矛盾最尖锐、局面最严峻、形势最恶劣的岁月。蒋介石与汪精卫两大集团实现宁汉合流，暂时达成一致，相互勾结，共同反共，任日寇铁蹄肆意践踏东三省，置中华民族危亡于不顾，制造白色恐怖。蒋提出"攘外必先安内"，汪提出"宁可错杀一千，也不可放过一个"。一方面在各地城乡派特务便衣大肆抓捕残杀中共党员与各类社会进步人士，捣毁中共地下机关，取缔他们有所怀疑的任何机构。另一方面对各个红色革命根据地实行一次又一次的疯狂"大围剿"，大有不把共产党全部消灭不罢休之意图。

红一军团在高安与国民党新编第五师进行激烈战斗中，有一定人员损失，在高安留下了一些像许志宏这样的或受伤或掉队的战士。国民党当局了解到相关讯息，严厉要求各地国民党军武装尽快彻底铲除之。于是，县警察局局长命令谢天昊带着他的保安团，在整个高安县两千四百多平方公里的城镇乡下到处奔走闹腾，地毯式地搜寻滞留的红军战士，不放过任何一个可疑分子。"叫嚣乎东西，隳突乎南北"，破门入户、翻箱倒箧、抓人放火，弄得鸡飞狗跳、乌烟瘴气的。有几个受伤的战士不幸被捕，没有经过任何司法程序就被残忍杀害。一些无辜者也罹受池鱼之殃，甚至那些负伤患病的普通民众，也被怀疑是红军战士而加以惩处，轻则一顿毒打，重则身陷囹圄，个别人甚至被残忍枪决。

这天，谢天昊不知道是从哪儿探得了一些小道消息，听说金贵田府上前段时间——正值红一军团与国民党军新编第五师发生激战之后，有天夜里从外面抬进了一个受伤的陌生年轻男子，还是跟着金府大小姐抑或二小姐回来的。暂且不管这人是不是滞留下来的红军战士，一想到他可能与自己爱慕多年的金家姐妹有关，谢天昊顿时来了十足的劲头，立刻带领一队兵丁开着一辆军用货车，气势汹汹赶到龙湾，天黑透了才来到金府大院门口，让手下猛锤其兽头门环。

先是幺爹跑来开门，紧接着金贵田自己也跟了出来。谢天昊不管三七二十一就要带人往院内蛮冲，说是咱龙湾村离上次国共两军作战的狮公脑战场不远，他们要来搜查可疑共匪分子，每家每户都不放过，要把咱龙湾村的地皮翻个底朝天。

金贵田死死拦着不让他们进去，并理直气壮地质问谢天昊究竟是何原因要搜查私宅。如果一定要搜查，必须要有萧县长准允的亲笔信函，否则明日就上县府控告他，还要找他老子算账。谢天昊理屈词穷说不出个子丑寅卯来，自己总不能把讹传当作理由吧。

其时金葳蕤与许志宏确实还在府院里。但在父亲跟谢天昊僵持间，葳蕤已急忙带着志宏从家里后院的秘道潜行，并由虎首山草丛中的红薯地窖出口钻出去了。

正在僵持之际，金府门口已陆陆续续攒集了很多同村的乡民。大家一向对骄横跋扈的谢氏父子非常不满，都帮着金贵田说话：

"你们没有确凿证据或县府公文，怎能随便擅闯民宅？更何况金先生还是县太爷的老师！"

谢炳坤也赶来了，明白儿子于行动匆忙之间准备欠周全。若硬要往里面冲，万一搜不出什么来，那后果可就严重了。他只好朝金贵田抱拳说了一句：

"贵田，得罪了，对不起了。"

又朝围观的人训斥道："有么子好看的，都回去困觉吧。"

说完拉着儿子就往自己府上走。

谢天昊知道今夜之行断难成功，他黑着马脸、耷拉着脑袋、乜斜着鹰眼冲几个手下喊着：

"丢人现眼，赶快离开。"

"慢走，不送。"

背后传来村民们的一阵讥笑，再次惹得他头上升腾起一把无名火，杀机陡炽。他要杀人，今天不杀改日也要杀！

谢氏父子带着十来个保安团员回到了谢府。谢炳坤来不及责怪谢天昊，两人赶紧商量对策：一则，马上安排几个手下在金府前前后后严密把守，不让一个人哪怕是一只老鼠偷跑出来；二则，由于萧县长是金贵田的学生，绝不可能给他谢天昊开具搜查金府的公文，而高安县警察局局长的公文又不够有威慑力，只能前往省城找省警察厅陈厅长，他跟谢氏父子熟，可以让他开一个搜查令。

第二天清早，谢天昊带着一大包礼物，独自驾车上南昌，找到陈厅长开得了搜查令，又迅速赶回龙湾。当天夜里，谢天昊带着数十团丁再次冲向金府大院。

把已经睡下的金贵田叫醒后,向他出示了搜查令。既然有省警察厅陈厅长亲笔签名的搜查令,金贵田也无话可说,只道:

"天昊——贤侄,我这里会有什么共匪分子呢?连我自己都不晓得,你必定搜不出啥的。我就很好奇,你是从哪里听说有什么共匪分子进了我的府里呢?"

"贵田叔,在下执行公务,请恕无礼!"

"这大半夜的,如果搜不出来共匪,你要负责任。"金贵田软弱无力地说。

"如果搜出来了,我要你全家坐牢,我要你脑袋搬家!"谢天昊恶狠狠吼道。

说完,谢天昊再也不跟他啰唆,命令手下仔细地搜,不放过一个角落。金贵田、金江氏、幺爹,全家三口人站在门槛旁,看着他们在自己的宅院里东翻西找、摔缸砸箱,满脸的愤懑与委屈。他们花了大半个时辰,除了没把地皮翻个底朝天外,金府大院的两进房屋里里外外每个角角落落都搜遍了,只是唯独忘记打开后院柴火房的一个小门,这里过去几步,就是秘道的入口。

金贵田摊摊手,愤愤地对谢天昊说:

"天昊贤侄,就这么一点大的房子,如果藏着一个大活人,用得着这么翻箱倒柜吗?"

"有没有藏人你心里清楚,今天算你走运。"谢天昊心里也有些发虚。

看着谢天昊一伙狼狈离去,金贵田一家既高兴又心酸,更多的是庆幸。幺爹一边收拾被弄得乱七八糟的金府大院,一边咒着这些天杀的。金江氏暗忖:幸亏许志宏走得及时,不然麻烦就大了。而金贵田却忽然有些想念那个才离开一天的小伙子了。

两次无功而返,谢天昊确实心有不甘。谢氏父子在谢府分析两次搜人皆落空的原因。谢天昊有些怀疑传言的真实性,但谢炳坤始终坚信无风不起浪,那人很有可能是在谢天昊从县城赶来搜查之前,就已探得风声早早逃脱了。那么,他究竟是不是共匪?若他不是共匪,为何要逃走?他跟金葳蕤或金潋滟是什么关系?她们竟然会帮他!是谁给他通风报信的?他是怎么逃脱的?他逃到哪里去了?

基于这些考虑,谢氏父子又定下了对策:谢天昊还是先带着保安团回高安去,龙湾这边由谢炳坤、二谢头给他死死盯着,一边发动府里的家丁、族人,时刻关注金贵田他们的动静;一边又买通村里一个父母双亡、穷斯滥矣、游手好闲的周姓小痞子,要他搞些诡计,看看是否有变故,随时汇报。

昨天傍晚，金府人早早就吃完夜饭，在前院厅堂里小坐歇息，一边观星纳凉，一边闲聊、品茶。虽说立秋过了这么多天，"秋老虎"亦会不时来肆虐一下。金贵田、许志宏对坐聊天，金葳蕤半跪沏茶，金江氏坐在一旁扇着画有仕女图的丝帛团扇，边听边沉思。许志宏总觉得自己是个大老粗，没有什么文化，不懂得指挥手下战士，这是他的短板，遂向博览群书的金贵田请教，古代的那些骁勇名将是怎么带兵打仗、决胜千里的。

金贵田戴了副老花镜，正准备趁黄昏余晖读几页线装竖排繁体大字版的《资治通鉴》。由于多年教书的职业习惯，他从来都是很乐意别人来向他求教，只是并不像熊二郎中那样好为人师。于是他谈兴大发，由古至今，旁征博引，条分缕析，从孙武、吴起、孙膑、田忌、田单、白起、王翦、项羽、韩信、曹操、孔明、冉闵、李靖、郭子仪、赵匡胤、岳飞、成吉思汗、徐达、王阳明、多尔衮、袁崇焕、曾国藩、石达开、蔡锷、黄兴……一个个说来，他们的成功失败、优点缺点、经验教训，令许志宏大受启发。

原以为金大叔一介书生，僻处乡间、久在书斋，只知道之乎者也、四书五经，没想到对军事也有这么多独到见解！许志宏实在佩服得五体投地："金大叔，听您这么一讲解，我感觉茅塞顿开，确实是'听君一席话，胜读十年书'啊！"

金贵田却谦虚地摇摇头："不过是纸上谈兵、闭门造车。要想带兵打仗，还须亲临战场、体验生死啊！"

这时，门外响起粗暴凶悍的吆喝打门声，人数似乎还不少，均举着火把，红通通的，照亮了外院的低空，村里的家狗野狗们汪汪叫个不停。许志宏明白，这肯定是冲着自己来的。好在金葳蕤知道秘道的入口所在地，在幺爹、父亲先后抢步出去应付来人时，她迅疾端起一盏油灯，带着许志宏冲进后院柴火房，打开一个小门，紧走几步，迅速跳进秘道入口，她母亲金江氏在后面又赶紧把入口门锁好。

走过一公里多的地道，就到了金家红薯地窖里的出口，这里离虎首山不到三百米。从地窖出来后，满头大汗的金葳蕤对许志宏说："志宏哥，我觉得你就暂时去华林山里待几天吧，待风声过后我再去接你出来。华林山离我们龙湾村、高安县城不过几十里路，来去都快，走一两个时辰而已。而且山高谷深、林茂涧多，山里还有许多的洞穴、寺观，藏一个人很容易，也很难找到。"

许志宏以前没去过华林山，但听金葳蕤这么一说，突然想起前几天碰到战友黄河东时，黄河东曾经告诉过他，华林山里活跃着一支红军游击队。于是他马上有了个主意：既然自己现在不能马上回赣南去找部队，那何不就近进入华林山打游击，找机会再去寻找部队呢？

主意已定，他对金葳蕤说："葳蕤，此计甚好。我马上去联系我的一个朋友，华林山里有我们的游击队，他和游击队有联系，你放心，我会没事的。不过我反倒是不放心你，现在天色已晚，你一个人回龙湾很不安全，你父母肯定会担心。关键是你们金府现在被盯上了，你回去反倒有危险。倒不如我先送你回县城的学堂，学堂里毕竟没人敢胡来，然后我自己回华林山。"因为葳蕤还不是同志，他有些计划就不合适跟她说太多了。

金葳蕤想了想，觉得许志宏说得挺对，说：

"那如此就太劳烦你了！"只是她不想回学堂了，更不想再见到高君凯。但她有个舅舅在高安城里做着小生意，她可以先去投奔他。

在同去高安城的路上，他俩有意绕道去那天晚上的树丛——那个深深影响他俩一生的地方。金葳蕤将自己藏了两把"汉阳造"步枪的地方指给许志宏看，让他返身去华林山时记得将它们带上，说不定他用得着。许志宏兴奋地说：

"用得着，用得着，太用得着了！葳蕤，你真聪明、真细心啊！"激动得差点就要过来拥抱她。葳蕤一时羞红了脸颊。

他俩在下弦弯弓月的映照下，从侧门进了高安城。晚上学堂是关了门进不去的，金葳蕤便顺势说先去舅舅家过夜。两人敲开舅舅的店门，葳蕤告诉舅舅，学堂里很乱，不安全，她先过来住几天。明天她再去学堂把小妹潋滟也接过来。

临分手时，金葳蕤有些羞涩地把戴在胸口的一个镀金十字架摘下来，放到许志宏的手上，说是送给他作纪念。那是多年前，在高安的天主教堂里，一个胡须雪白、面目慈祥的西洋神父赠送她的，神父还称赞她像"圣母玛利亚"，希望十字架保佑她平安。

许志宏也把自己的一支小钢笔回送给她，这是当年他的入党介绍人，也是他的老连长在临牺牲时送给他的。然后两人依依惜别。

许志宏走了快两百米，回头看到金葳蕤还在店门口殷殷目送着自己。摸摸她刚才送给自己的十字架，他心里热热的。

舅舅江仲方的家在老城区的一个小弄里，旁边是高安城中最有名的商业老街，弄子虽然弯曲、狭窄，他的店面位置也有些偏僻，白天却是熙熙攘攘，热闹非凡。店名"不竹店"，蛮有意思，可能源自大宋文豪苏轼的名句"可使食无肉，不可居无竹；无肉令人瘦，无竹令人俗"。这个舅舅是金氏姊妹的大舅，龙湾那边的是二舅江仲元。大舅的相貌酷似其父江老倌。他们都有络腮胡，身板精瘦，却也灵敏。外公本想要大舅继承他的事业，因大舅比二舅更聪慧、手艺更好。可大舅不喜欢干木匠活，偏要进城开店，娶的也是高安城里的小户人家女儿。二舅子承父业，可做的活就不如外公与大舅了。但大舅每次回家也有他的说道，我开的是家竹木工艺品店，并没丢我们江氏的本行啊！

许志宏在金府养伤的这段日子里，与金葳蕤朝夕相处，已产生了既朦胧又清晰，既平静又强烈的感情。首先，许志宏为人正直有担当，是个可以托付终身的男人；金葳蕤善良美丽，是个人见人爱的好姑娘。其次，两人曾经同生共死，关系更加非比寻常。但金葳蕤的身子曾经被玷污，她觉得自己配不上许志宏这么优秀的男人。而许志宏却觉得自己出身贫寒，识字不多，担心金葳蕤瞧不上自己。因此两人虽然相互倾慕，但这层窗户纸谁也不敢先捅破。

离开金葳蕤后，许志宏就去了高安县城瑞州中心小学找黄河东。黄河东又把他带到当地地下党负责人华子骞那里。华子骞详细了解了许志宏的情况，对许志宏愿意加入华林山游击队表示非常高兴，他说：

"华林山游击队前段时间先后两次遭到国民党正规部队的'围剿'，一名主要领导牺牲，损失惨重。游击队现在缺衣少粮，关键是缺乏像许排长这样作战经验丰富的主官。许排长的到来，一定会让游击队重整旗鼓，发展壮大。"

许志宏谦虚地说："我没有地方斗争经验，以后还请子骞、河东同志多帮助。"

黄河东这时插了一句话："志宏同志，前段时间部队在高安作战时，还有几个伤员寄在群众家养伤，有的已经可以下地活动，有的还需要继续调养。你这次去华林山，把他们一起带走，他们养好伤后也会是游击队的中坚力量。今后，华林山游击队就全拜托你了！"

三个人握手告别，互道保重。许志宏带上几个伤员和地下党准备的一些粮食、药品，于后半夜悄悄向华林山进发。半途当中，许志宏又将那两把"汉阳造"长枪找了出来，想不到里面一共还有五发子弹，可把他乐坏了。天微亮时分，三人已进了华林山。下午，他们就找到了游击队。

八月的华林山，天高云淡，巨木高耸。林冠似伞，遮天蔽日。华林山，地势险绝，满目葱郁，山峦连绵十里，松涛声脆似琴，古代有"灵岫摩天空，鸟道入云际"之美誉，历代为兵家必争之地。唐宣宗李忱曾有"爱此华林幽，穴居聊避世"之谓。早在元末至正年间，就有李普成、王敬普在这里首发农民起义。

此时，华林山游击队刚刚遭受了重大损失，只剩下二十几人，队员们情绪低落，有的甚至提出解散队伍，回家种田。许志宏受命担任华林山游击队副队长，他和游击队的几位领导吴嘉民、刘珍吾等人，一个一个地找队员谈心，分析前段工作失败的原因，讲当前的革命斗争形势，谈今后对敌斗争策略，并组织大家开展正规训练，通过这些举措很快激起了大家的斗志。许志宏借此机会，带领队员们下山，发动群众开展打土豪斗争。

游击队先后在华林太溪、富楼、凤凰井、半岭、下观、艮山、主岭、村前、伍桥、奉新的上富、罗坊一带，打了30多户土豪。游击队纪律严明，错拿老百姓的东西要受批评，重者受处分，并要及时归还，向物主道歉。许志宏采取的策略是：先不抓土豪本人，以罚款形式，通知他准时照数送来，如果照办了，原本罚1000元的则减为500元，借此分化瓦解他们，有违抗者，便抓来罚几倍。为了打击土豪的嚣张气焰，游击队杀掉了两个叫嚣"头可断，血可流，不可缴款"的土豪，这使得游击队很快打开了局面。打土豪的款子，除一部分留作军饷外，其余分给贫苦百姓。

游击队的行动，惊动了国民党江西省政府，他们调派部队几次前来"清剿"。许志宏采取灵活的作战方式，使"围剿"的敌人每次都扑空。国民党改变战术，为了困死游击队，他们在华林的凤凰井、下观、村前等上山下山要道建了5个碉堡，层层设立关卡，严禁村民与游击队来往。

1931年初秋，被围困了几个月的游击队决定打击一下敌人的嚣张气焰。这天，吴嘉民、许志宏、刘珍吾率领游击队员，埋伏在丁坊、李口一带的深山树林中，派出两个小组队员从下观方向佯攻凤凰井。凤凰井碉堡守敌惊慌失措，摸不清游击队的意图，急向村前守敌求援。村前守敌接到电话后，妄图同凤凰井守敌一道对游击队实行两面夹击，守望队队长王育德让一个班守村前，带领100余人向凤凰井开进，刚走到半路上，进入游击队设下的伏击圈。游击战士趁敌不备，突然一声呐喊，四面枪弹齐发，打得敌人措手不及。仅半小时就结束了战斗。这一仗打死打伤敌人 30 余人，俘敌 20 多人，缴枪 50 余支。王育德率部分残敌侥幸逃脱，游击队趁机捣毁了村前两个碉堡。占领村前以后，游击队又迅速奔袭凤凰井。凤凰井守敌孤立无援，只好缴械投降。此次战斗不仅拔掉了敌人的碉堡，更为当地民众树立了信心。

　　游击队乘胜在华林山周边大张旗鼓地开展群众组织发动工作。在艰难困苦的岁月里，他们得到华林山区民众的大力支援。国民党后来的移民并村、封山锁道，给红军游击队造成了极大的困难。但是，被迫迁居到山外的群众一有机会，就千方百计把生活物资捎给游击队。有的群众利用进山耕田的机会，送饭送盐送药；有的侥幸没有被赶出山的群众，就经常锁前门，留后门，或者把钥匙放在游击战士知道的地方，以便游击战士自由进出，吃饭住宿。华林山区的革命活动，给国民党以有力的打击。1937 年 9 月，华林山区红军游击队下山改编，加入抗日的洪流，此乃后话。

第四章 陷害

"金贵田窝藏红军、私通共匪，被县里抓起来了，就要杀头了！"一条犹如晴天霹雳般的爆炸性新闻，在不大不小的龙湾村里不胫而走，短短一个时辰就全村知晓。当时金府全家人都不在龙湾，金江氏、幺爹他们都去高安县城设法营救金贵田了，而金葳蕤、金潋滟姊妹俩本来就在县城里。新闻是谢炳坤从县城传回来的。

这是1930年10月上旬。龙湾的乡亲们个个心里都明白，这是大谢头在公报私仇，本来就是他想要索回自己换给金贵田的那一百亩稻田，可金贵田不同意，他就与大儿子谢天昊串通一气，并买通省警察厅，设计了一个大阴谋，栽赃陷害人家。乡亲们并不希望金大先生被大谢头父子所暗算，就在耄耋高龄的金姓族长金高煦、满头银发的江姓族长江老倌带领下，全村男女老幼七八百人，除了谢氏、熊氏、李氏等少数人没来外，都齐聚在社庙前偌大的场坪，场坪上人山人海、喊声震天，众人拿着锄头、耙子、梭镖、鸟铳、木棍、扁担、杀猪刀、砍柴刀……就要去县城上访请愿，把金大先生救回来。

萧大县长不是金大先生的高足吗，他作为堂堂县太爷，岂会眼看着自己的恩师任人宰割而见死不救？

原来，谢炳坤父子深知金贵田不肯轻易归还自己的那一百亩稻田，不知从哪儿弄到了一顶红军的八角帽，并买通了村里一个姓周的小痞子，让他一口咬定这是国共激战的那夜，他在金府门口拾到的。谢炳坤就拿着红军帽、领着周痞子，来到了金贵田的府上。金贵田自然绝不承认这顶红军帽跟自己有任何瓜葛，认为它不一定是在他门口拾到的，即使是在他门口拾到的，也不一定就跟他有关。谢炳坤早就料到金贵田会这样应对。头天晚上，他把周痞子叫到家里，像先生教学生一样反复教了两个时辰。又送了他一些大米、面粉、猪肉，威胁他说如果事情办不好，谢天昊就把他抓进保安团大牢里。周痞子按照谢炳坤教的，像背书似的陈述子虚乌有的"事实"：八角帽是他若干天前的那个半夜，在金贵田府门口拾到的，而且他亲眼看见，是从躺在一辆板车上一个男人的头上跌落在地的，板车最后是拉进了金府的。因他没有帽子戴，就拾回去自己戴上了。

金贵田清楚周痞子并没有看见那晚的事情，是在撒谎。因为许志宏的军帽早已被金葳蕤扔掉，而且那天拉许志宏的也不是板车。周痞子知道有一道炯炯目光盯着他，心里一直发怵，身子觳觫，紧紧趴在地上，根本不敢抬头跟金贵田对视。周痞子平时在村里爱说下流话，调戏妇女，一开口总离不了"脐下三寸"那些淫秽话题，用的是最粗俗的方言俚语，所以在龙湾人人都鄙视厌恶他。他人猥琐，家又穷，一直没哪个女的愿嫁给他。

金贵田严厉地质问他：

"周痞子，你对着自己的良心发誓，你说的这些是真的，不是别人买通你瞎说的。"

"贵田，莫吓他，让他自己坦白说嘛！你身正不怕影子斜。你若没做亏心事，何怕鬼敲门？"谢炳坤当即喝住金贵田。

"我当然坐得稳，行得正。但绝不允许别人栽赃于我。"金贵田的声音也很大。

"栽不栽赃不是你说了算！周痞子，莫怕他，大胆说，我给你做主！"

周痞子得到谢炳坤的鼓励，胆子大了些。他站了起来：

"我说的都是真的，是真的，是真的！如有一句假话，天打五雷轰！走夜路会碰到鬼，走日路会……"

"好啦，好啦。"谢炳坤眼见自己的目的达到了，又担心周痞子被金贵田吓住，就赶紧打断了周痞子，让二谢头把他拉走了。

此时金府厅堂上只剩下了谢、金二人，江翠柳在后院里。谢炳坤冷笑着说：

"贵田，你看怎么办吧。如果去县里、省里告发你，说你窝藏红军、私通共匪，那么天昊的保安团就会来抓你进牢子，到时候你连命都保不住啰！你的得意弟子赵副厅长、萧大县长、刘大校长、金大教授，他们也都保不了你啰！你弟子再多，口碑再好，人脉再广，也架不住这个天大的罪名啰！"

可金贵田昂着头回道：

"这些都不过是栽赃陷害、子虚乌有！你这明显是想往我的头上扣屎盆子，我不会承认的。你也没有确凿的证据，休想让我中你的圈套。"

"这样吧，我给你指一条出路，我们再来做一次交易。"谢炳坤以居高临下的架势，阴恻恻地说。

"又是什么交易？"金贵田心里当然如冰雪般透彻。

"你把我的那一百亩田还给我，咱们就私了，我也不去官府告你了，就当啥也没发生过。那块玉佩，上次我在去南昌的路上不小心搞丢了，索性就算了呗，不就是一块石头吗，下次我找一块给你。"玉佩当然没丢，大谢头显然是想赖住不还他了。

"嘿嘿，我就知道你的狼子野心，休想！"老金气得全身发抖。

"敬酒不吃吃罚酒。那你就等着坐牢、杀头吧！连萧丰也救不了你。"见金贵田如此倔强，不愿屈服，黔驴技穷的大谢头也没办法。软的不行来硬的吧！他吼了几句，顿顿足，拂袖而去。

金江氏一双小脚，从后院颤巍巍地走出来，陪金贵田站到一起。看着谢炳坤越走越远的背影，两人心里有种天将塌下来的忧郁。

第二天早上，得到父亲口信的谢天昊，带着保安团从县城赶来，将金贵田五花大绑，蛮横押上卡车，抓去了高安监狱。很快谢家又放出风来："金贵田窝藏红军、私通共匪，马上就要被枪毙了！"

金贵田哪会这么快被枪毙，谢家父子如此叫嚷，醉翁之意岂在酒？无非还是制造舆论压力，恐吓威胁他，逼他乖乖就范，答应自己的条件。

在金贵田被关进高安监狱的这些天，萧丰县长不敢也不好来看他，只派了县府秘书送来一封信，就说自己对恩师的遭遇很是同情怜惜，将尽力搭救。但因为省警察厅厅长出面了，就连省府主席也打了招呼，说是必须严查到底，绝不姑息，自己爱莫能助，只能看怎么想点其他办法。

金贵田深知萧丰的这些话只是托辞罢了，不过自己对他并未寄予多少希望，也就没什么了。

其实萧丰对共产党素无太大的敌意。早在五四运动时期，他就是一个热血青年。当时他在北京的政法大学上学，积极参加"打倒孔家店""火烧赵家楼""外争主权内除国贼""废除'二十一条'"的大学生游行示威，喜欢看《新青年》《每周评论》等进步刊物，多次听过李大钊、陈独秀等人的演讲。他周围的很多同学、老乡都先后加入了共产党，走上了革命道路。第一次国共合作时期，他还跟这些共产党员有密切来往——从五四新文化运动到中国共产党成立，再到国共第一次合作，中部三省湘、鄂、赣的年轻知识分子表现得最为突出。对共产党的主张和信仰，共产党员的先进思想和英勇气概，他亦甚是佩服。不过他毕竟在国民政府任职多年，也不能做得太出格，担心在这动荡的岁月里，那无处不在、无孔不入的国民党特务认为自己有"赤化"嫌疑而对他不利。再说随着年纪渐长，特别是娶妻生子后，他的锐气与胆量亦渐消退。但不管如何，谢天昊等人曾多次想拉拢他，洁身自好的他坚决拒绝。

高安县立高级中学，也就是金葳蕤、金潋滟姊妹俩念书那个学校的校长刘赓，跟萧丰县长比起来，才是金贵田真正的弟子。刘赓是高安县城锦江南岸作坊村人，多年前金贵田在县城的凤仪书院（原筠阳书院）讲学时，刘父便带年幼的他去拜金先生为师。刘父虽大贵田十余岁，但与贵田是一起参加过几届科举，又是一起拜高安已故宿儒彭老举人为师的同门，两人系多年老友，刘父很欣赏贵田的才学和为人，所以才让儿子拜在其门下，后来还每年携子到龙湾金府登门探望、当面受教。

刘赓正直质朴，有血性，倒有几分像金贵田，他头戴礼帽，身穿一袭薄长袍，显得儒雅而稳重。他虽教的是数学课，但他的行书楷书与古体诗词在高安是一流的。

金贵田在押期间，刘赓多次到高安监狱看望他，因一向了解恩师嗜好，就给恩师带来其至爱：美酒（绍兴老黄酒）、佳茗（庐山云雾茶）。有几个狱警是刘校长老相识，亦曾听说过金先生大名，自是行个方便，任他们师生俩在狱中品茶饮酒谈话，佐物不过一包花生米、一盘卤猪耳朵、一碟井冈烟笋、几个炸鸡爪。

在品茶饮酒谈话的过程中，金贵田对刘赓说：

"你这不顾涉共嫌疑来看我，自是念着我们师生一场的情分。我很高兴，也十分感谢哟。但你千万别尝试着救我出去，那没有用哟。你如果见到你师母，也劝一下她，别来县城救我，就让她回龙湾去。这是谢炳坤、谢天昊给我设的一个局，目的是把他们换给我的一百亩水田要回去，而且换田的玉佩又不打算还我哟。他们打着省主席、省警察厅厅长、县保安团团长的名义，口口声声说要枪毙我，那其实是个幌子，不过是狐假虎威，都是他们一句话的事儿，听他们的就会放了我。他们给我定的罪名，并无充分证据，他们是不敢随便杀我的，万一杀错了他也无法跟省里交代哟。再说，我跟他几十年的老交情，他也不会来真格的。咱们急了，去求他，就刚好上了他的当，就得答应他的条件，听任他玩弄。咱们不急，不去理他，他就被动了，让他骑虎难下、进退两难，杀也杀不得，留也留不得；关也关不得，放也放不得；罪又定不下，不定罪又不甘心哟。所以先就这样吧，看看他下一步再打什么新的鬼主意哟。"

刘赓见金贵田看得这么清楚，分析得这么详细，也就放心了。临走时，他又送给狱警们一些钱，让他们好好照顾金大先生，谁来乱提审金先生，就赶紧去通知他。只要金先生还在这里，每天他都会来看望，给金先生带些吃的喝的穿的用的。中秋已过，天气骤寒，他又给恩师抱来棉被、褥子。

也是在刘赓去看金贵田的那两天，金江氏、幺爹、金葳蕤的大舅江仲方等人筹集了一笔数目不小的款项，亦试图去县府探视搭救，被刘赓的手下看见，接到刘家。刘校长给他们复述了恩师说给他听的那席话，请他放一万个心，只管回家去，这边有他照料恩师。金江氏他们万分感谢，又再三叮嘱后，没有探监就回去了。

还有那天，由金高煦与江老倌两位长者率领，浩浩荡荡数百人的龙湾村民，还没走出村子几步路，就在赣湘大道上被谢天昊保安团的几十号大兵给截住了。谢天昊是二谢头赶去向他报信，说龙湾人要为金贵田打抱不平，要进县城闹事，才带着保安团回来阻拦他们。

刚一开始，乡民们见己方人多，且趁正有一股豪气在心，声音鼎沸，但终究拗不过全副武装的保安团大兵。谢天昊跟他老子一样，自己可以大声训斥别人，可别人闹哄哄的他受不了。虽然这些人都是他的长辈或兄弟，邻居与乡亲，打小看着他一天天长大的，或者是与他一起穿开裆裤、玩泥巴团、骑牛爬树、打架斗殴长大的，但他现在很是鄙夷他们。在他命令下，几十号持手枪步枪的团丁统一朝空中放枪，只听得一声声巨响，吓得所有人心惊胆战，旁边树上的一大群鸟儿猛然蹿上高空乱叫，猫狗鸡鸭猪牛则噤若寒蝉无声无息，树叶子刮得一阵又一阵飒飒作响。硝烟还没散尽，除了几个老弱病残，几百人已基本跑得无影无踪。想必这样深刻的一幕，他们很多年后还会记忆犹新。

谢天昊不由得"哈哈"狂笑起来，又将手中驳壳枪对着空中连放了三枪。团丁们也一个个都笑得前仰后合，枪杆东倒西放，对留在原地、实在走不动的几个老弱病残也不为难了，任其相互搀扶着灰溜溜地慢慢退回村里。

听说父亲被抓，金葳蕤焦急万分。尽管母亲、幺爹和刘校长、大舅都提醒过她，要她不要擅自行动。但她担心深陷缧绁的父亲在监禁中受苦，特别是担心父亲有性命之虞，救父心切，她竟决定去找谢天昊，请他帮忙解救自己的父亲。

在保安团驻地门口，金葳蕤对两个站岗放哨的说："我要见你们谢团长。"

金葳蕤上穿蓝衬衫，下着黑裙子，长头发用白手绢扎着，一副中学女生打扮，素面朝天，清纯可爱。两个大兵并不认得她，不知她跟团长的关系，竟胡言乱语调戏金葳蕤。这一幕刚好被从里面出来的谢天昊看到，一见这两人调戏的竟是金葳蕤，当即狠狠扇了他们几个大耳刮子。两个大兵被扇得不明所以，只好傻傻地站着，揉着被打疼的双脸。直到团长殷勤地去给这美妞赔不是，这才恍然大悟，原来她是团长的菜呢！只怪自己有眼不识泰山，竟敢亵渎小仙姑。可团长不是有夫人了吗，那这美妞是从哪儿冒出来的？哦，对，夫人已怀孕在身，这应该是团长当下的替代品了。不过看样子谢天昊平时应该经常体罚这些小卒，因此他们被揍了也没啥脾气。

看见朝思暮想的金葳蕤站在面前，谢大团长喜不自胜。他赶紧亲热地跑了过去，喊了声：

"葳蕤妹妹，你可来了，可想死我啦。"扑了过去，想抱她一下。

金葳蕤矜持自重，迅速躲开。

谢天昊也不在乎，殷勤地把金葳蕤迎进自己那装修奢丽的团长办公室，又请她在他的法国进口真皮沙发上落座，目不转睛地色眯眯看着她，不吝辞藻地赞美着她：

"葳蕤妹妹，半年多不见，你出落得越发水灵、丰满、艳丽了，就像那熟透了的水蜜桃啊！"

谢天昊乃不学无术、沽名钓誉的草包一枚，但他这几句话倒是说得不错。与高君凯恋爱并被他热吻，又被兵痞侵犯，这些天又与许志宏日夜在一起，这些唤醒了金葳蕤的身体，使她第二性征越发成熟，如苞蕾绽放、鲜花盛开，看那挺拔的双乳、后翘的臀部、纤细的腰肢、苗条的身段、如画的眉目、如云的秀发、白里透红如三月桃花的肌肤……哪个男人瞧了不流口水？

待卫士给金葳蕤送来热咖啡后，谢天昊当即把他轰走，把门合上。他紧紧挨着金葳蕤坐下，嗅着她身上好闻的少女体香，手顺势搭到她的肩膀上，被她轻轻推开。

他又想着继续对金葳蕤炫耀眼前自己的显赫风光："葳蕤妹妹，我这真皮沙发……"

"你把我爹关起来了？"金葳蕤对这些并不感兴趣，劈头就问。

"天地良心！贵田叔是看着我长大的，又是你爹，我怎么会抓他！"谢天昊赶紧解释道，"可不是我要关他的，是村里的那个周痞子去省里告他，省警察厅指定要逮捕他的。我还帮你爹说了好多好话，他在牢里我也常去看他，还让狱警们好好照顾他呢！"

金葳蕤只关心父亲的安危，便没心思去细细推究谢天昊的回话里虚假的成分。她继续问道：

"听说你们要杀我爹？什么时候——枪决他？你有没有办法救我爹？"问到这里，她嘤嘤地啜泣起来。然后她又问道："你能带我去监狱里看看我爹吗？"

谢天昊心里暗喜，假装犹豫了一会，说：

"你爹犯的确实是杀头之罪。不过究竟什么时候执行枪决，我也不清楚，不过应该快了吧。"又假装扭头看了一眼办公桌旁那尊华贵、硕大的英国座钟，说：

"今天有点晚了，明天我再陪你去探视金——大叔吧。"

突然，金葳蕤站起身来，抓住谢天昊的手用力摇了好几次，带着哭腔说道：

"天昊哥，看在我们金、谢两府上多年的深厚交情，和咱俩一起长大、一起玩耍的分上，你想想办法，救救我爹吧！你一定有办法的！"

谢天昊心里在冷笑：什么多年的深厚交情？哄鬼呢！我们两府有什么交情？多年来一直就是明争暗斗的关系。他假装沉吟半响，似乎很为难地说：

"葳蕤妹妹，要救你爹，也不是没有办法，不过……"

"不过什么？"金葳蕤从谢天昊的话里听出似乎还有回旋的余地，绷紧的心弦顿时松懈下来，当即双膝一软跪倒在地，急急地说：

"天昊哥，只要你能救我爹的命，你叫我做什么我都答应你。"这还是她打出娘胎来第一次给人下跪呢！当然，童年时给父亲娘亲、祖父祖奶、外公外奶拜年、祝寿，或在金家宗祠拜高煦老族长、祭祀列祖列宗灵牌，或在厅堂、社庙、寺观拜佛菩萨诸路神仙……这些不在其列。

谢天昊立刻亲昵地把金葳蕤拉扯起来，不让她跪着，并继续本色表演：

"葳蕤妹妹，你坐下来再说，我哪里受得起你这一跪？可你知道，你爹的案子挺棘手的，由省警察厅陈厅长亲自主抓，连省政府主席鲁涤平都过问了，是很难翻案的。一不小心我自己、我爹都会牵连进去，轻则撤掉我的保安团团长职务，重则坐牢，甚至杀头，但是……"

金葳蕤见他欲言又止、想说不说，像是卖什么关子，又像是吊她的胃口，既焦急又生气，打断他的话，催促道："但是什么，你快说呀，急死人了！"

"那我就说了，说错了你别见怪呀！"谢天昊假装咬咬牙，说，"葳蕤妹妹，你得清楚，既然要救你爹出来，那我就得冒生命危险，代价极大，关键还要有充分的理由呀！"

金葳蕤并没有明白谢天昊的意思，只是不断地点头，嘴里在说：

"好，天昊哥，我早说过，只要你救我爹出来，你叫我怎么报答你都行，要多少钱我家都舍得。"

谢天昊见状，迅即从葳蕤后边把身轻如燕的她牢牢抱住，放在他的腿上坐着，一手扣住她的腰部，一手掰着她的脸颊，让她扭过头来，眼睛看着她的眼睛，嘴巴凑近她的嘴巴，似乎是豁出去的样子。此刻葳蕤救父心切，也不好抗拒他。

谢天昊见金葳蕤没有反抗，以为可以得手。说话的声音都有些颤抖：

"葳蕤，你知道，我从小就喜欢你。好几年前，我就对我爹我娘起过誓，非你不娶。可我爹一定要我娶现在这个母夜叉，她长得既不好看，又不贤惠，我一家人都不喜欢她，我也跟她毫无感情，夫妻关系名存实亡。其实我心里也挺苦的，这些年一直都过得不幸福，因为没有你在我身边。唉……这些就不多说了，家丑不可外扬。如果我要救你爹，我只能和上峰说，你爹是我岳父。"

见金葳蕤一时好像没有反应过来，谢天昊就把声音放大了许多，而且把话说得更直白："只要你嫁给我，那我一定赴汤蹈火，想尽一切办法，哪怕倾家荡产、豁出自己的性命，也要把你爹救出来。因为他是我岳父啊！而且，我以后一定只对你一个人好，日日夜夜我俩在一起睡觉、亲热，不对我家那个贱女人好，不搭理她，让她生不如死，你才是我真正的女人，是我谢天昊的妻子！而且，我们谢、金两府从此冰释前嫌，永修同好，世代和睦，称霸龙湾——不，整个高安、整个江西。你说怎么样？"

谢天昊一边说着，一边手很不老实地在金葳蕤身上到处乱摸，嘴巴还在她的脸蛋、脖子上乱啃。因为葳蕤要听他说用什么法子救爹爹、让自己怎么报答他，就容忍他了。既然要救父，就得有付出。他亲她嘴脸哪里都可以，但她紧闭双唇，也绝不让他的手伸进她的衣服。

说实话，上次高君凯在野外亲抚她，因为那是她头一回与男子发生亲密接触，因为那时她对高君凯还有爱情，她亢奋得就像触电一样，很有感觉，如梦如幻的。可这次谢天昊亲抚她，她却迟钝麻木得很，就像自己是根木头，毫无感觉。

对谢天昊这点臭男人"食色，性也"的心思，金葳蕤明白得很。他还在孩提时代就一直暗恋着她，长大一点晓些事了更想占有她，瞅她的眼神仿佛是要把她吞了。他比她大了七岁，不过女孩子早熟嘛，早早就懂这些。所以后来葳蕤就只当他是色狼，远远地躲着他。照理说，谢天昊长得既不丑也不矮，人也不傻，家境又好，又念过高级学堂，当上了县保安团团长，龙湾村里乃至县城里，想嫁给他的女孩子不少。况且，他还不管他老爹的反对，真心想对她好，想娶她，还有很重要的一点，他又是金枝妹子她大哥。

可不知为何，这跟他们谢、金二府的矛盾、隔阂并没关系，金葳蕤就是对谢天昊喜欢不起来，对谢家三兄弟她都不喜欢，否则也就没有后来高君凯的半路杀出，更没有她对许志宏的芳心暗许了。有几次，天昊本来想对葳蕤表白，但她心里清楚他那点小九九，还没等他开口就把话岔开了，根本不给他机会。

然而这次，着实令金葳蕤感到为难。若要谢天昊救爹爹，自己就得答应委身给他，而且还只是做小妾。如果没有许志宏的出现，那还可以考虑。可现在许志宏出现了，她已深深爱上了他，心完全到了他身上，早已决定过几日就去华林山找他的，她怎么可能接受另一个人呢？更何况这人是恶少谢天昊——她从来就不喜欢的人。他爹与她爹更是不共戴天，这次分明是他爹要她爹的命。

金葳蕤还听说，谢天昊的老婆是河东母狮，从小娇生惯养，架子大、脾气差、心胸窄、爱吃醋，最是容不得别人，岂会同意丈夫纳她为妾？她怎么可能嫁到这样一个家庭里去呢？

可是，自己若不答应他，依谢氏父子的手段，那爹爹必定是死路一条。不妨先假装依从，以后再说呗！或者，将来的日子还长，谁知会有啥变故？暂时答应他不失为权宜之计。

再则，哪怕退一万步说，即使这一切的可能都不可能发生，那为了搭救爹爹，自己的牺牲也是值得的，大不了一死了之。金葳蕤在心里凄然一笑，打定了主意。

谢天昊见金葳蕤久久没有搭理他，以为是她不乐意，便摊开双手，假装无可奈何的样子，说：

"葳蕤，我尊重你的选择，你不同意我也没办法，我不会勉强你的。可是，这样一来你爹就只有等死了，谁也救不了他了……"

金葳蕤赶紧拭去眼角的泪珠，干脆利落地回道：

"那好，我答应你。可是，你一定要救我爹出狱哟，你可一定不能食言！"

谢天昊一阵狂喜，眼睛里发出野狼般的绿光，马上小鸡啄米似的连连点了好几个头，答应道：

"那是一定的，那是一定的！你嫁给了我，那你爹就是我丈人老子，我岂能见死不救？那我还是个人吗？明天我就想办法让周痞子翻案否认，将你爹无罪释放，让你们全家团圆。"

趁此良机，谢天昊露出了淫邪的真面目，就想把金葳蕤放倒在沙发上，全身压过去，将她的裙子撕破、胸罩掀开、短裤脱掉，大白天就与她做成好事，生米煮熟饭，以解自己多年暗恋、思念、意淫之苦。

可金葳蕤绝不答应，猛力将谢天昊推开，整整衣服、头发，平静地说：

"你别急嘛，我要赶回学堂去上课。我们明天早点去监狱接我爹，我还要看到他被无罪释放的公文。快了嘛，等我嫁给你，我就是你的人了，那时你想怎么样做都行。"

谢天昊也只好克制住内心里如火山即将爆发的强烈欲望，暂且作罢，咽下口水待明天。

翌日一大早，谢天昊先是派人把周痞子叫来，强迫他改口供，就说那天夜里他看花眼了，他拾到的帽子确实是掉在金府门口，但不是从拉进金府的运货的板车上掉落下来的，而是另外不知谁路过时掉落。再说这个帽子已由县府认真调查过，并非共匪军帽，不过有点像而已。在此之前，谢天昊又悄悄塞给了周痞子一些钱，让人代写了一份悔过书，承认是他诬告龙湾名儒金贵田。若干天后，周痞子在龙湾村外被谢府父子派人悄悄灭口。

谢天昊又向省警察厅详细报告了案情经过：经高安保安团这么多天仔细审问，

金贵田并无窝藏红军、私通共匪的确凿证据，他的府上没有进过任何可疑分子，除了周痞子搞错了帽子之外，也没人能作证金贵田有此嫌疑。

接着谢天昊就弄了一份无罪释放金贵田的证明，并戳盖了保安团的大红公章，再驱车去金葳蕤大舅家接她到高安监狱见她父亲。

看到紧握在谢天昊手中释放父亲的证明，金葳蕤十分激动，眼泪像断线的珠子簌簌滴落。她既为父亲感到高兴，又想到这很可能是用自己的一辈子的幸福换来的，不免十分伤感。谢天昊让司机开车，与她坐在后排，趁机又紧抱住她，在她身上又摸又啃，继续索取她的报答。

不久就到了南门旁的高安监狱。狱警引领着谢天昊、金葳蕤进去，把金贵田的牢门铁锁打开。葳蕤一看到父亲，心疼地尖喊了一声"爹"。父女俩都感到很惊讶：葳蕤惊讶的是父亲怎么一点也不恐慌，精神状态甚好，这么多天并没有消瘦，衣服穿得整齐，胡子、头发一看就是定期修剪过的，他的狱室里又挺干净，没有一丁点臭气，床上被褥齐全，还带了几本古籍进来阅读，旁边的桌子上竟然还有茶缸、酒壶、小吃碟，跟在自己府里似乎没有区别；金先生惊讶的是此时女儿怎么会独个儿来看他，身边还跟着冤家对头——正是要置自己于死地的谢府长公子。

看着金氏父女俩只管抱头诉衷肠，把自己撂在一旁，就当他是空气似的，谢天昊心里颇不是滋味，"喀喀"了两声，说：

"金贵——哦，不，金大叔，您被无罪释放了，您现在就可以让葳蕤送您回龙湾了。"然后从金葳蕤手里把那纸证明递给了他。

金贵田溜了一眼上面所写的几行字，好像已在意料之中。但他还是不明底细，也就没有多说什么，没有马上感谢谢天昊。他未与金葳蕤对视，略带讥意问谢天昊：

"这么快就要放我了，我还以为要把牢底坐穿呢！这么说是天昊贤侄帮了我啰？"

"爹，说这些干吗。"金葳蕤只想父亲赶快离开这里。

谢天昊听出了金贵田的讽刺之意。但他强忍着心里的不快，说：

"喀喀，金大叔，这不是我的意见，是我爹的意见哈，他还是希望您……能把我府上的那一百亩田还给我们，我们退回您玉佩。虽然原来那块我爹不小心弄丢了，但我们可以另外去找寻跟它相似的一块或几块玉，或者翡翠、钻石、玛瑙、珠宝、黄金、瓷器、古字画……只要您满意，都行！您可以随便去我们谢府里挑选。"

067

呵呵，原来还是想要索回他的那些田地呢！金贵田一转身就往狱房深处走去，说：

"既然你们已换给我了，哪里有要回去之理？除非我愿意，岂可强人所难？这世上还有无'信誉'二字，有无'廉耻'二字？倘若你跟你爹的目的竟在于此，那我还是待在这里不出去了。我宁可把牢底坐穿，或者你现在就把我拉出去枪毙算了，也绝不还给你谢府！"

按说此时谢天昊会很恼火，但他又有了新的鬼主意。这一百亩水田，眼下金贵田想不还就不还呗！他赶紧过去扯着老金往外走，说：

"金大叔，您消消气啰，这不过是我爹自己的意见，您不还就不还呗！那一百亩田您就继续耕着。反正咱们都是一家人了，这不是小事情吗！"

金贵田只要谢府不索回田地，那什么都好说，因此一时间对谢天昊"反正咱们都是一家人了"一语的真正意思没明白过来，就在金葳蕤的搀扶之下，跟着谢天昊走出了监狱。

眨眼间一个多月过去了，他终于又见着了蓝天白云与灿烂阳光，呼吸了几口外面的新鲜空气，甚是感慨。

突然他疑惑起来：谢氏父子怎么会如此轻易就放过我呢？不仅让周痞子翻了案，证明我无罪并将我释放，还准允我可不还其一百亩水田。害我、抓我是他们，保我、放我也是他们，难道他们又在耍什么新花招？他扭过头看着一直未吭声的金葳蕤，眼里分明像审犯人似的问：

"葳蕤，这究竟是咋回事儿？"

金葳蕤不知该怎么对父亲开口。谢天昊吞咽了一下口水，抢先代金葳蕤回答金贵田：

"金大叔……可能以后我得改口叫您岳父了……喀喀，是这样，因为您这个案子确实难办，牵涉共匪，是要人命的。而葳蕤甘愿嫁给我，我才不顾个人生死，铤而走险，好不容易说服了省里的警察厅陈厅长，才解决了您的问题，使您得以顺利出狱。所以这事还得亏您有这样一个好女儿呢！喀喀，我当然也是豁出去了。好在我办法多，陈厅长宽宏大量，他已久闻您的大名，爱惜您的才学，并见我平日为党国尽力效忠，这才网开一面，使得这事有了一个如此圆满的结果……"

谢天昊的话还没说完，金贵田早已不想听下去了，他的头"嗡"的一下，又晕又疼。他最担心的情况终于发生了！只怪大家虑事疏忽，还没及时把其中的弯弯绕绕透露给金葳蕤，所以仍是着了谢氏父子的道儿，而自己以退为进、以静制动的"拖"字战术彻底失败。他们先是要他的宝贝、他的田地，再是要他的爱女，那他的四两五钱命留着还有啥用？

可金贵田又不好责怪金葳蕤。他气冲冲地摆脱掉她的搀扶，又回头要往监狱的铁栅栏门而去，并恼恨地对谢天昊说道：

"我不会让你们父子俩的阴谋得逞的，田不会还你，女儿也不会嫁你，你就死了这条心吧！你还是把我送回去，毙了我算了！"

金葳蕤看见他的倔脾气又上来了，朝他使了使眼色，赶紧过来拉他，流着眼泪央求道：

"爹，咱们回去再说。"说完又使劲向金贵田使眼色。

金贵田看见金葳蕤的眼色，猜想女儿可能另有什么策略，只好又随她转身走向谢天昊预先准备好的那辆小轿车。

在回龙湾的路上，金氏父女俩啥也不说，谢天昊亦不好说啥，更不敢同金葳蕤开玩笑。小轿车把他们送到村口，金氏父女下车后便急匆匆返回自己府里，连句告别招呼也不打，也没回过头。谢天昊稍有失落，就把车开回自己家了。

且说金府这边，待幺爹把门一关，金贵田就开始数落女儿："葳蕤，你好糊涂哟！就是全天下的男人都死绝，你也不能嫁给大谢头的儿子，不能进谢府的那扇门哟！"他一副气急败坏、大祸临头的样子。然后就说了他自始至终的计划，只怪众人没有及时告诉她，让她上了谢天昊的当。

金葳蕤也说了自己的想法。金贵田认真想了想，觉得女儿的所作所为倒也没错，不失为一条尽早解决这个问题的办法。因为夜长梦多，若按他的设想，万一拖下去又生什么幺蛾子呢。这谢炳坤父子可是豺狼本性，谁知道他们还会打什么鬼主意？反正现在自己是无罪释放了，保安团也出具了证明，谢炳坤父子再也奈何不了他了，将来谢天昊要逼葳蕤结婚还可以再赖账，或者另外想个什么法子对付他呗，所以就平静了下来，也不多说了。但他还是拍了拍爱女的手：

"葳蕤，让你受委屈了，难为你一片孝心啊！为人之父，得女如此，夫复何求？"

再说谢府那边，当谢炳坤听说谢天昊已把金贵田放了回来，还给金贵田出具了无罪释放的公文时，自是十分恼火，责备他纵虎归山，实在是不争气。又待听说谢天昊不惟放了金贵田，且没给他提啥交易条件，没有要回那一百亩水田时，谢炳坤更加气得七窍出烟，怒不可遏地霍地站起，连骂谢天昊是败家子，还没骂完，剧烈咳嗽使他说不出话来。

后来谢天昊又说，他是逼着金葳蕤嫁给自己，才答应她救她爹，也没要回水田。这会不但他老子谢炳坤，连他娘谢熊氏、他祖奶谢李氏都一起跟着骂他了，说他是被金葳蕤那小妖精狐媚子迷了心窍，所以才如此糊涂愚蠢。原来，由于谢、金两府自上代谢彪煜、金时彰病逝之后，两家数十年难以调和的巨大矛盾和两家人极大的性格差异，谢炳坤夫妻、他老娘一向都是不同意谢天昊娶金氏女儿的。要是他们没意见，谢府三兄弟可以配金府两姊妹的话，那谢府早就去向金府提亲了，也不会有朱璇的存在——尽管他们都对朱璇大不满意。

可是谢天昊自有他的理由。他赶紧跟爹娘和奶奶解释自己的打算：

"你们莫急嘛！你们想想，他金府估计是上辈子做了什么亏心事，没积阴德，故金贵田无一子嗣，金贵田没有兄弟，金葳蕤、金潋滟又没有兄弟。我要是娶了金葳蕤，成了金府的女婿，那不就等于继承了金府所有的财产，他金贵田的田地、房子……不都得跟着我们姓谢？到时候我们再找个机会提前把金贵田做掉，岂不更好？"

他还有一点没说，就是他要把妹妹金潋滟也弄到手。从小见着潋滟长大，他知道潋滟比她姐更美艳迷人，早就有把这对姊妹花都收入囊中之图。若双姝同侍于己，岂非人间佳话？那一辈子就太值了。只是潋滟尚小，他还没正式打她的主意。

见谢炳坤、谢熊氏、谢李氏都暗暗点头，谢天昊又透露了一个秘密：

"我还从高层听到了一个内幕消息，红匪还有可能卷土重来，所以那一百亩水田还是留在金贵田的手里好。我们现有的这些田地最好也要尽快分散转到亲戚的名下，以免将来被他们打成土豪劣绅，往死里整，天天斗来斗去。井冈山、吉安、瑞金，还有湖南、湖北、安徽、福建那边的财主，据说现在的处境很悲惨呢！共匪可把他们害苦了。"

谢李氏立即竖起大拇指夸赞谢天昊：

"哦，我昊子讲得好，看得远，做得对！祖奶支持你！如今昊子当上了这个县保安团的团长，真是不一般了，比过去强多了，会看事，会做事了！如今这共匪也太可怕了！"

谢天昊朝她拱拱手："多谢祖奶支持！"

此时谢炳坤紧皱多时的眉头方才舒展开来，但又提出了一个疑问：

"你不担心金葳蕤将来变卦赖账吗？她跟她老子是不是瞎蒙你的？"

谢天昊生气得圆瞪双目，一副立马要杀人的模样："他们敢？难道他们不知道得罪我们谢府，得罪我保安团的下场？嫁给我难道她会吃亏？"

"好的，那就先这样吧！"听儿子所说有理，谢炳坤决定暂时不再向金贵田讨要田地了，只静观事态发展。

第五章 上山

岁月如梭，光阴似箭，时间过得真快，转眼就是 1930 年末的严冬，正值旧历岁末。华林山此时是寒冬腊月，山里早就雪花飞舞、北风呼啸，一派银装素裹、玉树琼枝的景象了，峰峦、森林、道路、溪流、寺院、宫观、山寨、洞穴……都白茫茫一片，仿佛童话世界一般。

华林山在地理上属于罗霄山脉东段之九岭山余脉的延伸，最高峰华林寨海拔达八百一十六米。华林山被称为"八百洞天"，地形险峻、峰耸壁削、古木苍苍、云烟袅袅、溪涧纵横、洞穴幽邃、雾漫泉流、风光秀丽。历朝历代，这里既是兵家必争之地、观光避暑之地，又是宗教文化活动的风水宝地、私家书院招徒授业的发祥地，还是著名的华林胡氏世家祖籍所在地，历史、人文积淀十分厚重。

早在远古，华林山上就有人类活动，历经千万年，留下了丰富的文化遗产。山中有秀峰怪石和各类飞禽走兽、寺观山寨、巨洞深穴、溪水瀑布、珍贵树群，又因宜人的气候环境，形成了雄秀幽奇的赣鄱自然风光，堪称江南风景名胜旅游区之一。巨型象形石群丫口石，历经九亿余年风雨，雄踞在华林山巅。成片成片的原始森林或次森林，空气清新、气候宜人。一千多年前，唐宣宗李忱曾赋诗称道："爱此华林幽，穴居聊避世。"

丫口石在华林山集镇东北方向约十公里处，因其顶端在亿年前受地壳运动影响而分裂成两半，其形状酷似乌鸦张嘴遂得名，是一奇特的巨石群。丫口石顶端海拔六百二十四米，矗立在高安、奉新两县交界的山脊上，高六十四米，石座直径一百零三米，由八块巨石自然叠成。从南北方向看，它似一只张嘴呼啸的猛虎盘踞在绝顶之上。从东西方向看，它又如友谊的双手把高、奉两地紧紧联结在一起，叫人回味无穷。在石群底座，石缝巷道纵横交错，宽处逾一米，窄处不足一尺，但人能侧身仰头而过，饱览石缝中"一线天"的风光。壮年者可拾级而上，登峰眺望高、奉两地，美景尽收眼底，大有"丫口石峰下，万岭不思游"之感。

白水槽瀑布位于华林山集镇东北一公里处。瀑流分为两支：一支从巨石的东边翻滚下来，形如蛟龙出海，发出隆隆的咆哮声，远看似白浪滔天，近看若银花四溅，雾珠在阳光的照射下形成一道道美丽彩虹；另一支从巨石的西边倾泻而下，当人漫步其中，正欣赏东瀑之壮观时，不留神就会被西瀑的怒吼所惊诧。西瀑险峻，成九十度角垂直而下，两流汇合成溪。瀑布之下，蔽日的树木在石丛中顽强竞争，似一片绿色的海洋。这里怪石遍布，且形态各异，相传八仙之一的张果老曾在此煮石炼丹。

华林山的主要山峰有十座，延绵相连，自北向东延伸，坡度达六十余度，呈对称直线坡或凸状坡。深秋时于远处眺望，在喷薄欲出的晨光之下，华林山犹如一名仰卧而息的少妇，线条曲美，令人浮想联翩。山间红叶和常青树交织在一起，形成一幅幅天然秋叶图。春夏之季，尤其是早春，百花争妍，鲜艳夺目，且临峰俯瞰时，只见群山云雾缭绕，如玉带缠腰，美不胜收。

据《高安县文物志》载：相传西王母第九子玄秀真人跨白鹤至华林山，筑醮坛于山上，镌有"以祭灵仙"四个大字。前人诗赞："共说西王母，有子跨鹤来。山深藏窈霭，林静长莓苔。丹灶泥封旧，元坛劫水灰。莫云仙迹幻，咫尺有蓬莱。"这就是"华林灵迹"的由来。

东周襄王丙申年，幸氏始祖幸偃之十四世孙尚玑楚为大夫，从中原沧州来到幕山（今华林山下之洪城村），"劝农课桑"，从事农耕业、养殖业开发和教育工作。因悦其山水，遂有迁居之志。六年后，周襄王壬寅年，其父绍明亡故，安葬于幕山，子孙后代亦定居于此，南方各省幸氏族人皆自此开始，亦以华林山为祖籍之一。唐高宗总章二年，幸偃之六十一世孙幸茂宏任蜀郡刺史，举家迁徙于西蜀；至唐武后万岁通天二年，幸茂宏又由西蜀而调任南昌府丞，后致仕，遂依居为定止，重又定居幕山。幸茂宏亦被幸氏后人尊为高安一世祖。

到南北朝时期，刘宋名将胡藩因有功于皇帝刘裕，受封豫章西，见华林山峰峦秀丽，便在此开山建居，而成为华林胡氏之奠基鼻祖。华林胡氏源于安定胡氏，迁至此地时条件十分艰苦，过着原始的"荜门圭窦""绳枢瓮牖"式的生活。直到唐末二十五代孙、侍御史胡城辞官归隐故里后，才兴旺发达起来。胡城在此重建家园，兴学重教，督课儿孙，把旧地建设成一个集儒道佛于一体的村落，成为士大夫避世隐居、百姓休养生息的世外桃源。

唐朝时在华林山里创建的桂岩书院，是我国首座私家书院之一，宋朝又再建了华林书院，开一代重学兴教之先河。晋朝所修的崇元观，唐朝所修的浮云观与超果寺曾留下了唐宣宗的足迹，陶渊明、杨万里的诗句。晋朝道人李八百，亦是最后飞升于华林山李家岭。明朝爆发的华林寨农民起义，震撼了朱明王朝，在中国农民战争史上写下了悲壮的一页。还有汉朝的高胡坛，宋朝的火石亭及送子娘娘庙，明朝的包公祠，清朝的高士石墓，不知何时的古造纸作坊等，都是有名的人文景点。

李八百晚年修炼所在的"八百洞天"，由无数巨石组成，位于华林山南边，内有原始森林，面积数平方公里。洞天一带古木森森、巨藤如蟒、石洞奇特，其石洞按各自不同的特点，分为多种：明洞、暗洞、大洞、小洞、石洞、土洞、长洞、短洞、水洞、旱洞等。这些洞穴，洞洞相连、环环相扣，层层有洞、洞洞重叠。洞中有洞，大洞藏小洞。洞中有天，一线天、九重天，不一而足，是一天然迷宫。

…………

这天，正值大雪纷飞、天寒地冻，在华林山的深处，疾步行走着一个身穿厚厚棉袍，头戴深色毡帽，慈眉善目，步伐坚定的四十来岁的中年人，后面跟着一个精神抖擞的十六七岁小伙子，往山寨内而去。沿途或站在明处或藏在暗里，身上都背着枪支的游击队员，一一尊敬地向他俩打招呼与行注目礼："吴队长！""队长！""吴大哥！""嘉民哥！"，他俩亦不迭地热情回应。

这位四十来岁的中年人就是华林山游击队队长吴嘉民，而他的别号就叫"华林山人"。他离开游击队已有些时日，刚刚从外边执行任务回来。身后跟着的是警卫员小佟。吴嘉民一边赶路，一边给小佟讲述着华林山里的典故、传说、景点、特产、人物等。

吴嘉民本来就是生于此长于此的华林山"土著"，诞生于华林吴氏祖屋。一方水土养一方人，他对华林山里的一草一木、寸山寸土都了如指掌，感情丰富深厚，跟小战士谈起上述这些掌故来如数家珍、头头是道，指点江山、谈古论今，让小佟听得都入迷了，没想到自己所待的华林山是这么一个了不起的好地方，亦对吴嘉民队长的学问钦佩得五体投地。

吴嘉民二人还没走进山寨大门，华林山游击队副队长许志宏就已闻讯，带着几个同志远远地朝他俩迎来。

"嘉民大哥，吴队长，可想死我们了！"

"志宏，我俩也想你们啊！"

彼此热情、兴奋地大声呼喊着，跑上去握手、问候。

看着吴嘉民与小佟的头上、脸上、身上都顶着满满的柳絮般洁白的雪花儿，大家都会心地笑了。许志宏等人一边给他俩掸掉雪花，一边开玩笑道："洋人的圣诞节都已过去很多天了，怎么又从哪里来了这么两个外国的圣诞老人呢？"

跟英姿飒爽、杀伐果断、目光炯炯的军人许志宏比起来，这吴嘉民没有一点草莽英雄的样子，倒是斯斯文文一谦谦君子，跟金贵田先生、刘赓校长、萧丰县长近于一类。其实他本来就并非行伍出身，也是一家道中落的官宦人家公子哥儿，远祖曾出过进士、翰林，比金贵田的祖辈还强，与高君凯府上有得一比。只因他祖父、父亲两人都爱抽大烟，他祖父还爱逛窑子、捧名角，把家里搞穷了。邻村有个精明奸诈的堂叔，趁机以极低价把他家的土地、房宅都买了过去。吴嘉民一无所有、走投无路，就拉了几个兄弟上山扎寨，落草为寇。

两年前，一位高安地下党的同志为躲避国民党搜捕，逃到山上，落入吴嘉民他们手里。两人倒一见如故，相见恨晚。在他的影响下，吴嘉民逐渐走上革命道路，最后将队伍改组为中共领导的红色武装，吴嘉民担任游击队长。可是，今年初，该党员同志到南昌找地下党组织时，不幸被捕牺牲。好在如今许志宏又来了，经地下党的同志介绍，吴嘉民知志宏早已是党员，又出自鼎鼎大名的朱毛部下，比自己更像个军人，真心佩服许志宏。经上级党组织同意，就让志宏做他的副手，任游击队副队长。两人一文一武、性格互补，堪称金牌搭档、完美组合。许志宏还决定在近期开始着手发展吴嘉民入党。

吴嘉民赶紧向许志宏等人介绍了他这趟出门所了解的情报。因赣南闽西中央苏区的工农红军的实力越来越强大，在朱毛领导下第一次反"围剿"，把国民党军队打得落花流水，全歼张辉瓒第十八师，重创谭道源第五十师，毙敌一万六千余人，且活捉并处决了师长张辉瓒。这可把不久前刚获得中原大战胜利故而踌躇满志的蒋介石惹恼了，他在面子上很不好过，决定对各革命根据地实施规模更大更残酷的"围剿"，在各大城市对地下党组织、党员、进步人士大肆抓捕屠杀，白色恐怖更加厉害。

白色恐怖在高安古城同样盛行，每天都有党员或进步人士被害。吴嘉民两人在城里几次差点被国民党特务警察发现，好不容易蒙混过关，所以久久出城不得。但是他又带来了另一个好消息：昨夜，在华子骞同志的指挥下，他配合城里地下党的同志们，由志宏的老战友黄河东带队，经过周密布控，终于在那个恶贯满盈的伪警察局局长从朋友家赌桌回局里的半路上，把他给"宰"了！他俩这才得以趁乱脱身出城。

这件事情太令人高兴了。又听说家乡那边的中央红军、自己的老部队屡打胜仗，许志宏更加开心，他抚掌豪言：

"这个高安的鸟局长，我们上次捉了他，后来又手下留情放了他，可他仍要跟我们过不去，老毛病不改。杀得好，痛快！走，咱们进聚义厅喝酒去，好好庆祝一下。"

"好，狗日的，这么冷的大雪天，快把篝火点起来，把那鼎大火锅镬子架上，把好吃的都撂进去，把陈年的烧酒温上，咱们围着篝火打火锅喝烧酒，一边聊天一边唱曲，是再好不过的了！刚才一路上我跟小佟讲了讲华林山的历史，还没讲完，咱们继续讲。"吴嘉民拉着许志宏便朝聚义厅走去，大家都愉快地跟在后面。

不识庐山真面目，只缘身在此山中。华林山游击队目前落脚的这座山寨，还真是一个风景不俗之地！远看不过是一片葱郁的树林和险峻的石崖，外人很难发现它有啥特别的，但走近后才知道别有洞天：先是穿过一片挂在悬崖边的浓密树林，走过一段藏匿在巉岩里的险峻石径，方可看到前方有一条纵深的峡谷，峡谷里是湍急的涧溪，涧溪奔涌过去是一帘数丈高的瀑布，瀑布向下再泻入清潭、小河和林子；峡谷上有条古老的石桥，石桥两头还以大铁索相勾连，雨雪天防滑、保安全、及延长石桥寿命；过了石桥就是几栋房屋、庙宇、亭台，房屋之间有弯曲、向上的石阶，石阶旁还有荫翳在古木之间约略可见的洞穴、水井、菜地、佛道塑像雕像、摩崖石刻之类，及建在石阶高高低低、洞穴里里外外、大树上上下下的众多小屋子；过桥后就是一座比较普通的寨门，门内正对着大厅，吴嘉民按梁山水泊的说法称其"聚义厅"。后来他的队伍被改组为游击队，吴嘉民说这个名字不妥，但先后两任党的领导都觉得可以，所以还是保留聚义厅之名。聚义厅在建筑上也有一大特色，别看它这么高大宽厚，但上面竟无一段横梁、下面也无一根立柱，却仍坚固结实屹立了数百年，可谓奇迹。

据吴嘉民考证，他们的这个华林山，有可能就是远古时期西王母第九子玄秀真人所建的"华林灵迹",也可能是幸家先祖、南昌府丞幸茂宏,甚至他们吴家先祖、唐代侍御史吴城的隐居之地。

此时雪下得更大了,漫天飘舞,银白世界,煞是壮观。但偌大的聚义厅里却显得甚为温暖热闹。篝火早已点燃,烈焰冲天,红彤彤的。火锅也已架起,牛肉、狗肉、兔肉、野菌、冬笋、山药、萝卜、木耳、豆腐……在沸腾的高汤里翻着热气,滋滋叫唤,香味扑鼻。烧酒也已温上,满满一大桶,那是好汉们的最爱。众战士围坐起来,大碗在手,开始效仿三国里的孟德和玄德"煮酒论英雄"。

别看吴嘉民一介文士,却是海量。酒过三巡,在座的其他诸位都已面红耳赤、略显醺意,可已喝下小二斤的吴嘉民仍跟没事人一样,对所有敬酒来者不拒,一边豪饮一边与人交谈,声音有如洪钟。

这时,只见他拍着许志宏的肩膀说:"志宏,我说共产党派你到华林山上来干革命工作,还真是来对了地方。这里民风强悍、充满血性、尚武好斗、敢于反抗,素来就是一片不甘寂寞的热土啊!"

许志宏端着酒碗,笑看着吴嘉民:"早就听说华林山历史深厚,嘉民兄学识渊博。不如借这个机会,让我们也体会体会。"

吴嘉民先是没有说话,敬了许志宏一碗酒,然后把碗放在桌上,高声说道:"学识渊博确实谈不上,但这华林山的历史,我倒知道一二,尤其是历朝历代发生在华林山的斗争史。"众人一听,顿时鸦雀无声,一齐围到他周围,只听他开始谈古论今、旁征博引。

"西汉陈夫乞,开国将军,建成(今江西高安)人。秦二世元年(公元前209年),陈胜、吴广揭竿起义后,陈夫乞举事于蜀水之北华林山高胡坛,立寨练兵。汉高祖元年(公元前206年),刘邦入关灭秦时,他率军从之;四年以都尉从刘邦击项羽,定燕地;六年以功封高胡侯,邑千户。

"我的先祖吴藩,在南朝宋文帝刘义隆元嘉元年(公元424年),以战功累迁至太子左卫将军,赐土豫章西,爱华林山水之美,故在周岭遂筑室为家,为华林吴氏始祖。传至二十四世吴城,于唐昭宗天祐年间登进士,历任国子监博士、侍御史;唐朝灭亡后仍退隐华林,于周岭老居建潜园,大兴诗书门风,潜心教育儿孙。其妻耿氏温柔贤淑,知书达理。五个儿子因科举入仕,分居五处,为华林吴氏五宗。

"尤其自隋末至明中叶，华林寨先后有四次主要的屯兵，人数达八万之众。隋炀帝大业年间，萧铣、林士弘攻掠江西，土人应智顼拒贼于华林山，屯兵驻马，保障一方，并在府北三十里筑云棚城；又府北五里有断水桥城，召义兵保安此土，直至隋亡；唐高祖武德年间接受招安，封靖州刺史。山上曾建有将军庙（又名罗武庙），以纪念应智顼。

"唐僖宗乾符四年（公元877年），钟传起兵末山，后移寨华林山，聚众万余，自封高安镇抚使；时义军遣兵攻抚州，抚州不守，钟传领兵入驻抚州，言于朝廷，封为抚州刺史。唐中和二年（公元882年），唐僖宗封钟传为镇南节度使、检校太保、中书令赐爵颍川郡王，旋改南平郡王。

"元顺帝至正十四年（公元1354年），红巾军将领李普成、王普敬等领兵坚守华林寨，与苗军对峙达数年之久。

"明中叶时期，朱明王朝走向没落、腐败。明武宗正德年间，高安大旱，百姓饥荒，地方官吏不顾百姓死活，加重税赋徭役，农民处于水深火热之中，阶级矛盾十分尖锐。正德初年，起义军以主峰华林寨为中心展开斗争，周围数县农民纷纷响应。明帝朱厚照命大臣督军围剿、镇压，先后由江西省提刑按察司副史周宪、南昌知府李承勋等统领官兵，并请调广西狼兵协战，以几倍于起义军的兵力将华林山团团围住。起义军凭借有利地形，居高临下英勇抵抗。

"正德六年（公元1511年），高安人陈福一与罗光权，奉新人胡雪二等率领起义军两万多人马，开始向官府发起进攻，先后两次攻陷瑞州府城（今高安），攻占临江（今属樟树）等地，矛头直指南昌。起义军所到之处，开仓发粮救饥，杀富济贫，扩充队伍，并正式打出旗号'华林军'。

"次年明军来攻，起义军弃鸡公岭、仙女寨等据点，诱敌深入，设计活捉并处死周宪，官兵大败；后李承勋采用离间计，以叛徒王奇出卖，里应外合，被其袭破。除王奇等少数人投敌外，其余义军将士都视死如归，战死者近四千，整个大本营遍地横尸，血染山林。不久罗光权等人重整队伍，继续斗争，然又在明左都御史陈金镇压下惨遭失败，余部被疏散。

"但义军历时四年攻克数县，狠狠打击了黑暗无道的封建专制统治者，摇撼明廷，震惊全国。今华林寨上仍有当年起义军大本营建筑的残留物，及义军将士用过的兵器和生活用具、器皿等。我们现在这个地方，就是当年起义军的主要据点之一。"

听吴嘉民说到这里，许志宏情不自禁地赞叹道："咱们吴队长吴大哥可真是学问渊博啊！像您这么博学的，我一辈子中只见到过两位，一位是您，另一位就是龙湾的乡绅金贵田先生了。认识您二位，对我来说实在是三生有幸啊！"

吴嘉民回道："说到这位金贵田老先生，听说你还在他的府上躲匿养伤达十几日，他救了你的命，对吧？那他对你是够仁义的了。我对他亦早有耳闻，想必他也听说过我，只是种种悭缘，一直未曾谋面，以后还得请志宏兄弟引见呢！金贵田算得上是我们高安的文化教育界名流了，他既是清末的秀才、地方的大儒、开明的乡绅，又曾长年在各地书院、私塾、富家任教，弟子遍布县内外，所以也是德高望重、名声在外了。——呃，我听说他被抓起来了，差点还要枪毙他，但后来又突然很奇怪地被释放了，你知道这事吗？"

"金先生被国民党当局抓了？还要把他枪毙？这是怎么回事？我可不知道啊！"许志宏甚是不解，却又十分关心，赶紧追问。

"哈哈，这应该还跟你大有关系呢！"吴嘉民拍了拍许志宏，笑道，"你不是在金贵田府上躲了十几天吗，所以他的死对头、龙湾也是高安的第一大财主谢炳坤，不知是从哪里得到了一点捕风捉影的线索，就让其在县保安团当团长的大儿子谢天昊，去找省府的警察厅陈厅长，控告金贵田窝藏红军、私通共产党，把他抓进县城监狱，若不认罪招供就杀头示众、以儆效尤，连他曾经的弟子、高安县县长萧丰都不敢保他。但不知何因，前几天他们又将金贵田无罪释放回去了。或许是太阳从西边出来了，谢炳坤忽然良心发现？又或许是谢炳坤看在他们两人是发小的面子上？又或许出于其他什么因素考虑，放过了金贵田？对此我还没调查清楚。须知，谢炳坤与他那当保安团团长的大儿子，可谓心狠手辣、贪得无厌，老百姓都对他们恨得咬牙切齿呢！"

许志宏不安起来：

"唉，让金贵田先生为我受这么大的罪，那太对不起他了！他可是我的救命恩人啊！要是早听说了这回事，我哪怕拼掉这条小命，也要赶去高安城里搭救他。不过好在吉人自有天相，他现在被无罪释放回家了，没有性命之忧。谢天谢地，祝愿他好人有福报。"

吴嘉民又假装漫不经心地随口问了一句：

"听说你跟金贵田他的大女儿还有什么牵扯？"

"是的，就是她把我救回他们金府去的。不过……外面有些传闻根本是瞎说，人家是大富人家的千金小姐，又长得十分漂亮像朵鲜花，我哪里敢有非分之想呦？"

许志宏听吴嘉民这么一说，耳根顿时通红，就像谁突然揭了他的短似的，不知心细的吴嘉民注意到没有？不过此时一个个都酒喝至六七成了，都脸红了，这些细节一般人很难察觉得到。只是他眼里闪过一丝不自然，吴嘉民又是否注意到了呢？

许志宏把吴嘉民当大哥，更是同志，啥都不瞒他，便把自己与金葳蕤的邂逅讲给了他听，只隐去了她被白军痞子玷污那一小段。

吴嘉民大笑道："呵呵，这么说来，你们俩的故事还真是有传奇色彩啊！先是你在作战结束的路上碰巧把她从白军痞子那儿救出来，接着她又把受伤昏迷的你救回了她的家里，在谢氏父子到金氏府上搜查时她再把你救出来，并让你躲到华林山来，然后我们就见面了，而她父亲还为你去坐牢甚至差点被枪毙，只是不知谁动用了什么力量又将她父亲释放了……这可真像是一场好戏文呢！呃，听说这个金府大小姐马上就要嫁给谢府大公子，也就是与你有传奇故事的金葳蕤，与堂堂的高安县保安团团长谢天昊马上就要结婚了，听说还是嫁给他当妾呢！想必这就是谢炳坤父子不再找金贵田父女的麻烦，并将金贵田无罪释放的重要原因吧。"

"什么？"许志宏霍地站立起来，酒顿时醒了一大半，终于彻底明白了，心底里喃喃自语：

"原来葳蕤是要救她父亲，把自己给牺牲了。可是她真的愿意嫁给谢府大公子吗？她应该跟他没有什么感情的，否则为什么又要对我这么好？她早对我说过，他们两家是世仇，她素来就不愿搭理他。况且她还是去填房做小老婆呢！那就是他看中了她的美色，以她父亲为诱饵在要挟她、逼迫她了。"

可是，许志宏冷静了下来，心想，自己目前跟金葳蕤不过就是普通的朋友关系，又没正式确立恋爱关系，她又没明确答应嫁给他，八字还没有一撇，他俩之间还横亘着许多难以逾越的关隘，要走到一起显然很不容易，所以他跟金葳蕤的事还不宜跟吴队长他们明说，否则会闹大笑话。还是过两天自己下一趟山吧，跟金葳蕤见一面，看看究竟是咋回事，以及金葳蕤的意思到底如何，以及怎么帮她解决她与谢府之间的羁绊桎梏，再说他俩能否进展及怎么进展吧。

就在许志宏独自思虑的过程当中,大家个个都怔怔地看着他,酒不喝了、菜不吃了、人家的话不听了、自己的话也不说了,酒局明显有点冷场。许志宏知道自己有点失态,赶紧"哈哈"一笑,朗声说道:

"大家不要冷场了。来,咱们继续喝!对了,吴大哥,上次在龙湾,金贵田先生教我唱了一些你们高安当地的采茶戏、花鼓戏段子,我先来唱上几句,算是班门弄斧,献丑了,你莫笑。"

吴嘉民说:"我也会唱几句啊,那我们一起唱吧!"

高安采茶戏代表曲目之一《四九看妹》,演舞说唱打奏弹拉八般技艺全上,既幽默欢庆又极富地方风情:

干妹子银心倒茶给干哥哥四九喝,一声"茶(ca)来咯",四九故意听成"蛇(sa)来咯"。韵同音近,视听混淆,一阵忙乱"逗哏"包袱一抖,引起观众一阵欢笑声。四九一边喝茶,一边又要回应银心的关怀叮嘱:"慢点吃(qia)。"四九要笑说:"吃(qia)茶莫哇事,哇事就会打布布。茶往下,气往上,两下哩会相撞,会梗死干哥哥。"押韵合辙,朗朗上口,就像发生在日常生活中一样,与观众极易产生共鸣。四九逗耍银心,说无钱买东西,就割自己身上的肉去卖,给有钱人当下酒菜;银心气极,追打四九,伤心地掩面而泣;四九意识到玩笑开大了,说:"打了干哥还不够,还要榨桶麻油凑。"将流眼泪比喻成榨麻油,这是高安农村开玩笑的常用语,形象生动,比喻贴切,大家一听就懂。

许志宏唱、吴嘉民和,有时许志宏不会,吴嘉民还得给他补充或纠正。两人一唱一和、插科打诨,把众人逗得哈哈大笑。有位当地的游击队员,还把他在寨子给大家做饭的婆子拉出来模仿四九、银心表演该剧,气氛几次被推到了高潮。

从1930年年底到1931年年初,谢天昊好几次特地从南昌或高安跑回龙湾,骚扰金府,也不管金葳蕤本人在不在,唯一的用意就是他再也不想跟省城那个黄脸婆生活在一起,哪怕是一天,而且他爹、他娘、他奶的观点,这次都史无前例地与他保持一致,对他表示支持,同意跟金府联姻,迎娶葳蕤,故而催着她尽快跟他成亲,他早就等不及了。他的过于性急迫切,弄得金氏父女不胜其烦,每回都顾左右而言他,借故拖延。

等到过了农历辛未年春节,谢天昊干脆发出谢府的"最后通牒":他父亲谢炳坤说了,将婚礼的最迟期限定在今年清明节以前,并说要马上请风水大师来择定一个黄道吉日，把金葳蕤吹吹打打、欢欢喜喜、隆隆重重、热热闹闹迎进门。

而且谢炳坤也到金府跟金贵田商谈过好几回了，说只要葳蕤答应嫁给他的天昊，那一百亩水田的事也就不再提了。只是金贵田老狐狸不置可否，并未完全答应下来。兴许他还在增加己方的筹码，莫非那块玉佩也得先还给他？或者金贵田也明白，金葳蕤嫁给谢天昊，金府的家产至少一半就姓了谢，所以还想要提别的要求？那他就是得寸进尺，太过分了！

眼看着婚期越来越临近了，金葳蕤一天一天地感到焦急害怕，一夜一夜地在心里呼唤："志宏哥，你在哪里哟？你是在华林山吗？你怎么不来跟我见面呢？你难道把我忘了吗？我的事情你就不管了吗？"

其实，金葳蕤在跟许志宏分别时，是说待情形好转她就去接他来龙湾，再说她也确实可以先进华林山去找他。但是，女孩子的矜持腼腆天性、独身一人前往华林山的不方便和不安全、金府的严格家教、父亲金贵田对她的婚姻大事一直不明朗的态度等诸多因素，使得她一直犹豫难决、举棋不定，从秋风凛冽、落叶飘零，到天气严寒、白雪纷飞，一直延宕了三个月，挨到了鞭炮阵阵、红联高高、猪鱼满桌、举家团圆、连日拜年的春节，她还是没有打算启程，只跟妹妹金潋滟懒洋洋地待在自家宅院里，烤炭火、嗑瓜子、摸字牌、与母亲闲聊、陪父亲写春联、跟幺爹和几个短工干点年活，用掸尘灰、贴窗花、磨豆腐、酿甜酒、打糍粑、剁辣椒、蒸米粉、杀年猪、熏腊肉、照田蚕之类的方式打发日子，有时也去金氏祠堂江氏祠堂祭奠祖宗，看耍龙舞狮放花灯、等着他人来自己府里拜年走亲戚等等，得过且过地打发着每一天。表面看似乎挺正常，实际上她心中越来越焦虑惶恐，纵使每天大鱼大肉地吃，还是日渐人比黄花瘦、乌云两眉罩，引得她那兰心蕙质的娘金江氏甚为忧郁。

那天是正月初七，乡亲们该拜的年、走的亲、赴的宴、看的戏也基本上结束了。天上刮着寒风，小雨淅淅沥沥还夹着雪花，外面泥泞满道、行人稀疏。小妮子谢金枝迈着不紧不慢的步子，穿着厚厚的白色水貂皮毛衣——她本来就有点婴儿肥，身材也没有金家姊妹苗条，不过也有她自己独特的圆嘟嘟的、白胖胖的美——像一只肥硕而可爱的银狐，代表谢府，也可能是她自己的心意，前来金府串门拜年了。虽然谢、金两府许多年来关系疏远、争斗不休，但金贵田、金江氏老夫老妻还是素来就挺喜欢金枝儿的，便当她是第三个女儿，她与葳蕤和潋滟仿佛"金氏三姐妹"

似的，有可能的话江翠柳还想认她做干女儿。更不用说金葳蕤、金潋滟两人了。

金葳蕤跟谢金枝从小玩耍到大，几乎无话不谈，性格爱好接近，亲如姐妹一般。金潋滟跟谢金枝年龄相仿，天真烂漫，喜欢打闹，打闹哭啼之后又马上和好如初。谢金枝其实比金潋滟还要小两个多月，只是她从来就觉得金潋滟比自己小，故不把金潋滟当姐姐看，而是视为妹子。而金潋滟也不当她是妹，而是姐。这当中的主要原因，是谢金枝一直跟金氏姐妹花的姐姐金葳蕤走得近。久而久之，她俩的意识竟然错位了，谢金枝总是叫金葳蕤"葳蕤姐"而不是"葳蕤"，叫金潋滟"潋滟"而不是"潋滟姐"；金潋滟叫谢金枝"阿枝"或"枝儿"，倒是跟她父母、姐姐一样。

每年的新岁春节前后，勤快的金府女主人翠柳，都会领着家人与下人们把宅子整理、打扫得整整齐齐、干干净净、清清爽爽的。虽然金府庭院没有谢府那么大，也没有谢府豪华，却让人看了挺舒服的，可谓赏心悦目。特别是近两年，谢金枝越来越喜欢金家，而越来越讨厌自己家了。这也是她常爱一个人偷偷来金府玩的重要原因之一。

当谢金枝由幺爹引着，从外面的绵绵雨雪中翩翩走进院子来时，江翠柳看到她眼睑上、头发上还挂着雨珠雪花，布绒面白底红花棉鞋上沾了一些黄泥巴，真是喜出望外，既开心又好笑，连忙让她把鞋子脱下来叫幺爹去刷洗烘干，同时换上自己亲手纳的新布鞋，又拿来干帕子帮她擦拭掉雨雪，亲热地拉着她的手在前院的厅堂里火箱旁的长椅上坐下，嘘寒问暖的。江翠柳先是给她倒了一杯热乎乎的荔枝干蜂蜜糖水，劝她赶紧喝完。又给她倒了一杯香茶，让她慢慢品茗，端来瓜子、花生、水果、年糕给她吃。又给她发了六块"袁大头"作为压岁钱——跟葳蕤、潋滟姊妹一个样，而且几乎年年如此。然后高声朝内院喊葳蕤、潋滟姐妹俩过来陪客。金贵田则窝在一边的榻几里，始终未起身，他还在同谢氏父子生气，跟谢金枝彼此打了招呼、拜年回礼之后，仍只顾埋头看自己手捧着的线装古籍，好像是南宋洪迈的《容斋随笔》。葳蕤和潋滟很快就出来了，三妹嘻嘻哈哈闹成一团。江翠柳暗自冲谢金枝使了个眼色，就准备出去张罗午饭了，临去厨房以前，还要把谢金枝细细端详夸奖一番：

"看我金枝儿越长越俊俏、娇嫩了，跟村口大塘里六月的荷花一样好看，比你娘亲芙蓉妹妹（金江氏要大谢熊氏好几岁）年轻时还好看呢，不知哪个府里的好儿郎有福能娶到你哟！——可是怎么好像清瘦了一点，想必是过年走亲、应酬、活计什么的太多，累着了吧。"。

谢金枝顿时脸颊绯红，害羞地说：

"翠柳婶子，您就莫笑话我了，我哪有葳蕤、潋滟她们好看啊？尤其是潋滟，想必全高安都数第一，比得上舞台上的四大美人呢！"

金葳蕤和金潋滟却异口同声地说：

"还是你好看嘛！"于是三姝又是一阵打闹。

金潋滟还故意揶揄谢金枝："把我抬出来干哈？我咋觉得你的口气酸溜溜的，言不由衷呢。"

谢金枝便作势要打她，骂道："你这嚼舌根的，这咋就不是我的真心话呢？"

其实，金潋滟见谢金枝也承认自己比她还美貌，心里喜滋滋的。

江翠柳为何要冲谢金枝使眼色，是因为她见金葳蕤年前年后很长的时间里一直情绪低落、闷闷不乐的，便希望金枝能想办法劝劝她的"未来嫂子"，从这种不佳的状态中尽快脱离出来。但是再细心的她也没发现，金枝的脸上同样罩着乌云，心事重重的。做母亲的毕竟还是疼自己的女儿的。比起丈夫金贵田来，翠柳虽然对谢府也没有太大的好感，但现在两家联姻已成事实，婚期在即，抗拒无益，不如接受。况且大家一个村子的，巴掌大之地，抬头不见低头见，关系何必搞得太僵？故她长期就在谢、金两府之间和稀泥，也可以说是两府之间的和事佬。金江氏虽然跟金贵田感情不错，并认为丈夫的确是个能人，但她同样认为谢炳坤也是个能人，素来佩服他。

江翠柳深知，虽然谢府与金府结怨已久，但谢府的几个兄弟都真心实意地喜欢她的一对乖女儿，他们是"郎骑竹马来，绕床弄青梅"，打小一起长大的，所以知根知底、两小无猜。凭着谢府兄弟对葳蕤和潋滟的真感情，加之谢府家大业大，葳蕤和潋滟倘若都能嫁过去做大户太太，那么日子绝不会过得太差，总要比跟着上次来家的那个来路不明的姓许的小子强。

江翠柳很清楚，葳蕤对许志宏大有好感，所以得赶紧斩断小妮子的这个念想。许志宏在金府时，金江氏有些时候故意装脸色给许志宏看，有时也说几句难听的话给许志宏听，目的还是希望他们死心。而对于谢氏三子与金氏二姝的相好，也许谢炳坤夫妻俩与李老太婆会有些不痛快，不是真的愿意跟金府联姻并加深关系，但他们还能活多久呢？这将来总是几个年轻人的天下。

三个女人一台戏，更何况是三个无忧无虑、童心未泯的姑娘家。见江翠柳走后，三妹更加肆无忌惮地打闹起来，竟然无视了金贵田的存在，当他是风儿是影子似的。在葳蕤和潋滟眼里，金府一向就是严母慈父，小事都是母亲做主，可普通人家里又会有什么大事呢？所以基本上就是母亲做主了。金贵田也乐得放权，由翠柳去折腾，自己落个逍遥清闲，每日里茗茶、品酒、研弈、写字、看书而已。但正因如此，葳蕤、潋滟素来畏惧母亲，而对父亲就一点也不害怕。

过了旧历年，金葳蕤十八岁，金潋滟、谢金枝都是十六岁。女孩十六岁，已经到了该找婆家定亲事的时候了。更何况金葳蕤年满十八，要不是还在校念书，早该嫁人生子、为人妻母了。

这时，谢金枝遵循金江氏的暗示，赶紧向金葳蕤贺喜，恭祝她即将成为自己的大嫂，希望将要做新娘的她的心情能因此好起来。

但偏偏谢金枝是"哪壶不开提哪壶"，金葳蕤烦恼的正乃此事，见她这么说，更加不高兴了。心想：难道全天下的好女人都没男人要了，一定要嫁到你们谢府去？我倘若真是要不得不嫁到你们谢府，那还不如做你的二嫂、三嫂呢！首先，你大哥的人品显然比你二哥、三哥差。这次你大哥伙同你爹设局，差点把我爹逼上绝路，搞得我家破人亡，你说我还会喜欢你大哥吗？其次，我嫁给你大哥，还是给他做小的，而谢天昊的那个什么女人朱璇还蛮不讲理、很难相处，我若嫁过去，有如羊入虎口，她一定不会善待我，将来的日子可怎么过。

谢金枝见金葳蕤并没高兴起来，反倒表情更加厌恶，遂有些奇怪，低声地问：

"葳蕤姐，你难道不喜欢我大哥？是他已经有了我大嫂吗？可你应该懂的，南昌的那个朱璇，我们一家人都不喜欢她，我大哥也很烦她。当初只是因为我爹与她爹的交情不错，觉得两府结亲有利于双方事业，才让我大哥勉为其难娶了她。等你进了我们谢府，凭着我大哥对你的真情，我们几个人一致挤对她，肯定你在我们谢府的地位要在她之上。她若如太阳打西边出来一般变好还自罢了，若怙恶不悛，就让我大哥彻底休了她，只跟你一个人过，到时你得多给我生几个既聪明又漂亮的侄子、侄女啰！"

金葳蕤却沉吟了许久，原来她脑海里一直是许志宏的伟岸身影。此刻如梦初醒似的，紧盯着谢金枝，怎么觉得她跟自己有同病相怜、惺惺相惜之状？心想，这大过年的，小妮子本幼稚懵懂，应开开心心玩嘛，怎么跟我一样也有心事呢？遂赶紧把小红嘴唇凑到她的元宝耳边窃窃问道：

"枝儿，你今天来找我，究竟所为何事？看你这样子，心里必定藏着什么小九九，你瞒不过我的！"

谢金枝像是受了什么惊吓，做贼心虚似的猛地瞅了瞅近处的金潋滟和远处的金贵田一眼，迅速牵着金葳蕤往后院里跑去。潋滟见她俩说悄悄话竟避开自己，很是不快，斜着眼看了看她俩的背影，撇了撇嘴，就同她爹闹腾去了。

金葳蕤、谢金枝两人连忙钻进葳蕤的闺房，金枝在后面把门闩死死扣住。葳蕤正要开口询问金枝，金枝却眼圈通红，悄声抽泣起来。葳蕤顿时愣了，忙问：

"枝儿，你这是怎么回事儿？是你父母责骂你了，还是谁欺负你了？要是谁敢欺负你，我来给你做主，看我不狠狠教训他一顿！"

但首先她那三个哥哥是肯定不会的，他们从来就宠着这个小妹妹，有求必应，连天上的星星都敢摘下来给她、水里的月亮都能捞出来给她，所以葳蕤绝不考虑他们。再说除了大哥谢天昊偶尔回来以外；二哥谢光赋从南昌回龙湾吃了顿除夕团圆饭后又马上去南昌了，他还得回去值班；三哥谢志航一直就没有回。他们的可能性不大。爹娘、祖奶自也不会。

金葳蕤一再追问，可谢金枝就是不吭声，只悲悲切切地哭。葳蕤问多了，很是心烦，正要发作，金枝却用比蚊子还小的声音反问她：

"葳蕤姐，……铁陀，我跟他的事，难道你一点都不清楚？平时大家都说你是我们当中顶顶聪明的，这次怎么就'一叶障目不见泰山'了？"

"铁陀？是我们村子里的那个李铁陀吗？"得到谢金枝的默认后，冰雪聪明的金葳蕤想了想，瞬间就明白了过来。李铁陀她咋不知道，多熟悉的人啊！他是金枝的祖奶谢李氏娘家那边人，同一个龙湾村的，是谢李氏堂兄弟的次孙，与谢志航同岁，比葳蕤大一岁，比金枝大三岁，也就是金枝的堂表哥了。他与谢家四兄妹、金家两姊妹、村子里别的同龄孩娃都是从小在一起长大的，曾经亦是玩得很好的小伙伴。这么回忆起来，李铁陀一向就亲着、疼着、护着比他小得多的金枝，金枝也跟他走得很近，比跟自己的三个哥哥还要亲，两人的关系自小就非同一般。

葳蕤恍然大悟："原来，你跟铁陀……"

谢金枝点点头，羞羞答答地道出了原委。她跟李铁陀相好了多年，早已山盟海誓你非我不嫁我非你不娶。这也是她不想听从父亲谢炳坤的安排，离开龙湾出去闯天下，帮父亲打点在南昌的生意，亦不想去外面的新式学堂念书、有太多文化的主要原因。金枝看旧戏看多了，挺羡慕舞台上牛郎织女、董永七仙、白蛇许仙、山伯英台等人的神话传说。李铁陀是一个普普通通、地地道道的庄稼汉，她也想跟着他一辈子就生活在龙湾村，日出而作日落而息、男耕女织自给自足，日子虽然清苦平淡点，但是安安定定的有何不好？只要两人恩恩爱爱、家庭和和睦睦的就好。金枝的性格，不像父兄们那样喜欢折腾闯荡、叱咤风云，她也不贪恋荣华富贵，自家的巨大产业似乎与她无关。

然而她的爹爹、娘亲、祖奶就不乐意了。特别是谢李氏，打嫁入大门大户的谢府，更加看不起自己娘家人，睥睨堂表兄弟姊妹们的穷困潦倒、一无所有。她是她父母的独生女，而她的叔伯姑舅姨们一共有很多个儿子女儿，在她父母、祖父母尚健在时，大家还往来着，当他们是亲兄弟一样，可她父母去世后，她就不想搭理他们了。父母、祖奶早就发现谢金枝跟李铁陀在暗通款曲，门不当户不对却要私下缔结秦晋之好，自是十分恼火，坚决不允，把她大骂一通后关在府里，说要送她去省城南昌，还打算给她在那边找个理想的婆家，早点嫁出去，反正就是不让她在村里走动，不让他俩见面。今日还是她逮了个空子，父兄都去找人谈事了，娘奶都在佛堂诵经，偷跑出来的。

就在前几天，大概是正月初二吧，李铁陀好生央求他父亲请邻村的媒婆赶来龙湾，拎了一大堆礼品上谢府提亲，被谢李氏当场恶狠狠地赶出门外，不但连口水都没得喝，就连宅门都不让进。带来的礼品，也被谢李氏命二谢头统统扔到了外面的大路上。当时龙湾村多人目睹了这一幕，令媒婆甚是难堪，大丢面子，灰头土脸地回到李铁陀家后，冲李铁陀他爹发了一通火，便气咻咻走了。谢金枝只得绝望伤心地待在自己房里痛哭，几天不出去吃饭，也睡不着，很快憔悴了下来。而谢府也将她的行动看管得更严厉了。这次她来找金葳蕤，就是希望"准大嫂"能给自己出出主意。

没想到，小自己两岁的金枝儿，竟有这样既曲折又动人的隐私故事，有这样坚贞的爱情、决断的主张、长远的打算！倒是自己还老是把她当不谙世事、不解风情的小妮子看。金葳蕤不由得扑过去紧紧把她抱住，猛亲她的耳根，深情地喃喃道："我的好妹妹呀！……"后面啥话也说不出来了，她不知该怎样表达自己的感慨之情。李铁陀这人她自是非常了解，长得浓眉大眼、敦实健壮，皮肤黑黑的、肩膀宽宽的、双腿粗粗的，人既憨厚又有豪气，力气可不小，胆子大，食量也大，有侠义之道，平时爱打抱不平、乐于助人。小时候谢府老大天昊、老二光赋仗着府上有钱有势欺负村里小伙伴时，每次总是他出面摆平，敢跟他们干架，却也常被谢天昊指使的人打得鼻青脸肿，他也从不屈服。总之这是个好劳力，也是个好男人，跟着他过日子肯定是不会不幸福的，完全可以托付终身。铁陀铁陀，长得还真有点像个铁陀！葳蕤忍不住"扑哧"一笑。

谢金枝双眼惝恍，可怜巴巴地问金葳蕤：

"葳蕤姐，你说我该怎么办？你有什么好主意吗？"

可葳蕤连自己的问题都还没解决，更遑论给她出主意！

谢金枝突然又说：

"葳蕤姐……我还是改名叫你大嫂吧？你快点嫁过来吧，你去跟我大哥、我父母、我祖奶他们说，他们一定听你的！"

可金葳蕤怎么可能愿意嫁入她谢府，真的去给她当大嫂呢？葳蕤儿不知该怎么回答枝儿，但心里还是在默默为枝儿、铁陀这对真心相爱的年轻人祝福，希望他们能有情人终成眷属。

就在这时，金潋滟"咚咚咚"冲进后院来敲门，喊她俩出去吃晌饭，且嘀咕责怪这两个姑娘家大白天在房里说几句话还要把门闩住。金葳蕤、谢金枝携手往外走，金氏夫妇打量她俩，见金枝儿眼圈通红，好像刚刚哭过。葳蕤儿非但眉毛并未舒展，倒更多了一层愁绪，甚是不解，却也不好仔细盘问。独有那潋滟儿可不管那么多，见金枝儿来做客，母亲办了满桌好菜，肉香扑鼻，只一味风卷残云，饕餮般大快朵颐。

没过几天，许志宏来到了龙湾。

已经过了元宵节，金潋滟回县城上学去了，金葳蕤却再也不想去学堂。金贵田虽然很不舍得把爱女嫁给谢天昊，但也是有苦难言。因为是他出具了无罪证明把自己从牢狱释放的，尽管他也知道最初就是他父子俩给自己挖掘的陷阱。板上钉钉的事实，就要信守诺言，眼下婚礼在即，只得做操办喜事的准备，请裁缝来家给葳蕤量体裁衣，做新娘装，及置办嫁妆等，总得风风光光把女儿嫁出去，不让邻居和乡亲们笑话。葳蕤不愿去学堂，他们便任由她在府里候着她的大喜日子。

其实葳蕤内心是苦楚的，外表是麻木的，只由父母与别人摆布张罗。

离清明时节只有一个多月了，过了惊蛰，江南的春雨霏霏，还有些春寒料峭、几丝冷意。多少日子以来天空一直是阴沉沉、黑黢黢的，像罩了个巨大的簸箕盖子，且细雨连绵不断，夹杂着雷鸣似龙啸、电闪如龙翱，吓得金葳蕤夜里根本睡不着觉，或是睡着了却突然被惊醒，只好把自己死死捂在厚厚的被窝里，并用棉絮牢牢将两耳塞住。

这天早晨，雨总算是停住了，天放晴了，气温也明显升高了。连日来就从没出过金府宅院的金葳蕤，担心再待在房屋里就会全身发霉，此刻心境终究有所打开，便简装素颜走出门来，到外面散散心。她离开村落，沿着社庙、牌楼、池塘、树林、田埂、龙湾河、虎首山……这么一路踱着，漫无目的，不管远近，细步缓行，还跟偶尔路过的乡亲们点头打招呼。

这一出来别的倒还不打紧，可金葳蕤好像是头一回发现，自己家乡竟然是如此之美！她仿佛来到了一个完全陌生的地方，就像是从未来过似的。

此时，已是阳春三月，雨过天晴的龙湾大垄坑里，那近处的田野，那远处的山丘，被雨水清洗得更加郁郁葱葱、苍翠欲滴。绿油油的秧地、菜园、茶场、树林，皆像平铺了一张大地毯，远看起来更像是眼前竖着一面巨大的透明翡翠薄玻璃。水田里、池塘里、龙湾河里的水暴涨了许多，但并不浑浊，而是明澈如镜面。青蛙的呱呱声、斑鸠的咕咕声是那么亲切、悦耳。百花盛开、桃红梨白、杨柳依依、婀娜多姿。蓝天白云、阳光和煦，春风拂面暖洋洋，令人沉迷陶醉，有如喝了七成老酒似的。远处天边还架着一道犹若独拱桥的彩虹，七色缤纷，绚丽多姿。更远的华林山脉的半山腰上，横挂着的茫茫白雾像一条条彩练，氤氲升腾，缥缥缈缈的，给华林山增添了不少朦胧之美。

春耕季节来了，远远近近、高高低低的田地里、菜园里、茶场里、果林里，都有勤劳的父老乡亲们在干农活。因为不下雨了，大家再不用披蓑衣、戴斗笠的，连衣服也可以少穿一件，故而干得更欢更快了。金葳蕤知道，父亲和幺爹就正领着几个帮短工的在那边自家的秧地、水田（包括原属于谢府、现属于金府的那一百亩稻田）里忙碌着，为过些天插秧莳禾做准备。而娘亲就在家给他们做饭菜、煮茶汤。整个田野上呈现出一派人奔牛跑、生机勃勃的景象。

一想起谢府，金葳蕤又有些心绞痛了。她不打算往父亲他们那边的方向走，就从另一条小路绕过村子爬上了虎首山。她来到属于自己金府的那孔藏放红薯等杂粮的地窖前，马上回忆起去年经地道从这里把许志宏送出、被谢炳坤和谢天昊父子团团包围的金府的情形，不免又思念起了许志宏。为处境所困，且真情流露，又无人在场，葳蕤竟不由得喊出了声来："志宏哥，你现在哪里？莫非你把我忘了吗？"

就在这时，从旁边突然传出一个男人的声音：

"葳蕤妹子，我在这里嘛！我怎么会忘记你呢？跟你分手的这几个月里，我可是对你日思夜想啊！"

把金葳蕤吓了一跳，还以为大白天遇到鬼魅了，或者是有促狭佬捉弄自己，或者是自己的耳朵没听清，或者是连日情绪不好也没有睡好所以有些心神恍惚……但她转眼间明明看到，有个人从几米开外的一棵大槐树背后走了出来，那不是许志宏是谁！

金葳蕤一开始还怀疑是自己眼花看错了，就擦了擦眼睛，可许志宏真真切切地站在那儿，这才确信无疑。她激动万分，又惊又喜，就像终于盼到了大救星，再次高喊了一声"志宏哥"，再也不顾那么多，猛跑几步扑进许志宏那宽阔的怀里，害怕、无奈、埋怨、委屈、思念、牵挂、盼望……多种复杂心情交织在一起，便放声地哭诉起来，一枝梨花春带雨，眼泪簌簌，楚楚可怜，我见犹怜。

许志宏抱着她颤抖、温软的身子，拍拍她的肩膀，无声地安慰着她。此刻村民们都在山下的田地里忙着，一时半会这山上不会有人来的，他俩也就相互大胆示爱了。

许志宏是昨夜才来到龙湾的，他的身体早已彻底康复。其实他几天前就乔装下了山，但先去了找了黄河东。黄河东又把他带到高安县地下党负责人、高安高级中学堂老师华子骞处，汇报了这段时间的工作，介绍了他的搭档、华林山游击队队长吴嘉民的情况，并说了说自己下一步的打算，但隐去了他与金葳蕤的故事。华子骞给他简单通报了中共中央、中央苏区与红军的近况，对他的工作基本表示肯定，让他好好与既是当地闻人又是饱学之士的吴嘉民合作，多尊重吴队长并听取他的意见。对他的打算基本表示同意，也就游击队下一步工作提了自己的一些看法与建议。两人在小街上的一家小店吃小吃，一边低语。

之后许志宏就一人顶着小雨，再次来到这个他已永远也忘不了的村庄龙湾。

通过周边百姓，他大致了解了金府和谢府的事情，对金葳蕤的遭遇表示同情，更何况自己与金葳蕤有那么一层特殊关系，他也很想帮她挣脱牢笼、获得自由，不让谢府大当家和大公子的阴谋得逞。他想亲自登门去金府找葳蕤，但又担心太过唐突，不知金大先生和金大小姐对自己到底是什么态度，就先来了这孔地窖，跑来这儿待了一宿以躲避风雨，吃了几只生红薯充饥——这倒没什么，小时候在老家就是这么过来的。刚才金葳蕤碰巧走到这里，她对他的一番真挚呼唤，也让他完全明白了她对自己的感情。

时隔近半年不见，出现在双方眼里的他俩，更加令彼此倾慕了。这还不仅仅是因为"情人眼里出西施"，而是两人确实更加值得对方爱了。金葳蕤虽是随便穿着，且未化妆，素面朝天，但在家清修多日，保养得丰丰腴腴、白白嫩嫩的，其身体由内到外每一方寸均变得更加熟透与完美，皮肤水灵灵得像能挤出清水来，红润润得像刚出生胖娃娃的脸蛋。双唇未涂胭脂口红却像赤焰如朱砂似玛瑙若苹果，令人好想去亲一口；双目深邃如龙潭、脉脉含情、略带幽怨、夺人心魄；一对挺拔的乳峰，像两只大白兔饱满而浑圆，跃跃欲试、呼之欲出；后臀则翘如雀尾、玲珑曲线，让人浮想联翩。这些直看得许志宏心跳加快，呼吸停滞，感觉时光凝固，忘记一切，眼睛发直，连眼珠都不会转了。这使葳蕤既羞涩又自豪。

而志宏身材更见高大威武，兼之任游击队副队长数月，领导着一两百人的队伍，东征西闯、带兵打仗，历练磨砺得更是成熟稳重，亦使金葳蕤在心底里更为爱他。他的脖子上挂着她送他的那个十字架，她知道他很看重它，也就是对自己上心了，不由得不感动，情愫又深一层。

既然两人之间的这层薄窗户纸豁然间被捅穿了，后面的事情就好办多了。但作为女孩子的金葳蕤，毕竟还是挺含羞挺难为情的。一开始气氛有些尴尬。金葳蕤在哭诉完之后，就不知下一步该说什么了。

还是许志宏先打开话匣子，宽慰她说：

"葳蕤妹子，你的事情我知晓了，而我就是为此来找你的。我们一起来想办法怎么解决，我想肯定会有办法的。"

金葳蕤见许志宏说到这里，顿时清醒过来，干脆也豁出去了！她的身体已脱离志宏怀抱半尺，但仍紧握志宏的双手，毅然决然地说：

"志宏哥，你马上带我走吧，我愿意参加你们的革命事业，我也要加入你们的党，加入红军游击队。我可以帮你，毕竟我比你更熟悉高安。我现在是一刻也不想待在龙湾了。只要和你在一起，吃多大苦我也乐意！"

许志宏又何尝不想立刻带着魂牵梦萦的心爱姑娘金葳蕤一起远走高飞，从此同栖同行、形影不分！可是她的父母会同意吗？倘若发现宝贝女儿不辞而别，他们岂不气得要死？再则要是此事被谢府发现，会轻易放过他们金府吗？那不同样害了金大叔、金大婶？同样也会影响革命队伍的声誉。他给葳蕤分析了其中的利害关系，说：

"葳蕤妹子，我并不是不想带你走，但你还是得回去禀告父母，看看他们是什么意见。"

见许志宏分析得这么透彻，金葳蕤也觉得他说得很有道理，自己是不该如此一意孤行的，不得不默然承认了。不过她也非常清楚，一旦自己回了府里，父母是肯定不会同意她出走的，到时就很难脱身了。她内心十分纠结，迟疑了许久，才很不情愿地领着志宏往家里而去。葳蕤择了一条线路僻静、平时少人行走的巷子，那条巷子是开在村民房屋的背后，慌慌张张一路碎跑，好在没遇到什么熟人，他俩成功回到了金府门口。

就在金葳蕤要敲门时，门却倏忽间在前方悄然打开了，他们正在吃惊，见开门的竟是葳蕤的父亲金贵田，令他们更加吃惊。他刚刚不是还在自己的田间地头吗，怎么回来得这么快，跟闪电似的？葳蕤悗悗惶惶地叫了一声"爹"，志宏忐忐忑忑地叫了一声"金大叔"，金贵田却示意他们先不要说话。原来他早已发现了葳蕤的行踪，知道是许志宏来了，且早就明白了许志宏的真实身份，所以拉着幺爹率先赶回了家里，将门挡住，显然是不同意许志宏进去。

金贵田狠狠地瞪了金葳蕤一眼，用许志宏听不懂的本地方言恶骂了她一句，并一把将她拽进门去，又赶紧把门掩上，只留下一条缝。宅院内还有金江氏、幺爹在襄助他。

接着，金贵田朝门外面的许志宏说："小许啊，你的事情不需要你解释太多，其实我挺欣赏你本人的，我对你们共产党也没有一丝敌意。但目下中国既然是国民党的天下，我这里就不能容留你了，希望你能谅解。这里有一百块大洋，你拿去吧！感谢你救了我家葳蕤，咱们这就算两清了，互不相欠。你快走吧！"

金府宅院内，金江氏和幺爹毛狗生一左一右用力挟持着金葳蕤，她的嘴巴也被娘亲用手使劲捂着。葳蕤怎么挣扎也挣扎不脱，想喊"志宏哥"也喊不出大声来，就这样被他们拖着朝屋子里一步一步艰难缓慢挪着。

许志宏急了，上下左右腾跃窥视想看金葳蕤也看不见，想喊又怕被别人特别是谢府人听到。他见金贵田把满满一绢袋袁大头从门缝里递出来，却不伸手去接。金贵田将其丢在地上，他又一脚踢了进去。金贵田再拾起递出来，又给他踢了进去。

许志宏坚决地说："金大叔，我不要您的钱，您收回去吧！我是曾救了葳蕤，可她和你们一家也救了我，我们本来就谁也不欠谁的。"接着他压低声音说，"金大叔，您难道不明白，您把葳蕤嫁进谢府，岂不是羊投虎口，夺走了她的幸福，甚至要了她的性命？"

可金贵田根本不容许志宏多说。他强忍内心的痛苦，双脸铁青、阴冷，从牙缝里迸出几句话来：

"尊驾，我们从此谁也不认识谁了，我也不认得您姓甚名谁。我们府上的事我们自己会解决，跟您无关。我关门了，您赶快走吧！您再不走，别怪我翻脸，我真的会去县府告发您的。这钱算是我给您的盘缠，您要就马上拿走，您不要也白不要！"

见金贵田如此坚执，许志宏没了办法，怕纠缠久了对大家都不利，决定先离开一阵吧，或回华林山或到县城去，以后待情形有变再相机行事。但许志宏始终没要老金那一百块大洋，他叹息一声，怀着十分惆怅的心情，消失在了龙湾村口。

第六章 赈灾

　　金贵田夫妇把金葳蕤拽进里院后，就将她关在房里，房门反锁了起来，随她怎么寻死觅活、哭闹喊叫都不理睬，每日三餐从窗口送饭。这次连她母亲江翠柳都恼了，骂她活该。金江氏自是担心金谢二府的婚事由此泡汤，唾手可得的荣华富贵眨眼说没就没了，她可没有丈夫想得那么长远。金贵田想的不是荣华富贵，他又不缺钱，他更希望的是谢府不要老找自己的碴，两家相安无事，井水不犯河水，日子长期安稳就好，哪怕是以牺牲女儿为代价。尽管一想到这里，他就心里隐隐作痛，可也是别无选择了。

　　但要说他们不关心自己的女儿，任由她死活，那肯定不是。天下哪有愿意抛弃自己子女的父母？金氏夫妻俩深宠着他们的两个宝贝女儿，他们没有儿子继嗣，遂只好将这对姊妹花掬在手心里、搂在胸口前。尤其是姐姐金葳蕤，因为她一向懂事孝顺，更为父母特别是父亲金贵田所偏爱。而她的幸福，自是两老一直所牵挂的。他们当然希望她去寻找自己喜欢的情郎哥，比如这个姓许的小伙子，显然人品比谢天昊强多了，他跟葳蕤也挺般配，他俩要是生活在一起肯定开心。可现在既然谢府的人一定要娶她，甚至不惜以陷害自己为交换的筹码，不嫁过去就要自己的命，事情上升到这个层面，那还有什么办法？更何况姓许的小伙子可能是共产党要犯，本来就自身难保，难道还让女儿跟着他一起去送死？虽然这个远方的小伙人好，他们也喜欢他，但要当金府的女婿，那还是谢府的儿子更靠谱更合适。

　　金贵田和江翠柳虽然将金葳蕤锁在了房里，似乎是吃了定心丸，但是葳蕤好几天不说话不吃饭，也令他们每天坐卧难宁，不时地要进内院去观察她的动静，怕她想不开自寻短见。她的房里，是绝不留剪刀、匕首、锥子、绳子、玻璃之类东西的。过了几天后，两人就开始轮流苦口婆心地去劝她。

　　但是，金葳蕤一再要求他们把她放出来，她要出去找她的"志宏哥"，他们是绝不会同意的。因为她要是走了，而且是跟着共匪私奔的，谢府来要人，并向县里、省里告密，那肯定不会放过他们的，终归是一死。

金葳蕤听父母这么说，只好暂且作罢，不再哭闹，不再提出走的事。但她心里更加绝望，怎么可能安安稳稳地吃饭和睡觉。再则，南方的春天，老是阴雨绵绵、冷风阵阵，天空黑压压得像一块大石板压着大家的心，弄得金府所有的人长时间心情都很低沉抑郁。

就这样又僵持了半个多月，春分过了，清明只剩十来天了。因这段时间谢天昊成天在外面忙乎，想必不是谢家自己府上的生意，就是保安团跟共产党地下党组织的摩擦，或是与其他势力之间的利益争夺。谢府的人便派二谢头多次来金府催问婚事准备得怎么样了，如嫁妆礼品、新娘的婚服、喜宴的酒菜之类，还送来一千块大洋作为花销。大谢头让金府自己也拿出一些，把婚事办得尽量隆重、风光、热闹一点。他们要求金葳蕤最迟也得在清明前三天过门。金贵田夫妻只好嗫嗫嚅嚅，虚与委蛇，敷衍拖宕着。当然，婚事的准备也还是得继续，至少要在表面上做一做给谢府看。葳蕤满脸乌云更浓、双目黯淡无光，形如槁木、心如死灰，乃至整天坐在房里一动不动、一言不发。金府宅院沉浸在死一般的静谧里。

这天天还没大亮，但公鸡早已报晓三遍，金氏夫妻正准备起床，可分明听到内院里"砰"地传来一记很笨重的声音，像是凳子、椅子什么大件东西被打翻了。连日来昼昼夜夜一直在竖起耳朵倾听女儿动静的他俩，不由自主对视一眼，心里"咯噔"一下，异口同声说了句"不好，这死妮子"，擦擦未全清醒的迷蒙的睡眼，连外衣都没披上，就急忙开门往后院奔。

一幕他们最不愿意看见的场面出现在眼前：金葳蕤将旧衣服撕成布条，拴结成绳，把自己吊在房梁上，蹬掉凳子，准备自缢而亡。此刻她的脖子已被布绳勒了有一段时间，正万分痛苦地挣扎，双腿抽搐，舌头外伸，眼珠外鼓，满脸恐怖。他们要是再晚一会来，她就过了奈何桥、去了阎王殿、签了生死簿，再也撑不回头了。

这恐怖的一幕，吓得金贵田老夫妻一边带着哭腔心疼地大声詈骂着"葳蕤儿，你怎么还是想不通，还是要走这条路呢"，一边手忙脚乱地赶紧去救她。金贵田先是把金葳蕤的身体尽量向上撑举起来，避免布绳再勒着脖子，接着把被她蹬倒的凳子立起，一步跳上去把死结解开，将她从布绳套里弄出来。金江氏在旁边配合着他将葳蕤接到地上，两人一左一右扶着她慢慢走至床沿坐下。葳蕤剧烈而困难地呻吟着。娘亲陪着她，帮她轻轻地按揉脖子上被布绳勒得肉沟很深、变得通红的地方，又给她拍背脊、摩胸口、抚嘴眼。父亲略通医术，就在打开窗户通气通风通光后，去前院给她找来利于按揉脖子的药酒，又端了杯温水来给她喝。好在还不算是极严重，无须请郎中，很快就恢复了正常。

在金贵田和金江氏一再的规劝、安慰加吓唬之下，金葳蕤暂时停止了轻生的念头。再说这次自缢未成，也让她明白了上吊的痛苦和可怕。从此以后，父母对她的监管更严了，几乎每天二十四小时不离身，让她根本没有寻短见的机会。

其实，金贵田也不希望女儿嫁到谢府去：一则金府多年来跟谢府不和，谢炳坤父子暗算他又令他耿耿于怀；二则他也明白金葳蕤跟谢天昊没有感情，何况还是去做小的！但自己毕竟是谢天昊帮助释放的，亲口答应了他们谢府，做人怎能不讲信誉？再说逃婚又哪里过得了谢府这关？但为了不让女儿再度自杀和嫁入谢府，他决定想个什么两全其美的好法子来。

1931年，农历辛未年，江西连年多灾多难。就在金贵田夫妇策划女儿金葳蕤逃婚的这段时间里，伤寒、霍乱、麻风病等各种传染病蔓延到了靠近鄱阳湖区的高安县境内。根据国民党地方政府统计的不完全数字，因患病而死亡者多达两千三百余人。

清明在即，眼看自己马上就要嫁入谢府，与谢天昊成亲，迈向一座活地狱，且从此再不得见情郎哥许志宏的金葳蕤，虽已不再轻言去死，却仍是了无生趣。金贵田、江翠柳看着宝贝女儿如此，心里也非常不好受。江翠柳原本是乐意葳蕤成为谢府长子媳妇的，但葳蕤既然以死相抗都不想去，那也只能顺从她的心愿。

金贵田绞尽脑汁地打着各种主意。当他看到龙湾村里几个得了麻风病的人的那副面目可憎、手脚残缺、溃烂流脓、甚是恶臭，全身疼痒、叫喊连天，求生不得、求死不能，人人歧视、个个躲避的惨状时，突然联想到他曾经看过的一部有名的高安采茶戏《麻风女》：

赣西地区某富绅家有一名美貌千金名曰邱玲玉，不幸身染麻风病。但最初她的症状还不太严重，依然明丽照人、秀色可餐。其父知悉实情后，却误信歹人妖言，从外面骗来一位家在远方、暂寓本地的年轻男子陈卓仁，以招赘为名，企图将病毒转嫁于他，从而搭救其女。陈生不知底细，见玲玉貌美心善，顿生爱慕，即慨然应允。玲玉对外表俊朗、多才多艺的陈生也一见钟情。

但在新婚之夜，善良的邱玲玉不肯加害于陈生，便不与他同房共欢，并露出衣服遮盖的患处，以实言相告，又赠黄金、白马助陈生逃命。不久邱玲玉病发，相貌变得丑陋无比，且恶臭难闻，其父遂狠心将她赶进附近的麻风病人院子。但邱玲玉仍不能忘情于陈生，不远千里寻夫，终与其于一僻静庵堂重逢，悲喜交加。而陈生亦不忘却前盟，不因她患病、变丑而鄙视，矢志非邱玲玉不娶，两人抱头落泪。

但邱玲玉又怕耽误陈生终身，断了陈家后代，故饮下一壶父亲让她随身携带的毒蛇酒准备自杀。不料以毒攻毒、歪打正着，她非但没有死，反而医好了自己的麻风病，最后与陈生结为百年之好。上天开眼，有情人终成眷属。……

联想到这里，金贵田突然有了个好点子：自己何不把葳蕤也想办法弄成得了麻风病的样子呢？到时就可以逢人便说，葳蕤是不小心被村里的麻风病人给传染了。这样的话，谢天昊看到她患病变丑了，肯定就不愿意娶她了。他把这个想法讲给自己婆子金江氏听，江翠柳亦马上赞成。夫妇俩又去对女儿说，葳蕤自是表示同意，只要不嫁给谢天昊，只要不进谢府门，让她干什么都可以。

说干就干，距谢家定好的婚期只有几天时，金贵田先是让金葳蕤受点凉儿，有些小风寒，发烧、咳嗽、流鼻涕、打喷嚏，全身瘫软无力、虚弱难受，吃不下饭、睡不着觉、喝不了水，每天只能傻傻地孤坐着。再找来些药膏、泥尘、香灰什么的糊在脸上、手上、脚上、脖子上，坑坑洼洼、斑斑点点，显得扭曲畸形、有些夸张。对有些部位还故意弄些溃烂、流脓的类似疮口一样的东西，污秽不堪，奇臭无比。还叫她连续几天不洗澡、不梳头、不换衣，使得身上更加的脏不拉几、腥臭难闻——这对一向爱干净的葳蕤来说，过去是很难做到的，但为了不让谢府得逞，她也不得不强行忍住，只是不敢照镜子，且整日里尽量捂着鼻子、闭着眼眶。

当龙湾村人看到金葳蕤这个恐怖样子后，于是到处传言。媒婆、二谢头见了，又去跟谢炳坤、熊芙蓉、谢李氏说。他们一开始都不相信，尤其是谢李氏，马上嚷嚷道：

"哪有咯么巧？肯定是金氏大妮子不同意咯门婚事，金贵田就让她假装生病来糊弄咱们。炳坤跟你婆子去仔细探看一番。"

可媒婆和二谢头都认为，金葳蕤那模样，不像是假装出来的，应该是真的得了麻风。谢炳坤遂有些犹豫,不想去金府,毕竟麻风是非常严重的病,很容易传染。

但这次谢熊氏又站到了婆婆一边,撺掇着丈夫快去金府跑一趟:

"金贵田老狐狸,那么厉害的角儿,他有么子法子想不出?别上了他的当,你还是快去亲眼瞧一瞧吧!"

谢炳坤无奈只得同意。原本说让谢熊氏陪他去,可谢金枝听说葳蕤姐病得很厉害,一定要去看望她。谢府中人迟疑、商量了片刻,就答应由金枝陪父亲去了。于是在二谢头引路下,三人又来到了金府。

他们好不容易才敲开金府大门,因金府的人都在内院里忙着照顾金葳蕤。一路猛跑前来开门的幺爹,竟少见地戴着自制的口罩,低头无语,领着三人经外院往内院而行。金贵田听到外面有客人,赶紧走出内院门来迎接,亦戴着口罩,眼里满是凄苦沮丧,摇头叹气,似乎刚哭过,眼圈还是红的,连平日里爱说的寒暄礼节他也不想做了,这在一向爱装斯文的"金大先生"那里确实是罕见的。谢炳坤与二谢头悄悄对视一瞬,心想这次事情一定不小。

还没进门,谢炳坤等人就闻到了一股让人几欲呕吐的古怪气味,跟普通的中药味很不一样,就像是过了期、变了质的臭鸡蛋。谢炳坤、二谢头都厌恶地用左手把鼻嘴全掩住,右手作扇子状以扇去这股气味。谢金枝则既关切又悲伤地叫了一声"大嫂……葳蕤姐",三步并作两步率先冲进屋去。

在内院中堂里的长椅上,半倚半躺着金葳蕤。她母亲江翠柳在一旁陪着,亦戴着口罩,在给她喂药汤、按摩手脚,一边不时地宽慰她。平日里美丽而健康的金葳蕤姑娘,没几天却变得枯瘦如柴、苍老如妪,一副病态恹恹、气息奄奄的样子。曾经标致姣好的五官却严重变形,基本上是已毁容了,这里一块疙瘩、那里一个麻坑,极度难看。她还不断地在咳嗽、哽噎、呻吟。不用说,那股像臭鸡蛋的难闻怪味,就是从她身上发出来的。

像这样的"嫫母无盐",怎么能做新娘子、上花轿、拜堂,怎么能成为我谢府的媳妇呢?谢炳坤真是一刻也不想多待,既不想见丑女、闻臭味,更怕自己被染上,所以连一句安慰、客套的话都没有,对金葳蕤亦毫无怜悯之心,心里暗道一声"晦气",立即扭头拂袖而去。

谢金枝却并没马上跟着父亲走,只想再多陪陪葳蕤姐。她靠近金葳蕤,去拉她那突然变得瘦削、苍白、长斑、生疮的手,难过得也想陪着她哭。两人执手相看泪眼，竟无语凝噎。而金葳蕤其实心里想笑，觉得不该欺骗单纯善良的枝儿，但还是赶紧强忍着。很快，谢炳坤就让二谢头转身来把谢金枝也叫回去了，说要是金枝也传染上了，到时又传染给家里人，那怎么得了？谢金枝只好泪涟涟、依依不舍、三步一回头地走了。

可谢府的人还是不放心，老太婆谢李氏鬼精鬼精的，命他们当晚又搞了一次突然袭击，即安排熊芙蓉的弟弟熊二郎中，上门来给金葳蕤诊病。好在道高一尺魔高一丈，金贵田留了一手，有备无患，叫金葳蕤的"妆"不要卸那么快，还保持着原状。

熊二郎中竟也没看出金葳蕤的症状是假装出来的，认定她是真的得了麻风病。大概并不是熊二郎中的医术不行，估计他是担心自己被传上，故不敢靠得太近，没有仔细认真去望闻问切。其实他还真给她把过脉，见其脉象混乱、脉搏迅猛，绝非正常人，病得不轻。这亦是金贵田搞出来的名堂，故意让金葳蕤吃了一些影响脉象的中药。当时这些严重的传染病把大家都吓怕了，以为是不治之症，患上的便只有等死。

而熊二郎中其实是来调查及确定金葳蕤病情的真假，并非真的给她诊治，所以就只象征性随便开了几方药，嘴里安慰了病人几句，然后告辞。

翌日，谢天昊兴冲冲地赶回龙湾。他以为自己这次铁定要做新郎官了，把他从小就喜欢的美人儿娶到手了，可没料及一回到府上，就听说了金葳蕤患上麻风、成了丑女的"噩耗"。他绝对不信，立刻来见葳蕤。虽然已听家人们描述了葳蕤可怖的模样，他已有一定的心理准备，但当亲眼见到葳蕤本人时，他还是大吃一惊，内心受打击不小。才看了一眼，他几乎崩溃，马上退出了门，离开了金府，哪里还有洞房花烛夜、拜堂成亲的兴趣？

而谢、金两府的这桩婚事，本已在龙湾宣传得家喻户晓、人人翘盼，就这样顷刻间泡了汤。至于要回那一百亩良田甚至侵吞金贵田的全部家产，以及交给金府打算置办婚事用的那一千块大洋，对谢炳坤而言，以后逮着机会再说吧！目前是暂时没心情考虑这些了。

这年开春，长江中游洞庭湖、鄱阳湖、洪湖等湖区的流行性疾病还未完全结束，而夏天，长江、淮河、黄河诸流域的特大水灾又接踵暴发了。

与往岁相比，今年盛夏同样的炎热酷暑，同样的烈日暴晒，同样的晴天接着雨天、雨天接着晴天。只不过往年一般是十天里八天酷热、一天闷热、一天暴雨，而这个辛未年盛夏，却是十天里至少有八天在下暴雨，另外两天不是小雨也是阴天，所以就不得了了，迎来了史无前例的大洪水。特别是长江中下游沿岸一带，日夜雨滂沱，如天河倾倒，四处是汪洋，无以畛域。房屋倒塌，庐舍漂泊；帆樯如林，船盆当车；饿殍遍野，尸横千里；卖儿卖女，哭号震天……实可谓人世惨剧，时时处处皆触目惊心。短短几个月里，数百万人无家可归，数千万人饥寒交迫，无数人陷入困境。

虽说高安县并不在长江主干沿线上，相对而言其问题远没有武汉、九江、芜湖等地那么可怕，但也是重灾区。许志宏从华林山下来时，就听到山南麓伍桥镇有位老翁听到的一桩真实故事：

说是在山北麓的一个灵桥村，有一户张姓人家，上月某夜，全家一听说樟树岭湖大堤决口、洪水即将来袭的消息，遂赶忙出门向高处逃避。丈夫抱着七岁的大儿子，妻子抱着四岁的小儿子，还有个六岁的女儿跟随。一家五口行动当然难以快捷，比不过洪水奔涌的速度。就在这时，大水已然如一群猛兽毒蛇冲了过来，慌乱间丈夫只得扔掉了抱着的大儿子，并催促妻子也扔掉怀里的小儿子快跑。可妻子不忍心，丈夫便上来一把夺过小儿子，小儿子却大哭着紧抱父亲的脖子不放，全家人撕心裂肺哭成一片。这当儿，洪涛迅即袭来，顷刻之间就把这一家五口人都吞没了，再无人影。

后来洪水退却，大家在下游捞获到了他们全家人的尸体。这才发觉，小儿子与父亲仍相互紧抱着。那个危急之下已先弃长子的父亲，在被幼子紧搂脖子而最终一同溺亡前的最后关头，想必是经历了一番此前因抛弃长子而极其痛悔自责的心理折磨，倒把可怕的死亡放在了第二的位置。

这段故事，后来许志宏从华林山下来，并到了龙湾村，在金贵田府上的外院大厅里，对金家人说了。其时，由于数月暴雨洪水，金潋滟亦从县城赶回家里避难。金葳蕤也早已不再假装麻风病的样子。而谢府人除留了几个奴仆照看府上外，都跑去了南昌躲灾。

金贵田本来是不想让许志宏进他府门的，但一则谢府中人都离开了，他已经少了些顾忌和害怕；二则许志宏此次带了几十个战士一道下山，看着那些威风凛凛的战士，他倒是不敢跟人家有枪的作对了；三则许志宏又不知从哪儿的大户人家那弄来了一些粮食，想赈济龙湾与周边几个村的灾民。

此次大洪水，龙湾一带受灾不算很严重。本来龙湾大垄坑小平原是最理想的耕作田园了，土壤肥沃，平畴广阔，且素不缺水，向来都是旱涝保收的。只不过今年情形太特殊，雨水太猛，不但自己区域降雨难以排放，上游华林山方向又不停倾注洪水，小小的一块低丘平垄，光一条小小的龙湾河哪里够用？看那百尺龙潭每天的咆哮声如雷霆直上云霄，岂止是一条孽龙在那兴风作浪，仿佛有千百条龙在共同发飙。因此，尽管龙湾的村落免遭洪水淹没，可水田旱地果林多数已浮沉在汪洋泽国里了，水面浑黄起伏漫无边际，早些日子已有些茁壮的青绿禾苗，在谷子还没长熟时就被狂风骤雨吹倒了，到后来是那些已经快长熟的沉甸甸金黄稻穗又遭风雨刮断淹掉，今年早稻已颗粒无收。

那些租种地或自有地太少、又没有往年余粮的农户，多数早就揭不开锅了，或熬稀粥，更准确说是米汤吃，或吃土豆、红薯、苞谷等杂粮，有的只能吃谷糠、树叶、野菜、草根，个别人家甚至在吃观音土。无奈之下，有的只得举家外出逃荒要饭了。

就在这时，许志宏他们像是突然从天庭从西方而来的神仙菩萨，来拯救龙湾及附近村子的黎民苍生了。许志宏带着几十个战士，扛来了好几十包白米。

金贵田今年本来也受了灾，自己原有的一百几十亩水田，与谢炳坤换给他的一百亩水田，基本上都没有收成，令他心疼不已，像割自己身上的肉似的。但被许志宏给说服了，拿出了不少往年的陈粮。金贵田又找金家的族长金高煦、江家的族长江老倌、谢炳坤的小舅子熊二郎中等大户商量，凑了几百石粮食。

于是，在龙湾村社庙正门外的走廊上，支起了几口大锅，开始施行大规模的舍粥赈灾。每天早中晚三顿，熬煮大米粥、小米粥、荞麦粥、红薯粥、黄豆粥、绿豆粥等，有时还有面条、米线、南瓜饼、芋头饼、面粉汤等其他主食，还配点蔬菜、腌咸菜、梅干菜、老瓜藤、盐花生、煎豆腐、豆渣丸，及春天才有的蕨菜、荠菜、野葱、野笋、野菌、香椿叶、桑树叶、鱼腥草、马齿苋之类的下饭菜……

一时间，本村的、十里八乡的，甚至更远的地方如毗邻高安的上高、奉新、清江、丰城、修水……诸县的灾饿之民，均闻讯纷纷赶来，很多都是全家一齐出动——只要还没饿死、还能走动的，拖儿带女、扶老携幼，人山人海、声浪鼎沸。

还有那致谢、颂赞的声音也是不绝于耳。灾民最多时达到一万多人。他们吃完饭后多数都不回家,还在早早盼着下一顿、下一天呢,就睡到龙湾村的社庙里或各家各户的宅院里、屋檐下。灾民们也会帮着打打下手,捡柴、做饭、提水、寻野菜、洗碗筷。他们不仅勉强填饱了肚子,受冻的也得到了温暖,生病的也得到了诊治,家人分散的也得以团聚。这样连续搞了一个来月,场面蔚为壮观,反响十分强烈。

许志宏、金贵田他们的舍粥赈灾,使得成千上万的赣中西区灾民,不至于当场惨遭饿死或颠沛流离去远方逃荒,的确是做了一件利国利民、普度众生的大好事。但毕竟灾饿之民太多、时间太长,到后来他们开始捉襟见肘、难以为继,所剩的粮食越来越少,粥、汤就熬得越来越稀,最后差不多都成了清汤寡水,照得出人影子来,且没有下饭的菜肴了,连田边地头山上河滨的野菜树叶草根,都被寻光吃光,并将每天三顿减为两顿。

许志宏见谢炳坤夫妻一直没回龙湾,有好几次想领人去把他的宅子大门砸了、将其仓库地窖打开,拿出大米和面粉赈灾。但一想到这会给金府带来更大的麻烦,谢炳坤父子势必会找金贵田算账,只得作罢,与金大叔等人一起,继续竭力勉强维系着舍粥之举。他还组织保护着谢府,不让灾民饿急了搞打砸抢。

他们的壮举,很快就传到了时任高安县长萧丰的耳朵里。萧县长跟金贵田毕竟曾有过一层师徒关系,再说他还是高安本地人氏呢,这样的好事他怎能不站起来代表政府表个态度?没几天,萧县长穿着一身笔挺的黑色西服金领带,头戴呢绒礼帽,脚穿锃亮皮鞋,驱车赶到了龙湾,在金贵田、江仲元、熊二郎中等人的簇拥下,拿着大喇叭走上了社庙的老戏台,对台下万千灾民们发表了一通讲话,说了些"乡亲们受苦了""我们与你们同在""多难兴邦""祸殃不日将退出高安"等面子上的话,但重点还是好好地夸赞了恩师一番,说他是当世的活菩萨,终将福荫子孙、光耀史册。萧县长还特地带来了五百块银圆和二十包米面,还有一些旧的衣服、被子、雨具,一些治疗发烧和预防瘟疫的药物等,以用于后期救济事宜,也算是对恩师的莫大支持。

县长的褒奖、灾民的颂扬,将金贵田素来的好名声更是抬到了最高峰,直到多年之后方圆百里的乡村,还在流传着"金活菩萨"和"金大善人"的佳话。而且萧丰县长将这些事迹浓墨重彩地呈报给了省府,还使高安获得了一个"模范县"的荣誉称号。

金贵田虽然损失了许多粮食，这多少让他有些心疼，但毕竟收获了如此好的声誉，他还是比较满意的。旧世知识分子深受孔孟儒家的熏陶教诲，非常看重自己的气节与名望，以宋末"人生自古谁无死，留取丹心照汗青"的文天祥、明初被永乐皇帝株连十族千刀万剐的方孝孺为典型案例。而且，这件事情也使金贵田对许志宏、对共产党更多了几分好感。

但更重要的是，由于谢炳坤一家都不在龙湾，少了这个绊脚石，亦使得金贵田的心情好转了不少。尽管外面每天暴雨倾盆、洪水肆虐、风声呼呼、雨声哗哗，他却吃得香、睡得香。跟许志宏、金葳蕤、金潋滟品茶、闲聊，同样是古往今来、滔滔不绝，令许志宏高山仰止、顶礼膜拜。偶尔金大先生也会在雨小一点时，去社庙等地走走看看，接受成百上千灾民近似朝拜、祭祖般的感恩戴德。

许志宏得知金贵田喜欢看高安采茶戏，便组织游击队里的本地战士中有唱戏特长的人与金葳蕤、金潋滟姐妹，在金府大院里编排了一个短剧，讲述中国共产党领导穷苦人民闹革命、求解放的采茶戏，并请金贵田夫妇和幺爹，金高煦和江老倌两前辈，李铁陀和李铁桶兄弟等人观看其表演。通过观戏，加之此次许志宏率队带粮远道而来赈济灾民，金贵田等人对共产党与红军的看法又有了一些改变。

此次排演采茶戏，大家仿佛是第一次发现了金潋滟的表演天赋。她不但长得美，化妆出来更美，用天姿国色、摄人心魄来形容也不为过，用金贵田的说法是赶得上他们金氏的远祖母了。而且会表演，那一举一动、一行一止、一蹙一颦、一言一语都有板有眼、韵味无穷，特别是一双大大的、会说话的、能勾魂的剪水双瞳，是她身上最亮丽的地方，也反映她天生会演戏、全身都是戏，她一个人把整部戏带活了，把所有演员的风采抢走了，台下观众个个的目光都只盯着她。还有一点，跟姐姐葳蕤一样，潋滟也在学堂受到进步老师的影响，对共产党和游击队并不排斥和害怕。

这一个来月，同样也是许志宏与金葳蕤相处非常愉快、感情不断升温的时期。两人几乎天天相守在一起，耳鬓厮磨、卿卿我我，跟一家人已区别不大。虽然金贵田、金江氏还没明确同意把葳蕤许配给志宏，他们还在观望犹豫，但不再阻挠两个年轻人这段时间的正常交往。葳蕤的娘亲江翠柳自是心有不甘的，一则许志宏赤贫一身、无钱无势，葳蕤跟着他必定要吃苦的，哪有嫁入谢府好。二则他还是共产党，与当前政府为敌，将来命都难保哟。可现在姓许的有十几条枪，听他说在华林山里还有近两百人马,而老谢家几个主事的都还没回龙湾,小许的赈灾之举又颇令金先生器重欣赏,特别是葳蕤儿自己偏要跟他相好,都到了寻死觅活的地步,她一个妇道人家有啥办法?只能摸着石头过河,走一步看一步了。

更棘手的问题是,到八月中旬,立秋过后,天气转凉,久雨早已停歇,洪水基本退去,天下恢复常态,种田人忙着恢复家园、发展生产,龙湾的舍粥赈灾活动基本停止,各地饥民一窝蜂般分头赶回家,许志宏带着他的队伍准备辞行回华林山,金潋滟也早被许志宏派两名战士护送回了高安的学堂。听提前从南昌回来的二谢头说,谢炳坤夫妇、他老娘、天昊兄妹也将回来了。然而,金贵田、江翠柳竟发现,他们的掌上明珠金葳蕤却突然间不见了,像是尘寰蒸发。

金葳蕤虽然是不辞而别,但还是给父母留下了一纸短笺。不过短笺里并没明确说她是跟许志宏走的,只说现在既然谢府不要她了,她自由了,那她就要去走自己的路,追求自己的幸福。女儿不孝,擅自离家,容将来回报父母,云云。她虽然没有明说,但金贵田、金江氏自然明白得很。金贵田夫妇一开始对她这种一意孤行的行为非常恼火,不过人都走了,那也无可奈何啊!而且既然知道了她的去向,倒还放心了。但又想起她如今既然跟从了"土匪",那就成了"土匪婆",政府天天在围剿"土匪",恨不得尽快将其彻底斩草除根,那她的处境不是更危险了吗?再说要是谢府人和谢天昊的县保安团知道了,不但不会放过他们,也会来找自己麻烦的。于是他们又更加担忧。金贵田夫妇在家如此,一天天翻来覆去地思来想去、愁肠百结。

且说这边金葳蕤仅带走了一些随身的生活用品,就在许志宏那天辞行的中午,晌饭后趁父母午休,对在外守门的幺爹说她要出去见个闺蜜,也选择了离开。当她来到虎首山上那棵大槐树前,就看到了许志宏,他一直在这儿藏着,两人早就约好了的。许志宏把战士们先打发走,自己一个人等着葳蕤。经过这一个来月日日夜夜的厮守,加之一起对灾民舍粥赈灾、共同与葳蕤父母交流,两人达到了默契的地步。所以他们这时再无那种特别的激动,也没有之前的羞涩,双方都已经很自然了。

特别是当金葳蕤看到许志宏再次戴上了她送他的十字架,就从包裹里取出他送她的小钢笔——她也是时常带在身边。两人脉脉对视一眼,不由得会心一笑,万般深情、无限甜蜜尽在不言中。然后志宏背起葳蕤的包裹,两人紧靠一道朝华林山前进。

而先行回到华林山的战士们，早把这个喜讯汇报给了吴嘉民。吴嘉民自是万分开心，赶紧命大家张罗许副队长的婚礼。这天傍晚时分，夕阳如火，晚霞似锦，暮色深沉，许志宏、金葳蕤终于回到了华林山。当他俩快走到山寨大门外的石桥上时，就像突然天上一记炸雷，顿时鞭炮、烟花爆响起来了，吹唢呐的、击铙钹的、打锣的、敲鼓的……乐声喧天；从石桥、寨门到聚义厅一路上的两旁都挂着大红灯笼，喜气洋洋；聚义厅的正门上还贴起了一副烫金朱红对联，是吴嘉民大才子亲自所撰所书："葳蕤来会许，志宏去接金"，巧妙地嵌进了一对新人的姓名，又对仗工整。游击队的战士们、山寨里的乡亲们，在路边向他俩的身上撒鲜花、抛瓜子，夹道欢迎，祝福新人，兴高采烈。虽然时值盛夏，但山里凉快，人人穿着长衣长裤也不觉得热。

之前还没到华林山时，许志宏说要给金葳蕤一个惊喜。葳蕤问是什么惊喜，志宏却笑而不答，葳蕤还嗔怪他故弄玄虚，搞什么悬念。但不管怎么说，她很喜欢志宏和他带的这些兵，她觉得在他们身上蕴蓄着强大的力量，绽放出无限的生机，而又特别质朴可亲。来到华林山，她又马上喜欢上了这里的山山水水、古寨房屋；待进得游击队总部，她才明白志宏所说的惊喜是什么，原来是这里正在忙着为他俩精心准备虽不如谢府奢华铺张、但更加亲热融洽的婚礼，确实令她格外惊喜。虽说她来华林山就是要嫁给志宏，要跟他过一辈子的，但毕竟是自己的终身大事，头回遇到别人为自己办婚礼，而且几乎毫无准备，猝然而来，不能不说，除了惊喜、高兴，更多的是激动、紧张。她庆幸自己找对了人，又来对了地方。她的一生，从今天开始，不光是与许志宏这个男人，还与华林山这座山，与志宏率领的游击队，与他的这个共产党，是永远连在一起了。

在进聚义厅之前，吴嘉民队长与他的妻子（一个一看就知道很贤惠的山里大嫂）赶忙过来热情地迎接他俩。许志宏先向吴嘉民夫妻介绍金葳蕤，又向金葳蕤介绍吴嘉民夫妻。吴嘉民对金葳蕤同志（葳蕤也是第一次听到这个称呼）表示欢迎，也对她的漂亮、果敢、坚贞、有情有义大加夸奖，让葳蕤还有点不好意思。然后又代表华林山，代表游击队完全地接纳了她——不仅是她的漂亮等优点，而是彼此对上了眼，觉得她就是自己人，就是许队长的好妻子，就是跟许队长非常般配。这让金葳蕤觉得，吴队长就是自己的亲哥哥，他的妻子就是自己的亲嫂子，这里就是自己的家。一直没有兄长的葳蕤再次感到无限激动，热泪差点夺眶而出。

接着，男司仪即游击队贺副队长、女司仪即吴队长妻子宁氏分头带着许志宏、金葳蕤去附近的小屋里换婚服什么的。当然，有些装束、程序就简化了，比如新娘就不戴凤冠、头盖了，新郎也不戴礼帽，也没有伴郎、伴娘，也不上花轿、骑大马，也不搞拜堂、闹洞房之类。但有些是必要的，如双方适当的化妆，新娘穿大红的婚服，新郎官胸前挂红花，新郎新娘双手共捧一条红布，然后男司仪领着新郎、女司仪领着新娘，在大家的簇拥、祝福中双双走进聚义厅，并排坐在主桌的上席，吴嘉民夫妻在两边陪着。此时聚义厅里座无虚席，济济一堂。十几个八仙桌上摆满了美酒佳肴。

先是吴嘉民激情洋溢、文采飞扬、口若悬河地致了一通祝贺词，祝贺一对新人互相恩爱、同心同德、早生贵子、白头偕老；如梁鸿孟光，举案齐眉；像文君相如，执手当垆；似琴瑟琵琶，谐和共鸣；若鸳鸯梧桐，相栖相伴。金葳蕤暗自钦佩，觉得他的文才学识跟自己父亲有得一比。这些事情，许志宏在路上也跟她介绍了，说她父亲与吴队长是他这辈子最敬慕的两个有学问的人。而且吴嘉民显然也是个直爽、真挚、热忱的性情中人。更奇的是刚才吴嘉民也说，他跟她父亲金贵田先生虽素未谋面，但多年相互仰慕，彼此也都有所了解。他还让葳蕤将来找个机会邀请她父亲来华林山上做客、探亲！

吴嘉民讲完，众人一阵叫好。然后是许志宏、金葳蕤双双站起，致答谢辞。志宏话不多，此时他已是"酒不醉人人自醉"，还没开喝就好像沉醉了，脸红得像关公，眼里满是欢喜，嘴巴久久笑得合不拢，所以只激动地说了好多个感谢，感谢党，感谢红军，感谢游击队，感谢吴队长，感谢华林山，感谢龙湾村，感谢金贵田大叔，最后自是感谢金葳蕤，然后对葳蕤一人的感谢有好几句。感谢完了，率先将一大杯酒一饮而尽。众人又是一阵叫好。

喜宴正式开始，许志宏携手金葳蕤一一给大家敬酒，完后大家又一一过来给他俩敬酒。因为山上的糯米甜酒度数并不高，许志宏来者不拒，千杯不倒。他酒量本就可以，加之人逢喜事精神爽，他今天心情自然是极好，所以发挥到了极致。但毕竟甜酒后劲足，葳蕤担心他喝多了上头，遂偶尔扯扯他的衣角，温柔地劝告他适当控制一下。吴嘉民也与他窃窃私语，让他听媳妇的，少喝点。志宏陡然发现，自己活了二十一个春秋，这还是第一次有人管他，但他不但不感到生气，反而觉得十分幸福。当然，山寨里里外外的警戒还是很严格，轮流派人巡逻。不管何时，游击队上上下下所有人都自觉保持着清醒。

　　此时喜宴并没完全结束，有些战士还在喝酒高潮中，吴嘉民让许志宏、金葳蕤他俩先回房休息，自己在宴场帮他主持着。春宵一刻值千金，不能耽误了洞房花烛夜，这可是为人一生最美好的一天。于是，志宏领着葳蕤，先是各自去澡堂清洗了身子，便双双牵手回了他的房间。吴队长妻子宁氏早已带人把他的房间整理装饰成了新房，一对大红蜡烛将房里照得红通通、亮堂堂的；红色的床铺、红色的被子、红色的家具，以及两人红色的衣服、挂着的红花、通红的脸颊，显得分外喜庆。

　　这年，许志宏二十一岁，金葳蕤十八岁，都是在最好的年辰，且都遇到了最好的对方。葳蕤曾经有过短暂的爱情，又被俩孬种短暂地侵犯过，可直到今天才发觉自己成了真正的女人。她决心把整个的自己全部交给眼前这个男人，以后就跟他生死一道了，不求同年同月同日生，但求同年同月同日死，生则同衾，死则同穴。志宏比葳蕤高半个头，葳蕤含情脉脉地仰望着他，两人都不说话。志宏返身将门关上，走过去把葳蕤抱着，静静地、深情地、好像是第一次见到她并欢喜和迷恋她的美似的看了葳蕤好久——葳蕤扑哧地笑道"嘻嘻，你傻了呀"，志宏点点头说"嗯啦，我是傻了"。然后他缓缓给葳蕤宽衣解带，同时将蜡烛吹灭，把软和得好像没了骨头的葳蕤抱上床去。他在她耳朵边低声喃喃着"葳蕤，我会永远永远对你好的"，葳蕤感动得只顾点头，滴下了几滴眼泪……她本以为自己被兵痞子侵犯了，身子不干净了，且许志宏还是唯一的现场见证人，会嫌弃她，没想到他并不在意，仍然爱她、娶她，足见他的真心，这让她也更爱他，决定同样永远好好对他。

　　后面的事不多提，两人的巫山欢爱、身心合一、融洽惬意自是不言而喻的。

　　第二年，即1932年，许志宏和金葳蕤的第一个孩子——长子许金华出生了。在许金华满月后，夫妻俩让人把他送去龙湾让他的外公金贵田、外婆江翠柳带。

　　第三年，许志宏和金葳蕤的第二个孩子——次子许金林出生了。同样，在许金林满月后，他也是被送去了龙湾金府。同年，经许志宏等人介绍，金葳蕤光荣地加入了中国共产党。

　　1934年，许志宏和金葳蕤的第三个孩子——小女许金凤出生了，满月后也被送去了龙湾金府。

当这些孩子还小时，金贵田夫妻俩尽量将其养在自己的宅院里，不带他们出去玩，夫妻俩对外也只说这是老金几个姐姐的孙子孙女。目的是希望尽量不惹麻烦。等孩子们大了，又被许志宏派人来接回华林山。

在金葳蕤随许志宏去了华林山的这几年，龙湾金府和谢府基本上相安无事。再说，谢府的人每年大部分时间或是在南昌，或是在高安，在龙湾的日子并不多。金贵田听人说，他们在省城做大生意，而且把大部分家产都转移过去了，这边的谢府高楼大宅只是个空架子，只有几个家仆、长工及外面的一些水田旱地而已，也难怪久久不见谢金枝在村里出现，也不来他们府上走动了。这就忽忽到了1934年，即农历甲戌年。

这年上半年，国民党军队与红军在赣南闽西中央苏区，及鄂豫皖苏区、湘鄂川黔苏区等地的殊死较量呈白热化状态。同时对日作战已经开始，特别是东三省地区，早在1931年"九一八事变"后沦陷于日寇铁蹄之下，这年溥仪在长春正式就任伪"满洲国"皇帝；反抗蒋介石独裁统治、力举抗击日寇侵华的福建人民革命政府，在蒋军的围攻下遭到失败；红军准备北上抗日，开始长征，……由于种种原因，蒋介石政权在政治上更加专制，对革命势力的白色恐怖行径和正面军事打击更加凶残疯狂，令人发指。

经江西省政府授意，高安县长萧丰大张旗鼓地在本县施行所谓的"特种教育"，声称"抵制赤化"，并在县城周边、龙湾、祥符、黄沙岗、伍桥等地推行保甲制度，采取"联保连坐"。全县被划为六大区二十九个联保六百六十七个保七千一百二十二个甲，坚壁清野、步步为营，并开始一一落实指派或选举各地的区长、联保长、保长、甲长之事宜。

金贵田酷爱看采茶戏。这天戏班在龙湾隔壁的仓下金家村唱戏，班头老况是熟人，来邀请他去看戏。他就让婆子翠柳在家带外孙，自己与幺爹看戏去了。此次戏班唱的是一出刚编的发生在当下民国时代的新戏，是个轻喜剧，但也有讽刺时政的意味。

看着看着，金贵田突然想起自己几年前被谢炳坤父子告发窝藏共匪、逮捕入狱甚至差点被枪毙的事儿来，那还不是因为自己没当官、没有权力嘛！而谢炳坤父子在省里有国民党江西省党部黄某、警察厅厅长陈某等人做靠山，谢天昊本人又当着县里的保安团团长，才敢有恃无恐。莫非我金某人就朝中无人？既然如此，那何不让大家都选自己当上龙湾、杨圩、上湖、涂岭、范家、闻家这边的联保长，加之县里有一县之长萧丰的支持，到时谢氏父子还敢欺负他吗？回家后，他跟婆子江翠柳夜里说枕头话，江翠柳对他的想法表示同意。

于是，金贵田开始效仿孔明出隆中，四处去活动，频繁地造访龙湾及周边几个村的亲戚好友、乡绅富户、大族族长、各界精英、百姓代表等，请他们吃饭喝酒饮茶、看采茶戏花鼓戏包袱戏，给他们送礼写字赠诗赠联，游说他们向县里推荐、保举他做联保长。

由于金贵田承诺自己当上联保长后，会争取为大家减租减息减赋减税，以及保障大家的正当权益，加上他一贯良好的口碑、出类拔萃的文才口才，金府的经济实力也不一般，更何况萧丰县长、刘赓校长等社会名流的力推，金贵田得到了大部分人的支持。

金贵田又冒着初夏骤热，不辞辛劳乘坐一把竹轿跑了趟县府去见萧丰，受到萧丰县长与县府其他同僚的热情接待。辛未大水，爱国乡绅金贵田舍粥济民的壮举，早已有口皆碑、遐迩闻名。对金大先生的心愿，萧丰至少在言语上是表示全力支持的，并且给予了他高度评价：

"恩师，您老终于出山了。其实您老早就该出山了。要是有您老亲自主持大局，那我高安本埠之地自然是赤化无法染指、庶民安居乐业也，此实乃桑梓之幸、苍生之幸也！"

金贵田只得谦让一番："哪里哪里，萧县长谬赞。金某人一介老朽，才干欠缺，只是意欲为家乡尽一绵薄之力罢了。"

可没想到，就在这时，谢炳坤突然从南昌回来了。他也是从大儿子谢天昊那儿听到了江西全省及高安本县的风声，亦看中了联保长这个职位，也想当个"长"呢！这对老冤家再次狭路相逢。

这天，谢炳坤不请自到，来到金贵田的府上。金江氏赶紧把孩子们带进内院。谢炳坤一副一贯的轻率自负的神情，用挑衅似的口气当面向金贵田下挑战书：

"贵田，我听说了，你想当联保长，在到处找人帮你呢！那我也想当啊，那我们就来比一比吧，看看最终谁能取胜。"

面对此情此景，金贵田还有什么可说的呢？他只好回复道："好啊，坤哥，我早盼着这一天呢！可巴不得了。欢迎你来打擂台，我也预祝你能胜利。不过……嘿嘿！"点到为止，他坚信榆木脑袋的谢炳坤听不懂弦外之音。

谢炳坤拉着金贵田一同坐下，却不再提联保长这件事，而是聊起两人小时候的一些趣事，金贵田只好耐着性子，陪他有一句没一句地胡侃。

忽然谢炳坤又宕开一笔，给发小金贵田讲起了一个他最近的糗事：

"早几天在我南昌的府邸，天昊当时不在家，天昊的婆子朱璇在楼上她的卧房里，给我刚出生的孙女小豆子喂奶，我跟天昊他娘芙蓉坐在楼下客厅里。小豆子大概是昨夜里受凉了，不舒服，老是哭，不吃奶。芙蓉听得不耐烦了，说了句'怎么老是不吃，出啥毛病了'。我当时心情极好，就开玩笑朝楼上说了句'小豆子，你再不吃你爷爷来吃了'。芙蓉扑哧一笑，骂了我一句'老不正经的'。没想到这个玩笑把朱璇给惹火了，当即'噔噔噔'下了楼，把小豆子往芙蓉手里一扔，气冲冲地回娘家去了，好几天后才被天昊唤回来，还是不理我。我也很生气，顿时想起一个曾经听来的笑话，嚷道：'她有什么意见哟？她丈夫吃了我婆子两年的奶，难道我吃她一次都不行？'哈哈哈哈！"

谢炳坤自己在得意地狂笑，金贵田却笑不出来，两人的聊天也变成了僵局。如此将自己的家丑外扬，世上怎生有这等恬不知耻之人？

待谢炳坤走后，金贵田跟江翠柳聊起此事，还是猜不透他向自己讲述其糗事的真正意图。是仍把自己当作可以无话不说的发小——小时候他俩在一起，大谢头就会啥都不瞒老金，如戏弄了哪个女孩，把与哪个相好的女孩抢了过来，跟哪个女孩睡了及怎么睡的细节都说了，唆使哪个家伙跟哪个家伙交恶还干了一架，骗了他老爹多少钱去高安赌博；还是仅仅开个玩笑，以缓解两人之间的紧张气氛；是掩饰他的内心、他的企图、他的来意；还是想说明这次竞争联保长之位，他早已胜券在握，故对也想得到此位子的自己根本不屑？

其实，谢炳坤这么做，是金贵田最不想看到的。他知道，要是谢炳坤参与角逐，自己必然凶多吉少，两人之间难免有一场恶战。他倒不是怕谢炳坤，不过是讨厌跟大谢头牵扯在一起，不得不常常要见面而已。但他也不愿服输，决心这次好好与大谢头较量一番。他不相信，凭着萧丰等人的支持、众多人的加盟，自己就一定会输给大谢头。

于是，龙湾二强再次展开了一场没有硝烟的龙争虎斗。

这次较量的前半场，无疑是金贵田稳操胜算。因为起初是有很多贤达名流、宿耆富绅都一致向县里大力保举他，推荐信如雪花般纷纷飞到县衙的正堂案桌上，来访者在县衙大门外排成长龙，等着县长萧丰的接见，民心所向、众望所归嘛！萧县长也就想送恩师一个顺水人情，准备就让金贵田做这个龙湾及周边村乡在内二十余个保两百余甲的联保长。

可谢炳坤哪里会善罢甘休，他就在南昌带着谢天昊、谢志航，父子仨去找省党部的黄书记长、陈厅长等要员，还有高安县警察局局长彭度，给他们送名人字画、古董宝贝，还给他们的太太、小姐送金银珠宝首饰项链、进口时装香水面霜等，让这些人对高安县长萧丰施加压力。

谢天昊还天天派保安团的兵丁们，彭度也安排了一批警员协助他，去县衙大门外荷枪实弹地把守着，名义上是保护县衙，不让刁民随便出入，其实也是威胁吓唬萧丰，并监督他的行动。谢氏父子甚至也想送钱财送东西给萧丰，把他拉拢到自己一边。

最后萧丰也没辙了。在坚决不收受谢炳坤任何好处的前提下，只好违心指定谢炳坤为龙湾及周边地区的联保长。为此萧丰后来很长时间都无颜再去见金贵田。

达到目的的谢炳坤，虽然几乎没人支持他，但他毕竟还有谢天昊的县保安团一百多号人马，有彭度的县警察局几十名警员，有豢养了多年的一帮爪牙走狗（包括几个家仆、长工），有自己一向交好的一些宗室亲戚，有官场军队里受他贿赂被他拉拢的人和工商界的同道等，凭着这些势力，他开始对金贵田，对支持和帮助金贵田竞选联保长的那些人进行打击报复。

竞选联保长成功的第二天，谢炳坤又到了金府，先是嘲笑金贵田的落败，并要金贵田把那一百亩田还给他，而对归还玉佩却只字不提。金贵田自是不允，谢炳坤就诬陷金贵田"通共"，说防止赤化、告发共匪正是自己这个联保长的职责所在，上次他窝藏共匪伤员的事还没找他清算，要谢天昊再来抓他去坐牢枪毙。而且这次是直接将他送去省城南昌，连县长萧丰也绝无知晓可能。

面对仗势欺人的大谢头，金贵田愤懑地说：

"那你干脆现在就把我毙了吧！送去南昌倒还麻烦。而且说不定像上次在高安监狱一样，我还有机会出来。"

就连过去对谢炳坤财大势大还很有好感的江翠柳这回也愤怒了，对着他破口大骂，道：

"大谢头，你这也太过分了吧！你不要欺人太甚，你这样会有报应的！"

谢炳坤哼了一声，冷冷地回道：

"我是给了你们退路的！只要你们把我的田还给我，我就不告你们了。我再给你们一天的时间考虑，若还是不愿还田，那就休怪我无情！"

金贵田气得不愿理他。

"还有那两个老不死的金高煦、江老倌，你的大舅子江仲方，你的学生刘赓……他们都和你串通一气，通共容共，一个个都逃不掉。这些人的命运都系于你金贵田一人！"说完甩袖而走。

把金贵田气得呆坐在那里几个时辰不想动弹。

只可惜谢炳坤的如意算盘打得太早了。当天后半夜里，他刚与中年妇女熊婆子一番周公之礼云收雨住后，睡得正香时，二谢头急匆匆地赶来捶他们的房门，气喘吁吁地告诉他，有一支军队正打着火把、扛着长枪，朝着龙湾，更准确地说是朝着他们谢府包围过来。据说，这正是潜伏在三四十里外华林山的共匪游击队。目前已发展到有几百人，而这支军队领头的，就是上次金府窝藏的那个红匪伤员。

这下谢炳坤又气又怕，对金府的人更加仇恨。但时间紧急，游击队已冲到村子背后的虎首山下，眼看就快要到谢府正门了，外面已是喧闹哄哄、火光熊熊、脚步杂沓、鸡犬乱叫，容不得他再犹豫，赶紧带着谢熊氏、二谢头，开车从后门仓皇而逃，躲到县城去了。这次只是谢炳坤夫妇跟二谢头回龙湾来，而他的老娘谢李氏、幺女谢金枝则一直待在南昌。

谢炳坤落荒而逃的消息不胫而走，村民们都知道，这次谢炳坤又输了。

原来，白天自谢炳坤离开以后，一筹莫展的金贵田，面对自身又一次的大祸临头，正绞尽脑汁考虑该怎么应付时，他婆子江翠柳却在一旁一副冷静如常的样子，半风凉话半认真地说：

"金大先生，你怎么不去找你的好姑爷来救你呢？"

这席话顿时提醒了金贵田：

"对啊，葳蕤儿与她的男人小许，不正是华林山游击队的头头吗？上次葳蕤来信，还兴奋地说他们现在的人数已是谢天昊保安团的好几倍了呢！这两年，政府组织军队去'围剿'他们很多次，每次都无功而返。听说他们专打为富不仁的土豪，很得附近老百姓的拥戴。像谢炳坤这样的人，应该就是他们革命的对象。若能把他们叫来，那咱们还怕谢家干啥？"

他一听顿时醒悟，连声夸奖婆子："翠柳啊翠柳，我的好太太，没想到现在你也明白这么多事理，真有你的，不错！紧急时刻还是你头脑清醒，有办法！"

金贵田遂马上叫幺爹偷偷去村里寻了两个机灵敏捷且自己信得过的小伙子——其中一个就是李铁陀，他虽然与谢金枝热恋，但他对谢府其他人并无好感。两人悄悄地但是迅速地赶去了华林山，在山麓便遇到几个游击队员，找到了许志宏和金葳蕤夫妇。听说父母处境危险，金葳蕤急了，立刻与吴嘉民、许志宏召开会议商议。决定由许志宏带着一部分战士们下山，此次行动主要目的有两个：一是解救开明绅士；二是开展打土豪活动。当然，队伍开拔前，许志宏反复交代队员们要注意党的群众工作纪律。随后，部队急行军赶到了龙湾。

经过这几年的发展，吴嘉民与许志宏等人率领华林山游击队，将周围高、奉两县多个乡镇的进步红色武装合并在了一起，便有了三百多人马，并改名为高（安）奉（新）游击队。这次他们下山来龙湾，只带了一百多人，但也足够震慑谢府及高安的保安团、警察局，令其一时不敢轻举妄动。

第七章 自取

清明时节，暮春江南，南昌照旧是阴风怒号、潲雨淅沥。看看这雾霾沉沉的冷雨天气，仿佛是老天爷在头顶上啜泣不止。路上行人冒雨奔走去往公墓陵园、祖墓坟山，也都是一脸的哭相。想想那些故去的亲人友朋，又好像是他们在地底下哀号——对此又有谁个不触景生情欲断魂呢？

谢金枝裹着一件深灰色厚棉衣，里面是一袭粉红色长裙，随意将头发用手绢扎了，脚上就履一对竹屐，撑着把油纸伞，不顾细雨绵绵、泥浆横溢，也不管祖奶谢李氏规劝、拦阻，便溜出后门，一个人在她家屋后的东湖畔漫无头绪、百无聊赖地踽踽独行着，像只离群落单的孤雁一般。她那波浪般起伏的乌发、额前一绺绺清秀的刘海、玉白的眼睑和颀长的睫毛上都挂起了小水珠。她看着远山如黛、烟雨空濛、房舍幢幢、渔舟点点的百花洲，心里却老在想着老家龙湾。

很多的事情、个人的处境，加之眼前的景象、清明的气氛，还有脾气差、不贤惠的大嫂朱璇，小侄女谢雪又老爱半夜哭闹，皆令她不哭亦苦、不嚎亦哀。父亲谢炳坤不让她跟他和她娘一道趁清明节回龙湾祭祖上坟，而让她待在南昌陪祖奶，这让她好生不爽。她不知道，她的铁陀哥久不见她面了，会不会抓狂，甚至干出些什么出格的事儿来？但她也懂，父亲不让她回龙湾，其实就是想把她和铁陀哥活生生地分开，不让他们在一起，免生祸端。

更闹心的是，前段时间父亲谢炳坤给谢金枝在南昌寻了一门亲事，倒也是一户富裕人家，其父跟朱璇的父亲一样，亦是谢炳坤在生意道上的朋友。父亲不让她回龙湾，一则自是不再见李铁陀了，二则就是寻个人早点嫁了，从此永久在南昌落脚成家，顺带分担一些谢氏产业上的事务。

早几天父母还在南昌没走时，大谢头就开车领着谢金枝去了对方府上，距自家不远，在老城区的筷子巷附近，号称"东方华尔街"的省城商业和金融中心。

对方是南昌大名鼎鼎的南昌富豪熊老二，熊府的宅子奢豪华美。他们是做纺织、布料、服装、鞋帽袜扣带等"一条龙"的生意，是整个南昌城乃至全江西省在这方面最大的老板之一，与谢氏产业体系在一些事务上有交集。

熊老二有五个妻妾，同父异母兄弟姐妹十几个。熊公子是熊家老四，比她大七八岁，是大洋彼岸的美国耶鲁大学法律专业博士，刚留学回来，长得高大、匀称、帅气，比他的那几个兄姐都长得好，也更聪明机智、有学问见识。

可谢金枝就是跟熊公子怎么也好不起来，也许是李铁陀已经占据了她的整个心房，再也容不下别的男子了。熊公子盛气凌人、喜欢卖弄、自作聪明、满口外国话，老说美国英国法国德国日本如何如何好而中国如何如何差，说将来结婚了就带她去国外定居生活，把他们两家的公司做到全世界。

熊公子对谢金枝的第一印象倒是非常好，说她漂亮、清纯、小巧玲珑、小鸟依人，跟南昌城里的大家闺秀、小家碧玉们都迥乎不同，让他这个从小就漂洋过海去西方留学，长年跟金发碧眼的洋妞打交道的"香蕉人"眼前一亮，顿觉新鲜，所以才很快便提到了结婚后要带她去国外定居的事情。可这种新鲜感只是一时的，能代表真正的爱情吗？

但由于当时那边的父母见四公子对谢府的小姐大有好感，毕竟两家联姻有助于彼此资源共享生意更盛亦是欣喜，就约谢氏夫妻和谢金枝去了南昌最好的饭店三江楼吃饭。金枝跟父母回到百花洲的谢宅后，那熊公子又跟过来找了她两回，可她都老是推托身体不舒服，待在自己房里不愿出来见他，即使出来也是一路低着头、闷不吭声，总之是不愿意搭理他。

那熊公子既碰了壁，自尊心大受打击，甚是愤懑，又因了这个，遂对谢金枝的好感迅速随风而逝，就悻悻地走了，在谢府再也提不起什么兴趣，把注意力转移到别的女孩那儿去了。凭他们府上的实力，凭他本人的条件，南昌城追他的女孩子，或上门求亲的，排着长长的队伍呢！他可不愿在一棵树上吊死，也不屑在一个小女孩这儿死乞白赖死缠烂打。

谢炳坤、熊芙蓉一唱一和，一边讨好应承熊家，一边吆骂谢金枝小妮子不识抬举，放着打着灯笼火把拿着显微镜都难寻到的这么好的家庭、这么好的夫君竟然不嫁。金枝果断表示回绝。气得谢炳坤三天不喊她下楼吃饭，也更加不想带她回龙湾去了。就把她软禁在南昌谢宅，日夜派下人看守，让她闭门思过，改变心意，顺从父意。即使跟熊公子府上不成，也得在南昌另外给她觅一门当户对、男才女貌的上乘人家。

谢金枝自是死不答应，一心想回龙湾。她今年已十九岁，早到了谈婚论嫁的年纪。那熊公子她不肯嫁，可龙湾有她的意中人一直在等着她呀！不过她哪里想得到，她在省城这一隔离就是好几年时间！在这几年里，虽说她自己身边也发生了一些事情，可在老家龙湾，更是发生了很多可谓波澜壮阔、惊天动地的重大事件！

再说龙湾这边，之前是金贵田想当联保长且蛮有把握，可谢炳坤赶回来联合儿子谢天昊一起上下活动把联保长一席抢了过去，还反过来要挟金贵田等人，令金贵田危在旦夕。许志宏、金葳蕤得到父亲消息，带着高奉游击队如猛虎下山而来，风卷残云般把谢炳坤一伙吓跑了，同时谢天昊的保安团、彭度的警察局又投鼠忌器，害怕游击队的实力太强而躲在高安县城不敢前来对抗，此后，村里平静了一段日子。

许志宏本来想在龙湾搞一次打土豪分田地，把谢炳坤的田地家产分给附近贫苦百姓。但金贵田阻止了他。老金向许志宏分析了利弊：谢虽然十分可恶，但并不是十恶不赦。大家乡里乡亲，如果把他的田地财产分给乡民，必定引来他和他儿子谢天昊的报复，到时受害的是这些乡亲，当然，自己是首当其冲。

许志宏觉得金贵田分析得有理，遂没有再说什么。他带着游击队返回华林山时，顺便秘密把父母、金贵田和江翠柳，还有幺爹、金族长金高煦、江族长江老倌等人都接上华林山玩了好几天。同时，他俩的三个子女，两岁半的许金华、一岁半的许金林、半岁多的许金凤，也都被接回了他俩身边。为掩人耳目，金家对外说是到南昌游玩去了。

金贵田夫妻见华林山上风景奇美、名胜遍布、资源丰富、冬暖夏凉，端的是个能养人的风水宝地。游击队的寨子又隐匿得深、保护得好、建造得牢，有如铜墙铁壁一般，一夫当关万夫莫开，敌人断难找得到，还是非常安全的。游击队几百人，兵强马壮，又有高安地下党互相照应，倒也挺欣慰。志宏、葳蕤成婚多年，夫妻恩爱，孩子都好几个了，也都这么大了，自己都给他们带了好几年了，嫁鸡随鸡嫁狗随狗，只能一条道走到底了，还有什么好说的呢。

不过，金氏老夫妻各自心里的想法多少有些不同：金贵田的心是早已跟女儿、女婿在一起了，但他觉得如今毕竟是国民党的政权，共产党是他们必须尽快铲除的眼中钉、肉中刺，志宏、葳蕤夫妻每日每夜脑壳都是吊在裤腰带上，他担忧他俩和游击队的未来安危。江翠柳想的可不是这些，只觉得原本咱金府是可以跟大富豪谢府结亲的，现在却毫无可能了，那就死了这条心，甘愿认命呗！

金贵田在华林山上的这段日子尤其开心，他与吴嘉民队长彼此早有耳闻，一见如故，惺惺相惜，结为知己，两人每天纵论天下大事、吟唱诗赋戏曲、切磋书画棋艺、喝酒品茶、游山玩水、访古探幽，简直是乐不思蜀，都不想回家了。吴队长对他的宝贝女儿、女婿均喜欢有加，赞许话经常挂在嘴边，自亦是令他高兴。

但金贵田仍考虑到龙湾金府里外事务都那么多，又担心谢炳坤和谢天昊杀回马枪搞自己一个后院起火，还有幺女金潋滟在学堂得照料，可不能在山上待太久了，夜长梦多，难免生变。所以待了十天以后，许志宏就派了一个小分队把他们送回了龙湾。三个孩子本想都留下，但因许金凤还小，外奶金江氏又宠她聪颖可爱，便继续让二老带了回去。

果不其然，就在金贵田他们回到龙湾没几天，谢炳坤听说游击队走了，便也领着谢熊氏、二谢头，先后从南昌省城、高安县城赶回来了。

且说谢炳坤一行还没进到村里，离村口牌楼尚有三里多地，在一片丘陵的拐弯处，他的轿车就在半道上被一个人突然从旁边的草丛中钻出来强行给拦住了。谢炳坤十分吃惊且恼火，他赶紧刹住车，把车门猛地打开，跳下车子来，正想对胆敢拦自己车的人暴打一顿。但一瞧那人，满身泥污、衣衫褴褛、头发杂乱、邋里邋遢，跟乞丐一个模样，他刚开始还没看出来是谁，再仔细辨认，原来是本村里李铁陀这个小子呢！谢炳坤一愣，这蛮小子可跟金枝儿有牵扯不清的关系呢，为何跑到这里来拦自己的车？

大谢头正想叱责，李铁陀却紧紧拉扯着他的衣袖，带着哭腔问道："大表伯，你把我的金枝妹妹藏到哪儿去了，这么久了都不见她，你还我金枝妹妹！你要是不让我见她，那我俩就都得死！"按李家那边来说，谢李氏是李铁陀的堂姑奶奶，那谢炳坤就是李铁陀的堂表亲伯伯，谢金枝就是李铁陀的堂表妹，这没毛病。

谢炳坤暴跳如雷，震怒间一时还没反应过来，只见二谢头突然从副驾驶位窜出，啪啪啪连抽了李铁陀几个大耳光，骂道："真是失心疯！癞蛤蟆想吃天鹅肉，咱谢府的金枝小姐那可是金枝玉叶，是你穷小子配得上的吗？你也不撒泡尿自己照照！要不是咱老爷看在你是老太太娘家人的分儿上，早就对你不客气了。识相的就好狗不挡道，赶紧给我滚，该干吗干吗去！适可而止，见好就收，想不到的就别想，做不到的就别做。甭敬酒不吃吃罚酒，没事找事，不想活了寻死！"

本来李铁陀五大三粗，膂力惊人，还学过不少真功夫，别说二谢头一人，就是再加上谢炳坤、谢天昊，也远不是他的对手。但谢炳坤毕竟是金枝妹妹的父亲，又是周围十几个村镇的联保长，还是县保安团团长的父亲，有钱有权有势，说不定人家的车上还藏着几把枪、几柄刀呢，因此李铁陀不好还手，只蜷缩着任二谢头不断地揍他，拳头像雨点一样着落在他身上。

见他并不还手，二谢头打得更过瘾，就专挑他的软处打。李铁陀身体结实，筋骨强健，肌肉丰厚，关节灵巧，二谢头便不再揍他的前胸、后背、肩膀、四肢等，那些地方打过去就像是打在铁板上，李铁陀毫无感觉，自己倒手腕很疼，亦令二谢头暗暗惊叹。便只揍其五官、头部、脖子、下腹等地，李铁陀顿时鲜血直流，疼痛得咬紧牙关，直打趔趄，差点瘫倒在地。

可李铁陀倒也是条硬汉，死死撑着，嘴巴紧闭，脸色铁青，就是不求饶也不躲避更不逃走，只紧紧地扯着谢炳坤，先是衣袖，后是裤腿，再是脚踝，再是鞋跟……口里不时地叫着"你还我金枝妹妹，你把她送回来……"声音却越来越微弱。

谢炳坤怕李铁陀被二谢头打死了不好收场，这时终于发话了：

"算了，耀群，饶了他吧，咱们回去。"

二谢头只得收了手，两人用力把李铁陀扯着谢炳坤鞋跟的手给掰开，此刻李铁陀已昏死过去，手倒是还紧紧扯着。任他躺倒在路边，二人匆忙上了车，驾车走了。

整个过程当中，熊芙蓉一直坐在汽车的后座上，面无表情一声不吭，好像这一幕跟她完全无关。

直到谢炳坤快走了半个时辰，路过的人方发现躺在路边像是死掉了的李铁陀，好心把他送回了家里。这次李铁陀被二谢头揍得可不轻，李家人请郎中过来看病，开了药，好几天才捡回一条命来。

不过谢炳坤还是命二谢头给李家送去了几块银圆，算是医药费和补偿费，但也恶狠狠地对李铁陀父母给予了警告：

"不要再打谢金枝的主意，不要再招惹谢府人，否则后果自负。"

谢炳坤的后腿一迈进家门，谢天昊也带着几个保安团员回到了龙湾。谢氏父子均回龙湾来，各自的意图并不相同：老子以联保长的身份，是觉得龙湾这一带属于他的"势力范围"，所以必须回来进行统治；儿子则主要是冲着金府两姐妹而回的。

原来，三年前的那场大水以后，金葳蕤的"麻风病"竟然就不治而愈了。这倒不奇怪，有些流行病在自然灾害来临后，常常会自然减弱甚至消失。但也常常会有新的流行病比如瘟疫出现。可是事情真相并非如此，谢天昊到后来才弄懂，金葳蕤其实根本就没得麻风病，只是不想嫁给他，就与她父亲金贵田上演了一出戏，故意在其脸上弄了些麻坑、脓疮、疙瘩、斑点之类扮丑，将自己骗得团团转，谢天昊气得七窍生烟，又想杀人了。而且自此以后金葳蕤就仿佛人间蒸发，再也不知去向，每次他回龙湾都见不到她。所以这次谢天昊回龙湾，不光是协助父亲治理乡间、打击赤化，顺带想看看金葳蕤是否在金府宅院里，他要兴师问罪，或重重惩罚金府或让金府弥补自己。

此时已是七月，三伏天到了，各个学校的学生们都放暑假了。这天晌午的太阳挺大，外面白亮白亮的刺得人眼生痛，知了热得在树头上噪叫个不停，天上一丝云都没有，地上一丝风也没有。

当谢天昊突然猛地闯进金府时，他们全家人都毫无防备。碰巧那天幺爹要出去买点东西，因为他不过一刻便会回来，金府大门就只是虚掩着，没有合上。已经毕业回家的金潋滟，正领着既聪慧又萌态、可掬又可爱、将近一岁马上就能独自走路开口讲话的小外甥女许金凤，在前院厅堂里玩耍，教她牙牙学语、引她姗姗学步。而金贵田、金江氏都坐在长椅上，被她俩一教一学的滑稽相逗得呵呵大笑，一家人颇为开心，连暑热都仿佛减退了几分。

所以当谢天昊突然走进来时，大家已来不及躲闪。谢天昊本想一露面就大声训斥他们一顿，但在看到金潋滟那一刻，他的双眼都直了，想骂也骂不出来了，想问也不记得问了。

跟谢金枝同年岁的金潋滟，是金谢两府三朵花里年龄排第二、长相最美的一个。自然，金潋滟从小就是美人坯子，这个谢天昊清楚。但毕竟她一直年纪太小，两人很少接触，且她很早就进城里的教会学校进行封闭式学习，谢天昊很难得见到她。这次乍一遇面，没想到她已长成一个满世界难找的倾国倾城、天姿国色的大美女，那精致的五官、雪白的肌肤、窈窕的身材、骄人的姿态、乌黑发亮如瀑布垂泻的长发，明眸皓齿，胸挺臀翘、凹凸有致、蜿蜒起伏的少女成熟胴体，几乎一点缺陷、瑕疵都没有，不管什么衣服穿到她身上都再合适不过，比她姐姐还要好看得多了。

金府姐妹俩相貌酷似，不过是金漱滟更精致匀称。金葳蕤的脸更圆有若银盘型，金漱滟的脸则因下巴稍尖有若瓜子型，漱滟更青春阳光、天真烂漫、无拘无束。漱滟的脸蛋上有一对酒窝，一说笑起来就如鲜花盛开，表情丰富多了，且甚是甜美；而葳蕤脸上的酒窝就不太明显。还有，葳蕤像她老爹，有些男子汉豪气，性格爽快，做事干脆，敢作敢为；漱滟则像她娘亲，更加含蓄、内在、犹豫，而且她毕竟还小，性格并未完全成熟。

谢天昊早就风闻社会上流传四句诗："金家姊妹花，秀甲高安城；葳蕤美如花，漱滟非花争。"意思是说，金家姊妹的秀美是盖过整个高安的。如果说姐姐金葳蕤像花一样美丽的话，那妹妹金漱滟连用花来跟她争美丽都远远不够。之前谢天昊对这句话还没多大感觉，因为那时他的心还都在葳蕤身上。今天看到漱滟，他觉得这几句话的确所言非虚。

特别是今日，由于天气太热，宅在府里的金漱滟衣服穿得极单薄，头发被靛青色瓷器图案手绢束着，上身淡绿色绣荷花短衫，下身藕白色薄裙，一双鹅黄色凉鞋，因此她身上的那些关键敏感部位不是暴露在外就是更显突出，极度性感炫目。如凝脂似白玉的肌肤也多无遮拦，苗条、婀娜、曼妙的身段尤其一览无余，一身打扮又是那么淡雅、秀丽，还有那如山茶花绽放的明媚而欢欣的嫣然笑靥、银铃般清脆动听的声音、能消人千愁的爽朗的欢笑……这些谁人能够抗拒？直把个谢天昊看得如酒醉七分、似茶迷三道，神魂颠倒、呼吸屏息、全身燥热。他根本忘记了自己是来干什么的，他的心思已从金葳蕤那里彻底离开，他也不想再过问她去哪儿了，不想再追究她和金府的罪责，因为他已经有了新的目标。

而金贵田夫妇看到这一幕，内心则"咯噔"了一下，暗忖："不好，这下更加完蛋了。"当在自己毫无预备的前提下谢天昊风风火火地闯进来，他们就觉得大事不妙。再看他盯着金漱滟那痴迷、觊觎的眼神，更让他们惊慌和害怕。倒不如先把漱滟、金凤藏着掖着，任谢天昊来冲他们夫妇和葳蕤问责——他们不用猜也晓得他此番前来的目的。这一天是迟早要来的。可现在这些假设都晚了，没用了。

不过金江氏的表情却有些喜愁参半，并非丈夫那一味的愤怒忧郁，她心中在飞速地做着下一步的打算。

此刻谢天昊变戏法似的顿时换了一副面孔，刚进来时是凶神恶煞，就像谁欠了他很多很多债要追讨回来，但马上变得满面春风、笑逐颜开，态度友善多了，声音也温和多了，讨好一般搭讪道："金大叔、翠柳婶，你们都在呀，漱滟妹子也回龙湾了呀，难怪前两天我去你们学堂找你，他们都说你回家了。看看你们一家人在一起耍子，好开心啊，真是令我羡慕不已啊！"

这时幺爹也回来了。听说谢天昊去找过金漱滟，全体金府人一时间都陷入紧张。金漱滟很警觉，马上问道："天昊……哥，你去我学堂找我干吗？"

谢天昊本来是想说去找她问她姐姐去哪里了，她要不说就抓她进监狱，或拿她抵她姐姐，但换了一种说法，笑着说道："好久没见你了，我想你呀！咱们一个村的，又是在一起长大的，我们两府还有一半的亲戚关系呢，说你是我妹也不算错嘛。"金漱滟撇撇嘴，不置可否，但分明有些瞧不起他。

金贵田可不想对这个谢大团长太客气，也没有请他坐、给他倒茶的打算。他没说，他婆子江翠柳也不好自作主张。这时金贵田问谢天昊：

"团长大人今日亲自光临寒舍，真是蓬荜生辉呀，哈哈！不知团长大人此次有何贵干？我金某人洗耳恭听。"

谢天昊脸上有些尴尬，想说的话却说不出口来。不知为何，他在外风头十足，耀武扬威，可每次到了金府，却抬不起头来。面对博学睿智、明察秋毫，又喜欢冷嘲热讽、含沙射影的金贵田，与冰雪聪明、美丽迷人的金氏双姝，他深深感到自卑，经常搭不上话来。

这时他只好挠挠后脑勺，讪讪地说：

"……没什么事。金大叔，难道我一定要有事才能来？我只是听说漱滟妹妹回来了，所以过来看看她。漱滟妹妹，这些天我也在龙湾呢，有空记得过来看看我呀！虽然你枝儿姐不在家，我也可以陪你玩嘛！"

金漱滟赶紧追问道：

"对呀，你们把金枝儿哄骗到哪里去了？是不是逼着她嫁给了她不想嫁的男人？"这也是金贵田夫妇很想问谢天昊的。

谢天昊立刻矢口否认：

"哪里？她还没有嫁人呢！我爹就让她在南昌陪陪我祖奶，顺便在省城长长见识。"

金府人都吁了一口气。金潋滟说：

"金枝儿早跟我们说过，她不喜欢待在南昌，南昌天气又热又闷，且人生地不熟，没意思，她还是想生活在龙湾自己府上。你就让你爹同意她回来吧。只要她回来了，我就去你们府上看她……哦哦，也看看你呀！"

谢天昊："好好，我回去跟我爹商量一下。"

眼见金府的人对自己都不是很欢迎，谢天昊面子上放不下，也不好在这里久待，有些想说的话总是说不出，就告辞回去了。

但是第二天，谢天昊便托二谢头过金府来说，要金潋滟抵偿她姐金葳蕤，嫁给他为妾。否则，让金家永远不得安宁。至于具体会怎么做，之前双方都较量过好几轮了。

这年金潋滟也是十九岁，跟谢金枝同龄，中学已毕业。到了这个年纪，少女怀春、女大思嫁，是完全正常的。毕竟，才大她两岁的姐姐已结婚三年有余，都生了三个孩子。金潋滟自然有她的感情历程，有她热恋的对象。

常言道，一龙生九子，九子各不同，金潋滟的性格就跟她的姐姐金葳蕤有很大的区别。前面提到了，金潋滟表面上挺坚强、执着、真诚，像她姐；但她的内心却很柔弱、复杂、被动。这个性格的养成，应该跟她十一岁时，就被父亲金贵田送进采取封闭式教学和生活的教会女子学校，并多年接受西方思想文化教育有一定的关系。到后来，才进姐姐金葳蕤的县立高级中学堂，成了姐姐的师妹。三年多前，姐姐肄业辍学，她还坚持到今年毕业，正在考虑未来的出路，是继续去外地的大城市上大学，还是在县城里找门事做，还是回龙湾当父亲的助手并准备嫁人。父母都尊重她的选择，不加干涉，可她一直犹豫，未做决定。或许是她觉得自己还小，不急，她想再多玩几年再说。或许她是在等着什么。

可谢天昊哪里愿意等她太久，他与他老子谢炳坤在自己府中设计好了一套套对付金氏的周全手段。之前金、谢两府多番争斗，风云变幻，各有输赢，他们谢府并没讨到什么好处，倒让金葳蕤成功将他欺骗，逃脱了他的手掌心，他一回忆起来就要肠子悔青。这次得想好各种对策，确保万无一失。

谢天昊几乎每天早、中、晚三次，派二谢头或其他人到金府逼迫他们顺从，口气强硬，威胁恐吓，毫无商量余地。若金潋滟十日内不答应嫁给他，首先就逮捕"私通共匪"的金贵田去省城入监；其次是把"共匪婆"金葳蕤和她的丈夫、共匪头子许志宏找到并抓回来枪决；再其次是金府的宅院、田地全部充公；最后，这是最致命的，金潋滟还是要被他强抢入门举行婚礼。

为防止金潋滟等人像金葳蕤一样再次逃脱，谢天昊安排了十几名保安团员把金府宅院围了个铁稳江山，日夜轮流值班，想必金家人插翅也难飞离。不过直到现在，他们仍不知道金府中修有秘道，更不知道秘道的出口在哪了。

金贵田一时还没想到最佳的计策，一家人暂时陷入了一筹莫展的境地。他本打算还是安排幺爹、李铁陀等人再次去趟华林山搬救兵，让许志宏、金葳蕤下山来解困。可是，一则，这困局究竟能否解开？如果谢天昊调来国民党正规部队，高奉游击队肯定会吃亏，岂不是把他们连累了？二则，若是根本问题没有解决，就像上次一样，他们走了，谢氏又回来了，这样你来我往、三天河西三天河东的跷跷板游戏何日有个头？能否有个更好、更长远、更彻底的主意？

金江氏表面上好像是在支持她的"大先生"，夫唱妇随，一直表示默许，其实心里也有她的划算。

当事人金潋滟却似乎一点也不慌张，仿佛她已认命嫁入谢府，或者是有别的什么对付谢天昊的撒手锏。可父母问她时，她却笑而未答，这让金贵田并未如释重负，反倒狐疑而忐忑。

但金潋滟还是想尽快解决父母乃至整个金府的灾难，她选择独自去谢府。同样，当父母问她去干啥、有什么用，甚至可能羊入虎口时，她仍笑而未答，就显得有些故弄玄虚了。

金潋滟在二谢头再次来到她家时，就不再啰唆什么，跟着他去见了谢天昊乃至所有谢家人。她大大方方地伫立在谢府这无比宽敞而富丽的正堂中央，笑盈盈地看着谢氏父子和谢熊氏，先是对谢炳坤夫妻打了招呼"伯伯、伯母好"，接着对谢天昊说：

"天昊……哥，我不是不愿嫁给你，可是你知道，我念的是教会学校，信基督教，我们信教的人提倡西方民主国家的一夫一妻制。可你现在府上已有妻室，我是不可能给你做妾的。你要跟我结婚，也不是不可能，除非把你原来的妻子离了！前回金枝儿已跟我提及，你说这也不是不可能的事。"

谢天昊正在沉吟，想消化消化金潋滟的这段话。谢熊氏突然像是记起了什么，若有所思。谢炳坤却生气了，以为金潋滟是在拖宕敷衍，他可不管他们年轻人的情感婚事，他只想把金贵田搞垮，狠踩在地，把金府的全部财产据为己有，不由得脱口而出："这成何体统？真是乱弹琴！"

这时谢天昊表态了。他似乎挺欣赏金潋滟的这番言语举动，觉得她很对自己的性情，也更加地坚定了娶她的决心。再说，金潋滟的花容月貌、笑语盈盈让他沉迷，根本没有拒绝和选择的余地。他爽快地说：

"这件事嘛，我妹确实说得没错，并不是不能商量的！我早就想跟那个冷眼冷脸冷心冷情冷性的女人分手了。那我现在就赶去南昌跟她把婚离了，休掉她，然后回来迎娶你，如何？"

谢炳坤、熊芙蓉却同时表示反对：

"昊儿，绝对不能胡来，这怎么行？万万不可！"

老子想的是从此跟朱璇父亲及相关生意伙伴的合作就中断了，那每年得损失自己多少收入啊！娘老子想的则是一旦儿子跟朱璇离婚，那孙女小豆子就归女方朱家所有了，她可是把小豆子看成心头肉呢，那怎么行。但他们看到谢天昊偷偷使了个手势，似乎他已有良策在胸，就不多说啥了。

可金潋滟不想再跟他们讨价还价了，说：

"那就等你去南昌办了离婚证回龙湾再说吧！问题是你办得成吗？你老婆会同意跟你离婚吗？炳坤伯伯、芙蓉伯母会答应你这么做吗？嘿嘿！我可表示怀疑哟！"一边扭身回自己金府。连二谢头也不敢来拦阻她。

金潋滟一回到金府，本想对父母和盘托出自己的想法，没想到家人一个个脸上挂着舒心的笑容，笼罩金府宅院多日的阴霾一扫而空，像是有什么喜事降临。她正在奇怪，金贵田却先说了：

"潋滟儿，我们已有了扳倒谢炳坤父子的好法子呢！"

原来，就在刚才金潋滟去谢府的这一会儿，一家人在商议如何处理这件事，幺爹却猛然想起了一件事来。他对金贵田说："老爷，上次在华林山时，咱们不是听那个游击队吴嘉民队长说，高安县的现任警察局局长彭度伙同谢炳坤、谢天昊父子一起，偷偷贩运销售鸦片大麻，公然用谢府在高安县城的仓库存放鸦片大麻，还用谢天昊保安团、彭度警察局的兵力和汽车护送鸦片大麻去进行交易。吴嘉民还说，高安地下党组织早已掌握了彭度、谢氏父子一伙贩运销售鸦片的证据，也摸清了谢府存放鸦片大麻的仓库位置,那咱们何不去县衙向萧丰县长告发他们呢?岂不就可以一举铲除这些人,永绝后患!"

经过多年残酷争斗而培养出了老到经验的金贵田,听幺爹这么一说,顿时一拍大腿,喝彩道:"狗生表舅,真有您的,您这是'当局者迷旁观者清'啊!您这么一提醒,我是幡然醒悟啊!难怪我心里总隐隐觉得好像谢府有个什么把柄落在咱们手里头,但一时就是想不起来。只怪我那些天日日夜夜跟吴队长喝酒下棋胡侃,倒把这正事给忘了。……好,就这样,我现在便给老吴、志宏修一封书信,给萧丰也修一封书信,您今晚戌时就趁夜色漆黑从秘道钻出去,偷偷约上李铁陀等几个年轻人陪您去趟华林山,让他们派人连夜到县里找萧丰等人,我想萧丰定然有办法让彭度和谢氏父子就范归案,接受制裁。您记得告诉他们,辛苦各位了,我会重重奖赏大家的。我们这也算是为民除害了。"

幺爹连连摆手:"嗨,一家人说这些干吗!"

整个行动非常顺利。首先是幺爹行事既稳重又机灵,出秘道后学几声鹦鹉叫,引开了围守金宅的保安团团丁,成功脱离险境,并迅速找到了李铁陀。当时夤夜已深,几个保安团丁被蚊叮虫咬,又困又热,根本顾不上其他。是夜天黑无一星月,伸手不见五指,也帮助了他潜行。李铁陀上次被二谢头打得半死,几乎呜呼哀哉,对谢府仇恨交杂,便叫来两个兄弟,跟着幺爹上路了。

他们四人迅速穿过伍桥街,攀上华林山,到了高奉游击队的队部,跟许志宏、吴嘉民汇报了情况,并把金贵田的信函呈给了他们。这当然是天大的好消息,他们赶紧把掌握彭度等人罪证、知悉谢府仓库地点的几个队员派往高安城,与那边的同志会合,李铁陀跟他的两个兄弟参与行动。而幺爹则暂时留在华林山,也不马上返回龙湾,以免惊扰谢府,致自己于险境。

前往高安城的几个游击队员,先是找到中共高安县地下党支部书记华子骞,大家商议好以后,就由黄河东带着他们在天刚亮时,化装成菜农摸进县衙,私下见了县长萧丰,把金贵田的书函给他看了。萧丰还没看完信,便不由得欢喜地高喊了一声:"真是天助我也!恩师这次又帮了我一个大忙。"

原来,自从几年前出任高安县的县长以来,萧丰一直觉得自己这个"七品芝麻官"当得挺窝囊的,还不如在省里干个处长。由于上头有省府的监控严管威压,县里这些部门又都各有靠山,并不怎么听他的,因此他并无实权,像是被架空了,谁也不把他这个一县之长当回事，谁也调遣不动，他就是个茕茕孑立形影相吊的"傀儡县令"。

特别是县警察局局长彭度，县保安团团长谢天昊和龙湾和杨圩等数村联保长谢炳坤等人互相勾结、串通一气，他们仗着有省党部黄书记长、省警察厅陈厅长等大人物的庇护和支持，在高安称王称霸、横行一时、胡作非为，对县府、民众、法律、道德……都置若罔闻，老百姓对他们敢怒不敢言，怨声载道，控告检举信纷至沓来，一堆堆压在他的案桌上，他早就对他们不满，想拿他们开刀了。可毕竟自己一介小小的县令，哪里斗得过这些炙手可热的权贵们。

还有一件事，几年前，萧丰刚当上高安县县长，也正是县保安团前任团长杨某被红军击毙、副团长谢天昊升任团长不久。萧丰为控制高安，当然也是要建立自己的团队、培植自己的势力，就把他的小舅子安排到了保安团副团长的位置上，而且随时可以替换掉谢天昊，让其小舅子当团长，令谢天昊对他的地位时时有岌岌可危之忧。对萧丰用意心知肚明的谢天昊，当然不敢明里反对，但为了保住自己团长的地位，长年屡屡打压、欺负萧丰的小舅子，令萧丰很是不爽。萧丰一直想撤掉谢天昊，但投鼠忌器，不敢真的这么做。

当然，这些话萧丰是不会对眼前几个来路不明的人透露的。

现在，既然恩师他们抓住了彭度和谢氏父子贩卖毒品的把柄，萧丰就可以把他们捉拿归案并从重处罚，既出了自己一口恶气，还可以趁机把高安县的实权夺到手中了。萧丰叫来他的小舅子，两人商议了一个计策。他听说谢氏父子其时正在老家龙湾，便派秘书驱车几公里去了谢府，就说萧县长在县城设酒宴恭请他们，并有要事相商。

其时谢天昊为了能够成功娶下大美女金潋滟，本想早日去南昌跟朱璇摊牌办理离婚，却又迫于父母的强大压力，他还不敢真的马上这么做，所以并没出发。不能跟朱璇离婚，也就不能娶金潋滟；而不娶金潋滟，人生就再无趣味，仿佛成了他谢天昊的宿命。

如今萧丰派秘书来请他跟他爹赴宴，看秘书那态度还是毕恭毕敬、诚诚恳恳的，他们父子也没想到其中会有诈。再说谢氏父子长年飞扬跋扈惯了，哪里会把这个小小的县令放在眼里，还怕他使绊子不成？所以父子俩就都去了。

一路上他们倒是问过县府秘书，萧县长的"有要事相商"究竟是什么要事，他的葫芦里到底卖什么药。可秘书只轻轻一笑，说："具体县长也没同我说，但我想肯定是好事。"这秘书并非萧丰心腹，所以萧丰也没预先把实情透露给他。直到此时，谢炳坤和谢天昊仍毫无戒备。

在谢氏父子前往高安县城的同时，萧丰又另外叫人去恭请县警察局局长彭度，并在锦江边的豪华酒楼上订了一个最好最大的包厢，包厢外暗暗埋伏了十个全副武装的兵丁，那都是萧丰小舅子的亲信。彭度亦不知是计，同样毫无防备前往。这伙人素来骄横，凌驾于萧丰之上，对他一向鄙夷轻蔑，哪会有顾忌。

直到三人几乎同时到达酒店，进入包厢，这时才开始觉得有些不大对劲：怎么萧丰只请他们仨呢？三人你看我我看你，大眼瞪小眼，心里直捣鼓，只是又不好直接交谈这个。但包厢里毕竟只有萧丰与他小舅子二人，一介清贫弱小书生，形同虚设的七品芝麻官罢了，手无寸铁，而己方有三人，门外还有二谢头候着，且都带了枪械，怕他做甚？况且萧丰满脸堆笑、态度恭敬，也没见有什么古怪之处啊！也许是自己多疑想歪了。

于是，这四人分成两方，立刻虚与委蛇地放声大笑，彼此称兄道弟，然后菜酒陆续上桌，大家欣然入席，举杯庆贺。觥筹交错，互相敬酒，洋溢着宴会惯常的热烈气氛。萧丰的小舅子和酒店的老板只能在一旁站着，为他们服务。

谢天昊还趁机建议道："咱们刚好四人，凑成一个麻将桌，酒后哥几个再搓几盘。"

直到酒过三巡以后，萧丰换了一副阴沉、严肃面孔，正式摊牌：

"有人控告三位合伙贩卖毒品，今日萧某把你们叫来，想问问几位是否真有此事？"

如果真的只是商量，三人自然可以假装打哈哈，推搪几句，继续喝酒闲聊。可萧丰这样子哪里只是商量？分明是要法办他们了。三人顿时明白过来，暗叫一声"不好"，神色大变，手中的筷子、酒杯一一落地，立马站起。彭度、谢天昊二人还准备将腰间的驳壳枪抽出来，负隅顽抗。

彭度还真的匆忙间开了两枪，不过只是走火，打在房顶上，没起什么作用。他也不是真要打萧丰，他知道要那样的话，自己犯的罪更大。

与此同时，只听萧丰的小舅子一声命令"统统给我拿下"，旁边的一扇小门突然打开，冲出好多个兵丁，立马缴了那两人的枪，并用手铐铐了他们三人。门外的二谢头听到枪响，发现情况不对，早已翻窗而逃。

接着，萧丰把他们几人带到谢炳坤的仓库里。早有人守候在这，将库门打开，里面存放着一堆堆鸦片和大麻等毒品。

在铁证事实面前，彭度、谢炳坤、谢天昊均无话可说。但态度仍然很强硬："你就是抓住了我们又咋的？还能把我们怎么样？"

这伙人被抓获，其毒品被销毁、赃款被没收，高安民众拍手称快，一致颂歌"萧青天"。萧丰先是撤掉了彭度的县警察局局长、谢天昊的县保安团团长、谢炳坤的龙湾杨圩上湖闻家等数村的联保长诸职，他的小舅子亦成功当上了县保安团团长，他又安排了自己人担任县警察局局长。彭度与谢炳坤父子被关入高安监狱，但萧丰自己不好给判刑，就将三人所犯罪行具文并由本人签字画押摁指印，上呈省政府和省警察厅、省法院，由上头部门发落。至于其该受到什么制裁，下文再作交代。

不用说了，在众乡绅贤达和诸族长老者的举荐下，萧丰便顺水推舟，将恩师金贵田任命为龙湾及周边地区的联保长。金贵田成为联保长后，兴修水利、整治田地、发展生产、大办教育、倡导耕读传家、宣扬中华美德、惩办恶霸地痞、维护社会治安，为父老乡亲们办了不少实事好事。

第八章 营救

1935年年初，离旧历年关还有好几天，天上正刮着北风、飘着小雪，大地上白一块绿一块黄一块秃一块的。在赣浙皖三省交界处的怀玉山脉中玉山县境内，一支200余人的队伍正在崇山峻岭、莽莽森林间艰难地行进着。仔细一瞧，这不是许志宏率领的高奉游击队吗，他们不是在赣西的华林山里吗，怎么跑到赣东来了？再说都快到春节了，天气又这么寒冷，他们怎么不好好待在温暖的山寨里准备过大年，偏要出远门来受冻挨饿还罹处险境？

原来，自从1934年10月份主力红军退出赣南中央革命根据地，离开江西北上抗日以后，由于出现叛徒，中共江西省委不得不中断与外界联系，转向更加隐匿的地下工作。高安地下党组织与高奉游击队便跟上级党组织失去了联系，就像有娘崽一样没有了主心骨，不知下一步该怎么行动。国民党地方部队此时又加紧了对高奉游击队的"围剿"，三天两头搜山。游击队虽依仗对地形熟悉，每次都能顺利脱身，但活动空间也受到极大挤压，队伍由于不断地运动作战，队员们也长期处于疲惫状态中，战斗力受到严重影响。

去年12月，主力红军开始战略大转移不久，许志宏秘密前往高安县城跟地下党支部书记华子骞同志碰头，黄河东也在，三人一起商议将来的工作。正在发愁之际，华子骞突然说："赣东北的方志敏同志你听说过吗？他并没有随主力红军长征，听说他现在还在江西，你们何不去投奔方志敏同志呢？"

"方志敏？"一听到这个如雷贯耳的名字，许志宏的眼前似乎顿时升腾起一道金灿灿的曙光，又像是铺开了一条光明之路。

方志敏，这个名字他早就听说过了。他籍贯弋阳，生于1899年，原名远镇，乳名正鹄，号慧生，是我党我军的资深元勋和卓越领导人，长达十余年坚持在赣浙闽皖四省边境地区干革命、闹暴动，领导弋（阳）横（峰）起义，建立人民军队、红色政权，得到中华苏维埃共和国临时中央政府主席毛泽东的高度赞赏，称之为"农民运动大王"，其创建的赣东北苏区为"方志敏式根据地"。1931年11月、1934年1月，在第一、第二次全国工农兵代表大会上，方志敏均当选为中华苏维埃共和国临时中央政府执行委员、主席团成员。

方志敏文武双全、抱负远大、有勇有谋、善于斗争，且一身正气、清明廉洁，亦可称为"一代儒将"：从小博览群书、文才超群，十六岁就写出了格律严谨、情操高洁的对联，心有三爱奇书骏马佳山水，园栽四物青松翠竹洁梅兰。早年在上海大学旁听时就亲自创办报刊，发表了不少优秀的小说、散文、诗歌等文学作品，同时积极参与并主持学生运动，很早就加入了中国共产党。创建拥有"铁的纪律"的红十军，并创造性地提出"出其不意、攻其不备、声东击西、避实就虚"十六字战略要诀。在红色苏区首创股份制并发行股票，首创地雷战，首创对外开放的边贸政策，首创列宁公园……有人甚至把他称为江西大地上继文天祥之后第二位最杰出、最有才干的民族英雄，亦有其方家先辈方琼、方腊、方孝孺，同辈方声洞、方鼎英、方先觉等人的傲骨和血性。

"要是真的能跟方志敏同志取得联系，得到他的指引，在他的麾下干革命，那自是再好不过的了。"许志宏把眼光转向东方，不禁悠然神往起来。

黄河东不久前曾因执行任务，去过一次赣东北革命根据地，与方志敏见过一面，在苏区期间对方志敏的了解也多一些。他见许志宏对方志敏如此崇敬，便就他所知给志宏再讲了一些关于方志敏的故事。在去年秋天中央红军离开赣南闽西之前的许多年里，方志敏就一直像一颗钉子一样，牢牢扎根在赣东北的土地上，成为国民党的"眼中钉"。中央红军开始长征以后，方志敏按照中央命令，与粟裕等人率由红十军团组成的红军北上抗日先遣队从赣东北出发，向安徽省腹地进军，掩护中央红军长征。这是一次深入敌军战略重地的九死一生的行动。40天后，部队不得不重返赣东北。但就在回撤途中，在浙赣边的开化、德兴两县交界处，部队被七倍于己的国民党军重重包围。在安徽省太平县三潭乡（今黄山市黄山区谭家桥镇境内）乌泥关、白亭、石门岗一带，与国民党军骁将王耀武部展开激战，由于敌众我寡，力量悬殊，损失惨重，陷于困境。方志敏命令粟裕率先头部队800人立即冲出重围，自己则不顾劝阻，带着身边的十几名警卫人员留下，等待与军团长刘畴西率领的约3000人的大部队会合。这时国民党军收紧了包围圈，红军血战八天八夜，弹尽粮绝，多次突围未果。除部分指战员或三五成群或成班成排冲出重围外，1000余人阵亡。因负伤或饥饿倒地不起而被俘者超过千人……

介绍到这里，黄河东说："后面的事，也就是最近些日子，他们的情况我就不清楚了。听说方志敏同志已经带着部分战士潜入怀玉山深处，要是你能追赶过去，找到方志敏同志，那不但能明确将来的革命方向，或许还可以助他们一臂之力。"

救兵如救火，事不宜迟，许志宏赶紧向华子骞告别，匆匆回到华林山，还来不及休息，连口水都没喝，当即同吴嘉民商议，决定先由许志宏率领高奉游击队两个大队的战士向赣皖边运动，找寻方志敏同志及其所部下落。吴嘉民则率其余战士留守在华林山，等候他们的消息再作打算。这就是前面提到他们之所以临近年关了却出现在遥远的怀玉山里的原因。

只可惜，许志宏他们辛辛苦苦翻山越岭赶到怀玉山麓的玉山县境内时，晚了一步，没见着方志敏同志。他们按照黄河东的说法，在怀玉山连续搜寻了三天，也没见到方志敏的踪影，倒是发现了多处经过激战的痕迹。

后来，他们向当地的老百姓打听到，方志敏早在1月29日就不幸被俘，同时被俘还有刘畴西等人，已被国民党带到了南昌。2月1日，国民党还在上饶公共体育场举行了"上饶各界庆祝生擒方志敏大会"。戴着手铐脚镣的方志敏，在台上昂首挺立，正气浩然，观者无不暗暗惊叹敬佩。

其间，游击队遭遇了留下搜寻红军伤员的一小股国民党部队，立刻投入战斗，一场短暂的激烈交锋，猝不及防的国民党部队迅速溃败，大部分被击毙，只逃走几个人，留下七八个被俘红军伤员。战斗一结束，许志宏判断此次战斗肯定会引起国民党的注意，为避免部队被围，他当即做出决定，打扫完战场后，马上撤离，留下几名战士照顾转移伤员，其他人迅速赶去南昌，争取跟省城的地下党组织取得联络，想办法营救方志敏。

为不引起敌人的注意，他们化整为零，兵分几路，化装混进了南昌城。同时派人将情况向华林山的吴嘉民作了通报，要他做好随时策应准备，并请比较熟悉南昌地下党组织情况的黄河东同志迅速赶到南昌协助营救事宜。

当他们来到千街纵横、万家灯火、墙高河深、戒备森严的南昌城里，这才发现自己区区百把号人，就像是一群小蚂蚁钻进了大树林，是何等的渺小，如沧海一粟，要营救方志敏等人谈何容易！但他们却也毫无畏惧，既来之则安之，先安置下来再说。

许志宏、金崴蕤等几人暂住在一家普通旅馆里,其他战友则分散行动,或住亲友家,或住贫民窟,或住野庙庵,或跟乞丐、灾民、流浪汉搭伙歇息于街头角落、店铺门口、大桥下、车站外。还有大多数人或未能进城或退出城潜伏接应。

他们几个连续几天,到处打探地下党组织及方志敏的消息,均没有着落。一筹莫展之际,黄河东突然想起一年前曾经认识一个豫章书店的店员,是中共江西省委的地下交通员,他们曾经有过工作联系,遂于次日一早赶到豫章书店等候。等到书店开门时,见到了这位名叫万江平的店员,但他却充满了戒备心理,不管黄河东如何解释,就是不肯相认。这时陆续有顾客到店里看书,黄河东只好暂时从书店退出,在附近找了个地方等待万江平下班再说。

黄昏时分,他看见万江平从书店走出,连忙迎上去。一开始万江平还是什么都不肯说。黄河东跟在他后面,耐心地和他解释此行来南昌的目的,就是想营救方志敏。一听"方志敏"三个字,万江平立即停下了脚步。问道:

"你们真的是来营救方志敏同志?"

"是的,我们一路从玉山、上饶追过来,听说方志敏同志被关到南昌,我们就到这里看看有没有营救的机会。"

黄河东见万江平还是半信半疑,又马上说道:"江平同志,现在斗争形势异常复杂,我理解您的警惕。但我如果是国民党特务,你还能站在这里和我说话吗?我们只是想请地下党的同志,帮我们了解一下方志敏同志关押的一些情况,并没有其他意思。"

随后,黄河东又把他带到许志宏、金崴蕤等人住的旅馆里,详细向他介绍了有关情况,这才彻底打消了他的顾虑。

万江平告诉大家,由于出现叛徒,地下党组织已暂时停止了活动。不过,关于他们要求协助了解方志敏同志关押的有关情况,他晚上会尽快和组织上汇报,并将第一时间和游击队取得联系。

这天深夜,万江平又赶过来见许志宏、黄河东,把地下党组织了解到的关押方志敏同志的"委员长行营驻赣绥靖公署"军法处看守所有关情况作了介绍。并明确告诉他们:"省委认为,想从外部打进去或让他们从内部越狱,都是不大可能的事。我党我军目下的实力还很薄弱,无法与敌人抗衡,只能是在国民党高层找私人老关系，看看能有什么办法。"

万江平又告诉他们，时任中革军委副主席周恩来，找过方志敏的好友兼老乡，即时任国民党军第十一师师长黄维。方志敏早在1924年，曾帮他找到时任中共江西地下省委负责人赵醒侬，由赵介绍黄进入黄埔军校一期二队学习。黄维便给南京国民政府军事委员会委员长蒋介石打电话为方志敏求情，就说只要方写封悔过书，并在报上登份宣布与共产党脱离关系的启事，就马上释放他，甚至在国民政府给他一个非常高的官职。可方志敏怎么会答应？他以"努力到死，奋斗到死"八个字一口回绝了。

几个人谈起方志敏同志的坚定信念、铮铮铁骨，不免既十分敬仰，又唏嘘不已。因见到处有便衣特务，万江平不能待得太久，要赶紧离开，但临走前告诉他们一个信息："如果谁想要去探监，组织上会想办法安排一下。"

"我去！"许志宏、金葳蕤几乎是异口同声。

万江平说："最好是派女的去。"

金葳蕤马上应道："我去！"

"好的，请随时等候我们的通知。"万江平匆匆走了。

第二天，许志宏、黄河东、金葳蕤等人赶到南昌绥靖公署军法处看守所外围观察，远远看见那里高墙电网，大铁门紧闭，枪眼炮楼如魔鬼的大眼珠狰狞洞开，一路路警察军人背着长短枪，牵着狼犬，如临大敌、虎视眈眈，日夜严防死守，连只鸟都飞不进去。大家有望洋生悲之叹。

过了些日子，他们等得都快绝望了，万江平才来通知，说明此事实在难办。万江平说，他们已通过各种关系，买通军法看守所的狱警，让金葳蕤打扮成民妇，以方志敏早年在南昌办文化书社时教过的一个女学生的身份，当天晚上去看看他，并给他送些吃的进去。

于是，赶紧地，金葳蕤换上一套南昌普通市民妇女的衣服，手提一罐组织上早已准备好的野菌子老母鸡汤，跟着一个接她的陌生来人，往看守所信步而去。许志宏等人远远地尾随在后面保护和接应她，以防突遇不测。此刻已是午夜子时，街头阒无一人，灯火稀疏。

金葳蕤跟着这个不苟言笑沉默寡语的陌生人，前面自有他去打点和疏通，一路都讨好地向守兵、狱警热情地打招呼。在此过程中，守兵、狱警先后三次仔细检查金葳蕤，有一个守兵甚至拿过一双筷子，对鸡汤罐进行了一番检查。

待看守所大门在沉闷声中徐徐开启以后，一名老年牢头拿着一大串不断摩擦发出碎响的钥匙带路，三人从一座主楼进去，穿过一个小庭院，走进二道门，里面是一条黑洞洞的全封闭廊道，仅两面墙壁上每隔老远才挂着一盏昏黄的白炽灯。然后是两旁的一间间牢房，或铁锈门或栅栏紧锁着。拐弯抹角、上楼阶，路程并不算短，共产党要员自是关在最里头的牢房。前不久，军法处看守所把方志敏从"普通号"转押到了"优待号"。"优待号"是个单间，在室中靠石壁放着一张黑漆色长方书桌，桌上摆了几本厚书和墨盒茶盅……

之前金葳蕤还从没来过这么阴森恐怖的地方，她一开始心里有点害怕，但想想自己已身经百战、九死一生，算是见过些世面的了，这又算什么呢？故而很快就镇定下来了。

终于到了关押方志敏的牢房了。老年牢头把大锁哗啦啦地打开，用半懂不懂的老南昌方言对他们说："只限你们半小时，赶紧说完话就出来。"然后走到远处去了。陌生来人也只站在牢门外边，对金葳蕤友好地做了一个"请"的手势。

金葳蕤平复了一下呼吸，适当做了一些心理准备，回想起地下党组织、陌生来人对她的告诫，缓缓走了进去。

牢房里一片漆黑，借助透过小窗户射进来的寒夜微光，她只隐约见到一个瘦骨嶙峋的男子静静地端坐在简陋的单人床沿上，缝着大大小小补丁的旧衣服上血迹斑斑，想必已经过了多次拷打，或者是行军路上跋山涉水，受了很多伤吃了很多苦头，戴着脚镣手铐，胡子斑白拉碴，头发又长又乱。金葳蕤对他的五官看得不是很清晰，不过棱角还是挺鲜明，眼珠还是挺大，身材也不算矮。

一想到这就是我党的高级领导人，却在这里遭受敌人的百般摧残无情折磨，金葳蕤顿时涌出眼泪，内心无比哀伤。一点也不需要情绪积累和过渡，此刻她便由衷地认为，方志敏同志就是自己的亲人，他确实曾是她的老师，她曾是他的学生。她不由自主地喊了一声"方老师"，朝方志敏同志扑了过去。

方志敏最初有些愕然。但他毕竟是历经大风大雨、斗争经验非常丰富的老同志了，很快就意识到是自己人来看他了，尤其当金葳蕤向他介绍自己时更加明白了这点，所以久久没说什么，只站起来任这年轻女子热烈地拥抱着他，紧紧地握着他的手。

只听这年轻女子说：

"方老师，您还记得吗，我是小甜呀，民国十一年您到南昌来教书和搞写作，就租住在我家的楼上，那时我还只有八九岁。您教我背陶渊明、欧阳修、王安石、黄庭坚、曾巩、晏殊、晏几道、杨万里、朱熹、姜夔、文天祥、汤显祖等江西历代文人墨客的诗文，我记得很清楚，现在还有不少都背得呢！特别是文天祥的《正气歌》：'予囚北庭，坐一土室。室广八尺，深可四寻。单扉低小，白间短窄，污下而幽暗……孟子曰：吾善养吾浩然之气。彼气有七，吾气有一，以一敌七，吾何患焉！况浩然者，乃天地之正气也，作正气歌一首：天地有正气，杂然赋流形。下则为河岳，上则为日星。於人曰浩然，沛乎塞苍冥。皇路当清夷，含和吐明庭。时穷节乃见，一一垂丹青。……顾此耿耿在，仰视浮云白。悠悠我心悲，苍天曷有极。哲人日已远，典刑在夙昔。风檐展书读，古道照颜色。'我父亲说，我虽然没在您的学堂念书，但您就是我的先生，您也欣然接受我做您的弟子。"

方志敏开心地笑了：

"是啊，小甜姑娘，听你这么一说，我全都想起来了。没想到，一晃眼十几年都过去了，你也长这么大了。你父亲、你母亲的身体还好吗？"

这年轻女子说：

"方老师，多谢您挂牵，他们二老的身体暂时还算不错呢！就是他们打听到您被关在这里，所以炖了野菌子老母鸡汤，又托了里面的关系，让我送过来给您尝尝，补补身子。只有吃饱了，才有力气，也才有希望呢，您说是不？……那您现在就趁热把这汤喝了吧。"

方志敏又笑了：

"你说得对，好的，那就谢谢你的父母、谢谢你了，小甜！"

由于方志敏的双手双脚都被敌人铐了，行动不便，又屡遭审讯，全身疼痛、虚弱，只好由金葳蕤用勺子一勺一勺地把鸡汤喂给他吃。他们知道外边有人看守着，甚至可能有人在偷听，担心言多必失，就不再多说什么，只管默默地吃东西。

还没吃完，那老年牢头和陌生来人就跑进牢门，急着猛催了：

"到时间了，妹子你快走吧！要是所长、主任他们来了，咱们可都得完蛋！"

金葳蕤只得把瓦罐里剩下的一些鸡块、鸡汤，倒在牢里的一个碗沿已有些残缺的饭碗里，而把瓦罐带走，要还给组织上的人。她对方志敏说："方老师，这里还剩下一些东西,您自己想办法吃掉吧。我走了,改天再来看您!"噙着泪水,频频回头、依依不舍地走了。

方志敏艰难地站了起来,双手向金葳蕤挥了挥,语气坚定地说:"小甜,代我向你的父母问好!也向众多亲戚问好!告诉他们,我这里一切都好,再见!再见!再见!"

方志敏连说三个再见。金葳蕤知道,他这是在向同志们告别,也是在表明自己已经做好了慷慨赴死的准备。金葳蕤的双眼顿时被泪水淹没,几乎不能控制自己的情绪。

直到走回旅馆,金葳蕤还非常激动,眼角泪光闪烁。她对大家谈起在牢房里方志敏同志的坚定和处境,激动得高耸的胸脯此起彼伏,有如汹涌澎湃的大海波涛。大家也都很激动,在他们心目中,方志敏同志的光辉形象更加伟岸。

但是,由于国民党当局对方志敏的看守愈发严密和规范,自从那次以后,南昌的地下党组织派人传来口信说,已没法再安排他们进狱探视了。至于劫狱等营救、越狱、赦免……仿佛都成了挂在天边、遥不可及的奢望。加之游击队员太多,一应开支太大,且目标太大,也在无形中增加了危险性,而且高安那边又有很多事情得赶回去解决,于是许志宏就让黄河东把大部分战士都带回华林山了,并协助吴嘉民解决有关事情。只留下他跟金葳蕤,还有战士谭敦良等少数几人。他不甘心,还想继续等一等。

本来许志宏也想让金葳蕤先回去,待在南昌太危险了。可金葳蕤摇头拒绝了,她同样不甘心,愿意跟丈夫一起留在南昌坚持战斗,看看究竟还有没有营救方志敏同志的机会。她对同志们说:"不到最后关头,我们决不罢休。哪怕有一线希望,我们也要争取。"大家都点头同意。就是不得不回去的黄河东等人,又有谁不是怀着十分无奈、百分不甘、千分难过的心情呢?

许志宏欣慰地、感激地看了看妻子,为能找到这么一个重情重义、志同道合的人生伴侣、事业伙伴、革命战友而感到万分庆幸。再说她的文化水平比自己还高,在很多方面都能帮助自己,这些年来为党为人民为游击队做了大量工作。她一个富家千金小姐,却愿意跟着自己吃苦受累、出生入死,也够难为她了!

见同志们都离开了,夫妻俩紧紧地握了握手,又轻轻地抱了一抱。但什么话也没说,一切尽在不言中。此时此刻,他们还能有什么表示呢?

几天后的一个早晨，许志宏夫妻俩带着战士小谭，还有跟他住一屋的两个战士，五人在旅馆外面的街头小摊吃早餐，每人不过就是两小碗粟米稀饭、一碟不要钱的咸萝卜酸辣椒霉豆腐罢了。葳蕤假装说吃不完，还分了半碗稀饭给志宏。

这时，他们听到邻桌有几个城郊送菜进城的挑夫模样的人在小声议论："刚才进章江门的时候我看到墙上贴着告示，等会要在那里枪毙共匪头子呢，你们去看吗？"

许志宏他们立刻侧起耳朵偷听。章江门是南昌的西门，临靠赣江及渡口，修建得十分雄伟、高大，是古南昌城七座城门里最壮观、最豪华的一座，就在著名的滕王阁旁，离国民党江西省行政公署也不远。明清时期江西巡抚衙门、按察使衙门、布政使衙门、南昌府台衙门，以及南昌、新建两县衙门遗址也在附近，所以章江门也是南昌城的主门、交通要道，自是非常重要。"章江晓渡"亦是古豫章八景之一。明代永乐年间状元、江西永丰籍曾棨作诗云："月落西山欲曙天，渡头人语古城边。钟声沓霭临江戌，帆影参差隔浦船。几处蘼芜深夕露，万家杨柳生晴烟。年年过客频来往，谁复东流叹逝川？"可惜1926年北伐战争期间，反动军阀一把大火，让周边多数建筑及民房化为灰烬，殃及滕王阁。国民党当局今天要在那里枪毙谁呢？

许志宏几个商量了一下，遂示意小谭以普通外地人身份假装感兴趣的样子，过去向他们问询："几位大哥，今天要枪毙的共匪头子是谁呢？"

其中一个说："不太清楚，只晓得好像当中有个姓方的。"

姓方的？莫非敌人今天要当众枪毙方志敏同志，还有刘畴西同志？这消息究竟是否属实？几个人对视一刻，赶紧吃完饭，回旅馆房里商量。但此时向地下党组织汇报已来不及，而且这段时间风声很紧，他们根本联系不上组织，只好自己做出决定，大家都暗中操上家伙，赶紧去现场看一看。

在路上，金葳蕤向许志宏提醒说："志宏，咱们现在还没有得到上级党组织的通知，无法确定情报的真假，所以不到关键时刻咱们千万不要轻举妄动，以防有诈。万一是敌人设的圈套，目的就是引诱咱们上当，那咱们就要吃大亏了。再说在大庭广众之下枪决政治要犯，可谓极不明智之举。敌人哪会这般愚蠢？难道故意把自己变成靶子，傻傻地等着咱们共产党人去攻击他们吗？此事大有疑点。让同志们尽量不要随便就掏家伙，仓促开枪。"

许志宏思虑片刻，觉得金葳蕤说得很对，马上把金葳蕤的意见传达了下去，要大家见机行事。

等他们几个赶到章江门时，刑场上已是人山人海，被各类看客和市民围得水泄不通。但一个个均鸦雀无声，现场气氛森严，数以百计的国府警察身穿制服，肩扛长短枪守卫着，所以谁也不敢大声喧哗。他们好不容易才从较远处一个缝隙钻进去，看到在高逾两丈的城墙根儿跪着两个犯人，戴着脚链手铐。但他们的头上被白布罩住，分不清是谁。布套和衣服上，这里红一块那里红一团的，像是血迹。几个警察笔直地站成一排，端着长枪，黑洞洞的枪口瞄准他们，随时进行射击。

大冷天的，每个人都穿着厚厚的衣服，加之精神集中紧张，大家身上都能挤出汗流来。

看到这一幕，金葳蕤忍不住又要落泪了。但细心的她仔细观察了一会后，发现有些不对头，凑到许志宏身边，窃窃地说："志宏，我还是觉得不踏实，看这事十有八九有诈，要不怎么会把他们的头脸给罩住？方志敏同志可是政治要犯，正是要做给所有人看的，目的不就是杀一儆百吗，又何必罩住头脸让大家都认不出来呢？再说他们也不敢公然这样对待方志敏同志，明目张胆地虐待他。场上也不见有什么国民党要员出现，只一群警察而已。那两人很可能是敌人自己装扮的，那些'血迹'也都是假的，显然就是想欺骗咱们。让同志们先按兵不动。"

可这会许志宏并不怎么相信金葳蕤的话了，他已经被气愤悲痛冲昏了头脑，不但没有传话下去，还把右手紧紧按在内衣里藏枪的地方，准备随时展开战斗。

在一名领头的警官啰啰唆唆讲了一大通纯粹吓唬众人、不着边际的话以后，好像马上就要对"刑犯"执行枪决了。许志宏等人准备掏出枪来开始行动，正如戏曲舞台上的古人"劫法场"一般。没办法，金葳蕤也只得准备掏枪，参加战斗。

突然，就在这时，"砰砰砰……"人群里有人率先向几个守卫开了几枪，几个警察立刻还击。也不知是敌人故意使的阴谋，还是别的革命同志先出手了。这会容不得仔细思考，许、金、谭他们几个也都立刻掏出枪向敌人发起攻击。

场面顿时陷入混乱。数以百计的普通围观者，或高声尖叫哭喊，或趴在地上装死，或仓皇躲进暗处，或慌忙四散逃跑。刑场上枪声大作，硝烟四起，不断有人中枪倒下。

在边躲闪边射击的过程中，许志宏和金葳蕤几个亲眼看见，那两个被布套罩住头脸的"刑犯",趁着枪战却赶紧离开了原地,跑到附近的城墙角落里,解开"脚链""手铐"、扔掉布套——根本不是方志敏。

许志宏这才明白金葳蕤的分析是对的,赶紧对大家说:"我们上当了,快撤!"

于是他们边打边跑,紧急间许志宏、谭敦良又撂倒了几个追在最前面的警察,从另一条路迅速离开了"刑场"。

好在他们离得远,也不是敌人的重点关注和进攻对象,在混乱中又逃得快,与普通民众混在了一起,敌人总得考虑不能过于殃及无辜所以不好再乱开枪,因此伤亡并不严重。只有一个战士手上受了点轻伤,由于当时没有条件,都未动手术,只简单包扎一下,后来回到华林山才把子弹取出来。此外,他们几个打死打伤的敌人有六七个。

而最先开枪、离现场又近、成为敌军警主要目标的那些人,不知是什么来路,与敌人战斗得最激烈,双方死伤应该都不少。要是自己同志,可就惨了。

直到几天之后,万江平过来介绍情况,他们这才知道,那些确实是自己人,属于方志敏同志的余部,总共来了几十个,事先也不知有诈,同样在没接到党组织的通知之下,就因为焦急,莽莽撞撞地赶来"劫法场",企图营救自己爱戴的领导人。他们当场打死打伤了十多名警察,自己也死伤了十多人,当时几个伤得不重的被战友们拖着离开。眼见"刑犯"不是方志敏本人,加之敌人越来越多,他们亦知道上当了,不敢再恋战,同样边打边撤,离开了章江门一带。

而许志宏他们几个因不知这些人是什么来头,且在金葳蕤的提醒下,比较早就发现了是敌人所设的圈套,所以赶紧离开现场。倒是方志敏余部救人心切,吃了大亏。

不过许志宏几个终究还是暴露了。他们原来所住的洗马池附近那家小旅馆,被国民党警方怀疑并遭到搜查,是不能再回去住了。他们先是临时在东湖边一座石桥下的难民窟里挨过了几天,后来在地下党组织的安排下,搬到了城东顺化门外一座旧的城隍庙里去住,碰巧方志敏的余部也被地下党组织安排住在这里,双方于是会合了。大家有着共同的理想,都是奔着营救方志敏这个相同的目的,所以彼此相处得很愉快,很快就建立了深厚的同志情谊。

方志敏的余部还有二十多人,由一位姓郭的副团长率领。郭副团长是方志敏的老部下,从方志敏在家乡闹革命起就跟着他了,也是弋阳人。上次在章江门"劫法场"，第一枪就是他开的。他为自己的鲁莽之举深感后悔，对牺牲的战友甚是歉疚。

几天后，他们又一道参加了另一场营救方志敏的行动。

那天，他们接到了地下党组织的通知，据打入国民党当局内部的同志传出消息，敌人要在当天夜里，在江西绥靖公署军法处看守所不远处的一个小树林，秘密枪决方志敏和刘畴西两位同志。于是大家赶紧做准备工作，并商量具体对策。

是夜，繁星满天，银河如白练，外面的能见度还不算太差。虽冬风凛冽、寒气袭人，可同志们都不怕冷。大家早早便吃了晚饭，趁天一断黑，就分散成一人独行、二人一对、三人一组，络绎赶到看守所外的空地四周埋伏了起来。加上中共江西地下省委派来支援和组织的两位同志，三股小队伍总共有近三十人。他们等了很久很久，看守所里外都毫无动静，什么人都没有，黑漆漆的。但是他们知道情报一定不会有错，于是打起十二分精神，瞪大眼睛、竖起耳朵，一直等待着。

直到过了半夜一点多，看守所的沉重铁门终于被缓缓打开了，两辆载满了兵士的黄色军车轰隆隆开了出来，后边还跟着一辆黑色小轿车。省委同志与许志宏、郭副团长靠在一起。他们分析，方志敏和刘畴西两位同志可能是在前面的两辆军车上。也许现在马上动手是最好的，因为等会一混战起来就容易伤到他们两人，狡猾的敌人也可能见势不妙会把他们两人赶紧送回去，也可能会马上动手处决掉他们两人。

战斗再次迅速打响，激越的枪声划破了宁静的夜空。只听临时总指挥郭副团长一声令下，几十名我方战士同时开火，那密集的子弹，像一群愤怒的野蜂，向敌人的几辆汽车发起攒射。当然，与此同时，他们也要考虑到别伤及方志敏和刘畴西两人，倒还存着一些高度谨慎之心。而且，在激战一会后，我方终于发现方志敏和刘畴西两人并不在这几辆车上，又上了狡猾的敌人的当，战士们十分愤怒，手榴弹、子弹更加密集猛烈地射向敌人，车上那些国民党兵士仓促应战，只有挨打的份儿，顷刻间三十多人就成了枪下之鬼。

短短几分钟，数十名敌军被消灭殆尽。我方仅轻伤七人、重伤四人。其中两名重伤员在回去的路上，因失血过多，来不及抢救，壮烈牺牲！

原来，敌人确实够狡猾，当晚方志敏和刘畴西两位同志，被押在更后面的一辆车上。他们有些警觉，便先放出了三辆车，两辆军用大卡车、一辆小轿车，果然没多久就遭到了猛烈伏击。

经过刚才一场激战，消灭了三十多名国民党兵士，这个时候看守所里敌人的力量已非常薄弱了。几个战士提议趁机把大门的铁锁捣毁冲进去，说不定可以救出方志敏和刘畴西，还有其他被关押的我党同志。

这时，听到枪声的城里各国民党部队已迅速向他们包围。外围警戒的几名同志已经和国民党前哨部队接上了火。因不明红军这边的情况，加上天黑，冲在最前面的国民党部队放慢了包抄的速度，情况十分危急！几人迅速商量，决定只好放弃营救，战士们迅速撤到赣江边早已准备好的一条船上，趁黑从水路迅速撤离了战斗。

第二天，地下党的同志来人向他们传达上级指示："根据目前敌我双方形势，营救方、刘二位同志已不太现实，红十军团的同志和高奉游击队的同志宜尽快离开南昌，回各自的革命岗位上去，容后再另想办法。"许志宏只好与郭副团长依依惜别，各奔东西。

过了半年多时间，一直在多方打探方志敏等人消息的许志宏、金葳蕤得悉，方志敏、刘畴西两位烈士，已于此年八月六日拂晓，被国民党当局在南昌城外的下沙窝秘密杀害，英勇就义。许志宏、金葳蕤悲痛不已，高奉游击队举行了沉痛悼念方志敏烈士的活动。此后，与方志敏有过一面之缘的金葳蕤，每次想起方志敏同志的音容笑貌，都会泪流满面，心如刀绞。

再说那天，谢天昊威逼滪滟嫁给他时，滪滟心里不是很乐意，一则她确实对他从来没有一丝的喜欢；二则让皈依基督教的她做小的，组成一妻一妾封建家庭，她也绝不答应，所以故意给谢天昊出了一道难题。但她与她爹、她姐明显不同，对谢府没有嫌恶之心，甚至隐约透出一份亲近——这方面不只是谢天昊，整个谢府人都看得出来。再说她一向就是如此，所以她才敢单独冲进谢宅，直陈自己态度，且毫无惧色、不亢不卑、侃侃而谈。

这里先且不说金滪滟的感情生活如何，谢府兄弟仨她到底喜欢谁，但她终究是给谢天昊留下了念想。所以，谢天昊一方面在考虑如何跟妻子朱璇商谈离婚的具体事宜，另一方面也加快了要挟滪滟过门成亲的速度。可滪滟还是那句话："先拿到跟朱璇的签字离婚协议，否则免谈。"

就在此时，被谢炳坤、谢天昊父子逼急了的金贵田，终于逮着了他们与高安县警察局局长彭度串通贩毒的铁证，将其告发给县长萧丰，萧丰遂设局将他们一举拿下，谢氏父子被押送到南昌，打入大牢，听候审判。金贵田不但成功扳倒了宿敌，还如愿以偿地坐上了梦寐以求的联保长之位。同时，谢天昊也没法再来纠缠金潋滟了，潋滟为自己重获自由而深感庆幸。

不过，金氏父女高兴得太早了，其实谢天昊早出狱了，只是他们还不知晓而已。就在谢氏父子被押送到省城不久后，谢熊氏随即就赶了过去，花重金找了老关系黄副省长、陈厅长等人，趁法院还没判决，父子两个先保下一个，毕竟谢府巨大的产业需要有人在外主理，便由谢炳坤一人把所有罪责全部担下，给谢天昊办了个取保待审，暂时释放回家，随时听候传唤，到开庭时还得参加。谢炳坤则仍被关押在牢子里，与高安县警察局局长彭度一道等待开庭。

谢天昊虽然不能说完全自由了，他的高安县保安团团长一职也没有了，他自己也不能回高安去，只能待在南昌谢府里，但人从监狱出来了就是一大成功。谢天昊虽是取保待审，但他可不会真的乖乖地待在家里。

金潋滟有个男同学，名叫王旭光，他俩从洋神甫所办的教会学校（初中），又一起到高安高级中学堂（高中），同窗了长达六载。王旭光是高安县城人，小户人家出身，祖父曾经是城里打更的，父母开了个小豆腐作坊，勉强维持一家人的生计。几年前潋滟姐姐葳蕤还在高安学堂念书，且与高君凯热恋时，潋滟与旭光正读初三，曾带他去见过她姐与高君凯。高君凯一副瞧不起王旭光寒酸的样子，金葳蕤责备高君凯不该有门第偏见，用有色眼镜看人。

平心而论，王旭光的家境、智商、学习……肯定都远不如高君凯，且身高中等、相貌平平，也不懂风情、不会讨女孩子欢心。却也没有高君凯那么多毛病，看重情义、早熟懂事、朴实无华，要说在一起居家过日子，做长久夫妻，那是再好不过，比高君凯强多了。

但问题是金潋滟还小，不懂事啊！再说她心里早就有了别的中意男子——龙湾谢府的，所以只把王旭光当普通的朋友看待。而王旭光却理解错了她的意思，对她一片痴心，钟情得很。别人也都这么看，早认为他们就是天生一对、地成一双。

就连金葳蕤也对王旭光印象不错，回去后在饭桌上还跟父亲说了，金贵田亦基本没有意见。他心里还划算着，眼见旭光家的经济条件一般，但他的房子就在县城，且正当主街，位置很好，将来等到潋滟从学堂毕业嫁去王家时，就送给他们新婚夫妻一笔钱，让他们开一个大的豆腐作坊，或者别的作坊、店铺也行。

可金葳蕤和金潋滟的母亲江翠柳并不同意，潋滟本人也坚决否定，她们还有别的打算。这事先就这么悬乎着。

不过到了今年，两人都毕业一年了，金潋滟已二十岁，王旭光还大她一岁，哪怕潋滟不急，旭光可急了。之前潋滟一直都没对旭光当面明确说心里有人了，这可能是身为小女孩的潋滟不好意思开口，怕当面伤了旭光的心；也可能是她年幼无知，疏忽了；也可能她觉得旭光自己能看出来，所以主动放弃。但到了这时，明眼人都懂了呀，看来还是沉湎爱河的人被蒙蔽了双眼，降低了智商。于是，尚存念想的旭光君，择一春末初夏晴日，一个人从县城按图索骥前往龙湾金府，准备找潋滟乃至他们一家开诚布公谈这件大事了，手里还拎着刚出门时在街上买的一大堆礼品。

王旭光一出高安城西小便门，才走不到半个时辰，就在锦江北岸、石鼓岭下的一片荫翳的古树林里，突然出现两个蒙面的彪形大汉，趁四周无人，冲过来把他拽住，用一个布袋子罩着他的脑袋，不由分说一阵拳打脚踢，嘴里不迭地骂着"癞蛤蟆想吃天鹅肉，也不照照镜子看看自己是啥货色，真是痴心妄想，不自量力"。等他王旭光气息微微时，又被一块大石头猛砸了几下脑袋，这致命的打击立马送掉了他的性命，连一句话都没说出口，连这两个蒙面人是谁都不清楚。接着两个蒙面人把他的尸体抬起，随即便抛进了锦江，随滔滔江水东流北去。

此举可谓干得阴毒而利落，神不知鬼不觉。首先金潋滟不知道，也许要到很久后才会明白。其次王旭光家的人也不知道，旭光出门去哪没跟家人具体交代，即使交代了他们也没法去金府要人啊！再说连尸体都找不到，怎么查呢？

原来，谢大公子自被取保候审出狱后，长时间闲在南昌家里，无所事事、百无聊赖，便东想西想，饱暖思淫欲、无聊生怪胎。他自是想见金潋滟，想得到她，想跟她结婚，想两人一起在这春暖花开时红帐锦衾里，如何亲热如何云来雨去如何风流快活……但他不能回龙湾，不能见潋滟，就在一午休时分竟做起了春梦，喊出了"滟滟"的呓语，并有那不可描述的表情姿势。

而睡他隔壁屋、偶尔才同房的朱璇，虽说与他一般情况下是同床异梦、貌合神离，没有共同爱好和语言，但关键时刻倒成了他的"红颜知己"。听见了他的呓语，因为很了解他，毕竟他是她多年的男人嘛，也了解他一府人的社会大圈子，早听说过有这么一位叫"潋滟"的人，之前还有一位叫"葳蕤"的，想必是两位美女了。

这么多年，朱璇其实早对谢天昊由厌生恨。这个男人，虽然外表还算过得去，但心狠手辣，毫无廉耻，特别是没有责任心，从来没有把她甚至这个家当回事，这样的男人不要也罢。其实，朱璇早就为自己想退路。此时，见谢天昊在梦中还惦记着别的女人，厌恶当中计上心来。竟点拨起他并给他出馊主意："你刚才梦里说的潋滟，肯定是在敷衍、忽悠你，肯定是潋滟另外有什么人牵挂了！你何不派人去查清楚，把惦记潋滟的那个人给宰了，岂不得了？以后不是任你想咋干就咋干了吗！"

这还真是听君一席话，胜读十年书啊！谢天昊从梦中幡然起身，立刻清醒，他难得地抱起朱璇猛亲了一口，赞道："夫人一语点醒梦中人，令我茅塞顿开！我这就谨遵您的懿旨去照办！"马上跑下楼，打电话到高安县保安团找他的亲信去落实此事。

四天后王旭光被暗害。关于王旭光这人，在他被谢天昊暗害之前，其实谢府还有一个人跟他和金潋滟皆有些瓜葛。他就是谢府老二谢光赋。

谢光赋从南昌的高级学堂毕业以后，就在省府茶叶管理部门做个办事员，别看官儿不大，油水还挺足的。江西素来是产茶大省，历史上浮梁（今景德镇）就是著名的茶场和茶叶交易中心，唐朝诗人白居易在《琵琶行》里写道"前月浮梁买茶去"。又如九江庐山的庐山云雾、修水的双井红宁、婺源（原属安徽省古徽州，去年才划入江西省第五行政区）的婺源茗眉等，均声名远播，产量很大，质量上乘，销量也很好。再说谢府自己在龙湾等地有广阔的茶场，在南昌又有几家茶馆、茶铺，谢光赋帮着自己家进货、销售，给府里挣回了一把把白花花的银子、一堆堆耸得高高的钞票。

然而，近几年里，谢光赋所在部门的上司们见茶业利润可观、有利可图，不免见钱眼开，便串通一气中饱私囊、贪污公款，把他与别的同事全都拉下水。去年上半年，此案东窗事发，谢光赋所在部门被连根拔起，"一锅端"，几乎全部公职人员受到处分，重则判刑、轻则开除，所得不法收入乃至全部家产充公，在整个江西官场乃至全国引发特大新闻，实不啻一场十级地震。好在谢光赋涉身不久、赃款不多、罪行不重，加之其父谢炳坤又及时四处托人、打点，所以既未判刑、又未追款，只开除公职了事。

谢光赋贪污的这点钱，跟他的上司们相比根本算不了什么。但此时日寇已攻占东三省多年，并大有长驱直入山海关、侵犯我整个中华大地之虞，国民党政府为了鼓励全国人民齐心抗日，表面上就必须摆出高姿态来。当局高层开始严查政府公职人员的贪腐行为，杀一儆百，以儆效尤。这种严查，当然查不到那些高官的头上，但中下层这些手脚不干净的公职人员就活该倒霉了。谢光赋便成了这众多倒霉蛋中的一个。其父谢炳坤在为其活动时，衮衮诸公们就无奈地摇头并告诫大谢头："此事目标太大、影响太坏，南京中央政府那边让我们别插手太深，否则连我们自己都要牵连进去。如今正在风口上，先暂这样处理。退一步海阔天空，既然出了事就得认识错误、承担责任、接受处罚，过段时日待风波平息再说。"所以谢光赋是倒霉，但只是开除公职，还不算太惨。

谢天昊的长相、性格都像他爹，粗犷、强横、外向、主动；谢光赋则像他娘，文弱、乖巧、内向、被动。同时，谢光赋从小就一直很听大哥谢天昊的话，顺从他，对他就像对他父亲谢炳坤一样。在龙湾，谢府三兄弟与金府两姐妹从小一起长大，关系非同小可，跟两府的是非恩怨、利益争斗纠缠在一起，既有矛盾，水火不容，又能分隔开来，各自发展。

对于金葳蕤和金潋滟姊妹，谢天昊只是好色风流、霸占欲强，企图独拥她们的人，有点像收藏宝物一样，但对她们并无感情。历年来他玩弄过的女孩子很多，从龙湾到高安到南昌到其他地方，且府上还有一个老婆，但他对谁都不爱，他爱的只有权势和金钱。

谢光赋却是打年幼起就真心喜欢着金葳蕤，但知道哥哥一直想得到她，所以自己不敢想、不敢追，只能暗恋。后来葳蕤嫁人了，谢府兄弟再没有了机会，但还有妹妹金潋滟啊，谢光赋不希望遗憾终生，就转而鼓足勇气来追潋滟。谢光赋在省城和省府学习、生活、工作那么多年，阅人无数，却发现没有一个女的比得上家乡龙湾的金氏两姐妹。

谢光赋被开除公职回来后，先是在南昌的谢宅待了几天。他不好意思回龙湾老家，丢了饭碗，灰溜溜的，丧家狗一般，无颜见江东父老啊！他听说金潋滟还在高安念书没有毕业，且他还不知道大哥也觊觎潋滟，更不知道潋滟心里其实只有三弟，就要求父亲谢炳坤让他去打理谢府在高安县城的业务，并经得谢炳坤同意，开始坐镇高安，希冀"近水楼台先得月"。

等到一切安定下来，谢光赋内心深处从小暗藏的对金氏姊妹花的爱慕之情被激发出来，他开始想尽一切办法追求金潋滟。

最开始，谢光赋追求金潋滟的方式跟一般人并无两样，无非就是隔三岔五地托人从上海、南京、苏州、杭州、南昌等地给她购买高级礼物，什么胭脂啊、香水啊、丝绸啊、时装啊、项链啊、手表啊，均送了个遍。当谢光赋自认为时机已经成熟，即明确要求潋滟做他女朋友时，潋滟却并未答应，还将他送给她的礼物都退了回去。

谢光赋看到在物质上还不能俘虏金潋滟的心，便决定改变策略，从精神上向她发起进攻。他到高安负责谢府的产业后，乃父谢炳坤为了他能拉拢权贵，开展业务之便，就通过县警察局时任局长彭度，给他在高安县府挂了一个"高级顾问"的虚职，还出任了高安三民主义青年团的干事长。那时县长萧丰还不好当面得罪彭度、谢炳坤、谢天昊他们，只得表示同意。谢光赋早已听说潋滟是爱国热血青年，有革命倾向，就开始以工作的名义，安排潋滟参加各种抗日宣传活动，还经常送潋滟一些进步文艺书刊，并以交流思想为名频频去潋滟的学堂找她谈话。

谢光赋的这些努力也不是说毫无作用，金潋滟多多少少是有些感动甚至感激的。可是在男女感情问题上，潋滟始终绝不改口、从不让步，对他一直是"落花有意，流水无情"。

金潋滟如此对待谢光赋，并非她故作高傲，看不起他，而是她的心已被另一个人，也就是谢光赋的三弟谢志航占据了。要是没有谢志航，依照潋滟乐意成为谢府儿媳的念想，说不定她会答应他。

可是谢光赋并不知情。由于屡遭金潋滟的拒绝，谢光赋很是郁闷压抑，但他不会像他大哥谢天昊那样用蛮横手段，搞霸王硬上弓，只是天天借酒消愁，抽烟、飙车练拳、骑马撵狗以宣泄内心愤懑。

后来，还是那个时段一直在陪着他跑业务的堂叔二谢头提示："二少爷，金潋滟不应承你，想必是事出有因。你派人去她学堂里打听一下嘛，看她是不是已经有别的男朋友了？"

谢光赋恍然大悟，遂开始留意金潋滟的课外日常活动和个人交往情况。经过一段时间的调查，谢光赋了解到漱滟跟她的一个男同学王旭光关系密切，走动频繁。他认定自己找到了漱滟不愿跟他发展感情的原因，原来这个姓王的已捷足先登了！他先是决定想方设法斩断他俩之间的"情丝"，后来又心肠变软，打算成全他俩。

于是，谢光赋便以高安县三民主义青年团干事长的身份，把王旭光叫去，在他耳边不断灌输"国家兴亡，匹夫有责""誓死不当亡国奴""精忠报国"等理念，希望他投笔从戎，上阵抗倭，奋勇杀敌，报效国家。而且，他要想取得金漱滟的欢心，就必须拿出实际行动来。他只有在民族大义、政治立场上有出色表现，才能跟金漱滟平起平坐，也才配得上她。

王旭光很惊讶谢干事长对金漱滟本人，还有他跟金漱滟的关系怎生如此了解？谢光赋这才说出缘由："我跟漱滟是同一个村的人，我们两府是世交，还算是半个亲戚，我们是从小一起长大的，我一直把她当妹妹看，你说我能不了解她，能不知道你俩之间的事情吗？"

王旭光连连点头，对谢干事长的那些说法也基本认同。而且谢干事长说了，有朝一日他自己亦要走上抗日战场的。

待到时机基本成熟以后，谢光赋便推荐王旭光到国民党军部队中去，有个团长是他的好朋友，而且那边都谈妥了。王旭光满口答应，还不迭地"多谢干事长，多谢谢大哥"。

只可惜，就在王旭光一心打算去参军的前几天，他准备亲赴龙湾金宅去跟金漱滟做个告别，并希望就他俩的关系得到她明确的答复时，却没想到在半道上就不明不白"失踪"了。

在听闻了王旭光的噩耗后，金漱滟难过了很长一段时间。但这种难过只是怀念好友，为好友遗憾的难过，并没有失去恋人的那种悲痛。谢光赋同样不知道真相，也很为旭光、为漱滟感到遗憾。

第九章 砥柱

天地不仁，以万物为刍狗；圣人不仁，以百姓为刍狗。时间过得好快，转眼又到了1937年。这年秋天，高安县出现秋汛，再次暴发洪水，造成大灾，像六年前那样。按理说，这次的雨量并没有1931年那么大，但是仅就高安而言，其所造成的灾难却更严重，死亡人数更多。因为上次虽然就全国而言是历史上罕见的一场大洪水，但主要是在长江干流和淮河、珠江等地，位于长江的支流赣江的支流锦江流域的高安，离长江干流很远，所以损失并不是太大。但这次江西境内赣江及其一些支流均大面积进入汛期，其他地方不说，高安的惨状是空前的，远超1931年。当时锦江决堤毁田，人死兽溺，尸横遍野，漂流无数，仅重灾民众即逾十万人，占全高安人口的近一半。其死亡人数未有精确统计，保守估算在四五千人。

最令人气愤的是，这次秋汛来临，见到处水漫金山，浊流滔滔，灾民哭号，状如潮涌，高安县的国民党政府及各部门的大小官员、警察和驻军……不是留下来抢险救灾赈济、维护社会治安，与民众和衷共济、共渡难关，而是赶紧拖家挈口，拎上金银细软、法币大洋，开着小车大卡，一个个像兔子一样比谁跑得更快，纷纷逃离了高安，去往早已建立好的安全落脚点。这些达官贵人都是狡兔三窟呢！"光杆司令"萧丰县长也无奈，谁都不听他的劝导，最后他自己亦跟着走了。

这时，又是共产党人走上了前台。在高安城里，中共高安地下党支部书记华子骞、黄河东，带领几个党员同志，组织一些进步乡绅、知识分子、工商界人士、教师和其他青年，尽所有力量安置城内和外来灾民的衣食住行，及搜寻失散家人，治疗伤病残孕者。

而在龙湾以及整个高安的西部与北部诸乡镇，自有华林山里的高奉游击队。吴嘉民带着少数战士留守大本营，并救助附近村寨的受灾百姓。许志宏、金葳蕤则率大部队浩浩荡荡下山，分头前往各地开展救灾抢险工作，并深入到水灾现场，参与抢险和搜救遇险被困民众的工作。

当高奉游击队一出现，龙湾及附近诸村的乡民顿时有了主心骨，对满眼洪水浊浪的畏惧感都减轻了许多。更不用说金贵田全家人了，看到女儿、女婿都回来了，自然欣慰万分，除了几个孩子留在山上更安全外，阖府团聚，心里暖融融的，觉得全身充满了力量。他们决定再次携手，抗灾济民。而且，由于有上次有口皆碑的赈灾义举，乡民们都挺信任游击队和金贵田，后面的宣传动员工作就顺利得多。更何况，如今金贵田还是联保长，手下有二十来个保长、二百来个甲长听他调度。

还有非常重要的一点，其时谢炳坤父子仍在囹圄之中，谢府其他人都远在南昌，鞭长莫及，没法来滋事搅局，金贵田的心绪遂愉悦得多，行动起来也顺心得多。这是三十多年以来，谢府这个老对头连续"缺席"龙湾最长的一段日月，令金贵田好不畅快！每天吃饭都香，做梦都美，平时闲坐着都在笑，那采茶戏的唱文也是不离口了。

谢天昊在其贩毒案被江西省高等法院审理判决后，也再次被打入牢狱。当时社会舆论太大，他们想花钱买通都没用。而谢光赋在金潋滟毕业回了龙湾，大哥谢天昊继续入狱陪伴其爹成为难父难子后，亦回了南昌谢氏公馆。由于三弟谢志航还在外地，谢光赋作为府上唯一的男子汉，担起照料祖奶、娘亲、妹妹、侄子侄女，管理庞大谢府产业的责任，并伺机搭救父兄。

1937年的秋汛跟1931年的夏汛大不一样的是，1931年的夏汛虽没这么来势汹汹，但是持续时间非常久，中雨连绵不休长达数月；1937年的秋汛却有些特别，暴雨和山洪虽然很迅猛，但来得快去得也快，像疾雷闪电、白驹过隙一般。当第一次的降雨急停洪峰骤退，龙湾河面水位降低之后，许志宏便带领游击队员们废寝忘食、夜以继日地忙活，将坍塌的河堤田坝土坡路基又重新夯实垒高了起来，并开始帮助民众重新修复被水冲毁的房屋和其他一些生产生活设施。许志宏以为这下该万事大吉了吧，乡亲们肯定再无后顾之忧了，心里甚是高兴。他甚至觉得，既然秋汛已经结束，游击队就可以转战别的地方，或者打道回府上华林山了。

可是金大先生贵田博学多闻，知晓天文地理，明晓此事绝不简单。但他见许志宏他们正在兴头上，又不好泼冷水，便考虑该怎么开口才好。

也就是在许志宏他们重新修缮河堤田坝土坡路基的这天中午，在金府厅堂，在饭桌上，金贵田问了许志宏一个问题：

"志宏，你说这次秋汛如此来去匆匆，戛然而止，不觉得奇怪吗？"

许志宏没想到岳父有此一问，一时发愣，迟迟答上话来。

金葳蕤也诧异地说：

"是啊，怎么这次秋雨停得这么快呢？根据我多年的记忆，往常每年都是夏汛汹汹，来得快去得也快；秋汛绵绵，来得慢去得也慢，而高安1931年的夏汛和今年的秋汛却刚好相反。我看这事挺蹊跷的，好像没这么简单啊！"

许志宏这时还没反应过来，反问道：

"有啥蹊跷的呢？老天爷总是变化无常，怎么可能那么有规律。"

金潋滟插嘴说：

"这就说明，天上的雨还没下完，后面汛期又会再来，而且很快就来了。"

许志宏嗫嚅道：

"这怎么可能呢？天都放晴了，哪里见有什么大团的乌云？地也都快干完了，洪水早就退光了。"

金葳蕤说：

"不管有没有可能，咱们还是先做两手打算，保持戒备，时刻注意吧！汛期不来当然好，万一来了咱们也不至于措手不及。"

金贵田见两个女儿把自己的话都说完了，许志宏也能够接受，就不再多说什么了，只颔首点头，与志宏、幺爹继续碰杯。

许志宏见金氏父女仨都是这个意见，不免收起轻心，认真对待起来。毕竟他们对本地的情况要比自己熟悉得多，而且岳父又是上知天文下知地理。他让队员们都提高警惕，日夜巡逻，密切观察天气变化，做好准备。自己也每天都到路口河边、田间地头、各家各户去检查走动，特别是提醒房屋在地势比较低洼处的乡民们时刻注意天气变化，一旦再有洪水来袭，便赶紧往高处搬迁。金贵田也安排他手下的保长、甲长们协助游击队，做乡民的思想动员。

只是大部分乡民都不愿意离开自己的家园，而且多以为汛期已经过去，更加不想走了。虽然他们知道联保长及其贤翁婿都是关心自己，几年前的赈灾就是明证，不好当面反驳，但总以为事情不会那么严重。而志宏也不好强令他们走。

果不其然，就在大家辛辛苦苦把堤坝修好后，第五天凌晨，丁丑秋汛竟然卷土重来，第二次爆发和泛滥，而且其来势比上一次更加凶猛肆虐。之前还半信半疑的许志宏，终于明白丈人老子、妻子、小姨子都是对的：丈人是有学问、懂天象，葳蕤和潋滟是对自己家乡熟悉，一方水土养一方人啊！他赶紧让一些队员去守卫河堤田坝，他们夫妻俩则在几个保长、甲长的陪同下，一家一家地去劝说农户们往高处撤离，或从外村搬到龙湾村来。

但当时河堤田坝未垮，洪水未进家门，乡民们都怀着侥幸心理，总以为洪水不会那么大，所以仍固执着按兵不动。许志宏没有办法，气得一个人朝地上乱跺脚，用手猛砸廊柱，歇斯底里喊哑了喉咙。

好在此刻金葳蕤不在身边，否则又会笑话他情绪容易激动，意气用事。

可在待心绪平静下来以后，许志宏仍得带领战士们冒着秋天的凉风冷雨，蹚着浑浊的洪流泥浆，日夜去巡逻堤坝、查看农舍。

险情终于出现。那是第九天的深夜，秋雨总算是停歇了，可天上漆黑得伸手不见五指，寒风像严冬般刺骨，屋外面安静得连一片树叶的摇曳都听得见，也没有一点狗叫鸟鸣虫飞娃哭之声，给人异常奇怪甚至恐怖的感觉。在金府的外院厅堂里，数盏豆大的油灯光或挂于墙头或置于桌台，竟然不似往日闪烁，只管噤若寒蝉一般静穆着。金江氏、金潋滟都先后打着哈欠回卧房睡觉去了，只有金贵田、许志宏、金葳蕤、幺爹还围着中央的火炉枯坐着，等着外面的情况。个个裹着厚厚的衣服，烤着炭火，却还觉得双腿像浸在水缸里一般冰冷。

金贵田如梦醒呢喃似地道："怎么今晚我总感到不对，像是有什么事要发生。"

许志宏早已把岳父当神一般看待，听他这么说，也有些瘆得慌。若一旦有事，发生在这样的夜里，比在白天更凶险。

有些事是不能点破的。说到曹操曹操就到，这时有名巡逻的队员匆匆进来报告："龙湾河决口啦！"这些天金府的大门时刻有队员们把守着，再不用谁在外敲门或叫嚷而让幺爹跑去开门了。

众人惊得一齐站了起来。历经风浪的金贵田显得异常沉着，冷静地问进来报告的队员："别慌，慢慢说，具体决口位置在哪里？现在口子有多大？"

"在……在……龙湾河上游离龙潭……两百多米处，有段堤岸已经决口——……一米多宽，河……河水正像一群野马涌进田垄！"

许志宏猛然想到，这给了大家一个危险的信号：千里之堤毁于蚁穴，只要堤岸决了一个小口子，就会越来越宽，不可收拾，而酿成灭顶之灾。许志宏赶紧操起锄头，带着几个队员就要往外冲。

金葳蕤也要跟去。许志宏却说："你先在府里留守着，等待其他同志回来的消息，看看他们有什么需要帮助的。"

几个人戴上斗篷，披上蓑衣，打着火把，就朝河堤奔去。

走出金府，来到村外。乌漆嘛黑的田野里，一股寒风迎面扑来。许志宏他们打了个寒噤，实在是太冷了，像是掉进了冰窖里！他用力裹了裹身上的袍裤和蓑衣，吃力地蹚过已漫上洪水的土路田埂，到了龙湾河边的决堤处，发现那决口又宽了更多，有两三米。但几名已先到场的队员还在搬石头、填沙包、垒泥土，试图把口子尽量充塞得窄一些。只是口子太宽、洪水太急，他们的努力基本上等于无济于事。浑黄的洪流，如一条条恶龙，滔滔冲进龙湾的田垄。估计再过几个时辰，整个这片小平原就要成为汪洋大海。比1931年那次严重多了！

眼看他们几个人一时间是根本没法堵住这个决口的，疏导更不成，只能先暂时放弃鲧禹治水，还是以救人抢物为主。许志宏一霎时想起另外的事来："快走！"

"去哪？"有人问。

"今晚这决口肯定是没法堵上了，我们还是先去把那些住在地势低的老乡们赶紧迁离走吧！把他们家里值钱的东西，比如粮食、腊菜、衣服、被子、猪牛狗鸡鸭等牲畜，也都要在洪水漫灌进屋之前尽快搬走。谭营长，辛苦你多跑跑，去四周几个村子里和几个巡逻点多叫几个同志过来帮忙！"被叫作谭营长的年轻干部干脆利落地应了一声，扭头就走。

谭营长就是谭敦良，上回在南昌已经出现过了。不过那时他还是一个新兵，由于他才干出色、成绩骄人，许志宏一直很重用他并提拔得很快，现已成为营长。

"志宏你稍等，我跟你一起去。"远处一个略显苍老的声音传来。

许志宏抬头一看，金大先生竟然也赶来了！后面跟着么爹。他心头一热，立刻迎上去：

"爹，您怎么出来了？外面天这么冷，又这么黑，地上水又这么深，路面又滑，万一有个什么闪失……"

金贵田马上打断他的话：

"哪里，我还不老呢！这算什么？我年轻的时候，有一年的洪水比现在大多了，整个天像倒塌了似的，我都没有怕过，照样把我祖爷、祖奶他们从淹水的家里一楼背到了我外公家的二楼上。龙湾这地方我太熟了，就是闭上眼睛也不会认错路的，更不会滑倒。我担心你一个人说服不了那些老顽固，所以我们一起过去，这次就是绑也要把他们都安全带出来。赶紧……"他话还未落音，脚下踩着泥巴里一块石头，一个趔趄差点跌倒。好在许志宏和另一名战士已赶过去，一左一右把他搀住，这才立住身，几个人哈哈大笑。

原来，自从许志宏他们一走，金贵田就感觉到了问题的严重。堤坝决口一时是很难马上堵住的，当务之急还是要把那些有可能最先遭遇险情的乡民和他们的粮食给先抢救出来。他料想许志宏肯定也想到了这点。但那些人并不一定都听他的，还是自己这个联保长、本地长者的话更有说服力。所以他一边让幺爹去叫本村的两个保长，也是李、王两姓的宗族长，与几个甲长一起参与救人，一边自己披件外袍，套上水鞋，匆匆跟了出来。

本来金葳蕤想代替爹去，可金贵田执拗着不同意，说："想必你也很难劝动那些榆木脑袋，你就待在家里吧。"葳蕤只好与幺爹护送着他出门，又让幺爹好好照顾他。其实幺爹比她爹的年纪还大，身体也不见得有她爹硬朗。

金贵田就是这么数落她女儿的：

"你狗生舅爷还不如我呢，让他照顾我？哈哈，我不要照顾他就好喽！"

幺爹连连说："我也不要你照顾，你照顾好你自己就不错了。"

两个人打着哈哈消失在黑暗里，葳蕤短叹一声转身回府。

于是，许志宏与几名战士，金贵田、幺爹和几位保长、甲长，一行十来人，摸黑前往那些低洼人家。在龙湾周边这个小平原田垄数平方公里的范围内，这样的人家大概有几十户两百多口人，或几户住在一起，或一户单独住，住所或在河边，或在低谷，或在坡下，或在路口。

许志宏、金贵田原以为，这次跟以前一样，很难劝服他们。其实不然，除了个别几户睡得死死的，还不清楚洪水已淹到他们门口甚至床脚外，大多数人都已惊醒并起了床，开着房门，木鸡般地呆立着，望着眼前这一片汪洋，有点蒙，不知该如何办。鸡犬在屋子外烦躁地鸣吠，猪牛在围栏里慌张地走动，小孩开始害怕而啼哭，女人边抹泪边嗔怪自家男人，早不听金大先生和他女婿小许的话搬走，现在要搬也迟了。当他们看到许志宏、金贵田来了，顿时喜出望外，就像是那救苦救难大慈大悲的观世音菩萨显灵了似的，兴奋激动地簇拥上去，根本不用对方说，自己赶紧表示："金先生、小许，是我们错了，不该不听你们的。现在我们愿意搬走，你们怎么说我们就怎么做。"

许志宏、金贵田、幺爹等人自是高兴，便让大家立即行动起来，一户一户有条不紊地分头落实。他们仨先头赶去各乡民家，已经愿意搬的就马上动手，还有些犹豫的就继续做思想动员，还在睡梦中的就敲门砸窗把他们叫醒。几个保长、甲长带着村里的青壮劳动力，还有高奉游击队的战士们，将这些乡民，还有他们的东西，扛袋背包、赶牛牵狗，紧急送到龙湾村的社庙里去暂住，或就近往地势比较高的地方搬，最后还有几户已不够地儿，便搬进了虎首山上那座小山神庙。参与抢救的有近百号人，加上灾民两百来人，大家紧张忙碌了好几个时辰，直到天亮，终于全部成功搬离了险境。

以谢炳坤的祖先等人为主的该村最早一批住民既聪明又有眼光，找了一个位置较高、地基较稳的地方，又继续将地基抬升、夯实，又在其村口村后和房屋周边修筑防水墙、开辟排水沟、建造堤坝、栽种树林、挖掘池塘等，从而使得它成为方圆近百平方公里内最安全的一处风水宝地。

天亮了，又下起了小雨，但透过雨雾仍可清晰看到，龙湾河堤已全段决口，整个田垄都被淹没在茫茫洪水里。那些大小高矮新旧不一的房屋，或全部被水淹没，或至少一半被淹，就像漂浮在江河湖海里的船只或物品一样，真是让人触目惊心、背脊发凉。要是不及时把他们救出来，其悲惨情形可想而知。现在总算没有人员伤亡，而且财物也基本上被转移，损失不大，可谓不幸中之万幸。乡民们于后怕之余，对金大先生翁婿俩不由得千恩万谢。

大约十天之后，雨彻底停歇，秋汛完全过去，洪水基本退却，他们才搬回到自己家。游击队员、保甲长们又赶忙给他们整理房屋内外，修筑河堤田坝，收割庄稼蔬果，这样又忙了好几天。

整个1937年秋天，许志宏两口子带领几百名游击队员，从华林山上如天兵天将下凡，在龙湾、杨圩、伍桥、上湖、新庄一带，乃至整个高安县西部和北部十数个乡镇、数百个村庄抵抗洪灾、抢险救人，累计达两个多月，比1931年那次坚持时间更长、涉及范围更广、救助灾民更多。导致高安西部和北部的百姓们，一看到耸立在北边的华林山，一想起高奉游击队，就觉得那就是上苍所在的仙宫天庭，也是他们老百姓的屏障靠山。

此次的抗洪抢险，加上前次的舍粥赈民，使得金贵田被许志宏他们的行为举止深深感动。他也更加明白，共产党真正是老百姓队伍，只有共产党，才能让老百姓过上舒适安逸的日子。

在此期间，自南昌城西梅岭别墅赶回高安县城的萧丰县长，从自己手下探子的口中知悉，恩师是得了共产党领导的高奉游击队的支持和帮助，但在龙湾一带，也就是金贵田作为联保长治下的几十个村庄，乃至高安县西、北两向的几百个村庄，包括萧丰自己的家乡上湖，凡得到过高奉游击队帮助的地方，是高安全县乃至周围几个县里，人员伤亡和财物损失最少、受灾情况最轻的，所以他也乐得睁一只眼闭一只眼，就装糊涂只当不知道。

萧丰还据此向省府具文邀功，并得到表彰，高安被授"模范县"荣誉称号。萧丰又不由得沾沾自喜。当然，他也没忘了派秘书给金贵田送来一纸戳盖有高安县府大红阴文篆书公章的"表彰令"。至于他本人就不出现在龙湾了，他知道共产党的人还在，会惹麻烦。

丁丑年秋汛和救灾工作已经结束，各地恢复了安宁，也恢复了生产生活，刚好又是中秋节到了。许志宏、金葳蕤两口子决定在龙湾过了团圆佳节再回华林山，这也是金贵田、江翠柳夫妇俩的提议。于是由老金、志宏两人亲自主持和组织，大家再次忙活起来，包括全村百姓、游击队员、外村客人等，有准备米饭菜肴的，烟酒茶果的，月饼桂花糕的，摆置桌凳的，盥洗碗筷碟勺的，清点人数安排座位的、迎请采茶戏花鼓戏杂耍等剧团的，贴红花挂灯笼放鞭炮的，敲锣打鼓吹唢呐击铙钹的……忙而不乱，不亦乐乎。

金贵田还慷慨承诺：此次除了本村能凑出的米、菜、酒、茶、果、餐具、用具等以外，承担余下所有花费。这使他更加赢得大家的喝彩和感谢。

此次过节近两千人，摆了两百多桌酒席，龙湾社庙和几个宗族的祠堂都坐满了，全龙湾村就是一场巨大的宴会。据说这是龙湾自从建村一千四五百年以来，人数最多、规模最大、最热闹的一次巨大集体聚餐。不敢说绝后，但绝对空前。

十五的满月，硕大浑圆，皎洁明亮，照彻得大地一片银白，仿如白昼。晚风悠悠，树影幢幢，桂花飘香，夜空凉爽，这金秋的天气也都是极佳的。主宴会场自是在社庙，这里屋内屋外摆满了八仙桌，占一半以上。

开宴之前，金贵田、许志宏和几位宗族长、保甲长轮流讲话，无非是对这次战胜洪灾、损失很小表示庆幸和高兴，对联保长及其爱婿在人力、财力、物力上不遗余力地辛劳和付出表示衷心感谢。几位宗族长、保甲长还特地叫人制作了两块牌匾送给金贵田和许志宏，送给老金的匾上写的是"造福桑梓"四个字，送给志宏的匾上写的是"仁义之师"四个字。金、许二人连忙起身接匾，高兴致谢。

然后就是宴会正式开始了。先是大家一同干杯，待几杯过后，就分两批开始敬酒：先是游击队员敬金先生和几位宗族长、保甲长，后是村民敬许志宏、谭敦良和他的战友们。

许志宏早跟游击队员们交代了，你们不要一味地敬金先生一人，更要多敬敬村里其他长辈贤达，特别是这些年纪轻、身体棒、酒量大的宗族长、保甲长、兄弟们，还有外村来的那些客人。可他自己却不得不挨村里一群后生崽的轮番进攻。尽管队员们都要求替他喝，可后生崽不给，说你们要喝我同你们干，可不能替姐夫喝。村里后生崽不管大小都管许志宏叫姐夫，所以他们只能偶尔偷偷抢着替许志宏喝下几碗而已，大部分都被实实灌进了他自己的嘴里。更有那李铁陀，跟他连干了三大碗。几番下来，许志宏很快就有醉意了。酒虽是乡民自己家酿的米酒，酒精度并不高，但喝多了还是后劲蛮足，挺上头的。

酒过五巡，台下众人还是继续在干杯、吃菜，台上则开始表演杂耍、手艺和唱采茶戏、花鼓戏。趁采茶戏还没开场，金贵田拿着一块月饼咬了一口，问在座的人：

"你们说说，中秋节为什么要吃月饼呢？"

先是许志宏猛摇头，之后一个说"中秋的月儿最圆，肯定要吃圆圆的月饼嘛"，一个说"月饼很好吃啊，所以中秋要吃啰"，一个说"好像是朱元璋朱重八发明的吧，可我也不知具体"。

许志宏制止了众人七嘴八舌。舌头有点打哆嗦地说："金先生博……博学，他什么都知道，就……就让他说吧。"

于是，金贵田端着酒杯，笑着环顾四周，就开始讲故事：

"刚才这位小谭营长说得对，看来你读书不少，知识面还挺广啊！是这样，中秋节吃月饼，的确跟明太祖也就是朱元璋有关。但月饼并不是他发明的，之前早就有了。只是那时这种圆饼还不叫月饼，也不一定是在中秋节吃。直到元朝末年，安徽凤阳府人朱元璋即洪武皇帝决定发动起义，以'驱除胡虏、消灭蒙元、恢复中华、建立大明'为号召，并与其部下徐达、常遇春、李文忠、汤和等人相约，就在中秋之夜举事。他们利用民众互相赠送圆饼，在饼中夹带'八月十五夜杀元兵'小字条。大家见了饼中字条，一传十、十传百、百传千、千传万，便都确定好了中秋子夜一齐行动，揭竿而起，直捣元廷。后来起义果然胜利了，便家家都做饼吃饼以示庆贺。明朝建立以后，太祖朱元璋就正式把这种圆饼称为月饼，并规定在中秋节吃……"

许志宏还没听完故事，谭敦良看他喝多了，有些失态，就强拉着他往外走。走到外面，冷风一吹，醺醺然的许志宏又清醒了一些。他干脆走到社庙外的水井边洗了一把头脸，酒几乎就完全醒了，对谭营长说：

"走，我带你去我岳父宅院里，跟你嫂子和她妹子再赏月喝酒一会。"

在他们背后，采茶戏已然开场。金先生自是通晓那戏文了，便跟着有板有眼、有声有色地唱，走得越远，那声音便越隐约、依稀，如春蚕噬桑叶、似小蛇吐芯儿：

  春风荡漾水翻绿波；
  艳阳天风光好百鸟甚多。
  曾记得在桑园把桑采过；
  在桑园收留了保童大哥。
  保童哥生得好有才有学；
  我有心来与他配合丝罗。
  但不知哥心上是否有我；
  心上迷真叫人难以猜着。
  二八女到书房查盘哥哥；
  这茶盘好一似说合媒婆。
  说得好我将你烧香供佛；
  说不好我将你抛入长河。
  来在圣堂侧耳听；
  用白扇敲门框拜请大哥。
  …………

中秋的月光很亮，根本不用打火把或提手灯。两人很快就到了金府，一敲大门，金潋滟就来开门了——幺爹在社庙陪金贵田。只见许志宏的岳母金江氏和两个女儿，在外院的庭园里，在如水月光、依稀星河里，在枝繁叶茂、笔直挺拔的几棵桂树、樟树下，摆上一张小八仙桌，置上一壶酒、一壶茶、一盘花生、一盘月饼、一盘桂花糕、几只螃蟹、一些水果，还有几碟小菜，在赏月、喝酒、品茶、闲聊。旁边的石台上，一鼎香炉正青烟袅袅，馨香四溢。多么浪漫、多么有情调的生活啊！许志宏马上就羡慕起她们仨来。

先是潋滟代她们几个问许志宏：

"姐夫，你怎么这么快就散场了？我爹呢？"

谭敦良代许志宏回答她：

"许队长喝多了，我送他回来。金大叔还在看采茶戏。"

许志宏却说：

"我没喝多……这点酒算啥？我看你们几个如此有雅兴，跟谭营长也过来凑热闹。……那边人太多，太嘈杂，有些乱套了。而且个个都只针对我敬酒，我也招架不住啊。……潋滟妹子，来，咱俩继续喝，不醉不归屋！……明天上山，就不能多喝酒了。"

原来，在华林山上，队长吴嘉民什么都由着他，都听他的，却为了他能保持头脑清醒，不耽误事，一般不让他喝酒。吴嘉民有充分理由：咱们游击队处境险巇，每时每刻行走在刀刃上，不能掉以轻心，千万别一失足成千古恨，一着不慎满盘皆输。几百号人的性命都在你手里捏着，所以得时刻保持清醒，随机应变。

许志宏觉得他说得对，所以驻扎在山上或行军打仗时就尽量不喝酒，但今天在龙湾，好不容易逮上一个机会，岂能不放开过瘾喝一回？

没想到金潋滟说："好，姐夫，那我今晚就陪你好好喝几杯！你每喝一杯，我就喝双份。"

说完大大方方地来拉许志宏入座。谭敦良跟她们也都比较熟了，就紧随其后也在志宏旁边坐下，他有时刻保护队长的责任。金葳蕤笑眯眯的，对志宏的心情也很理解，以一个贤惠、宽宏的家庭主妇的身份劝志宏："潋滟的酒量很大，你刚才已经喝了好几斤了，是喝不过她的，注意点啊！"并起身去搬两条凳子来桌边加座。金江氏素来多少对志宏有些不大看重,但他既然已成自己女婿多年,且生下的三个子女她都非常喜欢,爱屋及乌,也就有好感了,于是只欠欠身,打个招呼,示意他们坐下。

许志宏对金府的情况自是早已熟稔,知道除了他妻子金葳蕤基本上滴酒不沾外,其他几个都爱喝酒,岳父、岳母的酒量虽不大,但平时也常喝个三五两的,幺爹据说酒量极大,但一般不怎么喝,至于金潋滟他还没跟她比过,不很清楚,不过是听葳蕤说了好几回,这世上没几人是她对手,打小经常见她于狂饮间忽忽就把个酒缸喝见底了,但从没醉过。可志宏不信啊,于是今晚重开第二场,准备跟潋滟煮酒论英雄。要说潋滟是他嫡亲的姨妹,可潋滟长得太美了,他平时都不敢正面瞧她,"可远观而不可亵玩焉",跟她近距离在一起都有些发慌,心扑通扑通直跳。今日好在喝够酒了,胆子大了,又在这么温馨、舒适的环境里,才敢跟她挨坐在一起,说话、干杯。

金葳蕤还真是说得对,之前金潋滟已喝了不少,许志宏自己掂量也喝了有几斤的。不过他看得出,他还没喝潋滟那么多——桌边有个二十斤的大酒坛,酒已下去了两成,应该基本上是潋滟一人喝掉的。接着他俩正式比试,用半斤的大杯,每次一干尽,又各喝了几大杯。潋滟还另外敬她娘亲、她姐与谭敦良——他们几个都是意思一下,跟她碰碰杯,并没喝多少,而她仍是一干而尽。这样一来,她大约比志宏多喝一倍,也就是她所说的双份。

算起来,今夜许志宏喝了有五六斤,而金潋滟足有七八斤了。问题是志宏已不胜酒力,坚持不下去了。而潋滟还在豪饮,其表情、口齿毫无改变,跟没喝的人似的,并不断劝他再喝,还笑话他"尿了吧",说:

"姐夫,我们自家酿的酒,比你在社庙里喝的酒要好多了,你怎么不多喝点呢?来,再干!"

许志宏的舌头却再次不听使唤:

"……潋滟妹子,……你真是'酒仙''酒神'啊!哦,不,是'酒仙女'呢!我还……从来没见到过、没听说过有你这么大酒量的人!"

就在这时,许志宏来了一通似乎是不该说、说了倒也没什么,甚至说了也许更好的话:

"……潋滟妹子,都说男不问钱、女不问年,可我知道你的年纪,……嗯,二十二了吧，你也老大不小了，该找婆家了，……要不要我给你介绍一个如意郎君啊？"

江翠柳皱了皱眉头。金葳蕤知道许志宏想说啥，暗中给他递了个眼色，叫他不要再说了。可许志宏似乎没理会到，或者是喝醉了，又或者是故意不听她的。金潋滟却不以为愠，笑吟吟地问：

"好啊，姐夫，你要把谁介绍给我呢？"

许志宏拍了拍他身边的谭敦良的手臂：

"就是他呀，谭营长！……他是你同一高安高级中学堂的师兄，……又是你姐的师弟。"

潋滟："你这么说我倒记起来了。他比我姐低一届，比我高一届。你上次介绍他时我还没有印象，但总觉得这个名字有点耳熟，后来才记起。他打篮球很厉害，每次都打前锋，主要靠他投篮得分。我们班有好几个女生暗恋他呢！……谭师兄，你的书名是叫敦良，你家是县城旁边祥符镇，好像是你祖父还是你堂祖父是清朝高安县衙的最后一任县太爷呢，是吧？"

谭敦良："你记性真好，那是我五祖父，也就是我祖父的五弟。"

潋滟："我明白了，难怪她们暗恋你，你不仅球打得好，还是世家公子呢！"

谭敦良："过奖。呵呵，我自己怎么不晓得有人暗恋我？"

许志宏这时过来打断了他们的对话："怎么样潋滟妹子，你看谭营长，跟你既有师兄妹的缘分，又出身高贵、文武双全、英俊伟岸，……配得上你吗？"

金潋滟："配得上，完全配得上，倒是我高攀他了。"

谭敦良："师妹说哪里话，你是全高安都有名的大美女，怎么会看得上我呢？"

金潋滟正要回话，就在这时，外面响起很多人的脚步声，继而是很多人的敲门声，然后是金贵田的高喊："葳蕤、潋滟，快来开门！"

谭敦良抢着去打开门，只见最前边是金先生被幺爹搀扶着，后边跟着好几名游击队战士和村里的小伙子。金贵田大着舌头说：

"我跟他们几个说我家潋滟的酒量大，这几个小伙子不信，说要来会会她。潋滟，你就跟他们比画比画吧！"

金葳蕤她娘和金葳蕤悄悄对视一眼，摇摇头，知道金先生难得醉了，他带来的山上或村里的十来个小伙子想必也都有七八成醉意了。而金潋滟却豪气冲天：

"那你们就都放马过来吧，让你们见识一下姑奶奶的厉害！"

金潋滟指着那个大酒坛，里面估计还剩有十几斤，说：

"你们几个一起上吧，大家今晚把这坛酒干了！"几个小伙子，也不管是山上的还是村里的，都喝多了，都胆大了，都不怕死了，都去拿了一只半斤碗，都去筛满酒，然后都凑过去跟大美女大酒仙潋滟碰杯。

许志宏一则自己喝高了喝嗨了，二则想看看金潋滟究竟能喝多少，三则也愿意让自己的战士们今晚干脆都开心够。因为从一开始他和金葳蕤就指派了几个责任心很强的队员，分批在村里村外放哨巡逻。所以没有阻拦他们，相反倒在一旁趁着八分酒意"煽风点火"。

金潋滟每次跟他们几个人喝时，还是一干而尽。又马上满上，继续一干而尽……到最后，酒坛真的见底了，其中潋滟一人又喝了四五斤，其他几个则一起喝了十来斤。可潋滟还是没醉，神情如常、谈笑风生，有如那最美的水月观音，伙子们却都或趴俯下，或站不稳，或犯迷糊，或说胡话，或在呕吐，或已逃离。

许志宏从侧面观察，见金潋滟今晚已喝掉十多斤酒，且从未去过厕所，也未吐过，又没出汗，娉婷纤细的腰肢亦没见大，真是神奇。他不得不彻底折服。

金先生的酒稍微醒了一点，讲话就流畅多了，只见他得意地说：

"你们见我打诳语了吗？骗你们了吗？我二闺女是不是酒仙女下凡、当代李白……不，当代李清照？你们服输了吗？都说隔代遗传，我跟我几个姐姐的酒量都一般，可我父亲时彰公当年的酒量，在龙湾，在周边这些村都是无人能比啊，村里年纪稍大一点的都懂。潋滟就是遗传了她祖父的酒量，当然她也是酒仙女下凡，别说在龙湾，在高安、在江西，想必打遍天下无敌手啰！"

游击队的几个年轻战士都吓傻了，一副偃旗息鼓、甘拜下风状：

"服了，服了！今天我们算是大开眼界了，惊为天人、叹为观止啊！总算见识到了什么叫天下第一酒仙，还是个沉鱼落雁、赛西施浣纱、娇娇滴滴像黛玉的年轻美女呢！"

金先生又以铿锵、坚定的语气，像是在为许志宏前面的话做注脚似的说：

"谁要想做我金门的女婿，须得喝赢我家二闺女才行。"

那些赛酒的小伙子全都认怂了，像一股罡风刮过草地一般呈一排同时往后仰倒壮，一脸的沮丧：

"那我们都没有希望了!"

倒是谭敦良无动于衷,也没吭声。他今晚喝得很少,始终保持着清醒。他的酒量当然不会太大,但难得的是他永不会喝醉。金潋滟暗暗打量着他,心中一动。

见此情景,金先生这时又讲起了故事:

"历史上酒量最大的人,其实不是李白,不是刘伶,不是杜康,不是武松,不是关羽……那些都是野史传说,不足为凭,而咱们这个是有史书为证的。你说是谁,他还是我们江西老乡呢!

"谁?他就是明朝的曾棨,字子棨,号西墅,永丰人。少时家贫,以砍柴、放猪、帮工为生,但酷爱读书,过目成诵,博闻强识。曾棨体魄魁硕,不但酒量极大,千杯不醉,病危将绝时仍呼酒痛饮,连明成祖朱棣都称其为酒状元。他还被称为江西才子,为永乐二年(公元1404年)状元,历任翰林修撰、庶吉士、少詹事、右春坊大学士、礼部左侍郎等职。其为文如泉涌,出口成章,廷对两万言不打草稿;擅长诗文,产量甚多,贯通经史、识达天人,辞理俱到、词旨浏亮,并曾出任《永乐大典》副总编纂;还工书法,草书雄放,有晋人风度。

"一日,明宫来了一位外国使臣,号称善饮,放言打遍天下无敌手,满朝无人能陪。朱棣命廷臣推举,却只有一个下级武士敢于应战。朱棣十分不高兴地说:'堂堂天朝,难道就没有一个善于饮酒的大臣?让一个武士作陪,成何体统?'于是曾棨请往,朱棣问道:'卿量几何?'曾棨答:'无论量。'朱棣大喜,即命他去陪使臣,让那武士帮忙跑堂。三人一连喝了几天,来使终于大醉,武士也东倒西歪,然而曾棨清醒得如没喝过酒一样,使臣只得甘拜下风。成祖闻之大喜道:'且不以才学,只这酒量,亦堪作我朝状元。'而其'酒状元'之名便由此而来。

"又有一日,忠良权臣英国公张辅想试探一下传闻中的'酒状元'曾棨到底有多大酒量。他先是派人两手合拱量了一下曾棨之腹部,根据其大小做了一只木桶,置于国公府厅堂后面,再盛邀曾棨来其府上赴宴。曾棨喝下多少,侍者便往桶中注入多少。喝了一天,桶里的酒已溢了出来,便注入另一瓮中,又溢了出来,曾棨仍神色自若。夜半回到家中,他还摆酒犒劳送他的张府仆人,直到仆人都醉了,他才休息。第二天,张辅见了他,立刻惊呼道:'子棨真海量也。'"

大家听金先生讲解这个古人曾棨的故事,就像是描述今晚他女儿金潋滟的神奇表现一样,其酒量想必也有潋滟这样喝二三十斤甚至更多亦根本不在话下之非凡本领。

总之，是夜的"赛酒会"至此告一段落，各自回房洗漱歇息。许志宏对有些事颇感疑虑，遂于更衣上床时问金葳蕤：

"你说我给潋滟和敦良做媒，潋滟那是什么意思？是纯粹敷衍应付我，还是对敦良的确有意或无意？再者，你爹那又是什么意思？他真的要给潋滟找个比她酒量还大的男人么？潋滟的酒量已是盖世无双，还会有谁喝得过她？"

金葳蕤笑笑，既像是知道内幕，又像是蒙在鼓里，并没正面回答他，只说：

"咱们就别咸吃萝卜淡操心、费力不讨好啦！我想每人都有每人的缘分、每人的命运，是急不来的，别人也包办不了的。但总归我想，滟儿那么漂亮、聪明，她肯定早有她的想法啦，还用得着咱们为她操心？倒不如想想咱们自己的事，游击队呀，华林山呀，抗日呀，几个小家伙呀！"

许志宏连连点头：

"蕤儿，还是你英明、伟大啊！你都比我后走上革命道路好几年，还是我介绍你入党的，怎么我现在觉得你进步神速，你的党性原则比我还强，考虑事情更长远更重大？亏我还只想到喝口酒过把瘾，想到给自己小姨子寻对象，这么一些琐碎、凡常的家庭小事，其境界、格局比你差远啦！是的，我们得多想一想革命的大事呀！"亲了贤妻额头一口，紧接着他把灯熄灭了。

此刻，外面的满月已升至中空，银白的光从窗棂泻入，照彻得房里比平日亮多了。

金葳蕤有这个境界是不假，但她心里也有自己的小九九。她今年已二十四岁，几个孩子都大了，且刚好不在身边，"二人世界"不受打扰，她作为少妇熟女的身体功能正旺盛，丰腴而圆润，不像是游击队女队长、"山大王"，倒像是贵妇人，对男女之事非常热衷。前段时间抗洪抢险心情紧张，且老是要夜晚出巡，影响休息。而这些日子刚好，汛期早已结束，灾后重建也已完成，天气又不冷不热，正是夫妻恩爱、同枕同眠的最佳时期，所以连续几夜她都有需要。她还特地在丈夫平时的酒茶汤里放了黄精、女贞子、淫羊藿之类中药材，平时做菜也多做一些韭菜、松茸、秋葵、河蚌、虾等，据她娘亲说这对男人的身体健康很有利，她也想试一试效果究竟如何。今晚她见丈夫开始是在社庙喝，后来回家又喝，还要关心妹妹的终身大事，拖到夜深都不思就寝——她不知道，他能这么熬，正说明他身体棒，她放的药和做的菜起作用了呢！现在回屋了上床了他还念念不忘，她就不轻不重还"义正词严"地将了他一军，没想到他真听进去了。

趁着许志宏心情好，亲了自己一口，金葳蕤马上感觉来了，她不想再拖延，也无须害羞，都老夫老妻了，就一手延伸下去抓住他的东西，没想到那东西突地就发酵似的硬挺起来，比往常快多了。葳蕤惊讶而兴奋地喊了一声："起作用了呢！"

许志宏本来有些累，加之酒喝多了没兴趣，刚开始还有些抵触，嫌她太急迫太主动，但此时也迅速来了意识，立刻契合套住，随即轻车熟路运动起来。两人闹腾了半个时辰方才罢休，金葳蕤像条泥鳅一样从他身上滑下来，惬意地一手抱着他的腰，一手靠着他的头，两人一道香沉沉地睡去。

谭敦良这段时间在龙湾参加秋汛救灾，他最心仪的还不是绝色美女师妹金潋滟，而是另一个倩影，她曾蓦地闯入他的视线，虽稍纵即逝，才闪了一眼就不见了，仿佛是在深山碰狐妖、荒庙遇女鬼，却从此让他终生难忘，身在各地走，心已留于此。那人不过是偶尔悄然回了趟家，对熟人谁也没惊动，就赶紧离开了，却让他这个外乡人瞥见。可她又是谁呢？

第二天，许志宏、金葳蕤本想率领在龙湾的所有游击队员，并派人一一去通知分散在临近诸村的游击队各个小组，今天全体人员都一同赶回华林山去。并准备今夜与几个主要负责人在山上开会商议，响应中共中央号召，在不久的日子里，带着部队开赴抗日前线。他也另派了人去高安县城给华子骞送信。

可早餐过后，吴嘉民派人送来一封信，又让他们在山下多待上三天。原来，吴嘉民是想让他们趁秋汛平息，在龙湾及周边多征些新兵。其实，许志宏、金葳蕤心里大概也有这样的打算，现在既然吴队长这么说，即赶紧拟启事、做动员、设站点、举行面试及办理入队。

各小组长分头行动，没想到，这启事一发出，高安西、北诸村镇的不少年轻人便踊跃赶来报名参军。高奉游击队在华林山、龙湾、杨圩、上湖设了四个征兵点，他们四个主要同志各负责一处：吴嘉民负责华林山、龙湾归金葳蕤、贺云财去上湖、许志宏去杨圩。凡来参加高奉游击队的，条件符合、家人同意、身体健全，每人先发给五块大洋、一套军服军鞋，等到了大本营还给每人发一杆长枪。征兵时间短短三天，四地就总共收纳了二百多号人，高奉游击队很快便扩展成了一支数百人的大部队。

许志宏、吴嘉民就将游击队粗略分为三个大队（包括一个独立大队，由谭敦良负责）、十二个排、四十八个班，一个班十人。高奉游击队西征北上加入新四军后，正式改番号新四军独立团。

在许志宏赶去上湖之前，李铁陀风风火火地跑过来找他，说自己本来也很想参加游击队，只是有件个人私事还没解决，只能以后有机会再说了。

许志宏很喜欢李铁陀，他性格勇猛、身体强壮、机智果敢，且有功夫、敢反抗、能打仗，他若是入了伍，假以时日，加强考验锻炼，肯定会成长为一个非常优秀的战士。志宏紧握铁陀的手说：

"铁陀兄弟，其实咱俩年龄差不多，我不管你是什么事，我只祝福你能心想事成、如愿以偿。反正我的部队随时随地为你敞开大门，随时随地欢迎你加入。"

李铁陀为许志宏对自己的欣赏信任也非常感动，流下了真挚的眼泪，抓着他的手不断地摇晃，热切而坚决地说：

"士为知己者死，姐夫，我就不叫你许队长了，也不叫你妹夫，我记住了这些天你在龙湾对我说过的每一句话，等我这边的事情一解决，不管你在什么地方，就是天涯海角，赴汤蹈火，我也会赶过去投奔你！"

"好的，铁陀兄弟！"

后来还是金葳蕤告诉许志宏的，李铁陀与谢府小女谢金枝之间还有感情问题没有解决，他是不会甩手而去的。这让许志宏更加佩服多情多义的李铁陀。

且说许志宏带着谭敦良去了上湖以后，龙湾这边就由金葳蕤负责征兵，一个副大队长带了十几个队员协助她，还有几个保长、甲长、外公江老倌和堂曾祖父金高煦等人也会来帮帮她，进展一直挺顺利。

直到第三天即最后一天的下午，有个特别的面孔出现在了社庙大门外的征兵点。

第十章 反省

高安监狱修建在县城的南墙边,与南门不过一箭之地,离县府和古县衙也不远。监狱外一墙之隔,就是锦江,滔滔东流,日夜不息。

谢炳坤父子和高安县警察局原局长彭度因贩毒案发,先是被关在这里,后被押往省城南昌,经高等法院判决以后,是在省第一监狱服刑。由于顾及舆论,他们无法走关系取保减刑,但还是得到了照顾,前年就将他们从省一监改到了高安监狱服刑。毕竟这里是他们的地盘,又都是自己人,监狱里的条件、待遇要好很多,也能及时了解府上和家人的情况。而县长萧丰是只要将他们关在监狱里不出来为难自己,就不管那么多了。

半个多月以前,高安丁丑年秋汛第二次高潮正在泛滥,整个县城已被洪水淹没,街道就像是河流,市民用木板、篾筐、小床、条凳之类当船在水面上慢慢划着艰难出行。但一不小心就会倾翻掉进水里,轻则变成落汤鸡,衣服全湿了,冷得直发抖;重则摔伤发病、顺水冲走、溺水而亡。

当时,政府部门官员、警察与驻军不顾老百姓死活早已迁离,学生们早放假回家了,有钱的、有其他去处的、老家在乡下的、有亲戚在南昌宜春萍乡九江等大城市的也都跑走了,还有很多市民也都躲灾、避难、找出路去了,城里的人十成所剩不过一二成,高安几乎成了一座"空城"。

衙门、学校、医院、店铺、旅馆之类全都关门了,空空荡荡的,树木、路灯、招牌、电线杆等倒伏在地,横七竖八乱成一团,有些危房墙颓垣圮摇摇欲坠,滚滚浊流里漂着腐烂的树枝、木头、死耗子等,还有人与动物的大小便都排在里面,污秽不堪,臭不可闻,其悲惨场面仿佛人间地狱一般。尽管中共地下党和一些进步人士在竭力抢险救人,但只是杯水车薪而已。

在高安监狱,其情况更加糟糕。因地势低洼,洪水早就漫入房中,泥污积压,形如水牢。锦江暴涨，几与城墙、窗户持平，再这样下去河水说不定就会盖过警戒线直冲进来，那所有人就都会溺死。狱警、狱卒也都走得差不多了，就留下稀稀拉拉几个很不情愿地在看守着，脾气很坏，成天骂咧咧的，稍不如意，对犯人轻则训，重则打。饭是甭想吃了，只能饿着肚子，且又渴又冷又病痛，湿漉漉的床铺又没法入睡，时刻浸泡在泥水里，个个成了"赤脚大仙"。旁边的屎尿桶、各人身上的污垢脏衣臭气熏天。多日来，已经有不少犯人因为饿死、病死、溺死而被拖出去了。

谢炳坤父子和彭度的情况自然要好得多，这些狱警、狱卒大都是他们曾经的老部下或自己人，给他们住着条件最好的、位置最高的牢房，洪水漫不进去，床上被褥很厚，有盖的屎尿桶定时会有人来取走，还买通了人每天送饭送水，手脚上还不用戴镣铐。不过前几天为其服务的人都走了，他们也只好忍着凄冷病痛和屎尿臭味，挨过了一段时日。幸好还存了一些吃的，倒不至于马上饿死。又好在近日谢光赋从南昌赶了过来，买通狱卒，每天入狱照料他们。

眼看锦江水就要灌进门来，到时整个监狱被大水全淹没，谁都活不了。他们几个已经策划商量好，并与大多数犯人暗里通了气，就在今晚后半夜，集体越狱。

这天夜里，趁狱警、狱卒都进入了梦乡，且恰好秋雨小了好多，狱里众犯人一道配合砸墙、砸门、砸窗，狱外谢光赋又花钱雇了一帮灾民混混，彭度的老部属也叫来多人，众人一起努力，便都不管是哪帮子来路、黑道白道红道了，只管埋头苦干，齐心协力在监狱大院靠锦江的外墙掘地道、挖砖孔、锯窗栏，倒也费了不少心力，毕竟墙厚砖固地板硬，秋风又刮得猛，河水齐腰且剧烈滚涌又不利动手，直忙到快天亮时才终于打通地道和外墙，也锯开了几扇门窗，陆续将高安监狱里约三百名犯人全都释放了出来，并在狱外将大家的脚镣手铐速速砸掉，便各自逃之夭夭，如纵虎归山、驱鸟上天矣！其中不乏作奸犯科、杀人放火、淫人妻女、偷盗抢劫、坑蒙拐骗、欺压百姓、扰乱治安的歹徒奸人，但已管不了那么多了。

丁丑年秋汛期间，高安监狱三百犯人集体越狱事件，在整个江西省引起轩然大波，反响极大。但由于是洪水肆虐，官差尽走，牢狱将淹，属于特殊情况，法不责众，便都不再追究任何当事人。加之日寇已冲过卢沟桥，打进北平城，发动全面侵华战争，中华民族危在旦夕，全国上下一致抗日，蒋介石在庐山发布"严正声明",提出"再没有妥协的机会,如果放弃尺寸土地与主权,便是中华民族的千古罪人","如果战端一开,那就是地无分南北,人无分老幼,无论何人,皆有守土抗战之责任,皆抱定牺牲一切之决心。我们只有牺牲到底,抗战到底,唯有牺牲的决心,才能博得最后的胜利",决心对日寇展开大规模抵御作战,故大赦天下、安稳民心,争取国内外一切力量。因而江西省府对高安这些越狱犯人亦同样不再追究,还其自由之身。

高安丁丑秋汛暴发大洪水,导致很多人倾家荡产,家破人亡,一无所有,但对龙湾谢府似乎倒是大好事。身陷囹圄的谢炳坤和谢天昊父子俩,借助洪水泛滥、官差渎职、高安空城,与他人组织集体越狱,成功逃出了监狱,获得了自由。谢氏父子和彭度在狱外握手相约东山再起,来年继续合作后,便抱拳告辞各奔东西。

但说归说,自此彭度再没出现。他是在出狱的半道上,被地下党组织击毙。因其在任高安县警察局局长期间,逮捕或枪杀我中共同志多名,恶贯满盈,死不足惜。

且说谢炳坤和谢天昊、谢光赋父子仨这边,他们在朦胧晨曦、萧瑟秋风中,沿着泥泞滑溜的河边小径,脚下就是汹涌咆哮的锦江水,攀扯着小径旁的藤蔓、礁石之类,艰难前行。谢光赋所雇的那些灾民混混们,都拿了赏金,嘻嘻哈哈地跑开了。

这时,走在最前面的谢天昊突然回过头来,对谢炳坤、谢光赋大笑道:

"爹、二弟,你们知道吗,七年前朱毛共匪打进来时,我就是带着几个部下从这锦江边逃出去的,今天又是从锦江逃出监狱,锦江还真是我的救命恩人、我的福江哪,哈哈……啊!!!"

说时迟那时快,也可能是谢天昊得意忘形疏忽大意,也可能是他命中必有此一劫,他话还没说完,走在他后面仅三十厘米之距的谢炳坤和谢光赋,竟眼睁睁地看着他一不小心脚底一滑,双手没等抓住身边的固定物,便身子一晃,刹那间栽进了锦江里,连"救命"都没喊出一声,就被湍急的河水瞬间淹没并迅速带走。千钧一发之际,谢炳坤和谢光赋根本来不及拉住他——好在没拉住,否则三个人会一道被带进河里。

其实还有一点,谢天昊也算是于无意间救了自己父亲一命。他们父子仨这样走在生死边缘,情形惊险,万难周全。若谢天昊不走在前边,另一个肯定是谢炳坤。

他此时已是强弩之末、精疲力竭，稍不注意就可能掉入锦江，祭献河神。现在谢天昊先行一步，就把生的希望留给了他。

只见大谢头谢炳坤朝着浊浪滔滔、洪流湍急的锦江下游方向，凄厉哀恸地大叫了两声"昊儿……昊儿"，蓦地心揪得眼前一黑，也差点摔倒，险些同样葬身锦江之中。于凄风苦雨中同样小心翼翼地尾随在他后面的谢光赋，赶紧强忍惊骇和伤心，冲上前去镇定地把老父亲扶住，让他先稳住心神，不要哭喊，站稳脚跟，继续前行。

其实不过再走上那么几步，他们就到达安全地带了。没有了大哥，以谢光赋一人之力，保护父亲还是绰绰有余。前面那几百人，犯人也好，彭度及其部属也好，被谢光赋雇来帮忙的也好，都是很轻松、容易地通过了这段路，有些还蹦蹦跳跳的。这段路虽然很险，却很短，百把米而已。只有谢天昊丧了命，看来是老天爷要收他走了。

到了安全地带的谢炳坤，再也忍不住伤心，便跪倒在地，面向锦江，不顾天冷风寒、地尽泥浆，哭得呼天抢地的。他喊道：

"老天爷你为何要如此捉弄我们父子？刚刚我们还在高兴，今年秋汛对我们倒是大好事，得以成功出了狱。可有什么好啊？我看是大坏事！要是不出狱，昊儿怎么可能丧命？大不了在狱里再多待几天就是。难道我们还会在牢里待一辈子不成？呜呜呜呜！"

谢天昊固然有这样那样的缺点毛病，但他是实打实的大孝子，对父亲百依百顺，在几个兄弟里也最像谢炳坤，这些年创造的业绩最多，今天他死了，谢炳坤怎不伤心？再说大谢头将来的事业，还有很多需要这个长子襄助乃至接手。

谢光赋救得了父亲谢炳坤，当天赶紧开车回了南昌的谢氏公馆，一家人团聚。不用说，谢天昊之死，令整个谢府中人悲痛欲绝，哭声盈天，低迷多日。他是兄妹四人当中的大哥，也是其中能力最强的，又是谢府偌大产业实际上的总经理。谢炳坤痛失了爱子，加上受了风寒，在监狱里又遭罪了多日，很快就支撑不住了，大病了一场，在省城医院住院治疗了十数天，又从老家龙湾叫来了妻弟熊二郎中以中医术调理他，这才得以慢慢康复。

至于葬身锦江的谢天昊，谢府人曾花钱派人沿锦江、赣江一路找寻其尸身，但一无所获。他们只好在南昌郊区的一个陵园里给他建了座衣冠冢，葬了他生前

169

的一些衣服、用品、随身小件。谢天昊深受娘亲、祖奶影响，平日里也信点佛教，脖子上常挂珠玉吊坠与金银佛牌，手腕上常戴菩提手链与砗磲念珠，家中墙上供奉绘有如来佛祖与宗喀巴的唐卡，这些都伴随他而去了。而他的遗孀朱璇，与一子一女，其故事在后面再简单交代。

在南昌的江西省立医院，面对即将痊愈的谢炳坤，熊二郎中给他简单介绍了龙湾在秋汛洪灾期间发生的事情，特别是他的老对头金贵田府上的情况。谢炳坤可不管你老金救活了多少灾民，挽回了多少损失，立下了多大功劳，他只要知道老金之所以能立大功，联保长之所以干得好，老百姓之所以口碑好，完全靠的是他的共匪女婿。当初金葳蕤就是嫁给了这共匪女婿，他们不但欺骗了昊儿，还让自己跟金府联姻的想法彻底破产。这共匪女婿又趁机拉拢高安等地的愚民，大规模扩红招兵，而县长萧丰因为老金是其恩师便假装糊涂、包庇纵容，且还为高安抗洪抢险成绩突出而向省府邀功获得表彰，这让大谢头气不打一处来，从病床上跳起，怒火填膺。二谢头见此情形，便火上浇油：

"老金如此得意，主要还是靠女儿女婿。共产党不除，龙湾不安宁。"

"你有办法？"谢炳坤盯着二谢头。

"要除掉这些眼中钉，必须靠国民党军。"

"你是说向国民党军告密？国民党军早就知道游击队的存在，剿了这么多年，倒是把他们越剿越强大。"谢炳坤不屑一顾地说。

"那是因为国民党军不熟悉游击队的情况。不瞒老爷说，我对游击队的情况了如指掌。"

"你怎么……"

"老爷不用奇怪。我和这些共产党不共戴天。我知道迟早有一天你要深受其害，所以前些天我已派人进山，把游击队的几个落脚点都摸清楚了，保证一抓一个准。"

谢炳坤一听二谢头如此工于心计，心里先是一惊，觉得自己还是对这个人了解太少，今后要防着点。不过转念一想，这样说不定真能替自己报一箭之仇。

"冤有头，债有主。只要能把金贵田、金葳蕤、许志宏这三人抓住就行。不过，其他的共产党游击队跟我们无冤无仇，我们这样做是不是有点太绝。再说，这共产党游击队在龙湾这么多年，打土豪分田地也没有动我们谢家一亩地一幢屋呀。"

"老爷您现在怎么也变得婆婆妈妈了。这金贵田他们和共产党本来就是穿一条裤子的，不赶尽杀绝，我们就没有好日子过。"

"我总觉得这事有些不妥。"刚经受丧子之痛的谢炳坤有些有气无力。

"老爷，这事您就不用操心了，我来处理。"二谢头看着谢炳坤的样子，有些生气，但又不敢发作，便以罕见的口气对谢炳坤说道。

见谢炳坤没有言语，二谢头便开始回去准备。他绘制了一幅华林山简图，将游击队可能落脚的地点全部标明，想第二天向驻扎在南昌的国民党军队告密，从四周包抄高奉游击队，将其全歼。

中年丧子的美妇人熊芙蓉，至今眼角仍泪痕未干，平时一对大而有神的丹凤眼明显浮肿且眯成一条缝，无法完全张开。因为跟金贵田从小相好，她也不希望丈夫对他赶尽杀绝，昊儿是自己不小心，命不好，又不是死在金贵田的手上。但要是只针对活该命绝的死妮子金葳蕤，她没什么意见。

但隔墙有耳，他们的谈话，被独坐在病房外走廊里的二儿子谢光赋听见了。他在心中盘算着，必须在二谢头向国民党军告密之前，自己要尽快回去拯救他心目中的女神——金葳蕤。

这天中午，谢光赋找了个理由，一个人驾车回到了龙湾。金葳蕤一见到谢光赋，心里有点发慌，脸红起来。为掩饰自己的忐忑不安，她劈头问道："光赋哥，你找我有事？"

"是啊，"谢光赋怕金葳蕤有别的想法，赶紧说："我是赶来投奔你们的。"

"你想加入我们游击队？"金葳蕤简直不敢相信自己的耳朵。他可是原国民党江西省政府的公务员、原高安县保安团团长的兄弟、高安首富的继承人，集国府官员、国民党军中人、世家公子于一身，他怎么可能会有向往革命的念头？

"是的，我早就想参加革命了！"谢光赋肯定地说。他看了看周围，见都是游击队员，没其他人，遂降低嗓音说："你不知道，我以前的同学、在省府的同事，有好几个贵党之人，我跟他们已一同参加了多起地下革命活动。我的思想早已姓了'共'，他们都说我是'党外的布尔什维克'。之所以还没让我正式入党，只因为我在党外，身份更隐秘，更适合开展工作呢！"

长期复杂的斗争形势，使金葳蕤养成了沉稳的性格。她不大相信谢光赋的话，坐在那里沉默不语。

这时，谢光赋从口袋里拿出一个信封，里面装着中共江西省委地下党组织一位同志的推荐信，递给了金葳蕤。

金葳蕤接过信封打开一看，是省委地下党组织一位陆姓同志写给她的一封信。在南昌她们营救方志敏时，这位陆同志曾经与万江平一起，到过她们所住的宾馆，因此也算认识。信中介绍了党组织前期对谢光赋考察的一些基本情况，也提到谢光赋在很多方面还不是很成熟，建议本着对组织和同志负责的原则，继续对他进行一些必要的考察和考验。

金葳蕤顿时激动起来："光赋哥，原来你是我们的同志啊！"马上大方地跟他握手。

当心目中女神的手终于跟自己的手紧握在了一起，谢光赋心里像通了电一般极度兴奋悸动，"那么，你现在同意我加入你们的高奉游击队吗？葳蕤同志。"

金葳蕤仍有些犹豫，内心挺复杂。尽管谢光赋有党组织同志以个人名义写的推荐信，她相信谢光赋所言非虚，也确实为他冒天下之大不韪，敢背叛其家庭而感到高兴。但是，她跟她父亲一样，从小就讨厌谢府，对谢府有敌意，也一向跟谢府所有人都有意保持着距离。当然，金枝与谢府其他人不同，金枝纯洁善良，是值得信赖的。

在谢氏三兄弟里，首先她对老大谢天昊毫无好感，而老三谢志航从小就出去了，他们之间并无交集。只有老二谢光赋，她知道他是真心喜欢自己，相对于谢天昊而言她也不是太厌恶他。但现在她早已嫁为人妇，如果谢光赋加入游击队，以他与自己这样的关系，以后该怎么正常相处，怎么开展工作？

金葳蕤想了想，对谢光赋说："这样，光赋哥，今晚上志宏他们几个都会回到龙湾，我们到时商量一下再答复你。不过，作为我个人，还是非常欢迎你加入我们的队伍，成为我们的战友！"

"到今晚上可能就晚了！"谢光赋急了。

"咋了？"金葳蕤见他脸色突变，知道他还有什么事情，便赶紧把他带进社庙大堂里，请他坐下，并给他倒了一杯茶，让他慢慢说。

谢光赋就把他父亲、大哥趁高安为洪水所淹全城空虚、戒备松弛，组织集体越狱，然后大哥葬身锦江，父亲患病住院，二谢头准备向国民党军告密，前来"围歼"游击队等事，一一简要告诉了金葳蕤。

金葳蕤越听神色越严峻。她先是为谢天昊的不幸丧命而感到难过。尽管他为人有瑕疵，也处心积虑在跟金府作对，还老打自己的歪主意，但毕竟从小一起长大抬头不见低头见，又是金枝妹子她大哥，现在人既然走了，则恩怨俱已了结付诸云烟。再听说国民党驻军马上就要来"围剿"我部，事情紧急，得尽快跟志宏见面商议该怎么应对他们。

金葳蕤便对谢光赋说："光赋哥，谢谢你提供的情报，党组织是不会忘记你所做的贡献的。你一路上辛苦了，先回自己府里歇息一会吧！现在情况十万火急，事关游击队生死存亡，我现在就去见志宏他们。关于你想参加游击队的事，以及我们如何迎战来犯之敌的事，我们会尽快做出决定的。"然后马上要去杨圩找许志宏。谢光赋要开车送她去，她礼貌地拒绝了，带着一名战士，两人各骑一匹战马，绝尘而去。

谢光赋目送着金葳蕤，满眼痴情，暗里"唉"了一声，直到她的背影消失，才自个回谢府的宅院里去。他知道此时金潋滟也在龙湾金氏的府上，但最终没有去找她。由于大哥的惨死，他不认为跟金葳蕤有关，反倒迁怒于金潋滟，因当初大哥让金葳蕤嫁他时，金葳蕤没逼他跟朱璇离婚，后来让金潋滟嫁他时，金潋滟却逼他离婚。他想参加游击队，也跟金葳蕤大有渊源，而今天见了更加性感十足风韵迷人的少妇金葳蕤，再次燃起他的热情。他发现自己真正爱的还是金葳蕤，要是能天天紧紧跟在她身边，看看她一举一止、听听她一言一行，哪怕得不到她也是好的。因此谢光赋暂时不想去纠缠金潋滟了。

金葳蕤赶到杨圩，一见许志宏，就向他汇报了敌军前来围攻的消息。两人经过商议，决定立刻派人去通知分散在周边的和驻留在华林山下的各组游击队员、地下党员，以及刚刚参军正在集训的新兵大队，总共有四百多人，迅速向中间地带集合，当天上半夜赶到龙潭和杨圩以东，上湖和锦江以北，华林山和伍桥以南的梳子山里埋伏起来，准备随时迎战。

第二天拂晓，立功心切的国民党驻南昌部队的一个团先行赶到高安，仗着自己是正规部队，根本没有把游击队放在眼里，事先没有经过任何侦察和准备，也没有等待其他部队会合，独自直扑华林山。根据二谢头提供的情报，这个团直扑游击队落脚点，但在三个游击队的宿营点都扑了个空，领头的团长气得连连骂二谢头他们的娘。倒是高奉游击队自己故意流露了一点痕迹，把他们引向梳子山钻圈套。这是因为游击队一方面准备充分，埋伏得也好，地势又高，掌握了主动权，同时也发现敌方过于轻敌，以为游击队人数很少且分布零散，轻易可以消灭，轻易可以建立奇功。

这场战斗打得并不激烈，也不算久。国民党军虽然人数比他们多，且装备精良，但疲惫不堪，又不熟地形，只能被动挨打，一个个一片片中枪中炮倒地，叫爹喊娘的。近两千来人的中央正规军跟几百人的游击队，在梳子山里较量了一个多时辰，枪声阵阵，炮声隆隆，国民党军折损了五六百人，游击队牺牲了三十余人，伤七十多人。国民党军不知游击队究竟有多少人，开始有些害怕，加之损失惨重，不想再做无谓的牺牲，就边打边撤，带着尸体和伤员撤离了战场。

梳子山一战，高奉游击队虽然取得大捷，但也有较大损失。战斗结束，打扫战场，他们怀着沉痛的心情，在附近的山林深处找了一块僻静而向阳的高地，含泪埋葬了自己的战友，这才返回华林山。

在回华林山的路上，金葳蕤给许志宏说了说谢光赋要求参军的事儿。但他俩的私人关系她没透露，只是觉得他目前还不合适来游击队，不过可以继续接受党组织的考验，留在龙湾和高安、南昌做地下工作。许志宏同意她的意见，便以他俩和吴嘉民的名义给谢光赋写了封信，派人送去了龙湾谢宅。谢光赋见信的抬头是"谢光赋同志"，背后几个人的署名里有"金葳蕤"，心里高兴极了，也愉快接受了他们的安排，并继续热心从事革命活动。

1937年晚秋，就在高奉游击队回到华林山总部后不过一个月里，因初次交锋就被他们打趴的国民党中央军某师，一直很恼火也很不甘，发誓一定要报这一箭之仇。二谢头再次向他们提供情报，说游击队正是在华林山里，并派了他的一个亲戚给他们当向导。该师便打算派装备最精良的两个精锐团，总共四五千人，向华林山进发，决心血洗此山，彻底歼灭、肃清这支共匪。不用说，他们若是真要打过来，任华林山再地势险要、易守难攻，我方将士再顽强拼搏、以一敌十，也是凶多吉少。

但命运再次出现了转机。就在这千钧一发之际，该国民党中央军突然接到上峰命令，说国共两党已达成第二次合作及抗日民族统一战线协议，让他们立即停止"围剿"共产党游击队，并监视游击队开赴江北前线参加对日作战。在抗日的大旗下,一场必定惨烈无比的骨肉同胞相煎悲剧,便顿时烟消云散、弭于无形。

此时国际国内形势发生了很大变化。1936年12月12日,"西安事变"爆发,东北军张学良、西北军杨虎城联合对蒋介石实行"兵谏",逼蒋抗日。蒋介石被迫答应后,于12月26日回到南京,事变和平解决。1937年7月7日"卢沟桥事变"爆发,日寇发动全面侵华战争,随即在7月29日千年古都、元明清三朝京城北平沦陷,次日北方最大工业城市天津也沦陷。7月17日,蒋介石在江西庐山发表著名的"最后关头"演说和《对卢沟桥事件之严正声明》,提出全国军民一致抗日。7月31日,蒋介石发表《告抗战全体将士书》,宣告战争已经全面爆发。8月13日,日寇发动"八一三事变",大举进攻上海。8月22日,国民政府军事委员会发布命令,将上年便已长征到达陕北延安的中国工农红军,改编为国民革命军第八路军(简称八路军),任命朱德为总指挥、彭德怀为副总指挥,开赴华北抗日前线。9月22日,国民党中央通讯社发表《中共中央为公布国共合作宣言》。9月22日,蒋介石发表谈话,指出团结御侮的必要,事实上承认了中国共产党在中国的合法地位。10月,在南方十几个省和地区的红军游击队,被改编为国民革命军陆军新编第四军(简称新四军),任命叶挺为军长、项英为副军长,开赴华中抗日前线。12月13日,国民政府首都南京沦陷,发动大屠杀,加之此前中国及远东最大城市上海亦被沦陷,中华民族危亡更加深重,军民团结、国共精诚抗日尤为迫切。

也就是在1937年11月1日,许志宏、吴嘉民等人奉上级党组织之命,率领高奉游击队开赴离江西不远的湖南平江苏区进行整编。

这天,在离华林山唐代桂岩书院旧址不远的一个广场上,秋高气爽、天朗云淡、大雁南飞、稻浪涌金,一幅万物蓬勃、绚丽多彩、丰收在望的美好景象。猎猎红旗迎风招展,人们脸上洋溢着欢笑。即将开赴整编的游击队员们个个精神抖擞,意气风发,列着整齐的队伍等待着统一开拔的命令。

是啊,五年了,这些游击队员们为着革命的信仰,天天钻山沟,涉水涧,风餐露宿,天当被,地当床,树皮草根当干粮,以惊人意志和毅力和国民党周旋着。如今终于可以堂堂正正地站在这里,不用担心被"追剿",怎不令人激动万分!

出征仪式开始了。先是由国民党方面的代表宣布整编华林山游击队的命令,许志宏代表游击队宣誓:坚决抗击日寇,誓死捍卫国家!全体游击队员们跟着他齐声高呼口号:团结一致,抗日救亡!口号震天动地,响彻云霄。全场人员热血沸腾，斗志昂扬。随后，中共高安县委书记华子骞高声宣布：出发！游击队员们全身军装、扛枪实弹，一个个雄赳赳、气昂昂，心情无比欢畅，他们的枪筒、挎包、衣领、口袋、帽檐里都插着路边采摘的各种漂亮的鲜花，附近村庄的老百姓闻讯纷纷赶来送行，一个个握着战士们的手，舍不得他们离开……

开拨的路上，吴嘉民正式加入了中国共产党，两年后，谭敦良也加入了中国共产党。许志宏、金葳蕤夫妻的三个孩子，仍被送回龙湾给外公外奶抚养。随后几年孩子们次第长大，就被送去高安县城上学，由其大舅公江仲方代为照料。而华林山里的原游击队大本营则人去房空，门户紧闭。

高奉游击队接受整编之后，就正式成了新四军的一部分，番号是新四军第一支队第二团，该支队司令员为陈毅、副司令员为傅秋涛（后为罗炳辉），许志宏、吴嘉民分别任第二团三营教导员和副营长，上级另外派来一位张姓同志担任营长。但仅隔不到二年，许志宏、吴嘉民就升任三团团长、政委。金葳蕤、谭敦良这对师姐弟则任第一营营长、副营长。随后该部挺进江北华中，开启了抗日救亡的新篇章。

此时，在南昌城北的谢氏公馆，却又是另外一幅完全不同的景象：东湖畔的林子和水面，秋风飒飒、秋意瑟瑟、枯叶飘零、树木尽秃；湖上水寒雾凉、晨昏暮苍，桨声波影寂寞萧然、冷冷清清、凄凄惨惨戚戚；就连那些蟋蟀、蝈蝈、蚱蜢、秋蝉、螳蚰、天牛、油葫芦、金铃子、纺织娘等的叫声也是呕哑啁唽难听，让人心烦，恨不得将其都轰走。近水草处的蚊子尤其多，它们于垂死挣扎之际更加疯狂，叮咬人直往肉心猛扎，又疼又痒，还"嗡嗡嗡"地哼个不停，似是得意挑衅一般。谢炳坤独坐在后院的长椅上，郁郁寡欢，头发又斑白了不少，像是突然老了好几岁。他在一边叹息一边嘀咕："还是回龙湾去吧！至少那里没有这么多蚊子。"

这些日子，是龙湾巨富谢炳坤，打出生或者说创业以来，最挫败最悲惨的一个时期。宝贝长子谢天昊的猝然丧命、尸骨无存，就像活活卸掉了他的双手双脚，令他痛彻心扉。他越狱之后，其省里两大靠山——黄副省长、警察厅陈厅长均已卸任，再也帮不了他，只能找机会另攀高枝。本来以为二谢头向国民党军告密，可借国民党军之手狠狠打击一下老对头金贵田，却事与愿违，先是国民党军骄横轻敌，反倒中了人家埋伏，死伤惨重，丢盔弃甲，铩羽而归；等到国民党军休整几日后，准备派重兵泰山压顶，要彻底剿灭对方时，又接到南京中央政府命令，国共已实现第二次合作,携手抗击日寇,不能再打内仗,只好作罢。

而二谢头的告密,差点让统一战线内的两支部队兵戎相见、互相残杀,弄得高安境内及周边数县的国民党驻军、各部门要员都从此不再相信他,家财耗光、人脉尽失,众叛亲离、孤家寡人。大谢头真是猪八戒照镜子,里外不是人。

心情极差的大谢头,只好天天去他的姘头夜来红那儿发泄情绪。他婆子熊芙蓉很清楚,却也不得不听之任之,只与婆婆谢李氏私语不满。谢李氏却反过来劝她别管这些,小心阿坤生气了又对她动武。知子莫若母,谢李氏明白,阿坤一旦失去理智,就会丧心病狂、六亲不认的,届时场面将无法收拾。不如就让他发泄发泄吧,发泄完了他就安静了,就知道回来了。

1937年底,因在丁丑秋汛期间抗洪救灾指挥有方立了大功的、还使高安县被评为"模范县"的萧丰,被提拔到了省城南昌,出任省民政厅副厅长。于携妻挈子上任之前,萧丰衣锦还乡,回了趟老家上湖,一则向父母长辈汇报,二则去宗祠祖坟祭奠,三则在村民面前炫耀。然后又顺道来到了龙湾金府,对恩师表示感谢,欢迎恩师去省城做客,有事可继续找他效力。

高安新任县长姓方,五十出头,原籍抚州。刚到高安时,萧丰跟他对接,说了自己与金贵田等人的关系,他碍于情分,也不好把他们怎么样,先做做表面文章。他本亦是个旧式文人,名旸,字元溥,号临川草民,懂作格律诗词,更擅长水墨丹青和行草书法,其书法深得苏东坡"天下第三行书"《黄州寒食帖》之神韵,行云流水、挥洒奔放、功底深厚、一气呵成:

"自我来黄州,已过三寒食,年年欲惜春,春去不容惜。今年又苦雨,两月秋萧瑟。卧闻海棠花,泥污燕脂(支)雪。暗中偷负去,夜半真有力。何殊病少年,病起头(须)已白。

"春江欲入户,雨势来不已。小屋如渔舟,濛濛水云里。空庖煮寒菜,破灶烧湿苇。那知是寒食,但见乌衔纸。君门深九重,坟墓在万里。也拟哭途穷,死灰吹不起。"

谢炳坤听说前任县长萧丰走了,新来了一个县长方旸,觉得自己的机会兴许到了,瞬间又来了精神。大谢头很想巴结这个方县长,后来打听到他根本不喜欢金银钱财,却喜欢古代名人字画、古董文物什么的,就把自己收藏的一幅价值连城的八大山人(朱耷)画作《仿倪云林山水》送给了他。方县长收到后,发现是真迹，自是十分欣喜。加之上头又下了赦免令，便没有再派军警抓捕谢炳坤等人归案。至于高安县现任保安团团长、警察局局长分别是萧丰的小舅子和心腹，方县长也暂时没动他们。但方县长惧于萧丰与驻军的威慑，暂时不敢也不愿跟谢炳坤有过多的来往。而大谢头对方旸的为人、意图究竟如何还不很了解，只能先骑驴看唱本——走着瞧。

龙湾谢府的老子谢炳坤处于一生中的最低谷，老大谢天昊凄惨身亡、老三谢志航是在前线作战还无音讯。但谢府也有人收获了成功，他就是老二谢光赋。谢光赋因为给共产党游击队报信及其他进步表现，获得了党组织的认可，由许志宏推荐、中共高安县委书记华子骞同意，正式加入了中国共产党。

记得多日之前，龙湾谢府人在临回老家的前夕，前往南昌郊区陵园的谢天昊衣冠冢与他告别。那日天空阴惨惨的，弄得大家的心情都很难过。他们在天昊的墓碑前供了水果、点心、香烟、白酒等，又敬了沉香，点了蜡烛，烧了纸钱，放了鞭炮。大大小小的女人，从祖母谢李氏、娘亲谢熊氏到妹子谢金枝都哭得不得了。遗孀朱璇也真挚地掉了眼泪，红了眼圈，不能说她与天昊一点感情都没有。

谢李氏甚至怪罪儿子大谢头，是你害死了我的宝贝长孙，我跟你永远没完，还用拐杖敲了他的脑袋、背脊、膝盖好几下。大谢头不避不喊不求饶，忍痛实实受了老娘这几下，心里也很痛苦。几个孩子里他最喜欢天昊，天昊是长子，最像他，最孝顺他，最听他的话，对他的事业也是帮助最大的，这次又死在自己眼前。如今天昊走了，等于砍掉了他的两双股肱，不但后继无人（光赋、志航一时都接不上班），而且说不定就是从祖父开始龙湾谢氏辉煌六十载的衰落标志啊！大谢头能不伤心欲绝，而又无话可说吗？

在南昌谢氏公馆的后院，谢炳坤常常独坐在深秋的如血残阳下，听着草窠中"懒虫"的聒噪不休而难免心烦。这段时间，他开始苦苦反思：自己这几年为什么万事不顺，是不是做多了坏事？抑或是得罪了什么人？

第十一章 宝藏

由高安向东北走两百多公里,穿过古城南昌的一角和八百里鄱阳湖的一侧,就是著名的"世界瓷都"景德镇。在经过千百年的漫长发展进程后,到元朝时翻开了全新的篇章,景德镇湖田窑出产的精美的元青花,釉质透明如水,胎体质薄轻巧,造型宏伟端庄,构图丰满大气,颜色青翠艳丽,已达到历代瓷器艺术的最顶峰,是东西方有钱人个个向往的奢侈品。那些历尽波折留存下来的满身沧桑的数量极少的元青花瓷器,基本上成了大家追捧、价值连城的"国宝"。难免,这些"国宝"在悠悠峥嵘岁月里会向四面八方不断转移、流动,或宫廷或豪门,或城市或乡间,或国家或私人。

明朝初年,一向南北通衢、漕运发达、富甲赣省、商贾如云的高安古县邑,先后遭到了五次较大的农民军进攻,前后长达十一载之久。官商大户们唯恐殃及池鱼,便纷纷举家外逃,同时自是要把他们值钱的物品想办法保护起来,那些拿得动、好拿的便随身拿走,拿不动、不好拿的便就地秘藏。

高安当地有一个流传了五百余载的"洪武宝藏"传说,说在该县邑的某地,有人窖藏着无数金银财宝,特别是多件元青花——哪怕你仅有其中任何一件,都是价值连城!这些大宗笨重物品,特别是易脆难搬的瓷器,在战乱时代,窖藏乃最好的保护手段。得此消息,一些江洋大盗、摸金校尉、武林侠客、黑道中人,乃至吃皇粮的各类官府中人,多年在高安各地苦苦寻找,为此在相互争斗厮杀中死了很多人。如此喧闹、折腾了数十年,却仍连一片残瓦都没见到。渐渐地,大家伙遂以为传说都是假的,就一个个心灰意冷,不再打这些宝藏的主意了。

小小的高安,为何会聚集这么多本应只出现在宫廷里的举世罕见的元青花呢?这就要讲到元朝后期的高安两位人物——伍兴辅与其子伍良臣父子俩了。

伍兴辅、伍良臣,生活在14世纪中期元顺帝至正年间,高安上泉(今建山镇上前村）伍家庄人氏。父子俩均在北方的元朝京城大都（今北京）为官，虽职位不是太高，却于政治上颇有权势，能在皇帝和后妃近前走动。伍兴辅官至驸马都尉，为皇室近侍，且从事商业运输，获利甚多。伍良臣字云从，是位儒生，淡于富贵、不谐于俗，仅短时间做过小官，崇尚《周礼》《礼记》等孔孟经典，还工诗文。伍氏父子二人能自由出入宫闱，有条件接触和使用皇家器物，日常皇帝、后妃、皇子、公主们打赏他俩的金银财宝、瓷器古董也就不少。

明朝洪武元年（公元1368年），朱元璋在应天府（今南京）称帝立朝，派大将军徐达领军北伐，势如破竹，一路滔滔，攻陷大都。元顺帝率后宫佳丽、子女孙嗣、文臣武将、宦官差役急着退回老巢漠北草原，匆匆忙忙、慌慌张张，很多东西都留在大都没带。

此时，伍兴辅与伍良臣父子带着历年被主子们赏赐的钱财、瓷器、古物、宝贝之类，其中有多件来自家乡江西的收藏在元宫里的青花瓷，他们将这些东西好生收拾整理、打包捆束，再雇上好几辆骡马货车，绕路躲过徐达的北伐大军，昼夜不歇，风雨兼程，不到十天就赶回了早已建在高安县城里的伍府。他们见高安也是兵荒马乱、战火连绵的，怕自己的宝物难保，就偷偷找了个非常隐蔽的地方窖藏了起来。

到后来，明朝政府听到风声，得知伍氏父子藏有大量宝物，遂派兵前来抓伍氏父子，逼他们交出宝物。伍氏父子提前得到风声后，全家人带着几乎所有金银细软，从赣南经广州远渡重洋，逃到了日本。但由于时间紧急，那两三百件体量或大或小、样式各异的瓷器，便只好仍窖藏在高安了。世上没有不透风的墙，他们走后，那一件件发着幽蓝之光、姿态各异、雍容精致、仪态万方的元青花，成为当地人茶余饭后的谈资。当然，随着时间的推移，知道这事的人越来越少。特别是连年战事，人们保命要紧，也渐渐淡忘了此事。

在日本的伍家人，过着奢华阔绰的生活，乐不思蜀了。由于种种原因，他们的后裔数百年里没有回中国，"洪武宝藏"也就成为高安历史上的一个谜团。

1938年3月下旬，暮春三月，江南草长，杂花生树，群莺乱飞。除了偶尔几天有些雨水，让人感到一丝料峭春寒以外，什么都是最好的，桃红柳绿，众鸟欢歌，明媚的春光，清爽的春风，真有"暖风熏得游人醉，直把杭州作汴州"之感了。

这天，在高安县城的街上，突然出现了一名挺奇怪的外地客人，三十来岁，身高中等，短发如锥如刺，身板挺得很直，走路步子也很直，面部表情缺乏变化不苟言笑，嘴唇上一绺仁丹胡。他本是从上海过来的，先乘火车到达向塘，再租了辆汽车来到高安。从浙江杭州到湖南株洲的浙赣铁路，是去年九月才全线通车的。只是由茅以升先生主持修建的著名的杭州钱塘江大桥（铁路、公路两用）在去年九月建成后，为阻断日寇继续侵华又在去年十二月将其炸毁。所以他后面在介绍自己时，就不说来自上海，只说来自杭州的钱江南岸地区。至于他是怎么从上海到杭州钱江南岸，是怎么过了钱江的，他肯定自有神通，这里不多交代。

说他奇怪是因为，你说他是中国人，他又跟一般的中国人有些地方似乎长得不大一样，譬如身板很直、步子很直、不苟言笑、留仁丹胡……当然其他方面还有很多。说不是中国人，他又会说一口很顺溜的汉语官话，穿的也是深色的汉人中山装。说是高安人，他又不会说高安本地方言，甚至在高安街上他也不会认路，走着走着就迷失了方向，只好自己暗暗摇头，只得折身回来另觅道路。说不是高安人，有时听他开口说道起来，又对高安的历史、地理、文化、风俗、饮食各方面颇为熟悉。

此人以"伍直"的名字，在高安县城的如归旅馆开了一间上等房住下，而且一开就是半个月。他每天清早就出去了，很晚才回来，整天到处转悠。乍看，他像是个一般的游客、商贾，或是做社会调查、访问的学者记者之类有文化的专业人士，没有什么目的性，这里看看，那里走走，不买东西，不向人打听，不与人交谈，不慌不忙，不急不慢。但他又看得很细很久，眼光也好像挺老到，还在口袋里的一个小本子上不时翻看或记录什么，他去的地方还很多，老城与新区、城中心与郊区、一些人家的大杂院与小巷子、城墙与废墟、寺庙与教堂、墓地与坟山……他都很感兴趣似的，像是要择个地方建栋房子给自己长住，或建个什么厂子、学校、教堂、医院？尽管高安当时也有不少外地人来此经商、游览，但此人的出现却引起了一些人的注意。

较早关注到此人并决定打探其行踪的，正是高安高级中学堂的化学科老师华子骞。他的另一个身份，大家当然早知道了——中共地下党高安县委书记。不过，最先发现他的并不是华子骞本人，而是地下党的其他同志。当他们把这些消息报告给老华时，他立刻对此人起了疑心。虽然他猜不出此人的底细，也不知其来意，但日本人已经占领了长三角的大部分城市和村镇，估计很快就要侵入江西了。在这个不早不晚的时候，这个不明不白的人却突然来到高安，其行踪又如此神秘、不可捉摸，难免不令人觉得奇怪。华子骞便让同志们先继续盯着此人，然后自己去找学堂的校长刘赓商量。

刘赓并不知道华子骞的地下党身份，但他俩的私交还不错，刘赓觉得老华是挺稳重厚道的一个人，也能为人师表。而老华亦认为刘校长虽还不是我党的同志，倒还是个很正直的知识分子。

当天上午下了课，华子骞径直来到刘赓的校长办公室，轻轻敲了敲门。刘赓正在伏案忙碌，抬头看见他进来，马上停下手里的事情，走过去跟他握手，把他迎到沙发前坐下，给他沏茶。

两人寒暄几句后，华子骞开门见山，单刀直入，语气有些郑重地说：

"刘校长，我最近碰到了这么一个挺奇怪的外来游客。"

刘赓把茶递给华子骞，笑着问道："什么样的人让华老师如此关注？"

"昨天，我的一个以前学生，和这个伍直打过一个照面。他当时骑着一辆自行车，不小心撞到了这个伍直，可能是当时撞得很痛，这个伍直气得大骂了一句。我这个学生在日本待过几年，听得懂这是一句日本骂人的话。因此我怀疑这是一个日本人。"

华子骞把那个叫作伍直的人简单介绍了一下，并不无忧郁地表达了自己的看法：

"眼看日寇不久就会打过来了，刘校长，您说这人有没有可能是日方的特务，或是其他身份，日寇派他先过来打探一下情况呢？"

刘赓一边认真地听着，一边时而点头时而深思，一边心里也产生了对华子骞为什么如此关注这类事情的疑虑。不过等华子骞说完，他并没有顾忌自己的疑虑，而是直接跟老华沟通关于伍直的问题：

"华老师，您的看法挺有道理。听您这么一描述，则不管此人前来高安的意图是啥，也不管他来打探情况是善意还是恶意，他都极有可能就是日本人。中国人显然不会长成他这般奇特的样子，而且也不会有他这样可疑的行踪。"

"对呀，我是几天前偶然在他入住的如归旅馆的门外邂逅他，马上疑窦丛生，并已跟踪观察了他多日，也是像您这么猜测的。那我们就确定他百分之百是日本人好吧，可问题是……"

"什么问题呢？"刘赓又问道。

华子骞道："他为何不去南昌那样的大城市，而要来我们高安这种小地方呢？他的意图究竟是什么，是善意还是恶意？还有，他既然是日本人，可为何对我们高安这么熟悉，这么感兴趣，而且中国话还说得这么好？"

刘赓像是突然想起了什么，但又一时理不清头绪。这种事情，还是得去请教博学深思、见多识广的恩师金贵田才行，可金大先生目前是在龙湾的家里呢！不过刘赓倒是很想见一见这个叫作伍直的日本人了，就对华子骞说：

"那我们干脆请他来趟学堂，跟他谈谈如何？或者，您先去见见他，投石问路一下吧？"

作为已从事和领导地下工作多年、斗争经验十分丰富的华子骞，他考虑问题自是要周全、谨慎得多。他想了想，才详细分析说：

"先跟此人谈谈也并不是不可以，而且还挺有必要。可是，既然他可能是日本人，那么在未了解他的真实身份和目的之前，还是得尽量慎重，小心点为妙。

"我的看法，第一，您作为一校之长，又是地方文化名流和德高望重之人，您出面请他比我这个普通教师出面更合适，他不会猜疑，也不好拒绝；第二，他要是愿意接受您的邀请来学堂跟您会晤，那就只您一人出面同他交谈，千万不要有第三者在场，目前这种情况还是人越少越好，别让他再多起疑心；第三，先当他是外地来的普通游客或其他专业研究人员，友好坦诚地做些闲聊，不多问、不深入，而从其话语里的蛛丝马迹来侧面窥探其底细意图，并且不当场说破。总之，不能打草惊蛇，否则会弄巧成拙，适得其反，到后来不好收场。

"更有可能，此人胆敢如此独身勇闯内地，一定是早已做好了充分准备的。首先他身上肯定是带了枪支之类，其次说不定还有同伙跟在暗处，或有队伍尾随其后，要是说僵了，会置您自己于危险之中。"

刘赓听华子骞说了这么多，如此详细周密，如此为他着想，就像是战国时期齐国公子孟尝君的门客冯谖为其完美营造"狡兔三窟"一般，不由得耸然动容，真是既钦佩又感激，霍然站起来给他恭敬地作了一揖，又端茶敬了他一杯。激动地说：

"华老师……不，您这样推心置腹地替我考虑和设计一切，不是谁都能做得到的。我得改叫您华大哥，或子骞兄才对！原以为您只是一位优秀的化学老师，却没想到您是智勇双全啊！您洞察对手的深刻，考虑局势的全面，应对问题的灵活，都是天衣无缝的！您在我们学堂里如此低调淡泊地教书这么多年，还真是太屈才了！好，我什么都听您的，一切都按您的安排来办！"

华子骞笑道："刘校长，实不敢当，您太过奖了。其实您也不用有太多的担心和紧张，只管轻松自在、顺其自然地应对就好。要真是有什么变故猝发，我们就会第一时间出现在您身边，保您没事。"

当天晚饭过后，刘赓就亲自前往如归旅馆面见伍直。其实他中午已去过一趟了，方知伍直整个白天都不会在这里，但留下了自己的名刺。傍晚伍直回来时，旅馆掌柜的告诉了他此事，说刘赓是县城里人人敬重、门生遍布的学堂校长，自己子女也曾在其手下念书，并把刘赓的名刺给了他。

按理说做了这些以后，刘赓本可以不用再来旅馆的，但他仍然过来拜谒伍直，以示自己的诚意，又当面邀请伍直明天上午赏脸去自己办公室小坐喝茶，并悄声说旅馆里人多嘴杂，还是去学堂畅谈更妥。如是，一则，刘赓的诚恳打动了伍直，当然还有刘赓的气度，使他毫不犹豫甚至很愉快地就答应了刘赓的邀请；二则，在刘赓眼里的伍直，的确是乍看与中国人酷似，细看还是有明显区别的东瀛人，可他看起来又儒雅谦和，跟刘赓原来设想的东洋鬼子凶狠、残忍的面目完全不一样。

第二天上午九点整，伍直准时来到刘赓的高安高级中学堂校长办公室。他们屏退他人，紧闭房门，泡上一壶新茶，开始"开诚布公"地交谈。今天，伍直改穿了一套黑色西装，戴着红领带，外面套着一件不厚的黄色长风衣，头上戴一顶棕色礼帽，脚蹬着穿一双黑色皮鞋，显得很有风度。

刘赓忍不住夸赞他："伍先生您太帅了，这一路上肯定有很多人向您行注目礼吧？"

伍直回道："刘校长，多谢，您过奖了！"既不谦逊承让，也不显得过于骄矜自得。

在喝了三杯茶以后，刘赓打开话匣子问伍直：

"伍先生，这是我们江西有名的茶——婺源茗眉，一种绿茶，是今年的明前新茶。听如归旅馆的掌柜介绍说您是杭州人，你们杭州出产中国十大名茶之一的西湖龙井，那也是一种绿茶。您说说，茗眉与龙井口感有何不同？"

伍直说："我对茶没有太多的研究，平日喝茶也不算太讲究。不过这个婺源茗眉是新出的明前茶，其在形态上细嫩、纤秀，气味上幽香，色泽上碧绿，口感上清爽、纯正，又带一点点生涩——这应该也是因为它的新鲜和呈碱性吧，比明后茶自是好多了。但我还是辨不出婺源绿茶、龙井绿茶两者其中的细微不同来。不过在下曾听行家说过，茶叶主要还得看品质，只要品质好，也不一定非明前茶不可。像我们的龙井茶，现在真正的明前茶极少，明后茶也挺不错的，口感也不老。"

刘赓差点拊掌喝彩起来：

"伍先生您太谦虚了！您说自己对茶没有研究，但您这番话却实在专业，非一般人能说得出来的。您说得也是，明前茶虽然珍贵，但毕竟产量有限，只要茶本身好，明后茶也行的。"而他心里则更加惊讶：他一个日本人，怎么如此懂中国的茶？若非我们早已知晓，谁看得出他不是中国人？给他安个中国通的绰号，想必也是实至名归。但接下来他们的对话，让他对这个日本人越来越惊讶了。

接下来，伍直似乎早已明白刘赓就要开始询问自己了，倒先自我介绍起来：

"刘校长，感谢您今天邀请我来跟您见面！其实我也很想一一拜见你们高安方面的各界名流，只是初到贵地不久，要先去实地走访、了解得太多了，所以想等过些天脑子里积累点东西了，又有些空暇了，再来拜见各位。但既然今天您邀请了在下，我们见了面，那我就先随便说说我的一些不成熟的想法吧。您的大名在下早已如雷贯耳，由衷佩服，跟您交谈我也非常乐意，我也相信肯定是有价值的。您是高安最高学府的掌门人，又出身名门，德才兼备，各方面都无可挑剔，人人敬仰您。可您还不了解在下，那在下现在就把我的情况和我的来意，跟您简单说明一下。"

刘赓对伍直真是刮目相看，他已经不知道该说什么好了，对方把他心里想的，或打算说的都说完了。他只会不迭地颔首点头，说道：

"伍先生，您说得很好，您就继续说下去吧！您想说什么，怎么说都行，这里又没有其他人，我洗耳恭听。"他想看看这个人接下来是怎么编谎话而又自圆其说的，还是干脆把自己的真面目在他面前亮出来。

伍直说："多谢刘校长的信任，在下名叫伍直，浙江杭州人氏。但我的祖籍也是在高安，不过已迁徙至浙江省数百年，伍氏桑梓究竟是在县城还是某个乡镇就难以考证了。我健在的父亲，还有我去世的祖父、曾祖父说法都各不一样，有说是在县城，有说是从乡下迁到县城的，有说是县城、乡下同时有家，而且究竟乡下是在哪里也不清楚，这就不多说了……"

伍直的家族竟是祖籍高安？他不是日本人吗？那他的先祖真的是从高安迁去浙江的，还是撒谎说自己是杭州人，撒谎自己祖籍高安也是的？刘赓想到了啥，心念一动。他继续尖着耳朵倾听。伍直的中国话虽好，但总归还是有点夹生别扭，亦尽量卖弄，并尽可能古典一些。

伍直继续说："伍某在杭州做点勉强糊口的小本生意，不如你们这些有文化的人。不过我对祖籍地高安，还有南昌、宜春、萍乡、抚州、吉安、上饶、九江这些地方，一直都有关注。您应该听说了，现在日寇已相继占领了北平、天津、上海、苏州、无锡、南京、杭州、济南、青岛、烟台等多个大城市。我住在杭城南的萧山，中间隔着潮水汹涌的钱塘江，去年底钱江大桥被炸掉，日寇一时过不来，情形兴许还稍好点。但是看目前这趋势，日寇早晚是要渡江过来攻占的，所以老百姓们都在陆续往农村老家，往边远乡镇，往大山区，往内陆省仓皇逃离。换句话说，一旦日寇有一天占领了浙江全省，那江西省也就朝不保夕了，别说省城南昌很快会沦陷，就连小县城高安也难以保住了。唉，田园寥落干戈后，骨肉分离道路中，国破山河在，城春草木深，惨哪！"

"嘿嘿，这狐狸尾巴还是不小心暴露出来了！这口气哪里像个做小本生意的人？"刘赓暗想。这个伍直一方面假装谦虚，另一方面又在卖弄；一方面假装悲悯，另一方面又在炫耀。不过刘赓还是继续附和他的观点，一边点头一边难过地说：

"是啊，唉，我们也是这么担心的。高安早就人心惶惶了，都在考虑出城，大概已十室五空啦！唉！"这个日本人说到这里，马上就该兜底，说出他的真实目的了吧？刘赓猜测。

伍直继续说：

"日寇惨无人道的'三光政策'，刘校长您知道吧？那就是'杀光、烧光、抢光'。他们不管去到中国哪个地方，见东西就抢，见男人就杀，见女人就奸，见反抗他们的人更是要置其死地而后快。尤其是见到好的东西，能整个抢走或拆开抢走的就抢走，抢不走的就毁掉。我想，高安作为一座历史悠久的古城，这么多古老精美的建筑，应该还有很多珍贵值钱的文物古董宝贝之类，要是不珍藏、保护起来，或不及时转移带走，倘若落入日寇之手，那就可惜了！所以在下的父亲让在下回高安来，给你们大家提个醒，尽快着手解决好这些问题。"

这番话说得真是义正词严、冠冕堂皇，要不是对他的真实身份有所预判的话，谁都要相信、感动的。一个早已远在他乡谋生的人，竟冒着生命危险，不顾祖籍即将被日寇所占领，不远千里急忙赶回来通风报信，提醒大家预先采取措施尽量减少损失，这是多么高风亮节、大公无私！

刘赓还是继续装作听得很投入，并起身作揖，连连道谢：

"伍先生真是情系故土、心怀仁义啊！我要代表高安的二十万父老乡亲深深感谢您啊！我一定会尽我本人的微薄之力，奉劝乡亲们早日做好日寇来侵的准备，尽快把不能带走的好东西都保护好或珍藏起来，把能带走的想办法尽量带走，总之绝不让可恶可恨的侵略者得逞！"

伍直摆了摆手，不足挂齿的样子，继续说："这些天我在高安县城内外倒也跑了不少地方，比如瑞州府衙和高安县衙遗址、城南主门大观楼和锦江浮桥、千年古刹大愚禅寺、号称'江南荣国府'的贾家古建筑群、唐国子监祭酒幸南容创办的桂岩书院、明兵部尚书陈邦瞻和清乾隆帝师傅朱轼的故居……确实都是很值得保护的名胜古迹。还有那些金佛银殿、紫檀木金丝楠木家具用具、名人字画、古籍经卷、摩崖石刻……也都该或珍藏起来，或赶紧带去别地。

"另外……刘校长，您听说过吗？几百年前在高安有座价值连城的宝藏……可后人一直没找到……不知能否找到并带走……千万别让日本军队先找到了、夺去了……"他后面的话越来越吞吞吐吐，声音也越来越低，而且他故弄玄虚神秘兮兮，唯恐另外有人知道地东望望西瞧瞧，令刘赓根本没法听清他说的到底是什么。

"几百年前？宝藏？价值连城？"刘赓非常吃惊，他是真的不懂有这么一件事。高安弹丸之地，会有价值连城的宝藏，而且密藏在某个地方至今还没人知道？自己生长在高安古城已几十年了，祖祖辈辈也在高安两百多年了，而且自己还号称教书育人的饱学师尊，连这个都不知道，实在报颜啊！

伍直见他不像是在说谎，知道他确实没听说过，只好轻哼作罢，说：

"那在下自己这些天再多找些人打听打听吧！刘校长您也可以帮我问问什么知情人或博学的老先生，有什么消息及时联系我。……唉，千万要提前找到啊，别让日本军队捷足先登。"

在刘赓满口应允下来之后，他俩今上午的第一次对话就算结束了。刘赓本来想请伍直吃个便饭的，可他没有兴趣，说待回旅馆小歇一刻后，还要继续去拜访几个人。于是两人握手后客气告别了。

这天傍晚，刘赓赶去华子骞的单身宿舍见他。老华家并不在高安，所以他是一个人住在学堂里的单身教师宿舍。这倒容易找他。当刘赓把上午跟伍直的交谈基本复述了一遍以后，两人达成了基本共识：

首先此人是日本人，而且是军界之人已确定无疑。再则，他应该是在日寇大部队发兵之前，先行一步来考察高安到底有什么值钱的东西，最好是提前将它们弄到手，尤其是不要被中国人藏起来了或携去别地了。只是他伪装成了替高安人着想的高尚模样，想必他暗中已有七八成把握。比如先深入打探清楚，再采取其他措施，这就进一步说明他肯定是有团队在跟着他合伙行动。且其表述滴水不漏、无懈可击，既抓不到他的把柄，也无法驳斥揭露他。

不过，刘赓和华子骞对伍直仍有不少疑点：一则，此人在日寇里究竟是任什么官，其官职是高还是低，他这是为他一个人谋私利还是为他的国家？二则，他说他祖籍是高安，这是真的还是撒谎？三则，他口口声声提到那神秘的大宝藏，究竟是什么宝藏呢？

刘赓说："这个问题，也许得去问问我的恩师金贵田，他知识之渊博，堪称天上的知道一半，地上的全都知道。我明天清早就到他家走一趟，向他咨询。如果连他都不懂，那就彻底没辙了。"

华子骞会心地笑了，暗忖：哈哈，你的这个恩师，还是我们新四军里两位干部夫妻的岳父、父亲呢！但他并不说破，只是颔首道：

"这个金大先生，我也早有耳闻了，的确非常博学，您是该去找他问一下。"

于是，翌日一大早，刘赓请了半天假，给副手交代了几句之后，就一人骑车到了龙湾金府。昨日后半夜下了大雨，路上尽是泥泞，自行车不好骑。当他出现在金府主厅堂时，已是上午快十点了。他竟在金府看到一个他也早已熟悉的面孔：同属龙湾的高安首富谢炳坤，而此时他正与恩师在一起边喝酒边喝茶，且两人似乎关系还挺好，谈得蛮开心的。可他俩不是老冤家、死对头吗，明争暗斗、针锋相对、有你无我的几十年了，怎么如今铁树开花、太阳西升，让他俩倒成了好朋友？

刘赓甚是不解：这是咋的了，昨天的事还没弄明白，今天又来一个更不明白的事！

金贵田先看到了刘赓，马上跟他挥手打招呼，叫他赶紧过去落座。一旁在给金、谢两府几个小宝贝织毛衣毛裤的金江氏，马上起身给他倒了杯热茶过来。

刘赓谦虚地给在座的每一个人行礼："恩师、师母、谢先生。"

金贵田半开玩笑道："今天是哪股轻风，把我们的刘大校长吹到小小的龙湾来了？真是蓬荜生辉、春色满院啊！我来给你们双方介绍介绍：这是我们高安的第一大财神爷谢炳坤先生大谢头，我的发小，一起穿开裆裤长大的；这是高安高级中学堂的校长刘赓，老朽多年前跟他有过师徒之谊的……啊对，你们早就认识了，倒不用我再饶舌了。哈哈，高安就巴掌大的地方嘛，真是抬头不见低头见啊！"

随着年岁越来越长，加之各方面又比较顺利，金贵田近年说话确实有些饶舌了，连他婆子江翠柳都受不了他，多次提醒他。不过他也不生气，"哈哈"笑几声就完。

谢炳坤见刘赓有话要跟金贵田说，自己不好在场，就向他们告辞。金贵田也不留他，只说"你有空就过来品茶比酒啊"。

刘赓看着谢炳坤的背影，当即表示疑问："这大谢头……"

金贵田马上打断他的话："大谢头先就不说了吧，你今天找我有什么事？"

刘赓就把伍直这个人，他这些天的行踪，他俩昨天的会谈，自己与华子骞对他的分析等情况，以及各种疑虑，有条有理且简明扼要地跟恩师说了。

刘赓还没说完，金贵田的脑海里便已明了如镜，且同样大受震撼，内心澎湃，无法平静了。但他还是尽量控制着，等刘赓把话说完。

在刘赓说完之后，金贵田先是用好几分钟竭力平复了自己的激动情绪，长吁了一口气，一字一字缓缓地说道："整整五百七十年了，这个谜团终于解开了，而且这件事也该了结了……"

"什么五百七十年了？"刘赓、江翠柳、幺爹异口同声地问道。

"那是朱明洪武元年，也是蒙元至正二十八年……"金贵田就把高安惊天"洪武宝藏"的传说，给大家绘声绘色、要言不烦地讲述了一遍，尽管大家觉得他有些啰唆，不过也都听懂了。尤其刘赓，早已恍然大悟。

金贵田说："由于当年很多人找了很久都没找到，甚至当时寻宝团里还发生了内讧，死了不少人，就以为宝藏是假的，打退堂鼓，但现在来看肯定是真的了，而且肯定是伍氏父子在逃去日本之前窖藏起来的，这批元青花瓷器肯定是数量可观，价值连城。不过，究竟总共有多少件，目前还不清楚。究竟其中有多少件是最珍贵的品种，咱们也不清楚。……这么跟你们作个笼统的比较吧，就是其中最普通的一件，拿大谢头跟我在龙湾的所有田地都换不到，更不用说那些最好的了，而且越到将来，其存品会水涨船高一样越加昂贵。它们真是无价之宝，咱们的中华瑰宝。"

几个人都惊讶得瞪大了眼睛，张圆了嘴巴。

金贵田继续说："这个人既然是从日本来的，而且说他姓伍，对高安，对这批宝藏这么了解，那说明他极有可能就是当年逃去日本的伍氏人之后，至少是跟伍氏一族大有渊源。他此次借日寇大举侵华之机来高安找寻这批宝藏，无非是要索回他祖上的东西，好像无可厚非。再说如果他是伍氏后人，那他肯定有宝藏的线索，他是很有可能找到的。

"但是，如果他并非伍氏后人，只是不知从何处得知宝藏之事，甚至是胁迫、欺骗伍氏后人从而得知宝藏之事呢？那他就不应得到这批宝藏，此其一。日寇此次发动全面侵华战争是非正义的，纵使他是伍氏后人，借此来寻宝也是既不合理又不合法的，此其二。他们伍氏已逃去日本五百多年，成了日本人，纵使这些宝藏原本属于他们，但现在已经属于咱们中国，也不能让他们拿去日本，此其三。

"当然，这一切都得在他找到宝藏再说。要是他也找不到的话，那就啥都不用说了……"

金贵田还没说完，刘赓已经在嚷嚷了，态度坚定地说：

"即使他是伍氏后裔，即使这个什么'洪武宝藏'最初是属于他们伍氏祖上的，也不能让他把这些中国的国宝弄到他日本去。我们要想办法阻止他，不能让他的阴谋得逞。"

江翠柳、幺爹也点头同意刘赓的观点。

金贵田欣慰地看着刘赓说：

"我算是没白教了你那么些日子，爱国应该是每个中华儿女最朴素、最起码的情感。我也是这个态度！"说到最后一句，金先生也果断坚定、干脆有力起来。

刘赓："那我赶紧回去，多派些人盯着这个伍直，看看他是否找到了宝藏。要是他找到了，就先多叫几人去把他扣押起来，将宝藏转移地方再说。"

金贵田："好！"

江翠柳对刘赓说：

"你在这里吃了中饭再回去吧。我们有新鲜的春天的菜肴，山上的野菌、野葱、蕨菜、小笋、椿芽，田里的麻拐，塘里的小鱼仔，自己养的土鸡，还有去年底熏烘的腊肉、腊鱼，你再陪你老师喝几杯……"她还没说完，刘赓口腔里已经唾液横溢了。

但在与刘赓对话告一段落以后，其他人都未发现一个细节，金先生似乎陷入了沉思，心神有些恍惚，好像该日本神秘来客把他也刺激到了，甚至把他带到了过去……

金贵田在讲述这个"洪武宝藏"的故事时，有些还瞒着刘赓并没有说，甚至是撒了谎的。他觉得时机还没到。看来他才是真正的知情者。

在龙湾吃完中饭，刘赓赶回了县城。他一走进自己的办公室，就让人去把华子骞老师叫来喝茶。他有些醉意，想先醒醒酒，所以才另外叫人去请老华。他把金贵田的话简单跟老华一说，并表示了他们几个人一致的态度和想法。老华啥都明白了，也坚决表示同意他们的态度和想法，大家共同努力，竭力而为，绝不让这批"国之瑰宝"流到日本人手中。

老华说："难怪我们的……不，我的几个帮我盯着伍直的学生发现，他今天清早去了金大先生所说的那个五百多年前的伍氏父子的老家——上泉伍家庄，说明他还真有可能就是伍氏后人。而且他在县城这些天也还没找到宝物，只好再去其祖宅所在地碰碰运气，看看其祖上是不是把宝物拿到那边去秘藏了。您放心吧，到下午我们的……学生回来，就有新消息了。"

由于华子骞有些激动，他差点把"我们的同志"说漏了嘴。但好在他反应很快，马上改了口，刘赓又没仔细听，便搪塞了过去。其实老华的同志、部下确实有很多是他曾经甚至现在的学生，当然他们同时也是刘赓的学生。

刘赓则另外在想，自己也要多安排一些人去跟踪伍直，以便及时发现和阻止他的进一步行动。

下午五时许，华子骞跑来说，他学生回来了，没发现伍直在伍家庄找到什么东西。

第二天清晨，华子骞又赶来告诉刘赓，伍直在如归旅馆所租住的房间已空无一人。掌柜说他结账离开了，估计是回杭州了。这说明他或者还没找到宝物，或者找到了不说，或者是他打算以后找更好的机会来取，或者是发现有人怀疑他并盯自己的梢，便故意迷惑大家。刘赓则有别的猜测，如果伍直真的是日本伍氏后人，肯定有准确线索，且肯定已经找到，只是还不好搬走。如果没有找到，那他可能不是伍氏后人，也可能时间久了其先辈记不清了，也可能相关物件如钥匙、藏宝图之类搞错了或弄丢了，也可能是另有什么奇人高人将宝藏换了地方。

1938年即农历戊寅虎年，大谢头谢炳坤在省城的谢氏公馆，刚过完元宵后不到十天，听闻日寇马上就要进攻南昌了，再说县府和省府都不追究他了，便带着一大家子人回到了高安龙湾，包括母亲谢李氏、婆子谢熊氏、小女谢金枝、孙子谢祝、孙女谢雪、管家谢耀群，以及在南昌、高安、龙湾不知什么地方瞎窜的次子谢光赋，还有几个用人、保姆。他们开了两部小车，都是美系车，一部是他的福特，一部是天昊生前的那辆雪铁龙，两部车都坐得满满的，有些拥挤。

戊寅年的年，是龙湾谢府几十年来过得最冷冷清清、恓恓惶惶的一年。一是谢天昊的惨死，二是谢志航仍未能回来。但除夕之夜，谢志航给家里打了个电话，说眼下跟日本人的作战正呈白热化，他马上要单独驾机飞上蓝天跟鬼子们较量了。谢志航为即将正式上阵杀敌、报效祖国而激动兴奋，并希望家人为他祝福，多击落几架敌机，为谢府争光。他还把日本早年明治维新时代的一位政治家，西乡隆盛所作的诗念给家人们听：

男儿立志出乡关，
学若无成不复还。
埋骨何须坟墓地，
人间到处有青山。

这让大家既为他高兴，为他祝福，同时又悬起了一颗心。打仗总是有受伤死亡的。

在此，有两个南昌这边的人要先处理一下：一个是他的儿媳，已故长子谢天昊的遗孀朱璇；一个是他的姘头夜来红。

朱璇在丈夫谢天昊死后，很快便耐不住寂寞，跟她的一个远房表哥勾搭到了一起，其实他们很早就暗通款曲了，两人公然同居和出双入对。此事被婆婆熊芙蓉发现，忍无可忍，就把她休回了娘家朱府。孙子小稻子、孙女小豆子由他们谢府抚养，另招了个乡下保姆阚嫂来带。

回到娘家后的朱璇，在她父亲基于生意场上的利益考虑之下，竟成了人尽可夫的交际花，每天浓妆艳抹，披金戴银，打扮得像个女鬼一样。从南昌沦陷之前的国民党军各级别将官、国府各部门官员、工商界大佬、黑社会头子，到沦陷之后的日本军官、商人、翻译……她都来者不拒，毫无底线和人格。

她后来倒是还活了不少年，至少抗战结束时还健在。她从来都没再去过龙湾看看她的一双子女，好像那不是她亲生的。

谢炳坤在离开南昌前夕就不再跟夜来红来往联系，也不再给她钱物，只是把原来买的那套小房子送给了她。这夜来红与朱璇年纪相仿，后来倒是跟朱璇成了人生选择和命途完全相反的女子。

夜来红原本是个家庭贫苦，被迫卖身为业的风尘女子，但在谢炳坤抛弃她以后，应该说是早在她跟了谢炳坤以后，就再也不干皮肉生意了，甚至把之前大谢头强逼她而养成的那些坏习惯，吸毒、酗酒、抽烟……都戒掉了，仅靠着多年来节省下的有限积蓄，过着清贫的生活，不添置新衣服，不佩戴首饰，自己做饭做菜，到廉价农贸市场跟郊区的菜农讨价还价。

南昌沦陷的日子里，她来不及出城，在躲藏家里多日，所储干菜已吃光时，想去外面地里摘点青菜回来，不幸于半道上被三个鬼子发现了。鬼子见她有几分姿色，荆钗布裙难掩天生丽质，于是起了淫心，就把她架到墙角，企图要轮奸她。可她坚决不从，拼命反抗，还大声呼救和谩骂。惹得三个鬼子勃然气恼，兴致也没了，用明晃晃的长刺刀在她胸口和腹部连捅了几刀，顿时鲜血喷涌，肠子流出，但哪怕是在临终那一刻，她都忘了伤口的疼痛，忘了死亡的恐惧，还在不断地骂这些强盗。一名风尘女子都如此有气节，如此刚烈，让人想起历史上的严蕊、柳如是、李香君、杨秀贞、羊脂球等类似人物，令人唏嘘，令人赞叹。

对于朱璇、夜来红二人，这些都是后话了。

一回到龙湾，谢炳坤做的第一件事，就是过来找金贵田喝酒和聊天。此时已近仲春，那天晌午的日头正猛——不过并不算是太炎热，离夏天还早，他却顶着烈阳，披着短褂，脚上趿着一双破草鞋，那装束分明是一个干苦力的家奴或农民的样子，哪有一点超级富豪的派头。他手里提着一口又老又旧、糊着干泥碎砾、疙瘩锈迹像古董一样的瓦罐，来叩金府的门。还是同样的做派，把门撞得"砰砰"响，地动山摇似的。

金府人还没吃完晌饭，金潋滟带着许金华、许金林、许金凤三个外甥都在厅堂里。金贵田却心明眼亮得很：胆敢这么敲我大门的人，通天下除了大谢头没有第二个。莫非他从南昌回来了？莫非东洋人真的打到南昌来了？一边叫本已有些睡意此时却马上警醒的幺爹去开门，一边赶紧让潋滟带着几个孩子避一避，到内院里去耍。这倒不是怕他，不过是不想正面接触罢了。

虽然明知是谢炳坤，但金贵田见了他本人还是故意表现得有些莫名惊讶：

"稀客啊稀客，坤哥你是什么时候回来的？你也不事先通知我一声，我好跟翠柳一起去登门拜访你和芙蓉嫂子呀！还有老婶子、光赋、金枝儿他们也都回来了吧？"

"对，都回来了！"谢炳坤先是轻蔑地冷哼了一声，不满意金贵田装出来的虚情假意，可是又马上露出酸溜溜的口气来，说：

"我才到家，还没坐下，没喝口水呢，就先来你这里报到了！你是联保长啊，是我拜访你才对，哪里轮得到你拜访我？"

"你这话可折杀我了！你是哥哥呢！日本人打到南昌来了？"

"还没，不过也快了吧。我这不是想你们了嘛，就先回来了。你看，我带回了一瓶好酒，这可是五十年窖藏的李渡烧酒呢，难得遇到哟，咱哥俩今中午把它干了！"

号称"酒乡"的进贤李家渡，曾是江西四大名镇之一，而李渡镇酿酒的历史有逾一千五百年之久。民间自古就有"赶圩李家渡，打酒卖豆腐"的谚语，更有"同步知味拢船""荆公闻香下马"的佳话。李渡酒色泽清亮，酒质醇厚，进口甜美，药用价值很高，早在宋代便以"味醇香清"而名噪一时。清代乾隆皇帝五下江南时，曾亲口品尝李渡烧酒，并御赐"江南名酒"四字。更不用说这五十年的李渡烧酒了，想必存世已不过千瓶之内，价钱也自是不菲。金贵田当然明白。

"好啊！李渡烧酒的确不错，过去是喝过的，不过五十年窖藏如此珍贵还没喝过，大概是目前全江西最好的酒了。刚巧我也还没吃完饭，那我们就继续开局吧。好长时间没喝过瘾了。他们都不同我喝，一个人喝闷酒没得么子意思。翠柳，你去厨房炒两个热菜,再拿碟炸花生米、坛子菜来,我同坤哥喝个尽兴。我这里有前段时间去县里开会时,顺道买的两箱饶州酒。你看看,摆在那边,还没开封,也是上好之酒呢!幺爹,你也来陪我俩喝几盅吧。"

"一个人喝酒没意思透了。饶州酒我懂,'大码头的水,二城门的风,营角上的嘴,忠节营的鬼,东门口的酒……'"

趁着谢炳坤坐下,金贵田在开李渡烧酒的瓦罐时,偷偷乜了他一眼,心里叹息道:大谢头的头发又增多了不少白的,腰也佝偻了一些,行动也大不如以前轻便、敏捷。唉,爱子夭亡,白发人送黑发人,咋不伤心呢?虽然是咎由自取,但总归是太可怜了啊!

想到这里,金贵田本以为这次大谢头来自己府上,是跟过去每次一样,是找碴挑衅来的,看来自己多虑了,他是心里苦闷压抑,来找自己喝酒,排遣一下情绪。于是,老金如释重负,心里也轻松多了。对大谢头,老金一向既有些鄙视,同时又有些畏惧,畏惧的因素更多,待慢慢解开。

李渡烧酒的瓦罐甫一打开,顿时一股馥郁而浓烈的酒香挥发开来,浓香扑鼻。就连在隔了很远一道封闭走廊的厨房里的金江氏都闻见了,远远喊了一声:这酒好香啊!

天生好酒量,但怕贪杯误事的幺爹毛狗生,也被这酒香熏得心花花了,忍不住眼馋地瞧了瞧酒罐,咽了咽口水。不过他还是没有马上加入金、谢二人的酒局,只在一旁干陪着。

据说四十多年以前,那时幺爹还年轻,还没跟着金贵田,而是在远乡的另一个主家那干活。正因为他平日里爱喝酒,又常醉犯糊涂,终于耽误了主家的一桩大事,被主家生气地打折了一条腿,赶了回来。在他投奔金府后,当时金贵田他爹时彰公还在世,金府人很顾惜他,不给他干粗活重活,还延医给他治腿,经多年疗养,这腿疾好多了,但仔细瞧还是有点瘸。所以他到金府后基本上滴酒不沾。至于当年具体什么情景,金贵田知道那是他的痛心往事,就不揭他的伤疤,从不问他。

这酒不但香气浓郁,且颜色橙黄灿然如红茶,酒液稠密清亮如蜂蜜,不仅大量挂壁还拉丝。金贵田、谢炳坤还没吃口菜,就先顷刻间"白切"干了几小盅。他俩顿时因这浓香稠密、醇厚甜美的好酒喝爽了,异口同声大叫起来:"他娘的真是好酒啊！"

金江氏把两个新炒的荤素搭配菜肴、花生米和坛子菜都端了上来，又给这三个男人每人奉上一杯浓茶，以利醒酒，并将几个剩菜准备端去厨房再回锅热一热。那同样好闻的菜香，让谢炳坤又将她给夸赞了几句：

"翠柳比我家的芙蓉能干多了，会做菜，会织毛衣，会刺绣，会泡茶，会剪花，会唱曲……芙蓉啥都不会。贵田，你有这么贤惠、能干的婆子，真幸福啊！"

金江氏却怼了他几句：

"坤哥，我哪里比得上嫂子呢？别说她那标致可人模样万里挑一，我肯定是远不能及。"

谢炳坤插了一句嘴："好看又当不得饭吃。"

金江氏继续沿着自己的思路说："再说我做的这些都是小事，她做的可都是人事呢！"

谢炳坤又插嘴："她做了么子大事？"

金江氏反问道："那你摸着自己的良心问问，这些年来她帮你的还不够多吗？"

谢炳坤沉默一刻，金贵田意味深长地看了自己婆子一眼，对谢炳坤说："来，干杯干杯，今天我们不说这些。"

两人又利落地碰杯，清脆一声，干下一盅。

金江氏趁此刻瞥了瞥大谢头，也觉得他近两年间突然苍老了不少，机灵劲、精气神都大不如前。他只比自家金大先生大一岁，看起来却像大了约十岁。年轻时他虽不如先生俊美儒雅，但也是仪表堂堂的啊！跟先生角逐联保长失败、因参与贩毒锒铛入狱、爱子猝然离世……把他打击成了这个样子！她暗自摇头，心想：你这么拼命是为了啥呢？你都已经万贯家财、富甲一方了，还不满足吗？一边端着剩菜往厨房而去。

金江氏和金贵田本来还有两件事要跟谢炳坤商量的，好在今天他自己送上门来了，她相信等会先生会同他说的。

金、谢两人已喝到兴头上，这瓶李渡烧酒很快就见底了。金贵田陶陶然，便开腔唱起了经自己改编、润色过的采茶戏《送香茶》里的经典段子：

春风荡漾水翻绿波，

艳阳天风光好百鸟甚多。
曾记得在桑园把桑采过,
在桑园收留了保童大哥。
保童哥生得好有才有学,
我有心来与他配合丝罗。
但不知哥心上是否有我,
心上迷真叫人难以猜着……

此时金江氏早已把剩菜热了端上来,自己也沏了一杯清茶,静静地坐在旁边,用倾慕、温情、专注的眼睛看着她的先生,就像一名花季少女看着她的情郎哥哥。她与大谢头、幺爹仨,一边听着一边给先生打拍子鼓掌。

金江氏从年轻时开始,多年也在暗恋大谢头,看他的眼神亦有好感,不过今天是多了一些怜悯。

在金宅痛饮美酒,而且大家都不提那些不痛快的事情,又没啥人啥事来瞎打扰,使得大谢头压抑很长时间的烦躁心情已好转起来。但他又有些得意忘形,长年一贯的老毛病犯了。他兴之所至,端起一盅酒,又另倒了一盅拿上,起身跟跟跄跄走到幺爹身边,口齿不清地说:

"毛狗生,来,我敬你!今天你一定要喝!我早就晓得你酒量蛮大的,我跟贵田两个都喝不过你一个。"金贵田的母亲姓毛,幺爹也姓毛,龙湾村大姓之一。同村中人,他们也是从小就熟。

今天眼见着美酒喜人,他俩又喝得爽,气氛实在是好,尽管早就想破戒,跟他俩过瘾大喝一场的幺爹,但还是在竭力克制着并没有举杯。毕竟已戒了这么多年酒,他不想轻易又重蹈覆辙。再说大谢头这么咄咄逼人强迫自己喝,让他有些不高兴,自己又不听命于他,又没吃他家的饭,他又不发自己工钱。而且大谢头一贯为人太差,在村里作威作福,又屡屡欺凌贵田老爷,他也老早就痛恨大谢头了,怎么乐意跟他喝呢!

这时幺爹偷偷地看了金贵田一眼。金贵田知道他在等自己的态度,于是把手一挥,大声地说:

"表舅,喝!今天不要怕他大谢头,亮出您的海量来给他瞧瞧,也让他知道您的厉害！"

与此同时，谢炳坤仍在啰唆，给他施压：

"怎么，狗生，不给谢某人面子么？……还是觉得谢某人的酒量不如你，不屑于跟谢某人喝呢？……还是过去喝怕了，认屃了，再也不敢喝呢？这还是男子汉吗？哈哈！……可是，难道连金贵田的面子你也不给他？"

既然大谢头说到这里，提到自己的往事，使了激将法，老爷也发话了，看来今天不喝肯定是不行了。幺爹担心已有些醉意的大谢头，将来会怪罪自己不识抬举刁难自己。可是，且慢，假若这个时候开喝，将来大谢头又说自己是给的老爷的面子，并不是给的他的面子呢？他又犹豫了一下。

这么多的心理活动，其实也就是在眨眼之间完成的。突然，幺爹霍然站起来，从几步外的酒柜上捧起一瓶饶州酒，说道：

"好，今天见你们二位喝得开心，那我也就破例一次，恭敬不如从命，舍命陪君子吧！说好了，是我自己想喝哟，不是给不给你俩面子的问题。"

然后他扯开酒盖子，像口渴了喝水一般"咕噜咕噜"一饮而尽。又把桌子上那瓶李渡烧酒所剩的一点点，也都倒进了嘴里——他还真懂，这才是最好的酒呢！擦擦嘴角，又说：

"这点酒我也帮您俩解决了，就不拿来养金鱼了吧。"

他这架势，还真把金、谢二人给震慑住了，愣了好半晌，才响起一阵掌声和喝彩。金江氏在一旁看得也"吔吔吔"地不断惊叹。但与此同时，本来已有七分醉的金、谢二人，反倒是清醒了不少。

三人围桌坐下，幺爹又去取了一瓶饶州酒打开，给大家都满上。每人喝了一大杯浓茶，醒醒酒，然后嚼了几颗花生米，继续第二轮。幺爹又恢复了沉默，酒也只是细斟慢饮了，跟他俩保持同步。

趁此良机，金贵田看了看谢炳坤，说：

"坤哥，你一回龙湾就来我家，看得起我，我很高兴。刚好我有两件事想跟你商量商量，不知当讲不当讲？"

"不妨说嘛！"

"若是说得不对，你莫见怪。你也有你的想法打算，不一定要听我的是不是？"金贵田这边这么说着，而那边他婆子也在仔细听着，那表情似乎比他还紧张。

"婆婆妈妈的，你就是太不爽快了。说！"

"一是贵府金枝儿跟铁陀的事儿；二是贵府公子跟我家潋滟的事儿。"

大谢头皱了皱眉头，脸色有些凝重，轻轻"哼"了一声。金贵田夫妇均紧紧盯着他表情每一丝、每一瞬的变化。

"我赶紧说吧。如今这几个孩子都大了，按说早过了结婚年纪，该考虑他们的终身大事了。只是如今兵荒马乱的，社会不安定，加之有些情况又复杂，再说男女感情的事情本就微妙，所以都延宕至今，个个二十好几了，他们自己不急，咱们做大人的还急呢！虽说儿孙自有儿孙福，现在不是过去了，父母之命媒妁之言不管用了，得他们自己做主，但咱们为人父母的也得关心、引导一下不是？只有他们幸福了，咱们才开心嘛！再说，毕竟年轻人没咱们成熟懂事，考虑问题没咱们周全吧。

"其实我要说的话也不多。贵府金枝儿我跟翠柳也都喜欢，把她当自己的女儿一样看待，她跟我家葳蕤、潋滟像三姊妹一样，这些你跟芙蓉都清楚的。她既然同铁陀感情深厚专一，且早已山盟海誓，她非铁陀不嫁，铁陀又非她不娶。铁陀这孩子人也不错，耿直老实，一定会对金枝儿好的，如果没有什么特别问题，你们夫妇还是成全他俩吧！否则万一年轻人不理智，闹出什么事端来，那也不好。

"至于我家潋滟，究竟是喜欢你府上的二小子还是三小子，我们也不清楚，但肯定她是中意其中一个的，所以也是拖到现在，一直在等着谁。不知他们自己私下撕开那层窗户纸没有，确定了没有。若是你府上的小子也刚好对她有意，那请同样成全他俩，尽快将其喜事办了如何？"

金潋滟究竟喜欢谢府兄弟仨当中的谁，可她就是不明说，做父亲的老金并不懂。说不定已死去的谢天昊都有可能。因为谢天昊当年来逼婚时，金潋滟并没坚决拒绝他，只是让他先跟朱璇离婚，因为基督徒反对一夫多妻制。

这世上只有做母亲的江翠柳一人懂小女的心思。但她也不想过早说出来，一则要让孩子们自己拿主意，遵循自己的真实内心情感去寻找属于自己的人生和幸福；二则事物和人都是不断发展变化的，谁知道将来会怎样？比如谢天昊的死，之前又有谁会预料到呢？她是觉得潋滟嫁给他们三兄弟哪个都行。

等了半会，金贵田夫妇以为，大谢头要是反对他们的意见，就会大发雷霆的。但今天奇迹出现了，他显得挺安静的，甚至可以换个词儿"温顺"。也许你觉得有些怪异刺眼，但反而最恰当。想必太阳真打西边出来了，龙潭里的水要倒流了，过去的大谢头要变了。

谢炳坤最后喝了一小口酒，又沉默着想了想，并没明确表态，别人也看不出他是同意还是不同意，高兴还是不高兴，只是说：

"你们的意思我知道了，待我回去跟我家那婆子……哦，你们读书人是叫拙荆、内子吧，跟她商量一下。今天喝得很高兴，我现在回去了。改天再来跟你喝呀，走了！"

然后也不告辞，只在扭头独自往外走时，扬扬手而已，这又是他的老毛病老习惯了。

不过，往日里大谢头喝高了就会醉醺醺、犯迷糊，甚至借势发作一下的，但他今天比往日里喝得还多呀，只是先被幺爹的海量震惊了一刹那，后来又仔细听金贵田谈论子女的未来，反倒让他清醒了，回去的路上脚步稳健，心思澄明，跟没喝似的。而且活了半辈子了，他的心情还从来没有这样好过。这种感觉令他甚是感到吃惊和有趣。

幺爹还是赶紧跟上去，抢先给他开门。谢炳坤并没忘记给他竖大拇指："你，海量，牛！"

把大谢头送走以后，幺爹又回来陪贵田老爷喝了会酒和茶，聊了聊，这才各自午寝。

之后，谢炳坤隔三岔五就来金府，跟贵田喝酒聊天。每次都不空手，或带瓶好酒，或带些好菜。两府的二月二、三月三、清明、端午也是在一起过的。上次刘赓来，遇到的就是其中一次。

有时谢芙蓉也来，跟江翠柳两个女人陪在他们旁边，胡扯扯瞎聊聊。只是她俩感情一向不合，性格差别太大，说话彼此暗含机锋，不是男人之间那种剑拔弩张、怒目金刚，看起来和风细雨、鸡零狗碎，实际上含沙射影、冷嘲热讽，更让人不舒服，影响酒兴。因此男人们烦了，就让她俩另找地方私下聊。

有时幺爹也陪他们喝几杯，但再没像上次那样一大瓶酒一口干掉。

至于二谢头，过去大谢头老带着他，跟自己的影子似的。但这段时间来金府却不带他了，只打发他去外地跑腿，或去办理别的事务。金贵田他们并没让大谢头这么做，金府人从没在谢府人与二谢头本人面前说他半个不字。

谢金枝、金潋滟也恢复了往来，几乎天天黏在一块。她俩可不寂寞，反倒身边领着两府的五个孩子，三男孩两女孩，个个粉妆玉砌似的，漂亮聪颖可爱，所以最是热闹开心。谢府的保姆阚嫂也跟着两位小姐照料孩子们。一大群人或是在谢府或是在金府玩，有时又出去外面到社庙里、树林中、虎首山上、龙湾河边走走。

两个美女也跟她们的两位娘亲一样，性格差别不小，但她们的感情很好，不会明争暗斗，只是常常喜欢开玩笑，彼此打趣。但孩子们在场，玩笑也开得少了。这一群人儿走在村里或村外，自是一道靓丽的风景线，惹得众多乡邻或围观或尾随，啧啧赞叹，羡慕不已。

谢炳坤和谢熊氏夫妻已不再阻挠谢金枝和李铁陀两人的正常往来。谢光赋支持妹妹，又在怂恿父母答应让他俩结婚，但还是并未明确同意。

至于美丽绝伦的金潋滟嫁到谢府，不管是嫁给老二还是嫁给老三，夫妻俩都完全同意，他们高兴还来不及呢！不光金潋滟长得美丽，且她对谢府不像她姐，素无恶感。一旦两府结亲，金府的产业仍有可能归入他们谢府的。不过，谢李氏和谢炳坤母子意欲潋滟嫁给光赋，谢熊氏却意欲潋滟嫁给志航。

在日寇大部队打进来之前的这段日子里，龙湾乡村充满着田园牧歌的宁静、祥和和欢乐，尤其是金、谢两大豪门。只是好景不长，这样的日子太短暂了！

第十二章 言和

1939年3月27日，中国抗日寇队在南昌周边与日寇展开连续五十多天英勇顽强的浴血奋战后，南昌沦陷，史称"南昌会战"，这是抗战进入相持阶段以后的首次大战。中方是第19集团军总司令罗卓英指挥的第九战区右翼四个集团军，约二十万人。日方是第11军司令官冈村宁次指挥的三个师团，约十二万人。最后中方伤亡约五万两千人，日方伤亡约两万四千人。

南昌会战虽最终以日寇占领南昌而告终，但它使全世界，特别是日本军事当局非常害怕地认识到，日寇虽占领了中国东北、华北、华东、华中的广阔地区（如京津沪宁杭和武汉三镇），但既未能迫使中国人屈服，也未能歼灭中国军队主力，更没有摧毁中国广大军民的抗战意志，中国军队不仅继续在进行抗战，一些地区还开始实施战役意义的反攻。这就说明，日寇的闪电战是行不通的，而且越往后他们将越被动。这跟盟国的纳粹德国想尽快消灭苏联红军、占领整个欧洲，却越拖越难，一直被堵在伏尔加河、高加索山脉和黑海沿线以西，还有纳粹意大利在非洲大陆被英军像野狼撵兔群一样追着打，情形是相似的。

早在南昌沦陷以前，从1938年冬甚至更早的时候开始，就已有多股日寇提前进入了江西省境内的多个县市乃至乡村，高安即为其中之一。这年年底，一小支日寇逼近高安，县府被迫迁往珠湖村。此为日寇第一次进犯高安。在随后的时间里，日寇进犯高安累计达七次之多。在进犯的过程当中，日寇实施惨绝人寰的"三光政策"，甚至发动丧心病狂、灭绝人性的细菌战与化学战。日寇的疯狂侵略和日伪汉奸的猖獗活动，给高安带来了巨大损失。

抗战胜利后，高安方面统计，日寇七次侵犯，累计在全县境内制造大惨案数百起，其中仅县城以北往华林山方向的汪家墟地区死亡100人以上的大惨案就达到16起，全县死亡50人以上的惨案数十起，死亡10人以上的惨案数百起，死亡5人以上的几乎村村都有。日寇铁蹄所到之处，均成为血流成河的人间地狱。

抗战结束后，金贵田听刘赓说起过，靠近高安的南昌县沦陷后，日寇到处搜捕妇女供其发泄兽欲。等他们发泄完了，竟然不许被奸的妇女穿衣着裤，而是令其一丝不挂的裸体行走，他们还在一旁淫荡观赏，尖叫大笑，真是禽兽不如！

在南昌东南六十里外的岗山玉华观，有14名尼姑被日寇集体奸污，寺内食物也被他们抢劫一空。被糟蹋后的尼姑们痛恨清门受辱、贞洁尽失、生活无着，被迫集体举火自焚，再次上演一幕中国女子刚烈图景，与前面所述夜来红故事同出一辙。

眼看鬼子就要打进来，为了团结更多的力量，1938年秋，时任国民党当局高安县县长方旸决定成立县临时参议会。与此同时，上任县长萧丰所搞的保甲制度被取缔，原属萧丰自己人的县警察局局长、县保安团团长等亦皆被方旸陆续换掉。也就是说，金贵田的龙湾村及周边十数村的联保长之职便说没就没了。

方旸县长本人自是兼任县临时参议会的执行会长。他在与县里几个部门的头头开了多次碰头会以后，指定了一批县议员。因人数还是太少，他又决定在县城各界、乡镇各地物色若干德高望重、有爱国热情、愿意出来做事的人士增补为县议员，以扩充临时参议会中的抗日力量。龙湾及周边地区只有一个议员名额，大家都鼓动金贵田积极参加议员的竞选，毕竟他是之前的联保长嘛，他不当谁当？看到大部分老百姓都真心支持自己，老金明确表示愿意试一试。

那日，当金高煦、江老倌、李铁陀，及本村、邻村的几个原保长甲长、族长宗长、乡绅宿儒，还有一群自卫队的正、副队长们相约一起来到金贵田家。这个自卫队是金贵田在联保长任上时搞的，即每个村成立一个自卫队，队长由年轻力壮、有功夫、会打枪的男子担任，若保长甲长胜任，就由他们兼任。因龙湾的几个保长甲长都不合适当自卫队队长，就让李铁陀担当。大家一起来恭请金大先生再次"出山"，参与县议员一职之角逐。当时大谢头正好也在金府跟老金喝酒。当金贵田爽快答应大家以后，刚从南昌处理了一些业务赶回龙湾不久，在一旁听得不是太明白的谢炳坤却大感兴趣，待这些人走后，遂赶紧追问老金这到底是怎么一回事儿。

金贵田轻描淡写地笑了笑，毫不隐瞒地告诉他：

"哦，是这样。新来的方县长把过去的'联保连坐'撤销了，新成立了一个什么县临时参议会，需要再增加几十名议员。前天他已经给我写了封信过来，问我是否有意愿，他会优先考虑我。我想他也不过是看在前任县长萧丰的面子上，假意照顾我一下罢了。其实我并不是很想参加，还在犹豫。可你刚才看到了，这么多人来劝我，希望我参加，那我也不好意思断然拒绝他们啊！……对了，你不是说你跟方县长很熟吗，那你也可以尝试去争取一个位子嘛！"

老金这次怎么如此慷慨了，不跟大谢头争，倒还支持大谢头去角逐该职呢？一则，老金曾见过那个方县长，对他印象很不好，心里也就不大想帮他做事了。二则，这次跟上次选举联保长不大一样，上次龙湾这边绝对只能有一个名额，所以金、谢二人成了"既生瑜何生亮"，非此即彼，斗得你死我活的。这次如果真如方县长所说，他会给萧丰面子，那就可以直接在县里送自己一个名额，而龙湾这边的名额就可以让大谢头或别的谁去竞争，可如果他只是敷衍自己，那更没意思再合作了。三则，老金觉得大谢头这次真的有很大的变化，不像以前那么讨人厌了，回来后再没提要自己还他一百亩水田那茬。且上次还说一旦金潋滟嫁到谢府去就把那块玉佩交给她保管，等于又回到了金府，所以不如成全他，跟他搞好关系，大家一心一意做欢喜亲家。

金贵田说得很随便的样子，谢炳坤却听得心里翻江倒海般热切。他还是有着很重的功名心，挫折打击并未消磨掉他的斗志。虽然谢炳坤刚巧正处在人生低谷、落魄时期，要是能够当选上这个县议员，机会又来了，未尝不东山再起，重振谢府昔日辉煌。只要金贵田真心支持他，他再好好巴结方县长，那还是大有希望的。

谢炳坤决定参加县议员的竞选。他诚恳地对老金说：

"好，我愿意，不过你得帮我。"

老金也坦诚地回复他："必须的，冇问题。"

两人相视一笑，又碰了一杯茶。这时候他俩的笑，跟以往完全不一样了，是会心的、舒心的。

谢炳坤曾经与金贵田竞争过联保长的职位，他明白"舍不得孩子套不到狼"的道理，动用大量钱财贿赂省里和县里的重要官员，终于打败呼声一直很高的金贵田，夺得了联保长的职位。只可惜后来因为他参与贩毒，被萧丰县长撤掉联保长一职，此位子还是回到了金贵田手里。

所以，谢炳坤先就忍痛放血，再次准备了一笔厚礼，亲往县城衙署，首度拜访了方县长。因为有上回送了他一幅八大山人珍贵画所作的铺垫，方旸对大谢头还是很客气的。但两人由于是头回见面，谈话不多也不深入，不过他们彼此心里觉得还是大有共同语言的，关系可以发展。而方旸并不想马上给谢炳坤太多的甜头，让他觉得一县之长太好说话，所以表面上答应一定帮他争得这一席之地，可又告诉他还得自己多表现表现。

方旸竟又给大谢头出好主意："谢先生，我还没到高安，就早已听人说阁下您的口才很好啊，哈哈，那就可以发挥您的这个能言善辩的长处，哈哈，到本县的一些集市上去举办几场演讲，鼓动大家投票选您嘛，多拉选票，哈哈。您的选票要是很多，深孚民心、众望所归，那我自是毫无问题，我们整个县府都毫无问题，哈哈。"

谢炳坤在心里暗暗詈骂方旸是个狡诈的老狐狸，官场的老油条，肚子里的花花肠子太多，但又不得不按其建议去做，毕竟人家是县太爷。他领着二谢头与好几个下人，方旸也安排了县府的两个工作人员陪同他，名义上是给他宣传助威，实际上也是监督他，而且还得付他们报酬，如管他们一日三餐、各种开销等。顶着烈日，谢炳坤接连三天去了县城附近的三个圩集：一个是南门外锦江对面的老街坊，二五八的圩；一个是珠湖古村，当时县府还没搬迁过去，三六九的圩；一个是靠近龙湾的龙团圩，一四七的圩。

刚开始谢炳坤还是信心十足的，一则跟随他的人多，左簇右拥，众星捧月，架势很大，让他有种得意感。二则他对自己的口才、煽动能力还是很有把握的，再说他毕竟也是高安名人，人的名儿树的影儿，谁不敢给他面子？他还当场对台下的人许诺，谁答应选他，马上发钱送物。三则，他是趁着赶圩，清早而去，风雨无阻，集市上人山人海，非常热闹，这种氛围也令他十分兴奋，登台演说就像大将军得胜回朝，面对其麾下千军万马发表热情洋溢的讲话。

只可惜事与愿违。大谢头顶着烈日，站在高高的戏台上，倨傲而立，顾盼自雄，朝向千百民众，放开喉咙，拼着嗓子，卖弄其三寸不烂之舌，以充满激情之言语，说明当前全国上下团结一心抵抗日寇侵略之紧迫性，方县长建立高安县临时参议会之重要性，老百姓可以参政议政、选举议员之提升幸福感，以及自己在高安县特别是西边北边南边地区之突出地位和作用，自己当选上议员后将兑现哪些承诺、有什么实际行动，等等，说得头头是道、天花乱坠。但圩集上的乡民们并不买他的账，效果并不佳。乡民们或者急着要买啥卖啥只顾考虑自己的事情，或者见太阳太大要马上躲进屋子里或赶回家去，或者听得无精打采哈欠连天、迷迷糊糊似懂非懂的，反正跟他们无关，很快圩上的人就走得一干二净了。

谢炳坤自以为名气大，但很多人还是不大认得他。他们又觉得他跟他们八竿子打不着，而他那自我感觉甚佳、信口开河的台风又让一些人不接受，加之前面宣传、预热也不够，显得仓促草率、虎头蛇尾，没什么人听演讲。到第二、第三天，谢炳坤吸取了上述教训，一边继续演讲，一边在旁边打灶生火煮粥熬汤免费送给大家喝，这样总算留下了一些听众。但他们是否真把他的话听进去了，是否真的会选他，只能打个问号。

眼看走县长老爷的上层路线和贱民的下层路线均已受挫，大谢头只好采取第三种方式：走中层路线。之后的几天，他便各村各镇、逐门逐户地亲自去拜访那些乡绅名流、宗长族长、保长甲长们，带上礼物，降低身段，希望获得他们的支持。这些人很多都是认识多年的老熟人。因为他们对他过去的品行为人、所作所为早有了解，甚至打过交道，还吃过他的亏，怎么可能帮他？所以在听了他的来意后要么只逢场作戏、假装应承他，要么冷冷淡淡、一口回绝，甚至让他吃闭门羹。

谢炳坤原本以为自己就是那得胜回朝、八面威风的大将军，可在无人搭理、屡屡受挫以后，就开始垂头丧气，灰溜溜起来，发现自己像条无路可走、狼狈不堪的癞皮狗似的，或者就是那些耍猴人手里的猴子，任其使唤戏弄。经过如此一番折腾，他终于意识到自己目前想当选县议员已不大可能。如果他懂历史，就会发现自己更像两千五百年前的孔老夫子一样，带着他的一帮门徒游说列国诸侯，颠沛流离、奔波折腾，却无人理睬、恓恓惶惶。大谢头于是经常长吁短叹，哀叹世风日下、人心不古之类。

说起来谢炳坤想当这个县议员，更多的只是考虑个人地位和利益，但他心里还是非常恨日本人，恨他们侵占东北三省，恨他们使得他在省城、县城、其他地方的生意都没法正常进行，恨他们使得他的幺儿不能回来，还有生命危险，恨他们还在打他的宝藏的主意。他已经听说，上回有个日本人来高安打探那宝藏的下落，只是尚未查明该日本人的真实身份。所以他在任何场合都痛心疾首地骂日本人，说要把他们都宰了，都赶回海上去，那还是真心实意的，一腔爱国豪情倒能感染不少人。

这段日子，谢炳坤还是会经常去金贵田府上找他喝酒、饮茶、聊天、下棋，但并不明说自己长时间在外上下活动的种种遭遇、想法。金贵田也假装不知道，并不主动问他，像是双方早就商量好了似的，大家心照不宣。

这天，谢炳坤一早就敲开了金贵田的门。老金没想到大谢头来得这么早，正穿着一身家居度夏的麻色茧绸，悠闲地躺在院里的竹躺椅上，拿着一卷宋人周辉撰写的《清波杂志》翻阅。周辉出生于簪缨世族，没有做过官，但一生却博览群书，游历过全国各地不少地方，是江右有名的饱学之士。晚年卜居在杭州清波门下，写出了这本十二卷的《清波杂志》。看见大谢头，金贵田忙站起身招呼：

"今天这么早？"

"怎么，不能早吗？嫌我来早打扰你了？"谢炳坤眼一斜，没好气地回了一句。转身就坐到靠门的石凳上，好像在自个家似的。

"来早好，我正准备去你屋喊你。"老金素知他的脾性，自然不和他计较。

"有好事？"谢炳坤眯着眼笑看着老金。

"当然有好事。昨天一学生带来一罐贡品狗牯脑茶，想和你大谢头一起分享。"说完放下手中的书，进屋拿出一盒玲珑锡罐盛装的狗牯脑茶，又吩咐幺爹从厨房搬出一桶水，摆好桌椅。

"弄得这么繁杂？"谢炳坤有些不屑。

"这你就不懂了。这水是昨晚幺爹差人专门从华林山运来的泉水。茶水茶水，一是茶，二是水，有好茶而无好水，沏出的茶汤必定就不是正味。"说话间，金贵田已打开茶盒，取出一应备好的茶具、茶点。

金贵田亲自掌泡，点汤、分乳、续水、温杯、上茶一应程序，都做得十分细致。茶倒好了，两只洁白的青花盏里，各有半杯碧绿的茶汤。这时金贵田伸手向谢炳坤做了一个"请"的动作，然后拿起一只青花盏，送到鼻尖底下闻了闻，回头对谢炳坤说："这香味就是清雅。"

谢炳坤小呷一口，含在嘴中润了片刻，再慢慢吞咽下去，顿时满脸绽开笑意，说道："果然不一样的甘甜，怪不得你老金这么多臭讲究。"

金贵田已是品饮完第二杯，他咂巴着嘴唇，又拿起那茶罐，端详着道："这茶入口又绵又柔，吞到肚中，又有清清爽爽的香气浮上来，数百年贡茶极品，果然名不虚传。"

品着茶，他们又忆及幼年在一起玩儿的情景。那时小谢头仗着自己年长一岁，身体粗壮，常看小金不顺眼，欺负他。论体魄、气焰、打架，小金肯定是打不过他的；而论长相、人缘、文才，他又不得不服小金。两人虽然屡屡打架，但那还只是小孩子之间的玩笑，从未当过真，还没有后来明争暗斗时的剑拔弩张。而且好几次小谢头把小金揍得鼻青脸肿、头破血流的，可小金回家后都不跟父母说实话，只说是自己不小心摔了跤，或是爬树掉下来的。这就省得小谢头回去挨父亲打骂了。

他俩的父亲，时彰公、彪煜公，友谊一直挺好。每次小谢头打了小金，都担心小金告状，父亲会对他家法伺候，因而战战兢兢的，但每次都有惊无险，平安度过。他开始以为是小金怕他，直到他父亲临终前才告诉他："你们小孩的事，我们大人都很清楚。但金氏父子为息事宁人、顾全大局，希望我们两府永远睦好，所以贵田才老让着你。我死以后，你俩要继续睦好下去。"当时金氏父子也在谢氏大老爷的床前，两对父子四个人的四双手紧握着。

炳坤他爹走后，时隔仅两年，贵田他爹也猝然病逝。可大谢头这些年还老挤兑甚至陷害老金，想到这些，他觉得自己太不该了。

还有，他俩又都从小爱慕村里的第一美女熊芙蓉，谢炳坤一直怕金贵田跟他抢，那他肯定输，最后谢府用钱才搞定熊家父母，把芙蓉娶到了手。大谢头甚至疑神疑鬼，猜想芙蓉曾经跟贵田相好过，他俩可能还发生过什么不可告人的事情。但是贵田说，自己除了年少时曾短暂迷恋过芙蓉的美貌外，还是更中意江家的小妹子翠柳儿。

大谢头始终蒙在鼓里，这个时候两人开诚布公，推心置腹，也算是打消了积压在他心中多年的疑云和芥蒂。他觉得自己冤枉了老金，心里也在感叹，金大先生多好的人品啊，道德楷模、光风霁月，会有什么可怀疑的呢？这让谢炳坤对金贵田的好感又加重了几分。

但最让大谢头震惊的，还是后面他俩聊到的另一桩秘密。这桩秘密金贵田本来是不想说的，或者是不想现在就说的，但刚才因跟炳坤谈及芙蓉，他虽将炳坤心里的疑惑一概撇清了，料想炳坤再不会对他有什么猜忌，可他总觉得有些不踏实，而不由自主倒把这桩秘密给带出来了。再说，他婆子江翠柳不在场，就他跟炳坤二人，说出来也无妨。

金贵田这时突然神秘兮兮地问了一句：

"坤哥，前几天一个化名伍直的日本人到了高安，好像是在寻什么东西，你也听说了吧？"

谢炳坤确实十分震惊："这么说你也听说了？看你这神情，想必比我知道的还多。嗨，贵田，有时我真有些怕你，你究竟还掌握了多少惊天的秘密？"

金贵田微微一笑："我是听我爹时彰公说的，想必你也是听你爹彪煜叔说的吧？"

谢炳坤的父亲名叫谢彪煜，比金贵田的父亲金时彰小了好几岁。谢炳坤是家中独子，而金贵田前面还有个姐姐，嫁去了百多里外的修水，几家之间每年除了春节、清明、红白事外就很少往来。

谢炳坤一时激动，说话有些打哆嗦："原来，那年转移藏宝地点，你爹也参与了？我怎么不知道？"

"是的。你爹的遗嘱，你还没有好好看吧？"

大谢头伸伸舌头。只怪他识字有限，他爹的遗嘱语句古奥、书法独特，他看不大懂，又不想让别人看到。

金贵田又继续说道："我爹的遗嘱里，就有这方面的内容。其实当时参与的不止你爹、我爹两人，还有好几个。但最知情的还是你爹、我爹两人。当然，这份财产主要还是你们谢府的，我爹他们只是帮帮忙罢了。"

谢炳坤沉默了一会，他虽然并没打算马上回去把他父亲的遗嘱再拿出来好好核实一下，但他相信老金绝不会撒谎。

金贵田又道："还是我来说吧。这座已有整整五百七十年历史的旷世大宝藏，在高安民间被称为'惊天宝藏'，在外地黑白两道称其为'高安宝藏'，又因为是洪武元年由上泉伍家在去日本之前窖藏下的，故亦被称为'洪武宝藏'。现在的问题是，这个从日本来的名叫伍直的人，他究竟是不是上泉伍兴辅与伍良臣父子的后裔？但不管他是姓伍还是不姓伍，哪怕这批宝贝过去是伍氏的，可现在已属于咱们中国了，绝不能让他找到，更不能由他带去日本！"

谢炳坤也猛然立起，吹胡子瞪眼睛的，显然是气得不行，嚷道："肯定不能了！怎么是他伍氏的，已经是我谢府的了……哦，不，是我们好几府的。"

"是的，我知道，是我们好几府的，不过还是以你谢府为主。但不管是谁家的，最终还是国家的，不再是他伍氏的，更不是他日本强盗的。"

谢炳坤对金贵田的话里"最终还是国家的"几个字暂时还理解不了，但对"不再是他伍氏的，更不是他日本强盗的"则连连点头。

原来，这批在洪武前后由伍氏父子窖藏的元青花宝物，在谢炳坤父亲彪煜公、金贵田父亲时彰公在世的时候，约清末光绪年间中期，被高安县城某乡绅在翻修一座古庙时，重砌石脚打开地窖赫然发现，此处过去想必就是上泉伍氏私邸的地盘。但他并不识货，其手下雇工在搬动时还不慎损坏了其中两只瓷器，好在消息尚未对外泄露。有位朋友赶紧跑来龙湾告诉彪煜公，他就与时彰公一道去了县城，又约了两位富商，大家一起悄悄把这批元青花买下，又悄悄将其另外珍藏在一个更加隐秘的地方。

当时彪煜公最有钱，全部费用他出一半，另两位一道出了另一半。时彰公与另一位（其实他就是刘赓校长他爹，因老人家以古稀之岁尚健在世，故还未告诉刘赓，刘赓并未知情）没钱就只是参与，但他俩偏偏最有学问，故出谋划策的事就归他俩裁断。

但当时大家一致说定，既然是他们五人一起参与的，那就一起拥有，谢府占一半，但另外几位见者均有份额。藏宝处的大铜门安设有五把巨锁，五人各有一把钥匙，要全体同时在一起才能把门锁打开。为防铁锁生锈，又用桐油纸里三层外三层地包着。此事五人在世时不能告诉任何人，包括妻室、兄弟、子女等，只能在去世前夕以遗嘱形式，包括宝藏一事简介、宝藏所在地、钥匙、藏宝图等，交于财产第一继承人。

谢炳坤终于明白，他爹临死前对他所讲的那番话，让他与金贵田"永远睦好"，及贵田老是让着自己的真正含义。贵田当时早已明白了，但由于种种原因，所以到现在才告诉自己。不过现在明白也不算晚吧。

大谢头心里一热，一把抓住老金的手，泪水夺眶而出，滴在两人的手腕上，里面有真诚的悔恨、真挚的感激、真切的祝福。他哽咽着说："贵田兄弟，啥也别说了，以前……唉，不提了。往后余生，坤哥认定你做兄弟。今后，就看你坤哥的表现吧！"

彻底失去当县议员希望，并认识到自己与金府交情之重要性的谢炳坤，来了个一百八十度的大转变，与金贵田重修旧好，携手并进，并大张旗鼓地助推其成功当上县议员。大谢头认定，只要自己在老金竞选县议员的事上出了力，那么老金肯定会感激他，自己日后的好处肯定少不了，到时再找机会顺枝上攀，重建辉煌。

于是，谢炳坤继续前往各圩集、乡镇举行演讲，继续拜访各地的乡绅名流、宗长族长、保长甲长。不过，现在他演讲、拜访的内容，已不是为他自己拉选票，而是鼓动大家投金贵田的票，为金大先生宣传了。众人对他这么快、这么大的转变虽是有些惊讶、蹊跷，一时间议论纷纷，不知素来臭名远扬的谢大魔头到底葫芦里在卖什么药，但对金大先生，他们还是信任的，所以谢炳坤这会的努力没有白费了，开始产生良好效果。

在谢炳坤的鼓动宣传之下，加上金贵田自己长期积累起来的良好口碑，金贵田以高安全县的最高票数，当仁不让、毫无异议地被增选为县议员。

县长方旸最初只是看在萧丰的面子上，假惺惺地给金贵田开空头支票，口头表示恳切希望金先生能支持民族抗战事业，降尊纡贵，牺牲宝贵时间，拨冗列席县临时参议会的一应重要活动，但心里却并不是很欢迎他来。就像金贵田对他第一印象不佳一样，他也觉得金贵田非己同类，反倒谢炳坤更合自己胃口。再说萧丰离开高安已久，他无须再给萧丰面子。可现在人家票数最多，他不得不表示同意。

此外，当时还有一件在龙湾历史上稀奇的事儿发生了。时值双抢季节，龙湾村的乡民们非常惊异地看到，已有几十年没有下田下地劳作、宣称双脚永不再湿水沾泥的大谢头，竟奇迹般出现在了龙湾垄坑里热火朝天的农忙现场。

在热气蒸腾，天无一丝云、地无一丝风的三伏季庄稼地里，乡民们一个个或低头割禾，或仰头打谷，或捆扎稻草，或挑谷回村，抢着收获粮食。他们挥洒着雨一般的汗水，衣服湿漉漉的，不见一根干纱，有些地方晒干了就有银白色粉末，像盐巴似的，尝一尝又苦又咸还发臭。肌肤晒成古铜色，乌黑油亮，加之沾着泥渍、谷穗、草秸、水珠等，一个个活像一条条泥鳅。

不过忙碌是忙碌，他们仍没忘了有说有笑、互相打趣，聊家长里短。若是偶尔有哪家的骚婆子或俏闺女来送茶水送点心，还难免开点带荤但不太过分的玩笑。今岁的年辰好，没有雨灾风灾旱灾虫灾，多收了很多粮食，大家没理由不高兴。

金贵田也毫无例外要跟往年一样，舍弃大东家身份，不顾读书人斯文，领着幺爹和所雇的几名短工，跟农夫们一道，戴着草帽，打着赤脚，将衣袖裤腿捋得老高，衣裤上、臂腿上都巴着泥巴尘土，在稻田里紧着干活。中国农耕文明的优良传统，就是一贯提倡耕读传家、身体力行，这在金大先生身上是结合得最好，体现得最充分的。

仅一条土埂之隔，便是谢府的稻田，二谢头亦正带着府上一大帮长工在搞双抢。别看二谢头有这样那样的毛病，干起种种农活来却是行家里手，指挥下人也是有章有法，其速度比金府这边要快得多，令金贵田不得不佩服，还屡屡起身扭头去大声夸赞他。

就在这时，一个平日在田间地头素难见到的身影出现了，大谢头谢炳坤也头戴一顶草帽，手拿一把镰刀，脚跐一双草鞋，走了过来。

农夫们都惊讶得大呼小叫起来，就像是看到了自从盘古开天地、三皇五帝定乾坤以来就从未见过的新奇名堂，一时议论纷纷，整个田垄里更加嘈杂热闹。甚至有人连连怪笑道："谢老爷，真是稀客啊！今天是哪股风把您老人家给吹来了，还是日头打上高那边（即西边）出来的？"

不过还真是"变天"了！大谢头并不像往日那样暴戾，对人家这种明显的嘲讽不再愠怒发作了，带着笑脸跟大家一一打招呼，冲金贵田频频示意，一边脱草鞋、捋衣袖，做下田割禾的准备，二谢头连忙过来帮忙。谢炳坤回复大家说："我以前不也是常下田下地务农的嘛！贵田你讲是不？只是这几年渐渐岁数大了身体弱了点，加之屋里屋外的杂事多了点，所以才少干了点农活而已。真要干起来，我可不见得比你们差啰，要不我们比一比咋样？"

金贵田也对他微笑，连连颔首点头。

村里有好事者马上就编造出了一首打油诗，在乡民们之间迅速传诵：

稀奇稀奇真稀奇，大谢头下田割稻子。
他说以前常下地，我看今日是在演戏。
你要不信且请看，他三天还在我随你姓。
他会干活莫幻想，不来打人骂人已是好事。
…………

谢府的二公子谢光赋，这段时间基本上是待在高安县城，偶尔才回龙湾一趟。在南昌沦陷之前，也去过省城几回。就是后来南昌彻底沦陷了，他为家业办事还铤而走险偶尔去过。

这段时间，正当谢炳坤郁郁不得志、走下坡路的时候，他的二儿子谢光赋却春风得意、踌躇满志。前面提到，谢光赋在国民党军队围攻红军游击队时，及时向游击队报信，获得了党组织的信任。加之龙湾地区大部分共产党干部都已北上抗日，加入了新四军，周边的党组织力量突然变弱，由于有许志宏、金葳蕤等人的推荐，中共高安地下县委书记华子骞便正式吸纳他成为中共党员。谢光赋进入游击队，虽没能实现成天跟在女神金葳蕤身边的夙愿，但毕竟还是参加了革命，成了女神的同志。而且，由于谢光赋学历较高，又多年在省府历练过，经验丰富，家境也好，父亲是全县首富，兄长曾任县保安团团长，社会资源广，有利于开展工作，很快华子骞还让他做了龙湾地区党组织临时负责人，又是中共高安地下县委委员。

当时谢府中人除了个别用人留守看家外，已全部从省城南昌撤出，南昌方面业务基本停止，谢氏公馆关门大吉，店铺仓房和账目封存，但高安县城的业务还在继续开展。谢光赋就以此为由长期住在高安，这也是地下党组织的要求，对龙湾谢府那边说是为了全面、直接负责县城的业务，对地下党组织这边说是为了便于开展从县城到西部、北部诸乡镇，但主要是龙湾的工作。最初他在这两方面都做得不错，不过他也常回龙湾，除了探家，跟父亲请教生意，完成党组织交办的工作外，还有一个很重要的原因，就是奔他的另一个女神金潋滟而去。

前面提到，谢光赋发现，自从王旭光"失踪"以后，金潋滟长期都不开心，既没另找男友，其父母也没请媒婆再给她物色对象。由此他更坐实了金潋滟与王旭光曾经的恋情。他本以为她终于死了这条心，会一心一意地等着嫁给自己大哥吧，可谢天昊猝然溺亡了。谢光赋遂觉得很是蹊跷，这个大美人怎么跟他的妹妹谢金枝一样，二十好几已是老姑娘了，还待字闺中。

谢金枝不用说是为李铁陀之故，父母尚未松口应允他们，他们又一片痴心不做二选。那金潋滟又是为何，是因王旭光或大哥的缘故死了心，还是在等谁呢？她可是万中挑一的人间极品美女，她要征婚的话，高安及高安以外的男人，有权有钱的、有貌有才的……不知得排多长的队！

谢光赋又曾隐隐听二谢头说漏嘴，金潋滟真正的意中人是三弟谢志航，她一直在盼着志航回来。可志航什么时候才能回来？他回……得来吗？他也喜欢她吗？他在外面还有没有别的对象？

谢光赋已不管那么多了。既然王旭光、大哥都先后死了，三弟又不知何时回来，那就自己试试呗！想起之前他曾追过金潋滟，后来发现她同王旭光相好，就想成全他们，但谁让王旭光无福消受呢？大哥也是无福。可怪不得自己啊！那就改弦易辙，以免被人家抢先了。于是，谢光赋便频频从县城往龙湾而来，趁热打铁给金潋滟送去无微不至的关心，送各种吃的穿的，再次向大美女发起进攻。

那些日子，村里的男丁们都忙着双抢，谢光赋因要跑县城的事务，哪怕回来也是行色匆匆，一般不在府里过夜。他爹大谢头和他娘熊芙蓉亦未让他一定得下田干活。金府就金潋滟、江翠柳，和一群金葳蕤的孩子，有时谢天昊的孩子也过来。江翠柳对谢光赋倒是有些好感，就是把金潋滟嫁给他她也没有意见，所以由他出入自己府里。只是金潋滟跟以前一样，态度很坚决，情感难让步，仍不愿跟他交往。

这天上午，谢光赋因为县城的一些事务耽误了。中午一吃完饭，就奔龙湾而来。他没有回谢府，径直进了金家，他决定今天无论如何要和金潋滟摊牌。走进院子后，他都顾不上和江翠柳打招呼，拉着金潋滟就往后院走。金潋滟有些莫名其妙，问道："光赋哥，什么事这么神秘？"

待确定院子里没有其他人后，谢光赋盯着金潋滟反问："潋滟，这么多年我对你怎样？"

"非常好呀，关怀备至！"金潋滟半开玩笑说。

"那我想和你好，你愿不愿意？"

见谢光赋如此直接，金潋滟脸上有些挂不住了，正色道："光赋哥，你别想歪了，我就把你当亲哥哥看待，跟金枝儿一样的。"

"那你当初为什么又答应我大哥呢？你说只要他跟我嫂子朱璇离了婚，就嫁给他。难道你心里只有我大哥？还是有我大哥和王旭光两个人？"

金潋滟避开正面问题，笑道："那你大哥不是……很可惜溺亡了吗？而且……听说旭光他也失踪了，他家人一直都没找到他。"听到这里，金潋滟非常诧异，谢光赋怎么对王旭光和王旭光跟她的关系这么熟悉？莫非……但她不想再追究下去，更不想再追问谢光赋。

谢光赋没词了，但还是继续问了几句："那要是我大哥没溺亡呢？而且跟朱璇离了婚呢？你说实话，你真的会嫁给他吗？你真的喜欢过他吗？"

金潋滟："……一切假设都是没有实际意义的。只要变一点点，就什么都跟着变了。我无可奉告！我有我的权利、自由和选择。"

两人无话可说，沉默了许久，谢光赋悻悻夺门而走。

因为得不到金潋滟的爱，在她这里再次遭到挫败，这对近期看似万事遂意的谢光赋是莫大的打击。他有些气急败坏，性格的双重性暴露无遗，比戏曲舞台上唱川剧的变脸还快，比他父亲大谢头那一百八十度拐弯还拐。这段时间，他父亲时时在检讨反省自己的过往言行，谢光赋却在感情的旋涡里陷入死胡同。

前面提到，谢光赋当初想进游击队，想参加革命，想入党，倒也不完全是奔金葳蕤一人而去。在学校里，特别是在工作后，他已有了一些进步思想的萌芽。但他更多的还是有个人的打算。所以到了这个时候，当个人感情遭遇挫折，他竟然就迁怒其他人，特别是革命同志与党组织，于是他迅速地走向了另一个极端，他决定报复。

谢光赋报复的第一步棋，是去找时任高安县长方旸。方旸这人虽表面看像个多才多艺的文人墨客，有抗日热情，却极度仇恨共产党，对待共产党的手段非常残忍。他创建参议会的初衷，有些"挂羊头卖狗肉"、欺上瞒下的打幌子之意，一开始参议会里并没有进步群众、民主人士，更别说共产党员了。抗日战争全面爆发，国共实现第二次合作后，"陪都"重庆的中央国民政府要求其参议会里应该有各个阶层、各种身份的爱国议员，包括中共党员也可以以个人名义加入，方旸不得不照做。如此一来，不但像金贵田、江仲方这样的爱国乡绅商贾，刘赓这样的民主知识分子得以被选举为议员。而且中共高安地下县委书记华子骞亦以个人名义进入了参议会，同时还让谢光赋也以个人名义加入，他们几人代表共产党的力量，督促地方政府、国民党军驻部与中共方面建立抗日民族统一战线，积极投入抗日大业。虽然如此，但华子骞并没有完全公开地下党负责人的身份。

只是方旸心里很不爽，谢光赋早看出来了。他心念一动：自己先后被金氏姊妹拒绝，应该是她俩的父亲金贵田作梗，金葳蕤的丈夫许志宏也不是什么好东西，包括许志宏的好友华子骞。那何不借方旸之手除掉这个姓华的？

谢光赋独自去县府拜访方旸。方旸一开始对他还摸不准，满脸戒备：他既是中共党员，又是乡绅谢炳坤之子，其立场站在哪，其来意是为啥？

谢光赋先开了口："方县长，您不用猜忌我了。我知道您在想什么，您想做什么。我是来帮您的，我会让您满意。我爹是我爹，我是我。共产党对我不仁，我当然可以不义。"

一席话顿时让方旸打消了对他的敌意，两人立刻敞开了胸襟，愉快地将对方引为自己人，至少是暂时的政治同盟军，达成共识，并决定从此一致行动。

谢光赋单刀直入地说："方县长，您请放心，我的心始终向着党国，毕竟我也受党国栽培这么多年。"

随后，谢光赋把自己打算先后铲除中共高安地下县委负责人华子骞、高安南区地下党负责人黄河东、"赤化分子"金贵田的计划向方旸和盘托出，该三人的背景也被他讲得一清二楚，同时还提供了大量自己知道的高安地下党情况，方旸没想到中共高安地下党组织体系如此发达，惊恐之余如获至宝。

"光赋老弟如此深明大义，方某十分佩服！事成之后，定为你记下头功。"一边心里也在悄悄地打着自己的如意算盘：要是铲除了华子骞和黄河东，自己就立下了奇功。让这个谢光赋顶替姓华的做共产党头头，那共产党不就掌握在我手中了吗？铲除了金贵田，让谢炳坤父子统领全县工商界，那整个高安县就真正是我们仨的天下了。到时我再想办法铲除谢氏父子。……

毕竟，谢光赋一见他时最先说的那几句话里，"我知道您在想什么、您想做什么"，让方旸既打消了敌意，又暗生了惧意、寒意，乃至杀机。

暗杀华子骞等人的计划如期进行。那日，谢光赋先通知华子骞，说方县长要找他商谈统一战线的事情。随后，又假借高安地下县委的名义通知黄河东，要他随华子骞到县府商议事情。黄河东如约赶到后，因华子骞还在上课，谢光赋便提出先带黄河东到县府等候，黄河东也没有多想，就随谢光赋先行来到县府。老华下课后，校长刘赓本想约老华去他家喝几杯，说是家里弟媳用高安特产腐竹、红薯粉皮炖了只老鸭子。老华想想自己还要去见县长，就婉拒了。

这时，谢光赋满头大汗进来，说是方县长正在等他。华子骞看他慌慌张张的样子，有些疑惑，正想问他。谢光赋怕他问话问出破绽，就故意不给他说话的机会，只是不断地说县长怎么怎么等了很久，等得很不耐烦，一边只管在前带路，华子骞只好跟着谢光赋后面走。

可他们走进县府内堂后，方旸本人并没出现，倒是四周的门突然被"啪啪啪"都从外面关上了。谢光赋也遁入暗室，瞬间就不见了。斗争经验丰富的老华马上觉得不对，掏出手枪环顾四周，看见前面柱子上绑着一个人，近前一看正是黄河东，只见他满身鲜血，五花大绑，不省人事。华子骞情知上当，马上闪躲在柱子后面，不过太晚了，几个军警立即冲出，啥话也不说，便包围他并向他进行攒射。他虽然一边躲闪，一边还击，打死打伤了几个，但敌不过对方人众，身上中了很多枪，被打成了筛子似的。

直到临死前夕，华子骞总算明白过来。必定是谢光赋叛变了革命，与方旸串通一气，暗算了自己。难怪他一副鬼鬼祟祟的样子。老华大喝一声："谢光赋，你这个败类！"随后气绝身亡。

两位久经沙场的老革命，就这样死在了叛徒的手里。

华子骞、黄河东两人突然"失踪"以后，谢光赋假装跟中共高安地下县委的一些同志四处搜查、打探他们的下落。直到过了两天，他们在南门外找到了两人的尸体。方旸和谢光赋一伙还真会嫁祸于人，他们放出风声，说是老华和黄河东曾经带人枪毙了恶贯满盈的原高安县警察局局长彭度，就是他的弟兄们暗杀了两人，这可跟新的国民党县府无关。

大家含泪埋葬了两人。上级党组织派人对华子骞、黄河东两人死因进行了几个月的调查，但无果而终。只好又秘密从邻县派了一名女同志过来，接替老华担任中共高安地下县委书记。谢光赋妄想当县委书记的阴谋未能得逞，这更加深了他对党组织的怨恨。但因为地下党还在追查华、黄两人遇害的事情，他怕东窗事发，所以不敢马上把新来县委书记的事向方旸报告。

不过，新来的县委书记对高安的情况还很不熟悉，加之谢光赋在寻找两人的尸身，打听暗杀的"真相"方面有功，所以很多事还得向他咨询。其他同志也没意见，个个挺尊重他的。这又令谢光赋暗自得意，以为自己做得天衣无缝。

除掉华子骞以后，下一个目标就是金贵田。这里要先交代一下，谢光赋在方旸私邸同其密谈时，方旸曾主动提出让他引见令尊谢炳坤再来跟自己暗地会晤，说上次令尊有意出任县议员一事，可自己没帮得上他，而且他来拜访自己，自己也没对他太友好，很有些过意不去，并说出自己的理由：

"光赋兄弟你可别怪我，因前任县长萧丰临走前告诫我，其恩师金贵田老被令尊打压，令尊老跟金贵田过不去，他让我不要搭理令尊。所以我也挺为难，夹在中间不知咋办。不过现在好了，既然光赋兄弟跟我们成了自己人，那令尊也就是我的长辈，你让令尊来见我，我送他一个县议员之位，了却他的心愿，大家一起干大事！先把金贵田除掉，给令尊出口气！至于那萧丰，他早已离开高安，我没必要巴结他，不用再搭理他了。"

没想到谢光赋的答复却相反："方县长，多谢您的美意，我想此事可先放一放。我爹最近有些犯迷糊，不知道为啥竟老跟金贵田搅在一块，似乎想跟他改善关系，不再与他为难了。上次金贵田当选县议员，我爹倒还反过来竭力去帮他，也不知我爹是怎么想的。我得劝劝我爹，让他回心转意。除非他明白过来了，我才带他来见您，大家共同为党国效力，否则多一事不如少一事。"

方旸立即向谢光赋伸出大拇指："光赋兄弟你真是党国的忠诚卫士啊！为了党国，连父亲的情面都可以不顾。大公无私，碧血丹心；赤子情怀，可昭日月！日后党国必定褒奖。"

于是，谢光赋便与方旸串通，先找了一些喽啰给县临时参议会投去匿名信，控告金贵田在上次的县议员选举中有贿选之嫌。方县长便派县政府和参议会里的几名官员前往龙湾调查。其中有谢光赋的手下，被他授意让父亲谢炳坤提供一些假证据。可大谢头不答应，他们又暗中找二谢头、熊二郎中等人帮忙，指使一些街头混混出面做证，使金贵田的"贿选罪"被坐实。

但正当国民党县政府要撤掉金贵田的县议员之职，并准备法办他时，龙湾及周围数村的乡绅名流、族长宗长、保长甲长们都自发站出来为金贵田说话，还有县议员刘赓、江仲方等人共同出面担保。他们草拟保证书并集体签名，保证一向品德高尚、民众拥戴的金贵田先生绝不会有贿选之举。他们还要那些投匿名信的、做假证的宵小之徒来当庭对质，及深挖其真实企图和幕后指挥，对方自是做缩头乌龟，无人出面。方旸不敢担破坏民族抗日统一战线的罪名，所以此事只得暂且作罢。

谢光赋一计不成又生一计。这次是方旸给他出了一个"良策"，说是在高安县临时参议会里，有一笔数目可观的抗日捐款，其中多数是爱国华侨、进步商人、民主团体等慷慨解囊捐献的，金贵田在其中斡旋奔波费去不少时间精力，他自己也捐了款的。而谢光赋作为参议会里的中共主要代表之一，对这笔钱有较大的使用权。更何况他又是高安西区（含龙湾）的中共党支部书记，他可以去找金贵田商量挪用这笔钱，借机诱其上当。

此时日寇已打进高安，县府迁到了珠湖，县域内陆续出现了多支大大小小的自发抗日武装力量。就在高奉游击队离开一年多的华林山里，又来了一支身份不明的部队。其实这支部队也是附近老百姓在进步人士领导下自发成立的，他们本想参加高奉游击队，一同北上抗日，却没有及时赶上，只好留下了，后来又招纳了一批战士，最多时达到一百几十人，就地展开对日游击作战，但他们不接受县政府的指挥。方旸等人其实早就恼他们通共了，却借口其身份不明而要"剿灭"之，并冠其名曰扰乱治安的"土匪"。只是后来国共实现合作，政府与国民党军又不好对他们下手了。

现在方旸就想引金贵田上他们的圈套，既能剪除该支部队，又可栽赃于金贵田，从而达到一箭双雕之目的。谢光赋听后，连连叫好：方县长真是一着好棋，妙妙妙！

谢光赋就带着方县长的亲笔信赶回龙湾找金贵田，只说这支部队是许志宏等人领导的高奉游击队在北上抗日后留下来的一支小分队。他们前几天与日寇在华林山下的高安—上高沿线进行了一场激战，战士们伤亡严重，需要马上购买一批救命的抗菌西药青霉素。可是这就得要一大笔钱，而县里财政困难，县政府与县临时参议会商议决定用这几个月募得的抗日捐款来支付。而主持征募抗日捐款的，主要是中共高安地下县委和以金贵田为主的几位商绅，取款就得有他们几个人的签字。现在县长兼县临时参议会会长方旸已签字，谢光赋也代表中共高安地下县委签了字，就差他金大先生了。

谢光赋说："贵田叔，您这是为抗日出力，这些游击队战士的命都系在您身上了。"

金贵田对谢光赋那既显得诚恳又有些做作的样子不明所以，半信半疑。江翠柳、金潋滟当时也都在场，但不懂底细，不好说什么。谢光赋看到金潋滟那明艳夺人、不笑而粲的相貌甚是紧张，而她对自己的不冷不热、若即若离又让他愤懑。他如坐针毡，全身冒汗，恨不得马上离开金府。况且他爹常来金府，他担心他爹见了会干扰自己的计划，夜长梦多，也得赶紧走出这是非之地。

不过，金贵田也好，他的妻女也好，因上次一事，明显看出是方旸等人要设毒计把自己从参议会里踢出来，甚至是陷害他。大谢头后来也告诉他了，当时方旸等人就唆使其提供老金的假证，只是大谢头没答应。加之上个月许志宏、金葳蕤他们曾经直接的上级，刘赓的好友华子骞又不明不白被人暗害，他们明白，这一切的罪魁祸首就是方旸，他在磨刀霍霍要对付自己了。那么这次是否也是方旸设置的圈套呢？

但是直到此刻，金贵田还没怀疑到谢光赋，不知道他跟方旸早已是一伙，而且他才是真正的主谋，是第一个想要自己命的人。

可不管怎么说，金贵田对这支抗日部队还是有所了解的，几天前他们对日作战以寡敌众受伤严重，急需西药的事他也听说了，哪怕方旸搞什么猫腻，找什么碴，然救人一命胜造七级浮屠，何况还是保家卫国、造福苍生的抗日英雄，怎能见死不救？怎能有意拖延？自己个人的安危又算得了什么？

在看完方旸啰啰唆唆的来信，及听完谢光赋的来意后，金贵田心中只闪过丝疑虑，甚至不到一秒钟，便啥也不顾，朝谢光赋伸出手去，说："光赋贤侄，救命如救火，快把批款的单子拿来，我马上签字，让人赶紧购药，火速给他们送去！"

谢光赋等人倒是很快取了款、购了药，并送往了华林山，解了游击队的燃眉之急。但方旸转身就以"擅自挪用抗日捐款私通土匪"为由，派几名警察把金贵田抓到在珠湖村临时搭建的监牢。方旸甚至不承认给金贵田写过信。

他们正准备法办金贵田时，前线却传来消息，华林山游击队再次与入境的日寇大部队发生近距离惨烈作战，以一敌二十，由于武器装备太差，全军覆没。此事在高安全县乃至全省都引起了极大震动。各界人士纷纷举行各种形式的活动，悼念这些为国捐躯的英雄。他们以自己无畏的斗志和壮烈的牺牲，证明自己是英勇的战士、坚定的爱国者。

他们此举同时也洗刷了金贵田"莫须有"的"罪名"。先且不管他是自己一人擅自挪用的抗日捐款，还是几个人商议的结果并都签了字，这笔捐款本来就该供抗日部队使用。高安乡绅商贾、民主人士数十人齐聚县府为金大先生说话，方旸不得不无罪释放。

不知是被动蒙蔽利用还是主动勾结串通，也不知其意图何在——大家多少也懂龙湾谢、金两府漫长而复杂的关系，总之谢光赋竟与县长方旸走到了一起，先后两次参与栽赃陷害地方进步乡绅金贵田，已经引起了中共高安地下县委的注意。他们在知悉事情的基本原委以后，对谢光赋进行了严厉的批评和警告，并撤掉了其高安县委委员兼西区党支部书记的职务，以观后效。

而且，党组织里已经有人在怀疑，华子骞、黄河东同志的被害，估计谢光赋也有不可推卸的责任。但因为没有确凿的证据，不敢妄下结论。

第十三章 较量

这年冬天，日寇的大部队好不容易进入了高安。此前，高安县府已撤移至珠湖村，有关部门及所有官员、驻军和警察都早早地跑走了，中小学生全都被遣散回家了，商铺包括旅馆、饭店、青楼、赌场、影院也大都已合上门板，高安城几乎成了一座空城。多数人均已风闻甚至目睹日寇的兽性兽行，于是将各种值钱的东西、能吃的粮食水果菜肴自是全都带走或秘藏起来，年轻的女子全都仓皇离开，或化装成又老又丑又脏的样子，尽可能躲在家里不出门。

高安高级中学堂的校长刘赓还没走，不过学生已然放假，校门都锁闭了，家眷又已被他送回锦江南岸作坊村的老父老母那里，他独自一人成天蜗守在他的那个校长办公室，深居简出，每日读书看报、写字赏画、烤火钻被窝而已，饿了喝口水，吃点面条，煨个红薯，就能打发一整天。再说时令已入冬，室外冰天雪地，树枝光秃秃的，空中灰蒙蒙的跟夜间无异，又刮着凛冽的北风，冷得很，街上像鬼城一般空空荡荡，只偶尔有鬼子的巡逻队走过，其死寂、凄凉、恐怖之状不啻一座人间地狱。

不过他还是没有走，也不能走。他想看看鬼子的动态和国家的将来，想看看自己还能做些啥。因为他觉得，中国绝不会亡国灭种，所以自己更要做些力所能及的事情。

那日，空中飘舞着罕见的鹅毛大雪，地上是白花花的，不过倒也掩盖了人世间很多丑陋和悲惨的东西。而且也没前几天冷了，风也没那么大了。刘赓仍百无聊赖地独坐屋中，这时门外却传来了清晰的敲门声。他大为奇怪："都这个时候了，还有谁会来造访？"

刘赓起身去把门打开，正要问话，却见到是两名鬼子大兵，直挺挺的腰杆，面无表情的冰冷的面孔。其中一人刘赓更加愣了。那鬼子兵却开口说道："是刘赓先生吧，我们中佐有请您过去见他。"此大兵的中国话，就比以前见到的那个自称杭州人的日本人伍直要蹩脚多了。

中佐，刘赓大概知道，这是日本部队里的一种军衔，相当于旅长、团长。可是，自己并不认识这样的鬼子旅团长啊！但既然人家来请他，他不去肯定不行。于是刘赓就换了厚靴子，披上棉大衣，跟着那两名鬼子兵走了。目的地是原高安县衙，原来日寇把指挥部就设在这里。

当刘赓被人带进他们口中所说的"中佐"的办公室时，迎面走过来一位着军服军靴、佩腰刀手枪的似曾相识的人，对刘赓笑脸相迎："刘校长，久违了！别来无恙？"

这时刘赓才认出此人来，顿然醒悟："这不就是几个月前见面的那个伍直吗！"

伍直先走过去，把领刘赓进门的和站岗的几名兵士都远远支走，将门合上，转身而来，右手做了个"请"的动作。两人在年前方县长新置的茶台前相对而坐。

见刘赓十分吃惊的样子，伍直略显得意地笑道："刘校长，对不起了，由于当时无法解释的缘故，上次我并没给您说实话，请您原谅。我本名叫高桥直，是个日本人。不过我也没骗您，我同时也是个中国人，还是咱高安人呢！这个上次我说过的。按中国的姓氏，我叫伍直，也没有错。来，刘校长，上次您请我喝你们中国的婺源眉茶，今天我请您喝我们日本的乌龙茶。但严格来说，日本的乌龙茶也是来自中国的台湾，只是到日本后多少还是有些改良的。"

伍直，应该说高桥直，在两人的正式交谈之前，他虽不是很懂茶文化，也不是很爱喝茶，却还是讲了讲日本的茶道和禅茶一味的有关历史和文化。

他说："乌龙茶也好，工夫茶也好，茶道也好，禅茶也好，其根本也是绿茶、红茶、白茶、黑茶之类，不过是增加了一些文化的、养生的、礼仪的元素和色彩。

"日本茶道历史要追溯到13世纪，在日本是镰仓幕府时期，在中国是元朝。但茶最初只是僧侣用来集中自己的思想。早在中国唐代赵州的从谂禅师，便曾以'吃茶去'来接引学人，到那时就已有了'禅茶一味'的思想，后来才成为分享茶食的仪式，通俗地说就是'日常茶饭事'。而禅茶一味，'禅'是心悟，'茶'是物质的灵芽，'一味'就是心与茶、心与心的相通。

"日本茶道源自中国。现在日本的煎茶道，其前身即中国台湾的泡茶道，都来源于中国广东潮州的工夫茶。日本茶道虽与东亚诸国即中国、韩国、朝鲜等一脉相承、大同小异，但仍具有自己鲜明的特色，内容、形式均有变化。日本茶道过去又被称为'茶汤'，分为抹茶道、煎茶道两种，而'茶道'一词所指的主要是较早发展出来的抹茶道。

"日本茶道在日本是一种仪式化的为客人奉茶之事。现在的茶道，由主人准备茶与点心，还有水果招待客人，而主人与客人都按照固定的规矩与步骤行事。除了饮食之外，茶道的精神还延伸到茶室外的山水环境，茶室内的书画布置，庭园的花草虫鸟，歌舞琴棋及饮茶的陶器瓷器等，这些都是茶道的重点。它将日常生活与宗教、哲学、伦理、美学联系起来，成为一门综合性的文化艺术活动。这不仅是物质享受，还可通过茶会和学习茶礼，来达到陶冶性情、培养审美观和道德观念的目的，'正清和雅''和敬清寂'八字皆具。其程序烦琐，器皿精致，茶叶优质，场所高雅，服饰洁净，礼仪完整，动作规范，姿势优美，品饮讲究……哈哈，我们今天是很简单、很随便的啦！本来我就是个门外汉，啥也不懂。"

两人一边品茗香茶，一边听着留声机里播放的日本女歌星服部富子所唱的《满洲姑娘》。唱的是东北伪满洲国日统区里幻想中的男女关系，嗓音软柔，糯腻甜美，缠绵悱恻，也算是战乱年代的靡靡之音了。

> 我是那东北二八小姑娘，
> 三月里春日里雪正融，
> 迎春花儿将开时，
> 我就要嫁过去呀，
> 亲爱的情人等着吧！
>
> 铜锣呀花鼓呀响叮当，
> 华丽的花轿把我迎，
> 半喜半羞心儿跳，
> 我就要嫁过去呀，
> 亲爱的情人等着吧！
>
> 冰呀雪呀风呀冷梆梆，

吹到北方的天边去，
美丽的婚服将做好，
东北的春季快来呀，
亲爱的情人等着吧！
…………

刘赓想到了另一件事。前几天在上海的几家报纸上，一些爱国有识之士正尖锐批评和抵制一首其时非常流行，几乎各大酒吧歌舞厅娱乐场所都在演唱的《桃花江是美人窝》。那是由湘籍著名音乐家黎锦晖作词作曲，"金嗓子"周璇原唱的名作。此歌曲本身并没有什么问题，讲述的是黎锦辉的夫人梁惠方老家，即湖南省桃江县有条风景旖旎的桃花江，江边美女如云、帅哥成片，且个个多情、敢爱敢恨，非常浪漫，大致内容为：

"我听见人家说，桃花江是美人窝，桃花千万朵，也比不上美人多，果然不错。我每天踱到那桃花林里头坐，来来往往的我都看见过。那身材瘦一点偏偏瘦得那么好，全是伶伶俐俐小小巧巧、婷婷袅袅多美多娇；那些肥一点肥得多么称匀、多么俊俏多么润。你爱了瘦的娇丢了肥的俏，你爱了肥的俏丢了瘦的娇。你到底怎样选、怎么挑？我也不爱瘦，我也不爱肥，要爱一位像你这样美、不瘦也不肥的人，百年成匹配……"

画面优美，旋律动听，感情热烈，再经周璇那甜美宛转的嗓子一唱开，所以迅速风靡天下，一时风光无二。

此时，已是日寇大举入侵中华大地的第三年，对于苟且偷安的权贵来说，家恨国仇也好，山河破碎也罢，和自己安逸的生活相比，都不值一提。因此，当屈辱和苟且换来偏安的生活后，趁歌逐舞成了社会的主流声音。在一片靡靡之音中，对《桃花江是美人窝》的抵制，显得卓然不群，特立独行。

刘赓觉得，眼下正值日寇铁蹄践踏神州大地，兵荒马乱，民不聊生，四万万中华儿女挣扎在水深火热的死亡线上，中国随时可能沦为殖民地，中华儿女成为亡国奴，而国共两党的军队都在前线跟侵略者展开你死我活的浴血奋战，要是国人还老是在传唱这种"靡靡之音"，尽是风花雪月、郎情妾意，应和着达官贵人们不顾国家艰险、民族安危，仍沉湎在个人纸醉金迷、声色犬马的奢华糜烂生活里，那实在是不谐和、不像样。他们日本人可以这样唱，但我们自己还是更需要像已故数年的鲁迅先生如"匕首、投枪"般的杂文、小说，以及郭沫若、老舍、田汉、夏衍等人的抗日爱国题材话剧《屈原》《蔡文姬》《张自忠》《回春之曲》《法西斯细菌》等，以悲愤的基调、昂扬的精神、如椽的巨力、爱国的情操，唤起广大军民的抗日决心，同仇敌忾、众志成城，把侵略者赶出祖国，恢复中华，重整河山。

这时只听高桥直慢悠悠地问道："刘校长，您是高安这里的文化名流，应该是学贯古今、见多识广了。而且您祖祖辈辈生长在高安县城……对，我上次好像听您说起过，你们家祖上从清初顺治年间迁至此地，也有快三百年了。那您听说过有个叫……'洪武宝藏'的故事吗？"

终于又来了！刘赓假装想了想，但是并不犹豫、吞吐地说："什么'洪武宝藏'？我可是从没听说过。"他知道，一对如鹰似狼般犀利阴冷的眼睛正在盯着自己。

高桥直失望地叹息一声，说："刘校长，其实我上次已简单跟您提到过的，不过还没具体说是'洪武宝藏'而已。既然您还不清楚，那我就全告诉您吧！我不是跟您说过了，我的祖籍也是在高安嘛！那是五百多年前，朱明王朝的开国元年，高安著名的震惊天下的'洪武宝藏'，就是我们伍家祖上的……"高桥直把整个故事又复述了一遍。

刘赓装作很认真、很仔细地听高桥直说完，似乎是恍然大悟地说："我终于算是听明白了，原来，伍先生，哦不，高桥先生，您这次来到中国，哦不，是回到高安，就是想寻找到你们祖上的宝藏，并将其带回日本去。"

"您说得太对了！"高桥直友好地起身握了握他的手，又猛地跑到门口，透过缝隙去看有没有人在外面偷听，这才折身回来，压低声音，继续说道，"这些话我对谁都还没说。我跟日寇右翼分子完全不同，因我本来就是中国人，素来反战厌战。我在日本，包括我们整个移民日本的伍氏家族，一直是在左翼阵营里。所以我这次来华，绝不会与中国为敌，不会为难中国人，不会枪杀任何一个中国平民，不会侮辱任何一个中国女性，我甚至都不想带兵上战场去跟中国的军队打仗，只想借这次机会要回本属于我们伍家的东西后，就立刻独自一人返回日本去。"

刘赓差点又因高桥直的这席义正词严、激昂慷慨的话而感动，而要为他竖起大拇指了。不过且慢，他试探着问道："那么，高桥先生，您上次与这次，来了高安这么久、去了这么多地方，找到您家的宝藏了吗？"

高桥直摇摇头、叹叹气，突然一副沮丧的模样，说："还没有啊！不知道是因为年岁太久了，我的先辈们将地址彻底记错了或记得不确切，也许是这么些年来高安城的地址地名变了，结构布局也变了，还是他们最初拥有的实物凭据比如路线图、备忘录、遗嘱什么的，在一代代往下流传时弄丢了、弄模糊了，甚至一开始就弄错了。或者还有一种可能，是否已有人把宝藏转移走了……"

他突然又激动地抓住刘赓的手，殷切地说："刘校长，我现在把什么都告诉您了，您总该相信我了吧？您是土生土长的高安城人，您比谁都懂高安城，而且您的名望又高、人缘又好、认识的人又多，您去打听消息、寻找线索比谁都快。只要您帮我找回了我们家的东西，我会重重地酬谢您……"

刘赓也假装很感动很感激的样子，说："高桥先生，我完全相信您。请放心，我一定竭尽全力为您服务。我今天一回去，就发动我所有的关系，争取了解这个'洪武宝藏'的详情，与这些年来世人的寻宝过程，高安城从明朝到清朝到从明朝至今五百多年来街道和建筑物的变化，当年你们伍家的几处私宅，该宝藏有可能的窖藏范围，及有可能的转移地点等。一有消息线索，我第一时间亲自来禀报您……"

高桥直不断点头，突然又提了一个意见："不能大张旗鼓，以免闹得满城风雨。要是被其他人抢了先机，提前弄到手，那我们就前功尽弃、白费心血了，而且还会对你我的处境带来不必要的危险。还是先悄悄地去打听、寻找吧！除非特殊情形，我也会一直在现场的。至少是所有晚上，我都可以单独自由行动，白天则另外想办法。我带的这个大队，是最先进驻高安的。在其他部队入境之前，我是高安的日寇最高长官，随时随地可以调动他们。"

"好的。一切按您说的去办。"

这天中午，高桥直请刘赓在他的办公室里随便吃了顿简餐。这次刘赓并没刻意拒绝。菜不过一荤一素一凉一汤而已，且都是小碟或小盅，饭就各盛两小碗糙米加苞谷、甘薯、红豆的杂粮，也没有酒喝。不过两人将饭菜汤都吃了个精光。看来高桥直平日的个人生活是挺简单的，对吃穿住用都不刻意讲究。

来日尚未天亮，刘赓就趁雪停了赶紧前往龙湾金先生府上。且大城门均有日寇把守，出不去，他本可找高桥直开通行证为其放行，但他不想让高桥直知道自己的行踪。他就先从南边城墙的一段旧缺口爬出去，在锦江边租了一位熟艄公的小船破薄冰逆流而上，到锦江与龙湾河交汇处的码头下船，再步行了几里路。

金贵田待听完刘赓的话，毫不吃惊地说："这些我们都明白了，也都在我们的意料之中。唯一的问题是，这个叫伍直也好，叫高桥直也好的日本人，他到底是不是高安上泉伍氏的后裔，目前还没法确定。不过这已不是最重要的了。"

他却又反问刘赓道："你还没回家去，没问你父亲吧？这就对了。我们这几个人的父亲，也都是在临终前才把遗嘱交给我们，通过遗嘱我们才了解的。你的父亲身体很棒，春秋鼎盛，想必是可以活到一百岁期颐人瑞之寿以上的，所以难怪你到现在还蒙在鼓里。五位父亲里就你父亲健在，所以就你还不懂。哈哈，你今天给我讲了几个小秘密，我也给你讲一个大秘密吧！而且，这个大秘密还跟你父亲有关呢！幺爹，您去把大谢头请来，我们一起来商谈这件事。他父亲的遗嘱，想必他早看明白了吧？嘿嘿，他不愿给我看，应该是给他家老二看了。前几天光赋不是回来了一趟嘛！"

金贵田的这段话，让刘赓听得云山雾罩糊里糊涂，太多的疑点不明白："什么大秘密？怎么跟我父亲也扯上了？还有啥子遗嘱？跟宝藏又有啥子关系？再说为何还要叫谢炳坤过来，他不是跟恩师是死对头吗？难道这件事跟他也有关联，还得找他商谈？"

看刘赓那抓耳挠腮想不明白的样子，金贵田心里暗自好笑，说："我的刘大校长啊，你是诧异我为何要叫大谢头过来吧？你还以为我跟他仍旧是不共戴天、势同水火的仇敌？不！那是老皇历了。人人都是花果山那孙猴子，会不断变化的，有变好的，但也有变孬的。如今的大谢头变化很大，我们是同盟军呢！少安毋躁，等会你就什么都懂了。"老金不但啰唆饶舌，还要在刘赓面前卖关子吊胃口。

不过，听说谢炳坤变好了，还跟恩师成了同盟，刘赓当然非常高兴。多了一位好乡绅，这是二十万高安人民的福气啊！但愿是真的，他在心中祈祷。

谢炳坤很快就屁颠屁颠地过来了。听他俩你一言我一语地一解释，刘赓确实什么都懂了。原来，这个高安的洪武惊天大宝藏，他们刘家也有份呢！跟谢炳坤总算明白他父亲为何临终前让他与金贵田"永远睦好"一样，刘赓也总算明白他父亲为何让自己从小就拜金贵田为师，这不仅仅是因为金先生有学问，可以向他学习，还因为他们几家之间还有这么大的一个约定！

几位宝藏的共同拥有者达成了共识：不管将来各自能获得多少财富，大家一起要用生命永远守住这批国宝，绝不能让它落入日本人之手，更不能让他们将其带出中国！

这天中午，金贵田把刘赓留下，与大谢头、幺爹喝酒海侃。外面天寒地冻的，北风把窗户纸吹得噼里啪啦直响，冷得大家直打哆嗦，刚才刘赓在来的路上差点都冻成冰棍了。可这会烧酒一喝，辣椒一嚼，立马也就不觉得冷了，大家的热情逐渐高涨起来。

金潋滟与她娘江翠柳依然是带着仨外甥和外甥女待在内院里，于残雪冰钩子之间燃起熊熊篝火，在暖洋洋的厅堂和后廊里，教孩子们学加减乘除，背唐诗宋词，练习毛笔字，潋滟还会给他们讲一些《圣经》里的教义和故事。有时外公金大先生也会教他们一点《诗经》《论语》《孟子》《古文观止》里的名句。之前，谢金枝也带着俩侄子和侄女过来了，跟他们一起玩、一起学。几个小家伙渐渐地都长大了，也越来越有意思了。

这时，李铁陀来了。他是来约金枝儿的。金枝儿只好先把小豆子、小稻子送回自己家，然后跟着他走了。在他俩临走之前，金潋滟还打趣道：

"请问你们俩什么时候办喜事呀？我可早等着喝你俩的喜酒呢！你俩等着，那天我一个人要把全龙湾村的男人们都喝趴在地！"

金枝儿白了金潋滟一眼："一个女孩吹牛喝酒，看把你能的。"

金潋滟不理他，嘻嘻地对着李铁陀说："铁陀哥，你准备好彩礼了没有？可不能太寒酸简陋了，对不起咱金枝儿大美人啵！"这两人霎时满脸绯红，一边不置可否地回复着，一边心里却美滋滋的。

谢金枝反唇相讥还击金潋滟："那我也等着你成为我的二嫂或三嫂呢！为什么你还不做准备呢？嫁妆在哪？新娘服在哪？干脆我们两个的婚事一起办吧？"

三人在嬉戏打闹中分手告别。不过谁也没想到，这竟是她们的永别。

金、谢、刘、毛四人正喝得酣，只听得金府大门被不止一人重重地不断叩击。好在还能很好地控制着酒量的幺爹，跑出去把门打开了。只见门外已有不少村民围着那惶恐、狼狈得好像变了个人似的二谢头，声音嘈杂凌乱地议论着什么。

二谢头也不同幺爹打招呼，把他拨开，闯进门来，跌跌撞撞地冲进厅堂，脸色苍白如纸还痉挛着，喉咙里是嘶哑、哽咽的一些什么音符，连话都说不出口。显然他是被狠狠地吓着了，外面发生了什么天大的坏事情。几个人同时想到：肯定是日寇打过来了。怎么如此快？刘赓却在想：高桥直不是保证对中国百姓秋毫不犯吗？是他欺骗我的，还是又有别的日本军队打过来了？

确实是日寇来了，但情形比那还严重。紧接着是谢熊氏嚎天嚎地地大哭着也跑了进来，她老远就喊道："炳坤，金枝儿被日本畜生欺负了，铁陀被他们打死了，呜呜……"

谢炳坤顿时眼前一黑，差点栽倒，酒一下子全醒了，他立刻像只黄鼠狼似的一溜烟跑回了家去。二谢头、熊芙蓉、金贵田、江翠柳、金潋滟……跟在他的后边。

只见谢金枝衣衫凌乱，还带着斑斑血点，满头修长的秀发也是蓬松、散乱得像一堆枯萎的冬茅草，死了似的一动不动躺在自己床上。她不让她娘给她脱换衣服，擦拭身子，也不吭一声，连呼吸都似乎没有。

谢金枝是被村民发现并抬回来的。谢炳坤无心去问李铁陀的情况，他的尸体也被村民抬回了李家处理后事。被他打死的一个鬼子被弃尸荒野，暂时没人顾及。依两位宗族长金高煦、江老倌的意思，等天黑以后，安排村里几个小伙子用旧苇席将其尸体裹上，抬去龙湾河边扔进水里。两个得伤比较轻的鬼子，用枪杆当作拐杖，扶着两个被铁陀打成重伤的战友，早已狼狈离开现场，逃回高安县城去了。

现场是在村后的虎首山上。

且说早在今年年初，谢府中人从南昌搬回龙湾以后，大谢头接受了老金的意见，思想有些转变，不再反对谢金枝跟李铁陀的正常往来，但也还没有正式同意他俩的婚事。他在等着金枝儿是否会情感转变，喜欢上另外的好男子，或者会有别的好人家来自己府上提亲。只是从年头到了年尾，金枝既没有改变初衷，也没有别的人主动前来提亲。尽管大谢头频频放出讯去，说他的千金小姐正当妙龄适逢出嫁，也托了一些媒婆四处联系门当户对的富贵人家，可那些人都觉得龙湾谢府已然落魄，不惟长子死了，大谢头自己又不振作，先后竞选联保长、县议员都遭到失败，所以不愿跟他结亲。特别是一些了解金枝和铁陀相好的，更不会来搅局了。有些人家的条件太差，或男方不行，大谢头也瞧不上。

大谢头愤愤不平的，有时在金府喝酒时就对金贵田说："这真是世态炎凉、人心叵测啊！势利眼小人！他妈的，有些人变脸比天王老子变天还快！早两天还在求我办事,或死乞白赖着要与我结亲家呢!这才过了多久,就翻脸不认人了。"

金贵田暂不直接发表评论,心里却想:你自己过去不也是这样吗?

而大谢头也在暗忖:嘿嘿,你们以为我谢某人真的垮了?你们知道我在南昌的香港汇丰银行、上海的美国花旗银行里存了多少金银大洋,有多少钱吗?说出来吓死你们!可我就是不说,故意装成这穷途末路的样子,看你们谁有这眼光、这运气啰!

在谢府,对谢金枝和李铁陀两人的事情,形成了好几派意见:坚决反对的,是谢李氏和谢熊氏这对婆媳。二谢头自然也绝不同意,不过他在谢府是没有话语权的。坚决支持的是谢光赋,前面早说过了。现在就等一家之长"谢老爷"一锤定音了。

按照过去的情况,大谢头也是绝不同意的,不过他现在不想过分反对这门亲事:一则,他现在跟金贵田睦好,而老金当金枝是干女儿,也赏识铁陀,所以态度很明确,乐意成全他们俩,还想当这个月老和证婚人。况且金潋滟还要嫁过谢府来做自己的儿媳,他们要结亲家,他得给老金面子。二则,二子光赋一贯也支持小妹的选择,想必他是有道理的。三则,在几个孩子里,大谢头夫妇俩的感情倾向明显不同,谢炳坤喜欢长子、小女,熊芙蓉喜欢二子、三子,现在天昊走了,大谢头更把全部的爱放在金枝身上,绝不能让她有一点难过和委屈,到最后只能尊重她本人的选择。要是实在没别的合适的人家,就只能答应她跟铁陀过一辈子了,到时少不得多给她一些嫁妆,多接济她,让他们家富起来,并帮他们建栋大房子,也就便宜铁陀那小子了。

既然有了谢炳坤的这把"尚方宝剑",李铁陀就成天理直气壮地来约谢金枝出去玩,也不管谢炳坤如何给他不好的话语听、谢李氏和谢熊氏如何给他不好的脸色看、二谢头如何龇牙咧嘴瞪眼珠吹胡子威胁他。对二谢头的那点三脚猫差劲功夫和银样镴枪头外强中干狐假虎威的德行,铁陀从来就是很不屑的,打他的话十个八个都绰绰有余,只是不想得罪他而已。为了能跟金枝儿永远在一起,受这点小委屈又算得了什么?

龙湾村就巴掌大的地方,李铁陀和谢金枝他俩每次也只能是在社庙里、树林里、龙湾河边、虎首山上转转,跟之前金葳蕤和许志宏谈恋爱时一样。或去李家那又小又黑的房里、又旧又陋的床沿坐坐。铁陀家父亲早已病逝,只有一个耳背、眼花、说话结巴的老母亲跟他一起生活，每次见他俩来了，咧嘴笑笑，打个招呼，就去邻居家聊天了，把整个空间让给他俩。他的三个姐一个妹，早出嫁了；两个哥，结婚后搬新居去住了；还有一个弟，李铁桶，正在外给人当帮工。

李铁陀怕谢金枝嫌弃他家，就忍不住说出了一些秘密："金枝妹子，你不用担心我家穷，这只是表面的。我告诉你吧，首先贵田叔瞒着翠柳婶给了我一笔不少的钱，加上我自己多年的积蓄，把这套房子翻新、加宽，门窗、地砖都换了，里外墙都刷上新漆，房顶装十几片亮瓦，前面的厢房、睡房加大，后面加盖几间厨房、杂房、茅厕，再做一些新的家具，床、柜子、桌子、凳子、被子……，还是足够住的。我三个姐姐和姐夫答应一起送我一头猪、两担鱼、三百斤米，用于置办酒席；我哥嫂、妹妹、妹夫和弟弟他们答应承包全部的活计，包括筹集碗筷杯盘锅瓢盆和做饭做菜、买酒买茶、摆桌摆凳、披红挂彩，还有油盐柴火……"

"你和我说这些干吗，嫌弃你家我还会跟你在一起吗？"谢金枝嗔怒道，用手来捂他的嘴巴，又掩不住小骄傲，说，"我爹答应了，会送我一批很好的嫁妆，包括钱，我们不会缺钱的。"

"你爹既然已答应我们结婚了，为何迟迟还不决定哪天办喜事呢？"李铁陀急了。

"你别急，等他做主吧。"

"我怎么不急？今年我都二十六了，你也二十三了！村里像我们这么大的，小时候在一块玩耍的，除了金潋滟跟你两个哥以外，都快做祖父祖奶、外公外奶了。"

"那不是还有金潋滟跟我两个哥没有结婚嘛！"

"……即使还没敲定日子，那也得给个准信吧。"

"铁陀哥，既然我们都等了这么多年了，还怕再多等几天？我们是要在一起一辈子的，早一天晚一天有什么关系？说不定哪天我爹一高兴，马上就定下日子了。你知道，我爹是个性情中人，性格也很爽快，由着自己的脾性行事，心情一好，就什么都好。"

对谢金枝对她父亲的评价，李铁陀一时不好多说什么。社会上的人对大谢头的非议、埋怨是有很多也很久了的。他有不好的一面，但也有好的一面。现在他不是好了很多吗？他不反对自己跟金枝在一起，已经是很不容易的了。金枝也许是在维护自己的父亲，也许她有一定的道理，毕竟她是大谢头的女儿，她才懂他。想到这里，铁陀心里顿时释然，就对炳坤表叔多了一些理解。

不过，两个青春男女在一起，正常而成熟的身体，恰如干柴烈火，生理需要也是不可遏抑的。这才是李铁陀希望早日结婚最主要的想法，那就是在早已得到金枝的心以后，也要跟她感受男人女人在一起的快乐，要她为自己生很多可爱的儿子、女儿。

他都已经二十六岁了，姐姐妹妹、嫂子们跟自己身为男人不同的身体构造和那秀气的五官、苗条的身材、光滑的肌肤、高耸的双乳、神秘的部位……他也偶尔窥视到了。本村同龄的兄弟们陆续做了新郎官，与新娘子携手进洞房，是多么快乐、幸福，他也见过数次。当男人们在一起务农帮工或赴宴喝酒，有经历、有经验的人不时地会讲起自己跟女人在床上那激烈亢奋、飘飘欲仙的场面，满脸满眼的奇异神色，然后大家一阵哄堂大笑，可对他而言只能是想象而不能体会。每次到这个时候，他便会感到身上像点着了烈火，要么赶紧爆发，而不得爆发就只能用冷水浇灭。还有很多次，他竟梦见自己跟金枝儿在做那种非常奇妙但不可描述的一醒来就全忘了的不知是做什么也不知是怎么做的活儿，狂热动弹一阵，下面就流出了不少跟尿不一样的奇怪浓稠液体。慢慢地他也明白了那是什么东西。

这里说的都是别人的事情，而他的金枝妹子在他眼中还是百里挑一的十全十美无人可比的漂亮姑娘。他和他的金枝妹子，一个二十六岁，一个二十三岁了，却还没有体验过别人那样的快乐和幸福。

如今金枝儿就坐在他的旁边，她不光跟其他年轻女子一般同样有秀气的五官、苗条的身材、光滑的肌肤、高耸的双乳，她还有远胜过其他年轻女子的漂亮的大眼睛、漂亮的玉鼻子、漂亮的红嘴唇、漂亮的白脸蛋、漂亮的黑长发，铁陀能不心猿意马吗？能安稳地坐着吗？

可是，金枝的观念很传统。她跟他说过很多次了，在结婚之前，她是不会把身子给他的。只有两人成亲了，他想做什么都由他。当然，他可以抱她、摸她、亲她，这个她能接受的。铁陀充分尊重她的意见，许多次欲念已经达到顶巅眼看就要爆发了，但在金枝的抗拒下，他也只得强行克制住。

如今面对眉目如画可人妹子的大男子李铁陀，再次忍不住心动了，但也只能把谢金枝紧紧地搂抱在怀里，贴着她酥软而滚烫的前胸，忘情地亲她，久久地亲她……

过了许久两人才分开。李铁陀拉着谢金枝的手，另一只手里拿起几炷香出了门。他要去虎首山上的那座山神庙给菩萨敬香，让他保佑自己跟金枝早日完婚。他不想去他们李家的祠堂。

此时外面除了他俩，一个人也没有，连一只麻雀，一条野狗，一只耗子都不见。天依然灰蒙蒙、黑沉沉、阴恻恻的，像是夜晚要提前到来了。两人顶着不算太大的风雪，踩着冰封的土道，爬个坡、拐个弯，进了山神庙。铁陀用火柴将香点燃给山神敬上后，双双排排跪在蒲团上，连叩了九个响头。

想必再不会有人来打扰了，铁陀又忍不住抱住金枝正要亲她。但就在这时，两人的耳边传来一声比晴天打炸雷还可怕的话："花姑娘的干活！"他俩猛一回头，看到几个日本鬼子走了进来。

这正是高桥直的部下！

今天清晨，高桥直分派了几十个小分队，每个分队五人，分头前往高安县内各个村子打探伍氏宝物有可能的埋藏之地。他当然不会说得那么明确，只是说想让他们看看各地老百姓有什么新的动静，或者是有什么奇特的人事，有情况的话就赶紧回来报告。但他也特别对他们强调了，不能惊扰各地的百姓，不要抢劫、毁坏他们的钱财物品，更不要与他们发生冲突，不要打人，不要开枪，不要奸淫妇女。

他自己也不闲着，除了再次去了有可能的伍氏祖宗在高安城的老宅旧地仔细看了看，又去了趟上泉伍家庄的祖宗原籍遗址，包括伍氏的祖坟。一则再看看宝物有无可能转移到了这里窖藏——虽然上次已来看过，并无发现；二则顺便吊唁、祭拜一下祖宗。

高桥直的这些士兵，平时在高桥直的严厉管束下，大都不敢乱来。只是来龙湾的这几个，看到漂亮的谢金枝时，好长时间已没碰过女人的他们便不由得动了色心。见对方不过是孤男寡女一双，又是赤手空拳的，顿时忘了高桥中佐的三令五申，总觉得神不知鬼不觉的，就能把这娇滴滴的花姑娘搞到手，此等好事哪有白白放过的？于是饿狼般朝他俩猛扑了过来。

一开始李铁陀和谢金枝都没反应过来，束手无策，慌乱害怕，无法抵抗。毕竟，人家五个人都拿了枪的，一旦动手，他俩当即就会被他们枪杀。还有一个原因，这座山神庙的面积太小，不过五六平方米，还摆了供桌、塑像，他俩加上五个鬼子连站着都十分拥挤，根本施展不开手脚。铁陀被两个鬼子用枪挟持着动弹不得，另两个鬼子就一左一右抓住金枝要把她摁倒在地企图用强，还有一个鬼子持枪站在庙门口守卫着不让他俩逃出去。铁陀拼命想挣扎脱身，金枝也在挣扎、哭喊、谩骂，同样无济于事。

就这样，李铁陀亲眼看着自己心爱的姑娘在面前被几个鬼子兵活活糟蹋。两个鬼子左右夹击死死摁着谢金枝仰躺在案桌上，强行扒下她的外裤、内裤、裹裤，露出白璧无瑕、耀眼动魄的下半身，然后一个个淫笑着，轮流冲上去奸污她，任她求饶喊叫，就在山神的眼皮底下干着这伤天害理的事。

李铁陀虽然听不懂鬼子的话，但第一个上去的那家伙（应该是小头目）的表情、言语、笑容、动作他大概猜得到，就是说没想到这花姑娘还是个处女，太爽了！铁陀简直是气炸了，眼珠子鼓凸得差点掉出来，不忍看又不得不看，真是鲜血上涌，怒火万丈，咬牙切齿，生不如死。

他算了算，前后已有三个鬼子糟蹋了金枝儿：第一个、第三个是挟持金枝的那两人，第二个是守门的那人，然后换第三个去守门。小头目一直在指挥，在挟持金枝，还不忘掐掐她的下巴、脸蛋、嘴巴、头发、脖子各处，又用手伸进她的衣服里去揉捏她的乳头，同时淫笑不断，令李铁陀更加愤怒悲痛到了极点。

见已得手的三人那泄欲后心满意足的样子，挟持铁陀的那两人亦大声淫笑着、叫嚷着，蠢蠢欲动，催他们快点，他俩也要上。

而在这个过程当中，竭力挣扎、死命叫喊的谢金枝已经彻底疲惫无力，加之被鬼子糟蹋的疼痛、羞辱、恐惧，已让她基本麻木甚至昏厥过去。

此时，李铁陀并没有因为气愤、害怕、痛苦而什么事都没做，他在全神贯注地做准备，在等待最好的反击之机。当挟持他的这两个家伙正要接手准备等着糟蹋金枝，而对铁陀的挟持松懈了一些时，他顷刻间拿出了自己跟几个从小习武的叔伯练过多年，又先后好几次上华林山跟游击队里的一些武功高手学过几招的看家本领，先是把身边一个有些松手的家伙的刺刀卸下抢到手中，反手掷过去插进那个正趴在金枝身上像公狗一拱一拱的家伙背上。又夺去了身边那个家伙的枪杆，朝那个正站在金枝身边指挥的小头目模样的家伙连开三枪，铁陀当然也是最恨他的，这个小头目当场丧命，直挺挺地栽倒在地上。

这时所有鬼子都立刻惊醒并开始回击。同时谢金枝也清醒了，并把那个背上中了一刀、鲜血直流的家伙猛然从自己身上推开，又赶紧把自己的裤子往回穿好并坐起，目不转睛、一言不发地看着李铁陀跟剩下的这三个家伙对抗。

说时迟，那时快。一个死、一个伤，还有三个敌人。李铁陀现在最主要的策略，是想办法不让他们仨有机会放枪，而跟他们比拳脚，并且尽快把他们带出山神庙去较量：一则外面空间大，适合他施展手脚；二则容易让附近的村民发现并赶过来援助；三则把谢金枝一人留在庙里更加安全；四则他也不想让金枝出来，她看着他跟敌人激烈打斗会不放心，他看着她在场也容易分心；五则她被他们糟蹋了，估计他俩暂时也不想看到对方，故而她还是避一避好。

两个近在身边的家伙还没那么快放枪，李铁陀先以迅雷不及掩耳之势，冲到刚刚糟蹋了谢金枝的正在换岗守门的家伙身边，一把抢了他的枪杆远远丢出门去，并使出又快又重的招招对准其要穴的拳打脚踢，三两下就把他狠狠打倒在地，令其一时无法有力气还击。

现在只剩下两个敌人了，也就是一直挟持自己，还没得染指金枝的这两个家伙。李铁陀贴近他俩，趁其还没来得及端起枪朝他扣动扳机，立马冲过去站到他俩的中间，两手各拖一个，往中间猛力一合，让他俩互相来个大撞击，撞得他们眼冒金星、晕头转向，然后很容易就夺过了他俩的枪杆，亦同样丢出门去。再将他俩拽到门边，却怎么也推不出去，一则门框太窄，二则门边又躺了个家伙，三则他俩已开始对他发起攻击，朝他拳打脚踢，他不得不就地马上还击。

于是李铁陀就在门边跟他俩近距离展开了肉搏。铁陀学的主要是北派少林硬功夫，什么"白鹤亮翅""黑虎掏心""仙人摘桃""金丝缠腕""白虹贯日"……他一招又一招，有攻有守，如排山倒海，向两个家伙重重招呼过去。总之，这两个学了一点军队徒手格斗术皮毛的鬼子根本不是他的对手，约二十招之后已被他打中身上多处部位，手断脚折、鼻青脸肿、皮开肉绽是难免的了，只有招架之功，并无还手之力，哎哟叫个不停。

铁陀知道这两人没糟蹋过金枝，所以没下死手。再说庙里空间太小，他施展不开，只发挥得七成。

这可不是后世的抗日神剧。李铁陀以一人之力赤手空拳连斗五名鬼子，不能说鬼子兵太不济，关键是铁陀确实有真功夫，又是在救自己和金枝两个人的命，且亲眼看见谢金枝被他们糟蹋而极度愤恨，所以拼尽全力，超常发挥。再说他考虑周全，过程清晰，运气又好，整个设计和打斗几乎没什么破绽。但是，他还是有考虑不周，或者说力有不逮之处，而这个失误最终就让他丢了性命。

五个敌人五杆枪，已被他丢出三杆，还余两杆。他忙着与所剩二敌交手，已没法去抢。那两杆枪一是最先被他刺了一刀的那个家伙的，一是被他打死的那个小头目的。而最先被他刺了一刀的那个家伙，此时已有所恢复，便强忍伤口的疼痛，趁金枝没注意，还没来得及叫铁陀躲闪，就端起枪对他连开了三枪……

在此瞬间，先是谢金枝又惊又吓又心疼又害怕，发出凄厉而高声的尖叫。紧接着是李铁陀身上连中三枪后，如戳穿了三个泉眼，鲜血往外汩汩喷涌。他马上翻起了白眼，像一棵顷刻间被锯断的大树，在闷声中沉沉倒下，很快便无声无息了。金枝冲过去，趴在他身上，号啕大哭。那个对他开枪的家伙自己也用了全力，牵动了背上的伤口，刺刀还插着，血再次往外喷溅，疼痛不已。

四个受伤的鬼子兵，一则见猝然间死了两人，俱心惊胆寒；二则都已受伤力竭，无法再行交手；三则知道自己没听大佐的话，虽然是头目做的主，但终究犯了大错，且不知回去该怎么对大佐交代；四则不知这倒地的中国人是否真的死了，他们已被他的神威所慑服，对他心存畏惧；五则又怕夜长梦多，一旦附近的中国人赶来，他们就逃不脱了。所以他们再也不管那死去的头目，只捡拾起五杆长枪，双双搀扶着，以枪杆撑地，赶紧逃离了这里。

而谢金枝喊哑了嗓子的不断呼救，以及这辰光虎首山上的异样迹象和声响，终于震动了靠近山麓的村里几户人家，怀着怪讶和疑惑的心思姗姗赶过来，于是发现了他们……

谢金枝被大家抬回谢府，得到熊二郎中很好的救治疗养，不几日就恢复了健康。不过心理上的阴影一时是难以消除的。其间，金潋滟带着几个孩子，天天过来看她，给她解闷。但日后村里人对金枝的非议越来越多……

李铁陀家给他办理丧事，谢炳坤不让自家任何人掺和。谢金枝想以未婚妻的名义去为他送终，谢炳坤绝不允许。哪怕只当他是她的救命恩人，谢炳坤也不让她去。但谢炳坤还是送了李家一笔不菲的钱作为酬谢补偿。在主持铁陀丧事的金贵田劝导下，李家只得接了。

对强奸谢金枝的鬼子小头目的尸体，谢炳坤当即就让二谢头带着几个人去将其四分五裂，用麻袋装上，抛进龙湾河里。

四个鬼子狼狈逃回高安后，跟高桥直撒谎说他们遇到了一股土匪，赶紧还击，可惜名叫泽尻狎川的小头目牺牲了。他们寡不敌众，边打边退，好不容易捡了条性命……可高桥直火眼金睛，哪里看不出他们是在撒谎？但因无法证实，就先将他们禁闭，让他们反省坦白。

第二天，刘赓来找高桥直，就说龙湾的朋友清早进城给他报信，说几个鬼子在那边撒野，强奸了一名姑娘，她可是高安商界领袖人物的爱女。还把他们一个自卫队的队长也打死了，闯了大祸。高桥直叫来那几个家伙一对质，果然如此。高桥直十分愤怒，当即将几人各鞭笞五十下，罚在城门旁站一整天。他这么做，一是整饬军纪，以儆效尤；二是向中国军民示好，稳定社会。这自然一方面有利于高安的安定团结，但另一方面对下一步日寇大规模侵略也是有百利而无一害。

听闻受辱的姑娘的父亲是一位知名乡绅，高桥直便对刘赓说，过几天您陪我去一趟龙湾，我要当面向他和他的姑娘负荆请罪。

自然，还要跟他睦好交结。

第十四章 变节

1939年，国民党高安县政府临时迁到离县城30多公里的珠湖村。珠湖村隶属上湖乡，位于县城西南约十八华里，并与龙湾恰好形成一个等边三角形。村庄外有一片小湖，湖中有一块奇特礁石曰"珠山"，圆秀如珠，出水面三尺许，不沉不升，世传丁、王二仙曾在此望珠，故得名。

这是一座古村落，规模宏大，护墙高固，小河围绕，街巷复杂，房屋甚多，工艺精湛的赣派明清古建筑群，乃恪守耕读传家，古朴民风，历代人才辈出之闽西傅氏客迁聚居地，与瑞西龙湾、贾家庄园并称高安三大古村，还是著名的高安采茶戏的主要发祥地之一。而其主体建筑傅氏宗祠，现已被腾挪为高安县府机关的办公地点。不过这里离县城实在是太近，与日寇大部队仅一箭之隔，所以他们基本上采取地下工作方式，尽量躲避起来，并经常移动，不与日寇发生正面冲突。

当高安县府搬来珠湖以后，谢光赋也基本上住在这里，偶尔回趟龙湾谢府，或潜入县城，替方县长跑腿办事。自从被中共高安县委开除职务并冷落一旁，谢光赋颇感失势，只好投奔方县长，方旸并不重用他，也只是给了他一些跑腿的活干。

这年仲春的3月27日，当日寇彻底占领省会南昌以后，便大规模地向江西全省发起进攻，蚕食鲸吞，步步为营。不久后，在高安北边的武宁、安义、靖安、奉新等县乃至高安本埠，再往西到上高，再往南到清江，都出现了许多日寇部队，就不仅是先行到达的高桥直这一个团了，而高桥直作为一个小小的中佐也做不了什么主了。

但日寇此次进攻高安，跟以往在中国各地的侵略相比有些不同。以往基本上都是采取整体推进、大部队浩浩荡荡的"鲸吞"方式。这次针对高安却是采取小分队突进、化整为零的"蚕食"方式。他们之所以改变策略，是因为觉得高安的抗日主要力量已经被他们完全击溃，或者早已离开，其小分队的行动也会十分安全，所以这样可以降低损失。这个策略，倒跟高桥直刚到高安时的做法如出一辙。不过他们是真正的侵华作战，采取"三光政策"。而高桥直还没发动过一起大型作战，只是在谋他自己的私利，对外则说是做好充分准备，迎接大军到来。

比较严重的一次，就是日寇在去年的武汉会战九江战役之中，历时长达四个月，以巨大的代价，于10月底好不容易才结束战斗。稍事休整以后，今年初即从北向南浩浩荡荡进发。3月22日，他们出动多架飞机轰炸高安古城，顿时全城大火熊熊、娃哭娘唤，再次酿造了一桩人间地狱式悲剧。虽说中国军民十之八九已离城，但毕竟还有一两千人在城里，伤亡并不小，加之大量房屋倒塌、街衢废弃、财物被毁，还是十分令人痛心的。

当时谢光赋恰好进城办事，给方旸县长去县府后院藏匿的保险柜里取一份文件，加之方旸水土不服，又染上了风寒感冒发烧，还要去给他买点阿司匹林西药，同时他自己还有一点私事，帮他父亲谢炳坤带回县城里几家数月前就停业了的店铺账本，便滞留在城里一夜，亲眼看见了这幕惨相。不过他命大，反应快，逃过一劫。

当然，事后谢光赋自是会大肆吹嘘他如何英勇，譬如灭火、救人、帮失散的孩子找父母、从火里把还没被烧毁的财物抢出来。不过他的话鬼才相信。但日寇既已全部撤出，他可以在城里自由行动，不用像老鼠一样躲着掖着，这倒是真的。

谢光赋是在从珠湖回龙湾的路途中，突然遭遇鬼子的。

那天，他在把文件、药品交给方旸县长以后，方旸为感谢他，即留他吃了午饭。他们一边吃一边就谈到了昨晚县城的大火，谈到了高安的历史、今天和未来，两人在不少方面都有差不多的意见。方旸遂乘兴再次提及，哪天要去龙湾谢府拜访他的父亲谢老先生，大家一起想想该怎么共同对付鬼子和共产党。

直至拖到快天黑了，气温也骤然变凉后，又认为成天在户外神出鬼没的鬼子皆已归巢，谢光赋才安步当车，迎着落日向西北方向回返龙湾。为防万一，他将一把比较小巧的勃朗宁手枪藏在内衣口袋中。枪里本有四发子弹，方旸又送了他六发。

方旸还亲自把谢光赋送出村外的最后一道警卫岗，叮嘱他小心点，最近日本鬼子在这一带活动频繁，可能他们发现了什么。谢光赋表面点头答应，心里却还觉得他太过谨慎了。

谢光赋本想先赶到锦江东岸的挂榜山下，从那旁边的村里租条小舟过河，然后沿龙湾河一侧回去。过去村民们每次都是这样做的。挂榜山下板桥陈家的那几个船夫他早认得了。可他还没走到挂榜山,才从上湖往灰埠的大道一拐弯,便一眼看到了前面距他只有几百米的几十名鬼子。与鬼子狭路相逢,自己却孤单一人,这可把他吓得半死,顿时寒毛竖立,脸色煞白,汗水涔涔。他认定自己向前向后均会被敌人发现,遂灵机一动,就势滚到了路边的一条水渠中。水渠中长满着半人多高的茂密水草,加上暮色苍黄,大路上的鬼子即使走过来,也根本看不到藏在水草中的他。

他把父亲所要的账本和买给金枝儿的药,还有自己的一些东西,都装在一个布兜里,将这个布兜就藏进了附近的草丛中。但是手枪与子弹他却舍不得藏起来,仍留在内衣口袋中,而这把手枪和十发子弹就改变了他的命运!

也许是谢光赋命中注定要遭此一劫。就在此刻,水渠中一条好几斤重的大鲢鱼在游动时,因为被他出现而受到了惊吓,跃出了水面,激起了浪花,发出了响声。一名即将靠近的鬼子,被那条跃出水面的鲢鱼给吸引了,随后又发现了惊愕得木立在水草中的谢光赋。顿时几十把长枪对准了他,他已没机会拔出自己的勃朗宁枪来反抗。其实,即使有机会他也不敢拔,他从来就没有使过枪。再说他一个人哪里干得过几十名鬼子?所以这次他手里带把枪反而是个累赘。

这些鬼子都不会说中国话,"叽里咕噜""咿哩哇啦"的,谢光赋一句也听不懂。不过,在他们的枪口、刺刀对准之下,谢光赋只得乖乖地自觉从水渠里爬上来,任他们揪住。鬼子开始搜查他的身体。如果鬼子在他身上搜不出什么可疑的物品,兴许对他威胁毒打一顿后就会把他放掉。他虽把账本、药什么的都藏起来了,但手枪与子弹却是致命的东西。而且鬼子见谢光赋的装束、气质并不像个普通的平民,便认定他与抗日部队有关,因此将他押送到了县城驻地。这是与高桥直相邻的另一个团部。

当夜,鬼子团长就对谢光赋亲自进行了审讯,旁边有个会中国话的翻译。刚一开始时,谢光赋的嘴巴咬得还比较紧,什么都没有交代,只说自己是当地的农民,刚才路过水渠,看到了那条大鲢鱼,想抓回去煮盆鱼汤来吃。至于枪和子弹,是他前几天在地里干活时捡到的,放在身上好玩。但在被灌了几大口辣椒水,呛得他差点窒息,眼泪、鼻涕直往下流,以及鬼子准备用烧红的烙铁来烙他的胸脯后,谢光赋就像竹筒倒豆子一样,将自己的身份行踪、高安县国共双方的抗日力量等情报统统说了出来。

鬼子团长听说谢光赋不但担任过共产党高安西区地下组织临时负责人，还是县临时参议会的议员，目前又跟高安的国民党县长关系很好，当年还曾在江西省政府工作过，还出身于富绅上等家庭——他这已经不是普通的坦白交代，完全是在炫耀了后，知道谢光赋不是一般人，有各方面显赫的身份和雄厚的资源，很有利用价值，便软硬兼施要他为他们效力，否则就要对他使用十八般刑具，严刑拷打，最后还会将他枪毙。此前他们一直没给他吃的，团长见他饿坏了，就使眼色给兵丁，端来好菜好饭，谢光赋顿时狼吞虎咽起来，还不迭地道谢，后面自是啥都好说了。

谢光赋想到自己的不济遭遇，认为继续待在抗日力量一边根本不会再有什么前途，不管是共产党还是国民党都不会重用他，高安地下党组织是已经在怀疑他、疏远他了，而方旸也只不过是利用他为自己跑跑腿及看看他身上还能否榨点油水出来而已。不如趁现在手里还有些资本，投靠皇军，多捞些好处，过上快活日子，将来有什么情况再说。

而且他对中国的抗日战争一直持悲观态度，因为才短短几年，东北、华北、华东、华中都已落入鬼子之手，总觉得全国早晚有一天会被日寇统统占领，还不如早点投靠他们。

日寇已渐渐意识到了自己的短板，他们以有限的兵力长驱直入来侵略一个人口众多、面积广大、地形多变、社会复杂的泱泱大国，等时间一久，就暴露出了捉襟见肘、顾此失彼，甚至强弩之末、难以为继的危机。他们凭借飞机大炮，在正面战场上势如破竹、所向披靡，要风得风、要雨得雨，闪电般疾速行军，一日千里，没几年就攻陷了中国大面积的疆土和北、东、中数百座大小城池。但一旦离开大军团作战的正面战场，去对付声东击西、神出鬼没的小股抗日游击力量，他们就没有了行之有效的办法，像是陷入汪洋大海、莽莽森林之中，摸不着头脑，辨不清方向，找不到敌人，只能被动挨打。比如在中原华北战场，日寇要打跑国民党大部队轻而易举，但要消灭共产党领导的游击队，还有广大乡村的地道战、地雷战、麻雀战等，却是令他们苦不堪言，难上加难。

他们意识到必须尽量多发现、豢养一些熟悉情况的汉奸伪军，为自己服务，当向导，提供情报，或打入国共两党内部，才是上策。可是，中国人都充满血性、有爱国情操，有几个会像汪精卫、李士群、梁鸿志、谢光赋那样愿意成为无耻的汉奸卖国贼？这样做何其难哉！他们不得不常常望洋兴叹、摇头叹息。

因此，日寇这次进攻高安，主要是采用小分队作战，化整为零，这是他们在进行战略战术上的尝试。他们幻想着用以小碰小的新方式，来消灭令其头痛的游击队和其他小股抗日力量。但是，由于鬼子对这些小股的抗日力量一无所知，散放出去各地的小分队折腾了好几天，可近半数都受到伏击，损失不轻，搬起石头砸自己的脚，折腾来折腾去倒损害了自个。这次他们抓到了谢光赋，自然是万分欣喜，将他当宝贝一样看待。鬼子指挥官知道谢光赋熟悉游击队的作战方式，便让他领着他们也模仿我军去打游击战，以"清剿"高安国共两党的抗日力量。

谢光赋有着多重的社会身份、政治角色和革命经历：中共党员、县参议会议员、县长座上宾、前国府底层官员、富家公子……这使他对国共双方这些小股抗日力量的作战方式了然于胸。所以，鬼子在他的带领下频繁出击，基本上每次都会大胜而归。他们端掉了华林山、凤凰山等地几股游击队，打死打伤逾百人。捣毁了高安县城的中共地下县委机关，搜去了一批机要材料。又闯进了珠湖村傅氏宗祠的国民党高安县政府临时办公地点并将其捣毁，虽然方旸等人早已得到消息及时逃脱，但县府机关不得不再次转移地点，过了好几年才重新搬回来。

谢光赋的被捕叛变及反戈一击，使高安各抗日力量均遭受了巨大损失，许多抗日积极分子和骨干力量被鬼子捕获后很快被杀害。

不久国共两党就都知道了谢光赋叛变的事，这段时间所遭受的损失大都源于他的告密和带队。他们决定联起手来，尽快将其除掉。不用说，最恼怒的人还是被逼得像逃难的乞丐一样颠沛流离的高安现任县长方旸了，他捶胸顿足地骂道："这狗日的！枉我一片苦心栽培他，还想找个机会提拔他，却如此投敌卖国、认贼作父！"

在方旸的强烈要求之下，国民党情报部门便组织了暗杀谢光赋的"锄奸队"，民主人士刘赓校长、县议员金贵田后来也受邀参加了。但谢光赋有在国民党省政府等地的丰富工作经历，对国民党情报部门的运作方式颇为了解，就连共产党的地下工作那一套他也略知一二。故该锄奸队筹划了一个多月，多次采取行动，也没有找到他的蛛丝马迹。

还有一个很重要的原因的是，当高桥直听说了谢光赋的事情后，听说他是土生土长的高安人氏，又有多重身份，说不定能帮自己找到伍氏"洪武宝藏"的线索，就从其他部队把他要了过去，不再参加军事活动，而是为他做些"秘密服务"。鬼子也知道谢光赋的资源已基本用完，且最近国共两党都在找他，其目标太大，不利他们行动，先让他隐匿一段时间也好，这也是"锄奸队"始终无法找到他的原因。

高桥直并不知道刘赓也是"锄奸队"的成员，就把谢光赋已到了他这里的事情告诉了刘赓，而刘赓又告诉了金贵田，金贵田又告诉了谢炳坤，于是龙湾金、谢两府的人都知道了。

金贵田只告诉谢炳坤，谢光赋已到了高桥直那儿，但还没说谢光赋投敌卖国了。

高桥直还让刘赓跟谢光赋见面，希望他俩携手，帮他找到"洪武宝藏"。可谢光赋还不知情，而刘赓是肯定不会说出真相的。

前几天，刘赓把金贵田和他说的一席话告诉了父亲。父亲听后略显震惊，一句话没说，一个人默默进了房间。过了半晌，他父亲走出来，手里拿了一张短笺，说："儿呀，这件事本来要过几年告诉你的。现在你既然知道了，我就算把这事托给你了。不过你要记住，这些东西都几百年了，现在都是国宝，我们任何一个人都不可能单独占有的，我们是替国家保管。等将来有一天国家安定下来，还是要还给国家。"说完把短笺和一把用桐油纸包着的钥匙交给了刘赓。

刘赓见年迈的父亲竟有如此境界，心中大为感动："爹，你放心，儿会用命护着这些国宝。"

高桥直叫他和谢光赋一起寻找"洪武宝藏"，他每天是假意与谢光赋陪着高桥直，这里走走那里看看。为防他们生疑，他也不时出些主意、提些建议。刘赓几次想对谢光赋暗中动手，却苦于找不到机会。他也通知"锄奸队"了，可高桥直把谢光赋保护得好好的，大家暂时没办法。

对于"洪武宝藏"，谢光赋其实亦早有耳闻。但他并不知道，这事的真正主谋，竟是他的祖父等人。在他叛变投敌前，只是在华子骞那里听其偶尔说起过，有个叫"伍直"的日本人来到了高安，并拜见了其所在的高级中学堂的校长刘赓，正向刘赓打听此事。现在华子骞总算是被他与方旸合伙宰掉了，他却又被伍直即高桥直要了过来，高桥直又叫他跟刘赓一道帮其寻找那个什么宝藏。高安还真是小，不是冤家不聚头啊！

谢光赋之前完全不懂这个宝藏的事。对于自己的财富，谢炳坤素来嘴巴封得很紧,对婆子、老母、子女们都瞒着,只长子谢天昊有所了解。但谢光赋心里隐隐觉得,华子骞肯定不可能与此事有关,但刘赓说不定会知道一些眉目。谢光赋知道刘赓还不是党员,但他跟华子骞的私交很好。而华子骞不过是一外地人、普通教员,肯定不可能知道详情。只是他作为中共地下党组织的负责人,有几个眼线,所以当初能比较早就发现高桥直此人可疑并盯梢其行踪而已。刘赓可不一样,他是土生土长的高安人,又是学堂校长、本埠名流,耳目遍布,信息汇聚,怎么可能对"洪武宝藏"这么大的事一无所知?自己要想讨好这个日本长官高桥君,就得拿刘赓开刀,逼其交代一切。

谢光赋早就知晓,刘赓跟金葳蕤与金漖漼她爹金贵田有师徒之谊,这令他有几分忌惮。但既然刘赓是华子骞的上司,两人关系密切,说不定自己害死华子骞的事,刘赓也已有怀疑甚至掌握了一些把柄呢!因此也得尽快将其除掉,以免生出事端。

可刘赓一校之长,弟子众多,势力强大,谢光赋岂敢轻举妄动?

他还没想到,其实刘赓等人同样早就想"锄奸"他了,只是还没抓住好机会。他长时间待在日寇的军营里,或紧紧跟在高桥直的身边,因此刘赓对他也没有办法。

所以说,他俩其实都在等待着一个机会。

思来想去,谢光赋觉得别无良策,还是要利用高桥直这把"杀人刀"。

他便悄悄去找高桥直,煞有介事地说:"太君,您说的这个什么'洪武宝藏',我看刘校长知道的可能性比较大。"

高桥直很吃惊:"您是说刘赓君?"

"对。"

高桥直连连摇头:"他不大可能吧?我俩都认识好长时间了。他要是知道,怎么不告诉我?而且我怎么一点也看不出来?"

"他知道也不一定就会告诉您呀!再说,他知不知道,您怎么看得出来?这个刘赓跟共产党头子华子骞交往甚密,跟高安各界士绅都有联系,他怎么可能对这个'洪武宝藏'不知情。再说,我老家龙湾的那个金贵田和刘赓是师生关系,他们说不定早就串通起来骗您。"谢光赋这些话明显是在捕风捉影,但高桥直寻宝心切,也就不管其真伪。

高桥直急切地问:"那您说怎么办?"

"……不管怎样，把他抓来审问、拷打一下，不就什么都清楚了？"

可高桥直不愿意采取这种极端的方式，再说他更不想自己出面。他不想这么快就跟中国人撕破面子，更不想这事让太多的人知晓。

"那您就别出面，把这件事交给我吧！"

高桥直没再说什么，他既不同意也不反对。对他来说，只要能找到宝藏就行。

谢光赋的想法，是另外指使人去逮捕刘赓，对他进行审问。而他俩都不出面，只在暗中偷窥旁听，从中了解他的真实底细。

几天后听谢光赋禀报了他的计划，高桥直想了想，虽勉强答应了，可还是说，对刘赓君你们要尽量客气一点，好好同他说话，最好别动武用强。

谢光赋表面一再点头应允"嗨嗨嗨"，心里却想："高桥君也太仁慈了！那得看他表现如何，是否识趣了。实在不行的话，手段还是得强硬一点，先敲掉他几颗钢牙。"但其实此时他已动了杀机，假如一旦刘赓到了他手上，哪还有生还之理？

可是，螳螂捕蝉，黄雀在后。就在谢光赋紧锣密鼓绞尽脑汁，磨刀霍霍杀向刘赓时，中共高安地下党组织已与刘赓及其亲友联起手来，也准备要对他动手了，万事俱备只欠东风。

月末的一天，谢光赋先是说服了他原来所在那个鬼子大队的中佐，让他派十几个兵去抓刘赓。谢光赋并不具体说原因，只说刘赓是反日分子，最近活动太猖獗，要严厉惩治之。只是高桥中佐这边由于一些特殊原因不好亲自出面。

谢光赋不带高桥直所部的兵士去，因为刘赓常来高桥直这儿，他担心刘赓会认出他们，然后就料知幕后指挥就是高桥直。

可这些鬼子都不会中文，不懂得路，也不认得刘赓。谢光赋想了想，还是得先由他带路。他就安排在一个漆黑寂静的深夜，自己穿上夜行服，带着鬼子兵去了刘赓家——刘赓家就他一人。他准备在鬼子们包围刘赓，对其呈瓮中捉鳖之势，十拿九稳时，自己再赶紧躲避起来。所以他单独走在队伍的最后面。

但他此前已经交代了这些鬼子兵，抓住刘赓以后，要把他的脑袋或双眼用麻布包裹起来，并带到高桥中佐指定的一间审讯室——高安县衙的后院。

而刘赓这边也已经给他们设下了埋伏圈。刘赓等人这些天一直就等着谢光赋能独自从鬼子部队和高桥直那里出来。之前他老不出来，刘赓对他还没办法。现在他出来了，刘赓与几个人一道藏在屋里，伺机观察外面动静，马上便猜出来来人是他。刘赓明白，谢光赋是冲着自己来的。现在既然他都送上门来了，岂不是正好关门打狗！

谢光赋尚未来得及躲避，刘赓等人就朝他和鬼子开枪了。今晚刘赓那边人少，加上他才留下五人，另外四人中，有二人是中共地下党员，有二人是他曾经的学生，其实也是地下党员。这些人是战友，也都是朋友，近几天一直陪着刘校长在他家，就是预防鬼子来袭。他们还是大意了一点。而谢光赋这边包括他有十四个，而且大都是训练有素的军人。

刘赓见鬼子的人多，己方处境很是危险，恐怕难以取胜，可他们又不得不提前发起进攻，变被动为主动。他决定"擒贼先擒王"，先抓住领头者谢光赋就好了，可以拿他当人质，或者先把他击毙也行，鬼子也可能不战而退，至少会乱了阵脚，对己方有利。

所以，刘赓交代那四人去对付那十几个鬼子。他一人对付那个穿夜行服的，先制服此人再说。但他并没明确说此人是谁。

战斗打响了，顿时枪声大作，刺破夜空，双方近二十人乱成一团。不过自从鬼子进城，这已属于常态。趁着自己这边四人与鬼子已发生拼杀，刘赓迅速接近正想逃走的汉奸谢光赋，将手中的枪对准他笔直连续射出了三发子弹。

只是谢光赋机警狡猾，很长时间来也练就了一套潜逃的本领。随着呼啸而来的三发要命的子弹，他却借着夜色和墙角，侥幸躲过了这个鬼门关。他正兴奋得暗呼"阿弥陀佛"，可裤脚被院里一个平时也可当凳坐的老柳树蔸给绊住了，狠狠地栽在地上，顿时眼冒金星，头被摔晕了，两个膝盖和两条胳膊也都受了轻伤。他痛得高叫了一声"哎哟"，这不是谢光赋的熟悉声音又是谁的？

听到谢光赋的这声高叫，刘赓大喜过望，以为他是中枪了，赶紧追了过来。却没想到谢光赋早已猛然爬起，忍着刺痛，拖着双腿，跑远了，不见人影了。也可能是躲在附近，可一时半会是没法找到他了。而且万一再追上去，自己在明处他在暗处，反倒可能遭到他的袭击。刘赓暗自感到惋惜，只好回身来帮助那四人对付一群鬼子。

这边战斗得已经非常激烈，枪林弹雨中，双方各有伤亡。鬼子死了三人，伤了数人，而四名中共党员也已有三名中弹。场上尸体横陈，满是血腥味。刘赓加入后，还是敌众我寡。再如此下去，四人都有可能丧生敌人之手。

刘赓说："赶紧撤吧！"于是大家一边射击，一边朝楼房深处撤离。

鬼子在后面紧紧咬住了他们。事先谢光赋已交代，一定要活捉刘赓。所以鬼子故意不朝其致命部位开枪。而刘赓要保护那四人撤离，又不得不殿后，处境更为不利。在此期间，刘赓等五人的子弹都已打光，另一名此前还未中弹的同志也不幸被击中胸部，顿时鲜血直流，行动不便。而鬼子方面虽又死了三人，却还有几人可以作战，也还有子弹。可四个同志都不愿撤离，要陪着老师一起。

刘赓见五人全部逃走已绝无可能。他们要想一起走，鬼子势必会竭力阻挠，五人或者都被他们擒获，或者都当场被他们打死。而鬼子的目标显然只针对他一人，于是就让他们都离开，别统统死在鬼子的手里。再说此时鬼子已打伤他一条腿，目的就是让他走不了。几个鬼子还在十几米开外得意地哈哈大笑。

见四人不走，刘赓急切间骂道："你们快走吧，怎么这般蠢？鬼子明明只要我一人，别白白赔上你们的性命！"

那四人只好噙着泪水，相互搀扶着蹒跚而走了。

而鬼子见刘赓已落入自己手里，亦不再追赶那四人。其实他们子弹不多了。但他们毕竟还有好几人或未受伤或只受轻伤，哪怕赤手空拳或持刺刀匕首与中国人格斗，同样稳操胜券。

鬼子包围过来缴了刘赓的枪，又强行给他锁上手铐，并把他的头蒙住，从刘赓家的院子来到县衙的后院，交给已先行到达的谢光赋，后抬着五具尸体回自己部队交差去了。

刘赓被带进审讯室后，头布已被掀开，他并不知道这是哪里。但手铐自然还铐着，并令他坐下。谢光赋已先行离开，安排自己的一名同伙，带着刘赓不认得的三名鬼子，开始对他进行审讯。这个同伙叫作秦阿四，也是个没有骨气和节操的汉奸。而谢光赋就与高桥直站在外面窃听。

经过一夜激战和折腾，刘赓此时已很疲乏，头发乱了，衣衫不整，脚上还是双拖鞋。腿又被鬼子打伤，淌着血，裤子、拖鞋、脚踝上都沾着。

谢光赋和高桥直同样没有对秦阿四说实话，只笼统说刘赓是反日分子，让他把最近的反日活动都老实坦白。还有他掌握哪些重要情报，或有哪些重要资源，能记起多少就交代多少，可以戴罪立功，否则大刑伺候，继而当即枪决。

"要是这姓刘的态度很差,啥都不说,就不妨对他用重刑。对这种人不要讲什么客气,打死不偿命!"谢光赋咬了咬牙,又凑到秦阿四耳朵边狠狠嘱咐了他几句。

刘赓打量了这个审讯室,一间很普通的房子,房顶吊着两盏有些昏暗的灯泡,西面墙上贴着一幅已经很陈旧快掉下来的年画,是祝福五谷丰登的那种。对面墙上的四个字倒像是刷上去不很久的:回头是岸。刘赓感觉自己好像是来过这里,估摸着应该还是在县城中间的某个位置。他们让自己坐在一条木凳上,对面桌子后坐着一个不认得的中国人,生得矮小消瘦,一双三角眼,头发抹了油倒很黑亮,料想是谢光赋和高桥直指派他来审问自己的。他两旁站着三个表情冷漠的鬼子,但并不是刚才作战里的那几个。另外就是有个悬挂犯人的高木架、脚镣手铐、皮鞭、绳索、匕首、烙铁、辣椒水、老虎凳、夹手的竹片(中国古代叫"拶子")等常规刑具。刘赓的心中冷冷一笑。

刘赓一开始想,既然幕后指挥是谢光赋,那很有可能是他同高桥直做了个局,把他抓来,逼他说出"洪武宝藏"的事情。可他俩哪里知道他与"洪武宝藏"有关呢?莫非是谢光赋他爹谢炳坤告诉他俩的?那他俩何不直接去找谢炳坤,偏要如此煞费苦心地来找自己?找自己也可以,直接把自己抓来就行,何苦闹出这么大的动静来?而他俩又不亲自出面。再则就是谢光赋见他汉奸的身份暴露了,而且猜想他暗杀华子骞的事自己知道了,所以要将自己灭口?那直接干脆暗杀掉自己就行,又何必拉到这里来审问?或者,他俩还有别的什么图谋,想知道另外什么东西?

于是刘赓就先装糊涂,一问三不知,且非常委屈的样子,看看他们到底有何意图,葫芦里卖的是什么药。可是,经过一番审问之后,他才恍然明白,其实秦阿四也只是个局外人,啥都不懂,不过是高桥直、谢光赋二人摆出来的一枚小棋子,在试探他罢了。

秦阿四首先问他:"今天我们叫你来,你知道是为什么吧?"

刘赓回道:"我不知道。"

"你先交代交代,最近搞了哪些反对大日本皇军的活动?"

"我对皇军一直忠心耿耿,从没做过任何反对皇军的事。"

"今天在你家附近和皇军抵抗的是什么人?"

"是我的几个学生,他们正在我家商量怎么配合为皇军的高桥君办事。看到那么多人冲过来，以为是共匪或其他土匪什么人，就和他们打了起来，天色太暗，实在不知道是皇军，不然借我们一百个胆也不敢和皇军对抗。"

"你最好放老实点！好好配合我们交代你自己的罪行，不要隐瞒，更不要撒谎。"秦阿四警告道，并继续问，"那你再交代交代，有没有什么好的情报向皇军报告的？或者是有什么好的东西要敬献给皇军的？这样就能减轻你的罪行和对你的惩罚。"

刘赓假装想了想，摇摇头说："太君，我什么都不知道。"

果然是茅厕里的石头——又臭又硬！秦阿四发怒了，一拍桌子，大吼道："姓刘的，别以为我们不知情你到底做了哪些事情，知道哪些东西。你还是赶紧乖乖地说出来好，否则，嘿嘿，别怪我们不客气。到时你不说也得说！"

"既然你知道我做了哪些事情，知道哪些东西，那太君你先说出来让我听听吧，看看是不是我做过的，是不是我知道的。要真是我做过的，那我绝不隐瞒；要真是我知道的，那我也一定都告诉太君你。否则叫我怎么说？比如这么多年来，我一直安分守己，深居简出，闲云野鹤，两袖清风，从没做什么对不起太君的事情，让我怎么接受这'莫须有'的罪名，岂不是天大的冤枉？"

"不信，你可以去问高桥君，我是大大的良民，也是高桥君的好朋友。"刘赓又抬出了高桥直。

"你！"秦阿四哑口无言。

"再比如，太君你要的那个什么东西"，刘赓加重了口气，提高了声音，目的就是想要其他的人听见——假若高桥直和谢光赋确实躲在附近哪里，听得见的话。"我是真的一无所知，但我也一直在努力。一旦我知道一点，一定会马上来向太君你报告。"

可秦阿四哪里听得懂刘赓的这席话，还以为刘赓是在撒谎，与自己兜圈子，当即下令对他用刑，先杀杀他的威风再说。这是谢光赋赋予他的权力，岂能不用？别说刘赓态度差，不交代，光是他这对自己戏弄、轻蔑的口气，亦十分让秦阿四恼火。

刘赓开始遭罪了。

三个鬼子气势汹汹地走过来，先是将刘赓绑着挂在木架上，再用皮鞭狠狠抽了他几十下。刘赓身上顿时遍体鳞伤，皮肤上横一条竖一条的鞭痕，血液染红了衫裤。

秦阿四在一旁尖着嗓子不断喝问："你交不交代？赶紧交代，否则有你好受的。"曾经鬼子对他用刑，他没有挺住。现在他对人家用刑，他有一种快感。可人家挺住了，他更加恼火，于是就叫鬼子用刑更重了。

刘赓就是忍着疼痛，咬紧牙关，拒不承认，反复只一句话："你要我承认什么呢？我什么都不知道！"后来疼得昏迷了过去。鬼子在他头上泼了一大桶冷水，把他唤醒。

这时旁边的炭火炉已经燃起来了，烙铁被烧得通红。秦阿四拿起烙铁，那极热的火气灼着手脸，走到刘赓近前，露出狰狞的笑容，问道："姓刘的，这会你该交代了吧？要不这个的滋味可不好受哦！"

可刘赓还是表示："我什么都不知道。"

秦阿四暴怒，丧心病狂地将烙铁朝刘赓的胸前烫去……这会刘赓再也忍不住了疼痛，高声叫喊起来，这凄厉的叫喊在深夜里显得十分恐怖。他再次昏迷了过去。秦阿四也不敢再烫他。

与谢光赋一直在外面窃听的高桥直，实在听不下去了，他说："看来刘校长还真是啥也不知道。那就别再折磨他了，把他放了吧！我们不这样对付他，说不定有一天他得到了一些线索，还会告诉我们的。我们这样对付他，那他永远也不会给我们说真话的。"

而且，高桥直还告诫谢光赋说，以后就别再打刘赓的主意了，大家另外想办法，找门路，碰机会。他有些察觉，谢光赋这样对付刘赓，不仅仅是要逼迫刘赓说出"洪武宝藏"的秘密，似乎还有借机要除去刘赓的打算。那可不行，目前来看刘赓也许确实不清楚，但不等于他以后永远不清楚。再说他也许还有别的用处，不能现在就要他的命。所以高桥直特地要提醒谢光赋。

谢光赋见高桥直这么说，也没别的办法，就趁着刘赓昏迷，让秦阿四带着两个鬼子把刘赓送回了他家。刘赓第二天醒来后，拖着伤躯，找人用板车把自己拉到了锦江南岸的老家，疗伤休养了好长一段时间。谢光赋慑于高桥直旨意，一时不敢把刘赓怎么样。而谢光赋在鬼子军营里藏得更牢，行动更加隐秘，刘赓亲友团和地下党组织也一时找不到对他下手的机会。

但另一名汉奸秦阿四，在第三天，就在回家的路上被"锄奸队"除掉了。

谢府当家人谢炳坤，本是最宠爱小女金枝儿的。然而，自从她被三个鬼子奸污回来后，谢炳坤就有些嫌弃她了。先是在她被人抬回家之后，他让她娘熊芙蓉天天用她舅熊二郎中精心熬制的用于清洁护理、杀菌消毒，还掺了名贵香料的中药，给她长时间清洗泡澡，连续洗泡了好几天。她穿回来的所有衣服、鞋袜，包括李铁陀曾经送给她的他自己制作的一管精美小竹笛，一概拿出去烧毁。饶是如此，谢炳坤仍老觉得家里弥漫着一股什么怪味，没来由地常皱眉头发脾气。就连他看金枝的眼色，也不如过去亲昵温存。

　　纵使别人都看不出，谢金枝自己却看得出。她难免感到有些心寒，情绪差到了极点。过去父亲责怪她，她知道他是为自己好，还觉得好笑。现在父亲不责骂她了，对她敬而远之，她知道他是疏远自己了。她便经常缩在自己房里不出门，饭也不出来吃，就让她娘给她送一点点进去。金潋滟过来叫她出去玩，她也不感兴趣。只侄女小豆子、侄子小稻子会进去陪陪她。因为李铁陀死了，他的葬礼父亲又不让她参加，不给他什么名分，谢金枝很难过，甚至想到了死，但对这个死字，她又感到害怕，她还不打算死，她觉得自己还年轻，还要活下去。

　　因为，她发现自己怀孕了。

　　就在过了1939年的春节后没几天，谢金枝发现自己久不来月事，口里吐酸水，小肚渐显大，乳头会胀痛，根据一些不用到处打听就懂的常识，她就知道是自己害喜了。可这是日本狗强盗的孽种呢！也不知究竟是那三个家伙里哪一个的。但不管如何，狗强盗的孽种她不能要，必须想办法打掉。可是怎么打胎？打胎痛不痛？自己会不会死？她又有些犹豫。

　　谢金枝不敢将她怀孕的事情告诉父亲谢炳坤、娘亲熊芙蓉，也不敢告诉闺蜜金潋滟等人，总之是谁都不敢告诉。她更加绝望地把自己关起来了，整天不迈出门槛一步，就连门窗都封得死死的。大小便用痰盂装着，夜里再偷偷倒出去。随着肚子日益变大，她只得用布条将腹部和胸部都紧紧地捆扎起来。她如此做的目的不外乎两个：一是保持体形，不让别人发现自己的怀孕之身；二是想通过布条缠绕，让肚子中的"日本种"自然流产掉。只是她毕竟不懂相关知识，胎儿流产哪有这么容易的？

　　但是，谢金枝这两个目的都没达到，反而让父亲知道了她怀孕的事。首先是熊芙蓉发现的，她不得不小心翼翼告诉了丈夫。这可又把大谢头气坏了！没想到自己女儿竟怀上了日本狗贼的野种，他怎么接受得了？忍了许久的无名火终于爆发。顿时家里闹得鸡飞狗跳，摔杯子砸桌子，嚷嚷个不休。黑云压城城欲摧，山雨欲来风满楼，一场大的风波一触即发。

此时已到六月。谢炳坤让熊芙蓉赶紧去内院把谢金枝唤了出来，看到她小腹便便的，明显已身怀六甲。昔日娇滴滴的宠女成了这副模样，谢炳坤更是满眼冒火，气不打一处来。他先是让金枝儿赶紧把胎儿打掉，喊她舅过来给她配打胎药。可金枝儿听祖奶谢李氏说了两句，"那么做会很痛苦，撕肝裂肠似的，还有性命之危"，所以老是不敢，嘟嘟嚷嚷的，没马上答应下来。

谢炳坤又嗔怪自己母亲多嘴，于是对谢金枝大吼道："我可不想府里再添一个日本的狗杂种，还要去白白养活他。你要是想把他生下来，就马上给我从这里滚出去，滚得越远越好，莫让我再看到你！我再也不认你是我的女儿了，就当从莫生下你！"

没想到父亲竟对自己说出如此绝情的话来，谢金枝好像从不认识眼前这个人似的。她也气糊涂了，几句话脱口而出："好啊，我终于晓得大哥是怎么死的了！现在你也想让我死是吧？那我就死给你看！"

谢炳坤顿时暴怒，冲到谢金枝面前，狠狠打了她一个耳光。

一时间，龙湾谢府的一进大厅里，一个个像石化了像哑巴了像被孙悟空的定身术定住了一样，空气和钟摆仿佛顿时凝固。要知道，过去大谢头一直把金枝儿当宝贝，捧在手里怕摔了，含在嘴里怕化了，别说从没骂过她，连句重话都很少说，可今天竟然打了她耳光！

谢金枝摸着被父亲打疼了、瞬间显出通红五指印的脸颊，大哭一声，往外跑去……

谢李氏用拐棍敲着沙发靠沿，捶胸顿足喊道："你们等我死了再闹吧，莫让我看到了，莫演给我看，我也活够了，该去见你的爷老子了……"

谢炳坤嘴还硬，或者气还没消，还在说着："她死就死吧，死了拉倒，就是我这些年太宠她了，太惯她了，才弄成这个样子。"

两个幼童小豆子、小稻子本来在后面玩，跑过来一看，又吓得号啕大哭，躲开了。

253

谢熊氏则把二谢头拉到一边，在他耳朵边嘀咕着什么……

谢金枝悲痛欲绝地冲出自家的谢府大门，走得非常之快，风在两边呼呼而过。她穿过石板路、村社庙、荷叶塘、牌坊门、桃李林、田土垄，倏忽间就到了龙潭边。

此时已是初夏，春雨早歇，夏雨未至，气温转暖，天空放晴，林茂草盛，莺歌燕舞，龙湾河水略有上涨，龙潭也在去冬今春沉寂了多日之后再次发出了咆哮声。站在河潭的顶上往下看，瀑布下泻，浪花飞溅，潭水碧幽，还是有些眼花缭乱的。

谢金枝迟疑着："是不是就这样跳下去，马上就能到另一个世界去跟铁陀相会？"生死不过就一步之遥。

就在这时，金贵田带着金漱滟急匆匆地从后边跑过来，老远就喊道："金枝儿啊，你可莫想不开。你这一跳，就是两条人命呢！你爹不要你，你还有我们呢！"

谢金枝顿时两行眼泪簌簌而下……脚一软，差点瘫跌，一不小心同样可能坠下悬崖。漱滟赶紧把她扶住。

还是熊芙蓉聪明理智，她让二谢头赶紧去找金贵田和金漱滟父女，让他们去寻找并劝导金枝儿，打消轻生的念头。此时也只有他们可以在谢炳坤和谢金枝父女俩之间起调解作用，缓和暂时的矛盾，从而拯救了金枝，也拯救了整个谢府。

从此以后，谢金枝就在金贵田府里长期住下了。一开始，谢炳坤还是不想认她，但过了一段时间后，他气消了，觉得这也确实不是金枝儿的错误，不能怪她，也就原谅接受她了。老金并不刻意去劝导大谢头，做他的思想工作，只是平心静气地等他自己回心转意。这也是老金一贯的策略，他这么做其实是对的。有时候劝导人太性急、太直接、太主观的话，可能还适得其反。

谢炳坤气消以后，让谢金枝她娘去金府叫她回家，可金枝儿不愿回。大谢头自己当然拉不下面子，不会亲自去跟女儿负荆请罪，求她回家。那金枝儿长期住在金府也不好意思啊，他要给老金钱，老金却不要，说我府上虽不如你府上富，但并不缺这点钱。再说多一两个人，不过就是加一两双筷子而已。粮食、菜蔬自己田地里都种了有，猪牛鸡鸭也饲养了，花不了几个钱的。大谢头只好作罢。

在金贵田婆子江翠柳和女儿金漱滟的照料下，这年秋天谢金枝顺利诞下了一个男孩，让他跟自己姓，并取李铁陀一字为名，就叫作谢铁。而且，在谢金枝到了金府以后，谢府的两个娃娃也基本上是在金府生活。于是，加上后添的这个"小鬼子"，潋滟和金枝这对年轻闺蜜总共带着六个孩子，四个男孩两个女孩：许金华、许金林、谢祝、谢铁和许金凤、谢雪，一时好不热闹！一方面她俩作为大龄女郎没有丈夫，但也不至于过于寂寞；另一方面在战火纷飞、生死未卜的纷乱岁月，还多了不少故事和乐趣。谢炳坤托人去各地买了不少外国奶粉、西洋玩具、新式文具送来金府。翠柳又与芙蓉一道，把府上的旧衣旧裤旧布旧被或剪成屎尿布或缝成婴孩服，这些金贵田都收下了。

龙湾确实算是个风水宝地。抗战期间，虽说兵荒马乱，枪炮无情，不时有人死在日本人的手里。日寇也多次在高安实行大扫荡，甚至实施"三光政策"、施放毒气等，殃及龙湾，但该村之人遭到鬼子毒手的并不算太多，相对而言算是一块难得的净土了。

1940年年初，按照当地传统民间习俗，为人祝寿是"男过上，女过满"，即男人过九不过十，女人过十不过九。所谓男满无发，女进无福。且说那天，龙湾村为健在的第一寿星，即金氏家族的族长金高煦，在社庙里举办虚岁九十鲐背寿宴。

金高煦穿着团花褐缎、织有"福寿同春"图案的红色唐装，头戴着大红花的黑色礼帽，像个老新郎官似的，满头银发，胡须齐腰，笑呵呵地坐在上席主位上接受大家的敬酒敬茶、喂长寿面，阖家五代三十几口及其乡邻好友共两百余口人，一阵阵"福如东海，寿比南山""日月昌明，松鹤长春""笑口常开，天伦永享"的庆贺声，山呼海啸般，令金高煦乐不可支。金高煦性格宽厚谦让，乐观开朗，处处与人为善，在龙湾村确实是德高望重。

今年谢炳坤实岁六十、金贵田虚岁六十，一个大龙、一个小龙（蛇）。同样是出生于这个庚辰年的大谢头，其人生旅途算是刚好过了一个甲子轮回。但是他俩约好了，如今兵荒马乱、国破家难时节，就不办喜酒了，不闹腾了，只静观时局的发展，并做些力所能及的事情。去年虚岁都没过，今年更不会过实岁了。等到把日本鬼子统统赶出中国、国家太平河清海晏之时，再来好好地搞一场。

此时，金贵田又记起，上个月他收到大女儿金葳蕤的来信，新四军在鄂豫皖三省交界处的大别山区，跟日寇展开了旷日持久的殊死交战，虽然狠狠打击了侵略者，将其阻挠在江北淮南一带，无法向全国各地大范围顺利快速进军，但也付出了巨大代价，战友们伤亡惨重。国民党"友军"常常不但不支援配合，还暗中掣肘与他们发生摩擦。

年前，他们多年的挚友吴嘉民团长，在雁鸣山阻击战中，为掩护大部队撤退，带领一个营的战士，阻击日寇两个大队一天一夜，被敌人的大炮击中，英勇牺牲。而在吴嘉民之前，副团长贺云财也在与鬼子的肉搏中献出了生命。而他们夫妻俩还是比较幸运，尽管也经历无数次惨烈的战斗，许志宏被流弹打瞎了左眼，她自己也多次受伤，但两人性命无虞。

打仗就难免有人丧命。听到许志宏、金葳蕤两人安全，金贵田十分欣慰，但也为吴嘉民、贺云财的牺牲感到非常难过。那天，他特意叫婆子江翠柳摆出一个祭台，放上五牲和酒，为他们洒酒一盅以示祭奠，表示深深的哀悼。吴嘉民不但学识过人，文才了得，还敢于上阵杀敌，慷慨捐躯，乃当世之文山辛稼轩夏完淳也！老金也把这些事告诉了大谢头。

金高煦办寿宴，谢炳坤和金贵田都出了大头的份子钱，所以照例陪着寿星金高煦坐在上席。当然，过去大谢头舍不得多出钱，但每次村里办红白喜事还得请他坐上席。自从去年谢金枝搬到金府去住以后，大谢头就再也不登金府门了。

酒过三巡，金贵田一直在考虑该不该把谢光赋做了汉奸的事告诉给大谢头，又怕他一时接受不了事实，会马上强烈发作，场面失控。但老金又觉得早晚得让他知道，所以还不如早点告诉他。

于是老金就把大谢头拉扯出了社庙，从小侧门走到一个背人的屋檐下，却还是迟迟没有开口。对他这种故弄玄虚、神秘兮兮的做派，性子爽直的谢炳坤早就不耐烦了，已说了好几遍，还结巴起来：

"……贵田你搞……搞什么名堂，有话快讲，有屁快放嘛！……我还得进去跟……跟他们喝呢！好几个人敬我了，我还没回……回敬他们。……这些家伙历来都不敬我，今天难得他们敬……敬我，我得把他们搞翻。……你是……是不是喝醉了，这……这样搞……搞什么鬼名堂。"

这是他自己喝醉了，明显大舌头。

他们都是看我的面子，是我让他们敬你的呢！金贵田暗笑。他继续卖着关子：

"这事太……太重大了，我怕……怕你承受不起。"学大谢头的大舌头。

谢炳坤说："有什么承……承受不起的？……我家天……天昊，就那么活……活活地被水淹……淹死，连尸骨都找……找不到，……金枝儿又……又被日本强盗糟践，还添……添了狗杂种，……我不也是挺……挺过来了么？"

"这件事也……也是跟你家的孩子有……有关。"

"谁？你说志……志航，他……他出事了？……前几天他……他还给我打……打了电话，说自己很……很好。……那就是光……光赋，他会有……有什么事呢？……听他说天天跟那……那个姓……姓方的县长，在……在一起，你……你说现……现在他又跟着那……那个……表……表面的日……日本人，安……安全得很么！"

金贵田想，你这个做老爹的，不光谢光赋如今叛变了祖国，当了汉奸你不清楚。大概他之前加入了共产党，后来又当了叛徒你也不晓得吧？他只好一鼓作气全说出来了：

"我听别人说，光赋在去年就被日本人逮捕了，当即就投降了日本人，现在是在帮日本人办差使呢！他在那个叫伍直也叫高桥直的日本人那，不是被胁迫的，而是他自愿的。听说他帮助日本人杀害了好多中国人，也不知道是不是传闻。"

什么？谢炳坤像是耳朵有点背，又像是外面风太大，没听清。可脑袋里"嗡"的一下，像千百只蜜蜂飞过。他身形晃了一晃，金贵田赶紧过去想扶住他，可他却用力把老金推到了一边。这时他的酒醒了很多，倒还能保持镇定，舌头也不大了："你是听哪个告诉你的？"

"就是我那个学生刘赓啊，你不是也认得嘛！他跟县长方旸挺熟，他又是方旸告诉他的。"金贵田当然不好直接说是日本中佐高桥直说的，而谢光赋在高桥直那，目的就是与刘赓一起帮他找那座宝藏。老金不这么说，怕大谢头又有别的什么想法。

既然是刘赓、方旸两人说的，那这事就八九不离十了。难怪这段时间谢光赋都不回府上，也没给老子详细汇报自己最近的行动，想必是正忙着为日本强盗效力呢！最近日本强盗在高安战场屡屡得手，可想而知很多都是谢光赋立的"大功"呢！想不到，女儿被日本强盗糟蹋，儿子却为日本强盗效力，这不是莫大的讽刺吗？上次鬼子糟蹋了谢金枝，也是刘赓告诉高桥直的，高桥直当即把那几个兵枪毙了，金贵田亦未告诉大谢头。

谢炳坤在脑子里过电影一般回顾了一下自去年以来谢光赋的神情举止，霎时全明白过来了，他觉得胃里的酒液、菜肴、米饭、糕片、茶水汤……在剧烈地往上涌，仿佛立刻就要呕吐出来，赶紧说：

"贵田，我不舒服，得马上回府，就不回宴席了。你去帮我向高煦老道个歉吧！并跟他们几个说说，就说我着了凉，肚子难受，喝不了酒了。你代我多敬高煦老、老倌老他们几杯吧。"

"你不回去了我回去干吗？那我也回府算了。就找个人进去跟高煦爷爷他们说一声就行。咱们一起走吧！"按辈分，金高煦是金贵田的堂祖父。金贵田看谢炳坤的神色有些异样，怕他出什么意外，也不想回宴席了。

但就在此时，谢炳坤突然一仰头，便猛地从口里喷出一大堆东西来，有酒，有菜，有饭，还有带着痰的一口浓血。虽然黑夜里血的颜色看不大清，但闻到很重的血腥味，金贵田还是能猜出来。他大惊失色，赶忙凑过去问道：

"坤哥，你这是咋了？你没事吧？连血都吐出来了！想必是既着凉又上火，冷热双重来攻心，五脏六腑皆受损。我赶紧叫熊二过来帮你看看。"

"没事的，小毛病！"鬓发花白，老眼昏聩，涕泗横流的谢炳坤，咽了口口水，定了定神，带着苦笑道，"现在我府里就我跟你婶子、芙蓉、耀群在，……耀群好像也没有以前听话了，偶尔小豆子、小稻子才从你府里回来看看我而已。……偌大的院子，冷清得很，阴森得很，像座大坟墓。……有时我老觉得，天昊好像是在院里哪个旮旯中躲闪着，盯着我。……特别是打雷、闪电、下雨、发洪水天，就像那日在高安越狱天昊走的时候。……贵田，你要记得不时地过来陪我喝喝酒、叙叙旧，下一步有些事咱俩商量着看该怎么解决。……现在有些事情，别人我都不信任了，只信你！"

老金听到大谢头的这席话，不免瘆得慌，后背拔凉，好像确实有人在后面跟着他俩。他觉得大谢头有些话说得挺好，有些话就犯糊涂。老金不由得提醒他：

"坤哥，你可莫吓我、吓你自己！天昊早已归天了，这是你们家芙蓉亲口跟我说的。她说她与婶子一起，每天念几百遍《阿弥陀经》《无量寿经》，还有《大悲咒》《心经》，西方三圣早就把天昊接引至极乐净土去了，他怎么可能还在府上逗留？"

"你不信就算了。明天早上你就来我府上，我有事要跟你说。"之后谢炳坤不再开口，也不再理金贵田了。谢府近，很快到了他家门口，谢炳坤自顾自开锁进去了。自从抗战一开始，谢炳坤就把家里的长工、用人、保姆都打发回去了。除了二谢头，只留下一对老夫妻在前院侧屋住着，帮他料理一些杂物和看管宅子。

他也不叫他们，不叫二谢头，每次出进都自己开门关门。

可是，这个"明天"却让金贵田足足等了谢炳坤一个多礼拜。大谢头一回去后，就躺倒在床上起不来了。由于近期天气反常，他又酗了酒，冷热攻心，特别是老二竟成了汉奸卖国贼，这消息对他的打击太大，比老大溺死、小女被辱对他的打击还大，他患上了人生的第一场重病。熊二连夜过来，给他针灸、拔罐、刮痧、刺血、推拿、吃汤药、贴药膏……什么手段都用过了，早先还托刘赓从高桥直那搞到了一些西药，才好不容易慢慢康复，捡了条命回来。

金贵田回到自己府中，见孩子们都睡了，幺爹也睡了，只有江翠柳、金潋滟、谢金枝老小三个女人还坐在客厅里等着他。

谢光赋在为日本人卖命，她们仨早都知道了。谢金枝的态度从一开始就很明朗，甭管那人是谁，哪怕是她的亲哥哥，既然他成了背叛国家、民族，并带来巨大危害的无耻的汉奸，那必须要尽快将其绳之以法，以尽量减少他所造成的危害，这是大是大非的原则问题。所以，金枝表现得十分平静。

她们仨今晚等着金大先生，只因为他这是第一次对谢金枝的父亲说谢光赋的事，想看看谢炳坤究竟持什么意见。

当金贵田提到，在自己对大谢头道出谢光赋已投降日寇的事情后，他什么明确意见也没表示，说的都是虚话，只是突然嘴里喷出了一大口鲜血来，并让自己明天去他府上有要事商量。至于他那席让人有点毛骨悚然的梦魇般的呓语，连他自己都觉得荒谬而可怕，不提也罢。几个女人沉默了一会，都在思考大谢头这究竟是什么意思，但谢金枝能够解读。

谢金枝听说父亲口吐鲜血、涕泗横流，内心肯定非常震惊。虽然他对自己不好，但终究父女骨肉连心，她顿时感到一阵心疼。当听说他让金先生过去与其当面商谈，她便马上明白了："他不表示就是在表示了。"

金贵田赶紧问："表示什么？"

谢金枝说："表示他要亲自解决我哥的事。"

金贵田心想，他们是父女，金枝儿自是明白大谢头的意思，她的解读是不会有错的。

果然，谢炳坤虽曾一再处处为难金贵田一家，但他对大是大非方面并不含糊，对日本侵略者恨之入骨。特别是在日寇强奸了其小女谢金枝之后，他对日寇的仇恨已经达到了不共戴天、无以复加的程度。当谢炳坤得知近期日寇犯下的很多罪孽都离不开二儿子谢光赋，便下定决心要找机会大义灭亲，亲自清理门户，弄死这个该千刀万剐的汉奸。

这时金潋滟有了自己的一些想法。她说："锄奸队这么长时间都抓不着谢光赋，说明他与日本鬼子都很狡猾，藏得很深，很难上当。可是，我知道，他一直在追求我，希望见我，如果由我出面去引他出来，他不会不答应的。到时将锄奸队藏在附近，就可以借机逮捕他或当场除掉他。爹，您去跟刘赓校长说，让他告诉县长方旸，我愿意配合他们的行动。"

"不行，这风险太大！"金贵田夫妇和谢金枝一致反对她这种以自身为诱饵的做法。谢光赋与他背后的日寇无异于狼虎，既有狼的奸诈又有虎的凶猛，到时把她一个弱女子投出去，不但敌人不上钩，还会将她抓过去，或当场陷她于危险之中。

但金潋滟一再做父亲的工作，让他去跟刘校长、方县长说。过了好多天，身体已休养好了的刘赓来到龙湾，老金就在犹豫了许久后，还是把潋滟的想法对他说了。刘赓自是表示同意，他早就想把差点置自己于死地的谢光赋除掉了，然后又及时禀报了方旸。方县长竟然也答应了，觉得此法倒可不妨一试。

按方旸的意思，既然这么久都还没把谢光赋抓到，那有这么一计，总比干着急的好啊！金潋滟跟他又没有什么关系，她的死活，他才不管。

方旸是恨不得马上将谢光赋逮捕，就地正法。一则他觉得自己对谢光赋应该还不错，谢光赋却不领情，辜负他一片苦心，令他十分恼火；二则谢光赋还掌握着他的一些个人秘密，无非是贪污受贿、假公济私之类，如果被其抖搂了出来，虽不是什么致命的大罪过，但也会弄得他挺尴尬的。

不过奇怪的是，面对金潋滟三番五次的引诱，不知是什么缘故，也许是谢光赋嗅到了危险的气息，也许是这个信息根本还没传给他，也许是鬼子方面看出了什么端倪，也许是他们还在做着别的什么事情腾不开身来，所以很长时间他都没有出现在金潋滟和锄奸队的视线范围内。

这就让金贵田和谢炳坤等人产生了怀疑：莫非是高桥直、谢光赋他们真的已找到"洪武宝藏"了？但再一细想，这怎么可能？第一，刘赓是绝不会叛变和透露真相的；第二，谢光赋又啥都不懂，他老子大谢头不可能对他说；第三，光他们几个也没办法，宝藏还是得自己这边五人一起行动才行。此事得留待刘赓下次再来龙湾，或派人去高安县城打探一番才清楚了。

不过，那段时间，风靡日本沦陷区的由国民党方面或中共地下党组织成立并领导的锄奸队等类似特别军事行动小组，端掉了不少汉奸机构，捣毁了不少日伪机关，清除了不少叛国分子，的确是令日本人大伤脑筋，不得不收敛了许多。

金贵田的那个当记者的严姓学生，前些天就给他来信说，他曾经的那个"得意门生"，原高安县县长后来官升省民政厅副厅长的萧丰，在南昌沦陷后，因来不及逃遁藏匿，遭到日寇逮捕，贪生怕死，结果跟谢光赋一样，也被诱降屈服，在日伪政府里继续充任要职。但就在日前，他在上班的路上，被早已埋伏的锄奸队当即击毙。其照片和事件上了日伪的报纸。"哎！"看完此信，金大先生一声长叹。

第十五章 会战

这年的冬天，雪迟迟没来，也没有下雨，每天还照常出太阳，所以有些干冷，风像刀子一样刮脸，却又不是很凛冽、呼啸的那种。空气像是被完全抽干了，没有以往的湿润，类同于北方或者高原地区，而在南方就很反常。

到1940年年底，在高安县境内，上高会战正式打响之前，中日之间真正的大规模战争已经拉开了帷幕。当时，日寇总共出动有一万余兵力，自然是包括了高桥直所在的大队，分五条路线、陆空两军，进犯高安境内还没有被他们完全占领的地区，主要是西部、南部的平原丘陵和北部的一些山区，其中就有龙湾村、杨圩、华林山、国民党高安县政府临时机关所在地珠湖及其附近了。因为有汉奸谢光赋等人带路，他们熟悉地形，故日寇的进展一开始还比较顺利，推进速度也比较快，不久就占领了一大片乡村。

奉命在高安阻击日寇的是国民党第19集团军，其总司令陆军上将罗卓英，原籍广东大埔，其家乡在粤、闽、赣交界，客家人，原名东潘，谱名高哲，学名典苏，字尤青，别号慈威（又作慈卫）。他毕业于保定陆军军官学校，与同窗挚友陈诚是"土木系"两大灵魂中枢首脑。且是一位儒将，文武兼备，满腹经纶，擅长写诗，跟同属梅州、同为客家人的叶帅一样。如他为上高会战及第三次长沙会战奏捷所写之七言律诗：

又报前线战鼓催，寇气直犯上高来。
休夸扫荡侵三路，且看包围奋一锤。
诸葛阵图终有价，临淮壁垒不容开。
应知万马埋轮日，莫使虾夷片甲回。

该诗充满着戎马倥偬和战场烽烟、抗日决心和爱国豪情，堪称穿云裂空、回肠荡气！

当时，日寇遭到我军的顽强抵抗，出师不利，恼羞成怒，却把火发到了无辜的中国平民身上，也就是采取令人发指的"三光政策"，杀人放火、抢掠奸淫，无恶不作。一时间，干燥而寒冷的瑞西、瑞南（高安古称瑞州）广大地区战火笼罩，生灵涂炭，逝者遍野，哭号震天，沉浸在一片腥风血雨之中。日寇不断前来攻击，有时几天之内便好几回，像割韭菜似的赶尽杀绝，因此被焚烧的房屋来不及重建，被捣毁的用具来不及修复，被抢走的粮食财物得不到补充；逝者来不及收尸、入殓和埋葬，更谈不上举行葬礼、操办白事了；被奸污的妇女哭天抢地、寻死觅活，要么悬梁、投河自尽，要么苟活着也十分凄苦。

好在谢光赋多少还有些良心，直到过了多日之后才最后带领日寇来骚扰自己的家乡龙湾。而且他早已捎了口信回来，让父老乡亲们做好准备。

在龙湾村的地底下，这些年来，人们已费心费力挖掘了许多地道，不少是连接着虎首山上各家的地窖——那些地窖，对外只说是储存五谷杂粮，囤放除了稻米、肉类以外的食物如红薯、土豆、黄豆、芋头、干菜、大白菜之类，以及柴火、木炭、稻草、秸秆、筐篮等的地方，这些东西相对来说不是太贵重值钱，一般不用怕别人偷，就暂时存放于此。也就是说，地道的入口是在各家的房屋内，出口便在虎首山上。谢炳坤也是后来才知道金贵田府上有地道直通虎首山，为保安全，自己也赶紧挖了一条。金高煦、江老倌、熊二等很多大户人家也纷纷挖了地道。其中最大的一条连着山上的山神庙，那是全村人集体挖掘的。龙湾村的地下可谓错综复杂、四通八达，构成庞大、牢固的地下街衢。

众人考虑到谢、金两府的目标太大，而谢光赋又是谢府的人，难保有啥猫腻，所以他们两府就不考虑了。等敌人一来，就赶紧分散躲藏在另外几条地道里。

在来龙湾之前，谢光赋跟高桥直说了，不要太为难他的家人和乡亲。又临时给家乡捎去口信，提出也得让鬼子带一些东西走，不能让他们空手而归。他希望双方能心照不宣，达成默契。高煦、老倌、贵田、炳坤、熊二、仲元、铁桶等人商量了好半天，举棋难定，啥都舍不得送给鬼子们，尤其是舍不得自家损失大头，好不容易才在把大部分粮食和贵重物品藏到地下室、人都躲进地道后，也给鬼子留下了一些五谷杂粮、果蔬土产什么的。

不久，鬼子便蜂拥进村，把这些都席卷而走，也捣烂了一些东西，砸坏了几扇门窗、几堵墙垣，并将村口的牌坊大柱推倒。在社庙里放了一把火，不过也只是烧掉了一些八仙桌、长凳、门窗和戏台一角而已，在高桥直令下赶紧扬长而去，奔向另一村。这是日本人第一次大举进攻龙湾，但损失并不大。

然而，不过仅过两天之后，鬼子又派出了几架飞机，从南昌西边梅岭脚下的军用机场出发，径直前往赣西大地，在空中实施大轰炸，其中包括瑞西、瑞南等地区。这次谢光赋无法及时获得消息，所以不能马上通知家人和乡亲们。

当敌机到达龙湾上空时，村民们远看还以为那是几只乌鸦，几个小黑点，发出的"嗡嗡嗡"音也挺像是乌鸦的，到近了才明白那是敌机前来空袭。顿时，炸弹像一个个拖着乌黑尾巴的魔鬼怪兽纷纷坠落，这时他们想逃已来不及了。

刹那间，炸弹坠落村里，在四处轰隆隆爆炸，火光冲天，硝烟弥漫，房屋崩塌，大树折倒，田埂决口，土里冒坑，猪牛猫狗鸡鸭不断猛窜乱叫，不少被当场炸死炸伤。

更可恶的是，这些敌机有的在投弹飞过去以后，还不罢休，又会回过头来再次投下几枚炸弹，将村子破坏得更加严重。有些地方甚至被夷为平地，只剩一片一无所有的废墟。有一架飞机甚至贴近地面盘旋，像是在炫耀。倘若仔细瞧，还能听到敌机里那个日本飞行员放肆地大笑。

那些正在宅院、房屋、社庙、山神庙里及附近的人，赶紧钻进地道里去躲起来。而来不及跑进地道的人，不是当场被炸死就会被炸伤。不过好在龙湾还有地道作为藏身之处，比别的村庄明显死亡率低了很多，事后统计死者十几人，伤者五六十人，相对而言人数和比例都算比较低了。高安县域内普遍是平原和丘陵，其山林、谷地、洞穴较少，若不修筑地道、暗室，地面上难以藏身。这也是高安更容易被日寇血洗、平民死伤尤其多的一大原因。

待敌机完全离开以后，藏在地道里的人都走了出来，看到亲人们被炸死的，就须马上处理后事。被炸伤的，便得为他们治疗。还要看看，自家的房屋被炸成什么样子了。一时乡民们刺耳的哭喊声不断，奔跑的脚步声不停。

这是日寇改变战略战术，首次从空中大举进攻龙湾。金贵田的婆子江氏江翠柳，在出门上茅厕时，不慎被鬼子飞机回过头来再次投弹所击中，当场重伤，失血过多，抢救无效，不到两个时辰就死了。江翠柳只是因为昨夜吃凉菜太多坏了肚子，频频要跑茅厕，这才遭此大劫。江翠柳小金贵田七岁，生于清光绪十四年，即公元1888年，戊子肖鼠，卒于"中华民国"二十九年即公元1940年，年仅五十二岁。

江翠柳临终前最想做的一件事，竟然并不是单独面对她的"金大先生"嘱托后事，而是要见谢炳坤一面，并且要屏退所有人，就他俩单独说几句悄悄话。好在老金和大谢头两人此时已并无芥蒂，那就满足她在人世间这最后的一个心愿呗！大家都静静地走出江翠柳的卧室，只留谢炳坤坐在她床头。此刻，天不怕地不怕的大谢头，倒有些忸怩和害臊了，坐立不安，不敢看江翠柳的眼睛呢！

其实他们之间也并没什么秘密。翠柳的确在遥远的少女时代曾暗恋过谢炳坤，且一直羡慕他家的财富，钦佩他本人的才干，也一直希望自己的两个女儿都能嫁入谢府，能跟他结为亲家。她也把这些事情，毫不隐瞒地畅快地说出来了。他们又没发生过什么事情，这并没啥不可告人的。但翠柳在临终之前还能把这些都说出来，倒让大谢头挺感谢她的，由衷地动了感情。于是大谢头就大胆地正视着翠柳，她少女时的清秀、娴雅貌已荡然无存，遍体鳞伤、痛苦挣扎的样子，生命之灯行将熄灭，遂很怜悯她，为她难过。

他们四人当中，以谢炳坤最大，其次金贵田，再次熊芙蓉，而江翠柳最小。他们四人在一起长大，翠柳也就跟他们的小妹妹一样。

还有一件更重要的事情得办。江翠柳断断续续地说道："坤哥，……我的葳蕤、潋滟我很清楚，……连大先生（金贵田）都没有我清楚。……葳蕤是对你的三个崽都没有意思的，所以才跟着外地的走了，……可潋滟是跟你的老三一向就好着的，我可是打他俩一出生就看在眼里，……就像金枝儿跟铁陀一样。可志航如今多少年了都还不回来，两人二十好几了还单着身，村里他俩这个年纪的连崽女都好大了，……我要是不能看到他俩成亲，死也不会瞑目啊！"

谢炳坤答应说："好的，我马上就去打电话、拍电报叫志航赶回来同潋滟办喜事、圆洞房！"

其实大谢头心里也清楚，谢志航正在前线杀敌，为国效力，如今恰是战事高潮，戎马倥偬，十万火急，他怎么回得来呢？再则，他就是能回来，可路途迢迢，山河纵横，而江翠柳已生命垂危，弥留之际，他又怎么赶得上呢？只能敷衍她一下，姑且答应，善意的谎言吧。大谢头曾经骗人无数次，撒谎就像说真话一般容易，顺溜而出，根本不用打草稿的。可这次让他良心上受到了谴责，觉得对不起翠柳，再次扭过头去不敢正视她。

江翠柳继续吃力地说："坤哥，……过去你我谢、金两府有些隔阂，我知道，……你跟大先生的性格差别太大，又都是好强的人，所以难免你争我斗，……我每次看着心里都过不去，但又不能做什么，……这几年日本人打进来了，你俩一致对敌，又和好了，我很高兴，……希望以后你俩继续好好做兄弟，下一代、下下代也好好成为兄弟姐妹，……世世代代好下去。"

谢炳坤点点头说："是的，我们都听你的。你跟贵田的子女、外孙子女，就是我跟芙蓉的子女、外孙子女。同样，我跟芙蓉的子女、孙子女，就是你跟贵田的子女、孙子女。这是绝不会变的。过去是这样，现在还是这样，以后永远都是这样。"

说完这些，谢炳坤见江翠柳说话实在太困难，也不忍心看下去，就宽慰了她几句，让她好好保养身体，什么都别想那么多，赶紧退出来了，而让金潋滟、谢金枝两人进去照料她。对金贵田、熊芙蓉他也没多说什么，就说江翠柳希望金潋滟与谢志航能早日完婚，他只好答应她，说尽快联系志航回来举行婚礼。可谁都知道，眼下志航怎么回得来呢？三人都不知道该说什么，只能保持沉默。

但就在这时，卧室内突然传来金潋滟、谢金枝的大哭声。他们明白，江翠柳走了。

江翠柳走了，对于是否给她办白事，众人之间存在分歧。多数人说，眼下战事正吃紧，日本鬼子还在搞"大扫荡"，几乎天天来来回回地地毯式打击，实施其惨无人道的"三光政策"，早几天就进村骚扰了一番，今天又动了飞机轰炸，说不定过两天还要玩什么新名堂，哪里还有心思来办白事？再说，这次日机狂轰滥炸，村里死伤这么多人，到处残垣断壁、破桌烂床，很多房屋、建筑物被毁，连牌坊、社庙、山神庙都被炸得不成样子了，还有池塘、沟渠、水田、旱地、茶山、果林、菜园……也都大面积被破坏，这些问题还得尽快解决。金贵田作为早前的联保长、现在的县议员，是在众族长宗长、保长甲长之上，大家当然的主心骨，县府都已泥菩萨过江自身难保，哪里顾得上他们？老百姓只能自救了。所以，老金的当务之急，是马不停蹄四处奔波，带领龙湾及周边数村实行自救。死者要尽快超度和埋葬，伤者要赶紧救治和养护，多挖掘些地道、地窖以备下回日寇再来侵略时有藏身之处，还有死伤的牲畜也得妥善处理。被毁坏的房屋看如何尽量恢复，得有个暂时容身之地，那些破坏严重的人家就先跟邻居搭伙住几天，或搬去一些未毁或未全毁的祠堂、庙宇里住。还要看看各家的粮食被炸、被烧、被埋了没有，得安排一日三餐的事情，因各种情况揭不开锅的人家还要给予接济……每天从早到晚老金都忙得焦头烂额的，他关心自己的乡亲们，乡亲们又都信任他，所以事无巨细，他都得想方设法帮助他们解决，虽苦犹乐，毫无怨言。

可问题是，他自己家也有这么多事情得要他主理。其他就不多说了，各家各户情形都相似。金贵田很执拗，就是他刚去世的婆子江翠柳的白事，这次他坚决要操办。虽然一些长辈、老者，比如金氏的宗族长金高煦等人，一开始并不支持他，觉得非常时期，没必要再折腾这些，村里死了这么多人都没搞，为何你金府偏要搞？

但金贵田有他的理由，今年冬末恰好雨水少，干寒天，尸体可保存的时间长。同时，他也不相信鬼子马上又会打进来，总会间隔一段日子的，就够办白事了。关键是，金大先生觉得翠柳跟自己生活了这么多年，任劳任怨，吃了不少苦，他对她亏欠太多，倘不让她风风光光地走，他心里这个坎就过不去。虽然这次长女和女婿都不在，但两个外孙、一个外孙女在嘛，还有小女、干女，还有江氏娘家人一大帮，足可为她尽孝送终了。

大谢头最后也挺身而出支持老金，并且自己愿意出丧事全部需要花费的粮食、肉蔬、酒茶、用品之类，还拿出了不少钱来。不过，这些金贵田没有答应。

江氏娘家人更不用说了。江老倌为女婿的重情重义非常感动，两个内兄弟江仲方、江仲元和一个姨姐夫、一个姨妹夫都过来安慰，一切尽在不言中。江仲方在日寇沦陷高安县城后，也早早把店门关了，回到了龙湾。作为县议员和商界代表的他，抗战期间配合姐夫贵田，做了很多力所能及的工作。

由于各地战事紧张，自从上次派飞机来轰炸后，日寇便已多日不再出动，在蕴蓄下一场更大的军事行动。特殊时期的龙湾，因日寇的疯狂打击，导致家园凋敝、人心惶惑。但当大家听说要为江翠柳办后事，大家全都热心地来帮忙，龙湾人的心又聚集到了一起。

在高安，丧葬风俗有自己的讲究，特别是如果说要把排场搞得比较大的话。先是将人员分成好几拨，分头行动：有选墓址、挖坟坑的，金贵田基本上是将墓地敲定在虎首山再往北数公里的官山，那是龙湾及周边数村的高峰及很多姓氏家族的祖坟，但具体还得由他们去找；有去各地亲戚好友家奔丧、告知的，"揭佢俚屋下报个信"（高安方言）；有筹集粮食、肉蔬、酒茶，安排一日四餐的；有准备鞭炮、孝衣并发白、纸钱、乐队、仪仗、请八仙（抬棺人）等各种礼仪、程序和用品的……

为何一日四餐？因晚上通宵守灵的主客双方，到半夜还要吃一餐素食，俗谓"吃半夜饭"。主食是米饭、面条或米粉、白粥；菜是青蔬与豆腐、凉榨菜之类，有时也会有一两个半荤半素的热菜，但很清淡，也不放什么油。不过到那时个个都饿了，也没什么讲究了，啥都能吃。

灵柩早已做好，一副特大的七尺三寸长女式高级楠木桐油漆棺材，外面有彩绘，描龙画凤，花团锦簇，图案和色彩都挺华丽、精美，陈列在龙湾村社庙大堂正中央的神龛前作为灵堂，下面用两条长凳架着，四周摆放着黄幡和花圈，灵柩下用银盆盛着两盏长明灯、七枚铜钱，灵柩前置遗像和香炉、沉香、祭品、纸人等，供孝子贤孙跪拜，亲戚邻居吊唁。不时地有司公、道士、僧人们前来主持法事，穿着道服或袈裟，围着灵柩边走边唱边跳边跪拜边摇铃。

棺外自然还有椁。椁就粗糙、简陋些了，不过是几块硕大、结实的杉木板。待棺材置入墓冢时，在其上下前后左右六面做成架子裹着棺材，类似于一副大棺材。

整个白事程序包括：小敛、大敛、报丧、奔丧、停灵、哭灵、跪迎、诵经、守灵、素宴、出殡、下葬、造墓，及之后的烧七、守孝、牌位、立碑等。丧家停柩多半是三日，长的也有五日、七日的，子女孙嗣皆披麻戴孝烧纸钱鸣鞭炮。岁逾花甲及更高寿老人逝世，葬礼尤为隆重：出柩之前，请风水先生选定墓穴；出柩之时，扬幡列队，鸣锣开道，吹打哀乐，沿途撒散纸钱、米粒，还要杀鸡鸭淋生血；出殡路上要绕道走，尽量不经过人家屋门口，路尽量走远点；一路上灵柩不能落地，或换几拨人轮流抬柩，或用木棍顶着主梁；葬后三天"关山"，指逝者灵柩入土第三天，家人在天刚亮时，准备酒食等祭品到坟前祭奠。子女守孝；守孝之家，两年内不能用红纸写春联。

三天半白事，每天三餐加半夜饭，摆了近百桌素宴，供全村的人，还有外地来的亲戚、朋友、乡邻来吃来聚，吊唁自己的婆子及为她送终，花费了不少钱物，用掉了不少粮食，宰杀了不少牲畜，金贵田也算是尽心尽力、仁至义尽了。他觉得这些东西没完全毁在鬼子手里，自己倒算是白赚了。

不过，老金这么做还是起到了非常好的客观效果：一则，他算是给了金江氏本人及其江氏娘家一个交代，心里也好过一点了；二则，包括做白事三天半及前后几日，不少家里已陷入困顿的人来他府上吃饭和帮忙，也算是暂时解决了一段时间的肚子问题，等于赈灾济贫一样；三则，白事期间弥漫的这种哀悼、悲伤情绪，更能唤起父老乡亲们对日本强盗的愤怒、仇恨，具有宣传鼓动军民一致抗日的作用。

办完江翠柳的白事，就又要过1941年农历辛巳的新年了。

但在龙湾金府，因主母刚去世，一家人都不开心，这个年过得就不太热闹，也不可能太喜庆。

谢炳坤和熊芙蓉试图把六个娃子接到谢府来过年，可没待够一天，六个娃子离不开两个"娘亲"，而金潋滟不想来谢府，谢金枝更不愿回家，又只好把他们送过去。老太太谢李氏免不得又要怪大谢头两口子瞎折腾。她本来就不同意接他们过来，谢天昊的两个娃子倒还罢了，毕竟是她谢家的，可对另外四个她毫无好感。金枝、潋滟都不愿来，更让她大发脾气：一个这里本来就是她家，一个这里将来也是她家，却都不来，好像是要求着她们来，以为是刘玄德三请诸葛亮吗，还是周武王请姜子牙？爱来不来！

死者已葬，伤者已愈，但家园尚未彻底重建，到处创伤，一片凋零。而日寇是不给你讲什么情面的，过了新年不久，更残酷的战争又来了。

在谢、金二人筹划铲除汉奸谢光赋的过程中，鬼子又于正面战场发起了大规模进攻。这就是后来历史上著名的"上高会战"。其中也包括小股鬼子对龙湾的第三次大举进犯。

上高会战即上高战役，又叫锦江（锦河）作战、宜春会战，因战争主要是发生在锦江（锦河）流域，而上高、高安等主要作战地区又都属于宜春。

时为1941年3月中旬，驻南昌的日寇大贺茂第34师团，因邻军第33师团预定要调去华北，即要求该师团在临走之前，配合自己扫荡周围的中国抗日寇队主力。却因两个师团严重不配合，导致第34师团孤军深入，钻进了四个中国建制军的合围圈，遭到围歼。中国军队统计击毙日寇少将指挥官岩永、大佐联队长滨田及以下鬼子一万五千余人，击落日机一架，缴获军马两千八百余匹，及大量辎重物资。而日寇则自报伤亡仅一千余人。

此战是抗战期间中方取得全面胜利的一场战役，被国民党军事委员会参谋总长何应钦赞誉为抗战以来最精彩的一战，堪与媲美台儿庄大捷。蒋介石授予第74军最高奖"飞虎旗"一面，并授予总指挥罗卓英将军"青天白日勋章"一枚。但中国军队亦伤亡达两万五千余人，毕竟日寇武器精良，炮弹厉害，杀伤力大，这是不可否认的。

这场战役一开始，鬼子分为三路，由北、中、南同时向西大面积袭隆隆进军：

北路日寇第33师团由安义向国民党第19集团军的第70军发起进攻，他们借助炮兵和航空兵的掩护，沿潦河盆地向西快速突进，不到半天的时间就占领了奉新，随后继续西进，很快又占领了武宁的棺材山、奉新车坪等地，并继续向西追击；

南路日寇独立混成第20旅团在南昌境内的河嘎附近西渡赣江，然后沿锦江南岸西进，第二天就占领了丰城的曲江、高安独城等地，并继续向高安境内的灰埠攻击前进；

中路日寇攻击部队第34师团是其主力，在北、南两翼日寇的配合下，由新建境内的西山、万寿宫沿湘赣公路和锦江北岸向西突击，当日便占领了高安祥符观、莲花山。

另由南路的池田第20旅团派出一赣江支队，由坂本大队长指挥沿赣江南犯，企图攻占清江、樟树、丰城，为渡江做准备，好接应其主力军攻占上高、高安后再转身东犯。

面对来势汹汹的三路日寇，在第19集团军总指挥罗卓英的指挥下，中国军队采取诱敌深入、关门打狗的策略，先假装害怕、慌忙撤退，主动放弃高安的龙湾龙团圩等地，等待敌人自投罗网。三路日寇见其西进之途出人意料的顺利，便增加了他们的骄傲情绪。不过日寇也打得如意算盘，他们一旦占领上高，既可相机抄长沙之背，又可得到进攻赣南的前进基地。

但当他们企图以两臂合抱的态势，肆无忌惮继续向西进军时，就不由自主钻进了我方早已设计好的"口袋"，突然遭到四倍于己的中国抗日寇队的围攻，鬼子两个师团总共二万五千人左右，而中方第19集团军逾十万人。日寇拼死对外突围，付出惨重代价，将士死伤无数，这才好不容易冲出包围圈。特别是在上高县城周边的上漆家、下坡桥、石洪桥、官桥、泗溪等地，国民党第74军、第72军、第70军、第49军给了侵略者以当头痛击。4月初，侵犯高安的鬼子丢盔弃甲，无奈狼狈败退北至靖安。

国民党王牌部队第74军，人称"抗日铁军"，时由一代骁将、山东农家寒门子弟王耀武任军长，后来接任军长的著名历史人物张灵甫当时还是个副师长。该军在上高会战中，拼死力拒，虽血肉横飞、伤亡惨重，仍不稍退，是以一日间敌我伤亡均在四千以上，被总指挥罗卓英评价为"战斗力量坚强"。张灵甫，陕西西安人，美男子、大才子，先后就读于北京大学历史系、黄埔军校四期，蒋介石的得意门生，1947年于孟良崮战役中战死。

上高会战及不久之后的高奉战役，在政治和军事上给日本侵略者造成了沉重的打击，加速了其失败的速度，减轻了东南亚各国人民的深重苦难，延缓了太平洋战争的爆发，在第二次世界大战反法西斯同盟的正义战争中写下了光辉的一页。

上高会战之后，紧接着就是第三次长沙会战中的高奉战役。在围歼鬼子的过程当中，国民党第19集团军所辖部队在高安的龙团圩、杨公圩、石头街和宜丰的棠浦等地建立了阻击阵地。

金贵田、谢炳坤、江仲方等人发动老百姓踊跃支援，谢炳坤从家中拿出了一百担粮食送到部队，金贵田为部队送来大批木料帮助构筑阵地，附近民众有钱的出钱，有力的出力，使得国民党军官兵一时士气大振，战斗力大增。然而，也是在高奉战役中，不甘失败的日寇，为报复中国军民，就在各城市乡下大面积、大规模投放含有毒气的烟幕弹。

龙湾村深受其害。

高奉战役将要结束时，在龙湾村附近龙团圩溃败的一小股鬼子，回程高安县城途经龙湾。他们隶属于同高桥直是友军的另一个联队，也就是前面提到的曾俘获谢光赋的那个部队，亦驻扎在高安。在这次战役中，他们两支部队被分割为多个小分队，从高安县城出发，在县境内多个战场配合第34师团主力展开作战。高桥直所在团并由谢光赋领着，去的是锦江以南的战场。

这个鬼子小分队所剩一百人，他们战战兢兢地一路走进了龙湾村内，见村中门可罗雀，空无一人，而庄院甚大、建筑雄伟，甚是讶异而露怯。原来村民们早得到消息，赶紧藏进地道地窖里去了。其实大战这一个多月里，眼见战场就近若咫尺，到处枪炮阵阵、战马嘶嘶，大家都不得不生活在地底下。鬼子们不晓得底细，叫来领队的伪军小头目一问，方知人都躲藏到地道里面去了。

但是鬼子的人数尚且有限，他们不清楚这里的地底下究竟藏有多少中国人，是否有枪或其他冷热兵器，是否埋了地雷炸药，且是否有武装人员在其中。这些年来，鬼子们在中国大地上已深受地道战、地雷战之苦，尤其是在华北地区。

于是，鬼子们便向几条已被找到并掘开的地道口内不断释放毒气，若遇往外逃亡者，就将其都枪杀在地道口。这一着棋好毒！当毒气随着浓烟滚滚灌进地道，里面迅速传出一阵又一阵激烈的咳嗽声和痛苦的呻吟声，他们不管出来不出来都是死路一条。鬼子们端着枪支，打开保险，上了膛，手指扣在扳机处，牢牢地堵守在地道口，发出狰狞而得意的笑声。百姓们本可以从另一个出口出去，可哪边有没有鬼子把守呢？即使没有鬼子把守，侥幸跑出地道了，又能逃得远吗？

就在地道里的金贵田、谢炳坤、江仲方、金潋滟……诸多的能人一时也无计可施，众人急得团团转，看来只有等死啦！

突然，村口外次第传来了零星的枪声，后来越来越密集，不知有多少中国军队赶来了龙湾，他们朝这帮鬼子展开了攻击。鬼子们被迫停止了堵守地道口和继续向地道内释放毒气，纷纷躲藏逃离，或选择地形向中国军队还击。

这是参加高奉战役龙团圩之战的国民党陆军新编第3军里的川滇军某部，由上尉侦察排长杨天庆所带的十几个士兵。在龙团圩战斗告一段落后，根据长官要求，一路继续追踪日寇之逃兵，侦察军情，为部队探路。他们虽然只有十几人，但看到日寇在残害百姓，一时义愤填膺，面对数倍于己的敌人，明知是以卵击石，他们还是义无反顾，没等排长统一安排，各自找好隐蔽位置，向日寇发起攻击，赶走了如惊弓之鸟的百来个日寇。这些天，鬼子显然是被中国军队打怕了，突然的袭击使他们不知所措，亦不知究竟来了多少中国军队，不敢恋战，干脆"三十六计走为上"，还是先赶回高安去吧。于是，这百来个鬼子丢下几具同伴的尸首，慌不择路地撤走了。龙湾的百姓除少数几个轻微中毒以外，再次有幸得救。

龙湾的百姓们幸免于难，重见天日，十分感谢拯救他们的英雄，大家一意要拿出好酒好菜好饭好茶来招待英雄们。金先生、大谢头都知道，川滇产酒，川滇人是很能喝的。性子爽快的杨天庆和他的川滇籍战友们，禁不住老乡们的盛情邀请，决定先在村里稍作休息，待天黑再走。

杨天庆的眼圈还有些通红，似乎刚刚哭过。金贵田一问起来，才知道他有好多的同乡战友都牺牲在了龙团圩战场。有些还是他亲眼看到，他们突然中弹扑倒在他眼前甚至身畔，三米五米顶多十米八米开外，一下子就不能说话了、眼睛闭了。这让他难过地流了好几次泪，他就把疯狂的呐喊、愤怒的子弹招呼在了鬼子们的身上。

都说明初"江西填湖广"、清初"湖广填四川"，南方诸省包括川滇很多人的祖籍在江西，这还真有可能。当今川滇两省的杨姓在全国最多，而在明朝时以江西的杨姓在全国最多。杨班长自己并不十分明白其先祖复杂的迁徙历史，但其祠堂号曰"弘农堂"，与江西杨姓基本上是一样的。杨排长还说，他们那也有不少姓李、周、谢、金、江、熊、毛……的。这么一聊，大家更开心，酒喝得更酣了！

龙湾人很喜欢杨排长一口好听的西南官话，虽是川滇方言却全听得懂，跟南方其他地区的方言像外国话一样"呕哑嘲哳难为听"大不同。就是在江西本地，高安人到了南昌、宜春、抚州、吉安、萍乡等地就没法用各自的方言交流，确实是十里不同天、百里不同音！他们也喜欢杨排长的长相和性格，个子虽不很高，块头也不太大，但皮肤蛮白的，既有军人的孔武、英勇，却又显得挺眉清目秀、质朴老实。杨排长今年二十四岁，比谢金枝、金潋滟还小两岁。

金贵田忽然想："他要是能不走，与金枝儿倒是很好的一对。"跟已死的李铁陀比，铁陀有的优点他都有，而铁陀没有的优点他也有。金先生甚至都看到谢金枝似乎在远处偷偷地打量杨天庆呢！

金先生进而联想到了自己的女儿金潋滟："对啊，潋滟这会去哪里了，咋不见人呢？"

自从婆子江翠柳走后，老金总觉得自己更糊涂了，不管事了。其实，翠柳在时他就不用管这些琐事，因为有翠柳、幺爹管。翠柳不在他就更不管了，因为有金枝、潋滟她们管，幺爹也会管的。

对呀，金潋滟去哪里了？这么一问，大家都惊呆了，这才发现竟然忘记了一个重要人物，也着急忙慌起来，互相打听、询问。

谢金枝赶紧带着人分头去寻找、去叫唤。除谢、金两府内外，几条地道、社庙、山神庙，龙湾村外、虎首山上……都没有。有人说，早先看见她在日寇投毒气时，曾往地道那一端即虎首山上的地窖而去，说是去探探那边有无鬼子，后来就不见了。

很有可能，她被日本鬼子抓走了！大家都急得不知如何是好，金贵田更是待坐在地上久久没有出声。幺爹更是急得猛撞自己的头，后悔没有照顾好潋滟。

杨天庆问清失踪的金潋滟是金先生的女儿后，赶紧宽大家的心，并拍胸脯保证：

"你们先莫要过早下结论。她要么是另外去了哪里，要么是有啥子事情要办，要么是出了啥子小意外。你们莫急，我们等会就要赶去高安县城，侦察鬼子的动向，顺便也帮你们打听一下她的消息。她真要是落到了鬼子手上，我们一定想办法帮你们把她救出来！"

金潋滟还真的是落到了日寇的手上！当地道内充满日寇投放的毒气，乡亲们都感到非常难受，眼看马上都得被毒死在这儿时，她想去往地道那端看看能否找到出路。可她一冒头，就被早守在那里的几个鬼子用枪顶着了，只好乖乖就擒。看到这么美丽的中国花姑娘，鬼子们的双眼都发直了，嘴角的哈喇子流出老长，此时杨天庆正带人向村内猛攻，鬼子不明就里，害怕再待下去会吃亏，匆匆押着金潋滟撤离。

但奇怪的是，金潋滟被鬼子抓捕并带去高安，一路上虽然她非常惊恐害怕，但心里也在想，说不定能见到谢光赋，我曾多次提出要见谢光赋，他都不见我。可现在我已落到鬼子之手，他该不会不来见我了吧？只要他来见我，也许就能杀掉他，自己死也甘心了。金家的列祖列宗，还有我那刚被鬼子炸死的可怜的娘亲，请你们在天之灵保佑我实现这个心愿吧！

当然，她这是在考验谢光赋，同时也是在考验自己：他究竟会不会来见我？他究竟会不会救我？换句话说，他是不是真的爱我？

不用说，像金潋滟这么绝色的女子，且二十六岁早已如熟透了的蜜桃，一到了高安的日寇驻地，那些鬼子没有不眼馋心动的。金潋滟什么都不说，装傻，就看他们怎么做。其实她在教会学校里学过一些简单的日语，他们说的那些她基本上听得懂。

最后鬼子们商议，把这个决定权交给他们的直接长官，筱原喜七郎大佐，先由他享用，再由他决定是个人独享，还是与大家共享。

金潋滟越听越气愤：这些鬼子都是些畜生，人还没被他们糟践，首先人格就受到了侮辱。

筱原喜七郎大佐当时还在总部开会，没回驻地。鬼子们就安排几个妇人去陪金潋滟洗澡，给她细细地洗，洗得干干净净的。那几个妇人是鬼子的随军女眷，一个个穿着布满大朵各类鲜花的色彩华艳的和服，后背上一个像包袱也像枕头的东西，很是臃肿，脚蹬木屐，头发上别一把梳子。化的都是浓妆，眼圈描得乌黑，嘴唇涂得血红，脸蛋搽得惨白，跟鬼魅似的。她们也都羡慕金潋滟的美貌，不断发出"啧啧"的赞叹。洗完以后，她们要给她穿和服，也如此化妆，金潋滟不许，依然穿自己的长裙，仍旧素颜，乌发垂落，没想到这样更好看。然后她们拿饭来给金潋滟吃。不久，筱原喜七郎就回来了。妇人们送她去他的卧室。

筱原喜七郎比高桥直年纪大上数岁，早入伍数年，五十出头吧，军衔也高一级，戴着一副近视眼镜，黑发中夹杂着些许白丝，脸上有了几条皱纹，面目倒不是那种凶悍粗暴的样子。一看到金潋滟，筱原喜七郎也是被她的美貌所惊呆了。但他并没有行动，只是坐着。

金潋滟尽管心里很害怕，但她有正事要办，便强自镇静开口说起了日语："筱原大佐……"

筱原喜七郎挺吃惊："你会日语？"

金潋滟："是的，我是女子教会学校毕业的。我们学校的创始人，就是一位日本女士。我的未婚夫在您的部队里，他叫谢光赋。"

"哦，有这种巧的事！是从共产党那边投靠皇军的谢光赋吗？"

"对呀，我们还是同村呢。"

对谢光赋，筱原喜七郎当然是认得了，最先就落在筱原喜七郎部属的手里，曾帮了他很多忙，为此他还得到了上司的褒奖。不过后来高桥直想要谢光赋过去，似乎是有别的什么事情要用他，而筱原喜七郎跟高桥直平时的私交不错，就让他去了。现在听说眼前这姑娘是他的未婚妻，筱原喜七郎马上打开门，对站在门口的卫士说：

"叫人把这位中国小姐送去高桥团那边……"

金潋滟赶紧打断他的话："且慢，筱原大佐，您先派人过去跟谢光赋捎个口信，就说我在您这里，让他过来见我。"

筱原喜七郎大感兴趣："这是为何？送你去他那里，与他过来接你，不是一样吗？"大佐觉得，这女孩子不光长得异常的美，身上肯定还有很多故事。她应该二十好几了，在中国尤其是在乡下，这个年龄早该结婚了，可她仍在苦苦等着她的未婚夫，挺痴情的。

"不一样，送我过去算是便宜他了，得他过来请我。"金潋滟说，"我跟他说过很多次了，要与他见面，可他就是不愿见我，都一年多了。那他是不是变心了，不爱我了，不想跟我结婚了？所以我要看看他究竟来不来，不来就证明我的猜想是对的，那我活在这世上还有什么意思？"

"哈哈，我挺喜欢你的这个性格。是的，你说得没错，对这些男人就该如此。去，叫人去高桥团把那个光赋桑领到这里来！就说他未婚妻在我这儿，他还要不要了？"筱原喜七郎这几句话，前面一半是对金潋滟说的，后面一半是对卫士说的。

待卫士"嗨"地应声走了之后，筱原喜七郎又连忙帮谢光赋打圆场和做解释："事情可能没有你所想的这么严重，光赋君是不会变心的。你长得这么漂亮，他怎么可能不爱你呢？想必是有别的什么原因。等会他来了，你就都明白了。你名叫……潋滟，是吧？名字不错，水光潋滟，风景明丽，跟你的人一样美。"

他俩的这段对话，哪里像是在凶残成性的日本侵略者与"人为刀俎，我为鱼肉"的中国平民之间，倒像是朋友甚至父女之间。但金潋滟心里很清醒，这个筱原大佐就是一个日本强盗！他们犯我中华、杀人放火的本性是不会变的。听鬼子们刚才谈话的意思，他不是正在日寇总部开会，密谋下一步如何对付中国军队，如何继续加强对高安地区的控制吗？

谢光赋果然很快就赶过来了，两个团的驻地并不远。他先是对筱原喜七郎点头哈腰一番："筱原太君，多谢您的照顾。"然后才激动地对金潋滟说，"潋滟，你怎么来了？"

金潋滟假装气咻咻地不搭理他。筱原喜七郎笑呵呵地说："光赋桑，人家小姑娘跑到我这里告你的状来了，说你变心了，不爱她了，有没有这回事？"

"哪里哦，天理良心，怎么会呢？"谢光赋见金潋滟真的会主动来鬼子军营里找他，足见还是很爱他的，心里惊喜莫名。而且看来筱原也还没对她怎么样，让他更是高兴，甚至还衷心感谢太君。所以他这几句话是流露出了真情，有点指天发誓的意思。金潋滟心里也清楚。

"光赋桑，那我问你，金潋滟小姐说她写信跟你说了很多次，要与你见面，可你都不愿见她，已经一年多了，是不是有这回事？这究竟是为什么呢？"筱原喜七郎有点自作聪明、自作主张代金潋滟质问谢光赋。

谢光赋看了看筱原，又看了看金潋滟，点头说："筱原太君，是有这么回事，可我并不是不愿见她，……您又不是不知道，这段时间以来，中日两国交战激烈，中国方面的暗杀活动猖獗，……故高桥太君劝我小心点，别中了计，我才不敢露面。"

筱原喜七郎哈哈大笑道："高桥中佐说得挺对。好啊，这不解释清楚了嘛！好的，我累了，要休息了。你们俩走吧，自己去讲。"

在金潋滟跟着谢光赋向筱原喜七郎鞠躬辞行时，筱原又对潋滟说："你长得真像我女儿。"不知他所言是否属实？莫非就是如此，他才突然良心发现，不想玷污她了，并且成全她跟她未婚夫？

走出日寇的营地大门后，仍沉浸在突然明白金潋滟还是很爱自己的兴奋中的谢光赋，像是突然下定了决心似的，斩钉截铁地说："走，我们回龙湾去！"

金潋滟显得很吃惊，但假意问道："你不在筱原太君、高桥太君这里效力了？他们多器重你啊！将来还大有出息呢！"其实她倒是一直在想该怎么说服他回龙湾去，把他交给他俩的父亲处置。他要是不愿回，那少不得自己想什么办法除掉他了。这也是此次她冒着牺牲身体乃至生命而来的主要意图。可没想到，他自己竟主动提出回去。

谢光赋不知金潋滟话里的讽刺意味，还以为她关心他的前程，遂冷笑道："哼，他们哪里器重我？不过是把我当枪使而已，有价值就利用，没价值就甩掉。在日本人眼里，我大概连条狗都不如。我帮他们做了这么多事情，可他们连一丁点残羹冷炙都不舍得施舍给我。我不想再为他们卖命了，他们也不会再要我了。我走不走，在不在，对他们来说都无所谓了，连我的死活他们也不管了。我要去寻找自己新的光明前途！"

谢光赋并不是不懂，作为一个背叛祖宗的汉奸，给同胞造成了那么大的危害，乡亲们岂会轻易放过他？但他也深知，他危机重重，很多人想要他的命，所以他才要躲回龙湾去。除非是仍待在鬼子军营里，可鬼子发现他已没有利用价值，弃如敝屣，回去还有啥意思？再说金潋滟来了，他还舍得离开她吗？上次高桥直所部侵犯龙湾，就是有他的尽力斡旋，才没造成多大损失，他相信父老乡亲们会感谢他、原谅他，进而保护他的。还有，他的父母都在那，会眼睁睁地瞧着他被人打死吗？他们兄弟仨，大哥已经悲惨死了；三弟也不知是死是活，且战场上枪林弹雨、九死一生，子弹是不长眼睛的，何况他驾驶飞机更加危险，一旦被炮击中或坠毁，也许都不能落个全尸，谢府总要留个种吧。

但最重要的是，他既然已知金潋滟对自己的真心，弱不禁风的小女子竟敢以弥天大勇独闯龙潭虎穴来鬼子军营找情郎哥，如此的深情厚谊，他能不感动吗？被爱情冲昏头脑的他，甚至都没疑惑过，金潋滟之前那么久那么多次都没有答应自己的求爱，为何这回却主动送上门来？两人年纪都不小了，潋滟也二十六了，他都三十二了，就该回去一起好好过日子。

他也及时流露出了这个想法。眼前这个五官秀丽动人、肌肤吹弹可破的尤物，令谢光赋掩饰不住强烈的喜爱，有种飘飘欲仙之感。他情不自禁地紧紧靠着金潋滟的身子，亲热地抱了抱她，强行吻了吻她的脸，拉着她的手，凑在她耳边悄声说："什么被日本人器重，什么出息不出息，什么荣华富贵，什么大好前程，哪有你重要？龙湾和你才是我的一切！……我只要你！"

此时已是晚上十一点了，他们没车，可回龙湾还有约十公里路，怎么回去？金潋滟今天下午是被日寇押着从龙湾而来高安，已经走了十来公里，早就精疲力竭，肯定是没法再走十来公里了。

但神奇的是，正在他们前方不远处，一辆半新不旧、没有上锁的男式自行车就停在路边。两人兴奋极了！谢光赋赶紧骑上车，带上金潋滟，往龙湾绝尘而去。这晚月光皎洁，野外还比较亮堂，无碍他俩骑车赶路。而且，大战过后的高安，显得格外宁静，路上一个行人也没有。

这辆自行车是怎么出现的，后面再交代。

不久两人就回到了龙湾。在谢府门外，他们赫然发现，谢炳坤正等在那儿。可谢李氏、谢熊氏、二谢头等人都不在，估计早已睡了，大谢头怕他们误事，让他们不要在场，甚至都没告诉他们自己要做什么。谢光赋叫了一声"爹"，把自行车推到墙根边靠住，跟金潋滟陪他一起进去。金潋滟也叫了一声"爹"，谢光赋更宽心了，却没想到这也是要引他上钩的。

谢炳坤出奇的话少，但言行举止间尽量保持着镇定，一路上说："好啊，你俩都平安回来了，这是大好事。我跟你贵田叔、潋滟她爹马上为你俩择一个黄道吉日，早日办喜事吧！"

谢光赋更心花怒放了，还在背后悄悄拉了拉潋滟的手。

怪事！他们在回龙湾的路上，天空中还有月亮，云层也不厚，能见度还可以。

这会却云浓月隐、天色昏暗，且起风了，估计马上就会变天。

上次日机轰炸，龙湾规模最宏伟、外观最富丽的谢府宅院，其损失也是最大最惨的，四进房屋仅第三进还算保留比较好，过去是谢天昊三兄弟住的地方，厅堂和几间房屋基本完整。另外三进却毁坏严重，墙倒楼塌、门窗尽焚，有些房屋甚至已完全被夷为平地。谢炳坤想过段时间后，等战争彻底平息了，再来慢慢修复。

他们走进三院的厅堂里，见其中空无一人。但餐桌上摆了一桌子的好菜，十分丰盛，鸡鸭鱼肉蔬菜豆腐都有，还冒着热气、香气，估计都没做多久。谢光赋也不忙问，他爹从不做菜，那这菜是谁做的？

谢炳坤说："光赋、潋滟，你们两个一路上都饿了吧，先赶紧吃饭吃菜。光赋，你是喝酒还是喝茶？"并偷偷朝金潋滟递了递眼色。

谢光赋开心之余竟毫无戒备，再说又回到自己府上了，十分放松，迅速在餐桌前一屁股坐下，说："今天难得高兴，那就喝几杯吧！爹，我给您倒酒，我陪您喝。潋滟，要不你也来喝吧。我知道，你酒量超级大，全世界也没人能喝得过你。"

可谢炳坤说："你先喝吧！我刚才喝多了，还有点醉，等会再看看。"

金潋滟也说："你先喝吧！我今天走了太多路，太累了，等会再看看。"不过她倒是尝了几口菜，马上就明白是她爹做的。

奇怪了，谢炳坤和金潋滟这二人，"你先喝吧，我……等会再看看"，说话竟如出一辙。

谢光赋的确是饿坏了，在日寇营地里长期都没吃得多好，因高桥直从不喝酒，一日三餐也很简单。又蹬了十来公里的自行车，消耗了不少体力，于是先赶紧夹了几口热菜猛吃，嘿，这菜还做得蛮可口，遂自己倒了一杯酒，迫不及待一饮而尽。他又吧唧吧唧夹了几口菜吃，又倒一杯酒喝了。

突然他觉得有些晕乎乎了，眼前的东西包括他爹和潋滟都恍恍惚惚的，甚至摇摇晃晃起来。可这点点酒应该不会有事啊，再说今天也不算太累着，他的眼睛并不花啊！

他顿然明白了，指着酒瓶，叫了声"爹……"他想去拔口袋里的手枪，可惜手已毫无力气，软绵绵的，连枪都拔不动了。他瘫坐在凳子上，仿佛是堆泥巴。

谢炳坤、金贵田在茶和酒里都放了一些药。这个药不会置人于死地，却会让人全身无力。大谢头后来还特地加重了剂量，喝半杯就可以见效，而谢光赋却喝了两杯。

这时，从厅堂的暗处走出来三个人，金贵田、江仲方，还有李铁陀的弟弟李铁桶。除了江仲方拿了一把手枪，另外两人或执刀或举棍，都是准备用来对付谢光赋的。金潋滟依次地给他们打招呼："爹、大舅、铁桶哥。"

谢炳坤长长地吁了一口气，走到正中央的神位之前，点了九炷香，跪下来念念有词："谢氏的列祖列宗，我谢炳坤不肖，生了个汉奸卖国贼，太对不起你们了！今天我就要清理门户，将这个孽子除掉，以免他再祸害百姓。"

在谢府一进院里本来有间家祠，可惜已成了废墟。

江仲方和李铁桶两个人把谢光赋拖到神位前，让他也跪下来，向列祖列宗叩头认罪。

谢光赋虽然全身瘫软无力，但脑子还清楚，也能说话，只是声音不大。这会他终于明白自己错了，也很怕死，一把眼泪一把鼻涕，哽咽着哭诉道："爹、金贵叔、仲方叔，我错了，我再也不为狗日的日本人卖命了，都是他们威逼我的，这次你们就饶过我吧！我会痛改前非的，我会将功补过的。你们不是把潋滟儿许给我了吗？"

谢炳坤重重地打了他几个耳光，忍着泪水，怒骂道："你现在是想通了，不愿为东洋狗贼卖命了，可你之前做了那么多坏事呢，你害死了那么多人呢，能一笔勾销吗？你说谁会饶得过你？你说是东洋狗贼威逼你的，可东洋狗贼谁都威逼，为什么我们就没顺从呢？与其你被别人打死，还不如我自己打死你！你还妄想把潋滟儿许给你？潋滟儿是许给抗日英雄谢志航的，你配吗？"

谢光赋像条奄奄一息的癞皮狗趴在地上，绝望得"呜呜"直哭，竭力把嗓音撑大。

谢炳坤怕夜长梦多，谢光赋的哭闹会把他的祖奶、娘亲，还有住在金府的小妹都唤醒过来，若她们一齐向他求情，他心一软，就不知该怎么做了，还是赶紧将其处死好。其实谢李氏、谢熊氏婆媳俩早就发现大谢头今天有点不对头，在旁边偷听到了他们的对话，此刻正躲在侧屋，她们也想救谢光赋。但她们也明白谢光赋罪孽深重，死有余辜，也无可奈何，只能躲在背后哭泣，不敢出面。

几人于是先把谢光赋绑了，又缴了他的手枪，在他嘴里塞紧了布团，让他不管如何动弹、挣扎，都哭闹不出声来。

谢炳坤虽说一直有着大义灭亲的勇气，可真要把亲生儿子弄死，却也不忍心下这个手。他望着金贵田、江仲方，问道："你们说该怎么办哪？是先把他枪毙、捅死、毒死，然后烧掉，锉骨扬灰，四处乱撒。还是将他的尸体或者干脆生人活活地扔进龙湾河里去？但不管如何，他是死是活，都不能葬入我谢氏的祖坟。"

金贵田、江仲方也拿不定主意。也不好拿这个主意。

谢炳坤要尽快擒拿儿子并将其处决，还有一个重要原因，就是担心他把"洪武宝藏"的秘密透露给了刘赓口里说的那个名叫高桥直的鬼子军官，甚至还可能帮助其将宝藏找到并带回日本。虽然他目前还不完全清楚这个秘密，但听刘赓的意思，只要他多活一天，而高桥直还在中国，那就多一分可能性。因为，听说那个狡猾的日本军官的狗鼻子不知打哪闻到了一丝气味，已经在怀疑自己，怀疑金贵田，怀疑刘赓了。

"那就把他交给我们国民党军的军法部门来处置吧。"就在这时，那个川军侦察排长杨天庆带着自己的部下，又如天兵下凡似的出现了。原来，今天他们一直在跟踪那一小股日寇，并终于找到了筱原喜七郎那里，谢光赋、金激滟的整个活动都在他们的注意范围之中。那辆自行车就是杨天庆帮他俩准备的。所以，他们步行就比他俩骑自行车慢多了。

这样也好，既达到了铲除汉奸的目的而又不用自己来动手，并且把汉奸交给国民党军处置也是非常合理的。谢炳坤迅速答应了他的意见。

在杨天庆等人临走之前，谢炳坤、金贵田、江仲方、李铁桶四个陪着他们，把餐桌上金先生所做的饭菜都吃掉了，好让他们吃饱喝足趁夜上路，去追赶新编第3军的大部队。而杨天庆也算是正式跟金激滟打上了照面，算是第一次认识。

杨天庆他们吃饱了，谢光赋的药力也醒了，可以开拔了。谢炳坤不想再见谢光赋，也不想再跟他说什么，就让杨天庆的兵拉着他先行一步。不过还是给他吃了一些饭菜，不能让他饿着。大谢头还让杨天庆帮他带些衣服在路上穿，不能让他冷着。又给了杨天庆一些钱，供他们在路上开支。

杨天庆跟美女金激滟打上了照面之前，他早就见到她了。杨天庆难免不惊艳、不动心。这个往日里行事坚决果断、风风火火的军人，在离开龙湾时，第一次有了依依不舍的感觉，多年前在四川故乡参军离家时都没有这样。

谢光赋走了，杨天庆他们也走了，江仲方、李铁桶也回家了，连金激滟也被金贵田唤回金府休息了，人都走光了，只剩下大谢头、老金二人。至此，这对几十年的老冤家，在民族大义、国家存亡面前，在共同抗日杀敌、一致大义灭亲之举上，终于真正走到了一起，两双大手紧握，百感交集，千言万语不知从何说起，不免潸然泪下……

这个漫长的不平凡的夜里，谢炳坤克制忍耐了许久，此时突然间爆发，又是一口浓痰带着鲜血，从嘴里喷了出来，在地上溅成一朵红花。金贵田再次被吓坏了，赶紧跑过去照顾他……

又过了一会，伴着一声声春雷、一阵阵闪电，干旱、沉闷了许久的龙湾垄坑里，终于下起了瓢泼大雨，两人的鼻子里嗅到了空气的清新、寒冽和湿润……

第十六章 哑女

乡村的夜晚，寂静而漫长，清明节已过了好几天，村庄的空气中，弥漫着各种花的香味，油菜花的香最浓，蛙鸣声是人们睡梦中最甜蜜的伴奏曲。这时，趁着夜色，一人影影影绰绰地从北边的虎首山方向，径直往南蹩进了龙湾村里，远看面目不是很清，不知是男是女、是老是少。

此刻大概是亥时，在龙湾谢府，谢炳坤和金贵田已喝了好几轮酒，刚巧出门透透气散散步，吹吹夜里令人沉醉的和畅春风，说两句私话儿，顺便解个小手。今晚，江仲方、江仲元、李铁桶、幺爹、二谢头、熊二、金潋滟、谢金枝，还有村里另外几个人先后都过来陪他俩喝了不少酒。加之有幺爹、潋滟这龙湾两大酒仙捧场，特别是金枝儿还有跟父亲讲和的意思，好长时间了终于回家了，后又同潋滟儿一道返了金府，所以他俩的心情都挺好。

唯一不爽的是，可恶的东洋鬼子的飞机炸毁了院墙，没有了防护，谢府如此，金府也如此，又还未修复，谢府安装的电话线也被炸断，大谢头又嘀嘀咕咕骂了几句。这时眼尖的金贵田就看到，几十米外的严家屋角落突然闪过一个人影，鬼似的。

此人为何要躲闪？要是本村的，大可不必如此。而且这么晚了，要是外村的陌生人，为何此时出现在龙湾？控制着酒量故而始终保持着警醒的金贵田，拽着谢炳坤马上追了过去。谢炳坤一时还不明就里，尿都没屙干净，还洒了几滴在裤子上，未免又骂骂咧咧一番。金贵田让他声音小点。他俩蹑手蹑脚地凑过去。拐过严家墙角，就看到一个人正背着身，倚于一棵半腰粗的苦楝树上，好像是拿着个生红薯在啃。

此人倒也反应灵敏，一见有人靠近，触了电似的赶紧转身，一双惊恐的眼睛看着他俩，把没吃完的红薯急忙往怀里攥，像是怕他俩把她的红薯抢走，像做了什么见不得人的事似的心虚。可在乡下，偷吃个红薯不算啥罪，更何况她显然是饿坏了。

借着月色，俩人看见一个年轻的女子，穿着一身破烂衣服，衣服很不合身，上衣好像还是男人的，脸上又脏兮兮的。俩人都想必是她家乡打仗走鬼子，一个人逃难出来的。那对眼眸倒是大圆清亮。

金贵田对她顿时生起了一股同情心，问道："这位姑娘你是从哪里来的？怎么只有你一个人，你的家人去哪里了？怎么如此晚了还在外面赶路，哦，不，是找吃的吧？"

这女子起初有些害怕，不敢跟他俩搭话，后来倒是不怎么怕了，只傻乎乎地瞧着他俩，先是摇摇头，后来又点点头。金贵田接连盘问了好几句，她都是这样，答不上话来，手指朝天上、远处乱戳乱比画，喉咙像被什么东西卡住了，只是啊啊啊的。

谢炳坤顿然明白了，说："老兄，你是问不出她什么的，这是个哑巴呢！"

金贵田哑然失笑了，心想，她果真是个哑女。金贵田没有任何怀疑，就领着她回到自己府上，大谢头跟在后边。这哑女看他慈眉善目的，不像个坏人，似乎可以信任，倒也并不拒绝。孩子们都睡了，金潋滟、谢金枝出来，听两位父亲解释后，就带哑女进里屋洗澡换衣，然后又热饭菜给她吃，给她安排住宿。哑女见是两个年龄相仿的姑娘，更加不怕了。不过她不会说话，也啥都不懂，潋滟、金枝问了她很多东西，她都只是比画，同样问不出什么来。

到了金府，两人继续开台喝酒，反正桌子上有酒有菜。但后面这局，因只有他们两人，谢炳坤跟金贵田就没再喝多少，大谢头要回去了，老金让潋滟把他送到谢府门口。再说"捡"了个女人回来，这么大个事儿，内心澎湃的他们，哪里还能静下心来继续喝酒？

临走之前，大谢头对老金低声言语，他对这个哑女的真实身份在直觉上还是有些怀疑，觉得她姿色不俗，还气质非凡，一点也不像个普通的农家逃难女子，咱们要小心她的真实来历。但金贵田见她无家可归，既然收留了她，就反而认为是大谢头神经过敏，在小题大做了。再说，大谢头有时故弄玄虚的样子，亦屡屡让老金感到不快。

特别是哑女在沐浴更衣出来之后，金大先生见了，像打开了一盏大型探照灯似的眼前一亮：这女子长得真是不错，齐耳的短发、端正的五官，眉黛春山、秋水剪瞳，肤色身材也一流。只是总感觉有些不大一样的地方，老金暂时说不出来。是大谢头所说的清雅、内秀、含蓄的气质，还是其相貌里有异于周边姑娘的地方——眼睛太圆太大，鼻梁太挺，额头太宽？难怪她故意要穿破烂男式衣服，且搞得蓬头垢面的，自是怕遇见鬼子被糟蹋了。纵使金贵田身边已有两大美女，且是花甲老者了，心里还不免有些悸动。

金潋滟、谢金枝对这个哑女也是十分欢迎，也没觉得她是什么坏人，反倒是觉得家里又多了个伴。

七天后的一个上午，金贵田独自在前院厅堂隔壁的书房里静静地练书法，姑娘、孩子们都待在后院里。金府的两进房子都被日机炸坏了，一应物品也大有损毁，但由于没有谢府惹眼，位置又在村里比较深隐，所以没有谢府严重。尤其神奇的是，金府的外院比内院遭轰炸更甚，可外院的书房内外却毫发无伤，使大家十分惊讶，个个说是得到了天上文魁星的庇护。

日机轰炸过后，金贵田临时请人帮修葺了一下。后院还好，工程量不大，两个姑娘、几个孩子、还有新来的哑女住里边。金枝、哑女都被安排住在阁楼上。前院的几间杂货房、工具房、客房均损坏厉害，暂时顾不上了，只收拾了一间给幺爹住。厨房也还行，损害并不大。书房更不用说，稍事清理即可。主要是厅堂、主卧、前廊和后檐，需要好好修理了。尤其是厅堂的瓦顶被炸了个大洞，前后墙轰毁了几段砖，在第一时间先抢修成了。

这天，金贵田一早无事，来到外院的书房开始临摹颜真卿的《东方朔画赞碑》。这幅《东方朔画赞碑》俗谓"颜子碑"，平整峻峭，端庄开阔，深厚雄健，大气磅礴，为颜氏四十五岁盛年时所书，乃颜体代表作之一，是临习颜楷大字的最佳范本者。

金贵田写得正专心致志。那哑女从后院里走出来，她刚刚洗完衣服，悄悄进了书房，站在他后边，认真地看，脸上是很膜拜、很向往的神情，右手还情不自禁地比画着，像也是握笔在写。

哑女这还是第一次进金先生的书房。她又看了几圈这间宽敞整洁、窗明几净的书房，那琳琅满目、汗牛充栋的四壁书籍，不少是古代的线装书，当然也有新书、报刊等，想必总计有好几万册，难怪说金先生博览万卷、学贯古今了。书卷前搁着各种古董摆件，书架旁挂着历代字画唐卡，书桌、画台上是很多文房四宝，门窗、墙上还贴着楹联、立着牌匾……

金贵田完成一页纸后，把毛笔放于砚台上想休息一会，自我陶醉地看着，往后退了几步，差点撞到了哑女，这才知道她站在他背后好半晌了。两人几乎同时向对方道歉。

老金问道："你也懂书法？要不你来写几个字看看。"哑女脸颊羞红了一瞬，依然先是摇摇头，后来又点点头，然后憨憨笑了笑，扭过头，准备赶紧跑开。

刚跑开两步，她却又折身回来，拿起他的毛笔，歪歪扭扭地在纸边写了两个字"芳子"，并指了指自己，意思是说这就是她的名字，这才憨笑着终于走了。于是以后大家便都叫她芳子。

谢炳坤此时恰恰走进屋来，看见了刚才的情景。不久前，谢金枝扯着金潋滟，还有六个孩子，去他们府里了。大谢头一进门，大嗓门嚷嚷起来："贵田，恭喜啊！"

金贵田诧异道："大谢头你犯啥病，大白天的你说甚？我有什么可恭喜的？"

"不过就是讨你杯喜酒喝吗，你小气个啥？"

"问题是我喜从何来？"

"看你瞧她的眼神，就有戏啰！"大谢头朝哑女离开的方向努了努嘴，"把她纳了房吧！翠柳都走了两个多月了，丧期已过，你要再续弦也没事了，不算不讲情义，也没破坏老规矩。看你自翠柳走后一直闷闷不乐的，让她给你冲冲喜，马上就乐起来了。还有，你不是没有儿子吗，就让她给你生一个呗！再说夜里她还可以帮你暖暖脚。我那夜回去后，就早帮你考虑好了。"

金贵田急了，头摇得像拨浪鼓似的："荒唐！这哪里行呢？我只不过是暂时收容她几天，顺便帮她打探打探消息，怎能乘人之危？再说她的年龄跟潋滟儿、金枝儿她们俩一样大，我都可以做她的父亲了，合适吗？你说我没有儿子，可我的两个外孙都快十岁了，还要生什么儿子？而且你也讲了，目前她的身份还大有疑点呢！就这么……据为己有？"

谢炳坤仰头大笑，指着贵田斥道："你哪这么啰唆，想这么多，先搞到手再说嘛！这么漂亮的大闺女自己送上门来，天上掉下个仙姑，你都不要？不要白不要。那你不要我可要了……哎，可惜我家芙蓉还在，啊呸，她当然还在啦！首先我问你，你喜欢她不？你没反对，就表示你默认了嘛！第二，你还是个男人吧，还有男人的本事吧？看你还懂得怕丑么，说明你还行嘛！这不就得了？赶紧办喜事，以免拖久了事情变卦，煮熟的鸭子莫要飞了。干脆我来给你们张罗。"

为什么大谢头对金贵田趁机娶了该哑女一事如此热衷还如此急迫？一则，自是为讨金贵田的欢心，这么多年欺负他，总觉得自己有愧，应该为老金做一些事；二则，这样做也能更好地、更快地验证该来路不明的哑女的真实身份，不管她答应还是不答应，都可以从局外来观察她——但这方面他还没给金贵田交底。反正他是个半正经半不正经的人，老金早摸透他了。

在谢炳坤胡搅蛮缠之下，金贵田还真是被他给说动了，胸口里的那只野兔子扑扑腾腾跳跃起来，那已经渐趋微弱的生命之光又开始热络。倘若该哑女真的身份没啥问题，她又无家可归，或回不了家，又甘愿做自己继室的话，娶这样一位如此年轻、漂亮，又有教养，又有内涵的姑娘，实在是人生又一桩天大的美事。只要她安心跟自己过日子，陪自己走完剩下的这些岁月，别说什么生儿子生女儿的事了，就是不生又有何妨，我金某一定不会亏待她的。

然而老金终究是读书人，脸皮薄，拉不下自己的面子，让他亲自去向哑女芳子求婚是很难的。谢炳坤哈哈笑道："我早就知道你不行的。我去跟她说！"

至于大谢头去找芳子说了什么、怎么说的，就不详叙了，肯定是软硬兼施，估计是什么手段都用了的。这是他的强项，是他积累了一辈子的精神本钱。但人家是个哑女啊，他又是怎么跟她交流的？不过总之，他竟然成功了，她答应了！

金贵田问他了，你是怎么说服她的？谢炳坤没有回答，只一脸得意的坏笑。不过他那神情，虽说不像个老实本分的好人——老实本分这些词本来就跟他大谢头无缘，但也不像个年逾花甲的老者啊，倒像个爱捉弄人的、爱搞怪的、永远长不大的顽童。

而整个过程，他俩都没同金潋滟、谢金枝两人说。

既然芳子答应了，那好事就尽快办呗！按照谢炳坤的话说，早点把生米煮成熟饭，把木头做成船。但是，就在这两个老男人沾沾自喜于计划即将成功，老金也兴奋地等着再次当新郎，已经满心怦怦、迫不及待时，却遭到了阻挠和制止。

不用说，是来自金潋滟、谢金枝双姝。

当时谢炳坤、金贵田对芳子的答复是，两人先正式同房，等过段时间鬼子离开了，最好是找到她的家人了，把他们都请来，再好好补办一场隆重的婚礼。而实际情形是，谢炳坤就是怕潋滟、金枝她俩搅场，所以先做成好事再说，那时她俩再想反对也没办法了。

所以那天晚上吃完饭后，双姝和六个娃先是在厅堂里坐了一会，便各回各屋。是夜谢炳坤也来了，还没走。哑女芳子在内院里洗完澡换了睡服，回到阁楼上忙活了老半天，不知是在干啥，却又下来了，也没法对葳蕤、金枝双姝说什么，就低着头，躲着她俩要往前院而去。刚开始潋滟并没起疑心，因为那时节夜尚早，前院里她爹、金枝爹与幺爹喝完酒后又在喝茶，芳子过去陪陪他们，给他们续续茶、送点小吃啥的，倒也正常。可是金枝眼尖，窥探到芳子的眼角似有泪痕，像是刚哭过，觉得有些不对劲，跟前几夜大不一样，就对潋滟嘀咕了几句。

于是，潋滟、金枝在把几个娃儿一个个安顿好后，就轮流藏匿在后进与前进之间的过道里，观察她两个的父亲与哑女究竟在偷偷搞什么名堂。

当大谢头瞧见哑女芳子沐浴更衣出来，脸上光鲜鲜的，身上香浓浓的，他还被刺激得打了个大喷嚏。不过毕竟自家有资深美女熊芙蓉，多年来又阅女无数，他倒不至于有什么过分的想法。知道时刻到了，大谢头就催幺爹赶紧回屋睡，自己也起身要回谢府。走之前，他还没忘了冲着老金扮了个鬼脸，做了个怪动作，色眯眯的。芳子在厅堂里才陪他们坐了片刻，就一个人款款入了金贵田的卧室。

直到此时，金潋滟、谢金枝还没看出太大的异样，但当她俩见到金贵田稍事收拾了一下周边的东西，关了大灯，也要进卧室歇息，而芳子又不出来时，两人对视一眼，终于明白过来：原来今晚老金头要把芳子收房，变成自己的女人了。而芳子偷偷哭过，说明是被他强逼的，有可能还是她俩的父亲串通一气而成。她俩的父亲具体是怎么商议行动的，对那些细节她俩不清楚，但肯定都脱不开干系。

目睹这一幕，金潋滟、谢金枝都非常生气。金潋滟当时气得满脸铁青，全身颤抖，小香肩一耸一耸的，都有点支撑不下去了。娘亲尸骨未寒，潋滟当不会允许她父亲这么做的。但她还在犹豫，在考虑具体该怎么做、怎么说更合适。但在金枝的催促下，她把心一横，赶紧冲了进去，对父亲质问道："爹，您这是要干什么？你们今晚要……"而金枝则仍暂藏匿着观察。

此时哑女芳子已脱了睡服，只穿着内衣，垂首坐在牙床边的春凳上，默默无语。见金潋滟进来，只抬眼看了她几下，就恢复安静了。金贵田正准备脱外套，又赶紧披上。他本已跟谢炳坤计划好不让潋滟、金枝她们知道的，却还是被她们知道了。知道就知道呗，没想到潋滟还真阻挠得这么厉害！大有非让自己放弃唾手可得的美梦不可的来势。看来今夜好事不谐矣!

而他本来就心虚,又有些羞赧,只好勉强回答潋滟:"这……不是她自愿的吗?我又没强迫她。"

"您要是没有强迫她,那她为什么刚才一个人偷偷地在流泪?您要是没有强迫她,那她会乖乖地对您投怀送抱,主动勾引您跟您上床?爹,其他难听的话我都不多说了,咱们现在对她和她家的情况是一概不知,她是哪里人,她家是什么情况,她家里有什么亲人,她嫁人了没有?要是她已经嫁了人或许了人,过几天她的父母、她的丈夫或未婚夫找上门来要人了,您该怎么对他们说?就算她还没嫁人、没许人,但她这么年轻漂亮,肯定早有意中人了,她若是不愿意嫁给您,岂不是耽误了她的终身?我看您这件事确实做得太……欠妥。"金潋滟本来想说"荒唐"。

对于这些,金贵田同谢炳坤谈过很多了。他们最终一致的意见是,先成就好事再说。至于后果,管它那么多!真要到了那一天,怕啥子?大不了把人还给人家。或继续留下来。是走是留,补偿或多或少的钱而已。至于具体钱数,还可以讨价还价嘛!

可这样的话,怎么能跟女儿说?俗谓明人不欺暗室,人家是个哑巴,又寄人篱下,自己确实有欺压她之过,也有乘人之危之嫌。事到如今,他也不能把皮球踢回给大谢头,光怪他出馊主意呀。毕竟是自己有了贪欲,是自己做的主,那就一人做事一人当。

金潋滟让哑女芳子穿好睡服,把她领到外面厅堂里的沙发上坐下,并打开了大灯。又恐自己一个人跟哑女谈不清楚,潋滟就走到过道里金枝藏匿的地方,假装着喊了一声"金枝儿",意思是告诉爹她还在自己房中,把她也唤了过来。

直到首次见面之后的第八天,三个年纪相仿的女人这才终于开诚布公地进行彻底了解和沟通。她们还得通过不断地说话,不断地用手语,各种表情和动作,以实物为辅佐,在纸上写写画画,等等,费了九牛二虎之力,出了一身大汗,花了半个多时辰,彼此这才基本上了解一个大概。到后来,金贵田也走出卧室参与了她们仨之间的交谈。有了他,她们仨之间的交谈倒是容易多了。因为谁的意思他都能听明白看明白,然后复述给对方。

原来,哑女芳子是因为金贵田吓唬她,(本来是谢炳坤对她说的,现在金贵田全揽到一人头上了）必须要嫁给他。否则就再不给她饭吃，不让她住在他家，还要把她赶出门去。要还是不从，就把她扔进龙湾河里喂鱼……哑女害怕极了，她不敢反抗拒绝，只好同意。但直到现在她还是没交代她的真实身份。

面对着三个年轻貌美的单身姑娘，一个是暗暗哀怨，但对他的刺激最大，无力胜有力——干女谢金枝；一个是直接批评，绝对不许，对他的刺激排第二——女儿金潋滟；一个是哀哀哭诉，十分委屈无奈，但对他的刺激只排最后——新人哑女。哑女的力度自是最弱小的，他本可以不理会她。因大谢头的恐吓在先，她已经答应了他的，且正寄他篱下，由他怎么做都行。但在另两女施加的硬软、明暗两种不同压力之下，他的美梦、贪欲再也不见了，遁去遥远的爪哇国了，什么让她侍寝、跟她结婚……他哪里还提得起兴趣？

金贵田当即对哑女也是对另两女明确表示："芳子，我不再和你成亲了，而是同样把你当女儿看待，跟她俩一样。只要我府上还有一口吃的，就绝不少你们仨半口，不会让你们仨饿着、冷着、病着、伤着。只要我还活着，就绝不会让你们仨被鬼子抓走，被别人欺负。这个金府是你们大家的家！你们仨将来要是遇到合适的男子，要跟他成亲；或被家人寻到，要跟他们回去……都包在我身上，我来张罗！"

三姝对金大先生的回话和表态基本上是相信的，都点头"嗯嗯"表示答应。

高奉战役结束之后不久，日寇在退出战场，向东北方向撤退的途中，主力是向北退回靖安和安义的大本营，少数部队，比如大佐筱原喜七郎和中佐高桥直的联队，是向东退回高安县城驻地。但不管如何，他们大多数都是经过龙湾以北、伍桥以南的崎岖丘陵地区，而不是龙湾以南的广袤平原地区。

在高安境内，东西向的赣湘走廊（干道），主要有三条线路，除了南边的锦江水路外，中线是从祥符、高安县城、石脑、龙湾、杨圩到上高泗溪的主干道，也是历史悠久的古道；北线是从大城、汪家圩，擦过高安县城北郊，再过凤凰山麓、华林山麓、大刀山麓，到村前和上高新庄，那是另一条陆上干道。平原地区当然利于大批军队快速行进，却也容易遭到敌军大面积轰炸。丘陵地区则多山林，适合保护自己，可以打伏击。日寇已被揍得有些慌乱，撤退时只好选了相对保守的线路。

清一色地穿着茶绿色军装的鬼子队伍里，在身体壮实强悍，即使溃败撤退也不明显改变步伐队形的一群军人中，夹着一名穿粉橘色女式西装，有一头乌黑齐耳短发的年轻女子，实在是醒目得很。她坐在一位大佐的吉普车后排上，背着一只精致的小坤包，拿着一台奥林巴斯牌高级相机不断拍照，还不时地向车上的几位军官提问，然后用笔记在小本子上。

而这女子的五官、身材本又长得忒好，黛眉明眸、丹唇皓齿、腰肢窈窕。因为是随军征战，算得上半个军人。

看见一个如此美貌的女子经过，日寇士兵一个个像久未闻到荤腥的馋猫，恨不得把眼珠摘下来靠近。但他们知道，这个女人他们只能艳羡地远观罢了，不敢有亵渎非分之念。这名女子是日寇随行的战地记者，时供职于日本首都东京著名的《日日新闻》报社，也就是后来的《每日新闻》，名叫日野芳子，毕业于横滨市立商业专门学校（现为横滨市立大学）系东京远郊关东地区神奈川县人，该县是全日本最富庶的地方之一，经济总量居全国第二，人口总量居全国第三。

日野芳子生于1915年，去年年底刚来到中国时才满二十五岁，这时也不到二十六岁，跟谢金枝、金潋滟她俩恰好同岁。芳子天性聪颖娴雅、含蓄细腻有感情，且工作时雷厉风行、反应机敏。此次甘愿冒着枪林弹雨来中国前线采访，深得报社和部队长官的赞赏。

日野芳子去年年底刚应报社所派，来到中国采访，准备把天朝的皇军在中国大陆建立的伟大功勋"大东亚共荣圈"向全世界报道宣扬。她先是在中国的大城市，南京、上海、苏州、杭州等地，但她觉得城市里的生活太乏味，醉生梦死、绮靡颓废，不是她所想要的。后来她要求上前线，当随军记者，她觉得只有在炮火纷飞的战场上，才可以采访到有血有肉有生命有灵魂的好新闻，就像她最崇拜的人物之一——史上最伟大的战地记者、匈牙利籍犹太人、才大她两岁的罗伯特·卡帕所说的那样：战地记者手中的赌注就是自己的性命，如果你的照片拍得不够好，那是因为你离炮火还不够近。

1936年，法西斯主义在多个国家相继抬头，西班牙佛朗哥发动内战。与当时许多著名人士一样，罗伯特·卡帕参加了西班牙"人民战线"的情报部。一天，卡帕正在第一线的战壕，亲眼见到一名民兵跳出战壕，准备向敌人发起冲击。突然他的身体停住了，敌人的子弹像流星倏忽划过，击中了他的头部。面对这突如其来的事件和场面，卡帕条件反射地按下了快门。这是在一瞬间发生的、充满悲剧英雄色彩的照片。这张不久之后便发表在美国《生活》杂志上的照片，以《倒下的士兵》《西班牙战士》《战场的殉难者》《阵亡的一瞬间》等标题，使人有身临其境之感，该照片立刻闻名全球，轰动当时国际摄影界，成为战争摄影的不朽之作，也成为卡帕本人的传世之作，从此卡帕扬名天下。翌年，中国抗战全面爆发，卡帕来到远东，跟另一位世界著名战地记者、《西行漫记》的作者、美国人埃德加·斯诺一道，拍摄与报道了中国战场的不少新闻。

无疑，日野芳子也希望能拍出像罗伯特·卡帕那样的经典照片，写出像埃德加·斯诺那样的经典著作。她充满热情，跃跃欲试，期盼马上就能奔赴作战前线。

但是，枪炮不长眼，打仗就有流血牺牲，是很危险的，所以社长一开始并没答应日野芳子，因为她是报社的优秀采访记者和重点培养对象，不希望出什么意外。但经不住她一再强烈要求，多次打电话回东京，说明去作战前线报道双方最新战事、及时了解战争动态的重要价值，可以掌握一手资料，得到最鲜活、最生动的案例，从而写出高质量的、广大读者欢迎的、国际新闻界赞赏的文章。社长只得答应了她，但多次提醒她要注意自己的安全。

但是，当日野芳子向日寇远东司令部提出申请希望随军采访时，其最高层并没马上批准她。芳子感到很是奇怪，记者的职业敏感让她觉得，日本军方应该是在隐瞒一些不为人所知的阴暗内幕。听说上高会战开战在即，为了证实自己的预感，她便乔装打扮一番，跟着日寇一起来到了高安。在这里，她遇见了大佐筱原喜七郎和中佐高桥直。他俩听了她的来意，竟出人意料地同意带她去上高会战前线，她终于能亲眼看见残酷的战争现场，并进行真实报道。

在上高会战和接踵而至的高奉战役初期，鬼子进展顺利，遂口出狂言：要覆灭敌方第19集团军，就像摁死一只蚂蚁一样容易。可是后来，当日寇因轻敌全力冒进，陷入中国军队的重重包围，节节败退以后，不想坐以待毙的他们，竟然对中国无辜平民发起疯狂报复。在广阔的城市乡村实行普遍性的杀戮、抢掠、放火和强奸，并派出大量飞机轮番轰炸，还有更灭绝人性的化学战即投放有毒气的烟幕弹。日野芳子简直不敢相信自己的眼睛和耳朵，她终于明白日本国内曾经对中国战场的报道是何等不真实，明白说得比唱得还好听的所谓"大东亚共荣圈"是何等阴险、残酷和不人道的举措，明白高层为何死活不同意她来战场采访，而让她只待在大城市里，被动接受那些编造、杜撰的虚假材料。

在与筱原喜七郎大佐同行的吉普车上，日野芳子实在掩饰不住自己的复杂心情，向筱原大佐倾诉了这些，并忧心这篇报道该怎么写。筱原大佐并没说啥，只是别有意味地轻轻拍了拍她的香肩，然后顾左右而言他："芳子小姐，你跟我女儿差不多年纪。"

国民党军自是想彻底围歼人数比自己少得多的鬼子。鬼子只好全面出击，用最快的速度开始突围。在急行军的过程当中，已经憋了好几个时辰的日野芳子内急，匆匆下车去找茅厕。可四周并无住户，她只好钻进一片小树林就地解决。当她从小树林出来时，发现队伍已走得一干二净，自己掉队了。

刚开始她十分慌乱，冷静下来后，她觉得自己应该尽快离开这里。因为日寇前脚刚走，中国军队就轰隆隆追过来了，呐喊声、脚步声、枪炮声就在日野芳子的耳边掠过。也许他们的枪炮没有日寇的先进，军服没有日寇的精良，但他们的队伍更庞大，精神风貌更好。此前在战场上她已经见识过了。芳子又赶紧缩回了小树林。为了保命，她就东找西翻，竟给她捡着了一套人家遗弃在一棵竹子上的破烂麻污、还带着霉味的衣服。按照以往，素有洁癖的芳子是极厌恶这些的，可现在也只好将自己的衣服脱下换掉。她又在小树林里挖了个小坑，将自己的衣服折叠好，把照相机、笔记本、圆珠笔、记者证、墨镜、钱夹、手表、手绢、发卡、耳坠、项链、香水、口红、眉笔、面霜、润肤膏、小圆镜、小梳子、小剪刀、指甲钳之类都塞在包里，把衣服和小坤包一同放进洞里，紧紧填埋。而她本人则找了一个偏僻的石缝躲藏起来。

夜幕渐渐降临，想必中国军队都走光了，日野芳子这才发现自己已饥肠辘辘，肚子很饿了。日野芳子毫无目的和方向，一边乱走，一边四处寻找食物。可这一路上荒无人烟，没有农舍，没有耕地，没有行人出没，只有山林和水塘。

日野芳子走了许久，直到天完全黑了，才依稀看见前面出现了一片很大的、一眼望不到边的村庄。村庄的后面是一个小山包，山包的顶部是平的，四周长着几棵大树，还建了一座小庙，挖了一排地窖。她在一眼地窖里找到一大堆生红薯，赶紧挑了一个，就地蹲下来，也不管它脏，饥不择食，用衣袖擦擦红薯上的灰尘，用指甲刮开一点外皮，就大口大口地吃了起来。她实在是太饿了，却没想到这红薯挺甘甜的，她很快就把它吃完了，就没那么饿了，连口渴的问题也解决了。她就又挑了一个，边吃边往村子里走去。

她对这个村庄挺感兴趣的，虽然它明显是不久以前就被日本飞机猛烈轰炸过，到处留下了残破的痕迹，但看来其规模甚大，建筑、布局、地形也颇有特色。不过夜里还是太黑了，看不大清楚，要是白天来看，这里的风景、建筑肯定更漂亮。

这时夜已比较深，应该有十点多了，中国的老百姓大概都睡着了，各家也不见亮灯，非常静谧，连猫狗鸡鸭鹅的嘈杂声都没有，只有野外青蛙、虫子、鸟儿的几声嘶鸣。

借助一些星光，日野芳子沿着村庄里看来历史有些久远的青石板路小巷子正走着瞧着，突然遇到前面有两个人在说什么话，时而夹杂着笑骂声。她马上躲到了一棵大树下。可还是被他们发现，追过来逮着了。为了不暴露身份，芳子只好冒充成一个中国哑女。其实她也不是一点中国话都听不懂，但为安全起见，干脆完全装哑装傻。

这两位中年男人，一位姓金，一位姓谢。其中那位姓金的好心的先生收容了她。看他穿着绸缎长袍，很有学问的样子，形象也颇方正白净，家境也颇殷实，不像普通的中国老百姓。他府上有两个比自己还漂亮的女儿，其中一个更算得上是平日少见的大美女，还有一大堆男娃女娃，却由她俩照顾着。但看她俩这么年轻，应该都还没结婚，那这些娃又是谁的呢？

而且后来她才知道，这其中一个姑娘还并不是金先生的女儿，而是他朋友，即那位谢先生的女儿，却挺奇怪地住在金先生的家里。

才住了数日，日野芳子便跟金府的人都熟了，金先生、两个小姐都挺好，娃儿们都挺可爱，那个既像仆人又像家人的老头为人也不坏，但金先生的太太不在了。她喜欢这一家人，喜欢这个秀丽、静谧、安详的名字叫作龙湾的村子。

正在这时，那位态度明显恶劣得多的谢先生，却强逼着她嫁给金先生，否则就不给她饭吃，要赶她走，甚至把她丢进河里去。她一时毫无思想准备，但又不知该怎么办。她还没想过要马上离开这里的问题，只好违心答应。其实，果真要献身给金先生，她也没意见，金先生是个好人，她就当是报答他，再说她又不是小女孩了。她想到自己在日本的未婚夫，因为不同意她来中国，两人谈不拢，婚事早已吹了。可就在今晚，她本是决定要跟金先生同房了，却遭到他两个女儿的反对。金先生人很高尚，也就不再坚持娶她了，还要把她也当女儿看待。

日野芳子没想到，中国人是这么淳朴、善良、宽容，他们从不盘问她的底细，与她素昧平生，却把她留了下来，供她吃、住、穿，将她当作女儿一样。对比日寇在中国犯下的泯灭人性、不可饶恕的滔天罪行，她被他们深深感动了，就更加心甘情愿地留在了金府，留在了龙湾，留在了中国，直到翌年底。

后来她又陆陆续续知道，日寇不但把他们美丽的村子炸毁得不成样子，还先后打死村里不少老百姓，金先生的太太就是被日机炸死的，谢小姐是被日寇轮奸的，她的未婚夫是被日寇打死的……也难怪谢先生对她的态度这么差，这么有戒心，逼着她嫁给金先生，就可以理解了。

其间有几个夜里，日野芳子甚至偷偷跑进金贵田的卧室，自愿为他献身。却被金先生坚决拒绝了，说："芳子，这可使不得！你现在是我女儿了，我还得给你选女婿、办婚事，把你嫁出去呢！"

高奉战役结束后，高安及周边的鬼子休整了几个月时间。到1942年冬，他们又在高安境内及周边再次发起作战。此次还调来几艘小军舰，加强了锦江上的水路防备和进攻。为配合国共两军的正面对日作战，在高安地下党组织、国民党高安县政府的指导下，作为县议员的金贵田、刘赓、江仲方、谢炳坤等人，带领附近几个村镇的百姓，抢先在锦江湾头及横档头的河床中广布排桩、铁链等封锁河面，以阻止、减弱日寇的水上行军。这儿离龙湾不过三五公里，这样做既是卫国也是保家。谢炳坤是在金贵田等人努力下，被县长方旸补录的。当时很多县议员或牺牲，或叛变，或逃走，或失去联系，原就只有区区五十人，所剩才二十人左右，不到一半，所以需要大量补录。

看到他们日夜忙碌，包括金潋滟、谢金枝她俩，无暇顾及自己，而自己又帮不上他们，日野芳子就只能在家带带几个孩子，特别是金枝的那个小娃娃谢铁，如今也有两三岁了，日野芳子越来越疼爱他。她总想借机离开金府，离开龙湾，回到日本。一则她也想家了，想念自己的父亲母亲、兄弟姐妹；二则想尽快回去写文章，把中国战场的真相告诉全日本人民。她知道这样会陷自己于危险，但她必须这样去做。然而，有一件事却让她迟迟没动身。

这是什么事呢？仍落在谢金枝的那个儿子谢铁身上。原来，日野芳子见金枝对自己的亲生儿子谢铁，一方面肯定是有其本能的母爱的，毕竟他是她的亲骨肉，给他穿衣喂他吃饭带他睡觉怕他摔跤伤着受凉病着；但另一方面又经常嫌弃他、打骂他，甚至好几次说要亲手弄死他，要把他扔进河里给鱼吃，撵到山上给狼吃。不过最终她还是不忍心，加之贵田、潋滟父女一再规劝、阻止，才没真的这么做。不过那场面也够惊险了！事后，金枝总要捶胸顿足痛哭一次。

天底下哪有这么狠心的母亲？中国人都说虎毒亦不食子嘛！且根据日野芳子与她的相处了解，谢金枝是个挺善良、重感情的人，她怎么会对自己的儿子这样呢？后来芳子才知道，这谢铁正是金枝被三个鬼子轮奸而生下的。也难怪，金枝她爹，也就是那位大谢头先生，他也是谢铁的外公啊，可每次来金府，见到谢铁，都没有好脸色，根本不搭理他，就当他是空气，不存在似的。金氏父女和金枝也尽量不让大谢头见到谢铁，只让他待在内院里。

所以日野芳子暗忖，万一谢金枝有一天实在心情极坏想不通走了极端，趁大家不注意或不在家，真的把谢铁给弄死。这场面更不堪设想！芳子便暂时不想走了，她觉得自己有义务保护谢铁，不让金枝，不让其他人，比如大谢头，害死或抛弃他。

但与此同时，龙湾谢、金两府所有的人，还有江仲方兄弟、熊二、李铁桶他们，都对日野芳子的身份产生了怀疑，大家私下议论纷纷。首先，她为什么格外疼爱谢铁，比谢铁他娘金枝本人还甚？每次金枝要打骂谢铁，都是她来劝金枝，哄谢铁，带他出去玩，给他拿零食、小玩意。而谢铁也从她一出现伊始就跟她特别亲，她一抱着他，他就不哭不闹了，显得很乖很安静。其次，撇开她的气质、长相与众不同不说，她平时无意中流露出来的种种生活习惯，也很是令人奇怪。她是个哑巴，但有时又像会说话，似乎哑巴是装出来的。她对金贵田写书法绘丹青、写春联题贺词、读古籍诗词、念佛经道经、弹古筝、下棋……不时会表现出强烈的兴趣。

老金想，也许当初大谢头的直觉不无道理，自己确实先该跟芳子圆了房，这样想必就能更好地了解她的真面目。但她真要来陪他睡觉时，他又踌躇起来。

谢炳坤这人还是很聪明的，鬼点子、恶作剧蛮多，他说可以用一些特殊的办法来试一试该哑女。比如突然在她面前大声说上几句日语，金潋滟不是懂点日语的吗？又比如在她面前装厉鬼，做惊恐状，或猛地假装拿刀去砍谢铁等方式来惊吓她，看看她是如何反应的？然而，金贵田并不同意，说是这么做有些下作。不过中国老话说纸是包不住火的，什么事情总有一天会水落石出，若要人不知除非己莫为。

这一天，是1942年深冬的一个大雪天。从已严重毁坏的龙湾牌坊门出南边的大路向东向西，本来白茫茫一尘不染的大地，硬是被一大队鬼子的人马，人的高靴、马的铁蹄，汹涌杂沓地踩出了一条浑黄的泥浆路来。

鬼子的一支联队，听说在锦江上广布排桩、铁链等设施阻挠其进军的，牵头者是附近龙湾村的一群胆大包天的乡绅、教书匠。于是，那天便派了一支百把人的小分队，在一名翻译带引之下，从锦江下游方向杀气腾腾地开了过来，要拿他们兴师问罪。

由于事发过于突然，龙湾的老百姓一时还来不及躲进地道，也来不及去搬救兵，鬼子把他们统统赶到了社庙前的广场上集合。几百近千号人，乌泱乌泱的。眼见天冷，鬼子唤出百姓群里的几个中青年劳力，把积雪扫出了一块空地，中间用一堆干柴燃起了大火。

由于上次日机的轮番轰炸，社庙四周的围墙、主门已完全被炸毁，广场彻底暴露在外，旁边就是那片大荷塘、那口大水井和桃李林了。不过好在社庙的整体建筑受损部分并不算太多，而且在金贵田、金高煦、江老倌等人主持下，早已修复如初。牌坊门可以晚点再重立，社庙却一日也不能废弃，村里绝大多数事情得到这里来做。

鬼子的一个少佐，叫翻译传话，扬言要把龙湾的人都枪决，再把尸体扔到荷塘里去。他们甚至已经拖出了严家那个皮肤黧黑、皱纹满脸、老实巴交的三叔，两杆长枪架到了他的脖子上，枪已打开保险，要是村民们还是毫无反应，不把带头布排桩、铁链的人交出来，就要马上对他开枪了。严老三哭丧着脸，他的老婆和儿媳哭哭啼啼的，都把眼睛朝金贵田望了过来。

金贵田制止了就站在旁边的准备阻拦自己的谢炳坤、金高煦、江老倌、江仲方、江仲元等人，独自挺身而出，平静地说："这些都是我干的，跟他们无关。你要杀要剐，就冲我来吧！"

"还有我！"谢炳坤一时豪气冲天，也站了出来。

"大谢头，你不用出来送死，有我一人就够了。"金贵田冲谢炳坤吼道。

"今天能和金大先生一起赴死，也不枉我老谢来到这个世上走一趟。"

看着两人如此大义凛然，兄弟情深，在场的龙湾乡民无不感动。

自不用说，几个鬼子立刻冲过来，一左一右夹着金贵田和谢炳坤，将又尖又亮的刺刀、黑洞洞的枪口对准他们，把他们推到最前边，面向大家，背靠荷塘，就要行刑。严老三被放回到了人群里。而且，依鬼子们的凶残脾性，即使枪杀了老金和大谢头，对龙湾的其他百姓他们也不会放过。

金潋滟、谢金枝、熊芙蓉、江仲方之妻、江仲元之妻、李铁桶之妻……一大群女人，还有金、谢、江、李、毛几家的十来个小孩叫喊着，哭声震天，要拼命冲上去救下金大先生和大谢头，却被一排鬼子用枪杆和人墙拦着。而男人们则均昂首挺立，眼里冒着火，手攥着拳头，敢怒不敢言，想先旁观鬼子还想要什么新花样。制造声势、杀一儆百，鬼子们要的就是这个效果。大部分时候，鬼子的这个目的会达到。偶尔会遇到一些百姓反抗，那就动真格的呗，看看最终是鱼死还是网破。

"住手！"就在这时，人群中一个女人高声呼喊了一声。人们回头一看，正是那个哑女，也就是日野芳子，以一股凛然不可侵犯之气，从人群中走了出来。她本来不想出面的，因为她一出面她的身份就彻底暴露了。用一段龙湾村的人听不懂的话，也就是日语，对那个少佐说：

"阁下，我是大日本天皇帝国的公民，上高会战与高奉战役皇军第三十四师团随军记者，我叫日野芳子，我跟你们的筱原喜七郎大佐、高桥直中佐都熟。我向您保证，这些事与他们无关，估计您搞错了。您放了他们，我跟您走。"

现场顿时一片鸦雀无声，想必掉根针在干燥的空地上都听得见。龙湾村的男女老少、父老乡亲们都愣住了，目瞪口呆地看着这猝然而来的变故。这个姑娘来村里都一年半多时间了，但平日里大家很少见到她，因她基本上待在金府里不出门。人人只知道她是个"哑巴"，没想到她竟会说话，还是个日本人，但她哪有一丁点像个"鬼子"呢？

可金府人、谢府人都懂啊，江仲方、江仲元、李铁桶、二谢头、熊二这些经常在金府走动，跟她屡屡打照面的人也都懂啊。这一切似乎都在意料之外，却又都在情理之中。没想到，最后还是这个日本女子救了大家，按照中国的老话，这还真是"善有善报"啊！

没想到那鬼子少佐还认得日野芳子，哈哈大笑一声，赶紧走过来亲热地握住她的手：

"原来是芳子小姐，我见过您的。自然，您是高高在上的尊贵的美丽的白天鹅，不认识我们这种小丑角。我们还曾奉第三十四师团长官之命，试图在这一带寻找过您，却始终没有找到。我们原本都以为您为天皇玉碎了，却没想到还能在这里遇见您。……我们得到情报，这些中国老百姓大大的坏，和皇军搞对抗。"

"少佐先生，您可能搞错了。我在这里生活了一年多，我最清楚，这里的百姓都是大大的良民。"

"有情报说他们在河床中布排桩、铁链，目的是封锁河面，阻止皇军的水上行军。"

"这不是他们干的，是中国军队干的。"

"芳子小姐……"

"好了，难道少佐是要我和筱原喜七郎大佐亲自打电话吗？这样吧，我以我的性命为这些中国老百姓担保，有什么事我跟您回去，当面和您的长官解释。"

"这……好吧。可能是我们搞错了。不过，烦劳芳子小姐，跟我们一起回去。"

鬼子少佐不敢得罪芳子，觉得芳子一起回去，也可以解释得清楚，顺水推舟答应了芳子。

日野芳子款款走到已被鬼子释放的金贵田身边，眼角噙着泪花，还作势盈盈要拜的样子，被老金阻止了，而老金自己也是开始老泪纵横。她用夹生的中国话说道：

"金先生，请原谅我没有告诉您我的真实身份。感谢您与大家这一年多来对我的照顾。这一年多来，我在龙湾生活得很快乐、很幸福。你们的大恩大德，和我在这里一年多的时光，我将终生难忘。很可惜，我不能再待下去了，我要回国。其实我真的很想永远跟你们生活在一起。回日本以后，我会把我在中国的所见所闻、所经历的都如实写出来。我知道事情的真相是怎么样的。将来有机会，我还会来中国看望你们！"

金贵田心里百感交集，不知说什么好，只是点头。

她又把谢金枝拉到一边，窃窃私语，不让所有人听见："金枝姐，你要把谢铁好好带大，她毕竟是你亲生的骨肉。你还年轻，又漂亮，你应该再找一个丈夫，另外成个家。谢铁是我们日本人的根，虽然是你不愿意而生下来的。如果你真的不想养育他，那就让我带他回日本去，我来养育他。我回到日本后会给你们写信，把我的地址告诉你们，到时你可以把谢铁送来，或者我来接他也可以。"

事情太突然，谢金枝也不知该说啥，只好点头。

这股鬼子忽然就来了，又忽然就走了，像一股狂风似的，不过走的时候把日野芳子卷走了。但是，直到他们走后，直到村民都散了，过了许久，只有谢炳坤还陪着金贵田傻傻地站在广场原地，望着他们离开的方向，漫天灰蒙，白雪皑皑，看不到路，一无所有……就像《红楼梦》太虚幻境里的"饮仙醪曲"所说："好一似食尽鸟投林，落得个白茫茫大地真干净。"

日野芳子先是打算去她一年多之前存放相机、笔记本、记者证、护照、手表之类的那个地方，把自己的东西取回来，可迷路了，怎么找也没找到，只好作罢，十分惋惜。这一年多在龙湾的日子，她也曾多次打算去取的，却担心暴露自己身份，就始终没去。

芳子跟着这个鬼子少佐到了高安县城以后，也没再去见筱原喜七郎、高桥直，而是经南昌、上海，很快就回日本了。

经过跟金贵田、谢炳坤等中国民众的近距离接触，原本的日寇随行记者日野芳子却变成了反战主义者。回到日本首都东京的她，在中国抗日战争结束前的最后那两年里，利用手中的笔和所供职的报社，写出了大量反对侵略、提倡和平的报道和文章。

二战结束以后，芳子还将自己在龙湾村那一年半多的经历写成了一本纪实性小说，主要是揭露了日寇"大东亚共荣圈"的真面目，特别是他们对中国平民实行的"三光政策"、奸淫掳掠、飞机轰炸、投放毒气等。小说的题目就叫《龙湾》。这部小说的出版困难重重，刚一开始出版商们谁都不敢接此部书稿。出版之后社会反响颇大，销售很多，赞誉如潮，可谓一时洛阳纸贵；但也遭到了很多右翼鹰派势力和军国主义分子的阻挠、攻讦、谩骂、威胁。

日野芳子回到日本后一直独身。1949 年 10 月 1 日中华人民共和国成立，第二年年初，她就作为《龙湾》一书的作者、中国人民的好朋友，带着该书，受邀来到北京、上海、南昌等地做客。她趁此机会，首先就迫不及待到了高安、龙湾。这才知道，谢金枝已在数年前被国民党特务打死。谢铁成了十来岁的大孩子，轮流跟着"爷爷"金贵田、外公谢炳坤生活。她就征得老金、大谢头同意，把谢铁带回了日本，当作自己的儿子来抚养，并给他改名为"日野中铁"。

抗战结束之前，龙湾最重要的事情之一，就是两位耄耋老者，年纪只差不到十岁，相隔不到半年便接踵仙逝：一位是金家的族长、金贵田的堂祖父、龙湾第一寿星金高煦，殁于1944年冬，虚龄94岁；一位是江家的族长、金贵田的岳父江老倌，殁于1945年春，虚龄85岁。他俩的交情也一向很好，跟亲兄弟似的，其实差了两辈，从发小伊始友谊长达八九十载，并一道（还有金贵田的父亲金时彰、谢炳坤的父亲谢彪煜在世时）维系了龙湾半个多世纪的安稳局面。

龙湾人为他俩举行了葬礼，因为怕惊动鬼子故而不敢太隆重，但是庄重尊崇。金贵田为他俩各撰写了一篇悼词并在葬礼上当众宣读，文辞质朴，充满感情，盖棺论定，高度评价。

1945年8月15日正午，日本裕仁天皇在东京向全日本和全世界公开发表广播讲话，接受中美英三国的《波茨坦公告》，实行无条件投降。在高安的日本驻军向中国方面投降，随即络绎撤出境外。几乎与此同时，高安县府由珠湖迁回了县城。抗战后期几年，高安县府仍是在珠湖办公，日寇并未再来侵扰。

县府迁回高安后不久，县长就换了人。原县长方旸本乃一介文化人，抗战期间的爱国热情与贡献倒也有一些，但思想比较反动，仇视共产党，先后暗杀了好几名共产党干部。他离职后去了省城南昌，但暂未任用。新上任县长姓倪，后叙。

抗日战争时期，高安县是整个江西范围内中国军队与日本军队作战次数最多的地方，也是整个江西范围内战斗程度最惨烈的地方，还是整个江西范围内伤亡人数最多的地方，更是整个江西范围内城池失而复得得而复失次数最多、贡献和影响最大的地方。总之，高安人为抗战的胜利付出了巨大代价。

抗战结束后，日本陆军大佐筱原喜七郎、陆军中佐高桥直也回国了。但高桥直费尽心力却始终没有找到先祖留下的宝藏，很是不甘心。他俩由于在侵华期间直接的罪行不大，故未被作为战犯接受南京国防部审判战犯军事法庭的审判。

第十七章 功臣

抗战终于结束了！鬼子终于投降了！龙湾的抗日功臣谢志航也终于回家了，苦苦等了他整整八年的金潋滟又终于见到自己的心上人了，想必他俩的喜事，同时也是龙湾谢、金两府的大喜事，就快要来临了！

谢志航是谢炳坤最小的儿子，是兄弟仨之中长相、性格最不像谢炳坤的，却亦被龙湾村人誉为兄弟仨之中从小就为人最好的。他长得自是不如大哥谢天昊那般高帅，但青春阳光、朝气蓬勃、和善宽厚、充满爱心，因此使他更有人缘，更为大家所喜爱。也许是他的名字里有个"航"字吧，也许那不过是纯属巧合，他只是天性如此吧，从小就羡慕能在天空中自由飞翔的大雁，并很早就在内心深处植下了要成为飞行员的梦想。谢志航比金潋滟大三岁，两人一起长大，青梅竹马、形影不离，他经常会给她描述自己将来驾驶飞机在蓝天白云间翱翔的浪漫情景，当然，肯定要把她带在身边啦！龙湾谢、金两府，谢氏三兄弟、金氏两姊妹，只有谢氏老三与金氏老二才是真爱。谢氏老二对金氏老大倒也是有真感情的，可惜是单相思。

多年来龙湾村人便私下传言，谢志航在长相、性格、为人上，不但与他的两个兄长谢天昊、谢光赋大为迥异，跟他的父亲谢炳坤也明显不同，倒是跟金贵田略有几分相似。但这话千万不能让大谢头听见了，他一旦勃然大怒，甚至有可能杀人灭族。而且这也只是在中青年人之间，尤其是婆娘们嚼舌头、瞎串门时说说，对老一辈绝对不能透露。那是好多年前了，两位寿星金高煕、江老倌还在，偶尔听到了，立刻训斥这些无稽之谈，强力阻止他们再谣传扩散。说谁要是再敢无事生非，将用家法、族法、村法严厉处置。众人这才噤若寒蝉、三缄其口了。

1927年，谢志航顺利考入省城南昌的初级中学。在南昌学习的过程当中，他对空军飞行总算有了一些初步认识，也更加想当飞行员了，以保护神圣不可侵犯的中华领空。期间近在眼前之南昌起义、秋收起义、井冈山革命根据地、湘赣革命根据地……于他并无概念。

翌年春，蒋奉大战前夕，当谢志航得知，奉天督军张作霖，与时任京榆地区卫戍总司令的"少帅"张学良，他们父子俩想扩建东北空军，正在建立航空学校，招收飞行员的消息，多年以来就一直崇拜张学良的他，便瞒着父亲谢炳坤，偷偷要娘亲熊芙蓉寄了一些盘缠给他，不远千万里单枪匹马奔赴京畿，一路上风餐露宿、历尽辛苦，这才赶到了奉系部队驻地，并欲报考那所"安国军"所属的航空学校。

但谢志航当时只有十六岁，年龄还没达到。他只好虚报了两岁，这才获得了考试资格。好事多磨，虽然谢志航的笔试成绩名列前茅，但由于此时他身高还不够，最初并没有被录取。他本来年纪就小，站在一群牛高马大的北方小伙子当中，就像参天大树丛里的一棵小嫩苗一样。但他丝毫不自卑，觉得完全可以与他们平起平坐。

谢志航不想错过这次千载难逢的接触蓝天的机会，他就大胆给少帅张学良写了封信去，说了一些"有志不在身高""天下兴亡匹夫有责"的理由，及自己崇拜他多年的情况。张学良看了谢志航的信以后，破例面见了他。张学良很喜欢谢志航坚毅、勇敢的性格，和从小就梦想驾驶飞机、报效国家的远大抱负，尤其对他一个人从遥远的南方前来投奔自己很感兴趣，便将其破格录取。

当时沈阳西郊"皇姑屯事件"爆发，正在退回关外路上的张作霖，因慑于东北人民的反日浪潮，不愿与日本关东军真正进行合作，激怒了日本人，就在其专列上被对方炸死。张学良继任奉系首领，出任东北保安军总司令，身怀国仇家恨，化悲痛为力量，公开发电宣布"东北易帜"，服从南京国民政府，促使中国从形式上走向统一。并与蒋介石成为结义兄弟，被蒋任命为陆海空军副总司令、东北边防司令长官。他无惧日本人恐吓暗杀，决心与其血战到底，亦正需要类似谢志航这样的年轻一辈爱国者为自己效力，志同道合，誓杀日寇。

当谢志航这批学员在国内集训数月达标之后，张学良又斥巨资将他们送往法国学习飞行，一年半后学成归国，仍在张学良麾下的东北军服役。当时谢志航还只是张的个人副卫士长，尚未驾机上天。

而谢志航之父谢炳坤，事后在知道了谢志航从南昌离校擅自前往北方时，不但没有责怪婆子熊芙蓉、幺子谢志航，反倒对谢志航的行为大加赞赏，认为这才是我谢府的好儿郎,大丈夫就该志在四方。并在其经济开支、关系打点上毫不吝惜,全力支持。大谢头本来对钱财是很吝啬的,但要是用在事关子女的前途上,他却格外舍得花费。这也是后来张学良之所以十分器重谢志航,除了谢志航崇拜自己以外的另一个重要因素。

1930年初秋,谢志航回国后那些年,国内正值兵荒马乱,战火纷飞,民不聊生,北方各路军阀连年混战纠葛不断纷争不止,南方蒋介石国民党集团欲置中国共产党于死地,还想武力统一从北到南从东到西所有地方割据势力,日寇又虎视眈眈于大东北黑金沃土,甚而企图染指整个华夏九州辽阔疆域。特别是这年夏天,蒋冯阎李的中原大战爆发,张学良暗中挺蒋作壁上观,从而渔翁得利。还有第二年秋天"九一八事变"爆发,张学良却执行蒋介石命令,对日寇侵略坚持"不抵抗",失利后又赶紧挥师入关,导致东三省迅速沦陷,落入日本人之手,让日本人挟持傀儡阜帝溥仪建立伪满洲国。

谢志航对昔日少帅的一系列所作所为甚是失望,在跟着他入关的半途之中就不辞而别了。他先是回到江西家乡短时休整,转而由人介绍给张群认识,投奔了蒋介石南京国民政府。张群是蒋介石身边的大红人,谢志航从东北军来到中央军就是在他的帮助下实现的。谢志航毕竟曾在国外受过长期的专业战斗机驾驶训练,是当时国内少有的优秀飞行员,加之父亲谢炳坤的适当打点,虽然有人对他曾经在东北军里服役过,如今却"倒戈"易主归蒋颇有微词,但后来他终于进入国民党空军第四歼击机大队——最初驻扎在河南周家口(今周口)——成功当上了战斗机驾驶员。

1937年7月,中国抗战全面爆发,日寇挥师大举入关,初期以一日千里、所向披靡的"神速",继攻陷了东北之后又攻陷了华北、华东、华中、华南,全国告急!谢志航与他的战友们,驾机在自己国家的蓝天上与日寇顽强作战,取得了很多优秀战绩。特别是华北的卢沟桥事变爆发后,此年,8月在华东又爆发了淞沪会战。在中国抗战史上著名的"八一四空战"中,日寇悍然空袭杭州笕桥机场,国民政府军事委员会急调空军第四大队前来增援笕桥。此战日方出动飞机18架,中方出动飞机72架。因当时杭州上空乌云密布,能见度极差,日机的投弹命中率并不高。

空军第四大队在飞机余油不多,气象条件恶劣的情况下,毅然腾空迎敌,跟日机缠斗。谢志航驾驶美制"霍克－Ⅲ"型战斗机，带领两架僚机率先起飞，从云层上摸索到云层下，四处搜寻，一伺发现敌机，立即靠近，占据有利位置，展开猛烈攻击，命中率十分高。日机慌乱投下剩余炸弹，企图逃窜。但谢志航他们紧紧咬住日机，英勇无畏，只管瞄准开火。空战持续了约半个小时，国民党军击落日机三架、击伤一架，己方仅一架战机受损，无人受伤，使得敌人狼狈逃离战场。该空战我方首场告捷，打破了日本皇家空军不可战胜的神话。

8月15日，即第二天，中日双方空军又在南京、上海、杭州等地再次展开了大规模的生死角逐。中国空军共击落日机17架。16日再击落日机8架。在16日的空战中，谢志航所驾驶的飞机不幸被敌机击中着火，他自己多处负伤，勉强驾机着陆。

谢志航先是被送到国民党金华空军疗养基地治疗，后根据他本人要求，又被转送回家乡江西南昌的陆军高级医院治病和疗养。当时正是高安丁丑秋汛前夕，龙湾的暴雨洪水还没降临。潋滟在接到他的信函以后，跟父母只说是去县城见一个女同学，就偷偷地从家里跑到南昌去看望照顾志航，两人在一起厮守了长达七天。这段日子应该是他们俩一生当中最快乐的一段时光了。他们已多年没见面，自是思念甚深、情意绵绵。

谢志航本来伤并不是很重，只是身上灼烧了几块皮肉，一段手腕有些小骨折而已，但别的器官部位、五脏六腑都并未遭创，故很快就痊愈了。他们便走出医院，在南昌城里到处玩耍，进动物园看猩猩斑马狮子大象，到圆觉寺万寿宫烧香拜佛、在东湖上划船钓鱼，去百花洲上吹晚风赏美景，逛筷子巷状元桥吃美食，被志航母校邀请去做演讲，还去看电影、听唱戏、泡酒吧茶庄……唯一就是谢氏在青山湖那边的公馆，潋滟不愿去。志航也不勉强她。

也就是潋滟抵昌第一天，他俩中午到圆觉寺烧香拜佛以后，在附近的美食街吃了南昌特色炒粉和瓦缸煨汤，下午看了一场阮玲玉主演的什么老电影，又逛了逛老街巷、旧城墙，傍晚时分出惠民门，过护城河，在赣江畔眺望蓼洲岛上芳草萋萋，观看落日晚霞火红绚丽。王勃《滕王阁序》中的"临帝子之长洲，得天人之旧馆""鹤汀凫渚，穷岛屿之萦回"，说的就是这儿。

在这夕阳无限好，晚风悠悠吹的美好时光里，两人信步漫游到一片僻静无人的江滨草丛中，坐在一块光滑平整的礁石上，清凉的河水就在脚边流淌荡漾。天气比较炎热，他们着衣很薄，肌肤亲近，相依相偎，情欲亢奋，顺理成章就发生了男女之事。大美女金潋滟把自己珍贵的"第一次"，也就是她的处子之身、圣洁的贞操，献给了她的"航哥哥"。

一开始是金潋滟问谢志航："航哥哥，你在部队里这么多年，获了这么多功勋，名气也大了，到处风风光光的，追你的女孩子肯定不少吧？你难道没有看中任何一个？"

"天地良心！这世上我就只爱你潋滟一人，弱水三千，我只取一瓢饮。她们那些庸脂俗粉，有哪一人能跟你相比？"志航摸索着潋滟的脸蛋、嘴唇、眼睛、耳朵，又亲了她几口。看着潋滟的如画眉目，又在这如画风景里，志航已经"酒不醉人人自醉"了。的确，爱慕志航的各种女孩都有，但他都没动过心，他对潋滟是很专一的。而丽质天成、真心爱他的潋滟，也是值得他钟情的。

"难道你就是光看到我长得好看才爱我的？"

"那倒不是，谁有你冰雪聪明、纯真可爱呢？"

潋滟心里甜蜜蜜的，却假装说："我不过就是个普普通通的村姑而已啦，哪值得你一位抗日英雄垂青？……那你什么时候回去跟我结婚？"

"等战争一结束，我就马上回去。"

"你就不能先回龙湾跟我完婚，再返部队来吗？咱俩的父母都在盼着呢！"

其实他们也懂，现如今志航的父亲、大哥还都关在监狱里，怎么回去办喜事呢？潋滟这么说，不过是试探一下志航罢了。小女孩的小招数。因为她今天已下定决心要把自己全部交给他了。

"这可不行，军队里管得非常严格。我们正跟鬼子进行殊死搏斗，十万火急，一天也耽搁拖延不得。你想必还不懂你的航哥哥现在有多牛，他们缺不了我，我是领队，是主机，是主攻手呢！我这两天马上就得归队，电话已催我好几次了。要不是你来，我要陪陪你，早归队了。放心吧，胜利的那天快要到了，你再耐心等等。"

"好好好，我知道你是抗日的大英雄，是杀敌的骁将，我不拖你的后腿。可是……你看你都二十五岁了，我也二十二岁了！"

可他俩哪里想到，中日这场战争是持久之战，到下次再见时，他俩就一个三十三、一个三十了！

"匈奴未灭，何以家为？"其实他哪里不想跟潋滟享受那洞房花烛、良宵千金呢？

"航哥哥，你刚才在菩萨面前许了什么愿？"

"当然是希望早点把鬼子打跑，希望我父母健康长寿啦！哦，也希望你的父母健康长寿啦。"

"还有呢？"

"……没有了。哦，也希望你永远漂亮、聪明！"

"我就希望能早点跟你结婚，早点给你生几个漂亮、可爱的小宝宝来。"

"快了，快了！"

"那……航哥哥，让我先给你生个小宝宝吧！"金潋滟见谢志航久久都不主动，像是个榆木脑袋，不懂风情，就主动开口说了。

志航刚开始还有些紧张慌乱、反应不过来，甚至连呼吸都有些窒息，想去拒绝潋滟，但毕竟潋滟太美太艳了，那对既如龙潭水般幽蓝深邃不见底，又像是炼丹炉在热烈喷火的眸子，还有那雪白、浑圆、滚烫的双乳，是正常男人都抵挡不住的，他也实在克制不住了。同样，志航虽不是很英俊、风流的那种相貌，却是那么质朴、坦诚、阳光、明朗，为潋滟所痴心。

当两人深情地紧抱在一起，两具赤裸的身体零距离接触，在一阵激烈、缠绵、甜蜜的亲吻之后，他俩便自然而然水到渠成，彻底放松，闯进了那片领域，于是身心合一、水乳交融，成就了好事。他俩等着这天已等了很多年了！就在谢志航全身极度发热、极度亢奋，又猛地被电击似的抖动了几下，然后马上复归于安静的同时，金潋滟却"呀"地如黄莺清脆尖叫一声，又"唉"地发出长长一次深刻而满足的老叟式的叹息，完成了从少女到女人的过渡。

在这风景虽佳、治安却差的荒郊野外，两人完事后正准备回去，却碰到几个小流氓来骚扰调戏，被谢志航三拳两腿直打得抱头鼠窜，逗得金潋滟"咯咯"地欢笑。

但奇怪的是，这次金潋滟来南昌，虽然与谢志航有过多次很欢欣、很投入的交合，却并没有达到她想怀孕生娃的目的。

又过了一天，谢志航要回军队，两人遂依依不舍地分手，金潋滟亦回高安了。志航安排朋友开车直接把她送回了金府。接着是龙湾的抗洪，全村人投入了进去。

而中日鏖战如火如荼，谢志航无暇顾及家乡的事情，两人又久违了多时。

1941年春夏之交，上高会战已经结束，高奉战役还没爆发，江西境内的战事暂时处于平静状态，中日交战主要是在华北、华中地区。谢志航所在的国民党空军第四歼击机大队，多次被派遣去支援国民政府"陪都"重庆的领空防御。在一场极度激烈的空中大混战中，他再次负伤。当时他成了敌军主要的攻击目标之一，他的座驾被几架敌机团团包围，被多发炮弹接连命中，顿时熊熊燃烧，差点爆炸甚至坠毁。而他自己也被烧成了一个"火人"。但他还是竭力克制着灼痛，以难以想象的镇定将座驾带回了地面，途中竟还能腾出手将身上的火扑灭。这次他受的伤更加严重，被秘密安排到赣东北上饶的一个国民党军医院治疗。因为此时南昌早已沦陷。

其时，谢志航的两个哥哥谢天昊、谢光赋都死了。激滟看到她的两个好姐妹葳蕤、金枝都有了孩子，她还帮她俩带孩子，帮谢天昊带孩子，而自己却没有孩子，所以她更想有自己的孩子，也更关心谢志航的情况，更想念他了。加之如今他俩的父亲友情恢复了，他俩的关系也很明朗了，谢、金两府，乃至全龙湾村的人都在殷切盼望他俩有情人终成眷属，能尽快办喜事完婚。所以，尽管在家书里志航一再叫父亲谢炳坤不要告诉激滟自己的伤情，不要她来看望自己。他自己也反常地没有另外给激滟写信，可大谢头仍是忍不住告诉了激滟。

在金激滟的强烈要求之下，大谢头和金先生又安排二谢头、幺爹、江仲元三人护送她去上饶。激滟也想跟上次去南昌一样，哪怕志航不能同她一起回来举办婚礼，至少能让他与自己怀上孩子也好。

这些年来，大谢头越来越不信任和疏远二谢头，所以才另外叫了幺爹和江仲元两人与他一起去。明里说是人多力量大，互相有个照应，却也是对他有了戒心和防备。

虽说当时江西社会相对安定了不少，除了赣北的两大重镇南昌、九江沦陷以外，其他地方基本上还是属于国统区。但各地的鬼子据点岗哨，游动的鬼子并不少。

他们乔装打扮，昼伏夜出，有一天夜里在抚州城外穿越鬼子的封锁线时差点被抓住。好在赶紧跳进盱江躲避起来，尽管得以逃脱，却衣服湿透，冷得够呛，全身发抖得跟打摆子一般。勉强支撑着走了一段路，总算遇到一户好心人家，烧起一堆柴火，把衣服烤干，身上也暖了，才继续赶路。翌日凌晨遇到一支国民党军，说明情况，在他们的帮助下，此后便平安无事，又过两天就到了上饶的国民党军医院。

金潋滟原以为航哥哥见了她会十分高兴，却想不到他一看见她就像是碰到了死对头似的，顿时勃然大怒，破口大骂，骂她不该来见自己，他本是不准她来的，还怪他爹不该同意她来，他已跟她没有任何关系了，再也不想见到她了。

谢志航像是受到了什么极大的刺激，成了另外一个人似的，态度糟糕得很，气势汹汹的，那脸上的表情像是被一股什么乱力扭曲了，满嘴的脏话谩骂，语无伦次不可理喻，有如碎片根本听不懂的什么字符，仿佛她是他不共戴天的仇敌宿主，或是从异域里窜出来的可怕怪物。

金潋滟一开始自是非常委屈。自己打那么大老远的家乡，付出这么多的艰辛，冒着这么大的危险来看他，航哥哥却如此对自己！他怎么会突然这么绝情呢？潋滟的眼泪在眼眶里打转，就差没掉下来。鼻子里酸酸的，但也强忍住未哭出声，也未扭头就跑。她冷静下来转而一想，又谅解他了。他肯定是遇到了太大的战争打击，一时承受不住，还没恢复正常。看他瘦削了很多，病号服穿在身上像大了几号空荡荡的，头发又乱又长像冬茅草，原本结实的身材变成了皮包骨，跟根竹竿似的，风一刮就要倒。双脸也是很苍白的纸色，像身体里的血已全部被抽干了一样，或者是变成了冷血动物。

她在心里很为志航难过。炳坤伯的三个儿子，两个死了，仅存的一个又这样——还是她的情郎哥！一股近似母爱的浓郁情绪笼罩着她，她想走过去抱抱他、安慰安慰他，却被他恶狠狠地一把推开，把头转过去不再看她理她。她还分明听到他对她说了："你赶紧给我滚！"

金潋滟退出病房，伤心地呆立在走廊里。二谢头、幺爹、江仲元随后进去见谢志航，她清晰地听见，他骂他们更凶。他还猛摔了茶杯，碎落在地，很刺耳的声音。

主治大夫来了，跟他一聊，与她的想法一致。大夫说："姑娘，你说得没错，他就是遭到的刺激太大了！你试想一下，不断地看到自己那么多的战友在眼前死去、消失，飞机着火、坠毁；还有日寇扔下一枚枚炮弹轰炸，城市、乡村到处是平民被炸死炸伤、房屋被摧毁、东西被焚烧、道路被中断……亲眼所睹、亲耳所闻，有谁受得了呢？就是前几天，重庆大隧道惨案爆发，死了好几千人，他们不是被日机炸死、烧死，就是互相踩死、殴死、缺氧而死……千年不遇的人间惨剧啊！估计我们的抗日英雄、你的哥哥……哦，不，你的未婚夫，谢志航先生，就是目睹了这场惨案而变得神经质甚至精神失常了。他还算好啦，有些人的症状更严重！我们不但要给他治疗身体上的病……"

大夫说到这里，深深看了金潋滟一眼，欲言又止，显然是不想把谢志航的真实病情全部告诉她，只是金潋滟心思不在这上面，所以没注意听。

主治大夫接着说："我们更要对这些战场归来的功臣进行心理治疗。"

几个人只好去旅馆暂住了一夜。第二天清早再来医院，谢志航却根本不想再见他们，把病室门关得死死的，待在房里毫无动静，像里面没有人似的。主治大夫只好抱歉地对他们说："对不起了，麻烦你们先回去吧，等他的病情……康复，更主要的是心理恢复正常再说。"

乘兴而来败兴而归，金潋滟既沮丧又无奈。几个人怏怏地回龙湾去了。但是她对航哥哥的爱却没有一丁点儿减弱，倒是一直惦记他牵挂他，为他祈祷。她始终在家乡痴痴地、苦苦地等着他，一位万中难挑其一的大美人儿，却从二十来岁的花季少女，等到三十好几的老姑娘……

谢志航在上饶的军医院里治疗了半年多，又直接重返了驻地。他的心理状况已基本恢复正常，但身体上某些部位和器官的创伤是永远无法解决了。因此之后他已不能再驾机飞天，只能在地面上做些管理、服务、后勤等工作，以及指导、培训年轻的飞行员。

1945年8月，谢志航被南京国民政府评定为一等抗日功臣，并被破格擢升为上校军衔。正因为沾了儿子谢志航的光，翌年返回原首都南京的国民党中央军事委员会，还邀请谢炳坤到南京参加抗日庆功表彰大会。这应该是大谢头一生当中最风光、最自豪的一次了。

也就是在去年八九月抗战胜利及受降仪式结束后，鬼子撤走，南昌光复，谢炳坤从龙湾带着他年迈的老母谢李氏、婆子谢熊氏，还有管家二谢头等人，回到了省城北门之外东湖畔的谢氏公馆，重新打理起他那曾经庞大、辉煌，现已凋零、衰落，但多少还有些基础的产业。只有谢金枝与她的儿子谢铁，谢天昊的两个子女谢雪和谢祝尚留在龙湾，因他们都不愿走，而要跟谢金枝、金潋滟两个，还有金葳蕤的三个子女在一起生活，根本拆散不了他们。不是说"瘦死的骆驼比马还大"

吗！只是大谢头年事已高，体力、精力都大不如前，力不从心，而他又不甘失败，还幻想另起炉灶，东山再起。但对二谢头又不像过去那般彻底信任和放手让他干，便让谢志航回来帮衬了自己一段时间。

抗战胜利那年的年末，僻静的虎首山忽然出现了一大群陌生人，显得从未有过的热闹。天上没下雪，但还是挺冷，大家都穿着厚厚的棉布衣服，不少人的脖子上还戴着毛围巾。他们是国民党江西省政府的一些官员、国民党驻军的一些将领之类，由高安县的新任县长倪乃昌陪同，也叫了就在龙湾本土的县议员金贵田、原籍龙湾的县议员江仲方等人一起，到这里来实地考察，目的是要择一处地方建一座大型的烈士公墓。龙湾村的老百姓们也都从家里出来，跟随围观，人山人海的。他们倒不纯粹是围观看热闹，此事亦跟他们的利益息息相关。

金贵田他们一开始还不知是怎么回事，听倪乃昌县长一通解释才懂。倪县长的这番解释可谓长篇大论，详细、确切得很。他说：

"四年前中日之间的高奉战役，龙湾往西五公里的龙团圩是主要战场之一。其实严格说来，龙团圩也算是大龙湾地区的一部分，周围的老百姓平时赶早集，买卖贸易就是在龙团圩。在龙团圩战斗中，与日寇浴血奋战的主要是国民党军新编第三军17团，该团当中不少川滇子弟兵，作战勇猛顽强，战绩非凡，他们从莲花山、米峰岭一带对日寇发起攻击，与敌鏖战数昼夜，阵亡六百七十三人，歼灭日寇支队长一人、兵士两千多人。后清理战场，发现由于他们牺牲时，很多尸体都四分五裂了，残缺不全，其状悲壮惨烈，没法将他们一一辨认和归位。甚至有少数烈士连具体姓名、籍贯都不详细。当初也就全部火化了，将骨灰统一装在几十个同样大小的陶瓷罐里，暂存放于一间临时的陈列室。所以希冀干脆做一个共有的大冢，将其集体掩埋。为了让这六百七十三位川滇将士、抗日英雄的英灵永远得到安息，党国决定在附近找一块地盘厚葬他们，建一座雄伟、气派的烈士公墓，供后人瞻仰、祭祀、垂范，以达到唤起中华民族爱国主义豪情之目的。由于前面提到的原因，对他们采取集体安葬，故不如一人一墓、近七百尊墓的大陵园，其占地并不广，估计顶多四五亩地足矣！我们这些天去了周围多个地方，因见龙湾一马平川、田园纵横，很少见到高一点的山丘，今日来到这个叫什么……哦，虎首山，觉得甚是合适，它非但有一定高度，腹地宽广、视野开阔，可鸟瞰千畴、臂拥良宅，且位置、地形、布局、风水、景观、山容、交通……各方面都还不错。所以，我们几个初步意见，就定在贵宝地兴建此工程了。不知身为县议员又系地方民众领袖的金先生、江先生诸位，还有龙湾的父老乡亲们有何想法、要求？不妨都提出来。"

老金心中在想：我们虎首山当然是风水宝地啦！这还用得着你们来说吗？我们全村十余姓氏几百户人家的几十位先祖，千百年前就从全国各地，举家跋山涉水，不顾风霜雨雪，千里迢迢地不约而合、殊途同归迁徙来到此处定居繁衍，自此再也不走了，就是看中了这里是块世上难觅的膏腴之地，龙湾垄坑土壤肥沃、河水滋润，背后又有虎首山固若金汤、雄峙镇守，龙盘虎踞、得天独厚。

可是既然当局要征用，而且是用于供抗日烈士们长眠安息，其理由正当合理，那还有什么可说的呢？只有答应的份儿。他跟两个舅子即江氏兄弟（老二江仲元在父亲江老倌去世后继任了江氏的宗族长，而老金自己在金高煦去世后也继任了金氏的宗族长），还有谢、熊、李、毛、言、周等家族的长者简单商议了一下，就初步答应了政府和驻军的决定。

金贵田即对倪乃昌等人说："倪县长，诸位领导、将军，能有如此众多为国家为民族慷慨捐躯的抗日英雄们来到我们龙湾这里长眠，自是龙湾千百父老乡亲的光荣与福气，我们肯定没有意见，将全力支持和配合。只是到时希望能让本地的百姓们参与一点力所能及的事务，让我们也为这些英雄、为这座公墓做一些贡献。"

他一说，他们就立刻明白了。几个人点点头。倪县长代替他们说："这个是自然了，将来很多方面肯定还得仰仗各位本地父老呢！我们早商量过了，该公墓所需一应建材，除了本地没有的如花岗岩、大理石、钢材、水泥、瓷砖、琉璃瓦等以外，普通砖瓦都要在附近掘窑烧制，木头也得在这附近山上砍伐，石头也得在这附近找寻，到时堪舆、雕花、刻字、塑像、栽树、铺路、搭桥、砌屋、立碑等都得在这现场取用，需要你们出工出力出才呢！"

这样就好了，大家有活干、有饭吃了，甚至还能得到一些收入了，金贵田要说服大家答应就更容易了。

这个倪乃昌县长，数月前在县城他的就职仪式上，金贵田已跟他见过面了。他没有萧丰那么能说会道、脑子活络，也不像方旸那样多才多艺、智商很高、善于表演，他是属于表面随和温情却也稳重守成的类型，说话做事顾全大局、滴水不漏，个性不够鲜明，却还是有原则的，既没有抽烟喝酒、打牌赌博、逛窑子养姨子等嗜好，也不喜欢琴棋书画、诗词歌赋之类，相对而言老金倒更愿意跟他打交道。他生于高安县城，之前在奉新任县长，如今算是回到本籍了。年纪五十挂零，方面大耳，人不高不矮、不胖不瘦、不黑不白，穿着既不像萧丰洋派讲究，也不像方旸附庸风雅，而是朴实、随便，同样是老金喜欢的。

虎首山上倒是没有什么需要拆迁或搬移的，一座小山神庙、一些地窖菜圃、几棵古树、一条小溪、十几尊小坟堆都靠村子这边，可以基本不动。好在龙湾人的祖山大都不在这四周，虎首山上更是没有多少尊孤坟。山顶较平旷，是理想的用地。不过是再往山那边一点的空地里让出五六亩来，并从背后那条主公路加修一条三四里长的公路到这儿就行。关键是那块地盘早已被谢炳坤所强占，说要留给自己百年后作为陵寝用。可现在大谢头不在这里，他们几个议员、宗族长、保甲长只好先擅自做主，将来等他回来再内部协商解决了。

"来，我给你们引见一个人。"倪县长说。

这时，从倪县长的背后，缓缓走出一名虽身穿便装但明显有军人气质的年轻男子。金贵田与他一打照面，双方几乎是异口同声地喊道：

"金先生，您好！"

"杨排长，是你！"在这个场合竟又见到了几年前那个给自己留下了很好印象的川滇军上尉侦察排长杨天庆，金贵田自是很惊讶，也很欣喜。

杨天庆也很开心，咧开嘴，很纯朴并带些羞涩地笑道：

"金贵田先生，我站在倪县长旁边已有一会了，我早就看到您啰！可是一直没机会上来跟您个打招呼。"杨天庆上次穿军装，这次穿便装，也难怪老金一直没注意到他。

倪县长也笑着道：

"既然你们早认识，那就更好了。想必你俩肯定是有故事了，待会我们再来聆听。金先生，他……哦，对，杨天庆上尉，现在是杨连长，不是杨排长啦！这里所葬的烈士，基本上是他的新编第三军17团战友，也都是他的川滇地区老乡，所以他坚决要求来这里为他们守墓，连继续在军队里立功升官都放弃了。我们为他的高尚思想所深深感动，中华民族历代推崇的'忠''义'二字美德在他这里得到了最好的体现，还有什么理由不答应他呢？"

来自国民党军的几位团长，来自国民党江西省府的几位官员，也都频频颔首，满脸微笑，对杨天庆表示赞赏。

当天中午，金贵田和江氏兄弟俩留倪县长和省里的官爷、部队的军爷，还有几个工程师、勘测人员、施工负责人等，一行十余位在龙湾吃晌饭。当金潋滟、谢金枝陡然看到杨天庆，也都愣了。杨天庆遂赶紧向她俩致意并进行解释。

这时的谢府、金府两大宅院都已基本修复好，而且显然比之前还更加阔大气派。金潋滟、谢金枝和孩子们主要是待在后院里。她俩偶尔瞥见了杨天庆，才让长甥许金华来叫他进去说片刻话。不用说，大家见了心里都挺激动，心里难免不泛起涟漪。特别是听说杨天庆将来就要一直待在这里守墓，几个人内心都有了一些说不出的异样的感觉。

席间，金贵田和杨天庆互相补充地讲述了四年前在高奉战役之后的那段经历，但主要是讲述发生在龙湾本埠的一些事情，即杨天庆是如何率领其侦察班，把正准备朝地道里放毒气将村民都毒死的鬼子们吓走。而后面杨天庆是怎么赶去县城帮助金潋滟顺利推进计划，从日寇手中将汉奸谢光赋引诱回来，再将其押解去国民党军接受处置，就不多赘言了。

倪县长等人听了，又连连赞美杨天庆："原来杨上尉你又在龙湾这里立了大功，救了全村老小好几百口呢！可你都不张扬出去，真是高风亮节啊！"

"原来杨上尉跟龙湾是真的缘分很深啊！早在四年前就打下基础了。难怪如今又回来了。"

大家便都来敬这位英雄的酒，包括龙湾村的民众代表，如江仲元、李铁桶等人。杨天庆是川滇人氏，千杯不醉，在龙湾，恐怕只有金潋滟才是他的对手，连幺爹都不如，可金潋滟并没来跟他比试。

杨天庆的老家在川南滇北古城泸州，他今年二十八岁，小金潋滟、谢金枝两岁，属小龙，倒是跟金大先生一个属相。泸州号称"酒都"，有悠久酿酒历史，几乎村村家家、男男女女都酿酒兼喝酒。在泸州，每走一步、每看一眼、每听一句，陈的都是老窖，铺的都是窖池，摆的都是酒桌，说的都是酒话。空气里、井水里、饭菜里都是满满的酒精分子。所以泸州人一出生，闻的都是掺杂着酒的空气，喝的都是掺杂着酒的井水，吃的都是掺杂着酒的饭菜，就连梦里都是跟别人或自己在拼酒、干杯，哪里不会喝酒呢？不过杨天庆家里很穷，父母因病因饿早逝，他就年纪轻轻跟同村和邻村的十来个小伙伴一道参了军，离开了家乡。

入伍以后，杨天庆与昔日伙伴即今日战友们早几年一直是在家乡川滇地区集训、打仗。直到丁丑年夏抗战全面爆发，本在大陆腹地、战场后方的川滇军，却为保家卫国、捍卫疆土，而大规模离境参加对日作战，在驱除日寇中付出了惨重牺牲，做出了巨大贡献。川滇军与湘军、桂军被称为抗战时期最能打的三支军队。就在七七事变第二天，川籍最大军阀刘湘就曾表示，川滇军愿为抗日奉献所有，并向蒋介石请求出战，而刘湘手下的数十万将士也都陆续出川滇抗日。据统计，抗战期间，仅四川一省就总共出动兵力达三百五十多万人，伤亡了六十多万人，加上云南省就更多了。

当时川滇省之西南军的装备，在国民党所有军队中是公认最差的，在伙食上也是一天只供两餐饭，其中午餐还是吃稀饭，而他们的家乡"天府之国"竟提供了其他国民党军的大部分粮食。衣着上更是春夏秋冬冷暖日雨皆长年草帽、草鞋而已。但就是在这种情况下，被蔑称为"川耗子""滇蛮子"的川滇军，却在与敌顽强作战中打出了自己的威风，而四川也是日寇从未侵犯到其本土的少数几个省份之一。他们同样始终没有拿下云南省，只是在滇缅边境与中国军队角逐。日寇虽然一直当四川是眼中钉肉中刺，但自始至终都未能踏进巴蜀大地半步。

杨天庆所在的军队，先后在苏、浙、皖、豫、鄂、湘、赣等省辗转穿梭抗击日寇。凭借自己的机智、勇敢、灵敏、细心，以及较高的文化水平，杨天庆从众多普通士兵中脱颖而出，先后成了侦察班长、排长、连长。高奉战役期间，他率队追踪日寇逃兵路过龙湾，于机缘巧合间从敌人的毒气弹下搭救了数以千百计的乡亲们，后来又暗里帮助金潋滟完成了锄奸的任务……

再后来，杨天庆与战士们押着汉奸谢光赋赶上了大部队。把谢光赋交给军法处以后，他就继续跟随部队在全国各地进行抗战，所以对谢光赋的结局他也并不了解。这些年里杨天庆立了大量军功，包括获取情报、击毙鬼子、援救百姓、筹集粮食等，遂荣升为侦察连连长一职。在一次突击冲锋中，他的左腿负了伤，被敌人的子弹打中，所幸不是要害地方，血管、神经和筋骨都并未严重触及，故经过抢救，只落下了一点点瘸。

抗战胜利后，遗有足疾的杨天庆再不能上前线打仗了，就带着部队发给他的路费、抚恤金等，准备回到泸州老家去。其实他本也可以不退伍的，继续留在部队里，在后勤服务部门做些力所能及的事务，像谢志航那样。可他觉得，既然已经把鬼子打败并赶出了国门，那自己的任务就已经光荣完成了，没必要再待在部队里了。

但这时杨天庆已是孤零零一个人了，同他一起离家参军的伙伴们俱牺牲。他便想从南昌顺道经过高安回川滇，打算再去高奉战役的龙团圩战场看最后一眼。因为他的发小、他的老乡、他的生死与共的兄弟们，绝大多数是在这里牺牲的。他想去祭拜一下他们的英灵，看看能否把他们的遗骸——至少是骨灰带回泸州本籍去安葬，魂归祖山。

可是，当杨天庆来到高安县城时才听说，在龙团圩战场上牺牲的六百多位烈士的遗体，根本没法一一辨认，也没法完全归位，就只好统一收集、统一火化、统一罐装了。所以现准备将其一道入殓，在附近建一座国家公墓，集体下葬。杨天庆向县长倪乃昌等人介绍了自己的身份，抗日功臣的大名如雷贯耳。刚巧近日他们正在寻找合适的墓址，他就跟着县长、几个正副团长一起到各地寻访。他们让他也给参考参考，该公墓究竟建在哪里最好。而杨天庆倒也理解，既然伙伴们已没法回去，那就"青山处处埋忠骨，何须马革裹尸还"吧。

于是，大家继续在以龙团圩为圆心的数平方公里范围内奔走、找寻。"崆峒访道至湘湖"，找来找去，踏破铁鞋、望断天涯，竟又来到了这个地方！出现在杨天庆眼前的，是这几年来他常常魂牵梦绕的这个龙湾村。他想起那一年，那个仅惊鸿一瞥，就让他依依难辞、永生不忘的姑娘。他记挂的自是金潋滟，而不是谢金枝。这倒不是说金枝儿不美，或是她差潋滟儿太远，而是杨天庆知金枝已有意中人，因当时李铁桶一直在保护她不被日寇所投的毒气侵害，两人靠得很近，关系貌似亲昵。且金枝不是他所喜欢的类型，他第一眼对她并未来电。

龙湾村后这座海拔顶多不过五十余米但在周边地区却是鹤立鸡群、孤峰突起的虎首山，自是烈士公墓的最佳落脚点了。众人所见略同，倪县长和几位处长、团长也全都非常心仪此地。刚到这儿，才环视了四周一圈，他们便几乎异口同声地说："好啊，这个地方太好了，'龙团圩之战抗日阵亡将士纪念陵园'就建在这里了！"再说，纵使他们没打定主意，杨天庆也要竭力说服他们的。

而且，就在金贵田等龙湾人答应下来之后，杨天庆刹那间就做出了一个对他本人一生来说至关重要的决定：既然俺回家乡去么子亲人都莫有了，那俺回不回去有啥子关系哟？我又不用上孝老、下抚幼。既然伙伴们都安葬在这里，他们都死了，自己没有死，他们是替自己去死的，那自己就算赚大了，就是运气忒好，就得报答他们，就该一辈子为他们看守墓地，就应每天为他们点香驱蚊、清理坟头、捡拾垃圾、拔除杂草，不让牲畜、野兽来肆意践踏、玷污、破坏，还得给他们敬敬烟酒、陪他们聊聊天、摆摆龙门阵……

杨天庆又在心里畅想，正如他们当中有些人说得那样不无道理，人的一切都是上天或者是自然规律注定的，是命里带来的，冥冥中自有天意，是怎么也改变不了的。不管自己泸州杨氏的原籍是不是在江西哪个地方，他的先祖是不是从这附近迁徙到四川去的，但他跟龙湾这个离家好几千里、原本完全陌生的地方，跟龙湾所有的人，确实是有着奇异而深刻的缘分的，否则前次上天就不会把他指派到龙湾来了，此次也不会把他的伙伴送到这里来安葬了。

他对自己说：那命运既已安排我到了龙湾这里，我就断断不能再走了，龙湾就是我的第二故乡，也是我的最后归宿！当然啰，也是我这些即将安葬的好伙伴们的第二故乡和最后归宿。

他马上把自己的打算说给了倪县长和其他几位官员听，大家一开始觉得不可思议，但见他态度如此坚决，也就都支持他了，并对他表示敬佩激赏，愿意尽可能帮他的忙。

事情既然决定了，杨天庆就回到高安县城把他的行李物件都携带了过来，真正留在了龙湾村。他先是跟大家一道披星戴月、风雨无阻、勠力同心地修建这座烈士陵园。加上有金贵田、刘赓、江仲方、江仲元等当地乡绅和广大百姓的帮助，不到半年时间，雄伟、气派、庄严、壮丽的"龙团圩之战抗日阵亡将士纪念陵园"就落成竣工了。

这期间，杨天庆先后三次哭得晕倒，让在场的人无不为他的真情打动。一次是几只巨大的盛放着六百多位烈士骨灰的陶瓷罐被军用卡车运送到这里，一次是将这些陶瓷罐抬置入墓室内并密封浇筑填土植草，一次是举行隆重、盛大的烈士陵园落成典礼仪式，每一次杨天庆都哭得非常心恸。回想起昔日跟伙伴们的一幕幕、一桩桩、一滴滴：从小在一起穿开裆裤长大，一起下河游泳、上山砍柴、玩泥巴、放牛羊、打猪草；后来一起参军，一起接受训练，又一起上前线打仗，枪林弹雨里互相照应，自己却看着他们一个个中弹倒下，光荣牺牲，眼睛再也睁不开，呼唤其名再也不搭理……不由得悲从心生，开始号啕起来。男儿有泪不轻弹，只是未到伤心处啊！

这每一次，金贵田和金潋滟、谢金枝等人都在场，他们私下啧啧赞许：这还真是个有情有义的汉子！

第十八章 守陵

从高安县城往西行走不到十公里，靠近赣湘古官道旁，在龙湾河的东畔、龙湾村的北边，那座不算太高倒也能轻快登顶远眺的虎首山上，1946年春末，雄伟而豁朗的高奉战役"龙团圩之战抗日阵亡将士纪念陵园"拔地而起，如雄鹰兀立，傲视长天。

走进陵园，先是看到一座上方匾额前后各书"浩气长存""勿忘国耻"四字的高大的木柱青石材牌坊正门，旁边有一间砖木小屋，供守墓人杨天庆居住。然后是一片约半亩多宽的小广场，可供数百人集体默哀，亦可停放若干辆大小汽车。共三层，各层十级台阶，正面中央的大理石材质烈士纪念碑如一把尖锐的宝剑直插苍穹，顶部是青天白日徽章造型，碑底四面是四幅描述高奉战役乃至整个第三次长沙会战激烈场景的巨大群像浮雕，还有一杨姓国民党军师长题写的"龙团圩之战抗日阵亡将士之公墓"十四个大字，与献辞"系维烈士，民族精英；高奉杀敌，舍生忘死；忠勇壮烈，绩著仁成；长眠龙潭，永留勋名""高奉战役龙团圩之战阵亡将士永垂不朽"，以及除少数人姓名不详留白外，绝大多数殉难者的英名榜。

碑座上还有一位张姓国民党军副师职长官所撰的铭文：

"日寇占据武汉、南昌、广州后，恒思占据长沙，打通汉粤线，以达横连湘赣、纵贯南北之目的。民国三十年十二月下旬，天寒地冻而为之裂，敌乘其便，整装备粮，分由生米、安义向高安、奉新进犯，沿途烧杀淫掠，民众相惧而远矣，父哭其子，妻泣其夫，生灵涂炭，泣会承地而貌乎，猖狂若无阻。本师健儿，咸抱必死决心，在莲花山、米峰岭茂密枫区至龙团圩一线与敌周旋，前仆后继，鏖战十昼夜，卒将顽敌攀边，毙其大队长以下两千余人，使不能与湖南岳阳方面敌军会合，乃完成空前大捷而欤休哉。是役，我官兵殉国者凡六百七十三人，即今累累在墓也！

"呜呼，谁无父母，谁无妻子，诸烈士竟为国捐躯，利国利群，忠身壮烈，直可惊天地，泣鬼神，与仕黍膺。师长未能与诸烈士痛饮黄龙以慰素志。其丰功伟绩，宁忍湮没而不彰耶？爰立琐氓，聚葬于龙潭桥畔虎首山巅，以示后之景仰云尔。是之序。

"铭曰：懿欤烈士，气薄穹苍；疾彼鸺鸼，杀伐用张；未饮之隅，赍志以亡；匡山赣水，万古流芳。"

此铭文叙事简洁，激情洋溢，辞采斐然，文风雄丽，胸襟纵横，气壮山河，可与长眠之六百余位爱国英雄，与此烈士纪念陵园永远不朽矣！

碑前是一座香炉，供大家焚香火纸钱纸衣纸马纸车纸房纸人纸元宝等，香炉后是一方祭台，供大家摆放香烛花束水果点心米饭三牲酒杯茶壶烟缸等，花圈、花篮置放两旁或背后。祭台后就是硕大的钢筋混凝土材质墓冢，上面遍植青草、广绽百花，呈半椭圆形，四周有弧度，像一把太师椅，向正前方敞开，但略微有坡度，周边建水槽并盖好，利于排水。有意思的是，杨天庆在墓冢最边上留了个小坑，说将来等自己死后就将骨灰盒埋葬于此，永远跟兄弟们做伴。墓地四周是文化长廊，橱窗里是种种相关历史事件介绍、图片、遗物等，左边长廊上书横幅"落后就要挨打"，右边长廊上书"国强才能民安"。长廊外移种着青松翠柏，高大苍劲、阴翳蔽日，以及平整的茵茵草场。

杨天庆自此就长住在陵园旁边。他也确实恪守着自己的誓言，兢兢业业、勤勤恳恳地守护着这座烈士陵园，守护着抗日英雄们的忠魂，守护着他的兄弟和战友们。他日复一日、月复一月、年复一年地待在这里，哪儿也不去，什么人也不理，别的啥事都不做，就把这里当作自己的家，不管春夏秋冬、白天黑夜、刮风下雨、炎热寒冷，他都会在墓地里清扫修理、拦阻人畜、敬香祭祀。远看他好像是在自言自语、自斟自饮，其实是在跟九泉之下的人说话、碰杯。

但在此之前，也就是那天在陵园落成典礼仪式上，杨天庆哭得太过伤心，连眼泪和唾液里都带血丝，喉咙都嘶哑了，加之这半年多来他为修墓过于辛劳，吃没吃好、睡没睡好，且春夏之交天气又变化甚大，时冷时热、时晴时雨，人忒容易受凉，遂患了重感冒，待仪式一结束，众人一离去，他竟倒在床上，一躺不起，发高烧、流鼻涕、打喷嚏、喉咙肿痛、呕吐腹泻、咳嗽不止、头昏眼花、全身酸痛、四肢无力……什么症状都有了。直到第二天，金贵田过来看看他，拉他到自己家吃饭，才惊愕地发现了这件事。杨连长可是咱全龙湾村人的大救星啊！再说他决心为烈士们终生守墓的精神也感动了老金。老金见他病得很厉害，烧得额头发烫，因脱水导致嘴唇干燥、眼光迷离，还开始说胡话，赶紧叫来幺爹、铁桶等人把他抬回了自己府上。

老金并不想叫熊二来给杨天庆看病，好在他自己也略通医术，加之感冒又不是什么疑难杂症，赶紧给他开中药熬煮汤剂，包括板蓝根、金银花、淡豆豉、淡竹叶、牛蒡子、野菊花、柴胡、连翘、桔梗、荆芥、薄荷、甘草等等，按配方适量烹制，待药汤温后再用匙羹慢慢灌进他嘴里。又在谢金枝、金潋滟两位姑娘的照料下，煮红糖老姜水强行喂他喝，给他盖厚被子，让他出汗排毒，同时在他脸上、胸口等地敷热毛巾吸汗。照料一个通宵后，高烧就退了很多。两天后，病情就缓和了。三天后，基本上就可以说话、吃饭，正常睡眠了。四天后就可以下床，跟金贵田、金潋滟、幺爹下棋、聊天了。杨天庆的身体底子自是棒棒的。

杨天庆在老家念了几年私塾，他爷爷的长兄就是位私塾先生，所以跟许志宏不一样，文化程度明显要高一些。在部队里，他的这些小伙伴们中他晋升得最快。自小看过《三侠五义》《三国演义》的杨天庆，崇尚侠义，重视感情。感冒痊愈之后，杨天庆三天两头过来和金贵田下棋聊天，向他讨教问题。金贵田也乐为人师，对杨天庆的问题也是有问必答。这天，两人棋下到一半，杨天庆看到旁边有本《水浒传》，心里想着里面的侠义故事，忽然问出一句话：

"金先生，古人为什么那么崇侠尚义？"

金贵田非常喜欢这个重情重义的小伙子，遂也放下棋子，引经据典讲述起来：

"崇侠尚义，确实是中国传统美德。但古代游侠行侠仗义，并没有后世文人拔高的那种理论高度，他们的侠义原则，基本体现在具体的人际关系中，私人关系和人际伦理才是他们为人行事最重要的依据。司马迁《史记·游侠列传》中曾对这种品德做了概括：其言必信，其行必果，已诺必诚，不爱其躯，赴士之厄困。就是说话一定守信用，做事一定果敢决断，已经答应的必定实现，以示诚实，肯于牺牲生命，去救助他人的危难。实际上，信守诺言、济人之困，这都是非常具体的人际行为。出现了很多感人至深的故事。"

"我看《水浒传》《三国演义》就有很多侠义故事。"杨天庆插了一句。

"那些文学作品的侠义故事当然有加工的成分。但历史上的许多侠义故事应该是真实存在的。我给你讲一个豫让的故事。"

金贵田端起身旁的茶碗，喝了一口茶，接着说："豫让是晋国人，那时候晋国有智、范、中行、赵、魏、韩六支大贵族相互争权，豫让曾经先后为范氏、中行氏、智氏等家族做家臣，范、中行先后被灭亡，豫让都没有为他们复仇，唯独在智氏灭亡之后，他更名改姓，先是伪装成受过刑的人，之后又把漆涂在身上，使自己肌肤肿烂，像得了癞疮，吞炭使声音变得嘶哑，使自己的形体相貌难以辨认，沿街讨饭，设法接近并杀死灭亡智氏的赵襄子，为智氏的君主智伯报仇。按《史记》带有传奇色彩的叙述，赵襄子在豫让几次三番化装接近的时候，因为感觉心惊肉跳或者车马惊动而发觉了刺客。这可能说明的是赵襄子个人行止习惯比较谨慎，安保措施做得比较好，因此豫让来行刺的几次，赵襄子事先都有所发觉，刺杀没有成功。于是赵襄子指责豫让说：你也曾经侍奉过范氏和中行氏，后来范氏和中行氏被智氏消灭了，你不替他们报仇，反而成了智伯的家臣；为什么现在我杀死了智伯，你偏偏一而再再而三地要为智伯报仇呢？豫让的回答是：我侍奉范氏、中行氏的时候，他们都把我当作一般人看待，所以我像一般人那样报答他们。而智伯把我当作国士看待，所以我就像国士那样报答他。最后豫让终究为智伯而死，虽然他行刺赵襄子不成，但仍然在刺击后者的衣服，表示了复仇之意后，伏剑自杀。"

金大先生又看了看杨天庆说："当然，在现今社会，侠义二字逐渐有了家国情怀的成分。你现在的守陵这个行为，就是古代所说的'忠义'。忠者，忠诚，尽心竭力、忠信事主；义者，义气，有情有义、挺身而出。但因为此二者经常相辅相成、密不可分，后来就干脆放在一起说了。这也是儒家基本的伦理规范与道德准则。

"最有代表性的，当属三国时期刘关张桃园三结义。刘备战败，关羽被围，暂时留于曹操处，曹操敬其英勇，馈赠其金钱、美女、豪宅、高官都留不住他，千里走单骑，过五关斩六将，一定要去跟刘备会合；张飞始终对刘备忠心耿耿，多次保护他脱险解危，又为蜀汉而义释严颜，在关羽死后发誓要为他报仇；后来还有赵云，孤身于万军之中勇救刘备之子阿斗；还有孔明，为答谢刘备三顾茅庐赏识自己而鞠躬尽瘁，为他开疆拓土奠定帝业。

"还有春秋时期的经典故事'赵氏孤儿'，说的是晋国上卿赵盾遭到大将军屠岸贾诬陷，全家三百余口被杀。为斩草除根，屠岸贾下令在全国范围内搜捕偿幸逃脱的赵氏孤儿赵武。赵家门客程婴与老臣公孙杵臼定计，忍痛以自己的儿子充当赵武被屠岸贾残杀，从而救出赵武；还故意让赵武认屠岸贾为义父，让屠岸贾喜欢赵武，不会拿他怎么样。为救护赵武，前后有无数人献出生命。二十年后，赵武由程婴抚养长大，尽知冤情，禀明国君，亲自拿住屠岸贾并将其处以极刑，终于为全家报仇。

"此外，岳飞武穆精忠报国、梁山好汉聚义造反……也都是有名的例子。成语'结草衔环''乌鸦反哺''羊羔跪乳''一饭千金'……也是如此。至于像你这种尽心为人守墓者，我倒也偶尔听说几例，不过他们多是为过去的主人尽孝终生，且有利益相关联；而你只是为了朋友、战友，且毫无物质因素，这便更可贵、更难得啊！"

杨天庆挠挠后脑勺，有些害臊地说："金先生，您说的这些，我过去在私塾里倒也听大爷爷讲过了，在戏台上也见过一些了，可我哪有您说得这么了不得？我只是想到我的这些兄弟们太不幸了，而我比他们幸运多了，我应该报答他们，所以才这么做的。比起他们来，我这算得了什么？"

金贵田说："正因为你这么想，你是发自内心做出决定的，所以你才了不得。如果你考虑太多，那反而没这么难得了。"

虽说金贵田阖府都对杨天庆很好，金府家大业大，但杨天庆毕竟有自己的本职工作，他是公家守墓人，是拿国家俸禄的，怎么能麻烦金先生呢？所以他基本上还是住在陵园旁的那间小屋里。偶尔，他会到金府陪金先生喝酒、喝茶。金先生也会拿着酒、菜去他那里喝酒、聊天；金潋滟、谢金枝、孩子们，还会准备一些丰富的祭品，来祭奠烈士英灵。除了金、谢两府老小，有时还有葳蕤与潋滟姊妹的二舅江仲元，还有李铁桶、幺爹会一道在场。

金府姊妹花的大舅江仲方早已回高安县城去料理他的店铺生意，每年只在春节、清明节等少数日子，会陪高安县长倪乃昌、高安中学（已由高安县立高级中学堂改名）校长刘赓等各级官员、地方名流来给烈士敬香，看望、慰问杨天庆，及拜访金贵田。

杨天庆又在自己的小屋外搭了个简易凉棚，供前来祭拜烈士的人、过路的人、在附近干活的龙湾村乡亲们躲雨遮阴。他还摆了一个茶炉，泡凉茶、煮绿豆汤什么的给大家解渴与祛暑。有些人要给他一点零钱，他起初不愿收，说自己每年都领了足够多的政府俸禄，陵园的打理也由政府承揽，不需要花钱。但大家执意要给，他不好拒绝，就又提供他们一些小吃，如瓜子、花生、糖果、饵片，及冬天的萝卜汤、夏天的姜汤，而这些收入全部用在陵园的开销上，比如买纸钱、供香、蜡烛、祭品等。

杨天庆在自己的小屋边开垦了几块小土地，种些各类蔬菜、葱姜蒜辣椒藠头、葡萄西瓜花生、红薯黄豆绿豆等，除了供自己吃还经常有余，就拿出给前来凉棚闲坐的人吃，有时也送给附近那些贫苦的百姓家。到农忙季节，他还去帮金贵田等人干活。

从某个意义上来说，杨天庆之所以留在龙湾，除了对那些战友们的真切思念，还有一个原因，就是金潋滟。在最初离开龙湾以后，他就一直想再次来到龙湾，想见到她。但等到真来了龙湾，他又怕见到她了。在她面前，他感到自卑，她的炫目的美让他无法直视她，只能暗地偷偷瞥上一眼。他觉得配不上她，她那么美，家境又好，堪称龙湾本土的公主。所以他最初老是不敢去她府上，直到那次他生重病被金先生拉过去治疗，后来去得多了，这才习惯成了自然，就像一家人，像兄弟姐妹一样熟悉亲切了。

还记得他此次决定永久留在龙湾守墓以后，最初的那段日子，农历丙戌年春节前后，他除了跟大家一起修陵，还常去几里外的龙团圩战场遗址走走看看。他还捡了一些废弃的子弹壳、弹头、刺刀、帽徽、钢盔等，拿回来在烈士的纪念碑下供着。

那段时节，刚下了场小雪，虽没有太阳，倒也不算太冷。那天是除夕前的某日，龙团圩是四周一带很大的一个圩集，人们忙着去赶大集，置办年货，小街上人山人海、摩肩接踵，男女老少、高矮胖瘦，买东西的、卖东西的、谈生意的、闲逛的，人声鼎沸，热闹非凡。

这是抗战胜利后的第一个春节，人们已有好多年没有真正过过年了，甚至连门都很少出，更别说赶圩集了，今年是肯定要好好热闹一下的。

南方人的小年比北方人晚一天，是腊月二十四日。过了小年以后，人们就开始做过年的准备，除了在家打扫房屋祭灶神敬先祖、洗大澡换新衣剪头发、挂春联换窗纸贴窗花、磨豆腐剁辣椒酿米酒打年糕、杀鸡宰鸭捕鱼磨刀霍霍向猪牛等以外，就是出门赶圩集做买卖。墟集上除了出售各种各样的东西，吃喝穿住用玩行、柴米油盐酱醋茶，应有尽有；还有别的好玩的，如耍狮子的、耍猴子的、表演手艺活的、走江湖打拳踢脚的、唱采茶戏花鼓戏的、剪窗花绣荷包写春联画年画的……杨天庆也是好久没见过这种狂欢场面了，自是新奇有趣。

这时，杨天庆突然就看到金潋滟了。自从上次跟大家一起去他们金府吃饭，他已好久没见过她了。金贵田每次来叫他，他都以公墓上事务繁多抽不开身为由推脱。

金潋滟那边有很多人，除了她和谢金枝一对姊妹花，还有那几个粉妆玉砌、眉清目秀、俱皆聪慧可爱的小孩，毛幺爹、李铁桶和金潋滟二舅江仲元家的舅母、表哥、表嫂、表侄们，共有十几人。杨天庆赶紧躲到一边看。

他们个个都穿了新衣裳，红红绿绿的煞是好看。尤其金潋滟着一件五彩牡丹花棉袄，长发上别着凤钗、戴着绒花，耳朵上吊着小珠坠，眉目娇艳、肌肤胜雪、体态婀娜，仿佛年画中的古代仕女，比挂历上的上海滩的明星们还美，把个杨天庆看呆了，目光一刻不眨，身子也一丝不动的。

这个圩集上的人大都认识他们，也都盯着这一群大大小小的美女看，一个个艳羡的眼神，交头接耳议论、赞赏。

双姝购买了大量年货，交由毛、李二人提着，还带着孩子们看杂耍、听唱曲、买小吃、选玩具……玩得不亦乐乎。金潋滟像个大孩子似的，蹦跳开心，"咯咯"地笑，甜美圆润而稍带婴儿肥、似乎永远停留在十八岁的脸上绽开了鲜花。谢金枝也类似，不过她毕竟做了母亲，是那种少妇的成熟与丰腴。这一幕能让所有的人见了心儿陶醉、融化，杨天庆看得更加心摇神驰、沉湎其中。这时他仿佛觉得谢金枝发现自己了，遂赶紧从旁边的小巷溜走。

谢金枝还真的发现杨天庆了。她正在考虑跟不跟金潋滟他们说，及去不去跟他会面，却一会儿就不见他了，便告诉了潋滟。两人走到杨天庆刚才久久驻足观察她们的地方，而且他兴许还尾随过她们一段路，心里似乎有些怅然若失。但双姝各怀心事，想法不一。

除夕夜里，金贵田又派幺爹来拉杨天庆去金府过年。但杨天庆早已应李铁桶的邀请，去了李家。也许他知道金先生会来叫他，索性随了铁桶兄弟。

这年盛夏双抢农忙季节前夕，谢炳坤和熊芙蓉夫妻俩，带着母亲谢李氏、幺子谢志航，还有二谢头、一个佣人，由志航驾车，从南昌回到了龙湾。

汽车刚驶到村口大牌坊前，几个提前得到消息的族人，就燃放起了长长的鞭炮，欢迎本族英雄谢志航衣锦还乡。此时大牌坊还没开始重修，但石墩、条石、木柱、琉璃瓦、牌匾等新料均已到齐，码堆在路边，用麻布和草席苫盖着。老金的意思是待秋后天气干燥，工匠们农闲时再说。谢炳坤又让二谢头先跑回府去，拉几个长工来敲锣打鼓吹唢呐击铙钹，把整个田垄闹得震天价响，乡亲们都跑出来围观，这样既喜气洋洋又荣耀无比。大谢头是不用说了，还有谢李氏，母子俩满面红光、神采飞扬，甚是自得，仿佛年轻了好几岁。谢熊氏、谢志航母子则表情平常。

金贵田后来问过谢炳坤：为何从去年的中秋、重阳、寒衣、下元、除夕到今年的春节、元宵、清明、上巳、端午、你自己的生日、芙蓉的生日、志航的生日、金枝的生日……中间还有个"龙团圩之战抗日阵亡将士纪念陵园"落成典礼，你们都没有回来？

大谢头回答说："抗战结束后，我南昌那边公司的生意极好，业务繁多，日里夜里忙得我根本抽不开身来，就连芙蓉、志航、耀群他们也都在忙着帮衬我。而志航还有部队、政府的事频频找他，各个学校、单位、地方上要请他去做演讲，各个重要活动、达官贵人、上等家庭要请他去做嘉宾，各个报社、杂志、电台要采访报道他……都排着长长的队，有些到现在还没轮得上，这才延宕至今。而且过段时间我们还要回省城、县城料理生意，志航也得马上回空军后勤部门报到，新的一轮战争又即将打响！"

"对哟，上个月我不是还去南京中央政府参加了蒋委员长为志航他们这些抗日功臣举行的庆功表彰大会嘛！我正是开完了这个会，才跟志航一起回来的。哈哈，那可是太风光、太开心啦！"

大谢头的得意神情溢于言表。而他当年与长子天昊参与贩毒遭到刑罚锒铛入狱，他次子光赋背叛祖国成为千夫所指的汉奸干了不少伤天害理之事被军法处置……这些不光彩的往事，好像均一笔勾销了。他已扬眉吐气、重整旗鼓，又可以像过去那般飞扬跋扈、纵横驰骋了。难怪他要赶紧回到龙湾谢府，如此光宗耀祖、亘古未有的大喜事，肯定是要在祖坟、宗祠、社庙、自家大厅神龛等地告祭列祖列宗啦！

可是，杨天庆为啥没去参加庆功表彰大会呢？他不也是抗日功臣吗？金贵田想不明白。这一则是杨天庆为人很低调，不在乎名利，再说他已宣布退役，成为一个普通老百姓了；二则，蒋介石更偏向自己的中央军、嫡系部队，而对川军、滇军、桂军、湘军这种地方部队一向过于轻视怠慢，导致地方部队并不卖力。除了抗战期间抵抗日寇侵略还是同仇敌忾、一致对敌外，各地军队和政府长年各自为政，一盘散沙，不服中央，这也是国民党政府为何始终没有真正统一全中国，最后其"八百万大军"打不过"小米加步枪"的共产党军队，败逃台湾孤岛。所以老蒋逃到台湾后，晚年总结失败教训时，方才有些醒悟地说："我们并不是败在共产党、毛泽东的手里，而是败在自己的手里。"可惜他醒悟得太晚了。

当天，阳光灿烂，碧空如洗，万里无云，龙湾垄坑里稻浪平阔、金黄无垠。金贵田就陪着谢炳坤父子登上虎首山，去高奉战役阵亡将士之陵园瞻仰、吊唁、祭奠。杨天庆赶紧从他的小屋里跑出来迎接大家，老金则连忙为他们介绍。

一开始，大谢头还是很高兴。如此雄伟、气派的抗日民族英雄纪念碑矗立在自己家乡，他能不感到光荣吗？于是两老两青四个男人去给英雄们洒酒、敬香、燃放鞭炮、叩拜九次，按顺时针方向绕碑座肃穆无声走三周。但很快，大谢头的脸上就起了乌云，像是大为不悦。只不过碍着儿子，还有这个守墓的外地人在，他不好多说。因为他俩都是军人，也都是抗日英雄和功臣呢！哪能为自己打的这点小算盘在他们面前发脾气。

当杨天庆和谢志航两个青年军人在倾心交谈时，谢炳坤立刻把金贵田拉到较远的地方，凶巴巴地问：

"老金，你懂的，这块风水宝地早就属于我们谢府了！那还是在我祖父在世的时候，就从我母亲的娘屋里李家购买下来的。当时给了李家……一头牛、五头猪，还有一百担谷子，是吧？这块陵园总共用了多少亩地？……八亩，哦！这座山上面整个的地界都是我谢府的。我还没具体查地契，要是没猜错的话，应该是……二十五还是二十六亩。我不是对你们大家伙都说过了吗，我是早就看中了这里，并想作为我和芙蓉百年以后的安息之地呢！我跟她商量过，她也同意。官山那边的祖坟太远，又不易爬上去。可现今他们县府衙连跟我商量一下都没有，就自作主张霸占了，这还有王法吗？还讲公理吗？你不是也在场么，当时怎么不通知我一声？"

金贵田耸耸肩，假装无可奈何的样子说：

"这是他们当官的决定的，我们平头百姓能有什么法子呢？跟他们官家、军队去讲王法、公理？你的胳膊拧得过他们的大腿？通知你回来又有什么用？他们就不会在这里建了？就会赶紧换别的地方？你还敢阻止他们？他们说党国早已决定了的,还说不同意就是抗旨！算了吧，莫折腾了。不是这边、那边还有如此宽嘛！你们夫妻俩用得了多大的地儿？有个半亩三分都很宽啦！再说旁边还有这么多响当当的军人为你俩保驾护航、时刻警卫，还不好？哈哈！该知足吧！"

　　老金以前是不敢这么同大谢头说话的，可自从抗战爆发，后来他就敢了，两人可以平起平坐了。因为他知道时局变了，大谢头也变了，同自己的关系也大不一样了。

　　谢炳坤想想也是，脸色好看多了，但还是说："就这样算了？可不能便宜这帮狗日的贪官污吏，省里、军队里肯定给了他们很多钱，他们就中饱私囊，偷偷塞进自己的口袋了！不行，我得去找新上任的县长算账，叫他补偿我一大笔钱，要么另外找一个地方赔我这么多好土地，还得是位置、地势、风水都好的地盘哟！"

　　金贵田突然明白过来，自己刚才的想法有点问题。所谓江山易改，本性难移，大谢头虽说有一点点进步了，但本质上还是这样子，他的利欲心还是很重的。他猜测新县长倪乃昌一定是中饱私囊了，可金先生根据这段时间与倪乃昌的交往，觉得他要比之前的两任县长萧丰、方旸都好得多，他应该不是这样的人。

　　但好在金贵田比谢炳坤要慷慨多了，而且他早有准备，便对大谢头说：

　　"我看新任县长自己并没有贪污什么。我可以保证，省里和军队所拨的款项，全都用在陵园的建设上了，而且县里还补贴了不少。当然，其实我们龙湾的老百姓也帮国家省了不少钱。拨款是非常有限的，那点点钱哪能建起这高大、雄伟的陵园和纪念碑来？但这也不能完全怪政府，十四年抗战，国家的钱都花光了，国库亏空啦！所以在上次举行陵园落成典礼时，县长与省里的处长、国民党军的团长还一再跟我们握手，感谢我们，说我们付出了很多，帮了他们很大的忙。而且万一你去找县长时，他死不认账，还到省里告你跟政府讨价还价、索要好处，那怎么办？到时你不但什么也弄不到，志航在部队里的荣誉还可能受影响……"

　　听到这些，谢炳坤有些慌了，沉吟了半晌，问道："那……你说怎么办？"

　　"哈哈，我可没你这么小气，不就是区区八亩地嘛，多大的事儿呢，我给你如何？就从你那一百亩水田里，拿出八亩来还你吧。"

大谢头没想到老金会这样干，心里既吃惊又感动。但人心不足蛇吞象，他又要跟老金讨价还价，先要二十亩，最后谈成十五亩，这才心安理得地罢休。

抗战胜利后这将近一年来，谢志航多次离开空军驻地回府探亲，主要是南昌的谢氏公馆，因这段时间他一直在南昌协助父亲谢炳坤经营打理公司。

这一路上，从国府首都金陵、大都市上海滩、省城南昌、县城高安，到乡间龙湾……这位曾经朝气蓬勃、生龙活虎，同时勇冠三军、杀寇无数，现在却文质彬彬、温雅如玉的英雄飞行员，捕获了许多怀春豆蔻少女的芳心。此次谢志航回到龙湾，之前又有外地人杨天庆来龙湾定居，这两位"兵哥哥"的加盟，兼且曾一直生活在龙湾的李铁桶，这新的"龙湾三帅"，比起旧的"龙湾三帅"即谢天昊、许志宏、李铁陀来，在诸方面都要胜出，让龙湾人看到了新的希望。

说到谢志航，他长得可能没有两个哥哥高大英俊，但他人品、性格俱佳，还是赫赫有名的抗日英雄啊！杨天庆跟许志宏也都是抗日英雄，虽然一姓国一姓共，而许在新四军里已是高级军官，去年年底他与金葳蕤夫妻来信告知金贵田，抗战结束前后他已荣升为副师长，其新四军所部时驻守于鲁南豫西皖北苏北一带。但杨比许长得更为白净好看，文化程度也要高一些。至于李铁桶，他的拳脚功夫不如他哥，也比不上他哥勇猛，但行事更谨慎、周全，更任劳任怨。前两年铁桶娶了他母亲张氏的邻村娘家那边一个远房表妹，已生下一子一女。

谢志航其实很不想回龙湾啦！他是不敢回来，更是不敢见一个人。那人自是金潋滟无疑了。自从1941年那次空战遭受重伤以后，他就不敢见也不想见潋滟了，潋滟去上饶就是被他气回来的。他本也可以复员，但他宁愿待在空军部队的地勤部门里继续为抗战做些什么，就是不想回老家。

但这次他父亲一定要他回来一趟，一则是他获得了这么大的功勋，得荣归故里、衣锦还乡，并向祖宗祭奠、报喜、感恩；二则，大谢头爱慕虚荣，好面子，喜欢热闹，爱子能陪自己一道回来，也是为自己脸上贴金，帮自己撑排场，给自己助威，意思是自己现在又东山再起了；三则有些事情也必须他本人回来处理一下……但这些事情自然挺多，大谢头说得比较笼统含糊，不过志航心里也明白。那就回去吧，反正早晚得回去，早晚得见潋滟，该交代的就得交代，不如早点回去，尽快了却。

可是回到龙湾后这么长的日子里，谢志航仍一直不敢主动去找金潋滟开诚布公地谈一次。他除了刚回来时的那几天，平时只待在谢府里闭门不出，也谢绝会客。其中也有个原因，是怕本村的或邻村邻镇的，甚至县城的、邻县的姑娘慕名而来向自己献殷勤、表爱意，或是媒人、家长登门，其实这不管从哪个方面说都不可能，无非是浪费时间，还影响心情，而大谢头又不好像过去那样态度恶劣、一概斥责。到后来，他则是跑去虎首山上找杨天庆聊天、喝酒比较多。他俩都是爱国军人、抗日功臣，有大量共同话题，性格、观点上也基本能够投合，相见恨晚、彼此敬仰。谢志航的南昌腔普通话还算比较标准，而杨天庆的西南官话谁都能听懂，所以他们的对话毫无障碍。

每次他俩都怎么聊也聊不完，聊着聊着就喝酒、划拳，划拳还是杨天庆教谢志航的，划的拳还是志航家乡高安的套路，而一开始他们只能玩石头剪刀布。

然后不知不觉就天黑了，两人就在星月下，晚风中，趁着酒兴，勾肩搭背踉跄着走到烈士们的墓冢前继续喝。

然后志航给天庆讲他当年怎么先后去见张学良、张群，说起来张群还是天庆的老乡，怎么在天上打飞机，尤其是对他最引以为豪的淞沪会战期间那场"八一四空战大捷"，更要浓墨重彩、绘声绘色地描述一番，他先后率队在华东、华中、西南等战区完成了近百次空中作战任务，一共打掉二十五架敌机，光他一人就打掉了六架半，对方死伤达数十人。

天庆却不讲打仗——他的战绩比志航只有多不会少，但他不爱显摆。只讲他跟这些牺牲的战友也是发小在童年时在泸州老家一块玩儿的快乐情景，但他如何眼睁睁地看着他们一个个中弹了，像大树被砍伐般轰然倒在自己面前的情景他还是要讲的，讲着讲着又伤心了、哽咽了、哭了，遂趴在墓冢上或碑座下。志航过去也不爱显摆的，只是负伤以后，特别是精神遭到了打击，就有些喜欢自我标榜，不过亦仅局限在少数亲戚、朋友场合。

然后大部分夜里，他俩都喝得酩酊大醉、不省人事，志航就在天庆的小屋里睡，两人同睡一张床，正如当年参军时战友们统一睡通铺一样。

最初的三五天，到了夜深时分，在熊芙蓉关切地催促下，谢炳坤会扯着二谢头来寻谢志航回去。他能走就自己走，不能走就拖着他走。拖得动就拖，拖不动让他睡在这儿。到后来知道他反正是在这儿，也就不管他了，回就回，不回就不回。

但这样一来，金潋滟可急了。她见谢志航老是不来见自己，遂大为不解，又急又恼。难道航哥哥还是像五年前在上饶军医院里时那样，神经发作、喜怒无常，他并没完全好吗？可不对呀，看他身体应该痊愈，已经恢复到了过去的样子，精神状况也应该好多了，已属基本正常，言行举止、神情姿态、待人接物都没什么大问题嘛！那又是为什么呢？他对自己到底有啥想法，他俩到底要咋办？

试想，他俩之间的感情这么深、这么久，自己这么美、这么俏，也精心修饰、打扮了，把自己最好看、最动人、最深情的一面展示给了他，且他们早已山盟海誓、私定终身，她也把自己最珍贵的第一次献给了他，两人又阔别了整整五个春秋……若非什么地方不正常，他应该第一天回来一见到自己，就会眼神炽热，挪不开眼。不过，金潋滟倒觉得，杨天庆看自己的眼神就是这样。虽不会这么疯狂直接，但肯定是激动兴奋的。

但是，金潋滟总觉得谢志航这几年变了很多了，变得很陌生了，已不是过去的那个航哥哥了，让她有些不认识甚至感到害怕、心冷了。但实际上在别人看来，他反而变得更好了。过去他是青春阳光、朝气蓬勃、生龙活虎，但难免有些大大咧咧、毛毛糙糙、没心没肺，如今他却文质彬彬、温润如玉、斯文礼貌、成熟稳重然而沉默寡言，甚至有时有些高深莫测。

金贵田也早看出端倪来了，但他并不具体知晓其中的那些细节，男女感情之事太复杂。但他觉得这样可不大对路，战争都结束一年多了，这两人已有多年不见面，彼此苦苦等候了十来年，潋滟都三十一岁了，志航自己也三十四岁了，按年岁他俩的孩子都该老大不小了，怎么他俩还不亲亲热热日日夜夜泡在一起，并开始考虑谈婚论嫁呢？就连谢金枝也好几次偷偷地问他：我哥怎么不来见潋滟，潋滟也不去见我哥呢？

为此老金去找过炳坤、芙蓉夫妻。大谢头说他俩自然是没问题。他也问过志航，志航答复正在计划当中。那就让事情正式走上日程，开始操作起来呗！这可是葳蕤、潋滟她们娘亲翠柳生前的遗愿，也是谢、金两府共同的心愿啊！

那天晚饭时，老金对潋滟旁敲侧击，让她主动去找志航。潋滟没吭气，心里觉得也只有如此。

于是，金潋滟随便扒拉了几口饭后，就一个人去了虎首山上杨天庆的那间小屋。那时天色尚早，落日离远处的山头目测还有几厘米距离。残阳赤红得像灌满了鲜血，仿佛凝固在祥云和晚霞之间。果然谢志航和杨天庆在喝酒，喝得还不太多，头脑应该还清醒。

金潋滟就把谢志航约了出来，两人在陵园里的广场上边走边说。

金潋滟问道："航哥哥，你回来这么多天了，怎么不来找我？"

谢志航说："你看我这些天不是一直很忙嘛！"

金潋滟感慨地说："航哥哥，日子过得好快啊，又是几年过去了，你看我俩都三十好几啦！"

天还没全黑，在晚霞余晖里，靠近的人还能彼此看得清。潋滟看看航哥哥，鬓角也染上了一丝丝白发，不免生起怜悯之心来。而她自己是天天照镜子，近两年里，她这完美绝伦的脸庞上也有了几条粗看发现不了、细看就能看到的鱼尾纹。

谢志航只轻描淡写地应了一声。金潋滟想倚靠过去，他却仿佛有啥禁忌似的赶紧弹闪开来，又像是避瘟神，始终跟她保持距离在五十厘米以上。潋滟心一沉，一冷。

金潋滟："那我们什么时候结婚呢？"

谢志航："等我下次回来再说吧。"

"什么意思？你还要去哪里？"

"又要打仗了……哦不，都已经打起来了，我归队又晚了。"

"打什么仗，谁跟谁？"

"国民党跟共产党。"

这事金潋滟还不知道，吓了一跳。仗刚打完，怎么又打了？而且之前是打鬼子，现在是自己人打起来了。她不知道她爹、航哥哥他爹、刘赓校长、仲方大舅、金枝儿……还有这里的杨连长、战场上的姐姐、姐夫，他们又知道不知道。

她沉默了一会，问道："那要打多久呢？"意思是说，那你下次回来得是什么时候？

"谁知道？天晓得！"

"那……航哥哥，还是让我先给咱们生个孩子吧。"

"不行，龙湾的风俗你又不是不知道，未婚生子，人家的唾沫都会淹死人。"

"我不在乎！现在什么时代了，奉子成婚的多着呢。"

"潋滟，还是等我回来再说吧，应该也快了。"谢志航有些有气无力。

"航哥哥，你是不是变心了，外面有女人了？你现在可是抗日大英雄，全国的名人,哪里都有爱慕你、追求你的女子啊!你是不是在外面的大城市里另外成了家?"

"潋滟儿,哪有的事?你真的想多了。"

"那你这次回来怎么对我是这样的态度?都不来我们金府找我,见了面也是冷冷淡淡、若即若离的。"

"没有吧?我觉得很正常啊!"

"可是,我要生个孩子,你都不同意。你很快就要走了。这又不影响你去打仗。……航哥哥,我觉得,你这次回来,好像变了一个人。不,你在上饶时就变了。"

"你知道,我们谢府的家教是很严的,我爹我娘绝不会同意咱俩还没结婚就生孩子。你看,我小妹还只不过是被鬼子欺负,被迫生下了谢铁,他们都不要她了。"

"呵呵,那你以为我们金府的家教就不严,我们姐妹就很随便?"

"你姐难道还不随便吗?她最初是跟同学搞在一起,后来又跟共产党人搞在一起,还跟着他跑了,那时你爹不是也没同意吗?她本应该是我的大嫂或二嫂的。这你又不是不清楚。"谢志航本想说这些,但话到了嘴里又咽了回去,唯恐金潋滟生气翻脸,说:"我不是这个意思。不过既然我们谢府有这个规矩,那还是等我下次回来吧。再说,万一我在前线死了,你不是年纪轻轻就要守寡吗?"

"守寡就守寡!"金潋滟斩钉截铁地回道。但她不想继续听谢志航敷衍下去了,她觉得自己在如此低三下四、死乞白赖地央求他,他却无动于衷,绝不松口,而且话语里越来越离谱、不着边际。她强忍住要夺眶而出的不争气的泪水,再也不搭理他,掩面而逃。

这几日夜空总是繁星满天、银河闪烁、晚风悠悠,本是很浓情、浪漫、美好的时刻,可金潋滟只感到仿佛身处冰窖,心如刀割、了无生趣,前面的路什么也看不见似的。她真打算一股脑儿狂饮三十斤一大桶的米酒,就此把什么都忘了。

她不由得想,一个万众挑一、无数人倾慕着迷的大美女,等你等到了三十几岁的"高龄",差点成了明日黄花,枯萎凋谢、零落成泥,可你都不珍惜,这世界到底是怎么了?你谢志航算老几?爱情啊,你姓什么?问世间情为何物?

这时杨天庆恰好走出门来,看着他俩不欢而散,金潋滟欲哭无泪地伤心离去,自己心中的女神竟被气成这样,就问了谢志航一句:"你们这是怎么了?"

谢志航却郁闷地瓮声瓮气回道:"这事你别管,咱们喝咱们的酒。"表面看他像是没事似的，但他的心里在淌血。

问题是，这事杨天庆会不管吗？

这天晚上，谢、杨二人都有心事，没喝好，谢志航早早就告辞回谢府去了。是夜，谢志航、杨天庆、金潋滟他们仨都没睡好，失眠了。第二天早上，志航就自己去金府找潋滟了。

金府的人这时都在。金贵田、幺爹赶紧回避，谢金枝也带着谢铁去后院里的小花园玩去了。至于另外那几个大孩子，由于抗战胜利后大中小学已恢复上课，谢天昊与朱璇家的谢雪、谢祝被送去南昌，许志宏与金葳蕤家的许金华、许金林、许金凤被送去高安县城，上初中的上初中，上小学的上小学。由于他们之前在府上有金贵田、谢金枝、金潋滟、江仲方、刘赓、谢光赋、日野芳子等好几个人或多或少地教过他们一些文化知识，加之他们聪颖，记忆、接受和理解能力都强，所以在班上的成绩都是名列前茅。到放假时，他们便都回到龙湾来相聚。而平日周末，则南昌的回谢氏公馆，高安的回大舅公江仲方家。今年下半年，谢铁也要被送去高安县城上学。

金潋滟一个人侧趴在长椅上，乏恹恹的，兴味索然，又有点百无聊赖，不想动，也懒不言语。她都懒得叫谢志航坐，更甭说给他倒茶、递点心了。可平日里她总是很细心也很懂礼节的，所以要么她对志航有意见了，要么她自己心情不好也顾不得其他了。总而言之，还是跟志航有关。

谢志航说："潋滟，我今天就跟你挑明了，实话实说吧！是的，我昨夜骗了你，我没有说真话，原因主要不是我要去打仗了，而是……"

金潋滟的眼睛突然发亮，坐起身来。她本以为谢志航回心转意，愿意跟自己结婚了。她这眼睛一亮，顿时容光焕发，就像乌云密布的天空突然迸射出一道耀眼的光芒，或是晦暗无色的地面突然绽放出一束鲜艳的花朵。她本来就非常美，此时五官更加璀璨、生动，简直是风华绝代。谢志航也看得眼热心跳，在心里却暗暗恨命运不公："如此世上打着灯笼亦难觅到的绝代佳人，你却只能遗珠弃璧、无福享受。别人是一心想得却得不到，你却只能'望美兴叹'。惨哉惨哉，惜乎惜乎！"

谢志航赶紧像小孩上学时背课文似的说："潋滟，是这样，我没敢告诉你……我都不晓得该怎么给你开这个口，估计我爹也还没告诉过你爹吧，……他早就在省城另外给我安排了一门亲事，……嗨，就像我大哥的婚姻一样，我小妹他不也是曾经一直这么打算的嘛！对方的父亲是我爹多年的合作伙伴，我爹还有经济上的把柄握在他手里，跟他的一些业务纠纷也牵扯不清，总之事情挺麻烦的，……所以必须让我娶他的女儿，两府联姻，一切问题就都迎刃而解，不是问题了。所以我不但跟她结了婚，……我们还生活在一起好几个月了，她都已经怀孕了。……其实我跟她毫无感情。她既不漂亮，连我大嫂……不，连朱璇都不如，又不聪明，文化也不高。你知道，自始至终，我就爱你一个人。"谢志航这"课文"背得慢慢吞吞、吞吞吐吐、结结巴巴、断断续续的。

金潋滟轻松地吁了一口气，说："航哥哥，这算个啥？我还以为有别的什么大事呢！我爱你，我要跟你过一辈子，我并不在乎你已有别的女人，我愿意做你的二房。我就待在龙湾，不去南昌，不跟她见面就是。我只做你龙湾的女人，给你生几个儿女，好好带大，就像我姐、你哥的孩子们一样——不，咱们自己的孩子当然更好，我也会更用心用情来抚养。"

谢志航就像是耳朵没有听清，惊讶得差点下巴都掉了、眼珠子都出来了，激动得语速加快了许多："潋滟，这怎么行？我已经有老婆了，要是让你再做小的，岂不是太委屈你了？我就是怕委屈了你，所以才不敢跟你说，也并不希望你做这样的选择。你还是别受委屈了，另外嫁个男人吧，杨天庆连长多好的人啊！而且你自己也说过，你是信基督的，只接受一夫一妻制。所以当初我大哥逼迫你嫁给他时，你就让他先跟朱璇离了婚再说。"

金潋滟说："确实是这样。但为了爱情，我愿意做出牺牲！我那时之所以那么对你大哥说，其实是明知他做不到的。我怎么会同意嫁给他呢？"

谢志航假装咬咬牙，豁出去似的说："……既然如此，那我就都交代了吧。……潋滟你不晓得哟，你的航哥哥已经变坏了，不像以前那样单纯干净了，不再值得你爱了！……我在外面这么多年，你晓得我是怎么过来的吗？我的私生活是怎样的吗？……从南昌到东北、法国再到南京、上海、河南、重庆，……因为你长期不在我身边，我年岁也大了，也有生理需要啊，所以也是好色成性经常寻花问柳，甘愿堕落呢！……对那些爱慕者，送上门来的，我是来者不拒，先玩了再说。……我还经常流连于烟花柳巷红灯区，找婊子妓女，甚至把她们带回房里来寻欢作乐，……我还得了……多种性病，……那模样可丑陋恐怖了！我自己也是常常痛不欲生。"谢志航装出一副悲痛欲绝的样子。

金潋滟看出谢志航有装的成分,她压根也不相信谢志航会是那样的人。金潋滟也装出一副仍然无所谓的样子,就像是在听别人的故事,跟志航无关似的,平静地说:"航哥哥,这也不是大问题。有哪个男人不在年轻的时候放纵、风流几回的?只要你已把病治好,人变好了就行。我是不会计较你的过去的,我只管你的现在和将来。"

谢志航再无任何话可说,心里异常感动,他强忍马上夺眶而出的眼泪,把金潋滟紧紧地抱住,心中感叹:人生得此女,夫复何所求。不过这次两人啥也没做,连个吻都没接,仍给潋滟以发乎情止乎礼的印象,比在上饶训骂她、赶她走稍好些,却没有当年在南昌的那份亲密热烈。那种浓烈透骨的爱,让她至今迷恋,无法忘怀。

第十九章 同志

"北国风光，千里冰封，万里雪飘。望长城内外，惟余莽莽；大河上下，顿失滔滔。山舞银蛇，原驰蜡象，欲与天公试比高。须晴日，看红装素裹，分外妖娆。"

这首词大气磅礴、气吞山河，其作者毛泽东，早在1930年7月，曾以红一军团政委的身份，与共事过数十年的老战友朱德一道率军到过高安。而此时已是中共中央主席、中共中央军事委员会主席，在革命圣地陕北延安所撰写的《沁园春·雪》，发表于1945年11月14日的重庆《新民报晚刊》。在此之前，同年八月毛泽东赴渝与国民党中央主席、国民政府军事委员会委员长蒋介石谈判。时此词作已在山城的国府各界上层人士、衮衮诸公、抗战骁将、文化名流、实业精英、莘莘学子、劳苦大众之间产生了莫大反响。时逢日寇投降，举国欢庆，民众像久旱盼甘霖，渴望战争早日结束、天下和平统一、百业恢复正常，而这首胸襟旷达、自信奔放、昂扬向上的词作也大大鼓励了全国人民，传递了满满的正能量。

《沁园春·雪》实则创作于此前好几年，时中国工农红军在经过艰苦卓绝的二万五千里长征以后，终于胜利到达了陕北革命根据地。毛泽东以南方人一米八几的罕见高个子，巍巍伫立在神州北国的辽阔大地上，独自雄踞于那"会当凌绝顶，一览众山小"的巅峰绝顶，面对千沟万壑的黄土高原笼罩在茫茫雪朝、白白银海之中，天高地迥、江山万里的壮丽景象，不免逸兴遄飞，诗兴大发，视野纵横八万里，思绪驰骋五千年，遂有这冠绝古今的革命豪放主义杰作，它充满着政治上的自信和军事上的必胜。

经过14年与日寇的殊死搏斗，终于赶跑了侵略者。这也是中国人民自鸦片战争开始、近现代史以来第一次反抗外敌入侵的伟大胜利。可是，就在全国四万万骨肉同胞都在翘首殷切期盼和平之时，以蒋介石为首的国民党却容不下共产党和人民军队的存在，"卧榻之侧岂容他人鼾睡"，经多次协商斡旋谈判均告无果，便又悍然挑起终极决战，中共领导的解放区军民不得不进行自卫。抗日战争结束还不到一载，在历史教科书上被称为第三次国内革命即解放战争便打响了。但《沁园春·雪》一词里早就预见到了，以广大人民群众为坚强后盾、顺应时代潮流、深孚民心、力量无穷的共产党人是必胜的。

饱受战乱摧残的龙湾人，赶跑了日本鬼子之后，以为要过太平日子。殊不知，一场新的较量又开始了……

谢炳坤的幺女谢金枝，抗战全面爆发以后，她因不幸罹遇鬼子糟蹋失身还产子，父亲谢炳坤乃至娘亲熊芙蓉、祖奶谢李氏都歧视厌恶她，不想再见到她，便不得不长年寄住在金贵田府上。老金和已故的婆子江翠柳其实一直就把金枝当自己的女儿看。在住到他府上后，更是与女儿无异了。金枝也一直是视老金为干爹的，但不知怎么的，在跟他生活了多年，朝夕相处，特别是江翠柳被日机炸死、李铁陀被日寇打死，他俩一个丧偶、一个失爱，以及经历了诸人与日野芳子的一段离奇故事后，她对鳏居孤独，却还关心和照料自己的老金，产生了一种异样的情愫，但也许，这种情愫早已埋藏在她心底了。

金枝清楚记得那是日野芳子走后的第三个年头，也就是1944年，抗战虽然还没结束，鬼子的驻军还有不少没离开，如筱原喜七郎大佐、高桥直中佐各自所辖的两个团，就长期驻扎在高安县城。但高安境内大的战争已基本停息，社会平定多了。金枝他们还真收到了芳子托人从日本辗转带来的信，她也把芳子的话基本听进去了，不再有把谢铁弄死或遗弃的想法。

那次是小铁得了疟疾，非常严重。连金枝的舅舅熊二都无能为力，说只有去县城买到进口西药奎宁，才能尽快让小铁转危为安。可兵荒马乱的，一个女人家怎么出远门？有几个人想代金枝跑趟县城，但她不许，执意要自己去，让娘亲谢熊氏和金先生、金潋滟父女帮自己暂且照看着小铁。并且听从了舅舅熊二的建议，采用一些中医偏方，包括用铅丹配温水口服，用新鲜饱满的蒜瓣捣成汁液，不断地擦敷和刺激脉口，注意睡眠、保暖、喝水，以勉强缓解小铁的病情。然后她打扮成男人的模样，在脸上抹了点灶灰泥巴，就独自出发了。

谢金枝执意要自己去高安，是因为如今特殊时期，城里的店铺大都关门了，更何况还是要买当时非常紧缺、人人需要的西药？别的人不见得能找到合适的药店，去了等于白跑一趟，倒耽误了对小铁的及时治疗。而她之所以信心百倍地要去，是因为她二哥谢光赋曾给了她他一个朋友的电话和地址，对方就是专门做西药生意的，经常往来香港，且跟日本人、国民党人、共产党人三方都有关系。

二哥虽然后来成了叛徒汉奸，但在三个哥哥里只有他对她才是真的好，也不嫌弃谢铁。三哥虽然是作战英雄，但也不能免俗，跟父亲、娘亲、祖奶一样，想必是多年跟鬼子打仗的原因，他不但对小铁这个有日本血统的外甥从没好脸色，连见都不想多见，甚至连她亦有些疏远。

这天早上，天气刚开始炎热得很，那头顶的毒日白晃晃，如太上老君的八卦炉般炙烤人。过了两个时辰突然又狂风大作，大雨倾盆，电闪雷鸣，天摇地动。她在路上既挨了晒又淋了雨，后来雨过天晴，淋湿的衣服又渐渐干得差不多了。但她还是要下定决心买到药，好回去把小铁的病治好。

此时天还早，前面倒是挺顺利，谢金枝一路无阻，从西门钻进了县城。因把守南门的鬼子太多，绝对难通过。但很快就在南北主干道，碧落路往右边凤凰湖侧的一条小街拐弯时，她遇上了一队巡逻的鬼子，从碧落路北边走过来，总共有八个人。她要是个男的倒还算了，顶多被盘问训斥一顿，身上有值钱的东西就会被其搜走。而她好在还没找到药店，没拿到药，恐怕鬼子也搜不到什么。关键是倘若被鬼子发现了她是一名年轻漂亮的姑娘，就难免不出问题。但是狭路相逢，她根本来不及躲闪逃跑，否则更容易引起鬼子们怀疑。此时，她只好硬着头皮迎上去，心里暗暗祈求菩萨保佑："阿弥陀佛，请保佑我平安无事，请保佑我！"

就在谢金枝离鬼子们仅只有十来米远时，那几个家伙好像看出来了什么，彼此交流、嘀咕了几句，眼中顿时冒出惊喜的淫邪之光，口里叫着"哟西哟西，花姑娘的干活"，立刻端着一把把长枪，向她三步并作两步赶紧围拢了过来。金枝心里一惊："坏了，还是被这些畜生发现了，这可怎么办呢？"原来，她脸上、身上的污垢尘灰早已被雨水冲刷掉了，她后来又没来得及再"补妆"，姣好的五官面容暴露无遗。身上的衣衫本就很薄，加之刚被雨淋湿过，又未干透，也显示出了玲珑的身材曲线，高耸的胸部甚是性感，难免不让那些鬼子流口水、起色心。

正在她有些手足失措，愣在原地之时，突然从她右手边的小巷里传出一连串"砰砰砰"清脆的枪声，射向那几个鬼子。其中三个中弹猛然倒地，非死即伤。另五个吓得或者赶紧找大树、石堆、墙角之类藏身，或躺在地上躲避枪子儿，同时也不忘向对手还击。

紧接着，一个蒙面人从小巷里迅速冲了出来，拉着谢金枝急忙往那边疾跑。她在奔跑的过程中，还看到另一个蒙面人，正靠在墙角继续向鬼子发起射击，以掩护他俩。

他俩跑了好远一段路，在七拐八弯的小巷弄里走了许久，这才看到另一个蒙面人也追了过来。大家跑得上气不接下气，大声喘息。确保鬼子再不会追来了后，那两个蒙面人便把头罩取了下来。原来拉她跑的是位中年大姐，掩护他俩的是个小伙子。

那位大姐对谢金枝说："刚才好险啦！嘻嘻，你再怎么化装，人家都认得出你是个标致姑娘。好在你还没进西门时，就被我们的交通员——呶，就是他，小张同志发现了，赶紧过来报告，我俩总算是把你给解救了。如今形势这么乱，你一个姑娘家怎么跑出来了？"

"多谢二位救命之恩！"谢金枝连忙道谢，然后问道，"你们是……"

大姐警觉地打量了一下四周，说："这里说话不方便，进我们家里再说。"

由大姐带头，三人又拐过了几条小巷，直到确定无人跟踪，这才从一个普通的小院子启锁进入，再把院门赶紧关上。这是中共高安县委的一个地下联络站。

大姐终于呼了一口气，请谢金枝在小院里石桌前的木凳上坐下，又让小张进屋沏茶，然后开口说："你是龙湾的吧？"

谢金枝惊讶地问道："你是怎么知道的？"

大姐微笑道："我还知道你父亲叫金贵田，你姐姐叫金葳蕤，你舅舅叫江仲方，高安中学的校长刘赓是你父亲的学生……我说得可对？"

谢金枝明白她是把自己误会成金潋滟了。谢金枝暂不纠正，继续问道："那大姐您怎么称呼？"

"你就叫我文大姐吧。我就是老华的妻子，我丈夫就是华子骞。就是几年前，被高安上任县长方旸派人暗杀的那个。"她说得挺平静的样子，其实是早已脱离痛苦，从老家来到高安，妻承夫志，投入革命工作。

谢金枝说："我知道华老师，他是高安人人仰望的大英雄。"

"老华九泉之下有知，知道大伙如此敬重他，应该很欣慰。"

小张走过来给两人把茶水沏上，插嘴说："潋滟师姐，她是我们的师母，现在是……"

"小张，你赶快去外面警戒，有什么情况及时报告。"文大姐马上打断了他的话，不让他多嘴。其实，文大姐多年前就被华子骞发展成了党员，配合丈夫为党做了很多工作。在老华牺牲后，听从上级党组织的安排，把三女两子留在邻县老家后，只身奔赴高安县城，继任中共高安县委书记，公开身份是高安中学的体育老师。

小张原来是华子骞的门生，也算是龙湾金府姊妹花的师弟了，在老华生前已申请并被批准成为预备党员，即将转正，现在是地下党的交通员。他的优点是胆大而心细、貌似愚钝而实则机警，是文大姐的得力助手，也将要成为文大姐的乘龙快婿。

中共高安地下党组织其实也知道，华子骞是被谢光赋叛变后出卖给国民党高安县府的，但既然谢光赋已被其父大义灭亲并送去国民党军队接受处罚了，那么，为争取金贵田、谢炳坤，乃至整个金、谢两府，于是便将所有罪过推在方旸一人身上，而事情细节并不对外公开，只个别知情人清楚。但要是谢金枝知道，今天自己的救命恩人文大姐的丈夫，竟然又是最爱自己的二哥出卖的，她会怎么想呢？

文大姐见自己提到金贵田、金葳蕤、江仲方、刘赓、华子骞……这么多熟悉的名字，眼前这个姑娘却并不是很激动兴奋的样子，平平淡淡、心不在焉的，颇有些奇怪。莫非是她天性如此，还是刚才遭遇枪战，尚且惊魂甫定？

但她还是接着说道："你姐夫许志宏副师长我已见过好几回了，那时他常来找我们老华。刘赓校长跟我们更是老熟人了。你爹金先生、你大舅江老板我也见过一次。那时抗战还没爆发，你爹来高安，他跟刘校长、你大舅、老华几个一起吃饭，我也在场……对，当时的萧县长也来了。可你们姐妹俩我还从没见过呢！对了，你今天一人上高安来有什么事？看你行色匆匆的，应该是事情挺紧急的。"

谢金枝这才大梦初醒，顿时想起自己是干吗来的了，家里小铁还没脱险，正等着自己买药回去救命呢！她急了，赶紧含糊地回道："孩子得了疟疾，我来买药呢！"她并没明确说是自己的孩子。继而又补充了一句："我姐的几个孩子，不是放在龙湾我们府上带着嘛！"因临时情况，她只好撒谎到底了，但心里也在责怪自己，暗暗吐舌头。其实她说得并不算错，金葳蕤也是她姐。且她的几个孩子跟小铁长期朝夕生活在一起，若小铁的病不痊愈，就完全有可能传染给他们。

文大姐一听也急了："疟疾可是很严重的病呢！尤其是小孩子患上，更加危险。

你是说，是许副师长与你姐的孩子？我早就听刘校长说起过，他们的孩子的确是留在龙湾。"

听到这里，她几乎确定眼前就是金潋滟了，又赶紧问道："那你买到药没有？对呀，你才刚进城，哪里有机会去买药呢？可现在高安城里的药铺都关门了，你去谁那买药？"

谢金枝再次撒谎："我去找一个熟人，是我爹告诉我的，他那里有药。"

"你说的那人是谁？"

谢金枝说了一个人的名字，这次是真的。文大姐如释重负，吁了一口气："嗨，你说他呀，我们也认得呢！他跟……我们，跟县府，跟国民党军，跟有钱人家，跟社会各界，甚至跟日本人都做西药生意。哦，对了，我想起来了，你还运气真好，来得真巧，去年我们就在他那里买了一大批药，正好有些治疟疾的药还没用完。小张，你去里屋的药箱里找一找，就是那个奎宁，拿来给……对，你叫小金，拿来给金小姐，哦对，你的师姐吧！"

文大姐询问谢金枝的姓名，她既不实话说自己是谢金枝，也不撒谎说自己是金潋滟，而是急中生智说自己是小金，这怎么说都没错。

谢金枝感激得热泪夺眶而出。她要从鞋子里把藏在那儿的钱统统拿出来给文大姐，文大姐却推托说："咱们都是自己人，还要什么钱呢？我下回再向那人多买一些就是。你拿了药赶紧回去，孩子正等着呢！救病如救火，晚一刻就多一分危险。我让小张和小罗，带上武器，送你回去。要还有什么事，不妨再来找我。如孩子病未全好，或缺啥药，尽管说就是。不过你再不能自己来了，这太不安全，下次最好是男的来。记得把要说的用纸条写好，让他到南门外锦江对岸那棵歪脖子老槐树下，找开剃头铺的易师傅就是，他们会安排一切的。"

再次感谢了文大姐以后，谢金枝就收好药品和注射器，由小张、小罗护送，沿锦江北岸的树林走，一路安全。两个小伙子直到把谢金枝送至龙湾河口，才被她三番五次劝回去了。

谢金枝回到金府后，给谢铁一注射奎宁药，疟疾很快就得到了控制。第二天、第三天接连注射了几支药，病就好得差不多了，小铁又成了活蹦乱跳的"孙猴子"。

这次去县城的真实情形，谢金枝对谁都暂时还没说，甚至包括她爹、老金和金潋滟。但是，她已经明白，文大姐肯定是共产党。联想到身边所认识的共产党人，包括许志宏、金葳蕤，也包括这个文大姐，还有华子骞等那些牺牲的人，死后才知道是共产党。这些一个个看起来很普通的人，但身上似乎都有一种看不见的力量，这种力量可能就是他们所说的那种精神的力量，令人向往，令人钦佩。一想到这些，谢金枝忽然产生了强烈的愿望：自己也想成为他们那种人。

经过一段时间的思考，谢金枝决定再次去县城找文大姐。她先让李铁桶把她送到南门外锦江对岸老槐树下的易师傅那里，再由易师傅联系文大姐地下交通站，直到确保安全，才由交通员小张，把她接进城，送到那里。

第二次，谢金枝没有再对文大姐撒谎，并道了歉，说自己并不是金贵田的女儿、金葳蕤的妹妹金溦滟，而是金贵田的干女儿、金葳蕤和金溦滟的干妹妹，是谢炳坤的女儿，名叫谢金花。

不过从此以后，谢金枝就正式改名叫谢金花了。

文大姐对此表示理解，亲切地说："没关系，情况特殊嘛。"

谢金花直截了当地问文大姐："您是共产党吗？"

文大姐没有正面回答，而是笑了笑："你说呢？"

谢金花立马说出了自己这次的来意："我要入你们的共产党！"

文大姐收敛住笑容，严肃地说："加入共产党是要杀头的，你不怕吗？"

"是有些怕，但我更想像你们一样，活得更有意义！"谢金花坚定地说。

谢金花要求入党，跟金葳蕤有些不一样。金葳蕤是很早就在学堂里受到一些进步教师的教诲和熏陶，耳濡目染、潜移默化，不由自主地阅读革命书刊，参加学生活动，发表政局看法，本身出自书香门第又比较民主，父亲思想开明，就有了立志走革命道路，成为共产党员的想法，后来又爱上了生死与共的许志宏，知道他就是共产党员、红军战士，她决心要跟他走到一起，终于上了华林山，两人志同道合，她自然也就入了党。

谢金花跟她的家庭一向格格不入，对她的父兄们热衷于追逐功名利禄，经营生意产业很是反感，当然三哥谢志航有些不一样。而且几个父兄又有很深的狭隘门户之见，势利世故，嫌贫爱富，反对她与家境贫寒的李铁陀谈恋爱，后来她不但爱情无望，而且自己被鬼子糟践，铁陀被鬼子打死，她生下鬼子儿子被家庭抛弃……一连串的打击，让她一度对人生产生绝望，屡起轻生念头，现在遇到了共产党，就像身体里有了主心骨，人生重新有了奔头，能不紧抓不放吗？她也要像她认识的那些共产党人一样，做一个不光是为自己而活的人。

文大姐脸上又绽放出笑容，她有些喜欢这个直率的姑娘。她抚着谢金花的肩，亲切地说："好啊，欢迎像你这样的年轻人加入我们的组织，成为我们的同志，使我们的队伍越来越壮大，那么我们的力量也就越来越强大了。不过你也知道，我们共产党并不是什么人都可以加入的，必须是那些信仰坚定、不怕牺牲的人，要接受一段时间的考验，为党做一定的工作才可，像老华同志、你姐、你姐夫他们那样。"

谢金花又有些担心："大姐，我父亲、我大哥、二哥……"

文大姐看出了谢金花的担忧："你是你，你父亲他们是他们，我们只看本人革命的态度。再说，你父亲并没有做过什么伤天害理的事。前段时间，你父亲为保护乡亲们，与金先生一起挺身而出，差点被日本人枪毙，这些事情我们都听说过。"

谢金花激动地握着文大姐的手："我坚信自己的选择！请党组织看我的行动吧！"

此后，谢金花也不负重托，争取向金贵田、金潋滟等人靠拢，传递情报，参与组织各种活动，做了很多力所能及的事情。

翌年春夏之交，抗战胜利前夕，谢金花终于在文大姐指导下，在连续写了三封入党申请书之后，由文大姐和县委另一位负责同志介绍，正式加入了中国共产党。

还是在高安老街里的这个小院里，在挂着鲜红的镰刀锤头党旗面前，文大姐领着她，还有两位同时入党的同志，右手举起，紧握拳头，庄严宣誓：

"我志愿加入中国共产党，坚决执行党的纪律，不怕困难，不怕牺牲，为共产主义奋斗到底。"

宣誓完毕后，文大姐与他们一一握手，热情地说："同志们，欢迎你们正式加入中国共产党，祝贺你们成为光荣的中国共产党党员！"同时，三个新党员之间也互相热情握手。

"同志"这个既稀奇又神圣的称呼，让谢金花与另外两人顿时激动万分、热泪盈眶，心里觉得暖洋洋的，就像是在黑夜里走路迷失方向时突然看到前面出现了一盏明灯，或是可怜的孩子在跟父母失散多年后突然又找到了他们一样，有了精神上的依托和可信任的引路人。这让他们人生目标更明确，革命斗志更豪迈，内心更强大，前行更坚定。

又是一年秋早黄。云天收夏色，木叶动秋声。告别炎炎烈日的酷夏，龙湾又迎来了一个五彩缤纷的季节。忽而立秋，前几日还使人焦躁的闷热，立秋之后，即刻便有了些许凉意，那些与夏天有关的事，却不会愈行愈远……

龙湾人在赶走日寇狗强盗之后，先是在虎首山建起了龙团圩之战阵亡将士的陵园和纪念碑，然后是杨天庆自部队返身来此定居为烈士守墓，然后是谢金花的父母、祖奶、三哥也都回来了，除了金葳蕤夫妻在前线打仗不能回，李铁陀被日寇枪杀，江翠柳被日机炸死，金高煦和江老倌两位长者先后寿终以外，小小的龙湾村及整个龙湾河垄坑似乎又很快恢复了抗战之前的热闹场景。红白喜事、大小节日、四周圩集、采茶戏花鼓戏……都正常起来。

特别是金大先生，他改变了抗战期间日里夜间上下奔波的忙碌身影，每天不是与杨天庆、谢炳坤、幺爹喝酒，就是看采茶戏，还自己唱、自己写，不是练字，就是看书……过起了如闲云野鹤般"采菊东篱下，悠然见南山"的神仙日子。还有两个漂亮女儿日夜看护他，一大群孩子不时回来陪他，含饴弄孙的日子令他忘却了许多烦忧。

杨天庆刚到龙湾时，谢金花确实一时间对他产生过一些好感。他是抗日英雄、铮铮军人，又是龙湾百姓的救命恩人，他的外表、才干、品行……各方面都有很多突出的优点——除了腿有一点瘸，这无伤大雅，自是容易博得女孩子们的欢心。但是，谢金花很快就看出来了，杨天庆是奔金潋滟来的，他的眼里只有她，对自己并无特别的意思，但金贵田却想撮合她和杨连长。

那天午饭后，在金府的厅堂里，就金贵田跟谢金花在。谢炳坤和谢志航父子在自己谢府谈生意上的事，谢铁睡觉了，金潋滟和幺爹负责把喝醉了的杨天庆送回他的小屋。杨天庆一般哪能喝醉？自是"酒仙女"潋滟亲自出马，与幺爹两人轮流夹攻，把他搞定了，所以他俩也得负责送他回去。

桌上桌下，到处是空酒壶、空酒瓶、空酒杯、空酒碗。谢金花粗略统计了一下，几个人至少喝了一斤白酒，还有十几二十斤米酒。主要是杨天庆喝的，金潋滟、幺爹没醉。他们走后，金花一边收拾着这些，一边扶着半醉的金先生在长椅上半躺下，给他的茶缸续了热茶水。

有意思的是，金贵田从来都是把谢金花当女儿看，她却从来不叫他"爹"或"干爹"，而是叫"先生"，跟金葳蕤和金潋滟的娘江翠柳生前一样。不过江翠柳有时会在前面加个"大",叫丈夫为"金大先生"或"大先生"。

那天,金贵田趁着六分半的酒兴,跟谢金花有如下的对话:

"金枝儿,铁陀走了有这么多年了,谢铁也大了,我想你该另外找一个了。要是不怪我拿大多管闲事的话,我给你做个媒如何?"

"先生您是想赶我走了?那好啊,那您给我做媒的话,是做给谁呢?"谢金花知道他说谁,但假装明知故问。

"我哪里会赶你走呢?我都把你当亲生女儿看,你想在我府上待多久,就待多久。当然,你想回你们谢府也行,你想嫁人也行,你想去别的地方也行。难道你不觉得,杨连长这人打来龙湾起,就对你一直有好感吗?"

"杨连长对我有好感?我怎么看不出来?"

"你没看出来?我可早看出来了。我去找他喝酒、聊天,他每次都会提到你,说你的好话。杨天庆是个好小伙子,你跟他也很般配啊!"

"他每次都会提到我?难道他提到潋滟儿不是更多?"

"你这是什么意思?"金贵田确实有些不解。

"先生,这次您大概看走眼了。杨天庆来咱们龙湾,就是奔您家潋滟儿来的呢!"

"可是潋滟儿不是跟你志航哥是永远的一对吗?她是非志航不嫁的,这点你又不是不清楚。"

"哪有什么永远的说法?比如我跟铁陀……不说了。我觉得,我三哥这次回来,他变了,不知是不是在战场上受了重伤的缘故。……再说杨天庆又不知道这些。"

"你三哥变了吗?哎,是的,我也发现了这点。……你说杨天庆之前不知道,是有可能,可现在志航回来了,他俩经常在一起说话,想必是无话不谈的,那他怎么可能还不知道?而且那天我还让潋滟儿去杨天庆那儿找志航摊牌了呢!"

"谁知道他们男人之间是怎么说、怎么想的?……哎呀,我也不管他们那么多了,潋滟儿是嫁给我哥也好,嫁给杨天庆也好,总之我是再也不嫁人了。"

"这怎么行?你还这么年轻,又漂亮,不是可惜一辈子了吗?"

"先生,我谁也不嫁,哪儿也不去,只要您不嫌弃我,不赶我走,我就待在这里。不管潋滟儿嫁谁、去哪,她走她的阳关道,就让我一辈子侍奉您吧,让我们一起迎接……胜利的那一天,见证新中国的诞生。"

金贵田知识广博、学贯古今,却还不明白金枝儿"一起迎接胜利的那一天"

是什么意思，对"见证新中国的诞生"一句更加匪夷所思，像听天书。他发现，这一年多来，金枝儿的嘴里会不时冒出一些很奇怪的新字眼，过去所有字词典里都找不到。这是谢金花在接受党组织交给她的任务，做金贵田的思想工作，动员他。其实金贵田在思想觉悟、政治倾向上早已向共产党靠拢了，只是这些新字眼他从未听说过。

党组织也让谢金花争取金潋滟，但谢金花认为金潋滟的条件还远不成熟。她倒是想争取杨天庆。但得等她三哥走了之后。而且有可能，这两码事根本就是一码事，金潋滟也好，杨天庆也好，都得等她三哥走了之后再说。谢金花隐隐觉得。

谢金花后面这几句金贵田没听懂就算了，可前面那句，"让我一辈子侍奉您"，金贵田也没听懂，或者是没有完全听懂，没有真正听懂，而这句才是更致命的。他笑了，说："傻丫头，你又说傻话了，你怎么能一辈子侍奉我呢？我一个糟老头，黄土都快埋到脖子上了。你还有大好的前程。"

谢金花突然迅速走近他，以一双坚定的大眼睛，十分大胆地盯着他："先生，我说的一辈子侍奉您，是那个意思！！！"

经过两人这一番长谈，特别是谢金花这句有如雷霆万钧的表白，使得金贵田本来只有六分半醉的酒意彻底清醒了。尽管他早有些觉察，但今天金枝儿对他正式摊牌，他还是吓怕了。他咋不明白呢？当日野芳子那时还在，金枝儿为了她多次无端吃醋，还有意阻挠他俩，态度和说话都有些古古怪怪的，他就有些明白。也正是因为金枝儿从中作梗或者说是警告他，又或者说只是好像无时无刻不在旁边紧紧盯着他，让日野芳子好几回愿意为他献身但他都拒绝了。还有，金枝儿为啥一直不回自己府上？这些年来她与家人的芥蒂、矛盾已基本解除，她随时可以回谢府的，可她就是不回。如果不是由于这个原因，那还有什么原因让她不愿回去呢？

金贵田虽曾猜到了一些，却总不敢想下去。他觉得要么是自己多心了，要么是傻丫头心思不正常。此刻既然她打开天窗说亮话，老金也明确表示了自己的态度：

"金枝儿，你怎么能这样想呢？我一介老朽，与你爹同年纪，你一个小姑娘家，我跟你翠柳婶从你一出生就把你当作三闺女，这成何体统？你父母会同意吗？村里人怎么看我们？"

谢金花却格外坚决："您只问问您自己的心，管我父母同不同意干吗？管村里人怎么看干吗？您说您老了，可今年也才六十好几，能吃能喝、能拉能撒、能睡能起、能视能听、能说能道、能笑能哭、能走能停、能动能静、能写能画、能唱能跳……"

谢金花一口气说这么多的'能'，把老金逗笑了，不迭点头，他刚想说话。谢金花不容他插话："您身体还棒得很！我也已三十出头，孩子都大了，又不是黄花闺女了。莫非您也跟我爹我娘我奶我哥他们一样，嫌弃我被日本人糟蹋了，身子不干净了？"

"哪里哪里！"金贵田赶紧否定，"我可从没这么想。我怎么会嫌弃你呢？在我眼里，您永远是个好姑娘，跟我家葳蕤、潋滟一样。"

"这不得了？……"他们想继续说下去，可金潋滟、幺爹回来了，只得改换其他话题。

但既然摊了牌，谢金花就再不管谢志航、杨天庆、金潋滟他们两男一女那边的那些事了，不管金潋滟嫁谁，也不管杨天庆娶谁，更不管她三哥咋回事，都跟她已毫无关系。

秋后的一个夜晚，谢金花趁着金潋滟、毛狗生他们都睡熟了，偷偷摸到金贵田的床上，去钻他的被窝。老金已经进入梦乡，翻身时突然摸到一具细腻嫩滑的肉体，同时一双手从后面抱住了自己。老金吓得全身抖了一下，赶紧从床上爬起来，穿上衣服，一看是谢金花，马上明白了是怎么回事：

"小花，这成何体统？万万使不得。我是你爹呢。"

"你是我的什么爹？你是葳蕤、潋滟她俩的爹，我爹是大谢头。"

"无论怎么说，这违反人伦的事，我死也不会干。"金贵田斩钉截铁地说。

"先生，你知道，我从十几岁来月事，懂事了，明白了自己是女儿身开始，就从之前普通的仰慕你，变成对你产生了一种异样的想法。……嘻嘻，你可是我们龙湾的第一美男子，那时你才四十挂零，正当男人黄金岁月。我看过你的照片，比很多电影上的明星还帅呢！

"哦，从那以后这么多年来，我还陆陆续续无数次梦见过你呢！那时我就想啊，将来嫁人就要嫁你这样的。……铁陀跟你是完全不同的类型了，但我跟他的交往，与我对你的感觉没一点关系。而且我觉得，即使我与铁陀相好过，却也从未产生像葳蕤对许志宏、潋滟对我三哥那样的感情。"

谢金花还窃笑着说:"我小时候曾见我爹打骂过我娘几次,并偷偷听到我爹竟轻信了村里一些无聊无耻之人的传言,怀疑你跟我娘相好。嘻嘻!"

听了谢金花这一席话,金贵田的内心里像打翻了一瓶五味子,什么味儿都有。他连忙矢口否认:"你爹在胡说,村里那些人都在胡说!我怎么可能跟你娘发生什么事情!"

"小花呀,小花,你真是糊涂。想我金贵田也算是一个读书人,为人师表大半辈子,一直把你当女儿看待,如何能与你做如此苟且之事?"

但老金心里却在暗暗追忆昔年,十分自责、后悔地想:不过,他们说的也有些道理啊,苍蝇不叮无缝的蛋,无风起不了浪。可谁个年轻的时候没犯过一丁点错?惭愧啊惭愧!

谢金花见他如此义正词严,心里也有些羞愧,遂起来穿好了衣服,坐在床沿默默无语。

金贵田见状,知道谢金花心里在想什么。他叹了一声,特意用很轻松的口气说道:"唉,小花,今夜之事就当什么也没发生,你还是我老金的好女儿。不过,我也要谢谢我的小花这么多年一直对我的好。老朽这厢有礼了。"最后一句他是用高安采茶戏的戏调唱的,唱完弯腰向谢金花施了一礼。

他滑稽的唱调和动作逗得谢金花笑了起来,气氛一下也轻松了很多。谢金花赶紧站起来,红着脸正了正衣服,也唱了一句戏词:

"望爹爹恕小女无礼!"说完低着头一溜烟跑了出去。

从此,谢金花对金贵田更是多了几分敬重,金贵田在三个女儿中对她也是厚爱三分。

1946年9月10日,是传统中秋佳节,龙湾金、谢二府的所有人,还约了杨天庆上尉、李铁桶夫妻、江仲方和江仲元兄弟、刘赓校长等人,文大姐也以高安中学体育教师、刘校长同事的身份来了,总计二十几位,在已彻底修葺一新的金府外院及主厅里济济一堂,热热闹闹过了一个不平常的节日。金府里许志宏与金葳蕤夫妻不在,谢府中老太太谢李氏、二谢头、下人们没来。

月华如水,碎银满地,微风徐徐,黄夜清凉,蟋蟀唧唧,蝉儿窸窣。中秋过后,九月底,回家探亲已两月有余的谢志航,将再次前往国民党军队后勤部门效力,这次也算是大家为这位抗日功臣践行，同时是为庆贺这难得的和平岁月。

内战在即，在座之人关系构成复杂，谈话便尽量不涉及政治和时局。但说是这样说，由于各自的身份背景、内心思想大为不同，则不管如何避免冲突，表现平静，仍让现场中人觉得语带机锋、弦外有音，事后亦给大家一些回味、启迪。

佳肴美酒也都吃喝够了，趁着酒兴，大家便络绎出场表演节目，一边吃月饼、赏明月。金贵田提议策划，刘赓导演主持。这简直是一台异彩纷呈、别开生面的高水平的综艺晚会！

文大姐打了一套通背拳，虎虎生风，功底扎实，颇有女侠之风。

谢志航耍了几路峨眉剑术，乃小时跟一位游走江湖的师傅所学，说是多年没练手生了，不过招式也还齐全，挺像那么回事。

江仲元演奏他拿手的口技，模仿各种鸟类和禽畜，非常像，也甚精彩。

现场气氛开始热闹。

谢炳坤讲了个明初大富豪沈万三的故事，虽然不长，倒是曲折生动。

金贵田唱了两小段采茶戏《将相和》与《七步诗》，说的都是和谐主题，寓意颇深。熊芙蓉、谢金花母女俩各弹了一首琵琶古名曲《春江花月夜》和《渔舟唱晚》为他伴奏，旋律优美、意境深远。

李铁桶夫妻表演了一幕花鼓戏，地方风情浓郁；与老金唱的两段采茶戏，同样曲调独特、韵味十足，把两个外地人文大姐和杨天庆听得入了迷，不断鼓掌。

工艺大师江仲方用竹篾、木条、丝线等，在现场亲手制作了几件小物品送给大家，或小桥或亭子或水车或灯笼或动物，技术精湛，造型别致，栩栩如生，非常可爱，把几个小娃娃高兴坏了，一抢而空。

谢、许二姓的几个娃娃放假回家了，合唱学校里老师教的弘一法师（李叔同）作词的骊歌《送别》："长亭外，古道边，芳草碧连天。晚风拂柳笛声残，夕阳山外山。天之涯，地之角，知交半零落。一壶浊酒尽余欢，今宵别梦寒。……"奶声奶气但清脆甜美的、天籁般的童音实在好听。

刘赓朗诵苏轼代表作《水调歌头》："明月几时有？把酒问青天。不知天上宫阙，今夕是何年。我欲乘风归去，又恐琼楼玉宇，高处不胜寒。起舞弄清影，何似在人间。转朱阁，低绮户，照无眠。不应有恨，何事长向别时圆？人有悲欢离合，月有阴晴圆缺，此事古难全。但愿人长久，千里共婵娟。"可谓最应景，令人陶醉。

杨天庆朗诵李白名作《将进酒》："君不见黄河之水天上来，奔流到海不复回。君不见高堂明镜悲白发，朝如青丝暮成雪。人生得意须尽欢，莫使金樽空对月。天生我材必有用，千金散尽还复来。烹羊宰牛且为乐，会须一饮三百杯。岑夫子，丹丘生，将进酒，杯莫停。与君歌一曲，请君为我倾耳听。钟鼓馔玉不足贵，但愿长醉不愿醒。古来圣贤皆寂寞，惟有饮者留其名。陈王昔时宴平乐，斗酒十千恣欢谑。主人何为言少钱，径须沽取对君酌。五花马、千金裘，呼儿将出换美酒，与尔同销万古愁。"激情澎湃，豪迈得很，掀起全场又一次高潮。

最后是金潋滟朗诵谢庄《月赋》里的经典段落：

"……若乃凉夜自凄，风篁成韵，亲懿莫从，羁孤递进。聆皋禽之夕闻，听朔管之秋引。于是弦桐练响，音容选和，徘徊房露，惆怅阳阿。声林虚籁，沦池灭波，情纡轸其何托，诉皓月而长歌。

"歌曰：美人迈兮音尘阙，隔千里兮共明月。临风叹兮将焉歇，川路长兮不可越。

"歌响未终，余景就毕，满堂变容，回遑如失。

"又称歌曰：月既没兮露欲晞，岁方晏兮无与归。佳期可以还，微霜沾人衣。"

意境清美，情致深沉，文辞瞻丽，但未免有些凄冷、悱恻、哀伤。大概只有谢志航心里明白。

临走之前，谢志航与杨天庆这两位军人再次在虎首山上整日彻夜长谈。那天"秋老虎"肆虐，异常炎热，又没有风，两人大汗淋淋，全身湿透，所以一边喝酒还得一边拍着蒲扇。好在小屋脚下的草沟石罅里有眼神奇的山泉，此水在冬天冒热气似开水沸腾翻滚，在夏天却冒凉气似冰水凛冽砭骨，天庆便不时打来泉水供两人降暑、解渴、抹脸。

先是杨天庆敬谢志航："志航兄，首先祝贺你再上战场！是战士就该去作战，去疆场表现自己，建功立业，适得其所，英雄有用武之地，军人就该战死沙场，马革裹尸，流芳千古。可我却只能在这里守着我的这些战友兄弟，了此残生了。敬你一杯！"

谢志航同样敬杨天庆："天庆，谢谢你！你在这里为死去的战友、兄弟们守墓，甘愿牺牲自己的青春和事业，乃至一切，亦是一名真正的战士之所为，也是我心目中敬重的英雄。我也敬你一杯！"

言既至于此，杨天庆别有意味地问："志航兄，你说句真心话，你觉得是国民党赢还是共产党赢？"

谢志航不假思索地说："共产党赢。"

杨天庆装作讶异或者说是真的讶异地问："何以见得？我们国民党军八百万铁骑，是红军的好几倍，武器装备之精良、先进更是红军所不能比的，更何况还有美国人在帮我们，怎么会干不过红军的'小米加步枪'，干不过从穷山沟里跑出来的泥娃子们？"

"可是他们得民心啊！你看，全国四万万老百姓都在帮他们，就连我们龙湾的人都在替他们说好话。他们是越打越勇，人越来越多；我们是越打越衰，人越来越少，从趋势来看就是不行的。共产党一根枪杆子、一根笔杆子，左手拿枪、右手拿笔，一边打、一边写，实在厉害！再说，国民党军真的有八百万吗？这八百万兵都同一条心吗？"

"既然如此，那你为什么还要上战场呢？"

"你刚才不是说了吗，是战士就该去作战，也就该死在疆场，那才是死得其所。再说，'知其不可而为之，虽千万人吾往矣'，服从命令是军人的天职，去执行就行，哪管其他？养尊处优、纸醉金迷，像行尸走肉一样死在床上，那还是战士吗？"

"说得好，干！"

"干！"

杨天庆："说实话，我也早就觉得国民党军赢不了了。在后方的人可能不会懂，打起仗来就看得一清二楚。所以我才干脆早点退出，来与我的兄弟们为伴。……那我再问你，国民党军内若是个个都像你这么想，明知赢不了，明知是死路一条，那为什么还要与共产党打呢？"

谢志航："国共两党之间必有一场生死决战，这就是宿命。你想，一山能容二虎不，一国能有二主不？卧榻之侧，岂容他人鼾睡！既然不愿讲和、投降、臣服，你不听人家的，人家也不听你的，找不到折中的办法，没有第三种选择，那就只有打了。打得赢要打，打不赢也要打！开弓没有回头箭。"

"可是，若要打仗，就要流血、死人，就要毁灭房屋、物件，破坏田园、山川。咱们此前打日本鬼子，那是为了赶走外来的侵略者，是为了全民族的生死存亡，是为了老百姓的安居乐业，是正义的；可如今打内战，却同室操戈、骨肉相煎、兄弟相残，能说得上正义吗？少数独裁者为了一己之私利，争夺权位、垄断财富，竟穷兵黩武、大动干戈，却无非生灵涂炭、国破家亡。飞鸟尽，良弓藏；狡兔死，走狗烹。"

"唉，这就是战争的悖论，也就是我们军人的宿命啊！上下五千年，不就是这么过来的？不说那么多了，喝酒！"

"喝！"

说到这里，喝到这里，谢志航准备最后交底了。这也是他要跟杨天庆谈这最后一次话的主要意图。

谢志航感叹地说，甚至对杨天庆流露出一丝羡慕："天庆，你倒好，现在来到我的老家，在这里跟兄弟们为伴，算是觅了个好归宿，尘埃落定了。我们龙湾是这世上罕见的一块风水宝地，滋润得很，很能养人呢！"

杨天庆连连点头："是啊，你们龙湾好地方！谁叫我跟龙湾有缘呢。"

谢志航继续感叹："可我呢，这几天就要走上战场了，将来魂归何处？我自己也不晓得。'风萧萧兮易水寒，壮士一去兮不复还。'若战死沙场，埋骨疆场，倒还死得其所；要是侥幸没死，一息尚存，溃败之人，又将去往何方？"

杨天庆见他说得凄凉，劝道："志航兄，既然如此，你就见好便收，看情形不对赶紧走，回到龙湾来吧。咱俩天天在这儿一起喝酒、聊天，多好啊！不但有国家供养咱们，咱们自己也还可以种菜种粮食。再说还有你的心上人永远在等着你。"

谢志航摇摇头，凄然一笑："战士哪有临阵脱逃的？"

杨天庆："如今情形不同。"

谢志航决绝地说："我既然决定要走，就不打算再回来了。"

杨天庆："那怎么成？这是你的家乡啊！金潋滟在等着你回来，你父亲、你祖母、你母亲、你妹子……他们也都希望你回来，都需要你，你现在是龙湾谢府的主心骨呢！"

谢志航："你莫打岔，这就是下面我要对你说的。没事，我父亲的体力、能力还在旺盛期。我侄子、侄女、外甥也逐渐长大了，延续香火是他们的事。"

"那……"

"我走了以后，你就给我把金潋滟负担起来。我知道，你也是喜欢她的……你要一辈子都对她好，否则我知道了会找你算账！"

353

杨天庆又不得不打岔："志航兄,你糊涂了!感情上的事,哪有这么让来让去的?你自己难道不懂,她的心里只有你。再说,兄弟之妻……"

"别说那些没用的。我没有糊涂,我心里清醒得很!我刚才说了,一则我走了就不打算再回来了,二则即使我想回来也不见得就能回来。最重要的一点是,我已经成了废人。早在五年前那次'陪都'重庆的空中防御战中,我的飞机被多架日机围攻,中了好几枚炮弹。我的身体严重着火,特别是阴茎、阴囊、两个睾丸均大部分被烧焦。好在我强忍着疼痛驾机安全着陆,捡了条命回来。"

杨天庆惊愕地看着谢志航,倾耳地听着他说,他看见谢志航已经热泪盈眶。

医生告诉我,我已经彻底失去了生育功能。而且我自己试了试,连男人的基本功能都失去了。这些我对谁都无法启齿,都不能说,包括我父亲,潋滟更不能对她说,你是第一个。

"金潋滟是个好姑娘,所以你千万不要辜负了她。我前面已经试探了她多次,包括说我在外面有妻室了,她说愿意做小的。说等我下次回来再结婚,她说先给我生个孩子,哪怕我战死了她也愿意终生守寡。说我在外面自暴自弃,寻花问柳、好色成性,对爱慕者来者不拒,还玩女人、找妓女,甚至得了性病,她说有几个男人年轻的时候不放纵、风流几回的,把病治好了就行……其实这些我都是骗她的,反倒真相没告诉她。不敢告诉她,也不能告诉她。

"你想,我倘若告诉了她真相,依照她执拗、专注的性格,仍是一定要嫁给我的。那我纵使哪天回来了,跟她结了婚,可像我这样一个废人,她不是守活寡,更加痛苦,却又无法自我排遣?我岂不是害了她一辈子?你说我能告诉她吗?我还能回来吗?"

杨天庆越听越悚然动容,对谢志航也越来越敬佩。他只能跟他握紧双手,拍他的肩膀,与他碰杯,听他继续叙说。这是他俩最后一次喝酒,也是超能力发挥喝得最多的一次。

他的脑海里,一幕幕地不断浮现出谢志航在高空中临危不惧与大批鬼子长久激战,被敌人击中后仍不顾灼烧疼痛,沉着冷静驾驶飞机返回营地的壮烈画面。自己也是身经百战的军人,也是有功于国于民的抗日战士,要说勋绩并不会比谢志航少,只有比他多,却比他幸运多了,哪里遇到过如此命悬一线、惊心动魄的场景?他不过就是受了点轻伤,留下点小腿疾而已。

他更加笃信，跟谢志航这位英雄飞行员相比，跟长眠在这虎首山上的兄弟们相比，自己实在是太幸福了，多亏老天保佑啊！

谢志航继续说："天庆，我今天所说的，你绝不要对我家人说，不要说我以后就再不回来了。尤其是不要把真相告诉金潋滟。你就一心一意地去追她，精诚所至，金石为开，你肯定会打动她的。过去说顽石都会点头嘛！我相信你会成功，我也预祝你成功。将来你俩结婚了，有孩子了，不管我在天涯海角，不妨来个消息给我。到那时你就可以把真相告诉她了。来，干！"

第二十章 殒身

1946年9月，谢志航回到部队以后，国共终极对垒在即。为配合中国人民解放军发起的正面大决战，谢金花也加快了争取杨天庆、金贵田等人参加革命，支援前线，迎接解放的步伐。金先生还好说，重点是杨天庆。杨天庆的人品倒是不错，正直高尚汉子，又是抗日民族英雄，但他毕竟曾是国民党的一名军官，谁知他在想什么呢？

与此同时，谢金花的父亲谢炳坤也在考虑自己的小九九。大谢头不懂得政治、军事，不知道外面现在具体在干什么、未来社会将怎样，比如幺子谢志航这会返回空军后勤部门究竟是为何，不明白新一轮大战意味着什么。但不管国共谁赢谁输，他想的只是怎么抓住任何有利自己的机会，抓住任何有利自己的人，大做生意，大赚其钱。

抗战胜利之后，甚至在此之前，国民党处处对共产党进行残酷打击和血腥镇压，并不断制造各种摩擦。最有名的如抗战期间针对新四军的"皖南事变"，重庆谈判期间"山西王"阎锡山悍然进攻在上党地区的八路军等。解放军奋起抵抗，先后取得上党、邯郸、平绥、津浦等战役的胜利，歼敌十余万，粉碎了国民党企图侵夺解放区的野心。1946年6月底，在美国的支持下，蒋介石集团撕毁了重庆谈判之后双方已签署的停战协定，对解放区发动全面进攻。中国共产党领导解放区军民英勇进行自卫，遂开启了伟大的人民解放战争。所以说谢志航归队确实晚了三个月。不过他属于后勤部门，又是功臣，又是伤员，没有硬性规定。

1946年6月之后的一年多，解放军还是处于战略防御阶段，各地作战星星点点。翌年转入战略进攻阶段后，解放战争迅速加快了步伐。1947年秋，毛泽东主席和朱德总司令正式发布解放全中国的命令，指挥人民解放军渡过黄河，直逼长江，直接威胁到国民党当局的几大统治中心：南京、上海、合肥、武汉、重庆、西安、开封等地。首先是刘（刘伯承）邓（邓小平）大军挺进鄂豫皖三省交界的大别山，接着是陈（陈毅）粟（粟裕）大军挺进豫皖苏（许志宏、金葳蕤的部队就隶属于他们）陈（陈赓）谢（谢富治）大军挺进豫西，三支呈"品"字形的大军像三把钢刀直插敌方心脏，使国民党军惶惶不安，人心涣散，哀叹末日即将到临。

面对解放军的凌厉攻势，蒋介石头脑逐渐清醒，不再做一统天下的美梦，退而求其次，希冀划江而治，只要能保住长江以南的半壁江山就好。同时也为了加强首都南京附近及长江流域的军事防守，他命令儿子蒋经国牵头，在南京组建国防部戡乱建国工作总队，简称"戡建总队"。随后，蒋经国在苏北、皖南、鲁南、冀东、大别山等地建立了戡乱实验区。

戡建总队其实就是南京国民政府情报机关控制的武装部队。该机构的主要任务是，领导和推动国民政府基层政权清查全境户口，实施联保联座，举办乡保甲长讲习会，设立青年干训班，印发反共宣传品，训练壮丁，编组民众自卫队，设卡盘查哨，实行"并村筑寨"，建立防御据点，组织情报网，监督地方社会治安，破坏中共地下组织，并实行经济管制，强行征集物资及配合国民革命军镇守江防等。其势力范围几乎涉及各个角落，有时甚至还能架空各地省县市政府，权力不可谓不大不广。

戡建总队建立后不久，江西省府循例成立了戡建委员会，高安县府也跟着成立了戡建委员会分会。倪乃昌县长本来是不愿折腾太多的，他素来就讨厌劳民伤财、大张旗鼓的事儿，但既是南京国民政府下的命令，他也不得不照做。

换句话说，在成立了这个委员会分会之后，原来的县临时参议会就被取消了，而恢复了更早的保甲制度。但具体机制、功能、举措已大不一样。于是，此前的县议员就基本上成了该分会的委员，如谢炳坤、金贵田、刘赓、江仲方等人，中共人士是肯定被清除掉了，除非其党员身份是隐蔽的。

而且，因为儿子谢志航的关系，大谢头还直接被省里任命为该分会的副主任之一。县长倪乃昌自是当然的主任，问题在于他可能就只是个挂名的傀儡，而实权掌握在大谢头等省里任命的几位副主任手里。大谢头对共产党倒素无恶意，他当副主任主要还是觉得这个头衔有些威风。

为了配合国民党军队在前线与人民解放军打仗，戡建总队在后方亦加紧了各种反共活动，比如剿共产党、抓壮丁、催军粮，及大造舆论攻势、造谣战场消息、蛊惑人心、扼杀民变等，宁可错杀一千也不使一人漏网，跟日寇的"三光政策"倒有得一比，制造白色恐怖，搞得人心惶惶。从南京中央到各省、市、县，一级级戡建委员会都要落实行动，步步推进，取得实效。

江西省戡建委员会见高安的县长倪乃昌配合不是很得力，每天光想着如何节省开支，反对挪用公帑，跟个守财奴严监生似的。就专门成立了国民党高安县党部，直接管辖戡建委员会高安分会，并把希望寄托在了几个副主任乡绅的头上，让他们"大放血"，出钱出人出力，并许诺只要他们表现出色，定会回报其更多的好处。这些乡绅里，有几个一贯就是上跟共产党作对，消灭他们的革命活动，下跟老百姓作对，趁机抢夺他们的利益，眼见有"太子"挂帅，为自己撑腰，自是踊跃响应，抖擞其精神，猖獗其行为。

戡建委员会高安分会里，有个姓钱名衍鎏的副主任。他原来在上海的旧中国四大银行之一交通银行总部担任高管，抗战爆发后交行搬去重庆，他就赋闲回家了。但他曾长期利用自己担任银行高管的特殊身份和有利条件，做金融投资、政商合作、捐客等个人业务，跟谢炳坤也有较多往来。

钱副主任的人脉极广，本事挺大，脑子很活，他设计了一个向主子献媚、趁机揩油的好法子，即召集一些受过大学或留学教育的本县或邻县青年才俊，成立了一个班子，一番劳心劳力，创造性地将分会的职能归纳为四个方面：一是巩固国民党的统治，建立一个高度统一、中央集权、以国民党为执政党的"党国"；二是全力剿共，到合适时机就削弱甚至铲除那些不听国民党中央号令的军阀势力、各个部门、地方官员；三是实施金融改革，遏制日益扩展、蔓延的经济危机和通货膨胀；四是挽救"党国"日益涣散的民心。

作为戡建委员会高安分会副主任，谢炳坤对剿灭共产党没有任何兴趣，内心里他也不是很排斥共产党。那几年共产党在龙湾闹腾得那么厉害，也没有怎么样他。但他一向是喜爱热闹、爱出风头，不愿天天宅在家里。见"戡会"这些人每天在城里乡下前呼后拥，人见人怕，好不威风。"戡会"还每天管饭，顿顿山珍海味，美酒佳肴，自是乐不思蜀。他就跟在钱衍鎏后面屁颠屁颠，有时家也不回，吃住都在"戡会"。

钱衍鎏等人的折腾，引起了"太子"蒋经国及国防部戡乱建国工作总队负责人的注意。蒋经国命令，将戡乱建国高安经验面向全国进行推广，并对其给予精神上的嘉奖。钱、谢等人作为高安经验的主要践行者，被邀请到省内外许多地方介绍经验。谢炳坤迎来了自己人生中又一个辉煌时期，自是春风得意、不可一世。

他们几个把持了戡建委员会高安分会，几乎凌驾于县长倪乃昌之上，要求他接受蒋经国及国防部的旨意，大力组织全县的剿共产党、抓壮丁、催军粮等工作，也让金贵田、刘赓、江仲方等人积极配合。谢炳坤自己还经常借用戡建委员会的名义搜刮财物，充实他在高安县城等地的店铺和仓库，将这些东西一手夺来，一手卖出，迅速积累财富。钱衍鎏也是如此。

谢金花对父亲的行为举动越来越不满。在文红霞书记和中共高安县委的领导下，他们组织学生运动，进行舆论宣传，反对国民党反动派这些倒行逆施、破坏团结、危害人民、中饱私囊的做法。倪乃昌、金贵田、刘赓、江仲方等人也故意阻挠钱副主任一伙，令其计划常常落空。

前些年，谢金花曾经决心要跟父亲划清界限，但文大姐认为，她父亲并非十恶不赦，事情并没有必要走到那一步，跟家庭保持关系，一则她可以经常回家了解她父亲甚至"戡会"的动态及一些计划，二则如有可能可以做做她父亲的思想工作，动员他投向革命。谢金花对转变顽固不化的父亲的思想不抱任何希望。但她觉得向父亲了解一些情报倒是可以做到的。于是，她隔三岔五地回谢府走动走动，带着小嘴巴特甜、会说话的"开心果"谢铁回去，跟娘亲熊芙蓉套套近乎，询问爹去哪了、在干啥、何时回来。因这段时间大谢头常跟着钱副主任去全国各地显摆风光，很少在龙湾。有时他不在她就问娘亲，他要在她就亲自跟他谈。

熊芙蓉虽长着一副好模样，但没什么心机，肚内空空，龙湾人经常嘲笑她是"绣花枕头一包糠"，家里的事做不了主也不想做主，每天无非修身养性、拜佛念经，所以啥都讲给女儿听。

倒是老妇人谢李氏八十好几了仍不糊涂，且名堂一向就多，对谢金花这段时间一反常态地老觍颜回来，溜溜喵喵问问聊聊甚为疑惑而警觉，眼光犀利阴冷，像防贼一样防着她。故若熊芙蓉说得太多，还假装"喀喀喀"打断她的话，不让她继续说下去。儿子一回来便给他告状，让他对金枝儿要注意一点。并说她倒不是怕自己的孙女起二心、有歹意，而是担心金枝儿受人利用。谢金花心里也暗暗讨厌这个厉害的祖奶。

在几个子女里，大谢头本来是最爱金枝儿的，只是对她被鬼子糟蹋还产孽子尽损自己颜面一事一直耿耿于怀。但父女之情还是占了上风，内心是怜惜她的。加之这段时间他又钱财剧增，出尽风头，故而失去了对金枝儿的戒备。

因为公司的业务量太多，而谢志航又走了，身边没几个很可靠的部下，所以就连二谢头这货，大谢头本来在抗战后期发现他不再忠于自己，擅自行动，树他的势力，打他的小算盘，且没有底线气节，只要给好处，连帮助鬼子的事情也做，就对他少了很多信任，可现在也不得不起用他出来协助自己。

于是，谢金花利用父亲谢炳坤的关系，获得了戡建委员会高安分会的许多重要情报。国民党高安县党部几次组织军警特务搜查中共高安地下县委组织的联络点、追捕共产党员，都因为谢金花的及时报信，通过易师傅、小张等人禀告文大姐，使特务们扑了个空，白忙一场。而与此同时，高安的共产党地下活动却越来越频繁，不断粉碎国民党当局的反动行径。这些情况，引起了省戡建委员会和高安分会的重视。

这一切的一切，导致了后面一系列事情的发生。

谢志航临走时，虽然并没对金潋滟完全说实话，也没跟她摊牌要彻底分手，似乎对她还是有感情的，一切让她等自己回来再说，但潋滟还是明白了一些什么，好像知道他是不会回来了，不会跟自己在一起了，只是不好对她说出口，毕竟还爱着她——尽管具体原因她并不清楚。

所以谢志航走后这段时间以来，她一直心情很差，睡眠不好，吃饭不好，老做噩梦、怪梦，弄得身体状态、精神状态都不佳。好在她姐金葳蕤的几个孩子都被送去了高安上学，她就一个人待在府上，做做家务活、看看杂书，平平淡淡地打发日子。谢铁小嘴巴怪甜的，有时也能让她解颐一乐。杨天庆有事没事会来他们府上找她爹喝喝小酒、侃侃大山、扯点天文地理、故事时事，也不时假装漫不经心地与她闲聊几句。她心里跟镜子明白，却亦装不明白。

她哪里会不明白呢？女孩子对男孩子之于自己的情感，总是有天生的洞若观火。之前杨天庆是很少来他们府上的，都是她爹去找他。现在谢志航走了，他就常到金府来了。她知道，志航在走之前几乎天天跟他待在一起，就是在临走的前一天还跟他彻夜长谈了。至于他们究竟谈了些什么，她并不知道。

谢金花是旁观者清，她想自己得尽快找杨天庆好好谈一回了。一则成人之美，撮合他跟金潋滟这一对，显然潋滟跟自己三哥已经没戏了；二则争取他早日参加革命及加入共产党，在这个时代的关头，党非常需要他这样的优秀人才。谢金花的理智告诉她，那年她第一次看到杨天庆时，两人似乎也能对上眼，但并非纯粹男女之间的关系，而是革命同志之间的直觉。何况，俊男靓女彼此会有些朦朦胧胧的好感，可后来她也懂了，杨天庆完全是奔金潋滟来的。

所以，有一天，谢金花便借着去给杨天庆送饭菜的名义，上了虎首山他的小屋。此日是个大晴天，跟去年她三哥来杨天庆这儿一样。没那么闷热，但太阳光更猛，照到脸上像针扎。对于她的首次单独造访，杨天庆自然是又惊又喜，也有些意外。要知道，连金潋滟都还没独自来过这里呢！之前他喝醉了酒，是幺爹与她一起送他回来的，且她也并没进屋门。

在杨天庆请谢金花坐下，谢金花把饭菜端出后，她开门见山就先提到了她三哥："杨连长，我哥……"

杨天庆马上打断她的话说："谢小姐，你别连长连长了，以后就叫我天庆或杨兄弟吧。"

谢金花笑着点了点头，又说道："我志航哥走之前，听说你们俩聊了一整夜。"

"是啊，他要上战场了，我们心里都挺不舍的。这一别不知还能不能见面！"

"你们算是好兄弟。不过，你们那天所聊的话，我基本上都能猜到……"

"哦，"杨天庆见他们兄妹俩的感情好像并不是太好，平时很少接触交流，谢金花又很奇怪地带着儿子不是住在自己谢府，而是住在金府，那谢志航肯定不会对她说太多什么的，所以大感兴趣，说："那么谢小姐……"

谢金花也马上打断他的话说："杨兄弟，你也别小姐小姐了，以后就叫我金花或金花姐吧。"马上把他刚才的说法还给了他。两人忍不住相视一笑，关系顷刻间似乎亲近了许多。

"好，金花姐，你不妨猜猜看。"

"好！杨兄弟，那我就主要说两件事吧，其他就不多猜、多说了。……第一，他把金潋滟托付给了你，让你娶她，是吧？"

"哈哈，没错，金花姐，你跟志航兄还真是一母所生，心有灵犀啊！他的心思你都懂。你猜对了。可你讲这是为啥子呢？"

"我已经感觉到了，我志航哥这次走了，就再不会回来了，不管他是否会牺牲在战场，也不管这场仗是打赢了还是打输了。而且，不管什么原因，我知道他是不会娶潋滟儿的。他也知道你爱潋滟儿，你比他更合适潋滟儿，你会一辈子对潋滟好，绝不会辜负她，所以他把潋滟儿托付给你，希望你娶潋滟儿。"

"金花姐，你真厉害！"

"既然如此，那杨兄弟你就赶紧去追潋滟呀，趁热就得打铁，感情的事尤其怕降温。"

"我并不是不想，可是金潋滟的心里只有你哥，她还在盼着志航兄回来团圆，办喜事，曾经沧海难为水，除却巫山不是云啊。"

"你管她心里是怎么想的呢？你既然爱她，就大胆地去追嘛！再说，我哥会不会回来，你以为潋滟她真傻，不清楚？"

"嗯嗯，你讲得对！那我就加紧对她的攻势了，明天就去找她。就像在前线打仗一样，尽快把这座山头攻下。多谢你提醒啰！"

"这才像个军人嘛！"

"那么，你要讲的另一个事是啥子呢？"

"你们俩谈论了国共内战的问题。"

"牛！"杨天庆不由得向谢金花竖起了右手大拇指，他不得不佩服眼前这个平日看起来似乎娇滴滴弱不禁风、比金潋滟还内向而温存的大户小姐了。其实他还不了解，谢金花是表面上柔弱、安静，内心却稳重，很有主见。金潋滟是看起来敢作敢为、快言快语，其实还是有些小姑娘家的任性、偏执。

于是他继续问道："那你说你三哥对时局是怎么看的，我是怎么看的，而你自己又是怎么看的呢？"

谢金花又笑了笑，胸有成竹地说："我想我们三个的看法应该基本上一致，就是国民党肯定输，共产党肯定赢！"

"金花姐，你太牛了，我真是要对你刮目相看了！好，以后我就真要叫你姐了。你这么牛，而且你本来就比我大一点点嘛！当然，仅从相貌是看不出来的，看起来你跟金潋滟比我还小呢！我看哪，你就像那隐居隆中的诸葛孔明先生，秀才……哦不，你是小姐不出门，能知天下事，比我们这些多年来在外面当兵打仗，每天出生入死的军人还要厉害！但问题是，你能猜出你三哥跟我的看法，这何以见得？既然国民党输，为何你三哥还要出去参战？既然共产党赢，为何我又要退出来？"

"我三哥明知国民党会输还去帮他们打仗，是因为他要自始至终只忠于一主，不做'逆子贰臣'。虽说这是愚忠，却也是从一而终、忠心可嘉。而且我看他是铁定了决心，要永远追随他的主子，主子去哪他去哪，主子让他干啥他干啥，主子输了他不降，主子要走他不留，主子要死他不活。再说，龙湾虽是他的家乡，他的家人在此，但这里给他留下了太多的痛苦，有太多的问题解决不了，所以他刚好以此为理由离开，就再也不会回来了，跟着他的主子到天涯海角，到天堂地狱。

"至于你，你正是看出了共产党必赢，所以不想再为国民党卖命了，去打那并不荣耀和光彩、没有结果也没有意义的仗，还不如干脆早点退出来，解甲归田，复归平静，做一个普通老百姓，陪着自己死去的战友，安安心心地终此一生。"

杨天庆实在是对谢金花佩服得五体投地了。龙湾真个是藏龙卧虎之地，人人不简单！他觉得她就像一台显微镜，能看出他的点点滴滴，像一盏探照灯，能照到他的五脏六腑。在她面前，他根本是透明的、无处遁身的。

但这并不让他感到可怕，反而感到高兴。因为他当她是他姐，他在四川老家就没有姐。相反，要是金潋滟也能这么看透他，那他就会感到可怕，不敢再爱她了。当然，那是不可能的。

"这些我早就想过了，要是打日本人，我会义无反顾、毫不犹豫地再次扛起枪走上战场；可要是跟共产党干，打内仗、兄弟阋墙、豆萁相煎，我是绝对不愿意的。"杨天庆遂又问道，"那，金花姐，你说我以后该怎么办呢？"

谢金花立刻严肃、认真起来，想了想说："这个倒是说不容易容易，说容易不容易。"像绕口令、玩文字游戏似的。

"此话怎讲？"

"你要是想安安心心地做一个普普通通的老百姓，为你的战友们守墓终生，这也没什么，没人强迫你、为难你；相反，国家还会奖励你，人民也会褒扬你。可是，你作为一位堂堂正正的男子汉，一位铁骨铮铮的军人，一位与鬼子英勇作战、战绩赫赫的抗日功臣，甘愿一辈子就这样永远平淡下去吗？你既然对时局看得如此之准，懂得国家的未来必将由谁做主，那为何不趁此大好时机，出来多做点利国利民的大事呢？你这位民族英雄，不是更加无愧于这顶光荣的头衔？俗话说，识时务者为俊杰也！我看你也念了不少书，不会没听说过'良禽择木而栖，良臣择主而事'这句话吧？你要真想娶金潋滟，也希望她看到自己的夫君更优秀、更出色、更了不起吧？将来你的子子孙孙也为有你这样的父亲、祖父……而更光荣、更自豪吧？"

"金花姐，我晓得你是什么人了，我也晓得你今天的来意了……"

杨天庆突然起身走出门去，往四周看了看，见此时虎首山上除了他俩什么人都没有，遂十分放心，然后再回屋把门虚掩上。

"金花姐，你讲得对，我是早已对国民党失望了，所以不愿帮他们卖命了。国民党军的部队里、政府里，种种腐败堕落问题，当官的贪污受贿、徇私舞弊、花天酒地、醉生梦死，我们当兵的做牛做马、苦不堪言、前途渺茫、军心涣散，大家都满肚子里很不满、很不爽，那这仗还怎么去打？其实我也是想过的，如果有机会，我也想参加共产党，寻找一个更加光明的前途……"

"天庆兄弟，事到如今，我也不瞒你了，我确实是共产党员。我知道你是一个重情重义、敢作敢为的汉子，我们的队伍中很需要你这样的人。新中国即将成立，新的世界即将诞生。在这样的时刻，每个人都会面临人生的选择。尽管这些选择可能给自己带来不可预知的危险。希望天庆兄弟在这种大是大非面前，做出正确的抉择。"谢金花笑道。

"金花姐，我会尽快答复你！"

"还有，天庆兄弟，你答应要去把金激滟追到手，那也得尽快啊！我三哥走后，她这些天心情一直不好，很孤寂、苦闷，正是你用爱情去温暖她、感化她的时候。你只要一心一意对她好，并且坚持下去，她总有一天会答应你的。荀子云：'锲而舍之，朽木不折；锲而不舍，金石可镂。'我也会在一旁帮助你，有问题你可以找我。你要是还不采取行动，哪个晓得将来会出现什么变故？到时莫怪为姐的有提醒你。"

"好的。谢谢姐！"

可是，就在谢金花去找杨天庆争取他参加革命的第二天，一个意想不到的灾难突然降临！

那天谢金花不在龙湾，她去县城参加中共高安县委地下组织召开的一次紧急会议，清早一接到通知，就跟着来人——小罗同志匆匆出发了。她对金贵田、金激滟只说是见一个朋友，及给谢铁买些写字的本子和笔，还有玩具、零食等。

谢金花刚离开不久，杨天庆就接受了她的建议，又来了金府找金激滟。但他也不是直接就向激滟表明心迹，求爱求婚了。再说在自己的女神面前，他还是有些紧张的。而且当着金贵田,他不知该怎么开口。想必老爷子跟潋滟一样,还在盼着他的"乘龙快婿"谢志航胜利归来呢!所以他仍是以来找金大叔喝酒聊天、向他请教为由,顺道关心一下潋滟的身体和心情,向她问好,逗她高兴,这就够了。好事仍得一步步来做,要有策略,找机会,水到渠成,他觉得自己还是有大把时间的。只要自己下定了决心,有这个态度,一片赤诚,不怕到不了长城。

上午一开始,是金贵田给杨天庆讲述龙湾村的历史渊源,各个家族、姓氏是怎么迁徙过来的。这些内容,对于杨天庆这个外来户,要长年定居于此,成为真正的龙湾人,是最起码要了解的常识。

还有就是,金大叔的远祖母竟然是明末农民起义领袖李自成走散的爱妃,为其远祖父所搭救,从而嫁给了他。不过祖传玉佩一项,还有自己跟谢炳坤的交易,就隐匿不提了。这段传奇经历令杨天庆大感兴趣,也就多听金大叔絮絮叨叨倒也绘声绘色地说了很久。

然后是介绍龙湾村的风俗习惯、特产特色,这些各地倒也差不多,特别是汉人地区。主要是民间曲艺,采茶戏花鼓戏、渔鼓道情、过端午竞龙舟。因为丁亥年的端午节马上就要到了,金贵田未免又要哼上几嗓子。

幺爹毛狗生的年岁越来越老,其听力视力反应都大不如前。只静躺一侧,如老僧入定,任他俩欢聊,不参与什么。偶尔小家伙谢铁会去"骚扰"他两下,如在他的腋窝、肩膀、脖子、后背等处挠他的痒痒,使他裂开已没几颗牙了的嘴巴,无力地笑一笑。幺爹在抗战期间,尽心尽力护卫金府老的小的钻地道,又搬东西、探消息,奔波操劳,筋骨关节肌体内脏器官均有受损,加之年纪原因,身体垮得很快,已是风烛残年、来日无多。他跟大谢头老母亲谢李氏的情形差不多,虽然比她要小十来岁。

那天,金潋滟也走出厅堂来陪他们仨聊天了,不时还插上几句,像个真正的大姐一样教杨天庆一些东西。也可能是她见杨天庆今天的情绪有些特别,奔自己而来的迹象非常明显,虽然还没法扯到那么远,但多少给了她一些快慰,至少是没前几天那么苦闷孤寂了。也可能是谢金花在家时,昨夜与今早,已同她说了些什么。

不管怎么说,女孩子总是有虚荣心的,渴盼着有男孩子的倾慕赞美,又何况杨天庆还不是一般的男孩子。加之"开心果"谢铁在一旁并无破坏性地小打小闹一下，她的心情更好，难得地露出了笑容。那迷人的、醉人的嫣然媚态，令杨天庆开心，更令他动心。

小家伙谢铁见他娘亲谢金花不在场，胆子就大多了，表现得尤其调皮，也尤其聪慧。平日他娘亲老打他骂他，近年虽然打得少、骂得少了，却还是老不给他好脸色看。所以他很怕她，耗子遇见猫似的。他还是更亲潋滟姨。

随着年龄越来越大，谢铁迥异于中国人的长相也越来越明显，比起中国的男孩来更矮小、清秀、圆润，但跟四川男子"小白脸"相比又是一种不同的阴性美，更接近浙江沿海的人。

这几天谢炳坤从外地回来了，他想拉金贵田去县城，跟戡建委员会高安分会的那些人见面。可金贵田并不想去，一则他不喜欢那些人，跟他们不同类，谈不拢；二则他们无非又是把他跟倪县长、江仲方、刘赓等人叫到一起来，催他们多抓共产党、多征募壮丁、多催交军粮之类，以配合党国在前线与共军的逐鹿天下。还老怪他们不积极，"太子"大有意见了，说昔日"模范县"高安现已"盛名之下其实难副"，比不上前段时间表现突出了，云云。似乎一定要成天闹腾，唯恐天下不乱，搞得鸡犬不宁才行。这让金先生几个很烦。大谢头抱怨了几句，今天早上又带着二谢头自顾走了。

到中午时分，厨艺一般的金潋滟今天却亲自下厨了，老爹金贵田戏谑地说是"太阳打上高（指西边）出来了"。她炖了只老母鸡，放了蘑菇、枸杞、黄芪等很多东西进去，做了一大锅，味道倒还不错，还有另外几个小凉菜，金贵田、杨天庆一边喝着酒，一边海阔天空地聊着。潋滟又难得高兴，也陪他们喝了几杯。

此时，谢炳坤亦从高安回到了龙湾，赶过金府来"蹭"酒喝。因为钱副主任临时有事，本来安排好的他们几个中午聚餐就没有搞了。大谢头骂骂咧咧的，怪老钱讲话不算数，辛辛苦苦跑去县城都没弄餐饭吃。二谢头也有什么急事要去办理，大谢头就只好一个人先回来了。金贵田亲自去开大门。远远看到他走进来，金潋滟却拉着谢铁早早入了后院，不想跟这个"未来公公"见面。而对杨天庆，大谢头一向还是挺尊敬的，一则他是光荣的抗日英雄，二则他伟大的守墓壮举，三则他又跟志航要好。

吃完中饭，谢炳坤要回府上去午休。临走之前他还在嘀咕，数落二谢头："耀群这老东西今天到底死哪里去了，怎么这般久了还不回来？我还等着让他给我去……办件事呢！他怕不是跟老钱那些人泡到一起去了吧？不知他们私下在搞什么勾当，竟然还背着我，他妈的！"让二谢头具体给他去办件啥事，他不想告诉金贵田等人，想必并不是什么好事，而且跟他的个人利益攸关。

之前他还临时回了趟府上，给钱氏公馆打了个电话，那边说钱副主任还没回来。

金贵田却在宽他的心："不会吧，耀群他怎么会是这种人呢？他都跟了你几十年了，与我的狗生表舅一样忠心耿耿。他应该快到家了。"

其实老金懂，大谢头本人也懂，谢耀群早就跟自己不是一条心了。他是身在曹营心在汉呢！但现在自己底下人手少，事情又繁多，有时仍不得不用他。

可大谢头并不明白，用人就得宁缺毋滥。要是人品差了，心术不正，怀着鬼胎，别有所图，那就肯定存在隐患，将会产生无穷无尽的问题，甚至导致无法弥补的祸害。

听了老金的话，大谢头出门时，还回头冷哼了一声。他的冷哼自是针对二谢头。

金潋滟带着谢铁从厅堂后门闪出，看着他的背影，说："说不定还真有可能呢！"但马上又暗地"啐啐啐"，责怪自己莫做乌鸦嘴。

谢铁很恨他的外公遗弃他娘和他，故眼里冒着火，嘴里咕哝着什么。

金贵田没说什么。

幺爹想开口，但最终还是闭嘴了。

杨天庆不知他们说啥，也没搭话。不过他来龙湾亦有一年多了，龙湾的人他大部分都认得了，觉得谢府的谢耀群那人虽有些本事，但太阴了，嘴巴守得紧，名堂却多，故不喜跟其打交道。金府的幺爹同样话不多，年迈了，没谢耀群能干，却厚道忠实多了。

杨天庆却继续待在金府，跟金氏父女闲聊，先是静坐歇息，喝茶醒酒。去书房看金贵田写了一会字，他也试着写了几张纸。接着两人又下了几盘象棋——他的书法和棋术都曾在老家练过，还不是太糟，并等着谢金花回来。

杨天庆终于下定了决心，待金花姐一回来就跟她说，他要申请入党，要参加革命。昨夜他整宿未眠，终于想通了，认为金花姐说得很对，要参加革命就须尽快。

一直等到下午申时，太阳已西斜许多，可谢金花还是没回。而往日里，她都是响饭前就回来了。几人都觉得有些不对头，坐立不安起来。金贵田想去找谢炳坤商量，看看二谢头回来否，及是否派人进城去找找金花，或沿路接接她，但依旧没有动，想再等会。

就在此刻，门外响起了急促而紊乱的敲门声。金贵田、金潋滟、杨天庆三人几乎同时霍地起身，还是天庆腿快，赶去开门。外面竟是去年来龙湾参加中秋聚会的那个文大姐，带着小张、小罗，抬着一个沉沉的麻袋。几个人的身上衣上和麻袋上都沾着斑斑血迹，个个衣冠不整、神情慌张。文大姐的双脚有些站不稳，小张的头上缠着已渗出血珠的纱布绷带，小罗的左腿一片殷红。显然不久前他们经历了一场激战，三人都程度不等地受了伤，又走了远路，行色匆匆、气喘吁吁、狼狈不堪，根本来不及说话。

杨天庆自己就是资深从事侦察工作的军人，当然知道该怎么做。他见他们仨一直在机警、紧张地东张西望，看有无人盯梢、追踪，遂赶紧先把他们让进院门，自己拔出腰间的手枪，疾行走出去朝街巷两头探看了一会，确认真正安全了，这才返身回院把大门关上，帮着他们几个将麻袋抬往大厅。

已走出大厅来到屋檐下的金氏父女，看到他们一行这个样子，显然是发生天大的事情了，也都满脸勃然变色，十分惊惶。大家一同走进大厅。到了这时候，文大姐他们也不用再隐瞒自己的身份了。她已恢复平静，指着脚下的麻袋，语气庄重地对金贵田说：

"大叔，我是中共高安县委书记文红霞，这是我们的两位同志小张、小罗，他们跟谢金花同志都熟悉。这是您的干女儿谢金花同志的遗体，她今天被国民党特务杀害了！对不起，我们没有保护好她！"说完，满眼泪水，已是悲痛不已。

对于"谢金花"这个名字，上次文大姐他们来龙湾时，谢金枝就告诉大家了，说她现在既然已成了金先生的女儿，就干脆改名叫谢金花吧，因先生常叫她花儿。所以她在中共高安县委地下党组织那就叫谢金花，她入党的名字也是叫谢金花。当然，她加入中国共产党的事，在龙湾除了金贵田、杨天庆，对谁都没透露。而知道她是中共党员的，除了他俩，也就只有二谢头一人，连她爹谢炳坤都还不晓得。

听闻噩耗，金氏父女伤心欲绝。金贵田喊了一声：

"我苦命的花儿……金花呀，怎么你一辈子就老是倒霉，分点给我老朽好不好。"眼前一黑，一个趔趄，几乎跌倒，离他最近的小张赶紧把他搀住。金潋滟大哭，扑向麻袋。谢铁跑出来，扯扯她的衣角，又摸摸娘的身体，也跟着哭。幺爹本来是躺在长椅上，十分艰难地起了身，挂着一根翠竹拐杖，颤颤巍巍地缓缓走过来。

几人把麻袋打开，露出谢金花的遗体。敌人在她的前胸连开了两枪，其中一枪击中心脏，送了她的性命。大家对她的遗体先简单处置了一下，弄干了血迹，擦拭了伤口，清洗了头脸，整理了服饰，感觉她的五官仍栩栩如生，还是一如平常那么娴雅清丽，如大理石雕刻般的立体面庞，非常安详，不像是死了，就像是睡着了一样。

小张和小罗分别搀扶着金贵田和幺爹。金贵田老泪纵横，口里只叫着"我苦命的金花"。金潋滟瘫坐在谢金花的遗体旁，不停啜泣。两人虽斗嘴几十年，却早已是形影不离、生死与共的好姐妹。谢铁趴在娘亲的身上，号啕大哭。

杨天庆又赶紧跑去谢府，把谢炳坤、谢熊氏夫妻叫来。谢李氏年迈体弱，就不叫她了，也不告诉她是什么事，不想刺激她。二谢头还没回。谢雪、谢祝两个孩子在南昌上学。

看到亲生女儿惨死在自己面前，也不管过去的是非恩怨了，谢氏夫妻还是很悲痛的。熊芙蓉放声大哭，好一阵倾诉自责。大谢头先是伤心了一会，接着就怒火万丈，大骂起来："金枝儿她是怎么死的？是谁打死她的？我要将此人碎尸万段！"

见人都到齐了，文大姐就给大家讲述了整个事件的经过。但因为她事先已得知谢炳坤的官方身份是高安县戡建委员会分会的副主任，有时也叫嚷要抓共产党分子——不知是他本事有限还是命太背，折腾了这么久也没抓到一个人，钱衍鎏常背里嘲笑他雷声大雨点小，谢大炮放空炮。所以她没有公开他们几个共产党员的身份。

原来，高安县委地下党组织今天召开紧急扩大会议，就是针对这段时间从南京的戡建总队到南昌的省戡建委员会、高安的县戡建委员会分会大搞白色恐怖活动，给中共地下机关和民主进步人士造成巨大损失，商议如何采取有力反制措施。因这次反白色恐怖工作需要各地联动，不仅高安乡村的同志参加，附近几个县的地下党负责同志也被邀请参加了会议，参会人数有四十多人。

在此之前，二谢头早已背着大谢头投靠了钱衍鎏。这段时间，他一直跟踪谢金花，试图摸到一些地下党的情报，拿到国民党高安县党部邀功。但谢金花非常机敏，好像已经意识到有人跟踪似的，每次都能甩掉二谢头。这天，二谢头到县城一家商店购买一些农资，忽然听见外面有人叫谢金花的名字，他赶紧躲到一旁。见谢金花被一个年轻男子叫住，往旁边一条无人的小巷子走去，他马上跟了过去。原来这个年轻男子是高安县委地下党组织的交通员，是来通知谢金花开会的。二谢头躲在小巷外偷听他们的谈话，因离得太远，只是断断续续听到一些词语，但二谢头基本清楚了这次会议的时间、地点等大概内容。

听到二谢头报告，钱衍鎏马上把他带到国民党高安县党部，国民党高安县党部得此情报，如获至宝，立即召集县保安团、警察局一批人二十多个包围了会场，于是一场激战在所难免。因知道谢金花在场，就提前把谢炳坤支走。

在战斗当中，手无寸铁的谢金花，跟另外几位同志躲闪不及，最先倒在血泊之中。地下党方面奋起还击，也打死打伤了不少敌人，钱衍鎏当场中弹毙命。

国民党方面原以为只是三四个地下党头头开会，低估了共产党的力量，只派了二十多个人，抵挡不了地下党的猛烈还击，经过一番激战，地下党方面占了上风。受了轻伤的二谢头，同几个保安团丁、警察仓皇逃走。文大姐一方面安排其他同志继续追击二谢头他们，自己却带着小张、小罗把谢金花的遗体送回龙湾来。

最后悔的人自是杨天庆。他自疚昨天没有立刻答应谢金花的邀请，早日参加革命。否则要是今天他也跟着谢金花去县城的话，兴许情况就大为不同了。他觉得谢金花的牺牲自己也有一定的责任。他把文红霞书记悄悄拉到一边，简要介绍了自己的情况，并表示了要加入共产党的决心。文红霞已听谢金花生前说过他好几次了，立刻对他表示了欢迎。几个月后，1947年7月，杨天庆光荣加入了中国共产党。

接着，杨天庆又自告奋勇，要跟他们一起去追击二谢头等人。文红霞深知他是一位能力出色的侦察战士、功绩卓著的抗日功臣，当然求之不得。

谢炳坤也终于明白，女儿遇难的罪魁祸首，竟是跟了自己几十年的谢耀群。养虎遗患，他亦追悔莫及。钱副主任已被打死，他拍手称快，连连说，钱衍鎏这个老贼，活该，该死，死得好，死有余辜。至于二谢头，他对文红霞、杨天庆等人说：你们要是抓着了这个狗日的，就立刻打死他，莫把他带回来了，我不想再见到他！你们代我将他碎尸万段，抛尸荒野，或者干脆锉骨扬灰，丢到河里去喂鱼！

文大姐、杨天庆、小张、小罗四人马上出发。经过周密侦察，当天下半夜，他们在高安县城的一个烟馆之中，将二谢头和另外两名特务围堵在包厢里并当场击毙，小张生气得把他的身躯打成了马蜂窝似的。二谢头等人预先得到了江西戡建委员会高安分会和钱副主任的不少赏钱，在这里吸大烟、玩妓女，弹冠相庆。且以为这里是最好的"避风港"，共产党绝对找不到。没想到还是被中共地下情报人员和杨天庆这样的侦察高手顺藤摸瓜寻到并捕杀，罪有应得。

金贵田在杨天庆回来告诉了事情经过以后，叹息道："唉，谢耀群这个人，太卑鄙了！……怎么说呢，古语云'两腮无肉不可交，满脸横肉为凶者'，两腮无肉、满脸横肉，这两点他都齐全了。但这话也不全对啊，有些人就不是如此。我想他虽平日缺点、毛病蛮多，倒不至于如此坏吧。可没想到，他还真的什么都做得出来。真是天作孽，犹可活；自作孽，不可活啊！算我看走眼了。"言下之意，谢金花命丧二谢头之手，自己也有一定的责任。

经此一事，谢炳坤对戡建委员会高安分会所安排的一切事情都不再感兴趣，一贯敷衍推诿。反共反共，反到自己府上来了！三子一女，三死一伤，伤者谢志航的将来也是吉凶未卜。再反下去，大概连自己的命都难保。老钱死了，其他人也不敢把他怎么样。除了偶尔去南昌、高安处理一下自己的生意——自然那两边都有专业团队在具体经营，无须事无巨细都得他事必躬亲，他又恢复了抗战期间天天"宅"在龙湾，与金贵田喝喝酒、叙叙旧的日子，大有望峰息心、告老还乡、颐养天年之意。他也年纪大了，折腾不起了。倒是倪乃昌县长还偶尔约他和金贵田一起进城去县衙坐坐，刘赓、江仲方等人作陪。

几天后，由金贵田做主，谢金花（谢金枝）被安葬在李家祖坟里，与李铁陀以夫妻名义合墓，还象征性地给他俩办了一场小小合葬仪式。谢炳坤、谢芙蓉夫妇都表示同意。由于李铁陀、李铁桶兄弟的父母都已去世，金贵田又做主给他俩改了名字，按其明字辈，分别叫作李明勇、李明智。而李铁陀的新名字李明勇，也被刻到其新的宗祠牌位和墓碑上。

在主持谢金花的排场还算比较大的白事活动过程中，老金不好表现得太过悲伤，只能独自一人暗夜里在卧房中偷偷伤感、深深饮泣，捧着金花的遗照，摸着床上她的睡衣和饰物，似乎上面还遗留有她的余温、余香，既像是在跟她说话，又像是在自言自语，用这种方式纪念一个对他有着非常复杂情感的女人。

　　谢炳坤虽然不同意将金枝儿葬在自己谢氏的祖坟，但倒是同意了与金贵田共同抚养外孙谢铁。所以后来谢铁除了去县城的学校念书以外，当放假回到龙湾时，便一半时间在金府，一半时间在谢府。谢铁一开始不喜欢外公，不喜欢谢府，不过毕竟还是孩子，后来渐渐地也习惯了。

第二十一章 归心

春去了还来，花谢了再开。

在龙湾这个小村子里，时光来到了春暖花开的1949年初。杨天庆在金潋滟这里又连续经过了两年多不懈的努力，金潋滟已基本上接受了他，但还是没同意正式跟他结婚。其实，这时她自己也已很清楚，谢志航肯定是不会回来或回不来了，她再苦苦等下去根本没有任何意义。

除了谢志航怀疑自己是他娘亲熊芙蓉与金贵田所生，也就是说他与金潋滟是同父异母的兄妹，以及谢志航下体严重被烧伤、男人功能残缺这两件事没告诉金潋滟以外，谢志航在临走之前对杨天庆所说的其他话，杨天庆都毫无保留地告诉了金潋滟。

就连曾经也一直在盼着谢志航回来，一再想阻挠杨天庆跟金潋滟结合的谢炳坤和熊芙蓉夫妇、金贵田，后来都放弃了。既然志航已下定了死决心不肯回，不愿娶金潋滟，那就默认了杨、金这桩姻缘，提前祝福他们俩吧。多年来，老一辈们为子女的婚事操碎了心，结果却发现弄巧成拙、适得其反，一个个都没有按他们的预设在进展，就不想再插手了。儿孙自有儿孙福啊！

就在去年冬末天气严寒，谢府和金府又沉痛送走了两位老者：一位是谢炳坤的老母亲，终生为人计较苛刻，但执行家规倒也严格的谢李氏；一位是长期跟着金贵田生活，除了年轻时也曾短时间风流过莽撞过，但总体而言还是忠诚敦厚本分的幺爹。前者年近九十，后者年近八十，但都没有赶上杨、金二人的婚礼，也算是遗憾而去。

这一年，金潋滟、杨天庆都是三十好几岁了。龙湾村的人，特别是平日里关系非常熟悉的，如金潋滟的二舅江仲元夫妇，还有李铁桶（李明智）夫妇，每次遇到他俩都会笑着问道："哪天喝你们的喜酒？"不管潋滟还是天庆都会笑着回答：

"快了。"

金潋滟虽然说都说了，却不仅还没同杨天庆举行婚礼，甚至连很亲密的接触都没有，两人还是保持着距离，不冷不热、若即若离。哪怕她知道谢志航不会回来了，等待没有用了，却还是希望得到他的亲口明确答复。

就好像自己已经嫁给了谢志航，或者至少是与谢志航有了婚约似的。而现在既然谢志航还没死，只是或者另外娶了女人，或者由于别的原因不要她了，或者回不来了，两人关系断绝了，那就要么按旧传统给她写份"休书"来，要么按新制度一起去办个离婚证明——其实他俩啥事也没有，八字都冇一撇。而这就是金潋滟的性格使然。

继谢府之后，金府在去年秋也安装上了电话。金潋滟本可以给谢志航部队打个电话去落实的，或者写封信去也行，这很容易，但她就是不打也不写。

作为父亲的金贵田急了。既然潋滟儿跟天庆关系已定，那就早点把事给办了。两人都已三十好几，再这么耽搁、尴尬下去，悬而未决的，不是个事儿。继续拖下去，估计以后生孩子都困难。

金贵田之所以急，还有一个重要原因。今年开初，国共三大决战辽沈、淮海、平津已先后宣告结束，北平由傅作义、邓宝珊二位将军促成接受和平改编，中共中央、中央军委已从燕赵大地上的小村子西柏坡迁进了北京城，号称"八百万铁甲"的国民党军队悉数被歼灭，眼看蒋家王朝即将彻底完蛋，新的红色中国就要缔造。面对新生的中共政权，自己也该给予一个明确的立场和积极的态度。在国民党军队服役的谢志航这时自然成了他的一块心病。

自谢金花牺牲、杨天庆入党后，在杨天庆的支持下，老金亦向文红霞等人提出了加入共产党的要求。老金恳切地对文红霞说：

"我活了大半辈子，经历了动乱年代，能看出真正为老百姓的，还是你们共产党和共产党的军队，请你们无论如何要满足我这个愿望。"

但文书记说："金叔，感谢您对我们共产党的信任。您这些年为国家、为地方、为我党做了大量工作，劳苦功高，党组织都是看在眼里的，心中有数的，将来也必会给您一个客观、满意的评价。但根据目前的社会政治形势与您个人的具体情况，我们认为，您暂时在党外从事革命活动，缓些日子再正式入党，会更好一些。"

金贵田接受了党组织的意见。可是，金潋滟却对加入党组织一事在表面上是显得冷冷淡淡的，并没有表现出特别的热情来。对此，"知女莫若父"，老金明白，潋滟儿是因自己的终身大事仍然悬而未决，谢志航还一直像座大山横亘在她与天庆之间，或者说是横亘在她一个人的心里，故而对别的任何事物都没有兴趣。

突然金贵田有了一个可行的想法：既然问题主要是出在志航身上，而潋滟儿自己又解脱不了，那何不让她直接去南京找志航当面说清呢？干脆让天庆陪她一道去，他们三人面对面把这事给尽快了了。不管是志航赶紧回来与潋滟儿成亲，天庆另觅佳偶；还是志航不能回、不愿回、回无用，那就还是叫天庆跟潋滟儿赶紧结婚。

但金贵田转念又犹豫起来：现在外面到处都在打仗，国共两党生死决战，比以往任何时候都要激烈、混乱，他俩出门能保证安全吗？此去南京这么远，且恰是民国政府中枢地带和战火最炽热的区域。……不过我想也不用怕吧，天庆是位优秀军人、资深侦察员，论身手、枪法、阅历、经验、反应各方面都是一等一的，有他保护潋滟儿，一路上再谨慎、机敏、灵活一些，应该万无一失。

没想到，他把自己的这些想法先后说给金潋滟、谢炳坤听，他们都立刻点头同意。在征求杨天庆意见时，他先是考虑了一下，后来也答应了。只要让他跟自己的女神在一起，而且还是保护她，他自是义无反顾，赴汤蹈火亦在所不惜。

由于杨天庆、金潋滟两人都不会开车，不过这个时候其实也不能开车。于是由谢炳坤开车、金贵田陪同把他俩先送到向塘车站，再坐火车。火车开到浙江衢州西，就过不去了。因浙赣线频频遭到共产党游击队的破坏，根本赶不上及时补修，所以国民党军在运输兵士、物资上大受影响。他俩只好或坐汽车，或乘船，或步行。过了杭州还得再分坐几段火车，前往南京。

一路上，他俩亲眼看到了国民党兵败如山倒，秋风扫落叶般，溃军东奔西窜、慌张涣散，还借机骚扰平民、趁火打劫的不堪场景。山河萧瑟、满目疮痍、社会混乱、经济凋敝、民众凄苦，令他俩摇头叹息、感慨万分，希望国家能早日结束这个乱世局面，使社会重新稳定。

前面的路他俩一直都走得还算顺利。杨天庆携带有国民党军的上尉连长军官证，他所在部队的番号、首长的姓名，他的原籍，哪年入的伍，打过什么仗，立过哪些功……都讲得清清楚楚。如今夫妻俩从江西家乡赶去南京寻找亲人……行程缘由、起点终点交代也没有问题，所以一路绿灯放行。他那走路时略有些瘸的腿，让一些年轻的兵士知道他是曾负过伤、立过功的抗日英雄，而对他肃然起敬，向他敬礼。不管是国共两党的将士还是中国的普通百姓，对民族功臣都是很敬仰的。

直到火车从苏州"哐当哐当"慢悠悠地到了常州，又过不去了，两人只好下车准备再转坐京杭大运河上的江船时，遇到了一点点麻烦。

那是国民党某部的一位虞姓连长，年纪已经五十多岁，今天在检查路人时，看见姿容绰约、秀美无伦的金潋滟，竟产生歹心。更关键的是，他认为杨天庆和金潋滟根本不像是一对夫妻，倒像是兄妹或姐弟或别的什么关系。

杨天庆和金潋滟尽管已基本确定关系，但由于谢志航一直阻挡在他俩之间，别说两人同居交欢了，就连接吻、拥抱、拉手等最起码的亲热动作都还没有过。而天庆又一向把潋滟当成心目中的女神，丝毫未得亵渎，敬重有余而亲昵不敢。潋滟对他虽没什么意见了，但心里却并未完全接受他，还是存有隔阂的，所以彼此相敬如宾，哪里像是合法夫妻，连一般情侣都不像，走个路都彼此保持着半米开外，也没有什么亲热动作或私密对话。这一路上他俩晚上在投店住宿时，也都是各睡各的，互不侵犯。

虞连长叫人把杨天庆和金潋滟带到驻地营房，对杨天庆说："上尉兄弟，我这并非是故意刁难你。如今兵荒马乱，什么人、什么事都有，共匪分子还在趁机到处捣乱，前段时间就有两个共产党假扮夫妻，企图蒙混过关，幸亏被我们及时识破。"

杨天庆有些恼怒："虞连长您什么意思，莫非您怀疑我是共产党？"

"兄弟别误会，我也是职责所在。我们审查完了，马上放你们走。"

杨天庆怒不可遏，他掀起自己的上衣，指着自己的肚子和胳膊，大声说："你说我是共产党。老子在战场上和日本人打了十几年，和共产党也打了好几年，身上的弹片都有好几斤。"

虞连长这时也没有好气了，正色说道："上过战场的人，哪个身上没有几个弹片？我们这也是例行公事，请兄弟不要为难我们。"

"那你要怎样？"

"跟你说句实话吧，我就是瞅你俩确实不像夫妻。"

"但我们确实是夫妻！"

"怎么证明？"

"你要怎么证明？"

这时，虞连长手下的一个士兵，走到虞连长跟前，和他私语了几句。虞连长沉吟了一下，带着一脸的坏笑说："这样吧，你们要想证明自己是夫妻，也很容易，那就现在赶紧同房给我们大家看看，而且是真的要有夫妻之举哟！看看她从你不从？要是哪里发现有一丝儿不对，我就当你们不是夫妻，这女子就归我了，你就自个给我走人。"

"你……"杨天庆气得冲过去，要和虞连长理论。

金潋滟连忙过来拉着杨天庆，说道："天哥，这是在人家的地盘上，忍忍吧。"

杨天庆看着金潋滟好像一副无所谓的样子，金潋滟赶紧向杨天庆眨了眨眼。天庆似乎有点明白，他马上转了语调："老兄一定要这样让我难堪，我也没有办法。不过还得多谢连长大人，我们夫妻俩有好几天没好好睡一觉了，老是在赶夜路、躲战乱，如今正好借您的宝地歇息一下。"

为了不让虞连长起疑，根本容不得考虑，他赶紧毫不犹豫地拉起潋滟，就钻进了虞连长安排的房间。一走进房间，把门闩上，杨天庆就凑在金潋滟的耳朵边低声问道："潋滟姐，这可怎么办呢？今天咱俩是不得不真刀真枪演给他们看了，否则怎么脱得开身？你自己做证哦，可不是我要这么干的。"

到了这个时候，金潋滟倒是啥也不在乎了。自己已是三十好几的老姑娘了，不是什么黄花大闺女，利害关系还是拎得清的。遂平静地说："知道，不用多说了，该怎么做就怎么做。"

因为他俩若是不答应，或是什么地方露出了破绽，她就得跟这个姓虞的军官走了。金潋滟简简单单几句的答复，却让杨天庆心花怒放，尤其后面那句"该怎么做就怎么做"，在他耳里实不亚于天宫梵音般美妙动听。

在外面那些大兵们一阵阵半友好半作弄有些放肆有些淫邪的玩笑里，他俩只得塞塞窣窣、摸摸索索地上了床，像是在脱衣服，其实并没脱，弄出些声响来罢了。金潋滟先是抱着杨天庆，杨天庆一时紧张得不知所措。不过虽说杨天庆至今还没近过女色，但毕竟快到中年了，加之有过来人金潋滟的引导，他俩终于鱼水相嬉，水到渠成，畅快入港，成功地完成了自己人生中宝贵的"第一次"。

中年男人杨天庆终于第一次尝到了女人味，原来男女交欢是如此美妙，他当然快活得很。资深美女金潋滟也是长达十余年没碰过男人了，同样非常惬意。虽说事情有些匆忙紧张，而天庆还是个啥也不懂的"瓜娃子"，不过他的身体显然非常棒。

没想到，他俩在龙湾这么多年了都啥事还没发生过，始终保持着距离，却在这烽烟弥漫、生死难卜的异地他乡，在苏南常州城郊的一个陌生乡村，由一名国民党军连长无心插柳、歪打正着压迫着促成了好事。完事后，他俩迅速穿好了衣服。

杨天庆见金潋滟满脸红云、满眼春意、肤如白玉、容似桃花，比平日更加艳丽动人，即使粗衣布履、没有化妆亦不掩尘寰罕见美色，除了眼角有几条细小的鱼尾纹以外，看起来还像个二十来岁的小妹子，忍不住心海再次荡漾，在她耳朵边说道："潋滟，多谢了！能得你如此待我，小生实在是三生有幸，也不枉在这人世间走一回了！等回到龙湾后，咱俩要好好地办一次婚礼才行！我早已没了父母，没了兄弟姐妹，你就是我杨天庆在世上唯一的亲人，以后一定对你好得不得了，你让我做什么我就做什么，马首是瞻，唯命是从。……今天这事是有些仓促、草率了，以后我会努力表现的，保证每次都让你非常满意！"

金潋滟此时却有些害羞了，像做了什么亏心事似的，半低着头，不敢正眼看他的双眸，只是轻声说："别贫嘴了，我们得赶紧上路呢！"

开门出来，他俩还想去"感谢"一下自己的大媒人，却不想那个虞连长可能是自感没趣，又忌惮杨天庆的国民党军上尉、抗日功臣的身份，所以连两人的面也不敢见，让手下道了个歉，并送上一份礼品，让他们赶快走人。

他俩于是离开了国民党军驻地。杨天庆正要牵着金潋滟的双手继续往北走，潋滟却阻止了他，截然地说："往回走吧！"

"往回走？去哪里？"杨天庆还一时摸不着头脑。

"你这个傻瓜！你说去哪里？回龙湾！"

"回龙湾？不去南京，不见志航哥了？"

"见他干吗？"

杨天庆终于明白过来。对呀，如今既然他俩已成了真夫妻，那还跟谢志航有什么关系？何必再去见他？他马上搂过金潋滟，在她脸上亲了一口，又给她敬了一个军礼，来了一句舞台上的戏文道白："潋滟姐……不，娘子大人在上，小生遵命！"

回来的路上，翌日，在浙江嘉兴境内，杨天庆、金潋滟两人碰巧遇上湖南的一位向姓军官，因为讨厌战争，擅自离开了部队，带着老婆、孩子，开着车，准备要回湘西家乡的大山区。他俩就搭了他们的便车，趁黑夜躲避大军并昼夜不停地赶路，所以不到三天，就回到了龙湾。金府千恩万谢又留下他们一家在这里玩了三天，送了他们不少礼品，塞满了一车，才让他们又择了个深夜驱车回湘西去了。

杨、金二人择了个黄道吉日，举行了盛大的婚礼。由于谢氏长子天昊娶朱璇是在南昌，金氏长女崴蕤嫁许志宏是在华林山，所以这也是谢、金二府第二代在龙湾本土举行的第一次也是唯一一次婚礼，加之有分别是高安的国共两党最高领导人倪乃昌县长、文红霞书记联袂主婚，自然是要空前的隆重热闹了。且听说新婚夫妻都是千杯不醉的酒仙，新娘子是全县第一美女、新郎官是抗日功臣，而其姻缘还极有故事性，故十里八乡的民众俱闻讯赶来庆贺，摆了好几百桌酒席。因杨天庆是外地人，虽其后代还是姓杨，可龙湾百姓依然觉得他是属于入赘的，他们为有这样的民族英雄落户、入赘而自豪。有意思的是，四周的杨姓人氏都过来认亲，而天庆也都一一表示接受，就当是他的"娘家人"吧。

不过，今夜春宵一刻值千金，两位新人酒仙都适当控制了自己的酒量。但为了感谢来自四面八方的众多父老乡亲们的深情厚谊，而他俩性格本就豪爽不羁、重情重义，所以还是尽量接受了所有来宾的敬酒，也喝下了不少酒。但对他俩而言，也就五六成而已，根本不耽误洞房花烛夜，回屋后照样颠龙倒凤、朝云暮雨。杨天庆自是要努力表现，让潋滟高潮迭起，十分欢愉。

此年七月，在文书记的介绍下，金潋滟加入了共产党。杨、金二人结婚后自是十分恩爱。杨天庆从此在龙湾有了两个家，他既住在金府，陵园那边也要常去料理，两头奔走，金潋滟也会不时陪他去烈士坟头割草垒土、清除垃圾。

迟来的太阳更灿烂，晚开的花卉更绚丽，十年时间里，金潋滟为泸州杨家前后生了四个儿子，杨长川、杨长泸、杨长安、杨长龙。最后一个儿子在金贵田去世前夕改姓为金，以继承母姓，延续金家香火，改名金龙。

由于父母都是超级酒仙，杨、金的四个儿子后来也都成了千杯不醉的酒王。特别是老幺金龙，20世纪60年代在华东六省一市的一次鉴酒大赛上，竟一口气喝下五斤高度汾酒，勇夺冠军，震惊全场，还登了报纸。

1949年4月上旬，以周恩来同志为首席代表的中国共产党代表团，同以张治中将军为首席代表的中国国民党代表团，在北京举行最后一次开诚布公的和平谈判，即蒋家王朝已经考虑过多时、多次的所谓"划江而治"方案。4月15日，中共代表团将《国内和平协定（最后修正案）》送交国民党代表团。但是，在南京的国民中央政府拒绝接受这个协定，谈判遂宣告破裂。这说明蒋介石考虑私家利益，一向毫无诚意，一再有意拖宕。此时，全国人民就像久旱盼甘霖，都在翘首等着早日结束战争，等着解放的那一天呢！

4月21日拂晓五时许，中国人民革命军事委员会主席毛泽东、中国人民解放军总司令朱德同志一声令下，伟大的渡江战役终于发起。一时间，千炮齐鸣、万船竞发、火光冲天、浓烟滚滚，枪炮声、军号声、呐喊声、风雨声震耳欲聋。解放军百万雄师在东起江苏江阴、西至江西湖口的千里战线上，强渡长江天堑，迅速击溃沿途防御的国民党守军，于4月23日解放南京，鲜艳夺目的五星红旗高高飘扬在原总统府大楼的上空。南京国民政府对中国的统治宣告终结，解放军继续向全国挺进，以解放剩余的半壁江山。

在此之前，蒋介石集团已络绎乘飞机、轮船、火车离开中国大陆，逃往港澳台，远遁南洋、东洋、欧美等地。之后的日子里，国民党残部亦不是继续向海外逃窜，就是躲入地下、山区、边陲、大漠，扮演特务、间谍、土匪等角色，企图负隅顽抗。

5月上旬，南昌乃至整个江西解放前夕，天光大好，风和日丽，山花烂漫，生机盎然。偶有微雨，雨过天晴，彩虹高挂，更加秀丽。

谢志航终于回来了。他这次回来，是想接父亲谢炳坤、母亲熊芙蓉一道去台湾定居、生活，并已经在上海给他俩订购了千金难求的机票。多日前在电话里，大谢头本来是答应好了的，可等到他亲自来接自己时，又不愿走了，说是死也要死在龙湾。谢熊氏更加不想去，从一开始她就没想过要离开龙湾。当然，这个家始终都是丈夫做主，一切得听他的，嫁鸡随鸡嫁狗随狗。他若要去，那她也不得不跟着去。现在他不去了，她也就庆幸可以不去了。谢志航没有办法，只好失望作罢。

大谢头一则是故土难离，人老了不想再折腾，也折腾不起；二则龙湾、高安、南昌还有自己这么多的土地、店铺、财物，怎么带得走？他处理了好多天，都还没处理完一小半，可能永远也处理不完了，哪里舍得、甘心就这样离去？

到临走时，谢志航来见金潋滟、杨天庆这对新婚夫妻，对他俩表示了衷心的祝福，并告诫天庆一定要向自己这个"大媒人"发毒誓，终生都对潋滟好。若是让他听说潋滟受了一丁点委屈，他是一定不会放过他。另外，两位军人自是还要再喝上一顿离别酒。

此次谢志航并没骗金潋滟。趁金贵田、杨天庆在准备酒菜时，他把她拉到一边，告诉她他之所以不能娶她，既不是因为自己不想回、不能回龙湾了，也不是因为自己在外边已有了妻室或乱搞什么。前一原因好解决，大不了带她一道去台湾——除非是她不肯走；后一原因则是假的，他父亲并没像对他大哥天昊搞"商业联姻"一样另外给他娶亲。主要还是他身体不行了，被鬼子打坏了，不能有后，所以不能让她痛苦、遗憾一辈子。

谢志航所说的这些，其实杨天庆已陆续告诉金潋滟了，她不得不接受了事实，理解了志航对她的一颗真心。潋滟如今正沉浸在甜蜜、幸福的新婚之中，早已明白自己所爱的谢志航却得不到，而爱自己的杨天庆才是她最好的归宿，从此与其缱绻百年，再无第二人选。但志航毕竟是她的好"航哥哥"，而且他也是爱自己的，两人婚姻不成情谊在，现在他要背井离乡，孤苦伶仃一人去那前途渺茫之地，更何况他再不能娶妻，也不会有子嗣了，无人照顾他，让她为他痛心难过。

她梨花带雨，忍不住哭了，抽噎着问道：

"航哥哥，你不走不行吗？……留在龙湾，有我和天庆一道天天陪着你，还不好吗？我姐和我姐夫应该也快回来了，仗打完了嘛。……我们又一道给两府的三位老人养老送终；还有我姐的三个孩子、天昊哥的两个孩子、金花的孩子，将来还有我跟天庆的孩子……多热闹、多开心啊！不比你一个人跑去台湾好多了？……而且，你知道吗，我们这一代……谁都没成，可天昊哥的小豆子与我姐的金华，天昊哥的小稻子与我姐的金凤正在谈恋爱，好得很，谢、金两府在他们这一代又延续起了情缘，多好啊！"

听说大哥的子女与金葳蕤的子女好上了，谢志航自是高兴。可人各有志，政治上的信仰问题，哪里容易说变就变的？

谢志航在龙湾只住了一夜，跟他父母交代了一些事情后，翌日清早就走了，谢炳坤、熊芙蓉也没法留住他。没过几天，他就乘飞机去了台湾，此后终老孤岛，杳无音讯。中华人民共和国成立后几十年海峡两岸之间长期没有往来，志航未回大陆为父母奔丧，尚且不论。可改革开放之初两岸已实现"三通"（通邮、通航、通商），金葳蕤、金潋滟姊妹两家人，包括谢炳坤的孙女、孙子都做了金贵田的外孙媳妇、外孙女婿，所以也算在两家人之内，仍没联系上志航。他再没回来过，说明他可能不在人世了。

1949年夏，中国人民解放军第四野战军第12兵团第15军跟其他兄弟部队一起，渡江南下进入江西境内，参加围歼赣西地区国民党余部的作战。许志宏、金葳蕤领着他的部队打回来了！许志宏时任第15军第137师师长，金葳蕤时任该师下属随军医院政委。还有老战友谭敦良，时任该师副师长。

此时，山上杜鹃花正展颜怒放，看万山红遍，层林尽染，如满天彤云，无比灿烂热烈。总算把亲人们盼回来了！

在这十多年当中，从抗日战争到解放战争，从游击队到正规军，在江西、湖南、湖北、安徽、浙江、江苏、河南、山东等省，许志宏在疆场上指挥对敌作战，运筹帷幄、决胜千里，越来越有大将风范。自也是建功无数，大大小小打了几十场硬仗，绝大多数是胜仗。谭敦良则一直是他的好助手，更是在前线亲自带兵打仗，冲锋陷阵、出生入死，同样战绩赫赫。

根据组织安排，这次他们回来，许志宏转业做了中共江西袁州分区党委副书记，即后来的宜春地区行政公署。两年后任袁州专区书记，所驻陆军师改为袁州军分区。金葳蕤转业任袁州分（专）区民政局副局长。和他们同时留下的，还有很多解放军的指战员。许志宏尽管和很多同志一样，对留下来开展地方建设想不通，但他向来纪律性强，既然组织已经决定，自然无条件服从。但金葳蕤却是十分高兴，在外征战多年，终于可以和父母亲以及儿女们朝夕厮守，多年来她始终觉得对父母、对儿女们都亏欠太多，如今，这梦寐以求的愿望终于实现了。

在赣西短暂休整之后，谭敦良带着137师主力继续向西向南追剿国民党残部，先后参加了衡宝战役、湘西剿匪、广西战役、广西剿匪等，中华人民共和国成立后担任了师长职务。1955年中国人民解放军第一次授衔仪式，谭敦良被授予大校军衔。许志宏和金葳蕤因为到了地方工作，不在部队，所以没有参加授衔。

在肃清了赣西的敌军，特别是在活捉了号称井冈山地区"四大屠夫"之一、烧杀无度恶贯满盈的遂川恶霸萧家璧之后，解放军部队在古城宜春（袁州）有约两个月的休整，并等待着中国人民革命军事委员会和四野司令部新的部署。7月中旬，金葳蕤、许志宏、谭敦良三人便让司机开着一辆当时军队常用的黄色帆布篷顶吉普车，回到距离一百三十五公里的家乡龙湾来探亲。

金葳蕤虽脸上多了些许沧桑，但杏眼犹俏，风姿依然，且更见庄丽、成熟，颇有女将之巾帼豪气。许志宏历经多年战火洗礼，颇有大将风范，其被打瞎的左眼做了手术植入义眼，远看倒也跟真的一样，只是近观眼球不能转动而已，在45军里他被大家美称为"小刘伯承"或"独眼将军"。谭敦良至今尚未婚配，不过也才三十四五岁，还是一张年轻的娃娃脸，小伙子似的。

出发之前他们已经打过电话回家了，龙湾的父老乡亲们早早地就在已修缮如新的村口牌楼下恭候着，鸣放鞭炮、吹响唢呐、敲起锣鼓、击打铙钹，迎接得胜回乡、荣归故里的人民功臣、解放军的高级将领。亲人们阔别十余度春秋，自是全心欣喜、满腹感慨。按照惯例，许、金夫妻俩还要先后到龙湾社庙、金氏宗祠、金府牌位前敬香叩拜、祭告先祖。即使是中共党员，尚须入乡随俗，遵循这些传统风习。

十来年过去了，龙湾村物是人非，山河依旧而众者已逝。除了寿终正寝的金高煦（曾祖辈）、江老倌（外公）、谢李氏、毛狗生（表舅公），还有不幸丧生的谢天昊、江翠柳（母亲），壮烈牺牲的李明勇、谢金花（好姐妹）……他们也得一个个去祭奠，烧香燃纸，表示吊唁。

尤其是在自家金府厅堂里的母亲江翠柳牌位前，金葳蕤哭成了泪人儿。她知道，虽然她的性格更像父亲，她也与父亲更亲近，可母亲生前还是最喜欢她的。

而第二天清早，金贵田又带着葳蕤和潋滟姊妹俩，还有葳蕤、金花的四个子女，一大家子先后去给金高煦、江老倌、毛狗生、江翠柳、谢金花等人上坟扫墓。

知道父母要回来，许金华、许金林、许金凤兄妹仨早早就从县城的学校请假回龙湾了。看着自家已长大成人的三个孩子，在十几年战火纷飞、风雨飘摇、艰难险阻下，在外公、外奶、两个舅公、两个姨妈等人的尽心保护、悉心抚养、精心教导下，在龙湾这个相对宁静祥和的乡村里，一个个无灾无殃、茁壮成长，长得或魁伟高大或美丽可爱，既聪明又懂事，在学校又成绩优异，许志宏和金葳蕤夫妻俩特别欣慰、高兴，他们不但感谢已故的母亲、幺爹、金花，更要感谢父亲和潋滟他们。为了革命，他们错过了孩子的成长历程，十余年不相见，这次回来后，就要时常跟孩子们生活在一起，好好弥补过去的时光。

当天夜幕降临，龙湾金府在村社庙里大摆筵席，张灯结彩，满座高朋，欢声笑语，为远道而归的许师长、谭副师长、金政委三人接风洗尘，并感谢全村亲友邻里多年来的帮助和照顾。在金贵田、谢炳坤、江仲元、熊二大夫、李明智五人代表龙湾五大姓氏致短暂的欢迎辞之后,许、谭、金他们仨也先后发表了热情洋溢、感人肺腑又催人奋进的讲话。

在酒席上,自然还是许志宏、谭敦良、杨天庆、金葳蕤、金潋滟……这些人说笑得最热烈,酒喝得最爽快。村里的小伙子都被他们身上那像磁铁一样的无限魅力、无形光环吸引过来了,聚拢成一大群,来向他们敬酒,听他们讲故事,描述国家和家乡的未来宏伟蓝图。陶醉之余,其中有些还二三成对、四五结伙当场要求参军,说等早稻收割完、晚稻秧插好就去。敦良副师长笑呵呵地说:"好好,欢迎你们,都欢迎!找我!"

这时杨天庆端起酒杯,跟邻座的谭敦良开起玩笑来:"谭副师长,对于龙湾而言,许师长、您、我,只有我们仨是外地人,可又都跟龙湾有着很深的渊源,龙湾算是我们仨的第二故乡吧?"

谭敦良跟他把酒干了,毫不迟疑,满口答应:"那自是当然滴,甭须多言。"他们几个在江淮黄地区打仗这些年,说话也有了明显的中原省份腔调。

杨天庆:"那您看,许师长娶了金政委,我娶了金潋滟,我们俩都成了龙湾的女婿,都在这里找到了自己的伴侣和归宿。只有您还没成家,孑然一身,那您是不是也要考虑在龙湾找个婆子,成为龙湾的乘龙快婿呢?您瞧瞧,今天晚上这里在座的,或者没来的,龙湾或者附近村子没找婆家的、没结婚的妙龄小妹,或者守寡的、离婚的年轻大姐,漂亮的、多情的、贤惠的可不少,您好好挑一个?或者,让我岳父金先生、炳坤叔、仲方舅、仲元舅他们帮您物色一个?"

谭敦良朗声大笑道:"哈哈,好啊,俺正有此意!杨部长,您的话都说到俺的心坎上哩。俺这么多年都还莫找媳妇,就是相中了龙湾的女娃俊俏,想在龙湾找一个哩!您大概还没莫听说过吧,金政委是俺中学的师姐,您家潋滟又是俺的师妹。当年俺第一趟来龙湾,许师长就想把他的小姨子也就是您家的潋滟介绍给俺,害得俺魂牵梦萦苦苦相思了十几年,却莫想到被您捷足先登了。嘻!那这次就再续前缘吧,看看俺跟龙湾还有缘分不?劳烦你们多帮俺留心一下,相中了俺就带到部队上去,待打完仗俺就跟她一道回到龙湾来,跟你们大家做伴,安享晚年哩。"

不管谭敦良这话是真的还是假的,反正他此次待在龙湾待了好几天,都没有觅着合适的姑娘。再说他是大户人家的贵公子,又是解放军的高级将领,他家肯定也前前后后给他物色过甚至不止一个很好的对象，但全被他拒绝了。他在北方这么多年，也从未相中过哪个小妞。许志宏、金葳蕤等人都劝过他，还想帮他安排，每次他都只是笑笑而已。他此次来龙湾，亦顺道回到了祥符镇的谭府老家去看望健在的父母，可一个多月后返回部队时仍是独自一人。莫非他上次来龙湾，与匆匆回府一趟的谢金花瞬间邂逅，只瞥了那么一眼，一绺情丝就紧紧系在她的身上了？可他自己不说，只有天晓得！

但就在谭敦良到达龙湾的第三天傍晚，外面暴雨倾盆，没人想出去，也没人在外面走动，可他竟独自出门，冒着雨雾冲到了谢金花的坟头，呆立了许久，淋了个落汤鸡。别人问他去哪了，他却含糊了过去。

可金贵田懂，他并不说破。

谭敦良是后来在广西工作时，娶了当地的一名壮族女医生。

金葳蕤、金潋滟姊妹两人坐在一块，有说不完的话儿，毕竟已分别十数载了。但说得最多的话题还是她俩的闺蜜谢金花，对她曲折、传奇、壮烈的一生唏嘘不已。她俩尽量想小声、平静一些，但还是没法做到不激动，加之喝了不少酒，脸颊酡红、泪眼汪汪、叹息不断，故有些话还是飘进了周边一些人的耳朵里。两个男人，一老一小，金贵田、谭敦良听得最是认真。其他男人，谢炳坤、江仲方、江仲元、熊二大夫、许志宏、杨天庆、李明智……他们也都在听着。只是谁都没有参与她俩的谈话，也不便参与。

是夜，葳蕤和潋滟姊妹，带上葳蕤的小女儿金凤，三个女人住在一间屋里，那也是她俩曾经的闺房，聊了个通宵。这年金凤虚岁已十六，大姑娘了，啥都懂了。谢金花的故事，她是见证者之一，但她就不太懂。当然，金凤还是扛不住，听着、说着，但终于起了细微的鼾声。

金府的筵席上，看着他们一大家子男女老少三代人近十口，儿孙满堂、幸福团圆，尽享否极泰来的天伦之乐，充满着胜利、荣耀的喜悦，被邀请坐在主桌的谢炳坤和熊芙蓉夫妻俩触景生情，想起自己的三子一女，三个死了、一个走了，有种家破人亡的凄凉。而酒桌上这么多同村中人，座无虚席、济济一堂，却都自顾着说笑、碰杯，谁也不理他们。刚才谢炳坤在致辞时，这些人还在下面起哄。他大谢头何等样人物，叱咤风云这么多年，哪里遭到过如此冷遇嘲弄？可现如今就剩下他们老两口，相顾无言泪已干，门庭冷落鞍马稀，甚是感到辛酸、凄清。

好在金贵田理解他俩，一直陪着他俩喝酒，给他俩唱曲儿、逗乐子。

但是，老金那始终没有停止过的吹嘘、显摆，以及左右逢源、八面玲珑的得意劲儿，令大谢头很是不爽，老觉得他不过是在同情敷衍自己，在装样子，在表演他的高风亮节，甚至暗地里在幸灾乐祸，在看自己的笑话。刚才自己站起来致辞村人起哄时，他不是也在一旁开心，却没有阻止他们吗？要按过去的脾性，大谢头早拂袖而去，不屑奉陪了。可今天四周不少解放军，他只能克制着，夹着尾巴做人，心里却是三十年河东，三十年河西之类的想法。

大谢头便在老婆子面前悄悄努嘴白眼，低声奚落着金贵田："啧啧，你瞧老金这模样，今天他可是兴奋过头了！小心跟我同一个样，最终栽在共产党的手里。很快就血本无归啦，一无所有啦，穷光蛋啦，看他到时还笑不笑得出来？我看想哭都哭不出！"

就连熊芙蓉都在心里对丈夫很不满了："贵田这可真是好心没好报啊！"

其实大谢头谁都不该怪，就该怪他本人。刚才他致欢迎辞时，还是一副居高临下、盛气凌人的口气，解放军谁受得了呢？村民们谁受得了呢？"喀喀，我代表……"，你能代表谁呢？新中国成立在即，往前边说现在早已是共产党的天下了，往后边说广大老百姓就要当家做主了，你怎么能这样说呢？你的"黄金岁月"已经过去了。所以后来听了许志宏、金葳蕤两人的一番话，大谢头应该头脑清醒了吧。

大谢头早就想带着谢铁去南昌，跟谢雪、谢祝姐弟俩在一起了。但其实，谢雪、谢祝倒是老想回龙湾来，跟许金华、许金凤他们在一起呢！想必大谢头心里并非不晓得。

跟金先生一样，大谢头也是天天要收听广播的，时刻了解国共两党的军事动态、各项政策。就在不日前，他听到了一条非常可怕的消息，仿佛耳边响起一阵白日大炸雷，当即吓了一跳，仿佛自己的末日来了，自此惶恐不安、坐卧难宁。能顷刻间摧毁大谢头心理的，肯定只有物质利益。

原来，在共产党领导下的北方广大解放区，早就在搞土地改革运动了，也就是把像他这样的大地主家的土地、房屋都拿出来，分给老百姓们耕种、居住。多余的财物也要交出来，或充公或分给老百姓。新生政权的说法是：这些都是剥削、压迫人民所得，是不义之财，取之无道，所以必须还给人民。

可是，谢炳坤并不明白：我这些家产，不都是自己几十年辛辛苦苦、省吃俭用、一点一点挣来的吗，怎么就变成了剥削、压迫，是取之无道的不义之财呢？

他不理解，他更害怕。后来听了许志宏的发言，说是国家的一切权力和财富都要归于劳苦大众，引得村里这些好吃懒做、家徒四壁的穷光蛋们都兴奋得大呼小叫，把手板都拍红了拍肿了，令得谢炳坤不免急得要赶紧问旁边的金贵田。因为金贵田的情况跟他一样，那将来的下场不也一样吗！

他问金贵田："按照许师长的意思，是不是咱们的房子、田土全都得送给村里这些人了？那咱们将来住在哪里，靠么子吃饭？"

金贵田却笑呵呵的，好像人家把他的家产都抢光了他反倒很高兴似的，说："我们就听新政府的吧，现在的政策一视同仁，相信他们肯定会有很好的安排的。"

谢炳坤暗暗嗤了他一下，心想："嘿嘿，你倒是蛮想得开哟，可你的房子、田土要说没了就什么都没了，而我在高安、南昌还有公司，有好几家店铺与仓库，有那么多的货物，在银行还有那么多的存款，共产党总拿不走吧？"

不过他又转念一想："不对，他的两个女儿、女婿都是共产党员，还是大官，如今的天下是他们的，怎么可能会跟我一样的待遇呢？他不是想要么子就有么子啰，而我的这些也不是他随时想要拿走就可以拿走的吗？"想到这里，他又沮丧起来，心情无比沉重。

他又借着向许志宏敬酒的机会，问了对方同一个问题。其实他一直不敢跟许志宏、金葳蕤说话，他怕他们，因他当年告发过他们，差点让他们没命，他担心他们秋后算账。

许志宏跟金贵田是类似的答复："炳坤叔，您就放心吧！我们共产党、我们人民政府是有原则、有标准的，不会胡办乱搞、一刀切，不会对不起任何一个人。党的心里有本明账。"

但是谢炳坤仍觉得许志宏的这些答复语焉不详、模棱两可。

这时，金葳蕤走了过来，他知道谢炳坤没有完全听懂许志宏的话。她微笑着对谢炳坤说：

"炳坤叔，我们要建立的国家，是一个人人平等，没有剥削压迫的新国家。以前的那种靠把田地租给别人，收取租子的做法在新社会是行不通的。这就叫剥削，不劳而获，共产党不允许任何剥削现象的存在。"

金葳蕤又接着说："现在全国都要进行土地改革运动，龙湾的土改工作也要马上开始了。我希望像炳坤叔和我爹你们这些乡绅名流,认清这个社会发展的大势,把握时代进步的脉络,共同做社会发展进步的推动者,为我们后生晚辈做个好榜样。"

讲到这里,金葳蕤干脆走到厅堂中间,对着大家说:"我们共产党人闹革命绝不是为了个人私利。在座的很多都是长辈,都是看着我长大的。当年,我金葳蕤跟着许志宏到华林山打游击,那么艰苦的条件,我们都挺过来了,靠的就是一种信念:我们要推翻这个人吃人、人剥削人的罪恶世界。为了这个,我们抛家弃子在外这么多年,九死一生,我们家老许失去一只眼睛。但我们从不后悔,我们的一切付出都值得,因为我们盼望和为之奋斗的这一天已经来到了。"

金葳蕤的一席话,虽然不长,但使谢炳坤如梦初醒。他想起这些年来,那么多的共产党人,为了所说的那个目标,甚至牺牲自己的生命,也包括自己的女儿,心中不禁腾起一股对共产党的敬意。

谢炳坤走到金葳蕤旁边,双手作揖,十分真切地说:"以前多有得罪,还望贤侄女和许师长海涵。这么多年,我是看到你和许师长,……还有我的金枝,你们这些共产党员的胸襟。"

提起金枝,金葳蕤不免也有些伤感。她拍了拍谢炳坤的手:"炳坤叔,金枝是好样的。她是您的好女儿,也是我党的优秀儿女。党和人民会永远记住她的。"

她又顿了顿。忽然声音大了一点:"其实,我们共产党里像金枝这样的人确实是比比皆是。大家还记得方志敏吗?我曾经和他有过一面之缘,当时我们曾经打算营救他,但是没有成功。多年来,方志敏一直是我和老许的人生坐标。"

说到这里,她走到旁边的座位上,从她的挎包里拿出一本笔记本,非常庄重地说:"方志敏同志牺牲前,在狱中写下了许多文字,一共有十几万字,都是通过秘密渠道才传到狱外,传到党中央的手里,最后得以保存下来。其中我最喜欢的这篇《可爱的中国》,我把她抄下来了,下面我朗诵给大家听一下。"

"《可爱的中国》,作者方志敏

朋友!中国是生育我们的母亲。你们觉得这位母亲可爱吗?我想你们是和我一样的见解,都觉得这位母亲是蛮可爱蛮可爱的。以言气候,中国处于温带,不十分热,也不十分冷,好象我们母亲的体温,不高不低,最适宜于孩儿们的偎依。以言国土,中国土地广大,纵横万数千里,好象我们的母亲是一个身体魁大、胸宽背阔的妇人，不象日本姑娘那样苗条瘦小。中国许多有名的崇山大岭，长江巨河，以及大小湖泊，岂不象征着我们母亲丰满坚实的肥肤上之健美的肉纹和肉窝？中国土地的生产力是无限的；地底蕴藏着未开发的宝藏也是无限的；废置而未曾利用起来的天然力，更是无限的，这又岂不象征着我们的母亲，保有着无穷的乳汁，无穷的力量？……至于说到中国天然风景的美丽，我可以说，不但是雄巍的峨眉，妩媚的西湖，幽雅的雁荡，与夫"秀丽甲天下"的桂林山水，可以傲睨一世，令人称羡；其实中国是无地不美，到处皆景，自城市以至乡村，一山一水，一丘一壑，只要稍加修饰和培植，都可以成流连难舍的胜景；这好象我们的母亲，她是一个天资玉质的美人，她的身体的每一部分，都有令人爱慕之美。中国海岸线之长而且弯曲，照现代艺术家说来，这象征我们母亲富有曲线美吧。

…………

我们相信，中国一定有个可赞美的光明前途。中国民族在很早以前，就造起了一座万里长城和开凿了几千里的运河，这就证明中国民族伟大无比的创造力！中国在战斗之中一旦斩去了帝国主义的锁链，肃清自己阵线内的汉奸卖国贼，得到了自由与解放，这种创造力，将会无限地发挥出来。到那时，中国的面貌将会被我们改造一新。……朋友，我相信，到那时，到处都是活跃跃的创造，到处都是日新月异的进步，欢歌将代替了悲叹，笑脸将代替了哭脸，富裕将代替了贫穷，康健将代替了疾苦，智慧将代替了愚昧，友爱将代替了仇杀，生之快乐将代替了死之悲哀，明媚的花园，将代替了凄凉的荒地！这时，我们民族就可以无愧色地立在人类的面前，而生育我们的母亲，也会被最美丽的装饰起来，与世界上各位母亲平等的携手了。

这么光荣的一天，决不在辽远的将来，而在很近的将来，我们可以这样相信的，朋友！

…………

假如我还能生存，那我生存一天就要为中国呼喊一天；假如我不能生存——死了，我流血的地方，或者我瘗骨的地方，或许会长出一朵可爱的花来，这朵花你们就看作是我的精诚的寄托吧！在微风的吹拂中，如果那朵花是上下点头，那就可视为我对于为中国民族解放奋斗的爱国志士们在致以热诚的敬礼；如果那朵花是左右摇摆，那就可视为我在提劲儿唱着革命之歌，鼓励战士们前进啦！

亲爱的朋友们,不要悲观,不要畏馁,要奋斗!要持久的艰苦的奋斗!……"一口气诵读完这篇感人肺腑的文章,金葳蕤已经泪流满面,在场所有的人都被深深地震撼了。

金贵田心中感叹,十几年不见,女儿金葳蕤变得让我都要仰望了。谢炳坤也沉浸在对方志敏的崇敬中:怪不得共产党能打下天下,原来有这么多能人。

又到了双抢农忙季节。谢炳坤跟金贵田一样,他二人以近七十岁之高龄,与村里的自耕农、雇农、佃农,本府的长工、短工、男丁一起,挺起腰杆、撸起衣袖、扎起裤管、打起赤脚,进田里割穗子、打谷子、犁耙耖、插秧苗……又惹得村里的人都笑话他:稀客呀,大谢头,是哪股风把您老人家又给吹出来了?今天的日头又是打西边上高的山头出来的吧!其实普通老百姓到七八九十岁了还在干农活的多得是,比如以前龙湾的大宗族长、老寿星金高煦,临终前几个月还照样下田下地。

村民们现在都不怕他了,尽管奚落、嘲笑他。可大谢头也不恼火他们,只管低头干活。虽说身体垮了,力不从心,只能悠着来。

大谢头明白,这兴许是他一生中最后一次参加双抢了,也是他最后一次在自己的田里干活了。他的心情是悲哀的,也是绝望的。他遥想起许多年以前,年少的时候,他的父亲谢彪煜、金贵田的父亲金时彰,带着他俩一道,起早贪黑、披星戴月地在田里土里辛苦干活,积年累月,才有了今天这么多的田土、这么大的家业!可咋的说没了就没了?

在他一对有些昏花、浑浊的老眼面前,浮现起那时白天的太阳是那么和暖、云团是那么雪白,晚上的月儿是那么明亮、星空是那么璀璨,他与贵田的心情是那么高兴,力气是那么总也用不完,两人老喜欢比试着谁割穗更快、谁打谷更猛、谁挑担更重、谁插秧更齐、谁摘果更大、谁种茶更多,甚至比谁射尿更高,连吃饭、喝酒自也是要比的。确实,当年除了读书,金贵田什么都比不过大谢头。

那时,还有长着一对大大的、圆圆的眼珠,梳着两条麻花辫子,穿着一身绿荷衫子,打扮得漂漂亮亮的小丫头熊芙蓉总是跟着他俩。

他把这些往事,絮絮叨叨地讲给与自己只有一条土埂之隔、正在自己田里忙活的金贵田听。因为提到了跟金葳蕤和金潋滟等女眷在家一起忙伙食,到中午才来给大家送饭菜送茶水的熊芙蓉，跟大谢头不一样，每年都参加双抢的老金也开始悠然神往那遥远的过去，多么美好的图景……

此时谭敦良已回部队。许志宏、杨天庆两人又像当年的谢炳坤与金贵田一样，在比赛谁割稻更快、谁打谷更猛、谁挑担更重。听着两老在感伤地回忆过去，他俩对视一瞬，也是若有所思。

秋收过后，谢炳坤在金贵田的疏导下，对很多事情也有了更深的理解。特别是他觉得，女儿金花是共产党的人，自己不能给女儿丢脸。他下了下狠心，做了人生中空前的一次慷慨之举，他把今年所收割的稻子，还有囤积在龙湾谢府仓库的大部分往年陈粮，总共有逾一千二百石，全部捐献给了正在赣西驻守休整的解放军部队。金贵田也把他的新谷旧谷约八十石都捐给了解放军。许志宏师长代表中共袁州分区委（军管委员会）、文红霞书记代表中共高安县委，对他俩的壮举表示了衷心的感谢。专区报纸在头版报道了他们的光荣事迹，为此他们两人高兴了很多天，谢炳坤连睡觉也把那张报纸放在枕头下。

文书记早已得知，许志宏师长和金葳蕤政委伉俪回到了高安，于是率领高安县委领导班子几位主要成员赶到了龙湾，一方面是大家一起参与双抢，另一方面是向军管委汇报他们过去所做的工作，并商量下一步的工作安排。于是，在高安小平原里，军民、干群一起割禾插秧，一幅热火朝天的农忙场景。一些北方的同志、小战士还没体验过江南的双抢，觉得很是好玩。虽然干久了挺累的，却也高兴，因到夜里就有美酒喝、有故事听、有采茶戏看。当然，他们体力足、精力充沛。

更加激动人心的是，在谭敦良回到宜春，向时任中国人民解放军四野十二兵团第一副司令员兼四十五军军长陈伯钧汇报以后，陈伯钧十分高兴，见尚有些空暇，便由谭敦良再次引路，亲自驱车来到龙湾，给谢炳坤、金贵田两位爱国进步乡绅颁发了锦旗、奖状，并聚集全村的百姓发表讲话，对他俩公开给予了表扬，进行了高度评价。一时成为高安街头村尾热议的话题，金贵田、谢炳坤自是兴奋不已。

陈伯钧还是杨天庆的川滇老乡，达县（今属达州）人，开国上将。1910年生，此时也不到四十岁，比志宏、敦良、天庆、葳蕤、潋滟他们几个大不了几岁，年富力强，壮气峥嵘，豪放不羁。他早年参加过秋收起义、井冈山会师，曾被毛主席称为"红军干才"。驰骋南北疆场，参与重大作战无数次，令敌军闻风丧胆，还是延安时期著名的八路军三五九旅首任旅长，最有名的就是把南泥湾开垦为"陕北江南"。中华人民共和国成立后最高职务是解放军高等军事学院（国防大学前身）院长，继任刘伯承、叶剑英。

陈伯钧的家境甚好，小时候在老家念过不少书。小学毕业后，他才十三岁（1923年）便考入万县（今重庆市万州区）的省立第四师范学校，后因参加进步学生运动而被开除学籍，终毕业于武汉中央军事政治学校（黄埔军校六期生）。在红军里他算是文化比较高的"秀才"或者说"儒将"，擅写各类文章，并留有革命战争年代的日记四五千篇。此次来龙湾，他跟金贵田的共同语言不少，也有得聊了，类似背景的还有谭敦良、杨天庆等人，故破例住了三夜才走。

于是，袁州军管会和高安县党政军负责人，在龙湾就地召开了一次小型的临时会议，与会者有陈伯钧、许志宏、谭敦良、文红霞、金葳蕤、杨天庆、金潋滟等十余人。

先是由陈伯钧宣布了四野司令部与党组织的几项命令：第一，许志宏、金葳蕤留在袁州地方工作，许志宏任分区委副书记（军管委会副主任）兼驻军师长，金葳蕤任分区民政局副局长；第二，137师由谭敦良代理师长，继续随大部队麾师行军作战；第三，中华人民共和国成立之初，百废待兴，情形复杂，事务繁多，要全力维护社会稳定。

许志宏、谭敦良、文红霞、金潋滟等人先后起身，表示坚决服从安排，保证完成组织交给的任务。

然后主要是许志宏副主任就陈伯钧军长所说的维护稳定、顺利过渡，说了自己的几点打算："……重点是加强治安管理，防止各类敌特分子的捣乱破坏行动，包括破坏设施、干扰工作、散布反动传单、制造谣言、暗杀党员干部群众和民主进步人士等。争取社会上的大多数正面力量，团结一切可以团结的人，如农村的乡绅地主、城里的工商业者资本家及民主进步人士等，同时在土地改革和工商业改造中要区别对待他们，尽可能妥善解决。"

陈伯钧、谭敦良离开龙湾后，许志宏和金葳蕤又在文红霞、杨天庆等人陪同下去了高安县城，秘密拜会高安中学校长刘赓等文教界代表，仲方商行老板江仲方等工商业界代表，还有几个寺庙、道观的住持、道长等宗教界代表，几位药铺掌柜、诊所老中医（包括熊二）等医药界代表，向他们申述了我党的有关政策及民主建国的各项纲领，即将成立的新政府要做的各项工作、要举行的种种活动等，希望他们给予支持和帮助，如何保证社会安定团结局面，保护国家、民族和百姓生命和财产安全。这些民主爱国人士都表示接受中国共产党的领导，尽自己的一切能力去做，以确保平稳过渡到新中国。

倪乃昌在解放战争期间能保证高安社会方方面面的长治久安，对国民党的大肆发动内战、屠杀中共党员、搜刮民脂民膏、劳民伤财，及捣乱破坏之举尽量进行抵制，对政府公帑和国库财物的开销、使用严格把关，以致贪污腐败之徒难钻空子，人称"铁管家"。他自身也比较关爱百姓、体恤民情、清正廉洁、生活简朴、为人随和，在新中国成立前后接受中共领导、配合有关部门做了大量工作，所以在新的高安县委、县政府一成立，他便被任命为高安县文史办主任，并当选为第一届江西省政协委员。

爱国进步知识分子刘赓，在中华人民共和国成立后继续担任了两年高安县中学校长，也当选为第一届江西省政协委员，后出任高安县政协副主席。

爱国进步工商界人士江仲方，高安仲方商行老板，也当选为第一届江西省政协委员。

倪、刘、江三人都曾先后要求加入中国共产党。但是正如金贵田一样，党组织认为他们暂时留在党外参加国家和地方的各项工作更好。

会后不几日，许志宏和金葳蕤也要赶去宜春的江西省袁州分区上班。一切事务都得从头开始，工作更加繁重。

在他们临走之前，杨天庆向他俩，还有文红霞书记表达了自己的态度。原来，当时袁州分区委、高安县委是安排他到高安县城来工作，担任中共高安县委宣传部部长一职。但他还是想待在龙湾继续为抗日烈士守墓，顺便照顾老迈的岳父金贵田和已经怀孕的妻子金潋滟。

于是，分区、县两委的同志又临时开会商议，他们将尽快呈报省委、分区委。县委常务班子将另外派人来接任和组建。而杨天庆则留在龙湾，担任中共高安县委常委兼西区工作部部长，负责高安县西部诸乡镇的工作，享受行政16级干部待遇。数年之后，西区工作部被撤销，他改任龙湾大队党支部书记，仍然享受行政15级干部待遇。

金潋滟却还是一直跟父亲金贵田在同一个户头上，属于农业户口。他们的四个孩子则在父亲杨天庆的户头上,属于非农业户口。金贵田、金潋滟虽是农业户口,但他们又都是龙湾大队党支部委员、高安县委委员。

谢炳坤和金贵田早已提前商定好了,农历己丑年末庚寅年初,即1949年与1950年之交,两人联袂庆生办一次寿席。谢是按上年算,虚岁七十;若是按下年算,已实岁七十。金是按下年算,虚岁七十;若是按下下年算,才实岁七十。按照男人过上(虚)不过满(实)的旧俗,谢按上年算、金按下年算,两人遂一起庆贺自己的七十大寿。

庆过生,再过了年,谢炳坤好不容易才接受了金贵田的建议,咬牙忍痛,把府上的财物、事情都归置清楚,把属于谢府的水田、旱地、茶林、果园、鱼塘等产业的事情都处理完毕,房契、地契等都交给了政府以后,1950年3月4日,即农历庚寅年元宵节后的第一天,他便领着熊芙蓉,老两口去了南昌的那套房子住,从此生前再没回龙湾来过。

不过外孙谢铁这时却不愿跟他俩一起走,哭着跑开了,只好暂且留在龙湾金贵田家。老金答应过段时间再让人送谢铁去南昌。

至于政府和大队会怎么把他的田地、房屋分给众人,大谢头说他不想看到,心里难受,所以要早早离开。

第二十二章 夙愿

1949年10月1日，毛泽东主席在北京雄伟而壮丽的天安门城楼上庄严宣告，中华人民共和国成立了！中国人民从此站起来了！一个从没有过的崭新的红色中国，自此屹立在了世界的东方。在地球上最大的土地——黄色的亚欧非大陆，与地球上最大的水域——蓝色的太平洋之间，鲜艳的五星红旗迎风招展，与旭日齐飞，共朝霞一色。

中华人民共和国成立了，曾经被统治阶级奴役、剥削、压迫了几千年的亿万贫苦百姓从此当家做主，有了田地种，有了房子住，有饭吃，有衣穿，老有所终，幼有所教，壮有所用，劳有所得，鳏寡孤独废疾者皆有所养，都有选举权、被选举权，成了共和国的主人。就像毛主席在天安门城楼上高喊的那样，"人民万岁！"那浓重的湘潭口音回荡在偌大的天安门广场上，响彻云霄，深入人心，盛传至今。中国亘古以来，乃至在世界各国历史上，还从未有哪位最高领导人喊出这样的口号。

在新中国的约九百六十万平方公里广袤大地上，从东方的点点渔村到西陲的漫漫黄沙，从南疆的片片椰林到北国的皑皑雪原，处处是红色的海洋、革命的海洋、欢乐的海洋！

几十年来为革命做了大量工作的龙湾乡绅金贵田，此时也积极参加土地改革运动，进行社会主义改造。虽然一开始他跟谢炳坤一样有些不理解，好多天都吃不下饭、睡不着觉，但女儿和女婿们给他做了大量工作，讲了一箩筐又一箩筐的道理，他也就欣然同意了。

金贵田抢在谢炳坤之前，把自己几乎所有的田地、家产都交给了政府，再由政府转给龙湾大队及其下属几个生产队集体所有。金家的两进宅院，也只留下前面一进给自己住。后院则让给了村里两户无房的人家住，并把中间的门砌死，另开一门供他们出入。好在翠柳、幺爹、金花都过世了，葳蕤和志宏、孩子们在宜春，金潋滟和天庆在陵园旁还有一间小屋，他们后来又在旁边搭了一间作为卧室，又另外搭了小的厕所、厨房、杂物房等。谢铁又去了日本，这边就足够他自己住了。

其实，根据对各种乡绅要区别对待的原则，新生的人民政府对金先生算是非常优待了。相对于谢炳坤而言，谢是留后院，他是留前院，而前院显然要宽敞、高大、精美、亮堂许多。金家前院这么多的房屋，还有这么大的一片庭园，平时就他一个人住。金潋滟和杨天庆夫妻，到后来他们的几个孩子，也只是抽空才过来陪陪他。空荡荡的宅子倒让他有些不习惯，嫌太静。不过善良淳朴的龙湾百姓一点也不嫉妒金先生，知道这是他应该得到和享受的。

直到几年之后，金潋滟和杨天庆的孩子多了，他俩的工作又忙，根本管不过来，就让金先生帮着看护孩子们，还把金先生嫁去外乡也已年届花甲的表妹和表妹夫叫过来一起照料几个小家伙，这个老宅子才又显得热闹起来。四个精力充沛、顽皮捣蛋的男孩，每天从早到晚都没消停过，就跟花果山上的美猴王一样，不时上演"大闹天宫龙宫地宫"，比前些年许、谢三家的六娃还喧嚣得多。金先生于乐呵呵之余，又觉得太吵了。

热闹了好些年，到20世纪60年代初期，杨、金家的孩子都大了，陆陆续续出去上学了，表妹夫妻也回家了，宅子复归寂静冷清，老金也真的老了，老态龙钟的，连自理都勉强，再苟活了几年，临终前立下遗嘱，把这座宅子亦交给了政府和大队集体。

总之，金贵田被新生的人民政权争取、改造成了一名自食其力的社会主义普通劳动者。其实金贵田一辈子基本上都在自食其力，反倒资助、养育了很多百姓。自然，他的人品、言行也几乎没有什么瑕疵。他的才学、作为更是有目共睹、有口皆碑。并且，就在中华人民共和国成立后第二年的"七一"节，一直在积极要求入党、写了多次申请书的金先生，终于被党组织所接纳，正式成了一名光荣的共产党员。

由旧世乡绅而成为共产党员，这是一次伟大的蜕变与升级。其实，金贵田从20世纪30年代开始，就有意无意地在做利国利民及帮助共产党的事情，做得很多、做得很好、做得很久，抗战胜利后又长期要求入党。只是党组织把他当作一名开明乡绅、民主人士，觉得他在党外的作用更大。

1950年，即中华人民共和国成立后的第一年，春夏之交，龙湾又先后迎来了两位日本的老朋友。其中一位是当年日寇的随行女记者日野芳子，即"哑女"，她是金先生的另一个"干女儿"。她的突然再次降临，令龙湾人尤其是金家人又惊又喜，更不用说金贵田和谢铁这最高兴的一老一小了。她曾经说过她还要回来的，如今果然就回来了，而且还回来得这么快！

虽说日野芳子是"女鬼子"，但她当年又救了所有龙湾人的命。并且大家还见到了她回日本后所写的一本厚厚的像砖头一般的题目就叫《龙湾》的书，书中都是在说龙湾人、中国人的好话，批评日本军方的非人道的强盗侵略行径和尤其残忍的"三光政策"，提倡和平、反对战争。这次她作为中日友好人士，受中国政府邀请来中国做客，又专程到了高安龙湾。所以龙湾人都很感谢她，对她的态度非常友好。个个真诚地欢迎她去他们家里坐坐、吃饭，令她十分感动。当然，她自是仍吃住在金贵田家。

八年不见，日野芳子的形象变化很大。倒不是她的相貌、年纪有什么太大的改变，关键过去她是朴素、简陋、土气，甚至傻乎乎的村姑、哑女打扮；而现在她穿着高级的棕色女式西装，外披灰色长风衣，脚上是一双时尚的红色高跟皮鞋，头戴一顶插花的紫色渔夫帽，显得非常高贵典雅，仿佛是从民女一步升级到了贵妇人，从丑小鸭成了白天鹅，还能说一口比较流利的中文——她说自己原来就有点中文基础，这几年在日本又好好地自学并尽量跟寓日的华人们交流，所以中文越来越好了。她后面说，学好中文就是为了将来能跟谢铁在一起生活。

反倒是谢铁，这么多年里从一个流着鼻涕的小娃娃长成了青涩但不乏帅气的大男孩。在这天下午日野芳子刚从村口下车时，他竟老远就认出了她便是当年的那个"芳姨"，遂喊着她的名字兴奋地跑上去，扑在她的怀里，又哭又笑又叫又跳。当年他就很黏她，现在更是要时时刻刻靠在她身上，一丝一毫也不愿分开，就像孩子好久没见了姆妈。

在金家的饭桌上，金贵田把日野芳子介绍给自己的二女婿、金潋滟的丈夫杨天庆。而潋滟此前已经简单对天庆说起过芳子了，所以他已约略知道了她，也不算太陌生。听闻这七八年间龙湾一个个去世的人，特别是死得非常壮烈的谢金花（金枝），芳子伤心得啜泣不已，不停地用手绢擦拭着眼泪和鼻涕。昔日她们在一起生活了一年多，互相多有照顾，建立了像亲姐妹一样的情谊。

金潋滟知道，谢金花是老父亲胸口中最大的痛，不忍多说，所以大部分时候都只是她在讲述。但此刻潋滟已身怀六甲，肚子大了，行动只能小心翼翼，说话也只能轻言细语。

在金潋滟说话时，日野芳子就认真打量着金贵田。觉得这么多年没见面，他就是头发又白了一些，并没衰老多少，皱纹也没增加什么，五官端正、面容清癯、文质彬彬、仪表堂堂，还算是个老帅哥呢！老金被她打量得倒有些不大自然了。

晚饭过后，大家又小坐了片刻，喝了杯淡茶。然后金潋滟、杨天庆便回屋歇息去了，厅堂里只有金贵田、谢铁陪着日野芳子。

金贵田说："芳子，你这次过来，我知道你主要是想把谢铁带去日本，对吧？"

日野芳子还没开口，谢铁就抢着说："爷爷，我要跟芳姨去日本。"并摇着芳子的手央求道，"芳姨，您带我去日本嘛，您带我回日本嘛！"一个"去"字，一个"回"字，这么小的孩子，就什么都懂！

谢铁已经没有什么心思待在中国了。他没有父亲，娘亲又死了。而他喜欢的两个表姐谢雪、许金凤都已名花有主，都对两个表哥许金华、谢祝爱得死去活来，她们也都不可能会喜欢他，所以他只有跟着芳姨。芳姨才是他在世上唯一的亲人，谢"外公"和金"爷爷"都不是。

日野芳子恳切地说："金先生……不，金爸爸，谢铁只是原因之一，我还在考虑着您呢！您就跟我们一起去日本吧，让我和谢铁来照顾您。您看您自己这边，您的两个女儿都嫁人了，她们都有自己的家庭、自己的孩子、自己的工作，哪里还顾得上您呢？您一个人一定会很孤独、寂寞的。"

谢铁又跑过来拉金贵田的手："好啊好啊，爷爷，您跟我们一起去日本吧！"

金贵田却王顾左右而言他，赶紧问道："芳子，难道你回日本这么多年都没结婚，就你一个人过？你就一直没有男朋友吗？"

"是的，我不想再嫁人了。特别是从中国回去以后，我就再也没去找别的男人了。我的心里只想着您。……金爸爸，就让我照顾您一辈子吧！然后就是把谢铁带大。"日野芳子握着金贵田的双手，用一对既炽烈又深邃的妙目，非常贴近地盯着他，那里面有一团奇异的大火在燃烧。

金贵田顿时明白了她的意思，慌了，不敢去看她，赶紧摇头："不行不行，芳子，这怎么行呢！我一介老朽，岂能耽误你的终身？跟葳蕤、潋滟她们一样，你也还得再恋爱、嫁人、成家、生子。……再说，我都是快七十岁的老头了，还能在世上活几天？身体不行了！"在他俩聊天的过程当中，谢铁已在日野芳子的怀里睡着了。

于是此后许多天里，从清晨到黄昏，从白昼到夜晚，从晴日到下雨，日野芳子就陪着金贵田，两人啥话也不说，啥事也不做，静静地坐在客厅里，任神龛前的座钟"嘀嗒""嘀嗒"一秒一秒地过去……

日野芳子在龙湾住了快两个月，见金贵田一直不答应跟她走，方才心有不甘、依依不舍地带着谢铁回到了日本。她给谢铁改名为日野中铁，随她的姓氏。而谢铁也就改口叫她妈妈，成为她的养子。

日野中铁成年后长期从事国际贸易方面的业务，成了腰缠万贯的大老板，娶了个日本东京的姑娘，也是他的大学同学。中国改革开放后，他还经常来华，也到过龙湾几次，跟几个姨妈、表姐、表哥、表弟都多次见面。那时金贵田早已病故，日本那边的日野芳子、中国这边的金葳蕤和金潋滟姐妹也都是六七十岁的大妈了。

另一位日本人，就是当年的日寇中佐高桥直。他在侵华期间没有犯下太大的罪行，所以并没有被当作战犯接受国际法庭的刑事制裁，战争结束回国后就成了普通平民。到 1950 年，眼见新中国成立了，他再次来华访问，不甘于上回的一无所获、铩羽而归。7 年多的心血和汗水，无数个日日夜夜，走遍了高安从城里到乡下的每一寸土地，连皮靴都走烂了几双，结果仍是竹篮打水一场空！所以他还想继续来找一找他们伍氏的"洪武宝藏"，也就是那批价值连城的元青花瓷器，还要为他们的祖宗向红色中国政府讨个说法。

高桥直来到高安以后，先是去见老友刘赓，他当时还是高安中学的校长。

尽管当年曾兵戎相见，但毕竟高桥直对中国民众做过一些力所能及的保护，所以刘赓再次热情地接待了他。至于刘赓那次遭谢光赋抓捕、审讯、拷打一事，他知道跟高桥直有关，但最后还是高桥直救了他的命，不让谢光赋再对他用刑及除掉他。但两人都不说破，就当根本不懂这件事情。

高桥直微微一笑，说："刘校长，您太客气了！我不也是中国人的后裔吗，又怎么舍得对自己的骨肉同胞下毒手呢？"他的中国话，多年前时要比日野芳子好，现在却已不如日野芳子了，但基本的交流还是毫无障碍。

刘赓也笑了笑，却别有意味地看着他，一字一顿地说："高桥君，您并不是中国人的后裔，您的先祖不是伍兴辅与伍良臣父子，您也不姓伍。"

高桥直脸色突变，大吃一惊，立刻叱问道："刘校长何出此言？"

"据我们分析，您的长相根本不像我们中国人的后裔，更不像高安上泉伍氏的后裔。如果您真是伍兴辅与伍良臣父子的后裔，那就不可能对你们家的宝藏最初的地方一点都不清楚，那么长时间在高安城内城外四处寻找，每一寸土地、每一个角落、每一间房屋都搜遍了，只差掘地三尺。还查了大量资料，向无数人打听，只差采取极端措施——您这些行动我们都看在眼里，就像……打个不好听的比方，就像是瞎子摸象、大海捞针，毫无头绪，十分盲目。当然，其实您是不是伍氏后裔，是不是中国人后裔，已经不太重要，我们主要是就事论事，即这个宝藏不管存在与否，它都只属于中国。"

"您这个理由太牵强了！"高桥直的脸颊胀得绯红，脖子上青筋如蚯蚓般暴起。他早就想分辩了，但他的修养很好，直到刘赓说完才开口，"我们伍氏都迁到日本国土五百几十年了，怎么可能还会长得很像自己的先祖呢？请问刘校长您本人还长得很像明朝时的先祖吗？另外，我确实没有什么关于宝藏所在地的线索了，但不等于我就不是伍氏人。时隔这么多年，我的爸爸、爷爷、太爷爷们从历代先祖那里传下来的信息已经非常匮乏了，就连是在高安县城还是在上泉伍家庄都不清楚……"

"您怎么分辩都行，可我们就是不相信，这没办法。您要想证明自己是伍氏之后，就要拿出让我们信服的证据来，比如先祖的遗物、文字凭据、地图之类。"

两人对峙了一会，高桥直终于先屈服下来，说："我确实不是伍氏之后，但我跟伍氏的渊源很深，说我是伍氏之后也不算太错。"

这会高桥直终于讲述起了他的真实故事。原来高桥直是住在日本的千年古都——京都，他的邻居正是伍良臣的后裔，一位老者，名叫伍佑仕。伍氏父子漂洋过海到了日本以后，曾经鼎盛过多年，不过后来由于种种原因渐趋衰落，到伍佑仕这一支这一代时已是穷途末路，不但娶不起老婆，连房租都交不起，吃饭看病更成问题，贫病交加。

还是高桥直的父母见他可怜，就腾出了半间屋子给他住，有时也送点吃的给他，并帮他买点药。但高桥直的家境也比较拮据，没法帮他太多。高桥直心肠善，从小就经常去照顾他，跟他的儿子一样。但高桥家肯定不会同意把高桥直过继给他，父母就他一个儿子，还有一姐一妹。

但伍佑仕毕竟是旅日伍氏的正嗣。后来伍佑仕还是患肺病死了。临终前，他送了一个小礼物——从他太爷爷到爷爷、爸爸……一代代传下来的，源自明初的一只金如意给高桥直。这只金如意还是值不少钱的，但不管如何穷困，伍佑仕都没有将它典卖掉，一直带在身边。

他还把伍氏先人在中国有一个大宝藏的事，也告诉了高桥直。他说："我一无所有，对你们高桥家无以为报，只有这个宝藏的事情是历代先祖流传下来的。你将来如果有机会去中国，要想办法把它们找到，那是一笔巨大的财富。"

伍佑仕死后，又是高桥家将其薄葬的。而高桥直就把这件事牢牢记在了心上，后来他就读军校，入了伍，并借侵华战争之机主动要求入赣，来了高安，却没想到不按图难索骥，终是徒劳无功。

这时，高桥直便从内衣口袋里把当年伍佑仕送给他的那只用丝帛包裹的金如意拿出来给刘赓看。此只如意系纯金打造，迄今已五百多年了却仍黄灿如初，约莫十五厘米长，估计也有个两三百克，上面雕刻着夔龙、祥云、灵芝等图案，其做工挺精美，形象也很逼真。且镶嵌着七小颗和田白玉，构成北斗七星状，再说还有历史文物价值，确非俗物。

"哦，原来如此。既然您心地这般善良，又跟旅日伍氏的后裔有这么一层深厚关系，那我们还当您是真正的伍氏后裔吧！反正您自己要不说的话，绝大多数人还是看不出来的。我们能看出您不是伍氏后裔，也全靠我的恩师金贵田先生的火眼金睛……"

"金贵田？"高桥直曾在高安待了长达七年半之久，对这个名字早已耳熟能详，"您刚才口里所说的我们，除了您本人以外，还有谁？"

刘赓说："对呀，今天这件事，纵使您不想说，我也要带您去见我的恩师的，而且会把事情的真相都告诉您。

高桥直自也是迫切想见到金贵田这位传说中的高安名人。因路途并不远，今日又无雨，于是刘赓就骑着一辆小三轮车把他捎去了龙湾。

在路上，刘赓将多年以前谢炳坤的父亲、金贵田的父亲、他的父亲等五人一道，出谋出钱把这批元青花买下，又重新找了一个更隐秘、更稳妥的地方藏了起来……前因后果、来龙去脉都讲给了高桥直听。但是对一些具体环节，他还是有所保留。

高桥直恍然大悟："难怪我说怎么都找不到呢！这怎么能找得到？别说伍氏后裔，就是他们的先祖伍兴辅与伍良臣父子本人回来也不行嘛！"从而为自己七年的辛苦无果找到了一些心理上的平衡。但他还是非常惋惜，当年自己在华期间为何没能早点认识这位金先生呢？

　　在金贵田接见高桥直时，由于此前刘赓已把相关事情都跟他说了，所以很多话都免了。

　　春夏之交，难得的天气晴好，不寒不暑，广宇流云，田园葱郁。就金贵田独自在家，三人简单寒暄后即围坐品茶。

　　金先生遂打开天窗说亮话，坦诚地说："高桥君，12年前，也是在这个暮春初夏，我就听说您来到了咱们高安。请您原谅，这批珍贵的瓷器，纵使将来出土了，它也是属于我们中国亦是属于全人类共有的文化遗产，既是物质的也是精神的无价之瑰宝。它已不属于哪个人、哪户人家，别说是您了，就是伍氏父子死而复生，他们也不能独享，更不能拿走。"

　　高桥直一见到金贵田，就觉得他犹如自己年迈的父亲一样，不但慈祥和蔼，而且博学睿智，还是个老帅哥，年轻时一定十分英俊，遂对他既敬重又亲近。就连他到这里来的主要目的——宝藏，都似乎忘记了，也不重要了。

　　这时他抓住了金贵田的一句话，立刻追问道："金先生，您刚才说的'纵使将来出土了'，究竟是什么意思呢？"

　　"就是说还不知道最终能否找到呢！"金贵田解释道。没有那张画在丝绢上的藏宝图，只知道密室的大概区域，但时间已久，先辈早逝，具体方位找不到了，又怎么去打开密室？

　　"啊？！"高桥直、刘赓两人都惊愕地叫了一声，又异口同声地问道，"那藏宝图到底是在谁那里？"连刘赓都不懂，想必他父亲也不懂。

　　"是啊，我父亲时彰公没跟我说，也不知大谢头父亲彪煜叔跟他说了没有。当初彪煜叔出的钱最多，想必是在他那里吧？可上次我问大谢头，他说他也不懂。"金贵田答道。

　　"不过这样,高桥君，"金先生说，"您先暂回日本去。只要我们找到了藏宝图，打开了密室，当这批珍贵国宝重现人间时，我们一定邀请您过来见证那激动人心的一刻！"

"那太感谢您了。"高桥直虽然颇有些怅惘,但此时又兴奋起来。并且,紧接着,高桥直又做了一个决定。他把当年伍佑仕赠送自己的那只金如意从口袋里掏了出来,一定要转赠给金贵田,说:"这既然也是你们中国的东西,那就让它回到中国,归于识货之人吧!"

如此贵重的礼品,金先生自是爱不释手,他认真把玩、仔细观瞧、啧啧称赞,认定"这必然亦是大明宫廷之物"。他一开始断断不敢接手,但见高桥直满腔诚意,只得深深道谢并收下了。

这时,金先生让他俩稍等,自己离开了片刻,从书房阁楼上珍藏的密匣里,拿出一块跟二十年前大谢头换去的那块几乎一模一样的极品玉佩来,也要赠给高桥直。

高桥直、刘赓两人又是一阵惊叹。

金贵田向他俩介绍道:"这是我远祖母传下来的玉佩,是元代宫廷之物。中国人一向崇尚来而不往非礼也,既然收了您的金如意,这个也请高桥先生收下。"

刘赓满脸疑惑:"金先生,我听说,您这玉佩不是跟大谢头换田了吗?您这是……"

"哈哈,我确实是拿祖传玉佩和大谢头换田了。不过,这玉佩其实是一对。这件事大谢头并不懂,我们龙湾的人也都不懂,所以我就没有对大谢头讲真话。而且,大谢头换去的那块是母的,这块是公的,公的比母的更珍贵。过去的宝贝,若是有一对的,自然两个都在一起最值钱;若是只剩下了一个,那公的还可以卖个高价,母的就只能贱卖了。"

"如此贵重的礼物,在下实在不敢接受。"听了金贵田的讲解,高桥直激动地说。

"高桥先生不必客气。我送您这块玉佩,是感谢您馈赠金如意。"

金贵田又说:"高桥先生,还有一个原因,我是感谢您在高安七年,没有做什么对不起我们中国人的事情……"说到这里,他哽咽了,想起了谢金花,潸然泪下。

刘赓明白,扯了扯高桥直的手腕,两人连忙岔开话题。

整整三十年之后,1980 年 11 月 29 日,一个偶然的机会,在高安县城一个基建工地上，无意间发现一个地下密室。在场的人都十分吃惊，不敢再动手，赶紧报告了政府部门。在县领导和文物专家以及公安民警见证下，几个民工好不容易才砸掉铜门上的巨锁，一批精美绝伦、辉煌耀目的窖藏瓷器出现在众人眼前。出土瓷器数量之多、品质之精、造型之多、器型之大，国内外少有。其中最令人惊叹的就是19件元代青花瓷器，有一件带诗文的高足杯上写道"人生百年常在醉，不过三万六千场"，读起来豪气冲天。总计大大小小两百四十五尊。

至此，"洪武宝藏"终于揭开了神秘的面纱，显露真容，小城高安由于元青花国宝而名震四海。还在世的刘赓并没忘记恩师生前的遗愿，果真把高桥直从日本邀请来华亲眼看这历史性的事件，欣赏这批中华无价之宝。高桥直专门又去了一趟龙湾，在金贵田墓前叩了九个响头。

就在日野芳子和高桥直前后离开中国没几个月，1950年深秋的一个傍晚，金贵田刚独自吃了几口夜饭，准备出门到虎首山上溜溜，看看大庆跟潋滟儿才几十天大的宝宝，再同天庆喝几盅，却突然接到熊芙蓉从南昌家里打来的电话，话语里带着哭腔，说："贵田，你快来吧，炳坤他怕是不行了！估计熬不过今夜了。他一定要见你！"

金贵田吓了一大跳，赶紧稳定她的心："你先别急，莫要让炳坤哥看到你伤心的样子，多多宽慰他。我马上就赶过去！"

接着，金贵田打电话给许志宏，让志宏跟高安县委书记文红霞联系，由于事情紧急，请她帮助安排车送他去一趟南昌。因为他与谢炳坤都是有大功于国家的，所以县里非常重视，专车很快就来到了龙湾。在这个时段中，金贵田换上了衣服，又去虎首山上通知了杨天庆、金潋滟二人。

金贵田上了专车，在去南昌的一路上，看着外面寒风阵阵、落叶飒飒、树木枯萎、田园荒芜，以及灰蒙蒙的天空、冷寂寂的大地、滔滔东逝的锦江水，心想："这次大谢头莫非真的难熬过去了？"就连他自己，似乎也被传染了，有种风萧萧兮一去不复返的悲凉情绪。想起跟大谢头数十载的恩恩怨怨、沉沉浮浮、时分时合、或好或坏的交往，历历在目，他轻轻叹息一声。

当金贵田来到百花洲畔的谢氏公馆时，天早已断黑。由于及时叫了医生来诊治，大谢头的症状稳定了很多。但大家都知道，这不过是回光返照罢了。由于新中国成立后，不允许使用用人、保姆之类，谢炳坤和熊芙蓉夫妇只好从老家找了一个堂侄女来照顾他们。孙女谢雪在国立南昌大学（原国立中正大学）上学，孙子谢祝在附近上寄宿高中，暂时都不在家。

谢炳坤见金贵田来了，自是很高兴，就像在暗夜里突然把一盏油灯点亮了，顿时眼睛炯炯发光。他屏退所有人，拉着金贵田的手，两三个字、三四个字地说："贵田，人之将死，其言也善，到今天，我要说……你是对的……我错了。不过我想……现在明白……也不算晚。这么多年，我已知道，共产党……是好的，所以打赢了；国民党……不行，所以打输了。我想加入……共产党。你帮我把……你们党的……干部……请来，我要当面……申请入党。我愿意……把我的……一切……家业产业……存款财物，全部……上缴给国家。贵田，你看……如何？当然，不是……把这样……我入党的……条件，我是真……真的觉得……共……共产党……才是这……这个国家……和民族……的希望。"勉勉强强说完这些话，谢炳坤累得几乎虚脱。

眼见一辈子闯荡江湖、叱咤风云、争强好胜的一代枭雄谢炳坤，于人世弥留之际竟如此萧条不堪，跟室外的秋景一般，金贵田止不住想为他而哭。但他终于幡然醒悟、深刻忏悔，并真心拥护和爱戴中国共产党，进而还愿意抛弃全部身家，希望成为一名共产党员，又让老金对他表示惊讶和敬佩。

老金背过了脸，竭力克制住情绪后，转身说道："好的，我帮你请示一下我们高安县委的书记、副书记和组织部部长他们。"然后走到客厅去给文红霞打电话，转达谢炳坤的心愿和打算，说他愿意把自己在龙湾的房屋、田地、家产全都交给大队集体，还有他在南昌、高安等地的公司、店铺、仓库及其货物，他在几大银行里的存款，也全都上交给国家，当然，他不是把这些作为入党的砝码，而是真心向党。希望党组织能认真考虑他的恳求。

文红霞说："谢炳坤虽然曾经做过一些坏事，但在抗战时期、解放战争和革命建设中也做了不少有益于民族、有益于国家的事，如今他要把他的一切财产都献给国家和集体，并有积极要求入党的心愿，而且是在临终之际，那我们应该郑重考虑。贵田叔，您先等等，我们县委几个主要同志临时开会商议一下。"

时为夜晚九点左右。中共高安县委的几位常委，除了在龙湾的杨天庆以外，都被文红霞召集到县委机关的小会议室里，开了一个临时紧急会议。文书记把谢炳坤的情况和要求做了简单介绍后，大家进行了认真的商议，最终通过投票，大家全票同意：特批谢炳坤同志为中国共产党预备党员。

金贵田把这个好消息告诉了谢炳坤。大谢头十分兴奋，尽管十分虚弱，但一晚上都没睡。第二天一早，在金贵田、县委专车司机小马（他也是中共党员）两人的带领下，他在床上半坐起来，背后用枕头、衣物等垫高，抬头、挺胸、睁眼、举拳，缓慢地、艰难地、断断续续地宣读了入党誓词，正式成为一名中国共产党预备党员。

这时，谢炳坤艰难地咧开嘴角，露出一丝半狡黠半真挚的笑意来，说："贵田，你要放心，我并没有……把全部财产，都交给国家，还是留了一点，就是那块……从你那里……换得的玉佩嘛。我会把它……交给小稻子。他是你的外孙女婿，那也是……你们金家的。这就算是……完璧归赵了；也算得是……谢……金两家……共同拥有了。哈哈！"

"还有，"谢炳坤交代了最后一件事情，"咱们那个……高安县城的……瓷器密室，我那把钥匙……还有密室地图，都在志航…最后一次…回来时，交给了他。可这么多年，我都没……联系上他。要是他……有一天，自己回来了，或把钥匙……密室地图……寄回来了，或是托人……送回来了，你们就…几人一起，去把瓷器……取出来，交给国家。要是他……回不来，或者钥匙……和密室地图，没能寄回来……送回来，那我也……没有办法啦！看看你们几个，怎么办吧。哎哎！"

金贵田至此才明白，关于"洪武宝藏"，原来什么都在海峡彼岸的谢志航那儿呢，必须通过他才能打开那扇神秘而辉煌的密室大门。但谢志航一直杳无音讯，很可能已经不在人世。虽然最终并非是谢、金、刘等五家人将宝藏寻到并献给国家的，但最初毕竟是他们购买它并将其重新秘藏的，而且多年来为保护这些国宝，尽了自己的努力。

由于入了党、偿了愿，谢炳坤心情大好，竟然又奇迹般支撑了十数天，这才停止呼吸，瞑目而终，不留遗憾。

在南昌期间，金贵田与熊芙蓉有过几次私下谈话。原来，那是在很多年以前，八国联军洋鬼子打进北京紫禁城，差点让清朝亡国事件过后不到一年，老金与大谢头的关系还没彻底闹僵，大家都是才二十来岁的毛头小伙，他俩的父亲都刚离世不久。有一次，他俩在谢府喝酒，都喝高了，大醉了。谢炳坤自是更严重，几乎不省人事。而老金竟仗着酒胆，与熊芙蓉发生了一次关系。毕竟，芙蓉长得太过漂亮，又风情万种，又年轻，是男人都架不住；毕竟，他跟芙蓉的感情也一直不错，芙蓉在跟大谢头结婚之前对他更好，自是他长得更帅，又聪慧，又有文才。而那次也是他与芙蓉唯一的一次。

但正是因为有了那一次，从此老金就一直做贼心虚，一直怕大谢头，觉得亏欠他。而从此大谢头也就一直看老金不顺眼，对他心存芥蒂，整他。是不是也为这个原因，怀疑他给自己戴绿帽子了？大谢头的智商还是挺高的，没有什么事瞒得了他。那会他还狠揍过熊芙蓉好几次，逼她说出真相，可熊芙蓉打死都不承认，弄得大谢头信也不是，不信也不是。

也就是从那一次，谢炳坤、金贵田这对好兄弟开始疏远隔阂，开始明争暗斗。

至于江翠柳跟谢炳坤之间倒没什么，她不过是暗恋他而已。

金贵田于是试探着问熊芙蓉："村里不时有小人在背后嚼舌头，说金枝儿可能是你跟我的。可那次咱们要真是有事，也应该着落在志航的头上，他才可能是你跟我的吧？"

熊芙蓉一向都没有主见，活得糊里糊涂的，平时只喜欢打扮、吃美食、过消遣日子等。但对这事她心里却很明朗，态度也很坚决，立刻回道："没有的事！你莫听村里那些该杀的瞎说乱传，你自己也莫乱猜，金枝儿不是你的，志航也不是你的！"

见熊芙蓉这么说，金贵田也就作罢，只能相信她。

金贵田又讪讪地试探着问："芙蓉，你还是……回龙湾吧，这里太孤独、冷清了！要不，……我俩做伴好吗？"面前这个身子瘦弱、满脸皱纹、肤色苍灰、头上染霜的老太婆，却还是让他想起几十年前那个小美妞，长着一双大大的、圆圆的、汪汪的眼睛，梳着两条麻花辫子，穿着一身绿荷衫子，在田埂石板上轻盈地飞跑，像仙子翩翩起舞，也像是踩在云端上……

熊芙蓉嘴角一撇，冷淡一笑："我们都这么老了，你也不怕别人笑话？"

金贵田："老伴老伴嘛，也不一定要怎么样，不就是个伴嘛！"

熊芙蓉："我在龙湾都没有家了。"

金贵田："你可以住在我家里呀！我家就是你家。"

熊芙蓉："不了。"一口回绝。

谢炳坤死后，他们几人将他的灵柩送回了龙湾虎首山上抗日烈士陵园对面的他自己指定的墓地安葬。办了丧事，熊芙蓉又在堂侄女的陪同下回南昌去了。

金贵田后来又活了十几年，1963年去世，享年83岁。熊芙蓉迟他五年，病逝于1968年。

杨天庆、金潋滟夫妻，与他们的子子孙孙，一直生活在龙湾，一直看护着虎首山上的抗日烈士陵园。不管时代、政策发生什么变化，不管吃了多少苦头、受了多少打击，杨、金两家皆几十年如一日，不曾离开，不曾动摇，不曾抱怨，不曾放弃，守候在龙湾村后、龙潭水滨的虎首山上，守候着他们的战友、他们的兄弟。不管春夏秋冬、刮风下雨、酷暑严寒、晨曦余晖……人们几乎时时刻刻都可以在这里看到他们一家人的身影。

也许是因为好心有好报，感动了上苍吧，杨天庆和金潋滟都很长寿，都活到了2009年，两人只相隔不到 个月双双去世，一位享年93岁，一位享年95岁。那时，他们家已是四世同堂。

2001年，中央电视台对他们进行了专题报道，他们平凡而伟大的事迹，感动了无数人。

如今杨天庆和金潋滟已经作古，但他们的四个儿子继续接力，跟父母在世时一样坚持为烈士守陵，这种精神在龙湾代代相传，像一面迎风飘扬的旗帜，高高屹立在虎首山上！（全书终）